HEYNE <

DAS BUCH

Österreich am Vorabend des Siebenjährigen Krieges: Für die junge Gabriela ist ihre Ehe eine einzige Qual. Als sie sich gegen ihren brutalen Mann wehrt und ihn im Affekt niederschießt, bleibt ihr nur die Flucht. Sie wird von nun an als Mörderin gejagt, doch es gelingt ihr, bei ihrem Onkel, dem Festungskommandanten von Olmütz, Zuflucht zu finden. Unter den Soldaten lernt sie schießen und fechten. Aber schon bald muss sie sich wieder davonstehlen – in Männerkleidern. Sie kämpft als Mann verkleidet im Siebenjährigen Krieg gegen die Preußen. Stets muss sie fürchten, entdeckt zu werden – denn dann würde sie vor ein Kriegsgericht gestellt. Aber mehr noch als das fürchtet sie die gefährliche Macht der Liebe. Ein abenteuerlicher historischer Roman über eine mutige Frau, der auf einer wahren Begebenheit beruht.

DER AUTOR

Bernhard Hennen, 1966 geboren, studierte Germanistik, Geschichte und Vorderasiatische Altertumskunde. Als Journalist bereiste er den Orient und Mittelamerika, bevor er sich ganz dem Schreiben fantastischer Romane widmete. Mit seinen Elfen-Romanen stürmte er alle Bestsellerlisten und schrieb sich an die Spitze der deutschen Fantasy-Autoren. Hennen lebt mit seiner Familie in Krefeld.

BERNHARD HENNEN

Die Sturmreiterin

Roman

WILHELM HEYNE VERLAG
MÜNCHEN

MIX
Papier aus verantwortungsvollen Quellen
FSC® C014496

Verlagsgruppe Random House FSC-DEU-0100
Das für dieses Buch verwendete FSC®-zertifizierte
Papier Holmen Book Cream liefert
Holmen Paper, Hallstavik, Schweden.

Aktualisierte und vollständig überarbeitete Neuausgabe
von »Die Husarin« 06/2012

Printed in Germany 2012
Umschlaggestaltung: © Nele Schütz Design
unter Verwendung von Shutterstock
Satz: Greiner & Reichel GmbH, Köln
Druck und Bindung: GGP Media GmbH, Pößneck
ISBN 978-3-453-53406-3

www.heyne.de

ERSTES BUCH

Die Wölfin

1. KAPITEL

Gabriela blies die fast herabgebrannte Kerze aus. Bald würde es wieder hell werden. Er war wieder einmal nicht gekommen. Müde blickte sie auf das kalte Mahl. Ein Brot war frisch gebacken und ein Huhn geschlachtet. Sie strich sich eine Strähne ihres schwarzen Haars aus der Stirn und ließ sich leise seufzend auf der grob gezimmerten Bank neben dem Tisch nieder. Wieder hatte sie eine Nacht vergebens auf ihn gewartet. Dabei war der Weg von der kleinen Grenzstadt Orschowa bis zu ihrem Gehöft nicht weit. Kaum mehr als zwei Meilen …

Sie sah zu der Bettstatt hinüber, oben auf dem großen, gemauerten Ofen. Es war lange her, seit sie dort zum letzten Mal beieinandergelegen hatten. Sie hatte frisches Leinen aufgezogen für diese Nacht. Wehmütig erinnerte sie sich, wie alles angefangen hatte. Immer hatte Janosch ein Kompliment für sie auf den Lippen gehabt. Matt lächelnd dachte sie daran, wie ihr Mann die Farbe ihrer Augen einst mit dem dunklen Grün eines Bergsees an einem Novembermorgen verglichen hatte. Am Tag der Hochzeit schien seine poetische Ader versiegt zu sein. Nur selten fand Janosch von dort an noch ein gutes Wort für sie und heute Morgen … Sie ballte die Hände zu Fäusten. Eine hagere, störrische Ziege hatte er sie genannt.

Gabriela blickte auf ihren flachen Bauch. Wenn sie nur ein Kind von ihm empfangen könnte! Vielleicht würde dann alles wieder gut. Seine Gleichgültigkeit und die Einsamkeit hier draußen könnte sie nicht mehr lange ertragen. Wenn wenigstens ihr Vater noch leben würde … Mit einem Kind würde alles besser werden! Einen Sohn ... Vor zwei Sommern erst, im Jahr des Herren 1753, hatte die Kaiserin, Maria Theresia, ihr dreizehntes Kind geboren. Warum sollte ihr, Gabriela, der Frau des Oberstzollmeisters Janosch Plarenzi, dann nicht das Glück vergönnt sein, wenigstens ein einziges Mal zu empfangen?

Im Stall neben dem niedrigen Haus schnaubte unruhig das Pferd. Sollte er doch noch kommen? Die junge Frau lauschte nach Schritten auf dem Lehmweg, den die Julisonne so hart wie Stein gebrannt hatte. Eine halbe Stunde brauchte man darauf bis zur Stadt. Irgendwo draußen im Zwielicht erklang das ausgelassene Lachen einer Frau. Vielleicht ein Zigeunerweib, das sich auf den Feldern mit einem Bauerssohn vergnügte.

Müde begann Gabriela den Tisch abzutragen. Das Brot schlug sie in Leinen ein und legte es in einen Topf, damit es nicht zu schnell hart wurde. Anschließend goss sie sich einen Becher Wein ein und prostete stumm dem leeren Platz auf der anderen Seite des Tisches zu. Es war wohl ein Fehler gewesen, Janosch zu heiraten, dachte die junge Frau bitter. Durch den Einfluss ihres Vaters war ihr Mann zum obersten Zollbeamten in Orschowa aufgestiegen. Seit ihr Vater tot war, fand Janosch kaum noch durch ihre Tür. Immer häufiger blieb er über Nacht in der kleinen Stadt.

Wieder ertönte das Frauenlachen in der Dämmerung. Diesmal viel näher. Auf dem Lehmweg waren Schritte zu hören, die sich dem Haus näherten.

Gabriela blickte zu dem Kasten aus poliertem Nussholz, in dem sie die Pistolen ihres Vaters verwahrte. Das Haus lag nur wenige Meilen von der Grenze entfernt, und manchmal kamen Räuber über den großen Fluss, um eines der einsamen Gehöfte zu überfallen. Doch Plünderer würden nicht so viel Lärm machen und wären beritten gewesen. Auch hatte der Hund nicht angeschlagen. Ob es doch Janosch war?

Wie zur Antwort polterte es vor der Tür, und eine ihr nur zu vertraute Stimme lallte etwas Unverständliches. Er war also wieder einmal betrunken! Ein Schlüssel wurde im Schloss umgedreht, dann flog die Tür auf und der helle Schein einer Laterne fiel in die Stube.

»Finster wie in der Hölle ist's hier«, brummte Janoschs tiefe Stimme, und mit einem Tritt beförderte er einen Schemel zur Seite. Hinter ihm erschien eine zweite Gestalt im Türrahmen. Eine Frau!

Fassungslos starrte Gabriela den Schatten an. Sie war wie gelähmt. Plünderern wäre sie mit zwei geladenen Pistolen in der Hand entgegengetreten, doch das hier ... Das helle Licht der Laterne fiel auf ihr Gesicht.

»Schau nur, des Teufels Großmutter ist auch hier!« Das Weib lachte prustend. »Ist das Gerippe da deine Magd?«

Janosch hielt sich an der Tischkante fest und blickte zu ihr hinüber. Gerade hatte er eine Kerze am Licht der Blendlaterne entzündet. Sein Gesicht war rot vom Wein. Der Dreispitz saß ihm schief auf dem Kopf, und die gepuderte Perücke, die er im Dienst trug, lugte aus einer der Taschen seines grauen Überrocks. Seine Weste und auch das feine Leinenhemd darunter waren halb aufgeknöpft.

Janosch grinste schief. »Ich hoffe, du hast uns schon das Bett vorgewärmt. Ich will in dieser Nacht meinen Spaß haben. Kannst ja zusehen. Vielleicht lernst du noch was ...«

Gabriela wollte etwas antworten, doch ihr versagte die Stimme. Stumm starrte sie zu der Frau, die nun an die Seite ihres Mannes getreten war. Sie trug ihr langes, blondes Haar offen. Ihr Gesicht war rund, so wie alles an ihr. Ihr weiter roter Rock war mit Flecken besudelt, und die Schnur ihres tief ausgeschnittenen Mieders war geöffnet, sodass ihre drallen Brüste hervorquollen. Ihr Arsch war so riesig wie der eines Brauereipferdes. Offenbar war das Miststück eine Dirne oder eine Magd aus einer der Kaschemmen bei den Anlegeplätzen am Fluss.

»Glotz nicht wie 'ne Kuh! Dich zu nehmen, macht so viel Spaß, als würde ich es mit einem Astloch in 'nem Brett treiben. Was glaubst du, warum ich nicht mehr nach Hause komme?« Janosch griff der Dirne ins Mieder und holte ihre Brüste hervor. »So soll eine Frau aussehen!« Das Weib kicherte hämisch.

»Raus aus meinem Haus! Pack deine Hure und lass dich hier nie wieder sehen!«

»Dein Haus? Du bist mein Weib! Alles, was du mit in die Ehe gebracht hast, gehört jetzt mir. Wie redest du überhaupt mit deinem Herrn? Auf die Knie und entschuldige dich … Kannst dankbar sein, dass so ein hässliches Knochengestell wie du überhaupt einen Mann abbekommen hat. Weißt du, wie sehr ich mich habe verstellen müssen, um dir und deinem Vater vorzumachen, dass ich dich liebe? Jedes Mal hat es mich Überwindung gekostet, mit dir ins Bett zu gehen. Damit ist jetzt Schluss! Heute werde ich zum ersten Mal mit einem Weib in meinem Ehebett liegen, an dem ich meinen Spaß habe!«

Gabriela schluckte hart. Kalte Wut stieg in ihr auf. Dieser Bastard! Sie biss sich auf die Lippen. Wenn er geglaubt hatte, sie würde seinetwegen in Tränen ausbrechen, hatte er sich getäuscht. »Raus, du Hurenbock! Scher dich zum Teufel!«

Janosch lachte. »Einen Dreck werde ich!« Er griff nach dem langen Brotmesser, das noch auf dem Tisch lag, und prüfte mit dem Daumen die Spitze. »Es sind oft Räuber in der Gegend, nicht wahr? Haben dich nicht alle Nachbarn gewarnt, immer allein auf dem Hof zu bleiben, mein dummes Mädchen? Vielleicht sollten wir einfach unseren

Streit beenden. Für immer!« Der Zöllner richtete sich auf und machte schwankend einen Schritt in ihre Richtung.

»Leg das Messer weg!« Gabriela tastete nach dem Kasten aus Nussholz, der hinter ihr auf der Kommode stand.

»Nicht, Janosch! Mach dich nicht unglücklich!« Die Schankhure fiel dem Zöllner in den Arm.

»Unglücklich ... Hah, glücklich werde ich mich machen, wenn ich dieser Furie den Hals durchschneide.« Er stieß die Dirne zur Seite. »Ich bin der Zollobermeister von Orschowa, und wenn ich sage, ich habe die Nacht bei einer Hure verbracht, als irgendwelche Strauchdiebe mein Haus niedergebrannt und mein Weib ermordet haben, dann wird es keine weiteren Fragen geben. Du hast hier keine Freunde, die dich vermissen werden.«

Gabriela schob mit dem Daumen den kleinen Bronzehaken zurück, der den Nussholzkasten verschloss. Dann hob sie den Deckel an. Ihre Finger streiften das kalte Metall der Pistolenläufe. Sie stand so, dass sie mit ihrem Körper den Pistolenkasten verdeckte. Janosch hatte noch nichts bemerkt.

»Geh und schlaf deinen Rausch aus!« Gabriela bemühte sich, ruhig zu klingen. »Morgen werden wir in aller Ruhe über die Sache reden.«

Der Zöllner hob das Messer und schüttelte bedächtig den Kopf. »Nein, mein Liebchen! Zwischen uns ist alles gesagt.«

Gabrielas Hand schloss sich um den Griff der vorderen der zwei Pistolen, die auf einem Futter aus kühlem, blauem Samt lagen. »Geh doch endlich ...«

»Angst vorm Sterben?« Janosch grinste breit. »Du hast doch immer die Heldentochter gegeben ... Alles nur Theater? Wie ist es, den kalten Atem des Sensenmannes im Nacken zu spüren?«

»Frag dich das selbst!« Sie zog die Waffe aus dem Kasten und spannte den Hahn. Gabriela wandte den Blick nicht von ihrem Mann. Aus dem Augenwinkel sah sie, dass kaum noch Pulver auf der Pfanne der Steinschlosspistole lag. Stumm verfluchte sie sich dafür, dass sie die beiden Waffen seit mehr als einer Woche nicht mehr gereinigt und nachgeladen hatte.

»Das wirst du nicht tun, mein Herzchen …« Janosch streckte die Hand mit dem Messer vor. Er zitterte leicht.

Fast berührte die Klinge ihre Kehle, als sie ihm die Pistole auf die Brust setzte und abdrückte. Ein scharfes metallisches Klacken erklang … und nichts geschah. Es war zu wenig Pulver auf der Pfanne gewesen. Der Funken hatte nicht gezündet!

»Fahr zur Hölle, Flintenweib!« Janosch stieß mit dem Messer zu.

Gabriela duckte sich. Die Klinge schnitt über ihre Wange. Sie riss den Pistolenkasten von der Kommode und zog die zweite Waffe aus dem Samtfutter. Die Hure, die Janosch angeschleppt hatte, fing an, hysterisch zu kreischen.

Der Zöllner hob das Messer, um erneut zuzustoßen. Gabriela riss den Hahn zurück und drückte ab. Mit infernalischem Getöse löste sich ein Schuss. Janosch wurde nach hinten gerissen, schlug gegen den Tisch und fiel dann zu Boden. Grauer Pulverdampf zog wie Nebel durch die Stube. Der Knall des Schusses hallte in Gabrielas Ohren nach. Sie spürte warmes Blut ihre Wange hinabrinnen.

Janosch lag grotesk verrenkt neben dem Tisch. Die Kugel hatte ihn in die Hüfte getroffen. Seine klaren, blauen Augen starrten leblos zur Decke. Die Hure beugte sich über ihn. Mit Streifen, die sie von ihrem Rock gerissen hatte, versuchte sie die Blutung zu stillen. Dann starrte sie zu Gabriela. »Dich bring ich an den Galgen, Mörderin!« Sie hob das Messer auf, das neben Janosch lag. »Wirf die

Waffe weg, Mörderin, oder ich bringe zu Ende, was er angefangen hat, du treulose Schlampe …«

»Lass das … Wir müssen den Arzt aus der Stadt holen.«

»Er braucht … keinen … Arzt mehr!«, stieß die Hure schluchzend hervor. »Mein Janosch …« Sie strich dem Zöllner eine Haarsträhne aus dem Gesicht. Dann war sie plötzlich mit einem Satz auf den Beinen.

Im Reflex hob Gabriela die Pistole und schlug mit dem Knauf zu. Sie traf das Weib direkt über der Schläfe und die Dirne stürzte wie ein Sack Mehl zu Boden.

Wie versteinert starrte die Zöllnerin auf die beiden Gestalten am Boden. Die Waffe in ihrer Hand schien ihr so schwer wie ein Mühlstein.

Polternd fiel die Pistole zu Boden. Was hatte sie nur getan! Sie war eine Mörderin! Dafür würde sie hängen … Sie dachte an den Galgen aus altersgrauem Holz, der auf dem Hügel vor Orschowa stand. Man ließ die Hingerichteten zur Abschreckung ein paar Tage hängen. Sobald die Schaulustigen gegangen waren, kamen die Raben … Schaudernd dachte sie an die großen schwarzen Vögel. Ein paarmal hatte Gabriela von weitem gesehen, wie sie auf den Schultern der Gehängten hockten. Fast als seien sie noch lebendig, hatten sich die Toten tanzend am Seil gedreht und gewunden, wenn die Raben ihnen mit kräftigen Schnabelhieben das kalte Fleisch von den Knochen rissen.

Die Zöllnerin keuchte. Lieber würde sie sich selbst richten, als so zu enden. Wieder blickte sie zu den beiden. Sie hatte sich doch nur gewehrt! Janosch hatte versucht, sie umzubringen. Aber das würde die Richter wohl kaum interessieren. Und Gott allein wusste, wie diese Dirne den Vorfall erzählen mochte. Wahrscheinlich würde sie ihr alle Schuld zuschieben.

Gabriela dachte an die Räuber, die manchmal über den

großen Fluss kamen. Vielleicht hatte Janosch recht ... Wenn man es richtig anfing, konnte man die Sache so darstellen, als sei das Gehöft überfallen worden. Ihre nächsten Nachbarn wohnten mehr als eine Meile entfernt. Wahrscheinlich hatte niemand den Schuss gehört. Wenn sie alle Wertsachen zusammenraffte und das Pferd aus dem Stall nahm, dann würde es so aussehen, als seien Plünderer im Haus gewesen.

Die Hure stöhnte leise. Gabriela fluchte stumm. Sie lebte also ... Die Dirne würde allen erzählen, wie das Flintenweib des Zöllners ihren Mann erschossen hatte. Solange sie lebte, gab es keine Aussicht davonzukommen ... Was sollte sie nur tun?

Verzweifelt sah sich Gabriela in der Stube um, bis ihr Blick an dem kleinen, geschnitzten Holzkreuz an der Wand über dem Bett verweilte. In fast verblichenen Farben war eine Jesusgestalt darauf gemalt. Das Kreuz hatte ihrer Mutter gehört. Angeblich war es sehr alt. Es war das einzige Erinnerungsstück an ihre Mutter, das ihr geblieben war. Sie würde es nicht zurücklassen.

Gott wusste, dass sie keine Mörderin war! Auch wenn die Menschen sie richten würden, durfte sie immer noch auf seine Gnade hoffen. Doch wenn sie die Hure tötete, hätte sie auf immer ihr Seelenheil verwirkt. Sie wusste jetzt, was zu tun war. Sie würde ihre Stute satteln und nach Süden reiten, um an einer seichten Stelle den großen Fluss zu überqueren. Man sollte denken, sie sei zu den Türken geflohen.

»Du halb verhungerte Wölfin willst also meine Nichte sein!« Ungläubig musterte der Festungskommandant das Weib, das man zu ihm in den Kartenraum gebracht hatte. »Warum sollte ich dir das glauben? Ich habe die Tochter meines Bruders seit ihrer Kindheit nicht mehr gesehen.«

Er musterte die lange, nur halb verheilte Schnittwunde auf der Wange der jungen Frau, die vor ihm stand. Fast wie ein Knabe sah sie aus mit ihren breiten Augenbrauen, dem sonnenverbrannten Gesicht und ihrem schlanken Körper. Das einfache rote Kleid, das sie trug, schien irgendwie nicht zu ihr zu passen. Die Säume waren mit Schlamm und Unrat von den Straßen bespritzt, und sie hatte etwas an sich, das alles andere als damenhaft wirkte. Vielleicht war das aber auch der Hunger. Während sie sprachen, stierte die Fremde immer wieder zu den Resten des Bratens hinüber, den er zu Mittag verspeist hatte. Das silberne Tablett mit Fleisch, gekochtem Gemüse und Brot stand noch auf dem Kartentisch. Daneben eine tönerne Karaffe mit trockenem Rotem.

»Ich habe Beweise dafür, die Tochter des Carolus Freiherr von Bretton zu sein. Wenn Sie dem Wachtmeister befehlen, den Säbel hereinzubringen, den man mir abgenommen hat, dann werden Sie darin die Waffe Ihres Bruders erkennen.«

»So.« Der General musterte sie noch einmal. Sein Blick fiel auf ihre spitz zulaufenden Stiefel. Die ungarischen Reiter oder auch die Grenzer trugen solches Schuhwerk. Wahrscheinlich war das Weib irgendein Soldatenliebchen. Im Grunde hatte er keine Zeit, sich mit solchen Bagatellen herumzuschlagen. Es gab Ärger mit dem Bau der Westschanze, und er musste eigentlich hin und die Arbeiten inspizieren. Aber das junge Weib weckte sein Interesse. Er gab dem Soldaten an der Tür einen Wink. »Bring er mir den Säbel, den der Wachtmeister Jarek beschlagnahmt hat.«

Der Soldat salutierte zackig und verschwand durch die Tür.

»Was führt dich nach Olmütz, Weib?«

Zum ersten Mal schlug die junge Frau die Augen nieder.

Bislang hatte sie ihm herausfordernd ins Gesicht geblickt, doch diese Frage war ihr offenbar peinlich.

»Ich … ähm … Ich hatte gehofft, dass Ihr mich in Euren Haushalt aufnehmen könntet, Herr Onkel. Ihr werdet Euch damit keine Laus in den Pelz setzen! Ich kann arbeiten … Euch den Haushalt führen und …«

Der General schüttelte den Kopf. »Ich habe einen Stiefelknecht, einen Koch und einen Jungen, der sich um die Kleinigkeiten kümmert. Was sollte ich da noch mit dir anfangen?« Die Fremde fing an, ihn zu langweilen. Er war lediglich gespannt, was für eine Geschichte sie ihm auftischen würde, wie sie an den Säbel seines Bruders gekommen war. Er wusste, dass seine Nichte mit einem Oberstzollmeister verheiratet war. Was zum Henker sollte sie hierhertreiben? Dieses Weib war eine Vagabundin. Das sah man auf den ersten Blick!

Schweigend blickte der Festungskommandant aus dem Fenster auf den Exerzierplatz und sah den jungen Rekruten beim Marschieren zu. Hinter sich hörte er das Weib unruhig von einem Fuß auf den anderen treten. Endlich ging die Tür auf.

»Herr General! Der Säbel.« Der junge Wachsoldat stand in der Türe und blickte erwartungsvoll zu ihm herüber.

Der Festungskommandant gab ihm ein Zeichen, die Waffe auf den Kartentisch zu legen. Der Soldat gehorchte und zog sich auf seinen Posten an der Tür zurück.

»Ist das die Waffe, die dir der Wachtmeister abgenommen hat?«

Das Weibsbild nickte.

General Bretton nahm die Waffe vom Tisch und betrachtete sie eingehend. Es konnte keinen Zweifel geben, es war der Säbel seines Bruders. Er war ein Einzelstück. Ihr Vater hatte ihn Carolus geschenkt, bevor sie beide mit Prinz Eugen gegen die Türken gezogen waren. Die Finger des Offiziers glitten über die tiefe Kerbe, die in den fein ziselierten Korb, der den Griff schützte, geschlagen war. Bei einem Armeesäbel mit einem einfachen Bügel hätte dieser Treffer seinen Bruder damals wohl sämtliche Finger gekostet. Der Kommandant blickte zu der jungen Frau.

»Wenn du die Tochter meines Bruders bist, weißt du sicherlich, woher diese Kerbe stammt.« Er zeigte auf die tiefe Scharte in dem polierten Messingkorb.

»Sie stammt von einem Offizier der Siphai aus dem Heer des Großwesirs Chalil Pascha, der 1717 mit seiner Armee Belgrad belagerte. Mein Vater gehörte damals zu den Husaren des Obristen Babocsay. Ihr, Onkel, dientet zu der Zeit unter dem Feldmarschall-Lieutenant Claude Alexandre Comte de Bonneval, der uns später an die Türken verraten hat und ein Pascha in der Armee des Sultans wurde.«

Der Festungskommandant räusperte sich leise. Er wurde nicht gerne an den Comte erinnert. Er hatte ihn geliebt, ja vergöttert … »Komm einmal näher, meine Kleine. Sag, wo hat mein Bruder seine schwerste Wunde erhalten?«

»Sein Herz ist zerbrochen, als seine Frau Maria und mein kleiner Bruder Claudius, den er nach Euch benannt hatte, am Sumpffieber starben. Auf Leben und Tod lag er, als ihn eine Kugel eine Handbreit über dem Herzen getroffen hat.«

»Wo ist das geschehen?«

»Als Feldzeugmeister Oliver Graf Wallis in Grocka in die Falle der Türken ging und sich die Türken die Köpfe von zehn unserer Generäle holten.«

Der Kommandant legte den Säbel auf den Tisch zurück und musterte die junge Frau eindringlich. Sie kannte die Geschichte dieser Waffe, so als hätte sie sie aus dem Mund seines Bruders gehört. Und ihre grünen Augen … Carolus hatte auch grüne Augen gehabt. Er heiratete, als er in Luzzara mit den Czungenberg-Husaren gestanden hatte. Und ihre Nase ... Sie war völlig gerade. Klassisch schön ... Vielleicht ein wenig zu groß. Genau wie bei ihrer Mutter. Konnte dieses Weibsbild tatsächlich seine Nichte sein?

»Du bist doch mit einem Zöllner verheiratet ...«

»Ich war dem Oberstzollmeister Janosch Plarenzi angetraut. Er wurde von Räubern, die unseren Hof überfallen haben, ermordet.«

»Das Gehöft bei Orschowa?« Der General strich sich nachdenklich über das Kinn. Er konnte sich nur noch vage an das kleine weiß getünchte Haus erinnern. Maria hatte davor Kräuter angepflanzt. Bei seinem Besuch hatte er ein Mädchen auf dem Schoß gehabt. War dies die junge Frau, die jetzt vor ihm stand? Nur ein einziges Mal war er bei seinem Bruder im Banat gewesen. Claudius hatte nie begriffen, warum Carolus sich ausgerechnet zu den Grenzern meldete und ins Banat gegangen war.

»Habe ich meine Prüfung bestanden?« Die Fremde blickte ihn nun wieder herausfordernd an. Ihre Verlegenheit hatte sie abgelegt. Mit ihrem leicht zurückgenommenen Kopf und den zusammengezogenen Brauen erinnerte sie ihn an seinen Bruder. So hatte Carolus ausgesehen, wenn sie miteinander stritten.

»Eine letzte Frage habe ich noch. Du erinnerst dich doch sicher noch daran, wie ich euch besucht habe ...«

»Ich war damals noch sehr klein und ...«

»Etwas hast du bestimmt nicht vergessen. An einem Abend habe ich mich mit meinem Bruder gestritten. Du warst dabei. Hast neben dem Tisch gestanden. Wie nannte mich Carolus, wenn er wütend war?«

Die Frau grinste. »Seid Ihr sicher, dass ich das wiederholen soll? Ich meine, dort an der Tür steht ein Soldat und ...«

»Keine Sorge. Ich würde wetten, dass meine Männer

mich oft mit noch unfreundlicheren Worten bedenken als mein Bruder.«

»Gut, Ihr habt es so gewollt. Mein Vater hat Euch an diesem Abend wiederholt einen störrischen, alten Pfeifenkopf genannt.«

Der General räusperte sich leise. Dann blickte er zu dem Wachtposten an der Tür. »Er ist vom Dienst befreit. Sorge Er dafür, dass mich diese verfluchten Ingenieure und Baumeister heute in Ruhe lassen.«

»Jawohl, Herr General!«

Der Kerl grinste, als er sich umdrehte. Bis zum Abend würde vermutlich die ganze Garnison wissen, wie ihn sein Bruder genannt hatte.

»Setz dich und iss. Du hast doch Hunger, nicht wahr?«

Die junge Frau nickte dankbar. »Ja. Ich sehe nicht nur aus wie eine halb verhungerte Wölfin, ich habe auch mindestens einen genauso großen Appetit.«

Nachdenklich sah ihr der alte Offizier beim Essen zu. Messer und Gabel benutzte sie kaum. Das meiste stopfte sie einfach mit den Händen in sich hinein. Er hatte eine Barbarin als Nichte! Carolus hätte niemals ins Banat gehen sollen. Dickköpfiger Trottel! Und trotzdem ... Wenn er den Kerl erwischen würde, der seiner Nichte die Schramme auf der Wange beigebracht hatte, dann würde er ihm den Bauch aufschlitzen und ihn an seinen Gedärmen aufhängen lassen ... Was die Heiden ihr wohl sonst noch angetan hatten?

Der Stiefelknecht ihres Onkels hatte ihr seine Kammer räumen müssen. Über eine knarrende hölzerne Treppe führte sie der mürrische Bursche bis unter das Dach der Kommandantur. Sein Zimmer war winzig. Kaum groß genug, sich darin umzudrehen. In einer Ecke lagen ein strohgefüllter Sack und einige Decken. Daneben standen eine flache Schüssel und ein angeschlagener Tonkrug. Es gab kein Fenster und die Deckenbalken waren so niedrig, dass man geduckt gehen musste, um sich nicht den Kopf zu stoßen.

An der Rückwand der Kammer befand sich eine weitere Tür. Gabriela wandte sich zu dem Stiefelknecht um, der bereits nach seinem Bündel gegriffen hatte, um zu gehen. »Wohin führt diese Tür?«

Der Junge zuckte mit den Schultern. »Ich weiß nicht. Nur der General hat einen Schlüssel. Manchmal kommt er nachts hier herauf. Er hat mich dann immer die Treppe hinuntergescheucht, bevor er die Dachkammer aufgeschlossen hat. Weiß der Henker, was er dahinter verbirgt. Manchmal ist er stundenlang dort drinnen geblieben. Ich konnte ihn auf dem Holzboden auf und ab gehen hören. Rastlos ... Er ist manchmal ein wenig seltsam, der Alte.«

»Wie meinst du das?«

»Naja, es heißt, er meidet Frauen. Deshalb wundere ich mich auch ... Hat er dich als Dienstmagd eingestellt?«

Gabriela lächelte. »Wir werden sehen. Wie heißt du eigentlich?«

»Branko.« Der Junge schnitt eine Grimasse. »Weißt du eigentlich, dass ich deinetwegen jetzt in den Pferdeställen einquartiert bin? Nicht, dass ich diese Kammer geliebt hätte ... Im Winter zieht es hier so sehr, dass man glaubt, der Wind wolle mit Messern durch die Decken schneiden, aber es stinkt wenigstens nicht. Das Stroh kannst du übrigens noch eine Weile im Sack lassen. Ich habe es erst vor zwei Monaten ausgetauscht.«

»Vielleicht wirst du deine Kammer schon bald wiederbekommen, Branko.«

Der Stiefelknecht legte den Kopf schief und sah sie neugierig an »Wie meinst du das?«

»Wir werden sehen.«

Der Junge grinste. »Wenn du glaubst, du könntest den Alten hier herauf auf deinen Strohsack holen, hast du dich getäuscht. Das haben schon hübschere Weibsbilder als du vergebens versucht und …«

»Raus!«

»Du wirst sehen, dass ich recht habe!« Lachend hüpfte Branko die Treppe hinunter. Gabriela verschloss hinter ihm die niedrige Tür zur Treppe. Eine fast abgebrannte Kerze auf einem Messinghalter erhellte die Kammer. Das also war ihre neue Heimat! Sie hatte einen anderen Empfang erwartet … Aber vielleicht wollte Gott sie für den Mord an ihrem Mann strafen. Der General hatte sie nicht wirklich unfreundlich empfangen. Nachdem er ihr glaubte, dass sie die Tochter seines Bruders war, hatten sie den ganzen Nachmittag miteinander gesprochen.

Sie hatte ihm erzählen müssen, wie ihre Mutter und ihr kleiner Bruder am Fieber und ihr Vater im letzten Winter an einer Lungenentzündung gestorben waren. Über den Mord an ihrem Mann hatte sie geschwiegen. Schon in den ersten Minuten ihres Gesprächs hatte sie das Gefühl bekommen, dass der Festungskommandant sie umgehend in den Kerker werfen lassen würde, wenn er erfahren sollte, was der wirkliche Grund für ihre Flucht war. Stattdessen hatte sie ihm erzählt, ihr Hof sei von Räubern überfallen worden. Mittellos und ohne Mann habe sie sich seiner besonnen. Mit dieser Geschichte lieferte sie auch eine Erklärung für die Schramme auf ihrer Wange.

Ihre Flucht zur Festung Olmütz hatte fast sechs Wochen gedauert. Die meiste Zeit über war sie in Männerkleidern gereist, denn als allein reisende Frau hätte sie nur unnötiges Aufsehen erregt. Zum ersten Mal hatten ihr der schlanke Wuchs und die für eine Frau recht dunkle Stimme zum Vorteil gereicht. Mit den beiden Pistolenholstern vor dem Sattel und dem Säbel ihres Vaters am Gürtel hatte sie niemand auf der langen Reise behelligt. Erst als sie sich der Festungsstadt bis auf Sichtweite genähert hatte, war sie abgesessen, um ihre Kleider zu wechseln.

Erschöpft ließ sie sich auf den Strohsack sinken und starrte zu den dunklen Balken an der Decke der Dachkammer. Ob ihr Onkel sie verstecken wollte? War es ihm peinlich, sich nun um sie kümmern zu müssen? Als anständiger Christenmensch konnte er sie nicht einfach davonschicken … Sie hatte das gewusst. Doch wie würde er sich weiter verhalten? Insgeheim hoffte sie, er würde sie wie eine Tochter aufnehmen. Aber wenn er wirklich ein Frauenhasser war, wie Branko behauptet hatte, sollte sie wohl damit zufrieden sein, wenigstens ein Quartier in einer Dachkammer bekommen zu haben.

2. KAPITEL

Gabriela bog aus der Bäckergasse mit ihren alten Fachwerkbauten zum Markt hin ab, wo sich das Rathaus mit seinem bis weit ins Land hinaus sichtbaren Turm erhob. Wie jedem Freitag drängten sich Händler und Bürger dicht an dicht auf dem Platz. Flussfischer priesen lauthals ihren Fang an, und Gabriela musterte eine Weile die schlangenartigen Fische, die sich im Todeskampf in hohen Weidenkörben wanden. Man sagte, dass sie Aas fraßen und man dort, wo sich viele Aale tummelten, manchmal eine Leiche im Fluss finden konnte. Angewidert wandte die junge Frau sich ab, flanierte an der Dreifaltigkeitssäule vorbei zum prächtigen, barocken Herkulesbrunnen, wo im Schatten des antiken Helden zwei Bäuerinnen ihre Marktstände aufgeschlagen hatten. Sie boten allerlei Gemüse feil, hatten aber auch einen Stapel aus kleinen, hölzernen Käfigen aufgetürmt, in denen gut ein Dutzend weißer und brauner Hühner auf den Kochtopf warteten.

Direkt neben den beiden Weibern hatte ein Moritatenerzähler seine bunte Tafel aufgestellt. In lautem Singsang trug er die Geschichte eines Wolfsmannes vor, der in den Sümpfen vor Sankt Petersburg sein Unwesen trieb, bis ihn ein tapferer Kosakenhauptmann der Kaiserin Katharina bei Vollmond in den Ruinen eines alten Klosters stellte. Mit einem Ohr hörte Gabriela der Geschichte zu, während sie die Hühner musterte. Schließlich entschied sie sich für zwei fette braune Hennen.

»Nun, Mädchen, hast dir die schönsten Damen aus meinem Hühnerstall ausgesucht. Legen jeden Morgen brav ein Ei«, lobte die hagere, alte Bäuerin, die über die Hühner wachte. »Ich hoffe, du hast einen munteren Hahn im Hof!« Die Alte grinste zweideutig, sodass man deutlich die wenigen braunen Zahnstümpfe sehen konnte, die ihr noch geblieben waren. »Lass deinen Liebsten jeden Morgen ein frisches Hühnerei trinken, und ich verspreche dir, er wird dir allabendlich Freude bereiten.«

»Mein Liebster ist tot«, entgegnete Gabriela knapp und zählte der Bäuerin das Geld für die Hühner in die Hand. »Und was das Federvieh angeht, die beiden werden noch heute im Topf landen, um zur Abendstunde auf der Tafel meines Onkels zu stehen.«

»Armes Kind. Bist noch so jung und musst schon wie eine Nonne leben …« Wieder grinste die Alte. Dann nahm sie eins der Hühner aus dem Käfig und brach dem lauthals gackernden Vogel beide Flügel. Mit dem Kopf nach unten reichte sie der jungen Frau das Huhn und öffnete den zweiten Käfig. »So wird die Gute stillhalten, wenn du sie nach Hause trägst, Liebchen. Musst du weit aufs Land hinaus?« Krachend brachen die Flügelknochen des zweiten Huhns.

»Nur zur Garnison.«

Die Bäuerin nickte. »Gut hast du's. Ich werde schon lange vor Sonnenuntergang meinen Stand abbrechen, um mit meiner Schwester zusammen auf unseren Hof zurückzukehren. Bei Dunkelheit ist man ja seines Lebens nicht mehr sicher!«

Gabriela blickte die Alte fragend an. »So?«

»Ja, hast du denn noch nicht von der Bestie gehört? Was glaubst denn du, warum der Sachse dort hinten ausgerechnet seine Werwolfgeschichte erzählt und sich die Leute die Füße plattstehen, um ihm zuzuhören. Geh nur mal hinüber und sieh dir die Bilder von dem Untier an, dann weißt du, was dich erwartet, wenn du bei Nacht auf den Straßen unterwegs bist. Vor drei Tagen erst hat das Ungeheuer den Gehängten am Wegkreuz nach Sternberg vom Galgen geholt und ihm sein fauliges Fleisch von den Knochen gerissen. Alle Schafshirten hier ringsherum haben ihn bei Nacht heulen gehört und die meisten haben auch schon ein paar Lämmer an ihn verloren. Holt sich nur das Beste, das Ungeheuer ... Zartes Fleisch, das ist sein Pläsier. Drum pass auf, wenn du spät auf der Straße unterwegs bist. Würd' mich nicht wundern, wenn sich das Ungeheuer sogar bis in die Stadt hineinwagte. Es hat den Leibhaftigen im Leib, sag ich dir. So schlau wie der Gott-sei-bei-uns ist es allemal.« Die Alte schlug ein Kreuz und murmelte etwas Unverständliches. »Niemand, der ausgezogen ist, die Bestie zu jagen, hat sie auch nur zu Gesicht bekommen. So als wüsste der Werwolf schon vorher, wann die Jäger kommen. Nur ein paar Fußstapfen von ihm haben sie gefunden, groß wie Bärentatzen. Ich sag dir ...«

Gabriela lächelte breit. »Lass gut sein, Bäuerin. Ich muss zur Festung zurück und die Küche richten, um das Mahl vorzubereiten und ...«

»Warte!« Die Alte hielt sie am Arm fest. »Auf ein Wort noch, Mädchen.« Sie zog unter ihrer Bluse eine Schnur hervor, die aus blondem Haar geflochten war. Daran hing ein kleines silbernes Kreuz. »Heut' morgen war ich im Dom des heiligen Wenzel droben auf dem Fürstenberg. Als der Küster gerade nicht hingeschaut hat, hab ich es schnell ins Weihwasserbecken getaucht. Kein Höllengeschöpf kann dich berühren, wenn du so etwas trägst. Es reicht schon, wenn du das mit einem Holzkreuz machst. Eins aus Silber ist freilich besser ...«

Ungeduldig riss sich Gabriela los. Ihr reichten die Ammenmärchen der Alten. Es lag ihr auf der Zunge, der Bäuerin einfach ins Gesicht zu sagen, was sie von ihr hielt. Wer so aussah wie sie, brauchte keine Angst zu haben, dass sich irgendein Geschöpf, das seinen Schwanz zwischen den Beinen trug, um einen scherte. Ihr Gesicht und ihr stinkender Atem waren ein besserer Schutz als jedes Kreuz.

Ein Huhn in jeder Hand schlenderte Gabriela zur anderen Seite des Marktes hinüber. Vorbei an den Zigeunern mit ihrem Tanzbären und dem abgerissenen Wanderprediger, der über die gottlosen Zustände am Hof des Franzosenkönigs wetterte. Ihre Runde endete vor dem Cäsarenbrunnen, wo ein Mann in gelbem Gehrock und mit scharlachroter Weste aus feinem Tuch auf einem Wagen stand und den Leuten rings herum eine Auswahl kleiner Fläschchen zeigte.

»Schaut her, die Wunder der modernen Medizin! Tinkturen, angefertigt nach den geheimen Rezepten des Paracelsus und des Magus Cagliostro. Plagen euch Schmerzen, Gliederreißen und verwachsene Nägel? Mag es nachts bei den Damen nicht mehr so recht klappen oder sprießen euch die Haare überall am Leib, nur auf dem Haupte nicht mehr? Arcimbaldo weiß für jeden Rat! Er hält ein Wässerchen gegen jeden Verdruss parat. Auch versteht er sich auf die Kunst des Zahnausreißens und des Aderlasses. So eilt herbei und bringt das Glück zurück an euren Herd, wenn es euch einen Taler wert ist!«

»Warum ziehst du denn in einem Wagen durch die Lande, Italiener, wenn du das Glück gefunden hast? Warum bist du nicht Leibarzt an einem Fürstenhof?«, rief ein junger Büchsenmeister in wolfsbrauner Uniform.

»Nun, mein Freund, das Glück ist ein wunderlich Ding«, der Medicus drehte seine Schnurrbartspitze zwischen Daumen und Zeigefinger und blickte gelassen zu dem Artilleristen hinab. »Als ich jung war wie du, glaubte ich auch, mein Glück bei den Soldaten zu finden, doch die langen Kerls vom Preußen Fritz haben mich bei Mollwitz Demut gelehrt, und im Jahr darauf haben mir Zietens Husaren bei Chotusitz fast die Seele aus dem Leib geprügelt. Als dann endlich Frieden war, war ich froh, meinen Soldatenrock abzulegen, und bin in Prag und Mailand an den großen Universitäten gewesen, um mich den Wundern der Heilkunst zu widmen, denn als ich bei Chotusitz überlebte, habe ich mir beim Herren geschworen, mein Leben künftig dem Wohle der Gemeinen zu widmen und niemals wieder auf jemanden mit Säbel und Schießprügel loszugehen.«

»Heh, Kerl, wenn du schon als Soldat nichts dargestellt hast, warum sollte ich dir dann als Medicus mein Vertrauen schenken?«

Der Wunderdoktor zog eine Grimasse. »Wer bin ich, den ungläubigen Thomas bekehren zu wollen? Doch eins sag ich dir, mein Freund, wenn dich des Nachts der Zahnschmerz plagt, dann wirst du mir vom Saulus zum Paulus werden, denn ich bin nicht wie jene Barbiere, die glauben, weil sie sich auf das Haareschneiden verstehen, auch die hohe Kunst des Zahnausreißens zu beherrschen!«

Gabriela hatte genug von dem Geschwätz und wollte schon weitergehen, als der Wunderheiler plötzlich mit ausgestrecktem Arm in ihre Richtung deutete. »Haltet ein, holde Maid! In euch erkenne ich eine tugendhafte Seele, die meine Kunst wohl zu schätzen weiß.«

»Was wollt Ihr von mir?«

Der falkengesichtige Quacksalber lächelte kokett. »Nicht weniger, als einen Schatten aus Eurem Leben nehmen, meine Schöne.«

»Wie meint Ihr das?« Alle hatten sich jetzt zu ihr umgedreht und warteten gespannt, was geschehen würde.

»Nun, jeder kann sehen, dass Euer Gesicht gezeichnet ist ... Ganz als hätte Euch der Huf Satans gestreift.«

»Haltet Euer Schandmaul, Mann! Ich habe immer tugendhaft gelebt und ...«

»Ruhig, ruhig! Ihr scheint mir das Temperament einer

Wildkatze zu haben.« Der Quacksalber rollte den rechten Ärmel seines Gehrocks auf und streifte sein Hemd zurück. »Komm her und sag mir, was du dort siehst.« Er zeigte auf seinen dicht mit schwarzen Haaren bewachsenen Unterarm. »Nun zier dich nicht. Das alles ist schnell vorbei, wenn du mir den Gefallen tust.«

Gabriela hatte das Gefühl, dass jeder auf dem Platz die rote Narbe auf ihrer Wange anstarrte. Sie spürte, wie ihr das Blut in den Kopf stieg. Wütend biss sie sich auf die Lippen. Am liebsten würde sie einfach davonlaufen … Doch diese Stadt war jetzt ihre Heimat. Die Leute würden noch Wochen und Monate, nachdem der Quacksalber weitergezogen war, hinter ihrem Rücken mit Fingern auf sie zeigen und über sie tuscheln, wenn sie jetzt davonlief. Vor allem weil dieser Mistkerl auch noch vom Huf Satans gesprochen hatte! Ihr blieb nichts anderes übrig, als gute Miene zum bösen Spiel zu machen. Also trat sie an seinen Karren.

Arcimbaldo hielt ihr den Arm hin. »Nun, was siehst du hier?«

Sie starrte auf die struppigen Haare und zuckte mit den Achseln. »Nichts!«

»Das ist nur beinahe richtig, meine Hübsche!« Er strich die Haare auseinander, sodass auf der gebräunten Haut eine dünne weiße Linie sichtbar wurde. »Siehst du jetzt etwas?«

»Eine alte Narbe! Sie ist kaum noch zu erkennen!«

»Und doch war sie einmal so breit wie mein Zeigefinger!« Arcimbaldo hielt den Finger in die Luft, um seine Worte zu unterstreichen. »Das waren die gottverdammten Zieten-Husaren. Fast hätte mich der Treffer damals den Arm gekostet. Ich sag es euch, rot wie die Höllenglut war diese verdammte Narbe. Doch was ist geblieben? Eine fast unsichtbare, blasse Linie! Ist das nicht Magie?«

Ein Raunen ging durch die Menge, die sich vor dem Wagen des Quacksalbers versammelt hatte. Eine Frau neben Gabriela schlug hastig ein Kreuz und murmelte ein Ave Maria.

»Keine Sorge!« Arcimbaldo reckte sich auf die Zehenspitzen. »Nicht finstere Magie ist dies, sondern der Triumph der Wissenschaft.« Er hielt einen kleinen Tiegel aus gebranntem Ton hoch. »Diese Salbe hier vermag Narben fast unsichtbar zu machen, wenn sie noch nicht zu alt sind und man sie täglich damit behandelt. Einen Silbertaler kostet dieses Wundermittel.« Er beugte sich wieder zu Gabriela hinab. »Nun, meine Holde, ist das zu viel verlangt für ein Mittel, das auf immer diesen Makel aus deinem Gesicht zu tilgen vermag?«

Zweifelnd blickte sie auf das kleine Gefäß. Zehn Jahre ihres Lebens würde sie dafür geben, die Narbe wieder los zu sein. Doch sie besaß keinen Silbertaler. Ihr Onkel hatte ihr gerade genug Geld für die beiden Hühner mitgegeben und die kargen Ersparnisse ihres Vaters hatte sie auf der Flucht völlig aufgebraucht.

»Ich habe nicht so viel Geld«, flüsterte sie.

Der Wunderheiler zog die Brauen zusammen, sodass sie sich fast über der Nasenwurzel berührten. »Kein Geld?«, fragte er leise. »Schade.« Mit weit ausgebreiteten Armen wandte er sich der Menge zu. »Welch eine Tragödie! Die Hübsche hat kein Geld! Nun, ich habe nicht allein Mittel gegen Narben ...« Er zeigte auf einen beleibten, schwarz gewandeten Amtmann. »Ja, ihr alte Nebelkrähe, mit euch rede ich. Mit Verlaub, mein Herr, doch mich deucht, Ihr habt unter Eurer schön gepuderten Perücke kaum noch ein eignes Haar und wenn ich Euren verkniffenen Mund sehe, dann wette ich einen ausgewachsenen Ochsen gegen einen räudigen Straßenköter, dass Ihr oft Leibqualen habt und das, was Ihr zu Euch genommen habt, Euch nicht recht verlassen will. Nun, Amtmann, Euch kann geholfen werden!« Der Medicus musste Luft holen, und Gabriela nutzte die Gelegenheit, ihn zu unterbrechen.

»Wie lange seid Ihr noch in der Stadt, Meister Arcimbaldo?«

»Hah, mein Küken hat mich noch nicht vergessen. Drei Tage, Herzchen. Du kannst mich im Gasthaus »Zum Löwen« finden. Vor allem nachts.« Er lächelte anzüglich und blickte wieder zu dem Amtmann, der versuchte, sich davonzumachen, um nicht zur Zielscheibe für den Spott des Marktschreiers zu werden.

»Heho, meine alte Krähe! Ihr wollt mir doch nicht etwa davonfliegen. Kann ein so weiser Mann, wie Ihr es seid, seinem Glück einfach den Rücken kehren? Ihr müsst doch nur …«

Gabriela verließ den Marktplatz und stieg die steile Straße zur Kommandantur hinauf. Wie zum Henker sollte sie in drei Tagen einen Silbertaler auftreiben? Sie könnte natürlich ihren Onkel um das Geld bitten, doch zum einen war sie sich nicht sicher, dass er es ihr geben würde, und zum anderen war es eine Frage des Stolzes, dies nicht zu tun. Sie war schon als Bittstellerin erschienen, um von ihm in seinen Haushalt aufgenommen zu werden. Nun würde sie nicht auch noch um Geld betteln. Und doch … Sie dachte an die hässliche rote Narbe auf ihrer Wange. Was würde sie nicht dafür geben, dieses Mal loszuwerden!

Der General war mit dem Verlauf des Abends sehr zufrieden. Das Essen, das seine Nichte zusammen mit dem Feldkoch der Garnison zubereitet hatte, war ausgezeichnet gewesen. Gabriela hatte gemeinsam mit einigen ausgewählten Rekruten die Speisen aufgetragen und war erfreulicherweise nicht durch ungebührliches Verhalten aufgefallen. Sie trug an dem Abend das neue, kornblumenblaue Kleid, das er ihr vor ein paar Tagen geschenkt hatte, und es stand ihr recht gut.

Schon während des Essens hatte es reichlich böhmisches Bier gegeben. Seine Gäste waren die Offiziere der Garnison und Karl von Richter, ein Lieutenant aus dem Kürassierregiment Palffy. Der junge Adlige war ein vierschrötiger Kerl mit flinken braunen Augen. Nie verweilte sein Blick irgendwo länger als einen Augenblick und oft spielte ein überlegenes Lächeln um seine Lippen. Offenbar gehörte er zu jener Sorte junger Offiziere, die darauf vertrauten, dass ihr Adelstitel die Garantie für eine schnelle Karriere zum Obristen war. Von Richters Taktgefühl war gerade so groß wie der Respekt, den er vor seinem jeweiligen Gegenüber empfand. Von seinem Körperbau her mochte er ein guter Soldat sein, dachte von Bretton. Der Lieutenant hatte Hände so groß wie Spatenblätter und ein Kreuz wie ein Ochse. Wehe jedem, der ihm vor den Säbel kam! Doch seine Arroganz würde verhindern, dass seine Männer ihm jemals mit ehrlicher Begeisterung folgten. Außer dem Körperwuchs war nichts an von Richter, was man bewundern konnte. An diesem Abend jedoch wurde er allein schon aus Gastfreundlichkeit von den anderen Offizieren akzeptiert.

Natürlich wurde viel über die letzten Kriege gesprochen, doch der junge Kürassier war klug genug, die Eroberung von Olmütz durch die Preußen nicht zur Sprache zu bringen. Auch wenn von Bretton damals noch nicht Festungskommandant gewesen war und die Schande der Kapitulation allein die Ehre des Generals von Terzy befleckte, war ihm diese Geschichte doch zutiefst peinlich. In den letzten Jahren hatte er mit dem Ausbau der Verteidigungsanlagen dafür gesorgt, dass sich dieses Drama nicht noch einmal wiederholen würde. Von Bretton klopfte verstohlen auf die hölzerne Armlehne des Sessels, auf dem er sich niedergelassen hatte. Nicht dass er abergläubig war … Aber man konnte ja nie wissen. Dann widmete er sich wieder dem sachgerechten Stopfen seiner Meerschaumpfeife.

Nach dem Essen zog sich die Gesellschaft in den angrenzenden Kartenraum zurück, wo man ein paar zusätzliche Stühle aufstellte, damit jeder einen Platz finden konnte. Gabriela trug frisch gezapftes Bier auf und hielt sich anschließend dienstbeflissen im Hintergrund.

»Nun, Herr General, habt Ihr Euch endlich doch auch dazu durchringen können, eine Magd aufzunehmen«, eröffnete der Lieutenant das Gespräch.

Von Bretton biss auf das Mundstück seiner Pfeife. Im Raum herrschte betretendes Schweigen. Die Offiziere der Festung wussten natürlich längst, dass Gabriela eine mittellose Verwandte des Kommandanten war, doch so wie der General seine Nichte den Abend über behandelt hatte, war es nicht verwunderlich, dass ihr Gast sie für eine Dienstmagd hielt.

»Nun, mein Freund«, von Bretton räusperte sich und ließ den Zinndeckel seines Bierhumpens zuschnappen, »mir scheint, ich muss Euch über einen Irrtum aufklären. Die junge Dame, die uns heute Abend mit erlesenen Köstlichkeiten verwöhnte, ist keine Dienerin, sondern die Tochter meines verstorbenen Bruders, des Rittmeisters Carolus Freiherr von Bretton.«

»Der Bretton, der unter Oberst Trenk bei den Panduren gedient hat?«

Der General biss noch ein wenig fester auf den Pfeifenstiel. Kein Offizier in der Armee, der etwas auf Tradition und seine Berufsehre hielt, hörte den Namen Trenk gerne. »Ja, es stimmt, er hat unter Trenk gedient, und bevor Ihr fragt … Es stimmt auch, dass er zum Rittmeister degradiert worden ist. Obwohl ich darauf poche, dass mein

Bruder stets ein Ehrenmann war und mit den Banditenstücken der Panduren nichts zu tun hatte!«

»Ich habe nie begriffen, wie die Kaiserin einen Abenteurer und Räuber wie diesen Trenk, der infam genug war, sich von seinen Leuten mit einem türkischen Titel als Harambascha grüßen zu lassen, in ihrer Armee dulden konnte.« Der junge Lieutenant hatte sich sichtlich in Rage geredet. »Man hätte ihn mit allen seinen Schindern füsilieren sollen und die …«

»Ich denke, dass man ihn zu lebenslanger Haft auf der Feste Spielberg verurteilt hat, war für ihn schlimmer als ein Standgericht. Auch dort hat ihn der Tod ja schnell genug ereilt«, unterbrach eine schneidende Stimme den Kürassier. In der Tür zum Kartenraum stand Gabriela. Von Bretton fluchte innerlich. Was bildete dieses Weibsstück sich ein! Sich in Männergespräche einzumischen, verstieß gegen jeden Anstand!

Entschlossen trat seine Nichte in das Zimmer, baute sich vor dem stämmigen Kürassier auf und schlug ihm mit der Hand ins Gesicht, dass sich all ihre Finger rot auf seiner Wange abmalten. »Ihr habt meines Vaters Ehre beschmutzt, als Ihr ihn zusammen mit Trenks Handlangern einen Schinder nanntet und sagtet, man hätte ihn füsilieren sollen. Dafür fordere ich Euch zum Duell!«

»Genug! Törichtes Weib! Mach, dass du auf deine Stube kommst!« Von Bretton war außer sich vor Zorn. Noch Jahre würde man über seine verrückte Nichte reden. Wäre sie ein Mann, wäre ihr Handeln ehrenvoll gewesen. Doch als Frau machte sie sich nur lächerlich mit einer Duellforderung …

Von Richter musterte Gabriela amüsiert. »Es tut mir leid, Eure Forderung nicht annehmen zu können, meine Liebe. Ihr müsst doch wissen, dass Ihr als Frau nicht satisfaktionsfähig seid.«

»Das ist Euch wohl eine willkommene Ausrede, um Eure Erbärmlichkeit zu bemänteln!« Sie wandte sich zum Festungskommandanten um. »Und Ihr, Onkel ... Wie könnt Ihr es ertragen, dass man in Eurer Gegenwart dergestalt die Ehre Eures Bruders beschmutzt? Wer ist dieser Kürassier, dass Ihr ihm gestattet, in Eurem Haus solche Reden im Munde zu führen?«

Von Bretton packte seine Nichte am Handgelenk und zog sie zu sich herüber. Es kostete ihn Überwindung, seine Beherrschung zu bewahren, und sie nicht vor den Gästen zu ohrfeigen. Er sprach sehr leise, und seine Stimme zitterte vor Wut.

»Verlass dieses Zimmer! Du bist es, die Schande auf mein Haus geladen hat, indem du unsere Familie der Lächerlichkeit preisgibst! Mach dich davon! Ich will dich nicht mehr sehen!«

»Lasst gut sein, Herr General«, mischte sich der Kürassier ein. »Was mich angeht, ist die Sache so gut wie vergessen. Da sie nur ein Weib ist, kann sie mich nicht wirklich beleidigen.« Er blickte zu Gabriela und lächelte herablassend. »Ein ungewöhnliches Temperament hat die Kleine. Zu welchen Waffen hättet Ihr mich denn gefordert? Wäre es ein Kochlöffelfechten geworden oder hättet Ihr versucht, mich mit Zwiebeln und Möhren zu Tode zu werfen.«

Die anderen Offiziere in der Runde lachten herzhaft. Erleichtert atmete von Bretton auf. Der junge Schnösel hatte die Situation gerettet. Nichtsdestotrotz würde diese Unartigkeit Gabrielas noch ein Nachspiel haben. Sie musste lernen, wer hier der Herr im Hause war!

»Nun, Herr Lieutenant ... Ich weiß nicht, welch seltsamen Duellgepflogenheiten man in Eurem Regiment nachgeht, und möchte Eure Waffen gewiss nicht unmännlich nennen, doch ich für meinen Teil hätte Euch zwischen schweren Säbeln oder Pistolen wählen lassen. Um das Fechten interessant zu gestalten, hätte ich Euch selbstverständlich gestattet, Euren Kürass zu tragen.«

Einen Herzschlag lang glaubte von Bretton, er würde an dem Schluck Bier, den er gerade genommen hatte, ersticken. Welch ein Teufel ritt seine Nichte? Selbst von Richter stand ob ihrer Frechheit das Maul offen, und er glotzte wie eine Kuh an der Schlachtbank.

»Da ich nicht satisfaktionsfähig bin, schlage ich vor, unseren Händel mit einem Wettschießen beizulegen«, fuhr Gabriela ungerührt fort. »Und damit für jeden von uns das Risiko besteht, dass es schmerzt, auch wenn wir nicht von einer Kugel getroffen werden, sollten wir etwas setzen, das uns sehr am Herzen liegt. Ich für meinen Teil bin bereit, mein Pferd als Preis zu bieten. Eine erstklassige dreijährige Stute.«

»Meine Liebe, ich fürchte, wenn Ihr eine Kavalleriepistole abschießt, werdet Ihr dort landen, wo Ihr am wenigsten gepolstert seid, sodass zum Schmerz über den Verlust Eurer Stute auch noch ein körperliches Unbehagen hinzukommt, und Ihr …«

»Lasst es nur getrost meine Sorge sein, ob ich es verstehe, mit einer Pistole umzugehen. Willigt Ihr ein?«

Der Lieutenant blickte zu von Bretton. »Wenn unser Gastgeber nichts dagegen einzuwenden hat, wüsste ich nicht, was einem solchen Amüsement im Wege stehen sollte. Sicherlich ist dieser Wettstreit ein wenig ungewöhnlich, doch wenn es dem Amazonenblut Eurer Nichte durchaus danach verlangt, sich mit mir zu messen, dann bin ich gerne bereit, ihr auf diese Weise Satisfaktion zu gewähren.«

»Nun, meine Nichte muss selber wissen, ob sie sich der Lächerlichkeit preisgeben und ihr Gut auf so groteske Weise verschleudern will«, entgegnete der Festungskommandant. Wie sollte er es seinem Gast auch abschlagen, wenn dieser sich das Wettschießen wünschte, das Gabriela provoziert hatte. Wahrscheinlich dachte sich von Richter, dass er nie wieder so billig zu einem guten Pferd kommen würde. Gabriela warf ihm einen triumphierenden Blick zu.

»Wollen wir das Schießen in einer halben Stunde auf dem Hof vor der Kommandantur veranstalten?«

»Aber dann wird es fast dunkel sein«, wandte der junge Baron ein.

»Schreckt Euch das etwa?«

»Ich dachte nur ... Ihr bringt Euch wahrlich um jede Aussicht auf Erfolg. Kaum ein Schütze vermag im Finstern sein Ziel zu treffen.«

Gabriela lächelte kokett. »Meine Sorge ist das nicht. Doch wenn Ihr nur bei Tageslicht zu schießen vermögt ...«

»Na gut! In einer halben Stunde im Hof.«

»Schön. Wenn Ihr gestattet, werde ich mich nun zurückziehen, um die Pistolen zu laden, die mir mein Vater, den Ihr einen Schinder nanntet, vererbt hat!«

Von Bretton sah seiner Nichte mit gemischten Gefühlen nach, als sie den Kartenraum verließ. Wenn sie ein Neffe wäre, hätte er allen Grund, stolz auf sie zu sein. Aber so ... Er sollte sich Gedanken darüber machen, sie loszuwerden, oder besser noch, sie einfach verheiraten. Doch welcher Mann würde einen solchen Besen zum Weibe wollen? Vermutlich würde er tief in die Tasche greifen müssen, um ihr mit ihrer Mitgift die Attraktivität zu geben, die ihr der Herrgott verweigert hatte, dachte der General.

Mit klopfendem Herzen trat Gabriela auf den Exerzierplatz vor der Kommandantur. Ihr Onkel hatte eine Abteilung Kanoniere mit Fackeln Aufstellung nehmen lassen, um den Platz zumindest ein wenig zu erhellen.

»Wenn Ihr nichts dagegen habt, meine Amazone, werden wir auf Flaschen schießen. Treffer sind da auch von weitem schon leicht zu erkennen. Auf welche Distanz sollen wir anfangen? Ist zehn Schritt Euren Schießkünsten angemessen oder sollen wir lieber etwas näher ans Ziel rücken?« Der junge Kürassier grinste überheblich.

»Zehn Schritt ist recht«, entgegnete Gabriela kurz angebunden. Zwei Stallburschen hatten die beiden Pferde, die der Preis des Wettschießens sein sollten, auf den Platz gebracht. Der Rappe des Kürassiers war ein riesiges Tier, das unruhig schnaubte und an den Zügeln zerrte. Sein Hengst war gefechtsmäßig aufgezäumt und trug eine rote, mit Goldlitze abgesetzte Schweißdecke und dazu passende Pistolenhalfter. Ihr Nazli hingegen war ganz ruhig.

Man hatte einen kleinen Tisch herbeigebracht, auf dem drei Armeepistolen lagen.

»Ich hoffe, Ihr habt nichts dagegen einzuwenden, wenn ich meine eigenen Waffen benutze?«, fragte Gabriela.

Von Richter warf einen abschätzenden Blick auf den Pistolenkasten aus Nussholz. »Eine Dame, die ihre eigenen Pistolen verwendet.« Er schüttelte den Kopf. »Es ist weit gekommen.«

Gabriela stellte den Waffenkasten auf den Tisch und öffnete ihn. Die Pistolen hatte sie schon in ihrer Kammer geladen. Ein mulmiges Gefühl überkam sie, als sie eine der schweren Waffen in die Hand nahm. Seit der Nacht, in der sie Janosch erschoss, hatte sie die Duellpistolen nur ein einziges Mal angerührt, um sie zu säubern.

»Wer hat den ersten Schuss?«

Der Lieutenant verbeugte sich mit großer Geste. »Selbstverständlich Ihr, meine Dame. Es wäre stillos, nur wegen einer kleinen Meinungsverschiedenheit die Regeln der Etikette zu ignorieren, nicht wahr?«

»Wie Ihr meint, Herr Baron.« Gabriela blickte zu ihrem Onkel, der mit versteinerter Miene neben dem Tisch stand. Er hätte ihr wenigstens zunicken können. Schließlich war auch sein Name beleidigt worden.

»Dort vorne habe ich eine Kreidelinie auf das Pflaster gezogen. Von dieser Stelle sind es exakt zehn Schritt bis zu der Bank, auf der die Flaschen stehen. Viel Glück, meine Liebe.«

»Zu treffen ist keine Sache von Glück, Verehrtester.« Gabrielas Hand schloss sich um den kalten Griff der Waffe. Die Blicke der Männer rund um den Platz schienen wie Bleigewichte auf ihr zu lasten. Wahrscheinlich erwartete keiner von ihnen, dass sie mit der zwei Kilo schweren Waffe zu treffen vermochte. Sie dachte an die glücklichen Tage, als ihr Vater mit ihr ausgeritten war. Nach dem Tod ihres Bruders und der Mutter hatte er beschlossen, sie wie einen Sohn zu erziehen. Er hatte ihr Fechten und Schießen beigebracht, bis sie in der Lage war, selbst ihn mit der blanken Waffe zu besiegen. Die Duellpistolen waren erst wenige Wochen vor seinem Tod aus Mailand eingetroffen, wo er sie bei einem berühmten Büchsenmeister in Auftrag gegeben hatte. Sie hatten achtkantige, gezogene Läufe, die es erlaubten, wesentlich treffsicherer zu schießen als mit den herkömmlichen Waffen. So viel, wie diese beiden Pistolen gekostet hatten, brauchte sie in einem ganzen Jahr nicht zum Leben.

Gabriela trat an die Kreidelinie, spannte den Hahn, hob ihren Arm und zielte über den Lauf der Waffe hinweg. Die Fackeln der Soldaten tauchten den Hof in unstetes Licht. Gabriela verharrte einen Augenblick. Dann atmete sie aus und zog den Abzug durch. Ein ohrenbetäubender Knall hallte über den Exerzierplatz. Für einen Herzschlag lang war sie vom Pulverdampf der Waffe geblendet, doch deutlich hörte sie das Klirren von Glas. Irgendwo pfiff jemand anerkennend. Erleichtert atmete sie auf. Sie wandte sich zu dem Kürassier.

»Nun, Herr Baron, zeigt uns Eure Kunstfertigkeit. Oder soll ich Euch lieber Glück wünschen?«

Der junge Adlige blieb gelassen. »Wie Ihr schon ganz richtig bemerktet, hat ein guter Schuss nichts mit Glück zu tun.« Zackig wie bei einer Parade vor der Kaiserin trat er zum Kreidestrich, hob seine Waffe und schoss. Klirrend zersplitterte die Flasche. Er blies auf den rauchenden Lauf und drehte sich grinsend um. »Wollen wir die Sache nicht ein wenig schwieriger gestalten? Wie wäre es, wenn wir die Bank für die nächste Runde ein Stück weiter nach hinten setzen lassen?«

»Wenn Ihr Euch zutraut, dann noch zu treffen, Herr Baron.«

»Lasst das getrost meine Sorge sein.«

Der Festungskommandant rief einen kurzen Befehl. Zwei Kanoniere hoben die Bank an, trugen sie ein Stück weiter in Richtung der Stellmacherei.

Gabriela nahm die zweite Pistole aus dem Samtfutteral des Kastens und spannte den Hahn. Mit einem flüchtigen Blick überprüfte sie, ob genügend Pulver auf der Pfanne lag. Dann trat sie zur Kreidelinie und schoss, ohne viel Aufhebens zu machen. Wieder ein Treffer!

Unruhe entstand unter den Soldaten. Einige riefen lauthals Bravo, bis die Unteroffiziere mit scharfen Kommandos für Ruhe im Glied sorgten.

Zwischen der Artillerie und der Kavallerie herrschte eine alte Feindschaft. Die Reitersoldaten sahen oft geringschätzig auf die Kanoniere herab und nannten sie Feiglinge, weil sie nicht mit der blanken Waffe in der Hand dem Feind entgegenstürmten, sondern ihn lediglich auf große Distanz beschossen. Auch waren die Offiziersränge bei der Reiterei Adligen vorbehalten, wohingegen ein Bürgerlicher bei der Artillerie durchaus einen niedrigen Lieutenantsrang erreichen konnte. Dass viele der Kanoniere in den vergangenen Kriegen wacker bei ihren Geschützen ausgeharrt hatten und sich lieber niederhauen ließen, als ihre Kanonen im Stich zu lassen, zählte für die Reiter nicht. So war es nicht verwunderlich, dass ihr die Männer zujubelten. Als Nichte des Festungskommandanten vertrat sie die Ehre der Artillerie.

Inzwischen war der Lieutenant in Stellung gegangen und feuerte. Das Geschoss aus der schweren Reiterpistole riss die niedrige Bank um. Die Flasche zerschellte auf dem gepflasterten Hof.

»Auf welche Weise wir die Flasche zerspringen lassen, war nicht festgeschrieben, oder?« Er blickte zum General.

»Die Flasche wurde in Folge des Schusses zerstört. Also habt Ihr einen Treffer erzielt«, urteilte der Kommandant mit lauter Stimme. Auf dem Hof war es totenstill.

»Wenn Ihr nichts dagegen habt, können wir die nächste Runde noch etwas schwieriger gestalten, Herr Baron. Sonst schießen wir womöglich noch bis zum Morgengrauen. Was haltet Ihr davon, wenn wir versuchen, nur den Hals von der Flasche zu schießen?«

»Ihr beliebt zu scherzen, meine Liebe? Das meint Ihr doch nicht ernst?«

»Wenn Ihr das für einen Scherz haltet, könnt Ihr ja einfach nur auf die Flasche zielen. Oder beliebt Ihr wieder, die Bank über den Haufen zu schießen? Das ist natürlich ein größeres Ziel.«

»Setzt die Bank noch einmal ein Stück zurück.« Von Richter gab den Männern am anderen Ende des Hofes einen Wink, doch diese blieben stehen.

»Potzteufel, was soll das? Muss ich euch Beine machen, Kerls?«

»Tut, was er sagt«, erklang die Stimme des Festungskommandanten hinter ihnen. Diesmal gehorchten die Männer.

»Mich dünkt, man schätzt mich hier nicht sonderlich.

Wohlan, wenn Ihr gestattet, möchte ich diesmal den ersten Schuss tun.« Der Baron nahm die dritte geladene Armeepistole vom Tisch.

»Wie es Euch beliebt«, entgegnete Gabriela.

Von Richter trat zum Kreidestrich. Seine Hand zitterte für einen Herzschlag lang leicht. Dann hatte er sich wieder in der Gewalt. Er streckte den Arm vor und zielte. Eine Flamme schoss aus der Mündung der Waffe. Fast sofort klirrte das Glas der Flasche auf den Boden. Ein Treffer!

Gabriela fluchte leise. Die dunkle Flasche auf der zwanzig Schritt entfernten Bank war kaum zu erkennen. Unstet spiegelte sich das flackernde Licht der Fackeln darin. Hätte sie nur ihren Mund gehalten! Den Flaschenhals anzuvisieren war in der Tat so gut wie unmöglich.

Um schießen zu können, musste sie zunächst eine der beiden Pistolen nachladen. Sie nahm das Pulverhorn aus dem Kasten und füllte eine abgemessene Menge Schwarzpulver in den Lauf. Dann öffnete sie die kleine Dose, in der die gefetteten Stoffläppchen lagen, und nahm eine der Bleikugeln aus einem Seitenfach des Pistolenkastens. Das Läppchen legte sie auf die Mündung des Laufs und platzierte die Kugel darüber. Ihr nächster Handgriff galt dem kleinen Hammer mit dem Griff aus Elfenbein. Mit einem gezielten Schlag trieb sie die Kugel ein Stück weit in den gezogenen Lauf. Anschließend nahm sie den stählernen Ladestock, setzte ihn in die Mündung ein und trieb die Kugel so weit in den Lauf, dass sie fest auf der Pulverladung saß. Schließlich gab sie aus dem silberbeschlagenen Horn eine kleine Prise fein gemahlenes Zündpulver auf die Pulverpfanne und überprüfte mit dem Daumen kurz den Sitz des Feuersteins am Abzugshahn. Endlich war die Waffe schussbereit!

»Nun, Madame, ich biete Euch ein ehrenhaftes Unentschieden an. Ihr habt Euch wacker geschlagen.«

Gabriela bedachte den Baron mit einem geringschätzigen Blick. »Habt Ihr Angst zu verlieren?«

»Seid Ihr denn närrisch? Ich bin beileibe kein schlechter Schütze, wie ich wohl bewiesen habe, doch es war reines Glück, die Flasche zu treffen. Ihr könnt nicht gewinnen, und mir liegt nicht daran, Euch Eures Pferdes zu berauben.«

»Ihr braucht vielleicht Glück beim Schießen, mein Freund. Ich hingegen kann es.« Sie trat zum Kreidestrich und blickte mit zusammengekniffenen Augen zur Flasche. Ihre Hand war nass vor Schweiß. Innerlich verfluchte sie sich für ihren Hochmut. Sie hätte sich nichts damit vergeben, das Angebot des Offiziers anzunehmen. Warum hatte sie ihn noch einmal beleidigen müssen? Was brachte das? Wenn sie jetzt danebenschoss, war sie blamiert und würde obendrein auch noch ihre geliebte Stute verlieren. Doch es gab kein Zurück mehr! Sie streckte den Arm vor und zielte über den Lauf hinweg. Die Flasche war kaum zu erkennen. Vielleicht sollte sie stattdessen lieber auf die Bank zielen. Warum nicht denselben Trick wie der Baron anwenden? Wenn die Bank umstürzte, würde die Flasche gewiss auf dem Boden zerschellen. Damit hätte sie mit ihrem Kontrahenten gleichgezogen. Sorgfältig zielte sie auf das Sitzbrett der Bank. Ihr Finger krümmte sich am Abzug. Der Schuss versetzte ihr einen Schlag in den Arm. Blinzelnd spähte sie durch den beißenden Rauch. Die Bank stand noch! Sie hatte danebengeschossen!

Die Waffe wog jetzt wie eine Zentnerlast in ihrer Hand. Resignierend ließ sie den Arm sinken. Einer der Soldaten am Ende des Hofes lief zu der Bank, um die Flasche zu untersuchen.

»Ich werde Euch die Stute zu einem günstigen Preis zum Rückkauf anbieten.« Baron von Richter lächelte gönnerisch...

»Das wird nicht nötig sein«, entgegnete Gabriela. Sie besaß nur ein paar Kupfermünzen. So günstig würde er Nazli niemals abtreten. Nach dieser Blamage brauchte sie auch nicht auf die Unterstützung ihres Onkels zu rechnen.

»Bei allen Heiligen! Herr General!« Der Soldat, der zu der Bank gegangen war, hielt die Flasche in die Luft. »Sie hat sauber das Mundstück abgeschossen. So etwas habe ich noch nie gesehen!« Die Kanoniere brachen in lauten Jubel aus.

Fassungslos starrte der Baron zu dem Mann, der die Flasche hin und her schwenkte. »Das gibt es nicht! Das ist unmöglich. Der Teufel hat's gerichtet und ...«

»Haltet Eure Zunge im Zaum! Ihr habt verloren, und jeder hier auf dem Platz wird bezeugen, dass es dabei mit rechten Dingen zuging!« Von Bretton war hinter Gabriela getreten und legte ihr die Hand auf die Schulter. »Falls Ihr weiterhin darauf bestehen solltet, meine Nichte zu verleumden, wird das ein Nachspiel für Euch haben, Herr Baron.«

»Lasst es gut sein, Onkel!« Die Schützin streckte dem Verlierer ihre Hand entgegen. »Ihr habt mir ein sehr ritterliches Angebot gemacht, Herr Baron, als Ihr mir mein Pferd um einen geringen Preis zurückgeben wolltet. Wie könnte ich da hinter Euch zurückstehen? So biete ich Euch Euren Hengst um einen silbernen Maria-Theresien-Taler zum Kauf. Schlagt Ihr ein?«

Der Reiteroffizier zögerte einen kurzen Moment. Dann nahm er ihre Hand und nickte. »Euer Großmut beschämt mich, Madame. Mir stehen nur geringe Mittel zur Verfügung, und ich hätte in einer Postkutsche zu meinem Regiment zurückreisen müssen, wenn Ihr den Preis verlangt hättet, den mein Zeus wohl wert ist. Ich neige in Demut mein Haupt vor Euch und bereue aufrichtig, in meinem Übermut den Namen Eures Vaters beleidigt zu haben.«

»Es sei Euch vergeben. Vergessen wir den Vorfall!«

»Nein, meine Liebe, so leicht ist dieser Vorfall nicht aus der Welt!« Ihr Onkel blickte Gabriela mit grimmiger Miene an. »Du hast sämtliche Etikette mit Füßen getreten und dich aufgeführt wie ein betrunkener Fähnrich. Zieh dich nun auf dein Zimmer zurück!«

Mit einem triumphierenden Grinsen gab von Richter ihr die Silbermünze. »Manchmal kann ein Sieg auch eine Niederlage sein. Die gerechte Hand Eures Onkels wird Euch lehren, wie das Leben ist, und ...«

»Mischt Euch nicht schon wieder in Familiendinge ein, Herr Baron! Gabriela, du wirst dich umgehend auf deine Kammer begeben! Auf welche Weise ich dein ungehöriges Benehmen zu strafen gedenke, werde ich dir morgen mitteilen!«

3. KAPITEL

»Alle reden von dir … Ich wünschte, ich wäre gestern Abend dabei gewesen, als du es dem arroganten Kürassier gezeigt hast. Selbst in der Stadt weiß man schon überall von dem Wettschießen.«

Gabriela seufzte. »Vorerst hat mir dieser Ehrenhändel nur einen Arrest in meiner Kammer eingebracht, Branko. Den ganzen Tag in dieser winzigen Höhle zu hocken, wird mich noch wahnsinnig machen!«

Der Stiefelknecht machte eine wegwerfende Geste. »Was heißt das schon? Der alte Pfeifenkopf wird dir sicher nicht lange böse sein. Schließlich hat der Lieutenant auch seinen Bruder beleidigt und …«

»Einen Bruder, von dem er sich im Streit getrennt hatte. Die beiden hatten sich mehr als zehn Jahre nicht gesehen. Leider war ich damals zu klein, um zu wissen, worüber sie gestritten haben. Mein Vater duldete später nicht mehr, dass man den Namen Claudius in seiner Gegenwart in den Mund nahm …«

Branko kratzte nachdenklich den Flaum an seinem Kinn. »Ja, der General hält sehr auf Disziplin, aber im Grunde seines Herzens ist er ein guter Mensch. Er hat mich nicht ein einziges Mal schlagen lassen … Von Prügelstrafen und überhaupt von leiblicher Züchtigung hält er nicht viel. Wann immer in der Kommandantur ein Militärgericht tagt, geht es mit einer Geldstrafe oder Festungshaft aus.«

Das ist kein wirklicher Trost, wenn man in einem solchen Loch festsitzt, dachte Gabriela bei sich, doch sie schwieg. Vielleicht hatte der kleine Kerl mit seinem blonden Strubbelhaar ja recht. Branko mochte höchstens sechzehn Jahre alt sein. Er trug einen abgetragenen, wolfsbraunen Soldatenrock mit roten Aufschlägen. Wie die Trommlerjungen hoffte auch er darauf, in ein oder zwei Jahren als Büchsenmeister in die Garnisons-Artillerie aufgenommen zu werden.

»Hast du mir die Salbe besorgt?«

»Jawohl, Frau Scharfschützin!« Branko stand stramm und salutierte vor ihr, dann kramte er in einer der Taschen des viel zu weiten Rocks und holte schließlich ein kleines, tönernes Tiegelchen hervor. »Der Medicus hat gesagt, du sollst die Salbe morgens und abends dünn auf die Narbe streichen, bis das Töpfchen leer ist. Angeblich wird sie dann ganz blass und dünn. Aber ich würde das nicht tun. Ich finde, die Narbe passt zu dir ... Du siehst richtig verwegen damit aus. Ich wünschte, ich hätte so eine schöne Narbe im Gesicht. Dann hätten sie mich sicher schon ins Regiment aufgenommen.«

»Nun, ein verwegenes Aussehen ist etwas, das die meisten Männer bei Frauen nicht so sehr schätzen. Und was mich angeht, wäre ich froh, wenn ich dieses grässliche Wundmal einfach verschwinden lassen könnte. Es ist mit schlimmen Erinnerungen verbunden.«

Der Junge sah sie mit großen Augen an. »Man erzählt sich, du hättest sie vom Säbel eines Janitscharenpaschas, und dass du den Kerl erschossen hast. Stimmt das? Hast du wirklich gegen die Türken gekämpft, und war dein Vater Hauptmann bei Trenks Panduren?«

Gabriela schlug die Hände vors Gesicht und stieß einen tiefen Seufzer aus. »Bei der Jungfrau Maria, ist hier denn kein Geheimnis sicher?«

»Also ist es wahr?« Branko glotzte sie an, als sei sie der Erzengel Gabriel.

Gabriela brach in schallendes Gelächter aus. »Du solltest nicht alles glauben, was man sich auf einem Kasernenhof erzählt. Mein Vater war tatsächlich …«

»Branko!« Es war ihr Onkel, der rief. Vermutlich brauchte er den Jungen für irgendeinen Botengang. »Branko? Zum Teufel auch, wo treibst du Nichtsnutz dich wieder herum!«

Der Stiefelknecht zuckte zusammen. »Ich mach mich jetzt lieber davon. Wenn er mich hier oben erwischt, verdonnert er mich am Ende auch noch zum Arrest. Wir sehen uns heute Abend, wenn ich dir dein Essen bringe …«

»Gut! Pass auf, dass er dich nicht auf der Treppe zu meiner Stube erwischt.«

»Ach was …« Branko huschte durch die niedrige Tür und verschloss sie von außen sorgfältig. Dann schlich er die Stiege hinab, während man unten immer noch den zornigen General rufen hörte.

Wieder allein! Gabriela hockte sich auf den muffigen Strohsack und starrte auf die Holzdielen. Bis zum Abendessen würde es noch etliche Stunden dauern. Wie lange ihr Onkel sie wohl einsperren würde?

Durch eine undichte Stelle im Dach fiel ein nadelfeiner Lichtstreifen in die Kammer. Gäbe es ihn nicht, würde sie nur durch die Trompetensignale im Festungshof erfahren, wann ein Tag endete und wann ein neuer begann.

Ihr Blick wanderte zu der Tür an der Rückwand der Kammer. Was ihr Onkel wohl dahinter verbarg. Das Schlüsselloch musste von der anderen Seite mit einem Lappen verhangen sein. Jedenfalls konnte sie nicht hindurchsehen. Zweimal hatte sie versucht, das Schloss mit einer Haarnadel zu öffnen. Doch unnachgiebig verweigerte es sich all ihren Bemühungen. Sie war gar nicht so sehr daran interessiert herauszufinden, was der alte Pfeifenkopf dort verbarg. Ihr ging es darum, einen Platz zu haben, an dem sie ein paar Schritt gehen konnte. In der Dachkammer konnte sie nicht einmal direkt unter dem Giebel aufrecht stehen. Und sobald sie zwei Schritte machte, stand sie entweder vor der verschlossenen Tür zum Speicher oder aber vor der Tür, hinter der die Stiege zum Dachboden lag.

Ihr Blick ruhte unverwandt auf dem Schloss zur Speichertür. Vielleicht sollte sie noch einmal versuchen, es zu öffnen. Bis Branko käme, um ihr das Abendessen zu bringen, würden noch viele, endlose Stunden vergehen.

Wieder rannte eine Sturmbö gegen das Dach an und ließ die schweren alten Balken erbeben. Fünf Wochen war Gabriela nun schon in ihrer Kammer gefangen. Nur an jedem Sonntagmorgen durfte sie in die Küche hinabsteigen, um sich dort an einem hölzernen Schuber zu waschen. Ihren Onkel hatte sie seit der Nacht des Wettschießens nicht mehr gesehen. Langsam bekam sie Angst, er würde sie für immer hier oben eingesperrt halten wie einen verkrüppelten Wechselbalg, den man vor den Augen der Welt verstecken musste.

Sie tastete sich mit den Fingern über die Wange. Die Narbe war nicht mehr so hart wie vor ein paar Wochen. Doch wie gut die Salbe des Medicus Arcimbaldo geholfen hatte, vermochte sie nicht zu sagen. Sie besaß keinen Spiegel und musste sich im Wasser der Waschschüssel betrachten. In dem braunen Tongefäß konnte sie nur wenig mehr als den vagen Umriss ihres Gesichtes erkennen. Ob die Narbe wohl wirklich bis auf einen feinen, weißen Strich verschwinden würde, wie es der wandernde Medicus versprochen hatte? Aber was bedeutete das schon, wenn sie ihr Leben in dieser winzigen Kammer fristen musste, wo sie außer Branko niemanden sah.

Der Junge brachte ihr zweimal am Tag Essen und hatte die Aufgabe, ihren Nachttopf zu leeren. Manchmal war Zeit, ein wenig mit ihm zu reden. So erfuhr sie von den

Dingen, die in der Garnison vor sich gingen. Auch hatte er ihr von den Gerüchten über einen Werwolf erzählt, der die Schafherden der umliegenden Dörfer heimsuchte.

Meist jedoch wachte ihr Onkel streng darüber, dass sein Stiefelknecht nicht zu lange bei ihr blieb. Sobald Branko die Tür schloss, blieb ihr nichts, als die nicht enden wollenden Stunden zu zählen.

Fünf Mal hatte sie versucht, die Tür zum angrenzenden Speicher aufzubrechen. Aber sie besaß nicht das nötige Werkzeug. Ihren Säbel und die Pistolen hatte der General ihr abnehmen lassen, als ihre Gefangenschaft begann. Manchmal glaubte sie, sie müsste wahnsinnig werden. In den ersten Tagen hatte sie viel geschlafen, aber jetzt gelang es ihr nicht einmal mehr, in ihre Träume zu flüchten. Die einzige Unterhaltung, die ihr Onkel ihr gönnte, war eine Bibel, in der sie manchmal las, wenn Branko ihr mit dem Essen auch eine Kerze brachte. Einige Stellen in dem Buch waren angestrichen. Vor allem die Seiten des Alten Testaments waren abgegriffen und fleckig, so als habe der Festungskommandant sie immer wieder gelesen. Die Patriarchen des Volkes Israel schienen ihm Vorbild zu sein.

Wieder erzitterte das Dach unter der Wucht einer Sturmbö. Irgendwo klapperten ein paar lose Schieferschindeln und dort, wo bei Tag der schmale Lichtstreifen in ihre Kammer fiel, tropfte es jetzt in ihre Waschschüssel, die sie unter die undichte Stelle geschoben hatte.

Unstet flackerte das Licht über dem letzten Kerzenstumpen, der ihr noch geblieben war. Wann Branko neue Lichter bringen würde, war ungewiss. Eine halbe Stunde noch, dann hätte die grausame Tyrannin Finsternis wieder einmal gesiegt. Dann blieb Gabriela nichts mehr zu tun, als auf ihrem Lager zu liegen und auf die gedämpften Geräusche der Welt dort draußen zu lauschen, von der sie nun schon so lange ausgeschlossen war.

Das Wachs perlte an der honigbraunen Kerze hinab und sammelte sich auf dem breiten Messingfuß des Kerzenständers. Gabriela wartete einen Augenblick, bis es erkaltet war, dann schob sie ihren Daumennagel unter die Wachstränen, brach sie ab und hielt sie an die Flamme. So würde das Licht noch ein paar Herzschläge länger leuchten. Der Zugwind ließ die Kerzen schnell herabbrennen. Nur wenn es fast windstill war, erhob sich die Flamme aufrecht über dem Docht.

Wie spät es wohl sein mochte? Es waren sicher schon Stunden vergangen, seit ihr Branko das Abendessen gebracht hatte. Längst war der Zapfenstreich geblasen worden. Sie sah zu dem blanken Teller hinüber. Sie hatte mit einem Brotkanten die Reste der Fleischsauce abgewischt. Obwohl ihr Onkel angedroht hatte, dass sie hier bei Wasser und Brot schmachten sollte, ließ er ihr gutes Essen bringen. Heute hatte es ein kaltes Stück Braten vom Rind und gekochtes Gemüse gegeben.

Der Regen war stärker geworden. So als würden hundert Tamboure zugleich ihre Trommeln rühren, prasselten die Tropfen auf das Schieferdach und spielten ihr ein Nachtlied. Ihre Waschschüssel war jetzt fast voll. Wenn der Regen noch lange dauerte, hätte sie bald keine Gefäße mehr, in denen sie noch Wasser sammeln könnte.

Ein Geräusch im stillen Haus ließ sie aufhorchen. Es klang wie schwere Schritte. Jemand war unten im Flur bei der Stiege, die zu ihrem Gefängnis führte. Sie lauschte angespannt, doch außer dem Regengeprassel und dem Knarren des Dachgebälks war jetzt nichts mehr zu hören. Hatte sie sich getäuscht? Nein! Da war das Geräusch wieder. Schritte! Jemand ging unten durch den Flur. Dann war es wieder still. Wer zum Henker mochte zu nachtschlafender Stunde noch auf den Beinen sein?

Als die Schritte erneut erklangen, war Gabriela sich

sicher, dass sie die Stiege hinaufkamen. Ob das ein Spuk war? Sie griff nach der Bibel neben ihrem Nachtlager und rückte bis ganz zur Wand zurück. Hätte sie nur ihre Pistolen … oder wenigstens den Säbel!

Die Schritte verharrten vor ihrer Tür. Lichtschein war durch den Spalt über dem Boden zu sehen. Ein Schlüssel wurde in das Schloss geschoben.

»Branko? Bist du es?«

Statt einer Antwort heulte der Sturmwind um den Giebel. Sie hörte das leise Knirschen von Metall, als der Schlüssel umgedreht wurde. Lautlos schwang die Tür auf. Einen Herzschlag lang war Gabriela durch das Licht einer hellen Laterne geblendet. Dann erkannte sie die schattenhafte Gestalt.

»Onkel?«

Der General war gekleidet, als wolle er auf einen Ball am Hof der Kaiserin. Er trug eine frisch gepuderte weiße Perücke mit einem Zopf, der von einer schwarzen Schleife gehalten wurde. Dazu einen Dreispitz mit breitem Goldband, den weißen Offiziersrock mit roten Ärmelaufschlägen und Goldbesatz, eine lange rote Weste, rote Hosen und Schaftstiefel. Um die Taille war eine breite, goldene Schärpe geschlungen, und er hatte sogar seinen kurzen Offiziersdegen angelegt.

»Geh hinunter in mein Zimmer! Du kannst dich für diese Nacht dort zur Ruhe begeben!«

Gabriela starrte ihn an, unfähig sich zu rühren. Das helle Licht der Lampe ließ sie blinzeln. »Ist mein Arrest beendet?«

»Ja! Heute Abend haben meine Offiziere eine Petition für dich eingereicht. Alle haben unterschrieben. In ihren Augen hast du die Ehre der Artillerie gerettet. Ich sehe das anders … Sein aufsässiger Geist hat das Leben deines Vaters ruiniert. Dir soll es nicht genauso ergehen. Dafür werde ich sorgen! Beherrsche dich, und wir werden keinen weiteren Streit mehr haben …«

Unsicher stand Gabriela auf und wollte ihre Sachen zusammensuchen!

»Lass das! Dafür ist auch morgen noch Zeit! Geh jetzt hinunter und …« Ihr Blick haftete an seinen wässerigen, blauen Augen. Sein Atem stank nach Bier. »Wenn du wüsstest, wie schwer es mir gefallen ist, dich hier oben zu wissen. Keine Stunde habe ich verlebt, ohne dass ich an dich gedacht hätte. Doch wenn du ein glückliches Leben führen willst, muss ich erst den aufsässigen Teufel aus dir treiben, der dein Temperament anstachelt und dich ins Unglück treiben wird!«

Gabriela schwieg. Er hatte leicht reden! Was wusste er schon davon, was es hieß, Wochen in diesem stinkenden Loch zu verbringen! Wenn er glaubte, sie würde ihm einfach so verzeihen, hatte er sich geirrt. Sie war kein wildes Pferd, das zugeritten werden musste, damit es sich fügte! Hoch erhobenen Hauptes verließ sie die Kammer. Ihr Onkel ignorierte sie. Stattdessen zog er einen Schlüssel, der an einem breiten Eisenring hing, aus seiner Manteltasche und schritt wortlos zu der geheimnisvollen Tür an der gegenüberliegenden Wand.

Schon auf der obersten Treppenstufe stehend, drehte sich Gabriela noch einmal um. Hatte er der Petition am Ende vielleicht nur deshalb nachgegeben, damit er wieder auf seinen Speicher konnte?

»Onkel …«

Der Festungskommandant blickte zu ihr hinüber. »Geh! Im Namen aller Heiligen! Lass mich jetzt in Frieden … Wir werden morgen reden!« Seine Stimme klang gequält. Mit zwei langen Schritten eilte er zur Tür über der Treppe und schlug sie ihr vor der Nase zu. Gabriela hörte, wie sich der Schlüssel im Schloss drehte. Sie war ausgesperrt.

Mit gemischten Gefühlen stieg sie die Treppe hinab. Endlich war sie wieder frei ... Und doch vermochte sie sich nicht so darüber zu freuen, wie sie in den Wochen ihrer Gefangenschaft geglaubt hatte. Ihr Onkel hatte es verstanden, ihr das Geschenk in dem Moment, in dem er es machte, auch gleich wieder zu vergällen. Was zum Henker ging in ihm vor? Und was verbarg sich hinter der Tür, dass er es vor allen geheim halten musste?

Nachdenklich stieg sie die Treppe hinab. Das Zimmer ihres Onkels lag direkt unter dem Speicher. Es war ein kleiner, spartanisch eingerichteter Raum mit einem schmalen Bett, einem schmucklosen Schrank und einer großen, mit breiten Eisenbändern beschlagenen Kiste, in der er offenbar während der Feldzüge seine Habseligkeiten versammelte. Direkt neben dem Bett stand noch ein schmaler Tisch, auf dem eine Bibel und ein Rosenkranz lagen. Ein dreiarmiger Kandelaber tauchte das Zimmer in warmes Licht. Auf dem Bett selbst lagen Kleider.

Gabriela wollte sie einfach auf die Truhe legen, als sie merkte, was es war. Ein Jagdkostüm aus feinem, grauem Stoff. Ein weiter Rock und dazu eine Weste mit Messingknöpfen und breiten, roten Schoßumschlägen. Neben dem Bett stand auch ein neues Paar Reitstiefel. Die Kleider mussten für sie sein!

Über sich hörte sie die schweren Schritte des Onkels. Rastlos ging der General auf dem Speicher auf und ab. Was für ein Mensch war er nur? Erst sperrte er sie wochenlang ein, weil sie die Ehre der Familie verteidigt hatte, und dann gab er einen ganzen Monatssold aus, um ihr ein solches Geschenk zu machen! Müde legte sie sich auf das Bett und starrte zur Decke hinauf, so als könnten ihr die dunklen Balken Antwort auf ihre Fragen geben.

Noch bis zum Morgengrauen hörte sie die schweren Schritte.

4. KAPITEL

Von Bretton streckte sich im Sattel und gab das Zeichen zum Aufbruch. Seine Glieder schmerzten ihn. Er hatte nur ein paar Stunden auf dem Strohsack in der Kammer seiner Nichte geschlafen. So etwas war nichts mehr für ihn! Ein Mann in seinen Jahren sollte in einem richtigen Bett ruhen. Und Gabriela sollte auch nicht mehr dort oben schlafen. Er würde schauen, dass sie irgendwo in dem großen Garnisonsgebäude ein eigenes Zimmer bekam. Man würde noch über ihn reden, wenn er seiner Nichte keine angemessene Unterkunft gewährte. Nach dem Wettschießen mit dem Kürassier hatte die ganze Stadt tagelang von nichts anderem geschwatzt als von der jungen Amazone im Haus des Festungskommandanten. Von Bretton räusperte sich leise. Sie brachte nichts als Probleme in sein Leben. Obendrein war sie so dickköpfig wie sein toter Bruder und dennoch … Er blickte zu ihr hinüber. Sie saß im Damensitz auf ihrer braunen Stute und sah in dem grauen Jagdkostüm, das er ihr geschenkt hatte, einfach großartig aus. Auch wenn es ihm widerstrebte, sich das einzugestehen, so war er doch ein wenig stolz auf sie. Er lächelte. Wie sie den Hochmut des Kürassiers zurechtgestutzt hatte … Er wünschte, er hätte Schützen wie sie in dem Füsilierregiment, das seinen Kanonieren zugeordnet war. Das Gesicht, das der Baron machte, als man ihm die Flasche zeigte, von der das Mundstück weggeschossen war, würde er sein Leben lang nicht vergessen. Dennoch hatte sich Gabriela gegen ihn aufgelehnt und seinen Gast brüskiert. Er hatte sie bestrafen müssen!

Von Bretton nickte den salutierenden Wachen zu, als sie das Tor der Festung passierten. Fast das ganze Offizierskorps ritt hinter ihm. Er hatte für den heutigen Tag eine Jagd angeordnet. Offiziell war es nur eine ganz gewöhnliche Jagdgesellschaft. Bei einem Wald in der Nähe der Stadt warteten fünfzig Treiber und zwei Hundemeuten. Sie sollten das Rotwild aufscheuchen und den berittenen Jägern entgegentreiben. Insgeheim hoffte er jedoch auch, dass sie bei der Jagd vielleicht den Wolf aufscheuchen würden, der in den letzten Monaten in der Region sein Unwesen trieb. Langsam nahmen die Gerüchte, die über ihn im Umlauf waren, überhand! Die Dörfler getrauten sich nachts nicht mehr aus ihren Häusern. Allenthalben wurde von einem Werwolf gemunkelt. Für diesen abergläubischen Unsinn hatte von Bretton nichts übrig. Zugegeben, es war ungewöhnlich, dass sich ein Wolf so früh im Jahr in die Nähe der Stadt wagte … Für gewöhnlich kamen sie nur in sehr strengen Wintern aus den Bergen. Vermutlich war er ein Einzelgänger, den sein Rudel verstoßen hatte. Bislang hatte er noch keinen Menschen angefallen. Es gab lediglich Berichte darüber, wie er Jungtiere oder alte und kranke Tiere aus Schafherden geholt hatte. Trotzdem schob man jeden Verschwundenen in der Gegend auf den Werwolf. Na ja, wenn sie ein wenig Glück hatten, wäre der Spuk mit der heutigen Jagd beendet.

Von Bretton blickte wieder zu seiner Nichte. Sie hatte sogar darauf verzichtet, ihre Pistolen mitzunehmen. Offenbar hatte Gabriela beschlossen, mit ihrem Ruf als Flintenweib zu brechen. Dennoch hatte er sicherheitshalber einen jungen Fähnrich mit dem Auftrag abgestellt, nicht von ihrer Seite zu weichen. Wenn sie sich in Zukunft ein wenig gescheiter verhielt, würde es ihm vielleicht gelingen, sie an einen seiner älteren Offiziere zu verheiraten. Es gab nichts Besseres als eine Ehe, um eine junge, aufsässige Frau zu bändigen. Wenn sie erst einmal für einen Haushalt zu sorgen hatte und ein paar kleine Bälger an ihrer Schürze hingen, dann blieb keine Zeit mehr für Kapriolen.

Hoffentlich gelang es ihnen, diesen Wolf aufzuspüren! Gestern hatte er Meldung davon erhalten, dass man in einem Dorf ganz in der Nähe über eine Gruppe Zigeuner hergefallen sei, weil jemand behauptet hatte, unter ihnen würde sich der Werwolf verstecken.

Der junge Fähnrich ging Gabriela auf die Nerven. Er wich einfach nicht von ihrer Seite! Und ein miserabler Reiter war er auch noch. Franz von Zeilitzheim hieß der junge Offizier. Er war recht schlank und nicht sehr groß. Als Artillerist mochte er vielleicht seine Qualitäten haben, doch saß er im Sattel, als hätte er einen Stock verschluckt. So wie er aussah, war er höchstens zwanzig Jahre alt. Statt eines Bartes sprossen Pickel um sein Kinn, und er trug eine Brille, so als habe er sein Leben lang seine Nase lieber in Bücher gesteckt, statt sich mit vernünftigen Dingen wie der Jagd oder Waffenübungen zu beschäftigen.

Franz hatte eine Art, akkurat zu sein, die Gabriela provozierte. Seine Haare waren über den Ohren ordentlich zu Locken gerollt, und die schwarze Seidenschleife, die seinen Zopf zusammenhielt, war selbstverständlich mit äußerster Sorgfalt gebunden. Seine Uniform war tadellos in Schuss. Nirgends sah man eine ausgebesserte Naht oder ein wenig Schmutz. Selbst der Schlamm, den die Hufe ihrer Pferde auf dem vom nächtlichen Regen aufgeweichten Weg aufspritzen ließen, schien auf wundersame Weise nur sie zu beschmutzen. Die polierten Schaftstiefel des Fähnrichs glänzten noch so, als wären sie ihm eben erst von seinem Stiefelknecht gebracht worden, und auch auf seiner weißen Hose und dem wolfsbraunen Soldatenrock zeigte sich nicht ein Schlammspritzer. Bei ihr sah das ganz anders aus, dachte sie ein wenig ärgerlich. Der Saum ihres neuen Rocks war schon durch eine Pfütze geschleift und an ihren Stiefeln haftete Pferdedung aus den Ställen.

Solange sie in Sichtweite ihres Onkels waren, hatte Gabriela auf den Trottel Rücksicht genommen, doch da Franz von Zeilitzheim ein sehr schlechter Reiter war, fielen sie immer weiter hinter die Hauptgruppe der Jagdgesellschaft zurück. Gabriela hatte nicht die mindeste Absicht, ihren ersten Tag in Freiheit in Gesellschaft dieses Aufpassers zu verbringen. Die Sonne stand hoch am Himmel. Es war ein warmer Herbsttag, wie es in diesem Jahr sicher nur noch wenige geben würde.

Sie ritten über ein abgeerntetes Kornfeld am Rand eines Buchenwaldes, aus dem das Lärmen der Treiber und das Kläffen der Jagdhunde ertönten. Ein Teil der Jäger war in den Wald hineingeritten, während die übrigen Offiziere und ihre Damen auf der Wiese am Waldrand darauf warteten, dass das aufgescheuchte Wild aus dem Dickicht brach. Der Waldrand machte hier einen weiten Bogen und umschloss das Feld fast zur Hälfte. Gabriela drehte sich um und blickte zu ihrem Wachhund. Dabei fluchte sie innerlich. Wer immer den Damensattel erfunden hatte, musste Frauen gehasst haben!

»Was für ein wunderschöner Tag!« Der Fähnrich lächelte ein wenig dümmlich. »Eine glänzende Idee von Ihrem Herrn Onkel, heute eine Jagdgesellschaft zu geben!«

Sie nickte artig und setzte dazu ihr entzückendstes Lächeln auf. »Ja, dieser Tag scheint wie geschaffen dazu, ihn mit Wildbret zu beenden. Wir dürfen auf keinen Fall versäumen …«

Vor ihnen sprang ein Hase auf, der sich in einer kleinen Mulde zwischen den Stoppeln versteckt hatte. Gabrielas Stute scheute und stieß ein erschrockenes Wiehern aus. Das war die Gelegenheit! Entschlossen stieß sie ihr die Hacken in die Flanke, und die große Nazli fiel fast aus dem Stand in den Galopp.

»Hilfe! Mein Pferd geht durch! Rettet mich, Franz!« Gabriela musste sich zusammenreißen, um nicht laut aufzulachen. Der Fähnrich blickte so erschrocken, als werde er allein von einer Schwadron preußischer Husaren angegriffen. Dann gab er seinem Grauen die Sporen und versuchte, ihr zu folgen. Er war noch keine hundert Schritt geritten, als ihm schon der Dreispitz davonflog.

Gabriela hielt mit ihrer Stute in vollem Tempo auf den Waldrand zu. Als sie durch das Dickicht brach, zog sie den Kopf ein. Dünne Äste zerrten an ihren Kleidern und zerzausten ihr Haar. Als sie sich sicher war, dass man sie von der Wiese aus nicht mehr sehen konnte, rutschte sie aus der unbequemen Damenreitposition rittlings in den Sattel. Sie hörte eine Naht an ihrem Rock reißen.

Ihre Stute folgte nun einem schmalen Wildwechsel und hatte ihr Tempo verlangsamt. Weit hinter ihr erklangen Rufe und das Krachen von Ästen. Sie beugte sich dicht über die Mähne Nazlis. »Bring mich ins Herz des Waldes, meine Schöne«, flüsterte sie und die Stute schnaubte, als habe sie ihre Worte genau verstanden. »Für einen halben Tag wollen wir den langweiligen Spießern einfach davonlaufen.«

Mit einem Sprung setzte die Stute über einen gestürzten Baumstamm hinweg und verließ dann den Wildwechsel. Das Unterholz war hier weniger dicht und wie graue Säulen erhoben sich die schlanken Stämme alter Buchen zum Himmel.

Endlich wieder frei!

Gabriela schätzte, fast eine Stunde geritten zu sein, als sie eine verborgene Lichtung erreichte, über die sich eine Turmruine erhob. Ihre Stute wieherte unruhig und stellte die Ohren auf, als lausche sie auf etwas. Gabriela gefiel der Platz und sie schwang sich aus dem Sattel.

Das Dach des Turms war schon vor langer Zeit eingestürzt. Niedrige Mauern kündeten von anderen Gebäuden, die allerdings schon so weit verfallen waren, dass nicht mehr zu erkennen war, wozu sie einst gedient hatten.

Gabriela nahm ihre unruhige Stute am Zügel und trat durch ein Tor ins Innere des Turmes. Der Boden dort war mit Trümmern bedeckt. In einer Ecke entdeckte sie die Reste einer Feuerstelle, die vielleicht von verirrten Reisenden oder Wilddieben benutzt worden war. Ein eiserner Ring war dicht neben dem Eingang in die Wand eingelassen. Dort band sie Nazli an. Dann kletterte sie ein Stück die steinerne Treppe hinauf, die in die dicke Wand des Turms hineingebaut war. Vielleicht zwölf Schritt über dem Boden war eine Bresche in das Mauerwerk geschlagen. Dort blieb sie und hockte sich auf die von der Sonne erwärmten Steine.

Kleine weiße Wolken zogen über den Himmel. Gabriela lauschte auf das Rauschen der Blätter und dachte an die Zeit, als sie mit ihrem Vater auf die Jagd geritten war. Mehr als drei Jahre waren seitdem verstrichen, und doch sah sie die hagere, große Gestalt ihres Vaters noch vor sich, als hätten sie sich erst gestern zum letzten Mal gesehen. Er war so stolz auf sie gewesen, als sie einen riesigen Keiler mit einem Glückstreffer durch das rechte Auge gefällt hatte. Und dann der Winter, in dem sie gemeinsam auf Wolfsjagd gegangen waren. Eine ganze Woche waren sie in den verschneiten Wäldern unterwegs gewesen, doch am Ende hatte jeder von ihnen drei Wolfsschwänze an seinem Tornister hängen gehabt.

In der Ferne krachten Schüsse. Wütend ballte sie die Fäuste. Obwohl sie allen bewiesen hatte, was für eine Schützin sie war, duldete ihr tyrannischer Onkel kaum, dass sie eine Flinte auch nur ansah. Sie würde sich sehr verstellen müssen, um mit ihm zusammenleben zu können. Hoffentlich würde ihnen der Wolf entwischen! Sie hatten es nicht verdient, ihn zu stellen. Er war frei und wild ... Könnte nur auch sie so leben. Ihr Onkel dachte vermutlich darüber nach, sie zu verheiraten. Hoffentlich hatte er nicht den Fähnrich ins Auge gefasst!

Wieder waren vereinzelte Schüsse zu hören. Wie viele davon wohl trafen? Sie lächelte hämisch.

Mehr als eine Stunde blieb sie auf dem Turm und blickte über das Meer aus Baumwipfeln, dann stieg sie die halb verfallene Treppe hinab. Sie durfte nicht zu lange fortbleiben, sonst würde ihr niemand mehr die Geschichte mit dem durchgegangenen Pferd glauben.

Ihre Stute schnaubte, als sie zu dem Eisenring trat und das Tier losband. Nazli schien noch immer nervös zu sein. Warum nur? Sie nahm sie am Zügel und verließ den verfallenen Turm. Nahe dem Eingang gab es eine große, schlammige Pfütze. Vielleicht wäre es besser, wenn sie ein wenig mitgenommen aussah? So als sei sie gestürzt. Sie kniete nieder, griff in die schlammige Erde am Rand der Pfütze und rieb ihren Rock mit Schmutz ein. Niemand würde ihr unterstellen, dass sie dies mit voller Absicht getan hatte. Jedenfalls nicht, wenn sie ein unschuldiges Gesicht aufsetzte, ein wenig hinkte, von ihrem schlimmen Sturz erzählte und davon, wie sie sich im Wald verirrt hatte. Sie wollte sich gerade aufrichten, als sie die Spur auf der anderen Seite der Pfütze sah. Es waren Pfotenabdrücke wie von einem riesigen Hund. Gabriela schluckte. Er war hier gewesen. Plötzlich spürte sie ein eigenartiges Kribbeln im Nacken, so als würde sie beobachtet. Sie durfte jetzt keine Angst zeigen! Ihr Vater hatte ihr einmal erzählt, dass Wölfe es riechen könnten, wenn man sich vor ihnen fürchtete, und dass sie dann noch wilder würden.

Nazli blähte die Nüstern. Sie hatte die Ohren steil aufgestellt und starrte in Richtung einer verfallenen Mauer aus Bruchstein, die kaum noch kniehoch aufragte.

Gabriela griff nach den Zügeln und streichelte dem Pferd beruhigend über den Nacken. »Ist er gekommen, als ich oben auf dem Turm war? Keine Angst, meine Schöne ... Wir haben bis jetzt Glück gehabt. Der Graue wird uns schon nichts tun. Sicher weiß er, dass er gejagt wird!«

Mit einem Satz war Gabriela im Sattel. Aufmerksam musterte sie das Trümmerfeld und die niedrigen Büsche, die zwischen den Ruinen wuchsen. Der Wolf war nirgends zu sehen. Sie hatte die Lichtung fast schon verlassen, als ihr eine schmale, dunkle Öffnung neben einem Busch auffiel. Ein halb verschütteter, gewölbter Torbogen. Offenbar einst der Eingang zu einem Keller. Für einen Wolf musste der Durchschlupf groß genug sein. Das war seine Höhle! Einen Herzschlag lang überlegte sie, ob sie wieder absteigen sollte, um ganz sicherzugehen, dass sie sich nicht irrte. Der Wolf konnte nicht in den Ruinen sein! Er hätte sonst mit Sicherheit ihre Stute gerissen, als sie am Eisenring angebunden war. Es war der Raubtiergeruch, der Nazli nervös gemacht hatte. Noch immer war ihr Pferd unruhig. Vielleicht war es ja klüger als sie.

Gabriela blickte zum Himmel. Es war schon früher Nachmittag. Sie durfte der Jagdgesellschaft nicht noch länger fernbleiben. Wenn ihr Onkel ihr Spiel durchschaute, würde er sie womöglich erneut wochenlang einsperren. Außerdem war sie unbewaffnet. Wenn der Wolf sie überraschte ... Nein, es war klüger zu gehen. Sie würde sich den Weg durch den Wald gut merken, damit sie die verborgene Ruine wiederfand, und sobald wie möglich zurückkommen, um den Grauen eigenhändig zu erlegen. Es wäre nicht das erste Mal, dass sie einen Wolf schoss. Sie würde es allein schon deshalb tun, um ihrem Onkel zu zeigen, dass sie keine Frau war, die man einfach so verheiratete. Von Männern hatte sie nach ihren Erfahrungen mit Janosch erst einmal genug. Und wenn es ihr gelang, den Werwolf zu erlegen, dann würde sich sicherlich niemand mehr getrauen, um ihre Hand anzuhalten.

Auch wenn sie den Wolf nicht aufgestöbert hatten, war die Jagd ein großer Erfolg gewesen. Zufrieden ließ sich von Bretton in den Lehnstuhl hinter dem Kartentisch sinken. Er hatte seine Gäste verabschiedet und war froh, endlich wieder mit sich und seinen Gedanken allein zu sein.

Als man ihm berichtet hatte, Gabriela sei das Pferd durchgegangen, hatte er zunächst vermutet, seine aufsässige Nichte sei durchgebrannt. Er hätte den vertrottelten Fähnrich am liebsten aus dem Regiment geworfen. Taugenichts! Wie konnte man so unfähig sein, eine Frau, die im Damensitz ritt, nicht einzuholen! Naja, er hatte Gabriela mit von Zeilitzheim ärgern wollen. Natürlich hätte er ihr auch einen männlicheren Aufpasser mitgeben können... Aber er hatte ja ganz bewusst diesen jungen Trottel ausgesucht! Also war es seine Schuld, wenn der Fähnrich seiner Nichte nicht gewachsen war.

Zum Glück waren seine Sorgen über Gabriela unbegründet gewesen. Sie hatte wahrlich mitleiderregend ausgesehen, als sie aus dem Wald gehinkt kam. Ihre Frisur zerzaust, Schrammen von Ästen auf dem Gesicht und das Reitkostüm über und über mit Schlamm bespritzt. Seine Offiziere hatten sich gegenseitig überboten, seiner armen Nichte behilflich zu sein. Ihr bedauerlicher Unfall hatte nur allzu deutlich gezeigt, dass sie doch kein Mannweib war. Von Bretton lächelte. Er wusste genau, dass man Gabriela seit dem Wettschießen hinter seinem Rücken die Amazone nannte. Damit war es nun gewiss vorbei! Das würde es leichter machen, einen Mann für sie zu finden.

Der junge von Zeilitzheim hatte sogar einen Bauernwagen requiriert, um Gabriela in die Stadt fahren zu lassen. Schließlich konnte man ihr nach dem Sturz unmöglich zumuten, schon wieder auf ein Pferd zu steigen, und sie waren einige Meilen von Olmütz entfernt. Der junge Fähnrich hatte sich regelrecht ein Bein ausgerissen, um seine Verfehlungen wiedergutzumachen. Dennoch wäre er wohl nicht der Richtige für seine Nichte, dachte der General. Von Zeilitzheim war einfach kein Mann, den man ernst nehmen konnte. Ein guter Rechenkünstler und ein bemerkenswerter Richtschütze. Doch das waren keine Werte, die für eine junge Frau zählten. Nicht einmal seine eigenen Männer hatten Respekt vor dem Fähnrich. Er sollte jemand anderen suchen. Es gab da einen ungarischen Hauptmann bei den Füsilieren ... Angeblich war er ein Weiberheld. Doch seit er in Olmütz diente, hatte er keine Affäre mehr gehabt. Von Bretton griff nach dem Tabaksbeutel und begann sich eine Pfeife zu stopfen. Er sollte sich jetzt keinen Kopf über diese Angelegenheiten machen. Gabriela war jung, und es würde sich sicher eine Lösung finden!

Nachdenklich blickte der General auf die Karten auf dem Tisch. Es waren Pläne der neuen Festungsschanzen. Noch einmal würden die Preußen Olmütz nicht an sich reißen. Wenn die Adligen am Kaiserhof in Wien den Preußenkönig spöttisch den Markgrafen von Brandenburg nannten, bewiesen sie nur, was für Narren sie waren. Auch wenn die Kaiserin in den letzten Jahren den Ausbau ihrer Armee vorangetrieben hatte, so waren Friedrichs Regimenter immer noch die besten Soldaten Europas. Man sollte den kleinen Berliner ernst nehmen! Es standen noch immer viel zu wenig Truppen an den Grenzen. Wenigstens hatte man begonnen, die wichtigen Grenzstädte nach den neuesten Erkenntnissen der Festungsbaukunst mit Erdschanzen und Forts zu umgeben.

Von Bretton wusste nur zu gut, welche Verantwortung im Falle eines Krieges auf ihm lastete. Dem Preußen Fritz war alles zuzutrauen. Und wenn er es wagte, von Oberschlesien her in Mähren einzufallen, um auf Wien zu marschieren, dann war Olmütz das erste große Hindernis auf seinem Weg.

Die Bauarbeiten sollten im nächsten Jahr abgeschlossen sein. Im Mai würde er die Vollendung der Festung mit einem großen Fest feiern. Er hatte sogar schon Verbindung zur Nürnberger Zunft der Feuerwerker aufgenommen und einen jungen Musiker damit beauftragt, eine Kapelle zusammenzustellen, die an den Festtagen spielen sollte. Von Bretton lehnte sich zurück und malte sich aus, wie sie den Nachthimmel in buntes Licht tauchen würden. Flammenfontänen, Raketen und Feuerräder würden die Gestirne verblassen lassen. Noch in Jahren sollte man von seinem Feuerwerk reden! Es wäre schön, wenn er es schaffen könnte, aus seiner Nichte bis dahin eine Dame zu machen. Schließlich würden Adelige aus ganz Mähren zu dem Fest kommen und vielleicht würde gar die Kaiserin den Thronfolger Joseph schicken, damit er sie auf dem Fest vertrat.

Gabriela und ein junger Adliger ... Von Bretton seufzte und dachte wieder daran, wie er mit seinem Feuerwerk den Himmel in allen Farben des Regenbogens erglühen lassen würde.

5. KAPITEL

Drei Wochen hatte Gabriela warten müssen, bis die Gelegenheit günstig war. Noch eine zweite Jagdgesellschaft war gegeben worden, doch der Werwolf blieb unauffindbar. Ihr Geheimnis über die Ruine im Wald hatte sie für sich behalten. Die Gerüchte über das Ungeheuer wurden immer unglaublicher. Es hieß, der Satan selbst habe die Bestie geschickt. Vor der Maria im Wenzelsdom waren Hunderte von Kerzen aufgestellt und zu den Messen waren die Kirchen bis auf den letzten Platz gefüllt.

Vor zwei Tagen hätten aufgebrachte Bauern bei Gewitsch, westlich der Stadt, beinahe einen Reisenden aufgeknüpft, weil er stark behaarte Arme hatte. Er war in den Gasthof »Zum Ochsen« eingekehrt, und jemand hatte ausgerufen, er sei der Werwolf und habe sich in Menschengestalt in das Dorf geschlichen, um das Vieh in den Ställen zu reißen. Wäre nicht der Hauptmann der Füsiliere zufällig in dem Dorf gewesen, um sich schützend vor den Fremden zu stellen, wäre es um den Reisenden geschehen gewesen.

Gabriela blickte aus dem Fenster. Dichter Nebel lag über dem Exerzierplatz vor der Kommandantur. Bis Sonnenaufgang würde es noch mehr als zwei Stunden dauern, und wenn sie Glück hatte, würde sich der Nebel nicht vor Mittag auflösen. Sie durfte nicht mehr länger zögern! Wenn sie in dieser Nacht nicht aufbrach, um den Wolf zu stellen, dann müsste sie ihrem Onkel sagen, dass sie sein Versteck gefunden hatte. Sonst trüge auch sie Schuld daran, wenn die Bauern auf ihrer Suche nach dem Werwolf einen Unschuldigen richteten.

Entschlossen schob sie sich ihre beiden Pistolen in den breiten Gürtel, den sie zu ihrem Jagdkostüm trug. Von einem Stuhl aus stieg sie auf das Fenstersims und fluchte leise darüber, sich in dem Rock nicht so gut bewegen zu können wie in Hosen. Mit einem Satz landete sie auf dem Schieferdach der Stellmacherei, die an die Kommandantur angrenzte. Vorsichtig schlich sie bis zur Kante des Dachs und kletterte über den Stapel Bauholz hinab, der dort lagerte. Auf dem Hof angekommen, verharrte sie und lauschte, ob sich von irgendwo Schritte näherten. Erst als sie ganz sicher war, dass keine der Wachen sie bemerkt hatte, schlich sie geduckt an der Festungsmauer entlang zu den Pferdeställen. Hoffentlich hatte Branko Wort gehalten und Nazli gesattelt!

Durch eine Seitentür trat sie in den Stall. Einige der Tiere begrüßten sie mit einem freundschaftlichen Schnauben. Sie hatte in den letzten Wochen viel Zeit in den Pferdeställen verbracht. Schließlich war es nötig gewesen, Branko zu ihrem Verbündeten zu machen, ohne ihn dabei wirklich in ihren Plan einzuweihen.

Nazli stand gesattelt in ihrer Box. Dicht daneben lag Branko, in eine Pferdedecke eingehüllt, auf einem Haufen Stroh. Sie würde den Stall nicht verlassen können, ohne dass er es merkte.

Mit zusammengekniffenen Augen spähte sie in die Finsternis und versuchte zu erkennen, ob die Kleider, die der Stiefelknecht besorgen sollte, an einem der Haken für das Zaumzeug der Pferde hingen, doch sie konnte nichts entdecken. Nazli stupste Gabriela sanft mit ihrer weichen Nase. Grauer Dampf stieg von ihren Nüstern auf. Es war schneidend kalt. Die junge Frau tätschelte der Stute liebevoll den Hals. »Bald kommst du hier heraus. Endlich werden wir beide wieder auf die Jagd gehen, wie in alten Zeiten.«

Das Pferd spitzte die Ohren, als habe es sie verstanden, und schnaubte leise.

»Nicht mehr lange, meine Schöne.«

Gabriela bückte sich und rüttelte Branko energisch an der Schulter. Es dauerte eine ganze Weile, bis der Knabe endlich die Augen aufschlug. »Kommst du also doch noch«, brummte er mürrisch. »Ich hatte schon nicht mehr mit dir gerechnet.«

»Ich musste warten, bis mein Onkel sich zur Ruhe gelegt hatte. Du weißt doch, dass er fast jede Nacht über den Plänen zum Feuerwerk brütet. In letzter Zeit hat er sich angewöhnt, vor dem Schlafengehen noch einmal kurz in meine Kammer zu schauen, so als habe er Angst, ich könne ihm davonlaufen. Ärgerlich ist das ...«

Branko grinste. »Naja, er hat ja nicht ganz unrecht.«

»Verkneif dir deine blöden Späße. Wo sind die Kleider, die du besorgen solltest?«

Der Junge schob das Heu zur Seite, auf dem er geschlafen hatte, und holte ein Bündel darunter hervor. »Hier! Alles beste Ware! Keines der Stücke ist bisher getragen worden.« Er hob den wolfsbraunen Mantel hoch, in den die übrigen Kleider eingeschlagen waren, und schüttelte ihn aus. »War gar nicht leicht, an die Sachen in der Kleiderkammer zu kommen. Ich verlasse mich darauf, dass du dich an deinen Teil der Abmachung hältst!«

Gabriela nickte flüchtig. Dann nahm sie den Mantel und musterte ihn prüfend. Er war wirklich neu und tadellos in Ordnung. »Du wirst die Dachkammer schon zurückbekommen. Morgen werde ich mit dem alten Pfeifenkopf darüber reden.«

»Und das Schießen?«

Sie zuckte mit den Schultern. »Wenn mein Onkel es gestattet, werde ich es dich gerne lehren. Ansonsten müssen wir wie bisher mit den ungeladenen Pistolen üben.«

Branko brummelte etwas Unverständliches. »Wenn du erwischt wirst, sag bloß nicht, dass ich dir die Uniform besorgt habe …«

»Wie bist du eigentlich in die Kleiderkammer gekommen? Und wo sind die Stiefel? Ich brauche hohe Reitstiefel mit Stulpen, sonst wird die Wache noch merken, dass ich nicht ganz echt bin.«

Der Junge schüttelte den Kopf. »Wenn ich dir verrate, wie ich an die Uniform gekommen bin … Frag nicht … Ich habe sie geborgt, mehr werde ich dir nicht sagen! Die Stiefel stehen dort neben der Box. Willst du mir nicht endlich sagen, warum du dich mitten in der Nacht aus der Stadt schleichen willst?«

»Nein! So hat halt jeder seine Geheimnisse.« Gabriela konnte merken, wie unwohl sich Branko bei der Sache fühlte. Wenn herauskommen würde, dass er ihr geholfen hatte, würde ihr Onkel ihn wahrscheinlich aus seinen Diensten entlassen. Sie versetzte ihm einen Knuff in die Rippen und lächelte. »Du kannst dich auf mich verlassen. Ich werde zurück sein, bevor der Alte überhaupt bemerkt hat, dass ich verschwunden war. Und jetzt dreh dich um! Es ist nicht schicklich, einer Frau dabei zuzusehen, wie sie ihre Kleider ablegt.«

Ohne abzuwarten, ob Branko ihr gehorchte, streifte sie die graue Weste und den Rock ab und schlüpfte in die engen, weißen Hosen, die der Junge besorgt hatte. Dann legte sie die rote Weste und den graubraunen Gehrock der Kanoniere an. Zuletzt mühte sie sich mit den Stulpenstiefeln ab, die sie mit Stroh ausfüttern musste, weil sie ihr viel zu groß waren. Es würde ungemütlich werden, in ihnen zu laufen, doch für einen Morgen musste es gehen. Ihr Haar hatte sie schon in ihrer Kammer nach Art der Soldaten im Nacken mit einer Schleife zu einem Zopf gebunden.

»Nun, wie sehe ich aus?« Sie drehte sich vor Branko, sodass er sie von allen Seiten sehen konnte.

»Naja ...« Er rieb sich das Kinn. »Also im Dunklen und bei dem Nebel wird es schon genügen, um die Torwache zu täuschen. Aber wie wird es bei Tage sein, wenn du wiederkommst?«

Sie grinste. »Ich habe an alles gedacht.« Sie öffnete die kleine Tasche an ihrem Gürtel und holte ein braunes Fläschchen heraus. »Leim!« Mit einem zweiten Griff förderte sie einen falschen Schnauzbart zutage. Sie hatte ihn am Mittag aus Rosshaar und einem schmalen Streifen Pergament gefertigt.

Gabriela tupfte ein wenig von dem Leim auf das Pergament, und drückte sich den Schnauzer dann fest auf die Oberlippe. Es dauerte einen Augenblick, bis der Holzleim getrocknet war. Die Spitzen des mächtigen Schnauzbartes kitzelten ihr die Wangen. »Wie sehe ich jetzt aus?«

»Wie soll ich das hier im Finstern beurteilen«, maulte Branko mürrisch. »Bei Nacht wird es genügen. Aber bete zu Maria und allen Heiligen, dass sich der Nebel bis zum Mittag hält!«

Gabriela griff nach den Zügeln ihrer Stute und führte sie aus der Box. Branko hatte sogar daran gedacht, Pistolentaschen vor den Sattel zu schnallen. Sie zog ihre Waffen aus dem Gürtel und schob sie in die bestickten Futterale.

Der Junge öffnete das Stalltor. Sie schwang sich in den Sattel.

»Viel Glück«, murmelte Branko leise.

Gabriela winkte ihm zu und wendete ihr Pferd. In der Finsternis und dem dichten Nebel konnte man kaum die Hand vor Augen sehen. Einige Herzschläge lang war sie unsicher, in welche Richtung sie sich halten musste. Dann bemerkte sie ein mattes Glühen. Die Laterne des Torpostens!

Im Schritt ließ sie Nazli auf das Licht zugehen. Der Hufschlag der Stute hallte unheimlich über dem Pflaster.

»Halt! Wer dort?«

Gabriela konnte den Posten nicht entdecken, der sie angerufen hatte. »Eine Depesche für den Baron von Gewitsch. Der General wünscht, dass die Nachricht den Baron bis Morgengrauen erreicht.« Sie verstellte ihre Stimme und hoffte wie ein mürrischer, zu früh aus den Federn geworfener Meldereiter zu klingen. Unsicher tastete Gabriela nach dem falschen Schnauzer. Endlich konnte sie vage den Umriss einer Gestalt neben der Laterne erkennen.

»Na dann viel Glück, Kamerad. Bei dem Nebel verirren sich einem ja die Hände auf dem Weg zu den Manteltaschen.«

Gabriela knurrte etwas vor sich hin und lenkte dann ihre Stute durch das Tor. Erleichtert atmete sie auf. Gut, dass in der Garnison Infanterie und keine Kavallerie einquartiert war. Einem Reitersoldaten wäre mit Sicherheit aufgefallen, dass sie auf der Stute der Generalsnichte ritt, und es hätte Fragen gegeben.

In der Stadt war es völlig finster. Nirgends brannte ein Licht, und die Häuserfassaden ragten, schroffen Felsen gleich, in die Nacht. Jetzt musste sie nur noch das Stadttor passieren, dann könnte sie sich endlich auf die Spur des Wolfes setzen.

Bevor sie sich auf den Weg in den Wald machte, hatte Gabriela Nazli bei einem Bauerngehöft zurückgelassen. Sie konnte die Stute nicht brauchen, wenn sie auf die Pirsch ging. Spätestens zweihundert Schritt vor der Ruine hätte sie das Pferd zurücklassen müssen, und dort wäre die Stute dann vielleicht zur Beute des Wolfes geworden, wenn er nicht in seinem Versteck war.

Schon der Weg bis zum Bauernhof hatte eine Ewigkeit

gedauert. Fast dreimal so lange wie bei Tageslicht. Zweimal hatte sie unterwegs eine Wegkreuzung verfehlt und war gezwungen gewesen, wieder umzukehren. Draußen auf dem flachen Land und entlang der Ufer der March schien der Nebel noch dichter zu sein als in Olmütz. Wie eine weiße, weiche Glocke umschloss er Gabriela und so, als läge ein Zauber auf ihm, veränderte er selbst vertraute Geräusche in angsteinflößende, fremdartige Laute.

Einmal glaubte Gabriela, in der Ferne das Heulen eines Wolfes zu hören. Sie verharrte augenblicklich, um zu lauschen, doch nun blieb es still. Sie erinnerte sich noch genau an das Geheul der Wölfe, die sie mit ihrem Vater in den Bergen des Banat gejagt hatte. Doch dieses Geheul klang anders. Auf schwer zu beschreibende Weise falsch ...

Als sie weiterging, hatte sie das Gefühl, beobachtet zu werden. Ganz langsam zog sie eine der beiden Pistolen aus ihrem Gürtel und spannte den Hahn. Vielleicht war es ein Fehler gewesen, bei diesem Wetter auf Pirsch zu gehen. Sie würde den Wolf erst im allerletzten Moment bemerken. Ihr bliebe kaum länger als ein Herzschlag, um die Waffe auf ihn zu richten und abzudrücken. Der Graue hingegen würde sie schon von weitem hören.

Ganz ruhig, sagte sie sich in Gedanken. Genauso gut konnte es sein, dass er in seiner Höhle lag und sie ihn überraschen würde. Vorsichtig setzte sie einen Schritt vor den anderen und achtete darauf, stets auf nasses Laub zu treten, um sich so lautlos wie möglich zu bewegen.

Sie kam in eine Gegend, wo der Wald ganz aus grauen Buchen bestand. Die Sonne musste schon aufgegangen sein. Jedenfalls wurde der graue Dunst um sie herum langsam heller, allerdings ohne dass dadurch die Sicht besser geworden wäre. Wie Säulen ragten die schlanken Stämme empor. Die Baumkronen blieben im Nebel verborgen. Fast schien es, als sei sie in einen heidnischen Tempel geraten. Einen Kultplatz, an dem unaussprechlichen Göttern gehuldigt wurde.

Sie durfte diesen Fantasien keinen Raum gewähren! Gabriela versuchte, sich an ihren Weg zu der Ruine zu erinnern. Wenn sie sich verschätzte, würde sie noch stundenlang im Nebel umherirren. Selbst wenn sie nur um zwanzig Schritt an den verfallenen Mauern vorbeiging, würde sie es bei der schlechten Sicht wohl kaum bemerken.

Plötzlich erinnerte sie sich an die schwarze Feuerstelle, die sie in der Turmruine gesehen hatte. Was war, wenn die Bauern mit ihren Geschichten recht hatten? Sollte die Bestie, die das Land terrorisierte, wirklich ein Werwolf sein, dann würde er zuweilen auch menschliche Gestalt annehmen! Und würde er dann nicht ein Feuer machen, um sich an kalten Tagen zu wärmen? Sie hätte sich die Feuerstelle näher ansehen müssen! Es war töricht gewesen, sie völlig unbeachtet zu lassen!

Leichter Wind war aufgekommen und fuhr raschelnd durch das letzte Laub in den hohen Baumwipfeln. Ein goldrotes Blatt streifte ihre Wange. Aus den Augenwinkeln glaubte sie eine Bewegung zu sehen. Erschrocken drehte sie sich um … Doch außer wirbelnden Nebelschwaden und grauen Buchenstämmen war da nichts. Ihre Hand zitterte jetzt. Es war leichtfertig gewesen, allein in den Wald zu gehen! Vielleicht sollte sie einfach stehen bleiben und darauf warten, dass der Nebel sich lichtete? Doch das würde sie auch nicht vor dem Wolf schützen!

Noch einmal drehte sie sich und starrte in die treibenden Nebelfetzen. Dann setzte sie ihren Weg fort. Dabei betete sie leise, dass sie die Ruine nicht verfehlte.

Bald kam es ihr vor, als irre sie schon stundenlang durch den Wald. Noch immer hatte die Sonne die Dunstschleier nicht aufgelöst. Das Licht drang so schwach durch die Bäume, dass es unmöglich war, abzuschätzen, wie spät es sein mochte. Ob ihr Onkel sie schon vermisste? In den letzten Wochen hatten sie sich angewöhnt, gemeinsam ihr Mittagsmahl einzunehmen. Heute würde daraus nichts! Selbst wenn sie sofort umkehrte und sich auf dem Weg zum Bauernhaus nicht verirrte, würde sie es wohl nicht mehr schaffen, rechtzeitig in der Festung zu sein. Missmutig dachte sie an ihre Gefangenschaft in der Dachkammer. Ob er sie auf die gleiche Weise bestrafen würde wie nach dem Wettschießen?

Ganz in der Nähe flogen ein paar Waldhühner auf. Deutlich hörte Gabriela den ratternden Flügelschlag. Sie verharrte. Was mochte die Vögel wohl aufgescheucht haben? War der Graue hier und belauerte sie? Und wenn ja, worauf wartete er? Warum packte er sie nicht einfach bei der Kehle?

Sie lehnte sich mit dem Rücken an einen dicken Buchenstamm. So könnte der Wolf sie wenigstens nicht überraschend von hinten niederreißen.

Gabriela dachte an die Jagd mit ihrem Vater. Angeblich griffen Wölfe keine Menschen an ... Es sei denn, sie hatten sehr lange kein Wild mehr geschlagen. Sie erinnerte sich, wie sie mit ihrem Vater abends am Lagerfeuer gesessen hatte. Fast jedes Wort ihrer Gespräche war ihr noch im Gedächtnis. Für Einzelgänger, die von ihrem Rudel ausgeschlossen waren, galten andere Gesetze, hatte er damals gesagt.

Ein Einzelgänger war der graue Jäger ganz gewiss. Ein Rudel Wölfe wäre längst gesehen und aufgespürt worden. Doch ihr Wild war zu klug. Bislang war dieser Wolf allen Jägern entwischt, die versucht hatten, sich auf seine Fährte zu setzen.

Gabriela stieß sich von dem Baumstamm ab und ging ein Stück weiter. Ganz allmählich wurde der Nebel lichter. Die Sonne siegte zu guter Letzt also doch. Sie blickte zum Himmel hoch. Matt glänzten die Strahlen des Himmelsgestirns durch das lichte Laubdach des Waldes und die grauen Dunstschwaden. Es würde noch etwas mehr als zwei Stunden bis Mittag dauern und ... Die Turmspitze! Dunkel erhob sich die Ruine zu ihrer Linken. Sie hatte den Weg also nicht verfehlt!

Aus den Augenwinkeln sah sie, wie sich ein grauer Schatten aus dem Dunst löste. Erschrocken duckte sie sich. Ihr Schuss zerriss die Stille. Schwer wie ein Fels prallte der Leib des Wolfes auf ihre Brust. Seine Krallen durchdrangen ihren Rock und ihr Hemd. Der stinkende Atem der Bestie schlug ihr ins Gesicht. Sie stürzte. Jetzt war es vorbei! Das Raubtier würde ihr die Kehle herausreißen. Verzweifelt bemühte sie sich, die zweite Pistole aus ihrem Gürtel zu ziehen. Zitternd riss sie am Hahn. Sie würde die Waffe der Bestie direkt auf die Brust setzen und ... Bevor die Feder des Pistolenhahns einrasten konnte, entglitt er ihr und der Schuss löste sich. Durch den dicken Stoff der Hose spürte sie die Stichflamme, die aus der Mündung schlug. Der Schuss war vertan und ... Noch immer hatten sich die Fänge des Wolfes nicht um ihre Kehle geschlossen. Das Tier lag schwer auf ihr und regte sich nicht. Etwas Warmes breitete sich über ihre Brust aus. Blut! Sie stieß das Tier zur Seite. Ein großer, blutiger Fleck klaffte im hellgrauen Pelz unter der Kehle des Wolfes. Die Kugel hatte von schräg unten getroffen und war dem Wolf ins Hirn gedrungen. Er musste schon tot gewesen sein, als er sie zu Boden gerissen hatte. Es war vorbei!

Erleichtert atmete sie auf. Sie blickte von dem Kadaver auf und sah geradewegs in zwei kristallklare, blaue Augen. So nah, dass sie ihn fast mit ausgestreckter Hand hätte berühren können, stand ein zweiter Wolf vor ihr! Das Tier war völlig ruhig. Es erschien ihr ungewöhnlich groß. Zu groß! Langsam hob sie die Pistole. Sie wusste, dass sie keinen Schuss mehr hatte, und dass der Wolf ihr die Kehle herausgerissen hätte, bevor sie auch nur das Pulverhorn an die Mündung der Waffe setzen konnte.

Für einen Moment hatte Gabriela das Gefühl, dass der Wolf wusste, dass ihm von der Pistole keine Gefahr mehr drohte. Sie musste wieder an die Geschichten über Werwölfe denken und an den sächsischen Moritatenerzähler auf dem Marktplatz. Halb ängstlich und halb in seinen Bann geschlagen, musterte sie das Raubtier. Für einen Wolf sah die Bestie merkwürdig aus. Sie war zu groß und ihre Schnauze war auch nicht so spitz wie bei dem Grauen, der tot zu ihren Füßen lag. Die Pfoten und die Brust des Tieres waren weiß. Am eigentümlichsten aber war eine weiße Blesse, die sich unter dem rechten Auge des Wolfes bis zu seiner Schnauze zog.

Er schien keinerlei Angst vor ihr zu haben. Ganz anders als Wildtiere, die dem Menschen sonst stets mit Scheu begegnen. Vorsichtig tastete sie mit der Linken nach der anderen Pistole, die sie nach dem Schuss hatte fallen lassen. Zur Not könnte sie die schweren, metallbeschlagenen Waffen auch wie Keulen benutzen. Das war allemal besser, als sich mit bloßen Händen gegen einen Wolf zu verteidigen. Warum die Bestie sie wohl nicht angriff? Wollte sie mit ihr spielen wie eine Katze mit einer Maus?

Ein leises Knurren erklang tief aus der Kehle des Wolfes, als ihre Hand sich um die Waffe am Boden schloss. Gabriela hob die Pistole auf. Das Knurren wurde lauter. Sie konnte sehen, wie sich die Muskeln des Wolfes unter dem dichten Fell spannten. Seine Rute stand waagerecht nach hinten.

Gabriela ließ die Pistole fallen. Sofort hörte das Tier auf zu knurren. Was sollte dieses Spiel? Warum tötete der Wolf sie nicht einfach? Sie wünschte, sie hätte ihren Säbel oder wenigstens ein Jagdmesser mitgenommen.

Eine Minute bräuchte sie, um ihre Waffe nachzuladen. Danach wäre sie wieder Herrin der Lage. Doch der Wolf würde ihr keine Gelegenheit dazu geben. Ob die beiden ein Paar gewesen waren? Sie blickte zu dem Kadaver zu ihren Füßen. Es war ein Rüde. Das hieß ... Gabriela blickte in die klaren, blauen Augen. Eine Wölfin! Oder war sie ein Mischling? Eine große, verwilderte Hündin? Woher kannte sie die Menschen so gut? Und wie lange würde ihr stummes Duell andauern? Gab es vielleicht noch andere Wölfe im Wald? Doch was auch immer der Grund für dies merkwürdige Verhalten war, die Wölfin würde sie gewiss nicht entkommen lassen. Wenn sie nicht schnell eine Möglichkeit fand, die Bestie zu vertreiben, dann wäre es um sie geschehen.

Ihre freie Hand tastete nach der ledernen Tasche, die ihr über die Schulter hing. Vorsichtig zog Gabriela das silberbeschlagene Pulverhorn heraus. Es gab noch eine allerletzte Möglichkeit, die Wölfin zu vertreiben. Misstrauisch folgten ihr die Blicke der Bestie.

Gabriela öffnete den Verschluss des Horns. Ein dünner Strom aus feinkörnigem Schießpulver rieselte auf den Laubboden. Mit der Rechten spannte sie den Hahn der zweiten Pistole, die sie immer noch in der Hand hielt.

Das Knurren der Wölfin wurde lauter. Ihre Lefzen entblößten die tödlichen, weißen Fänge. Gabriela zog das Horn zurück. Im selben Augenblick hielt sie die Pistole dicht über das Pulverhäufchen am Boden und ließ den Hahn mit seinem Feuerstein auf die stählerne Pfanne schlagen. Funken stoben. In einer blendend grellen Stichflamme verbrannte das Pulver. Der dichte Rauch nahm ihr den Atem und der Pulverdampf brannte in ihren Augen. Als sie wieder klar sehen konnte, war die Wölfin verschwunden.

In aller Eile begann Gabriela ihre Pistolen nachzuladen.

Dabei lauschte sie auf jedes Geräusch. Ihr Herz hämmerte laut wie eine Trommel, als sie mit einem Schlag die Kugel im Lauf der ersten Pistole versenkte.

»Nun, wo steckst du?« Herausfordernd blickte sie sich um, doch die Wölfin blieb verschwunden. Wie graue Gespenster zogen die dünner werdenden Nebelschwaden zwischen den Bäumen. Jetzt würde es leichter, sich zu orientieren, doch der Weg zurück zum Gehöft, in dem sie ihr Pferd untergestellt hatte, war noch weit. Gabriela war sich sicher, dass die Wölfin irgendwo unterwegs auf sie warten würde. Ja, die Bestie würde in einem Busch lauern, um sie von hinten anzuspringen und ihr das Genick zu brechen.

Sorgfältig lud Gabriela die zweite Waffe. Dann betrachtete sie den Kadaver. Der Wolf war kleiner als seine Gefährtin gewesen. Sie musste ihn in die Stadt bringen, wenn sie den Geschichten der Bauern ein Ende machen wollte!

Entschlossen packte sie das tote Tier und legte es sich quer über die Schultern. Das Gewicht ließ sie aufstöhnen. Dann nahm sie die beiden Pistolen, stützte sie gegen die Brust und trat den Rückweg an. Ganz in der Nähe erklang das klagende Geheul der Wölfin. Sie mochte keine hundert Schritt entfernt sein!

Am Fuß eines sanft abfallenden Hügels sah Gabriela das Bauerngehöft vor sich. Sie war am Ende ihrer Kräfte. Taumelnd stieg sie die Wiese hinab, als sie plötzlich spürte, wie sie beobachtet wurde.

Keuchend drehte sie sich um. Die Wölfin stand keine zwanzig Schritt hinter ihr auf der Kuppe des niedrigen Hügels. Gabriela streckte die Rechte und zielte über den Lauf der Pistole. Ihre Hand zitterte vor Erschöpfung. Sie biss die Zähne zusammen.

Ungerührt starrte die Wölfin zu ihr hinab. Schließlich ließ Gabriela die Waffe sinken. Sie konnte nicht schießen.

Die Wölfin hatte ihr das Leben geschenkt, als sie wehrlos gewesen war. Es wäre unrecht jetzt ... Sie schüttelte den Kopf. Nein, es war noch etwas. Ein Gefühl, das sie nicht in Worte zu fassen vermochte. Es war ihr unmöglich, dieses Tier zu töten! Auch ahnte sie, dass die Wölfin ihr nicht weiter folgen würde. Auf der Hügelkuppe, in Sichtweite einer menschlichen Behausung, endete ihr Revier ... Zumindest bei Tage.

Gabriela wandte sich um und wankte weiter den Hang hinab. Vom Hof erklang das Kläffen eines Hundes. Eine Gestalt mit breitkrempigem Hut kam um das Haus herum.

»Ruhig, Milos!« Der Bauer kniete sich neben den Hund und blickte zum Hügel. Fast augenblicklich war er wieder auf den Beinen. Mit langen Schritten kam er Gabriela entgegengelaufen.

»Mann Gottes! Wie siehst du denn aus? Als hättest du mit dem Leibhaftigen gerungen!«

Gabriela ließ ihre Last von der Schulter rutschen und setzte sich ins taufeuchte Gras. »Mein Pferd! Ich muss nach Olmütz. Und sieh her ... Es gibt keinen Werwolf!« Sie schlug auf den Balg des Wolfs. »Der hier hat in euren Herden geräubert.«

Der Bauer musterte den Kadaver. »Ja ... Ich hab's immer gesagt. Werwolfgeschichten sind was für die Kinder hinterm Ofen. Gibt's nicht ... Zumindest nicht bei uns und ... Ich bring dir einen Schoppen Wein, Mann. Du siehst schlimm aus. Als hättest du dem Wolf selbst die Kehle durchgebissen.« Der Bauer grinste breit. Es war ein stämmiger Kerl mit einem freundlichen, roten Gesicht.

»Mein Pferd ... Und einen Schluck Wasser, das ist alles, was ich will. Bitte!« Gabriela blickte zum Himmel. Die Sonne stand im Zenit. Jetzt würde sich ihr Onkel wundern, warum sie ihm nicht am Esstisch gegenübersaß. Mit dem Kadaver des Wolfes über dem Sattel würde sie nicht unauffällig in die Stadt kommen. Doch selbst wenn sie ihn hier zurückließ, würde sie wohl kaum einfach die Tore passieren. Wenn sie nur halb so übel aussah, wie der Bauer gesagt hatte, dann würden die Torwachen sie festhalten und wissen wollen, was ihr widerfahren war. Etwas unsicher tastete sie nach ihrem falschen Schnurrbart. Er saß noch immer über ihrer Lippe.

»Und Brot? Meine Frau hat gerade gebacken und …«

»Nein! Alles, was ich will, ist ein Schluck Wasser und mein Pferd.« Sie wünschte, der Bauer würde sie endlich in Ruhe lassen. Am liebsten wäre sie jetzt allein.

6. KAPITEL

Von Bretton blickte von seinen Skizzen auf und lauschte. Irgendein Tumult herrschte am Tor zur Festung. Es hörte sich an wie viele Stimmen, die durcheinanderriefen. Ob endlich Magister Gregorius aus Nürnberg einzog? Claudius erwartete ihn dringend. Es war höchste Zeit, mit den Vorbereitungen zum großen Feuerwerk zu beginnen. Schon vor Wochen hatte er zehn Mann zusätzlich in die Pulvermühle abkommandiert, damit ausreichende Mengen von Schießpulver bereitstanden, um den Himmel in ein Meer feuriger Blumen zu verwandeln.

Gerade wollte von Bretton aufstehen, um sich zum Fenster zu begeben und den Hof zu inspizieren, als stürmisch an die Tür zum Kartenraum geklopft wurde. Etwas mürrisch über die Störung nickte er der Wache an der Tür zu. »Öffne er!«

Als die Tür aufschwang, stürzte der junge Lieutenant der Füsiliere herein, der der Wache am Festungstor zugeteilt war. In ungebührlicher Eile trat er an den Kartentisch, schlug die Hacken zusammen und riss den Dreispitz vom Kopf. »Der Wolf, Herr General. Einer von den Kanoniers ... Was für ein Kerl! Die ganze Stadt ist auf den Beinen!«

Von Bretton richtete sich zu voller Größe auf und musterte den jungen Offizier streng. Was sollte man nur mit solchen Kerlen anfangen. »Ist Er ein heidnisches Orakel? Reiß Er sich gefälligst zusammen und erstatte Er mir in ordentlicher Form Bericht. Was soll erst werden, wenn Ihm eines Tages im Felde die Kugeln um die Ohren pfeifen?

Wird er dann vollends plappern wie ein Affe, wenn Er vor mir steht?«

Der Lieutenant wurde rot und räusperte sich verlegen. »Jawohl, Herr General!«

Von Bretton hätte aus der Haut fahren können. »Was will Er mir damit sagen? Dass Er beabsichtigt, in Seinem ersten Gefechte zum Affen zu werden?«

Der Offizier schnappte laut nach Luft. »Natürlich nicht, Herr General. Ich …«

»Wird Er nun endlich berichten, statt auch noch die Frechheit zu haben, sich entschuldigen zu wollen. Ich denke, Er hat eine eilige Meldung!«

»Jawohl, Herr General! Melde gehorsamst, der Reiter, den Ihr vor Tagesanbruch zum Baron von Gewitsch gesandt habt, ist zurückgekehrt. Es scheint, als sei er unterwegs von dem Wolf angefallen worden, der seit Wochen die Dörfler beunruhigt. Er hat die Bestie mit einem einzigen Schuss durch den Schädel niedergestreckt. Nun kehrt er mit dem Tier über dem Sattel zurück. Die halbe Stadt ist mittlerweile auf den Beinen, ihn zu begaffen und ihm zuzujubeln.«

Von Bretton zog die Augenbrauen zusammen, sodass sie sich fast über der Nasenwurzel berührten. »Der Bote, den ich am Morgen zum Baron von Gewitsch geschickt habe?« Was zum Henker war das schon wieder für ein Unfug! Niemanden hatte er geschickt!

Der Lieutenant war offensichtlich verunsichert und begriff nicht, was er jetzt schon wieder falsch gemacht hatte. »Jawohl, Herr General! Der Lieutenant Behrens, der in der Nacht das Kommando über die Wache hatte, hat mir bei der Wachübergabe am Morgen Meldung von dem Reiter gemacht. Der Bote hat zwischen der vierten und fünften Stunde die Festung verlassen und wollte bis zum Mittag zurückkehren.«

Von Bretton griff nach Dreispitz, Degen und Offiziersstab, die neben ihm auf dem Tisch lagen. »Er mag wegtreten! Ich werde mich über die Vorgänge ins Bild setzen.«

Mit langen Schritten verließ er den Kartenraum und eilte die breite, neue Treppe hinunter, die zum Fahnensaal am Eingang der Kommandantur führte. Von dort trat er auf die Empore der Freitreppe, sodass er die Menge, die sich auf dem Exerzierplatz versammelt hatte, überblicken konnte. Gerade als er ins Freie trat, feuerte einer der Soldaten seine Büchse in die Luft ab und brüllte etwas Unartikuliertes. Von Bretton merkte sich das Gesicht des Mannes. Ohne Befehl sein Gewehr abzufeuern! Das hier war eine Garnison und kein Pandurenräuberlager! Er würde die ganze Angelegenheit mit allergrößter Strenge behandeln und ... Er sah geradewegs in die grünen Augen des Mannes, vor dem der tote Wolf auf dem Sattel lag, und einen Herzschlag lang glaubte von Bretton, sein toter Bruder stünde vor ihm. Dieser Blick! Trotzig und gleichzeitig herausfordernd. Der Kerl hatte sein Pferd unmittelbar vor der Freitreppe zum Stehen gebracht. Er sah aus, als hätten ihn die Höllenpforten ausgespien. Sein Gesicht, die Hände und die Arme seines Überrocks waren schwarz vom Pulverrauch. Der Rock selbst dunkel vom Blut. Sein gezwirbelter Schnurrbart an einem Ende halb weggesengt. Die Weste unter dem Überrock war von den Klauen der Bestie zerfetzt. Offenbar hatte der Kerl Mühe, sich im Sattel zu halten. Wahrscheinlich war er verletzt. Aber wer war der Mann? Von Bretton bildete sich ein, die Gesichter aller Soldaten, die unter ihm dienten, zu kennen, wenn es natürlich auch unmöglich war, sich all ihre Namen zu merken. Doch diesen hier hatte er noch nie gesehen. Dabei wäre ihm gewiss zumindest der keck gezwirbelte Schnauzbart in Erinnerung geblieben.

»Melde gehorsamst, Herr General, es gibt keinen Werwolf mehr!« Der Reiter ließ den Kadaver von seinem Sattel gleiten.

Diese Stimme! Von Bretton schluckte und musterte noch einmal das Gesicht des Soldaten. Das konnte nicht sein! Und doch ... Diese vertrauten grünen Augen ... Es war Gabriela! Bei allen Heiligen! Wie kam sie dazu, als Mann verkleidet auf Wolfsjagd zu gehen. Im ersten Augenblick wollte er sie einfach nur anbrüllen. Doch er verstand es, sich zu beherrschen. Niemand durfte erfahren, wer dieser Reiter war. Ansonsten würde der Skandal gewiss bis an den Hof der Kaiserin getragen! Eine Frau, die sich in der Uniform seines Regiments als Mann ausgab und dann auch noch den Wolf erlegte, den er und seine Offiziere während zweier Jagdgesellschaften nicht einmal von Ferne zu Gesicht bekommen hatten. Und um allem die Krone aufzusetzen, war das Flintenweib auch noch seine Nichte! Er spürte, wie ihm das Blut in die Wangen schoss.

»Meinen Glückwunsch, Herr Büchsenmeister«, obwohl von Bretton sich alle Mühe gab, gelang es ihm nicht, wirklich begeistert zu klingen, doch im Moment hatte er keine andere Wahl, als bei der Maskerade mitzuspielen. »Wie es scheint, ist Er ein Günstling Dianas, der Jagdgöttin. Er mag absteigen und mir folgen. Er hat die Ehre, mir bei einem Humpen Bier zu erzählen, wie Er die Bestie zur Strecke brachte.«

»Ein Vivat für den Helden!«, tönte es aus der Menge. An die hundert Bürger der Stadt hatten sich auf dem Exerzierplatz versammelt und fast noch einmal so viele Soldaten waren herbeigeeilt. Sicher hatten etliche von ihnen ihre Posten verlassen, dachte von Bretton ärgerlich.

Die anderen stimmten in den Vivatruf ein. Gabriela genoss das Spektakel augenscheinlich. Sie ließ sich aus dem

Sattel gleiten und kam leicht schwankend die Treppe hinauf. Besorgt musterte von Bretton die zerfetzte Weste und das geronnene Blut auf dem Uniformrock. Ob sie ernsthaft verletzt war? Er musste den Regimentschirurgen rufen lassen! Doch dann wäre es mit dem Geheimnis um den Büchsenmeister vorbei. Es sei denn, er verpflichtete den alten Straben zum Stillschweigen. Ob der Arzt das Geheimnis bewahren würde? Manchmal sprach er dem Rotwein mehr zu, als ihm guttat. Nicht auszudenken, wenn er in der Offiziersmesse ausplauderte, dass er unter dem blutigen Hemd statt einer Männerbrust zwei wohlgeformte Hügel gefunden hatte.

»Wacker, junger Held!« Von Bretton klopfte Gabriela sacht auf die Schulter. Seine Nichte presste die Lippen zusammen.

»Danke, Herr General!«, entgegnete sie mit lauter Stimme.

»Ehre, wem Ehre gebührt!«, erwiderte dieser zweideutig. Einige Herzschläge lang maßen sie einander mit Blicken. Von Bretton war sich sicher, dass sie wusste, dass er ihre Maskerade durchschaut hatte. Dennoch machte sie keine Anzeichen, verlegen seinem Blick auszuweichen. Sie war zweifellos stolz auf ihre Tat und bereute es nicht im Mindesten, ihn hintergangen zu haben.

Der Kommandant winkte einem der Offiziere, die am Fuß der Treppe standen. »Gebe er zehn Fass Wein und eine doppelte Essensration an die Männer in der Festung aus. Der Tag soll gefeiert werden, und wer immer aus der Stadt hinzukommt, mag auf Kosten der Garnison beköstigt werden. Und sorge Er dafür, dass der Wolf auf einem Gerüst auf einem Karren aufgehängt wird, sodass jeder ihn zu sehen vermag. Stell Er aber vier Kerls zur Wache ab, damit sie den Kadaver nicht rupfen wie ein Huhn, weil sie glauben, Pelzstücke, Zähne oder Pfoten wären zauberkräftige Glücksbringer. Er haftet mir dafür, dass der Wolf auch nach dem Fest noch in einem vorzeigbaren Zustand ist. Und nun hurtig!«

Der Offizier salutierte und machte sich davon.

»Nun zu uns beiden, mein Held. Mag Er mir in den Kartenraum folgen. Mich dünkt, Er kennt den Weg.« Wieder kreuzten sich ihre Blicke. Diesmal jedoch wich Gabriela ihm aus und sah zu Boden. Dann trat sie in die Kommandantur.

Als sie im Kartenraum anlangten, schickte von Bretton die Wache an der Tür hinaus. Einige Augenblicke lauschte er darauf, wie sich die Schritte des Mannes entfernten. Schließlich wies er auf den mit feinem Brokat bezogenen Stuhl vor seinem Schreibtisch. »Setz dich!«

Er räusperte sich. Wie zum Henker sollte er anfangen? Was seine Nichte getan hatte, war infam. Im höchsten Grade ungehörig! Und was das Schlimmste war, sie hatte einen Helden erschaffen, den man nirgends vorzeigen konnte. Zumindest nicht, ohne Angst zu haben, dass der Schwindel jeden Augenblick auffliegen würde.

»Brauchst du die Dienste des Regimentschirurgen?«

»Das meiste Blut auf meinen Kleidern ist vom Wolf. Ich werde durchkommen«, bemerkte sie ironisch. »Doch, danke der Nachfrage, Herr Onkel.«

»Ich verbitte mir diesen Ton!« Von Bretton trat an das Fenster und blickte auf den Hof, wo man inzwischen die Weinfässer aufgestellt hatte. Überall herrschte ausgelassene Stimmung. Einige Männer, die ihn am Fenster bemerkten, winkten ihm sogar zu.

»Was glaubst du, sollte ich nun mit dir tun? Und was hast du dir überhaupt dabei gedacht, in Männerkleidern herumzustolzieren wie eine Soldatenhure!«

»Und was hast du dir gedacht, mir zu verbieten, auch nur eine Pistole bei mir zu tragen, als wir auf Jagd geritten sind? Du hast genau gewusst, dass dort draußen in den Wäldern ein Wolf sein Unwesen trieb. Wäre ich ihm begegnet, als mir das Pferd durchgegangen ist, hätte er mich wie ein Lamm reißen können. Mag es sein, dass du mich vielleicht loswerden willst, Onkel? Ein Wort von dir genügt, und ich verlasse Olmütz!«

Von Bretton atmete tief ein und hielt für einen Moment die Luft an. Er wollte sie nicht anschreien. Aber lange würde er sich von ihr nicht mehr zum Narren halten lassen. »Glaubst du, ich sei schwach im Geiste? Ich weiß, was für eine gute Reiterin du bist, und ich glaube nicht, dass es ein Unfall war, dass dir das Pferd durchgegangen ist. Nun antworte gefälligst auf meine Frage! Was im Namen des Herren hat dich dazu bewogen, dich in Männerkleidern aus der Stadt zu schleichen?«

Gabriela lächelte kokett, blickte ihn dabei aber herausfordernd an. »Die Antwort ist ebenso einfach wie augenscheinlich, Onkel. In Damenkleidern hätte man mich nicht ziehen lassen.«

»Das reicht!« Der Stadtkommandant hatte nun endgültig die Beherrschung verloren. Er spürte, wie ihm das Blut in den Schläfen pochte. »Du wirst von Stund an wieder dein Quartier in der Dachkammer beziehen. Wollen wir einmal sehen, ob ich es nicht schaffe, dich wieder zur Vernunft zu bringen!«

Seine Nichte erhob sich und verbeugte sich knapp. Dann ging sie zur Tür. Sie hatte die Klinke schon in der Hand, als sie sich noch einmal umdrehte. »Gestattet eine letzte Frage, Herr Onkel. Wie willst du den Menschen draußen auf dem Exerzierplatz erklären, dass der Wolfsjäger spurlos verschwunden ist? Die Werwolfgeschichten werden von Stund an verstummen ... Doch was mag man sich wohl über dich erzählen? Gemeinsam bist du mit dem jungen Helden in die Kommandantur gegangen, und von da an ward er nicht mehr gesehen. Ich fürchte, daraus mögen noch viel unschönere Geschichten entstehen …«

Von Bretton schluckte hart. Immer mehr Menschen versammelten sich auf dem Exerzierplatz unter dem Fenster. Seine Nichte hatte recht. Wenn der Wolfsjäger, der schon unter merkwürdigen Umständen aufgetaucht war, jetzt auch wieder im Nichts verschwand, dann würde es mit Sicherheit die absurdesten Gerüchte geben. Wütend ballte der General die Fäuste und drehte sich zu seiner Nichte um. Hätte er sich nur niemals mit diesem verrückten Frauenzimmer eingelassen! Die Weiber brachten ihm nichts als Unglück in seinem Leben! Hätte er sie nur damals, als sie als Bittstellerin zu ihm kam, zum Teufel gejagt. Schon mit seinem Bruder hatte man nicht vernünftig reden können! Wen wunderte es da, dass Carolus' Tochter genauso verrückt und aufsässig wie ihr Vater war.

»Du magst bleiben! Irre ich mich oder hast du einen Plan, wie zu verfahren ist, um Gerüchten vorzubeugen?«

»In der Tat, eine Idee hätte ich … Zunächst einmal müsste unser Held einen Namen bekommen, und dann sollten wir erklären, woher er gekommen ist. Mag sein, dass er dir gestern unter den neuen Rekruten, die in die Festung gekommen sind, aufgefallen ist. Du hast von ihm erfahren, dass er ein Förstersohn ist, und ihn zu dir bestellt, um ihn in den Wäldern nach dem Wolf suchen zu lassen. Die Depesche an den Baron zu Gewitsch war nur ein Vorwand, damit er die Posten passieren konnte. Auch die Offiziersuniform war nur Verkleidung. Du hast zu dieser List gegriffen, damit es kein Gerede geben würde, sollte der Jäger keinen Erfolg haben. Ihr beide seid nicht davon ausgegangen, dass es dem jungen Helden schon gleich beim ersten Versuch glücken würde, die Bestie aufzuspüren und zu erlegen.«

»Das hast du wohl von langer Hand vorbereitet …

Doch sag mir, wie war es möglich, dass du den Wolf so schnell zu finden vermochtest? Immerhin ist er schon von etlichen Bauern vergeblich verfolgt worden. Ganz zu schweigen von den beiden Jagdgesellschaften, die ich gegeben habe. Hast du am Ende gar zauberische Kräfte wie manche der Zigeunerweiber?«

Sie schüttelte ungehalten den Kopf. »Ich bin nicht mehr ein Magus, als du es bist, Onkel. Du verstehst dich darauf, den ganzen Himmel in ein Meer feuriger Blüten zu verwandeln, und doch bist du kein Zauberer. Nennen wir es einfach Glück!«

Von Bretton räusperte sich leise. Er glaubte ihr kein Wort. So viel Glück gab es einfach nicht. Er würde schon noch herausfinden, wie sie es geschafft hatte, den Wolf zu stellen. Und wenn sie glaubte, er würde sich von ihr erpressen lassen … Doch zunächst einmal war es klüger, gute Miene zum bösen Spiel zu machen. »Was also gedenkst du zu tun? Du hast mir noch immer keine Antwort auf die Frage gegeben, was mit dem glücklichen Jägersmann geschehen soll.«

Gabriela war inzwischen zu ihrem Onkel ans Fenster getreten. Auf dem Exerzierplatz bemerkte man sie. Einzelne Gestalten zeigten zu dem Fenster hinauf. Missbilligend stellte von Bretton fest, dass es seiner Nichte zu gefallen schien, wenn fremde Männer auf sie zeigten. Offensichtlich kannte sie keinerlei Schamgefühl … Zumindest nicht in diesen Dingen.

»Ich denke, unser Jäger sollte in jedem Fall persönlich erzählen, wie er den Wolf zur Strecke gebracht hat. Bei dieser Gelegenheit solltest du erklären, dass du gedenkst, ihn in Zukunft wirklich als Meldereiter einzusetzen, weil er so trefflich bewiesen hat, dass er auch in Gefahr einen kühlen Kopf zu bewahren vermag. So mag er manchmal tagelang verschwunden sein, um dann wieder in deinem

Hause aufzutauchen und sich zum Beispiel an einer deiner Jagdgesellschaften zu beteiligen.«

Der General hatte ein Gefühl, als würde ihm der Boden unter seinen Füßen weggezogen. Schwer stützte er sich auf das Fenstersims und starrte seine Nichte fassungslos an. »Habe ich das richtig verstanden? Du beabsichtigst, immer wieder in die Haut des Mannweibs zu schlüpfen!«

»Dafür kann ich dir versichern, dass ich mich als deine Nichte in Zukunft immer damenhaft verhalten werde. Sieh den Jäger als die Verkörperung meiner schlechten Eigenschaften, die mir nur deshalb zum Nachteil gereichen, weil ich eine Frau bin. Wenn ein Kanonier aus deinem Regiment den Wolf erlegt hätte, würde man die Kühnheit deiner Männer rühmen. War es hingegen deine Nichte, ist dieselbe Tat ein Skandal. Mein Vater hat mich wie einen Knaben erzogen … Gestattete mir, dass ich mich wenigstens im Schutz einer Maske so verhalte, wie ich es gelehrt worden bin. Als Dame vermag ich nicht zu bestehen … Glaube nicht, dass ich nicht wüsste, wie man über mich redet. Dass man über meinen festen Schritt lächelt. Ich verstehe mich nicht auf Handarbeiten und die geschliffenen Sticheleien, die die Frauen deiner Offiziere austauschen, wenn sie sich des Nachmittags treffen. Es langweilt mich auch, Voltaire und die anderen großen Franzosen zu lesen und mir bei der Auslegung ihrer Schriften den Geist zu verrenken. Doch all dies will ich auf mich nehmen, wenn du mir gestattest, wenigstens manchmal in die Gestalt des kühnen Jägers zu schlüpfen.«

»Du gelobst also, dass mein Leben ruhiger werden wird, wenn ich dir meinen Segen zu diesem infamen Schwindel gebe!«, grollte von Bretton düster. »Wie kann ich ruhig sein, wenn mit meinem Wissen jeder meiner Männer betrogen wird? Wenn ich dein Ansinnen dulde, dann mache auch ich mich zum Betrüger. Ich war ein aufrichtiger

Mann, bis du in mein Leben getreten bist. Was im Namen aller Heiligen habe ich getan, dass mir der Herrgott eine solche Prüfung auferlegt?«

»Habe ich denn ein Unrecht getan?«, entfuhr es Gabriela.

»Das fragst du noch? Wenn Gott es gewollt hätte, dass du die Taten eines Mannes vollbringst, so hätte er dir wohl auch den Leib dazu geschenkt.« Von Bretton schüttelte den Kopf. »Wie einen Keiler auf der Hatz hast du mich in die Enge getrieben! Was soll ich nun tun? Einen Kirchenmann rufen und dein gottloses Treiben offen kundtun? Man würde mir das Kommando entziehen, wenn ruchbar würde, was in meinem Hause geschieht. Also werde ich es auch weiterhin dulden müssen, Nichte. Doch eines rate ich dir! Treibe es mit deinen Torheiten nicht zu arg! Sonst werde ich höchstselbst dein Richter sein! Lieber werde ich mein eigen Fleisch und Blut richten, als zu dulden, dass der Name von Bretton auf alle Zeit mit Schande besudelt sein wird. Und nun geh! Es mag sein, dass ich den klug ersonnenen Betrug nicht zu verhindern mag, doch sei gewiss, wo immer man dich als Mann antrifft, werde ich nicht zu finden sein!«

7. KAPITEL

Vom Hof ertönte der Lärm schwerer, eisenbeschlagener Räder. Gabriela beendete ihr Gespräch mit Branko, um aus den Ställen zu treten und nachzusehen, wer dort gekommen war. Es waren nur noch zwei Wochen bis zum Christfest, doch in diesem Jahr kam der Winter ungewöhnlich spät, und obwohl der Frost mit seinem eisigen Atem im Land regierte, war kaum Schnee gefallen. Von allen Schornsteinen der Stadt stieg graublauer Rauch in den kristallklaren Himmel und wurde von den eisigen Böen, die über die spitzen Giebel der Bürgerhäuser hinwegjagten, schneller zerrissen als eine verirrte Ziege von einem Rudel ausgehungerter Wölfe.

Als Gabriela aus dem Stall trat, erhob sich vor ihr ein siebenköpfiger Drache, der aus jedem seiner Mäuler Flammen spie. Auf seinem Rücken ritt ein Weib mit lüsternen Zügen, gehüllt in kostbarste Gewänder, die doch in all ihrer Üppigkeit kaum ihre Scham bedeckten. Umgeben war das Ungeheuer von einem halben Dutzend Engel mit brennenden Schwertern, die den Drachen in Schach zu halten versuchten. So echt wirkten all diese Gestalten, die auf die Seite eines großen Planwagens gemalt waren, dass Gabriela für einen Augenblick wie versteinert stehen blieb.

»Dort sah ich eine Frau auf einem scharlachroten Tier sitzen, das über und über mit gotteslästerlichen Namen beschrieben war und sieben Köpfe und zehn Hörner hatte. Die Frau war in Purpur und Scharlach gekleidet und mit Gold und Edelsteinen und Perlen geschmückt. Sie hielt einen goldenen Becher in der Hand, der mit dem abscheulichen Schmutz ihrer Hurerei gefüllt war.« Ein Mann in einem grauen Radmantel sprang vom Kutschbock und landete neben Gabriela. Sein Gesicht war fast gänzlich hinter einem dicken, roten Wollschal verborgen. Auf dem Kopf trug er eine riesige abgewetzte Pelzmütze wie die Kosaken, die in Diensten der Zarin von Russland standen. Darunter lugten graue Augen hervor und musterten Gabriela mit spöttischem Blick. In der Rechten hielt der Kerl einen großen Bronzepokal, über dessen Rand unheimlicher, roter Rauch quoll.

»Ich habe sie gesehen, die Hure Babylon«, tönte eine dunkle Stimme. »Heute regiert sie in den Straßen von Paris und in den Gemächern der Pompadour. Sie hat mir ihren Kelch geliehen und ...« Fauchend schlug eine helle Flamme aus dem Pokal. Gabriela hörte hinter sich Branko aufschreien. Sie selbst war von dem hellen Licht so geblendet, dass ihr die Augen tränten.

Der Fremde verbeugte sich und lachte dabei lauthals. »Wer sein Leben dem Studium des Feuers weiht, der muss ein Weiser oder ein Narr sein! Manche gar wähnen, dass nur wenige Männer auf Erden wandeln, die den Flammen der Hölle so nahe sind wie ich. Doch was schert es mich, solange ich es verstehe, das Feuer nach meinem Willen zu formen. Gestattet, dass ich mich vorstelle ... Magister Gregorius, der jüngste und umstrittenste unter den Meistern aus der Zunft der Nürnberger Feuerwerker.«

Gabriela machte einen fast formvollendeten Hofknicks. »Gabriela Plarenzi, geborene von Bretton. Die Nichte des Festungskommandanten. Ich heiße Euch willkommen in Olmütz und hoffe sehr, dass Ihr ein wenig Feuer in diese gar zu ruhige Stadt bringen werdet.« Sie lächelte zweideutig.

Der Feuerwerksmeister schob seinen Schal zur Seite und erwiderte ihr Lächeln. Dann zog er seine Pelzmütze, um sich zu verbeugen. »Das Feuer zu bringen, ist mir nicht nur eine Berufung, sondern auch ein ausgemachtes Vergnügen, wenn ich von so zartem Munde darum gebeten werde und …«

»Magister Gregorius! Endlich!« Der General trat hinter dem hohen Planwagen hervor. »Sapperlot, wo habt Ihr nur so lange gesteckt. Ich dachte schon, ich müsste Euch noch einen Reiter schicken.«

»Nun, der hätte wohl lange nach mir suchen müssen. Auf Tage hab ich mit meinen Männern in den Bergen bei Domstadl im Schnee festgesessen. Wir mussten warten, bis die Pässe wieder halbwegs frei waren, und sind froh, dass wir es überhaupt noch in diesem Jahr geschafft haben.«

Gabriela bemerkte, wie ihr Onkel die Brauen runzelte. »Bei Domstadl? Ihr kommt also aus dem Schlesischen?«

Der Feuerwerker hielt dem Blick des Festungskommandanten stand. »Gewiss, daher komme ich. Vor einem Monat erst habe ich bei Brandenburg ein kleines Feuerwerk abgebrannt. Ich hoffe, Ihr stört Euch nicht daran.«

Von Bretton räusperte sich leise. »Bei den Preußen also wart Ihr …«

»Kommt, vergesst Euren Ärger, Freund! Wäre ich ein Kriegsmann, müsste man mich wohl einen Söldling nennen, denn meine Dienste kann jeder erwerben, der sie zu bezahlen weiß. So sind schließlich auch wir zueinandergekommen, Herr General. Doch keiner meiner Dienstherrn hat sich bislang über mangelnde Loyalität beklagen müssen.«

»Gut«, grunzte der Festungskommandant kurz angebunden, und Gabriela kannte ihn gut genug, um zu wissen, dass er dem Feuerwerker seinen Ausflug nach Preußen noch längst nicht vergeben hatte. »Wenn ich Euch einen Rat geben darf, Magister … Unterlasst in Zukunft solche

Kapriolen wie Euren Spaß, mit dem Ihr meine Nichte zu beeindrucken suchtet. Ich habe Euch von der Treppe aus beobachtet und muss Euch darauf hinweisen, dass der Bischof von Olmütz ein äußerst gestrenger und gottesfürchtiger Mann ist. Zwar hat in Mähren schon seit Jahren kein Scheiterhaufen mehr gebrannt, doch seid gewarnt! Mancher hat sich schon mit weniger in die Flammen geredet.«

»Der Ort, an dem ich mich am wohlsten fühle!«

»Kommt jetzt!« Von Bretton bedachte Gabriela mit einem kurzen Blick. »Wir haben ein paar Dinge unter vier Augen zu besprechen, Magister Gregorius. Es geht um die Planung des Feuerwerks. Ich dachte mir ...«

Die beiden wandten sich ab, ohne Gabriela noch weitere Aufmerksamkeit zu schenken. Nachdenklich sah sie dem schmalen Feuerwerker nach, der neben der grobknochigen Gestalt ihres Onkels noch schmächtiger wirkte, als er tatsächlich war.

Schließlich drehte sie sich um. Sie sollte in den Ställen nach Branko sehen und den Jungen wieder beruhigen. Doch aus dem Tor trat ihr Duro Birtok, der ungarische Hauptmann der Füsiliere, in den Weg. Er hatte im Zwielicht des Stalls verborgen gestanden und war offenbar ebenfalls Zeuge der Eskapaden des Feuerwerkers geworden.

»Na, da haben wir uns ja ein sauberes Früchtchen angelacht. Hoffentlich sprengt sich der Kerl nicht samt seiner Pulverfässer in die Luft.« Duro lehnte lässig am Tor und drehte seine linke Schnurrbartspitze zwischen Daumen und Zeigefinger. Er trug rote Hosen und dazu halbhohe Reitstiefel. Sein prächtiger, goldbestickter weißer Uniformrock war fast gänzlich unter einem weiten, grauen Radmantel verborgen. Mit der Rechten hielt er seinen Offiziersstock unter der Achsel geklemmt. Er war aus dünnem spanischem Rohr gefertigt und mit einem beinernen

Löwenkopf geschmückt. »Wir täten besser daran, dem Herrn Feuerwerker gut auf die Finger schauen, damit er für seine Freunde, die Preußen, keine Zeichnungen der neuen Festungsanlagen anfertigt.«

»Für mich sah er nicht wie ein Betrüger aus ...«

Der Hauptmann schüttelte den Kopf. »Was wisst Ihr schon von den Abgründen der Seele, meine Schöne. Wer so leichtfertig über den Gott-sei-bei-uns spricht, dem wohnt doch längst ein Dämon im Leib. Seht Euch doch nur das Bild auf der Seite seines Wagens an, Freifrau. Schmückt ein guter Christenmensch sein Eigentum mit den Bildnissen der Diener des Verderbers?«

Bei dem Titel Freifrau zuckte Gabriela innerlich zusammen. Ihr Vater hatte sein Adelsprädikat zusammen mit dem Rang eines Oberstlieutenants verwirkt, als er bei der Kaiserin in Ungnade gefallen war. Wahrscheinlich wusste der Hauptmann das. Nur ihr Onkel war noch berechtigt, den Adelstitel zu führen. Wenn Duro sie auf diese Weise ansprach, wollte er sie entweder provozieren oder sich bei ihr einschmeicheln. Beides war ihr unangenehm. Der Offizier hatte ein hübsch geschnittenes Gesicht, und unter seinen buschigen Brauen funkelten feurige, fast schwarze Augen. Wie alle Offiziere trug er eine fein gepuderte Perücke mit langem Zopf. Bei ihm wirkte sie fehl am Platz ... Fast schon grotesk. Er hatte sicher dichtes, schwarzes Haar und ... Darüber sollte sie erst gar nicht nachdenken. Duro war eindeutig zu hübsch, um es aufrichtig mit ihr zu meinen. Wenn er ihr schöne Augen machte, dann gewiss nur, weil er sich von einer Hochzeit mit ihr versprach, in der Gunst ihres Onkels zu steigen und vielleicht sogar vor der Zeit befördert zu werden.

»Diesem Nürnberger sein Vertrauen zu schenken, ist, wie einen Fuchs in den Hühnerstall einzuladen. Mich sollte nicht wundern, wenn er ein Spitzel der Preußen wäre.

Wollt Ihr mir helfen, den Kerl im Auge zu behalten, Freifrau Gabriela?«

»Ich denke, Ihr urteilt etwas vorschnell, Herr Hauptmann.«

Duro stieß sich von der Stallmauer ab und griff nach ihrem Arm, um sie zu sich heranzuziehen. Dann hob er mit verstohlener Geste seine Hand und raunte ihr leise ins Ohr: »Habt Ihr Euch die Wagen schon näher angesehen? Der Feuerwerker behauptet, sie seien in den Bergen eingeschneit. Ich sehe aber keinen Schnee auf den Planen liegen oder auf den Fässern, die seitlich an den Wagen gebunden sind. Der ist niemals in Domstadl gewesen!«

Gabriela trat einen Schritt zurück. Ihr war die vertrauliche Art, die der Füsilierhauptmann ihr gegenüber plötzlich an den Tag legte, zutiefst suspekt. »Vielleicht hatten sie ihre Wagen ja in einer Scheune untergestellt.«

»Ach, Schnickschnack! Ich kenne dieses Dorf. Dort gibt es keine Scheune, die groß genug wäre, solche Wagen aufzunehmen. Der Nürnberger ist ein Betrüger! Ich sag's Ihnen ...«

Die große Glocke des Wenzeldoms schlug zur elften Stunde. Wie immer ertönte mit dem dritten Schlage nun auch die hellere Stundenglocke von Sankt Michael. Das war die Gelegenheit, den ungarischen Stutzer loszuwerden. Gabriela deutete einen Knicks an. »Ich bin untröstlich, Herr Hauptmann, Sie mitten in diesem interessanten Disput unterbrechen zu müssen. Doch ruft mich die Pflicht. Ich muss in die Küche, um bei der Vorbereitung des Mahls für meinen Onkel zu helfen.

Duro schüttelte den Kopf. »Ich fasse nicht, wie der Herr Kommandant es dulden mag, dass so zarte Hände grobe Arbeiten verrichten müssen.«

»Nun, vielleicht fragt Ihr ihn selbst einmal bei Gelegenheit nach dem Grunde. Doch nun entschuldigt mich.«

Der Hauptmann griff noch einmal nach ihrem Arm. »Nur auf ein Wort noch! Achtet darauf, dass der Nürnberger nichts von unserem Verdacht ahnt. Auch wenn er sich wie ein Narr aufführt, mag er ein gefährlicher Mann sein. Wir sollten unsere Ahnungen zunächst für uns behalten.«

»Eure Ahnungen, Herr Hauptmann.« Gabriela entwand sich seinem Griff und eilte davon. Als sie die Treppe zur Kommandantur hinaufstieg, blickte sie noch einmal zurück. Der Hauptmann stand noch immer im Eingang zum Pferdestall. Er sah ihr nach. Wie konnte er es wagen, sich herauszunehmen, so vertraut mit ihr zu verkehren? Ob ihr Onkel ihn wohl zu diesen Dreistigkeiten ermutigt hatte?

Die Männer des Feuerwerkers hatten sich inzwischen um den vordersten Wagen geschart und warteten auf die Rückkehr ihres Anführers. Lautes Lachen ertönte aus der Gruppe. Sie alle waren in bunte Gewänder gekleidet, als seien sie Komödianten. Einer von ihnen trug sogar einen Rock. Gabriela lächelte. Die Feuerwerker würden ganz sicher frischen Wind in die miefige Garnison bringen. Das war nach ihrem Geschmack!

Von Bretton winkte dem Soldaten an der Brücke zu. Der Mann salutierte und war schon im nächsten Augenblick im Morgendunst verschwunden. Ratternd überquerte die Kutsche die steinerne Brücke. Der Fluss sah in dem grauen Licht aus wie geschmolzenes Blei. Einzelne, mit Schnee bedeckte Eisschollen trieben auf dem träge dahinfließenden Wasser. So düster wie der Morgen war auch die Stimmung des Festungskommandanten.

»Du kannst jetzt wieder hochkommen. Wir haben den letzten Posten passiert.«

»Endlich!« Gabriela streckte sich und ließ sich dann auf der lederbezogenen Bank ihm gegenüber nieder.

»Wie lange willst du dieses Spiel eigentlich noch treiben?«

»Fällt Euch eine bessere Lösung ein, Herr Onkel?«, entgegnete sie spitz. Der General antwortete ihr darauf nicht. Er war nicht in der Laune, sich mit seiner Nichte zu streiten.

Sie hatten den Wolfsjäger und Helden der Garnison vor fast drei Wochen nach Wien geschickt, weil er dort angeblich dringende Nachrichten für den Festungskommandanten einzuholen hatte. Doch nun war es an der Zeit, dass Caspar, wie Gabriela sich als Mann getauft hatte, wieder zurückkehrte. Auch wenn die Straßen verschneit waren und der Bote für die Dauer des Christfestes in einem Gasthaus eingekehrt sein mochte, würde es unglaubwürdig, wenn er nicht langsam in die Garnison heimkehrte. Von Bretton wusste, dass etliche seiner Soldaten den vermeintlichen Emporkömmling mit Eifersucht beobachteten. Schließlich war ihm aus zwingenden Gründen die Ehre zuteilgeworden, vom Rekruten zum Adjutanten des Kommandanten befördert zu werden. Viele fühlten sich dadurch verletzt und übergangen. Doch dieser Schritt war notwendig gewesen, damit Caspar ein Quartier direkt neben dem Zimmer des Kommandanten beziehen konnte. Nur so war sichergestellt, dass nicht herauskam, wer sich hinter dem Wolfsjäger verbarg.

Schweigend starrte der General aus dem Fenster der Kutsche. Irgendwo im Morgendunst erklang das heisere Krächzen von Krähen. Ob sie sich wohl um Aas stritten? Gestern waren dem Kommandanten Gerüchte über einen weiteren Wolf zu Ohren gekommen. Angeblich war das Biest so groß wie ein Eber. Er schmunzelte. Diese Bauern! Wenn sie sich abends an ihren Öfen keine Schauermärchen erzählen konnten, dann waren sie wahrscheinlich nicht glücklich.

Ob Gabriela wohl schon von den Gerüchten gehört hatte? Sie hatte sehr energisch darauf bestanden, ausgerechnet an diesem Morgen Olmütz zu verlassen.

Von Bretton seufzte leise. Wie lange das alles wohl noch gut gehen mochte. Außer ihm wussten noch sein alter Kutscher und Branko von Gabrielas Geheimnis. Er musste einen Weg finden, sie zur Räson zu bringen. Ob Hauptmann Birtok der Richtige dafür war? Gabriela hatte recht abfällig von dem jungen Ungarn gesprochen. Offenbar hatte er sich nicht sonderlich geschickt dabei angestellt, als er um ihre Gunst buhlte. Ob der Ruf als Weiberheld, der ihm vorausging, am Ende nicht mehr als leeres Gerede war?

»Ist Euch nicht wohl, Onkelchen?« Seine Nichte presste den falschen Schnurrbart auf ihre Oberlippe und betrachte ihn mit gerunzelter Stirn. Wenn er es nicht besser wüsste, hätte er ihre Stimme für wahrhaft mitfühlend halten können.

»Sieh zu, dass dein Bart richtig sitzt, und verschone mich mit deinem Mitleid. Wenn dir wirklich an meinem Wohl gelegen wäre, dann würdest du auf deine Auftritte als Mannweib verzichten.«

»Ich denke, zu diesem Thema ist alles gesagt«, entgegnete sie kühl. Ohne das mindeste Schamgefühl streifte sie ihren Rock ab und griff nach den Hosen, die neben ihr auf der Kutschbank lagen.

Von Bretton blickte aus dem Fenster. Sie hatte recht hübsche Beine und ... Nervös drehte er seinen Offiziersstock mit dem goldenen Adlerkopf zwischen den Fingern. Er wünschte, er wäre schon wieder zurück in Olmütz. Wenn er sich in die Pläne für das Feuerwerk vertiefte oder mit Magister Gregorius sprach, konnte er den Ärger mit seiner Nichte wenigstens für einige Stunden vergessen. Doch lange ließ sie ihn nie in Ruhe. Manchmal wachte er sogar nachts im Schlaf auf, weil sie ihn selbst in seinen Träumen noch verfolgte. Warum nur mussten Frauen immer Unglück in sein Leben bringen? Seit der Affäre mit der Baronesse hatte er Weibsbilder stets gemieden. Er war ein guter Offizier, der seiner Kaiserin treu ergeben war. Ohne zu zögern, würde er auf einen Wink von ihr in den Tod gehen … Und bislang hatte er den Tod nie zu fürchten gehabt, denn er war stets ein guter Christenmensch gewesen. Doch Gabriela hatte ihm seinen Frieden geraubt.

Fest schloss sich seine Hand um den goldenen Knauf seines Stockes. Er durfte ihre Kapriolen nicht mehr länger hinnehmen! Es war falsch, ihr alles durchgehen zu lassen. Er musste einen Weg finden, wie er diesen Caspar, den sie ersonnen hatte, wieder loswerden konnte.

Leise quietschten die Federn der Kutsche, als sie die Straße verließen und auf einen schmalen Weg abbogen, in den sich tief die Räder der Bauernwagen eingegraben hatten. Dunkel, fast schwarz erhob sich vor ihnen ein Tannenforst. Winkend empfing sie Branko.

Mit einem Ruck kam die Kutsche zum Stehen, und nur wenige Herzschläge später wurde die Tür aufgerissen. Das rote Gesicht Oleks starrte herein. »Wir sind angekommen, Herr General.«

Von Bretton tippte mit dem Knauf des Offiziersstocks an seinen Dreispitz und nickte. »Gut.«

Gabriela war inzwischen fast fertig umgezogen. Provozierend langsam schloss sie die letzten Knöpfe ihres Mantels und streifte dann ihre schweren ledernen Handschuhe über. »Ich bin sicher, Sie werden gute Nachrichten aus Wien erhalten, Herr General.« Sie griff nach der schwarzen Ledertasche mit dem vergoldeten Horn über der Schließe. Die Tasche und ein Schreiben des Kommandanten wiesen sie als Botenreiter aus. Wenn sie wollte, konnte sie an jedem Kutschposten entlang der Poststraßen bei Tag und bei Nacht ein frisches Pferd verlangen, wenn sie diese Tasche und das Schreiben vorlegte.

»Wir werden uns noch vor dem Abendessen wiedersehen, Onkel!« Sie griff nach den Zügeln ihrer Stute und tätschelte dem Pferd über die Nüstern.

»Komm rüber, Branko!« Von Bretton winkte ungehalten seinem Stiefelknecht. Aus den Augenwinkeln sah er, wie sich seine Nichte mit einem Satz in den Sattel schwang. Wieder einmal musste er an seinen Bruder denken. Teufel auch, sie war wirklich sein Kind! Wäre sie nur als Knabe zur Welt gekommen!

Plötzlich war dem General kalt. Er zog den schweren grauen Mantel enger um seine Schultern und klopfte mit dem Knauf seines Stocks gegen die Kutschwand. »Mach hin, Olek. Bring uns zurück nach Olmütz!«

Branko hatte sich ihm gegenüber auf den Sitzen niedergelassen. In kleinen Wölkchen stand ihm der Atem vor dem Mund. Der Junge blickte auf seine Fußspitzen. Seit dem Zwischenfall mit dem Wolf getraute er sich kaum mehr, ein Wort zu sagen, wenn sie beide allein waren. Durch ihn musste Gabriela die Uniform bekommen haben, dachte von Bretton bitter und der Kerl wusste sicherlich, dass ihm dies klar war. Zunächst hatte er Branko dafür bestrafen wollen ... Doch dann hatte er sich anders entschlossen. Es wäre ungerecht gewesen, an diesem Jungen seine Wut auszulassen. Wie hätte Branko Gabriela widerstehen sollen, wenn nicht einmal er den Ränken seiner Nichte etwas entgegenzusetzen hatte? Seine Hand klammerte sich fest um den Stab. So konnte es nicht weitergehen!

»Olek, bring uns auf den Fürstenberg. Halt vor dem Hauptportal des Doms!«

»Jawohl, Herr General«, erklang es dumpf von draußen, und mit knirschenden Rädern setzte sich die Kutsche in Bewegung.

In wildem Galopp preschte die Stute über die verschneiten Felder hinweg. Endlich wieder frei! Wie eisige Nadeln stach Gabriela der Wind ins Gesicht, doch das war allemal besser, als in der Stadt in den guten Stuben der Bürgersfrauen zu sitzen und über Kinder, Kochen und Strickarbeiten zu schwatzen. Und besser als die Nachstellungen von Hauptmann Birtok. Der Narr! Er wollte einfach nicht begreifen, dass sie nichts für ihn übrighatte.

Gabriela duckte sich dicht über den Hals von Nazli. Gierig sog sie den scharfen Geruch des Tieres ein. Sie mochte den Duft von Pferden und Ställen. Ein wenig erinnerte er sie auch an Zuhause ... An den Stall neben dem kleinen Bauernhaus.

Nazli fiel in eine langsamere Gangart, und Gabriela legte der Stute sachte ihre Hand zwischen die Ohren. Sie wusste, dass Nazli es mochte, dort gekrault zu werden. »Manchmal führst du dich auf wie ein großer Hund«, sagte sie lachend.

Nazli schnaubte leise, so als wolle sie ihre Worte bekräftigen. Plötzlich richteten sich die Ohren des Pferdes steil auf und die große Stute schüttelte leise wiehernd den Kopf.

»Was ist denn, meine Schöne?«

In der Ferne ertönte ein langgezogenes Heulen. Mehr als eine halbe Meile entfernt sah sie etliche dunkle Schatten einen steilen Hügel hinaufeilen. Oben auf der Kuppe hockte ein Wolf. Er war heller als die anderen, das konnte man sogar auf die große Entfernung erkennen und sein Geheul klang irgendwie falsch.

»Du hast dir also neue Gefährten gesucht«, murmelte Gabriela leise. Ihre Hand tastete nach den Pistolentaschen vor dem Sattel. Sie schob die goldbestickte Decke zur Seite und ihre Finger umschlossen den kalten Griff der Waffe. Die Wölfe waren weit fort. Sie wusste, dass sie nicht in Gefahr war. Ja, sie war sich sogar sicher, dass sie selbst dann, wenn die Bestien nur zwanzig Schritte vor ihr gehockt hätten, in Sicherheit gewesen wäre, solange die Wölfin von der Ruine im Wald das Leittier des Rudels war.

Ihre Finger lösten sich wieder vom Griff, als sie etwas streifte, das nicht in die Pistolentasche gehörte. Ein Stück Papier! Neugierig zog sie es hervor. Es war ein sorgfältig gefalteter Brief, der mit rotem Wachs gesiegelt worden war. Verwundert betrachtete sie das Wappen. Ein Eberkopf! Wer mochte den Brief dorthin gesteckt haben? Gab es noch jemanden, der außer den Vertrauten ihres Onkels um das Geheimnis seines Adjutanten Caspar wusste?

Ungeduldig brach sie das Siegel und faltete den Brief auseinander.

Duro Birtok, Hauptmann der 7. Füsiliere zu Olmütz
Ach, gnädige Frau, seien Sie barmherzig mit mir, und stillen Sie den Aufruhr in meinem Herzen. Sagen Sie mir, was ich zu hoffen oder zu fürchten habe. Kein Feind auf dem Schlachtfeld ist so schrecklich wie der Feind, der ich mir selbst bin, wenn ich des Nachts meine Seele zerfleische. Längst wollte ich es Ihnen gesagt haben, doch als wir uns dann trafen, neben dem Bildnis der Hure Babylon, erschien es mir obszön, von aufrechten Gefühlen zu reden.

Lange habe ich mit mir gerungen, Ihnen diese Zeilen zu schreiben, und erst als ich mir meiner Schwäche bewusst wurde, ward es mir möglich, diesen Brief zu beginnen. Der Schwäche, es nicht mehr länger ertragen zu können, Ihnen gegenüber von meiner Liebe zu schweigen. Ich konnte dem zwingenden Begehren nicht länger widerstehen, Ihnen meine Gedanken preiszugeben. Wäre ich doch zufrieden damit, Sie schweigend anzubeten! So freute ich mich wenigstens an meiner Liebe. Oft ist der Zweifel, ob Sie meine Gefühle erwidern könnten, verzehrend. Doch wäre er nicht Balsam im Vergleich zu der niederschmetternden Gewissheit, Ihnen vielleicht gerade einmal so viel zu bedeuten wie der Vogel, der Ihnen im Baum vor Ihrem Fenster ein Morgenlied singt? Ja, schlimmer noch … Vielleicht finden Sie mich gar verabscheuenswürdig!

Doch all dieser widerstreitenden Gefühle zum Trotze berufe ich Sie zum Tribunal über mein Herz. Seien Sie meine Richterin und geben Sie meiner Seele mit Ihrem Urteil den Halt zurück.

Ich will Sie allerdings nicht täuschen. Was auch immer Sie antworten werden, es wird mich nicht von meiner Liebe zu Ihnen abbringen können. Doch ich erhoffe mir von Ihnen die Gnade, mir zu helfen, jenes verzehrende Feuer in mir beherrschen zu lernen, damit ich mich an ihm erwärmen kann, ohne zu verbrennen. Lehren Sie mich, mich zu mäßigen, indem Sie meine Schritte lenken, meine Worte leiten und ich mich so vor dem Unglück bewahre, Ihnen zu missfallen.

Ich weiß, dass es nicht Ihr Charakter ist, sich in Halbheiten zu verstricken, und doch hoffe ich auf Ihre Nachsicht. Werden Sie sie mir gewähren, zumal ich mich bei unserem letzten Treffen wohl einer allzu kühnen Zunge strafbar gemacht habe?

Adieu, gnädige Frau. Empfangen Sie mit Güte die Huldigung meiner Gefühle, die denen meiner Hochachtung nicht im Wege sind.

Olmütz, den 25. Dezember 1755

Gabriela schüttelte den Kopf und zerknüllte das Papier. Was erlaubte sich dieser Kerl? Glaubte er wirklich, sie würde den Liebesschwüren eines Mannes, wie er einer war, vertrauen? Für wie naiv hielt er sie! Achtlos warf sie den Brief in den Schnee. Dann lächelte sie finster. Sie wusste, in welchen Schänken sich der Hauptmann herumtrieb, wenn er keinen Dienst hatte. Er würde eine böse Überraschung erleben! Viel zu treffsicher und geschliffen waren seine Worte, als dass sie das Gewand eines aufrechten Gefühls hätten sein können. Sie war sich sicher, dass Duro in Wahrheit so wie ihr Mann empfand, und dass sich seine Liebe zu ihr allein auf der Hoffnung begründete, nach einer Hochzeit schon bald mit einer Beförderung durch ihren Onkel belohnt zu werden.

Grimmig zog sie ihren Dreispitz ein wenig tiefer ins Gesicht, um sich vor dem eisigen Wind zu schützen. Die Kälte hatte ihr die Tränen in die Augen getrieben. Sie sollte sich beeilen, in die Stadt zu kommen. In der Ferne sah sie, wie sich dunkle Wolkenberge gleich einer riesigen Faust über der Festungsstadt zusammenballten.

Sacht strich sie über die Wolfsfellborte, die sie auf den Dreispitz aufgenäht hatte. Als Adjutant des Festungskommandanten war sie nicht gar so strengen Reglements unterworfen wie die einfachen Kanoniere. So hatte sie sich die Freiheit herausgenommen, ihren Hut mit dieser Trophäe zu schmücken.

Gabrielas Blick schweifte in die Ferne zu der steilen Hügelflanke. Die Wölfe waren verschwunden. Sie war allein!

Von Bretton blickte zu den geflügelten Dämonen, die auf den Spitzen der gotischen Strebepfeiler des Doms kauerten. Einen Herzschlag lang zögerte er noch, dann stieg er die Stufen hinauf und trat durch das Hauptportal. Der matte Glanz der Glasfenster und der Duft nach Weihrauch, der hier stets gegenwärtig war, gaben einem das Gefühl, in eine andere Welt getreten zu sein. Eine Welt, in der man dem Himmel ein Stück näher war als jenseits der Pforte. Nur die Kälte hatte sich durch die dicken Mauern gefressen und wollte nicht recht in das Bild vom Paradies passen.

Die Kirche war fast leer. In einem Seitenschiff knieten zwei Frauen mit Kerzen in den gefalteten Händen vor dem Marienaltar und beteten leise. In einem der beiden Beichtstühle brannte ein schwaches Licht. Von Bretton wusste, dass heute Fra Anselmus, der Abt der Jesuiten, die Beichte abnahm. Ihm traute er. Bei einem der Speichellecker des Erzbischofs hätte er niemals über seine Sorgen und seine Sünden reden können. Fra Anselmus aber würde keine Macht der Welt in Versuchung führen können, das Beichtgeheimnis zu brechen. Außerdem war der Abt ein Mann, der unerschütterlich fest im Glauben war. Unnachgiebig geißelte er jede Sünde und lebte dabei so bescheiden wie ein Bettler.

So trat von Bretton an den Beichtstuhl aus altersdunklem Holz und kniete sich auf die knarrende Bank davor. Noch einmal ließ er seinen Blick durch das weite Kirchenschiff schweifen.

»Ihr seid gekommen, Euer Herz von Sünden zu befreien.« Der Satz war mehr eine Feststellung als eine Frage. Anselmus sprach mit warmer, weicher Stimme.

Als von Bretton sicher war, dass außer dem Abt niemand hören konnte, was er zu sagen hatte, begann er seine Beichte. Fast eine Stunde war vergangen, bis er endlich wieder schwieg. Er fühlte sich jetzt, wo er seine Sorgen mit einem anderen geteilt hatte, tatsächlich ein wenig freier. Doch bald wurde ihm das Schweigen des Mönchs zur Qual. Nervös räusperte sich der Kommandant. Es schien eine Ewigkeit zu vergehen, bis endlich wieder die Stimme hinter dem Vorhang erklang.

»Eure Nichte hat wahrlich schwere Schuld auf sich geladen. Indem sie ihr wahres Geschlecht verleugnet, verleugnet sie auch Gott. Ihr solltet Eure Nichte zu mir schicken, damit ich ihr das Wort Gottes wieder ins Gedächtnis rufen kann. Sie muss von ihrem Treiben ablassen oder sie läuft Gefahr, dass ihre unsterbliche Seele unwiderruflichen Schaden nehmen wird. Fast dünkt es mich, Satan selbst hat von ihr Besitz ergriffen, wenn sie der Wahn überkommt, dass sie ein Mann sei. Sollte sie jedoch keine Einsicht zeigen oder störrisch sein, so werde ich sie der heiligen Inquisition melden müssen. Euch aber rate ich, Eurer Nichte gegenüber eine größere Strenge an den Tag zu legen.«

»Aber was soll ich denn tun? Sie hat mich in der Hand. Caspar kann nicht einfach so verschwinden.«

»Nicht? Er ist doch nur ein Geschöpf, das der überheizten Fantasie eines Weibsbildes entsprungen ist. Dahinmorden sollte man den Kerl, damit Eure Nichte endlich wieder frei ist! Dieses Phänomen beweist ein weiteres Mal, dass Frauen nicht in der Lage sind, richtig zu denken. Erst vor wenigen Wochen habe ich ein gelehrtes Traktat darüber gelesen, dass Weibsbilder ein kleineres und ganz anders beschaffenes Hirn als Männer haben. Darin mögen sich die merkwürdigen Irrungen Eurer Nichte begründen. Wann hat man je von einem Mann gehört, der sich für ein Weibsbild hielt? Unser Geschlecht ist, dank Gottes Gnade, vor solchen Wahnvorstellungen gefeit! Auch wenn wir Männer genug andere Torheiten begehen. Doch bei den schlimmsten Verfehlungen ist meist auch eine Frau im Spiel. So scheint es fast, als habe sich die Welt in all den Jahrhunderten seit dem Sündenfall um keinen Deut gebessert. Doch ich schweife ab ... Auch Ihr habt Euch vor Gott schuldig gemacht, indem Ihr Eurer Nichte nicht bei Zeiten Einhalt geboten habt. So tuet nun Buße und betet dreimal am Tage zehn Vaterunser und fastet eine Woche lang, um Eure Seele wieder reinzuwaschen. Auch ein Opfer für das Kloster mag wohl bedacht sein. Im neuen Jahr wünsche ich dann ein Gespräch mit Eurer Nichte zu führen, um herauszufinden, ob sie zum Gefäß teuflischer Besessenheit geworden ist oder ob nur ihr Verstand ein wenig durcheinandergeraten ist.«

Mit einem Seufzer erhob sich von Bretton. Seine Knie waren wie taub, und einen Augenblick lang hatte er das Gefühl, ihm würden die Beine wegknicken. Er stützte sich gegen die Holztäfelung des Beichtstuhls. Es dauerte eine ganze Weile, bis das Gefühl in seine Beine zurückkehrte. Dann erst war er in der Lage, zum Hochaltar zu schreiten, um vor dem Bildnis des gekreuzigten Heilands erneut niederzuknien und seine Gebete zu murmeln.

Er fühlte sich verwirrt. Und während seine Lippen das Vaterunser formten, kreisten seine Gedanken um Gabriela. Es wollte ihm einfach nicht gelingen, seine Nichte aus seinem Geist zu bannen! War es ein Fehler gewesen hierherzukommen? Hatte er sich am Ende gar in Anselmus getäuscht? Was war, wenn der Abt beschloss, den Fall seiner Nichte weiter zu melden und sie von einem Inquisitor befragen zu lassen? Ein einziges Mal in seinem Leben hatte er miterlebt, wie zwei Frauen auf einen Scheiterhaufen geführt worden waren. Ein grässliches Spektakel! Er war damals noch sehr jung gewesen, und doch waren die Bilder jenes Tages noch so lebendig in ihm, als sei es erst gestern gewesen. Deutlich konnte man den Weibsbildern ansehen, dass sie geschlagen worden waren. Der General schüttelte den Kopf. Es war töricht, daran zu denken! Er kannte den Abt der Jesuiten schon seit Jahren. Anselmus war ein vernünftiger Mann, der wohlüberlegt handeln würde!

Er hustete. Die kalte Luft in der Kirche war nicht gut für ihn. Schon seit ein paar Tagen fühlte er sich nicht recht wohl. Es war an der Zeit, dass er an den warmen Kachelofen im Kartenraum zurückkehrte.

8. KAPITEL

Mit Einbruch der Dunkelheit war der Frost noch grimmiger geworden, und es hatte begonnen zu schneien. Die steifen Hände tief in den Taschen ihres Mantels verborgen, stapfte Gabriela durch den Schnee, der schon fast knöchelhoch lag. Sie wusste, dass Hauptmann Birtok an diesem Abend keinen Dienst hatte, und war sich sicher gewesen, ihn in einer der Schenken zu finden. Doch drei Bierkeller hatte sie schon vergebens besucht, und in ihr wuchs der Verdacht, dass der hübsche Ungar trotz all seiner Beteuerungen eine heimliche Geliebte hatte, an deren Seite er jetzt liegen mochte.

Der Gedanke ärgerte sie! Den ganzen Nachmittag hatte sie sich ausgemalt, wie sie ihn zur Rede stellen würde. Aber dazu musste sie ihn auch finden! Eine Schenke war gerade der richtige Ort für das, was sie vorhatte.

Ihre Finger strichen über den zerknüllten Brief in ihrer Manteltasche. Mehr als eine Stunde hatte es sie gekostet, ihn wiederzufinden. Der Wind hatte ihn davongetrieben, so als sei selbst den Elementen daran gelegen, dass sie den impertinenten Hauptmann für seine Frechheiten nicht zur Rechenschaft ziehen konnte.

Energisch stieß sie die Tür zum »Roten Stier« auf. Eine steile, steinerne Stiege führte hinab. Die Schenke war in den Gewölben eines ehemaligen Weinkellers eingerichtet worden. Stickige Luft schlug ihr entgegen. Es roch nach abgestandenem Bier, Schweiß und schwerem Tabakrauch. Mit der Linken griff sie nach dem Säbel und nahm ihn hoch, damit er nicht über die Stufen klapperte. Verstohlen tastete sie noch einmal kurz nach ihrem falschen Schnauzbart. Sie hatte inzwischen einen besseren aus ihren eigenen Haaren gefertigt, doch stets war Gabriela in Sorge, er könne verrutschen oder gar abfallen.

In einer Ecke der Schenke erkannte sie ein paar Offiziere der Garnison und dort … Ihr Herz machte einen Sprung. Sie hatte Birtok gefunden!

»Herr Hauptmann, auf ein Wort!«

Gabrielas Stimme übertönte kaum das Lärmen in der Kneipe. Jetzt erkannte sie auch Magister Gregorius, der mit dem jungen Fähnrich von Zeilitzheim in einer Nische saß. Langsam stieg sie die Treppe hinunter und bahnte sich ihren Weg durch die Menge. Betrunkene Bürger, der Stadtschreiber, grölende Kutscher, dazwischen zwei feiste Schankmaiden in schmuddeligen Blusen, die viel zu tief ausgeschnitten waren. Seit jener letzten Sommernacht mit ihrem Mann konnte sie diese Huren nicht mehr ertragen. Allein bei ihrem Anblick wurde ihr speiübel.

Gabriela spürte, wie die Hitze unter ihren Mantel kroch. Sie begann zu schwitzen und streifte den Schal zurück. Endlich stand sie hinter dem Hauptmann. Entschlossen griff sie nach seiner Schulter. Birtok drehte sich mit einem Humpen Bier in der Hand zu ihr um. Weißer Schaum tropfte von seinem Schnauzbart. »Was gibt's?« Ein Lächeln ließ seinen Bart erzittern, und ein Tropfen Bier fiel auf seinen Uniformrock. »Ach, du bist es, Caspar. Hat der alte Pfeifenkopf dich geschickt?«

»Nein, es geht um eine ernstere Angelegenheit.« Inzwischen hatten seine Saufkumpane sie umringt und starrten sie neugierig an.

»Du bist doch der Wolfstöter, nicht wahr?« Ein dürrer Mann mit weinrotem Gesicht strich über die Fellborte an ihrem Dreispitz. Sie versuchte, ihn zu ignorieren, und holte stattdessen den zerknüllten Brief aus ihren Taschen hervor.

»Ist das Ihr Werk, Herr Hauptmann?«

Birtok wurde einen Moment lang etwas blasser, dann griff er danach. »Woher hast du das?«

»Ihr erkennt also Eure Schrift, Herr Hauptmann?«

»Wo hast du das gefunden? In den Ställen? Er ist ganz zerknüllt? Hat sie ihn weggeworfen?«

»Ich wünsche, dass Ihr es in Zukunft unterlasst, meiner Angebeteten solche Briefe zu schreiben, Hauptmann Birtok. Die Nichte des Generals legt keinerlei Wert auf …«

Der Dürre riss dem Hauptmann den Brief aus den Händen und lachte. »Ein Liebesbrief? Hast du also endlich zu deinem alten Leben zurückgefunden …«

»Gib den Brief zurück!«, knurrte Birtok wütend. Doch sein Freund hielt das Schreiben hoch in die Luft und begann daraus vorzulesen. » … neben dem Bildnis der Hure Babylon erschien es mir obszön, von aufrechten Gefühlen zu reden.« Der dürre Kerl lachte wiehernd wie ein Pferd. »Aufrechte Gefühle!« Er griff sich mit der Linken in den Schritt. »Ja, diese Sorte Gefühle kenne ich, wenn es um die Weiber geht. Ob deine Schöne wohl verstanden hat, wie du das meintest?«

Gabriela errötete. Dieser Bastard! »Hauptmann, ich verlange von Ihnen, dass Ihr das Fräulein von Bretton in Frieden lasst und …«

»Fräulein?« Birtok hatte seinem Kameraden den Brief entrissen und lächelte anzüglich. »Die Kleine ist doch kein Fräulein! Sie ist wie eine Raubkatze. Kennst du die blasse Narbe auf ihrer Wange?«

Gabriela machte einen Schritt nach hinten und drehte sich so, dass man ihr Gesicht nicht mehr so gut sehen konnte. Sie hatte die Narbe zwar mit Puder abgedeckt, doch war sie stets in Sorge, dass sie dieser Makel eines Tages verraten würde, wenn sie in der Maske Caspars unterwegs war.

»Einen Pascha der Janitscharen hat sie mit seinem eigenen Säbel erschlagen, nachdem er sie auf dem Rücken ihres toten Mannes genommen hatte. Sie hat Feuer im Blut …«

»Ich … Ich dulde nicht, dass Ihr in dieser Weise von Ihr …« Sie war erschüttert, was für Geschichten man sich über sie erzählte.

»Und einen grünen Jungen wie dich kann sie nicht gebrauchen, hörst du? Trink einen Wein auf meine Rechnung und dann mach dich auf in die Wälder zu deinen Wölfen, mein Kleiner!«

Gabriela riss ihre Wollhandschuhe aus den Manteltaschen und schlug sie dem Hauptmann ins Gesicht. »Für die Art, wie Sie über mich und meine Angebetete sprechen, verlange ich Satisfaktion! Wenn Sie mehr als nur ein Maulheld sind, nennen Sie mir Ort und Zeit, um Ihren Mut unter Beweis zu stellen.«

Es war plötzlich totenstill in der Schenke. Die Gäste bildeten einen weiten Kreis um sie und starrten sie neugierig an. Birtok machte einen Schritt zu dem Stuhl, auf dem er gesessen hatte, und griff nach dem Offiziersdegen, den er über die Lehne gehängt hatte. »Kannst du mit dem Ding umgehen, das du dort an deiner Seite trägst, oder reicht es bei dir nur zum Wölfeschießen?«

»Ich mache Sie darauf aufmerksam, dass mir als Beleidigtem nach den Regeln des Duells die Wahl der Waffen zusteht. Doch stimme ich Ihrem Vorschlag zu. Wenn Sie jetzt noch den Ort, die Zeit und Ihre Sekundanten benennen würden, dann können wir …«

»Ort und Zeit?« Der Hauptmann lachte laut und riss seinen Degen aus der Scheide. »Gleich hier werd ich dich zu den Engeln schicken, du …«

»Meine Herren, bitte …« Von Zeilitzheim war zwischen sie getreten und hob in beschwörender Geste die

Hände. Als er spürte, wie nun alle ihn anstarrten, räusperte sich der Fähnrich leise und wurde schließlich rot. »Ich bitte Sie! Sind ein paar unbedachte Worte, die beim Wein gesprochen wurden, ein Menschenleben wert?«

Birtok gab ihm einen derben Stoß mit der Schulter. »Zur Seite mit dir, Hänfling! Misch dich nicht in ein Händel unter Männern ein. Du magst ein Held am Abakus sein, aber die Gesetze der Ehre sind dir so fremd wie meinem Pferd die Gesetze des Pythagoras.«

Gabriela hatte inzwischen den Mantel abgelegt und ihren Säbel gezogen. Sorgsam wickelte sie die Troddel um ihr Handgelenk und musterte den Hauptmann kühl. Er hatte offenbar schon einiges getrunken. Aber es gab ja mindestens zwanzig Zeugen dafür, dass Birtok es gewesen war, der darauf bestanden hatte, sich gleich an Ort und Stelle zu duellieren.

»Herr Hauptmann! Ohne Ihnen zu nahe treten zu wollen, aber Sie sind nicht mehr nüchtern.« Von Zeilitzheim hatte sich wieder aufgerappelt, seine Brille gerade gerückt und war erneut zwischen sie getreten. Gabriela hätte ihn für diesen Einwand erschlagen können. Sie wollte den Birtok nicht umbringen. Es würde völlig genügen, ihm die Klinge durch den Arm zu stoßen. In längstens zwei Monaten hätte er sich davon erholt. Auf jeden Fall würde keiner mehr auf die Angebote ihres Onkels eingehen, wenn sich einmal herumsprach, dass Caspar der Wolfsjäger sich mit jedem duellieren würde, der seiner Angebeteten zu nahe trat. Sie lachte leise in sich hinein.

Der Hauptmann machte linkisch einen Schritt nach vorne und tippte von Zeilitzheim mit der Spitze seines Degens auf die Brust. »Aus dem Weg, du Wicht, oder du bist gleich der Nächste, mit dem ich mich duelliere!«

»Sie müssen die Regeln einhalten, meine Herren, oder es wird zu einem Prozess vor einem Militärgericht kommen. Jeder muss zwei Sekundanten stellen, und ein Arzt muss auch zugegen sein, damit …«

»Ein Arzt ist hier«, ertönte es aus einer der Seitennischen der Bierstube. Der Kreis um die Kontrahenten öffnete sich, und ein alter Mann mit purpurner Nase trat vor. Straben, der Regimentschirurg! Er grinste und zeigte dabei seinen zahnlosen Kiefer. »Ich habe zwar mein Handwerkszeug nicht dabei, aber ein guter Medicus ist jeder Lage gewachsen. Ich bin sicher, der Herr Schankwirt kann uns etwas heißes Wasser, ein gutes Messer und ein paar Leintücher zur Verfügung stellen. Ich sag euch, nach der Schlacht bei Chotusitz habe ich unter noch wesentlich übleren Umständen in nur einer Nacht zwei Dutzend brandige Beine abgenommen. Die Herren können also auf meine Hilfe vertrauen, wenn sie ein Ehrenhändel austragen wollen.«

»Und ich bin dein Sekundant, Birtok«, mischte sich der dürre Kerl ein, mit dem der Hauptmann gezecht hatte. »Milan, komm mach mit! Wir wollen uns diesen Spaß doch nicht entgehen lassen.« Er winkte einem bulligen Mann, der mit ihnen am Tisch gesessen hatte. Dieser nickte bestätigend.

»Dann brauchen wir jetzt nur noch zwei Sekundanten für unseren wilden Wolf!« Birtok drehte sich langsam und blickte in die Runde. »Wie wäre es mit zwei räudigen Straßenkötern? Das passt doch.«

Einige der Betrunkenen lachten. Gabriela hatte genug von dem Gerede. Sie wollte die Sache hinter sich bringen. Der Kampf würde mit Sicherheit nicht lange dauern! Entschlossen hob sie den Säbel und tippte dem Hauptmann mit der flachen Seite gegen den Arm. »Ich kann den Dreck nicht mehr ertragen, den Ihr von Euch gebt, Birtok. Ihr seid wahrlich ein seltsamer Mensch. Andere erleichtern sich, indem sie die Hose herunterlassen und sich in eine stille Ecke hocken, doch Ihr braucht dazu nur Euer Maul aufzureißen.«

»Bastard!« Der Hauptmann fuhr herum und riss seinen Degen hoch. Straben brachte sich mit einem Satz außer Reichweite der beiden Kontrahenten. Klirrend schlugen die stählernen Klingen aufeinander.

»Ich stelle mich Caspar als Sekundant zur Verfügung!«, rief der Fähnrich aufgeregt.

»Ich übernehme die zweite Stelle!« Aus den Augenwinkeln sah Gabriela, wie der Feuerwerker, der sich bislang zurückgehalten hatte, sich unter die Schaulustigen drängte. Gregorius trat hinter Birtok und fiel dem Hauptmann in den Arm. »Eine Frage habe ich jedoch noch.«

»Lass mich los, Heidenbrut!«, fauchte der Offizier gereizt und versuchte sich loszureißen, doch Magister Gregorius war stärker, als man es einem Mann von seiner zierlichen Statur zugetraut hätte. Eisern hielt er den Füsilierhauptmann in seinem Griff.

»In der preußischen Armee ist es verboten, jemandem von höherem Rang herauszufordern. Man hat dieses Reglement eingeführt, um zu verhindern, dass womöglich ein hitzköpfiger Fahnenjunker auf die Idee kommt, seine Vorgesetzten im Regiment zu Ehrenhändeln zu fordern, um auf diese wenig subtile Weise seinen Aufstieg im Offizierskorps zu beschleunigen. Gibt es ein ähnliches Reglement auch in der österreichischen Armee?«

»Wo kein Richter, da kein Henker!« Birtok lächelte grimmig. »Oder gibt es hier jemanden, der der Ansicht ist, dass wir etwas Unrechtes tun?«

Gabriela ließ den Hauptmann nicht aus den Augen. Jeden Moment rechnete sie damit, dass er wieder angreifen würde.

»Ja, es ist Unrecht! Ich erinnere mich, dieses Gesetz gibt es auch in unserer Armee. Es kommt freilich nur selten zur

Anwendung …« Von Zeilitzheim rückte nervös seine Brille zurecht. »Wenn Sie sich schlagen, meine Herren, werde ich dies dem General melden müssen. Das hieße, dass der Sieger sich vor einem Kriegsgericht verantworten müsste und mit Festungshaft zu rechnen hätte. Ich bitte Sie eindringlich, von Ihrem Vorhaben abzugehen.«

»Du schwanzloser Weichling! Dich werde ich …« Birtok wollte auf den jungen Fähnrich losgehen, doch nun packten auch noch seine beiden Sekundanten den wütenden Hauptmann.

»Lass es gut sein!«, brummte der Dürre. »Für diesmal werden wir auf das Duell verzichten müssen, Duro. Du weißt doch, wie der alte Pfeifenkopf ist. Wenn er davon hört, wie du dich geschlagen hast, wird er wirklich ein Militärgericht einberufen.«

Gabriela verneigte sich vor dem Hauptmann und stieß ihren Säbel in die Scheide zurück. »Es tut mir außerordentlich leid, dass wir keine Gelegenheit hatten, unsere Meinungsverschiedenheit endgültig zu lösen. Ich stehe Euch jederzeit zur Verfügung, wenn wir unseren Streit in Gegenwart von weniger Zeugen fortsetzen wollen. Bis dahin rate ich Euch dringend, meiner Angebeteten nicht zu nahe zu treten.«

»Pass du nur auf, dass wir uns nicht alleine im Finstern begegnen, Großmaul. Dich schick ich zu den Würmern!«

»Das rate ich Ihnen nicht, Herr Hauptmann«, mischte sich von Zeilitzheim ein. »Sollte einem von ihnen in den nächsten Wochen etwas zustoßen, sehe ich mich gezwungen, dem General Meldung von den Vorfällen dieser Nacht zu machen.«

»Schwätzer! Pass besser gut auf dich auf! Männer wie du werden selten alt in der Armee!«

Der Fähnrich versteifte sich. »Wollen sie mir etwa drohen, Herr Hauptmann?«

»Aber nicht doch. Ich spreche lediglich aus Erfahrung. Also hüte dich, Hänfling, sonst holt dich der Falke!«

Von Bretton fühlte sich hundsmiserabel, als er die goldene Schärpe um seine Hüften knotete. Am liebsten hätte er sich in sein Bett gelegt, das Branko mit zwei heißen Ziegelsteinen vorgewärmt hatte. Seit dem Morgen quälte den Festungskommandanten dumpfer Kopfschmerz. Nicht einmal sein feiner, spanischer Schnupftabak half ihm, einen klaren Verstand zu bekommen. Ausgerechnet jetzt! Das Silvesterfest stand vor der Tür. Keine große Sache, doch Magister Gregorius wollte ein kleines Feuerwerk abbrennen, um ihm ein paar neue Sprengkörper zu zeigen, die die Engländer aus Ostindien nach Europa gebracht hatten. Er musste zum Fest gesund sein!

Und dann noch die Sache mit Gabriela. Ohne Zweifel war es Fra Anselmus, dem Abt der Jesuiten, ernst mit seinem Wunsch, Gabriela zu sehen. Doch würde das törichte Mädchen auf ihn hören? Und was geschah, wenn Anselmus ein schlechtes Bild von ihr bekam, weil sie sich wieder einmal so störrisch wie ein Esel benahm? Würde er dann wirklich die Inquisition verständigen?

Von Bretton verfluchte sich dafür, mit dem Geistlichen gesprochen zu haben. Doch er hatte mit jemandem reden müssen! Länger vermochte er diese drückende Last nicht mehr zu ertragen. Der alte Offizier seufzte und schlüpfte in seinen Uniformrock, den er neben dem Ofen aufgehängt hatte. Angenehm warm schmiegte sich der Stoff an seine Schultern. Er tastete in der Tasche nach der kleinen, silbernen Schnupftabaksdose. Vorsichtig häufte er zwei Prisen auf seinen Handrücken und sog sie in die Nase. Eilig tastete er nach seinem Taschentuch, während sich in seiner Nase ein teuflisches Prickeln ausbreitete. Von Bretton hielt die Luft an und kniff mit der Linken die Nasenflügel zusammen. Endlich bekam er sein Schnupftuch zu packen und riss es hoch. Mit der Gewalt eines Kanonenschusses erleichterte er sich in das Leintuch. Das hatte gutgetan. So würde er die Krankheit aus seinem Schädel schnäuzen, bevor sie sich dort festsetzen konnte. Nachdenklich betrachtete er den grünbraunen Schleim im Taschentuch, als sei er ein geheimes Orakel, aus dem er lesen konnte, was das nächste Jahr bringen mochte.

Er würde niemals dulden, dass sie seiner Nichte etwas antaten. Sicherlich brachte sie sein Leben durcheinander, und doch war es ein Stück weit so, als sei mit ihr sein Bruder zu ihm zurückgekehrt. Damals, als Carolus zusammen mit Trenk und einigen anderen Pandurenoffizieren vor dem Militärgericht stand, hatte er nichts unternommen, um seinem Bruder zu helfen. Zu frisch war die Erinnerung an ihren Streit gewesen. Dabei war er sich sicher, dass Carolus nichts Unrechtes getan hatte. Er war ein guter Offizier. Es hatte keine Gelegenheit mehr gegeben, sich vor seinem Tod mit ihm zu versöhnen. Das war der Grund, warum er so viel Geduld mit Gabriela hatte. Er würde seine alte Schuld bei ihr abtragen, auch wenn ihn das an den Rand der Verzweiflung bringen sollte.

Er seufzte wieder. Es war sein Schicksal, dass ihm die Weiber nichts als Ärger bereiteten. Von Bretton dachte an Juliette. Es war höchste Zeit, sie zu besuchen. Zu lange war er schon nicht mehr bei der Baronesse gewesen. Er nahm den schweren Kerzenständer vom kleinen Tisch neben seinem Bett und trat aus seiner Kammer. Kein Laut regte sich im Haus, als er leise schnaufend die Stiege zum Dach erklomm.

Warum hatte sich dieser verfluchte Zeilitzheim in ihren Streit einmischen müssen! Fluchend stapfte Gabriela die enge Gasse hinauf, die zur Kommandantur führte. Eisiger Wind sang um die schiefen Dachgiebel der Bürgerhäuser und brannte auf ihren Wangen. Wäre dieser Fähnrich nicht gewesen, dann hätte sie heute Abend auf immer dafür gesorgt, dass man Gabriela in Ruhe ließ und dass ihr Onkel ganz gewiss keinen Mann mehr fand, dem der Sinn danach stand, sie zu ehelichen. Doch jetzt ... Nur einen Feind hatte ihr das eingebracht. In Zukunft sollte sie sich hüten, wenn sie sich in der Maske Caspars in der Stadt aufhielt. Birtok würde sicherlich vor keiner Schandtat zurückschrecken, um seinen verletzten Stolz wiederherzustellen. Naja, vielleicht hatte sie ja auch Glück, und der Hauptmann ließe sich doch noch auf ein Duell ein?

Eine Bewegung in einem finsteren Hauseingang vor ihr ließ sie verharren. Ihre Hand glitt zum Griff des Säbels. »Wer dort?« Sie presste sich mit dem Rücken an eine Hauswand und spähte argwöhnisch in die Finsternis. Vielleicht lauerte der Hauptmann ihr zusammen mit seinen beiden Kameraden auf?

In dem Hauseingang vor ihr glühte ein rotes Auge auf. Nein, es war eine Pfeife. Die Gestalt trat aus dem Schatten und stellte sich mitten auf den Weg. »Keine Sorge, mein Freund! Ich bin dir nicht übel gesonnen. Oder sollte ich vielleicht lieber meine Freundin sagen?«

Gabriela schluckte. Es war zu dunkel, um erkennen zu können, wer dort vor ihr stand. Ihre Hand schloss sich fester um den Griff des Säbels. Woher zum Henker kannte der Kerl ihr Geheimnis?

»Nun, edle Dame, du willst doch nun nichts tun, was wir beide anschließend bedauern würden! Glaube mir, ich bin dir wohlgesonnen und will dich nur davor bewahren, dass gleich mir noch andere dein tollkühnes Spiel durchschauen werden. Mein einziges Begehr ist es, dich aus der Ferne studieren zu dürfen, denn jemand wie du ist mir noch nicht untergekommen.«

Gabriela hatte sich wieder unter Kontrolle. Sie löste die Hand von der Waffe. Die Stimme des Mannes klang vertraut. Sie waren sich schon einmal begegnet. »Wer bist du? Gib dich zu erkennen, denn ich mache keine Geschäfte mit Schatten.«

»Mein Herz ist betrübt. Ich hatte gehofft, du würdest dich an mich erinnern. Wir sind uns vor dem Antlitz des Lasters begegnet …«

»Bist du ein heidnischer Orakelpriester oder warum gefällt es dir, in Rätseln zu sprechen? Unter Zigeunern würdest du dich wohl auch gut machen …« Gabriela stutzte. Das Antlitz des Lasters? »Die Hure Babylon!«

Der Schatten verbeugte sich und lüftete eine unförmige Pelzmütze. »Im Allgemeinen ziehe ich es vor, wenn man mich Gregorius nennt.«

Misstrauisch musterte sie den Feuerwerker. »Woher weißt du, wer ich bin?«

Er antwortete mit einem Lachen. »Ich bin unter Musikern, Künstlern und Schauspielern aufgewachsen. Leute, die sich so oft verstellen, dass sie manchmal gar nicht mehr wissen, wer sie wirklich sind. Das schärft den Blick. Und unter uns … Ich habe schon bedeutend bessere falsche Bärte gesehen. Bei hellem Tageslicht würde ich mit diesem Borstengestrüpp, das du unter deiner Nase trägst, lieber nicht herumlaufen. Es muss schon finster sein, oder man muss sich den Freuden des Bacchus hingegeben haben, um nicht zu erkennen, was dir ins Gesicht geschrieben steht. Doch warum dieses Maskenspiel? Was bringt die Nichte des Stadtkommandanten dazu, sich nachts in übel beleumundeten Schenken herumzutreiben und einen eleganten Raufbold zum Duell zu fordern?«

»Und was treibt den berühmtesten Feuerwerker Nürnbergs in diese Schenke?«

»Nun, die Nacht war kalt, kein warmer Schoß in Sicht,

und außerdem hatte sich der junge von Zeilitzheim an mich gehängt. Da er nur zu ertragen ist, wenn er sich betrunken hat, habe ich mit ihm die nächste Kneipe angesteuert. So viel zu mir. Beantwortest du auch gelegentlich eine Frage?«

»Was ist dein Preis für meine Geschichte?«

»Wenn du es schaffst, mich glauben zu lassen, dass du mir wirklich die Wahrheit gesagt hast, dann werde ich dich lehren, ein Mann zu sein. Ich weiß viel über die Kunst, sich zu verkleiden und zu schminken. Es wäre mir auch ein Leichtes, dir einen besseren falschen Schnauzbart zu machen …«

»Warum sollte ich dir vertrauen, Gregorius?«

Der Feuerwerker sah sie lange an und nahm einen tiefen Zug aus seiner Pfeife, bevor er antwortete. »Vielleicht, weil ich in dir einen verwandten Geist fühle? Auch du willst dich nicht einfach dem Leben ausliefern, von dem andere wünschen, dass du es führst. Du verbirgst dich hinter einer Maske. Vielleicht ist es vermessen von mir, den Wunsch zu haben, jenes Geschöpf kennenzulernen, das hinter den Larven des Wolfstöters und der Nichte des Festungskommandanten steht. Auf jeden Fall verspricht es ein interessanter Zeitvertreib für einen langen Winter zu werden, in dem mir wieder einmal nichts zu tun bleibt, als Hunderte Raketen zu bauen. Weißt du, wie das ist, mit anzuschauen, wenn sich die Arbeit eines halben Jahres binnen einer Stunde in Rauch auflöst? Das Feuer ist ein trügerischer Freund, sage ich dir … Und was dich angeht, welches Risiko gehst du schon ein? Ich sage dir auf den Kopf zu, dass du, noch bevor der Frühling kommt, auffliegen wirst. Du gehst nicht wie ein Mann, du verstellst deine Stimme zu sehr … Dabei ist sie dunkel genug. Sie klingt nur deshalb falsch, weil du dir zu viel Mühe gibst, dich wie ein Mann anzuhören. Wenn ich mit dir fertig bin, würde dich selbst dein eigener Vater für einen Knaben halten!«

Die Erinnerung an ihren Vater versetzte ihr einen Stich. Sie versuchte, sich nichts anmerken zu lassen, und sah sich um, ob es irgendwo im Finstern vielleicht einen Zeugen für ihr Gespräch geben mochte. Doch soweit sie sehen konnte, waren sie beide allein. Was hatte sie zu verlieren, wenn sie sich auf den Vorschlag des Feuerwerkers einließ? Er hatte ihr Spiel ohnehin durchschaut … Wenn er sie jedoch lehrte, ihre Rolle besser auszufüllen, dann würde dies nur von Vorteil für sie sein. Schließlich streckte sie ihm die Hand entgegen. »Schwöre mir, dass du mich nicht verraten wirst, und du sollst meine wahre Geschichte erfahren.«

Gregorius lächelte. »Jede gute Lüge fängt mit der Beteuerung an, dass man eine wahre Geschichte erzählt bekommt. Auf der anderen Seite erfreut mich die Aussicht, dass du mir vielleicht doch vertrauen magst, obwohl ich kein anderes Zuhause als die Straßen halb Europas kenne. Das ist selten! Also hast du mein Wort!« Mit festem Griff packte er Gabrielas Hand, doch sah er ihr dabei nicht in die Augen.

9. KAPITEL

»... vier ... drei ... zwei ... EINS!« Gregorius riss sich die Pelzmütze vom Kopf und winkte seinen Gehilfen zu, die irgendwo in der Finsternis verborgen waren. Fast im selben Augenblick ergoss sich eine Kaskade aus goldenen Funken vom Wall der Schanze am anderen Ende des Hofes. Drei sprühende Feuerräder begannen sich auf dem Dach der Stellmacherei zu drehen, und aus einem Holzgestell neben der Scheune stiegen zischend wohl ein Dutzend Raketen in den Himmel.

Von Bretton legte den Kopf in den Nacken. Hoch am Himmel zerstieben die Feuerwerkskörper zu leuchtenden Blumen. Von allen Kirchtürmen der Stadt begannen die Glocken zu läuten.

»Alles Gute für das neue Jahr!« Gabriela tauchte aus der Menschenmenge auf und schlang ihm ihre nackten Arme um den Hals.

»Ja, dir auch.« Den Abend über hatte seine Nichte sich große Mühe gegeben. Sie trug ein hübsches Ballkleid und übte sich darin, als formvollendete Hausherrin aufzutreten.

Im Fahnensaal der Kommandantur spielte das Orchester ein Stück, das sein junger Kapellmeister für den heutigen Abend komponiert hatte. Er war nicht gerade ein zweiter Händel ... Von allen Seiten kamen jetzt Leute auf ihn zu, um ihm überschwänglich ein glückliches neues Jahr zu wünschen. Er achtete kaum auf die Gesichter, und als schließlich das Feuerwerk abgebrannt war und seine Gäste zurück in das Hauptgebäude der Kommandantur gingen, stahl er sich heimlich über eine Seitentreppe in den zweiten Stock. Klackend hallten seine Schritte auf dem hölzernen Boden wider, während von unten noch immer dumpf die Musik des Orchesters ertönte. Als er die Tür von Gabrielas Zimmer erreichte, hielt er inne und spähte den dunklen Flur entlang. Er war allein!

Seine Hand fuhr zur Klinke. Natürlich hatte Gabriela ihr Zimmer nicht verriegelt. Er hatte nichts anderes erwartet! Vorsichtig schob er die Tür auf und verschwand in der Kammer seiner Nichte. Mit zwei Schritten stand er vor der Truhe, in der sie ihre Kleider aufbewahrte. Von Bretton lächelte, als er den schweren Deckel anhob. Er hatte sich geschworen, in diesem Jahr, noch bevor der Januar herum war, seine größte Sorge zu begraben. Er würde diesen Eid halten!

Gleich zuoberst in der Kleidertruhe lag ihr Dreispitz mit der Borte aus Wolfsfell. Er warf den Hut auf das Bett und kramte nach anderen Kleidungsstücken, die sie als Caspar trug.

Mit ihren tolldreisten Streichen hätte es nun ein Ende. Alle Welt erzählte davon, dass sein Adjutant ihr Liebster sei. Von Bretton schnaubte. Klug ausgedacht hatte sie sich das! Auch wenn es ihr nicht gelungen war, den besoffenen Birtok in einem Duell zu ermorden. Damit wäre nun Schluss! Er fand eines der Hemden, das sie als Mann trug. Das musste genügen.

Sachte schloss er den Deckel der Truhe und griff sich den Hut vom Bett. Dann verließ er das Zimmer und stieg über die Treppe an der Rückseite des Gebäudes zum Erdgeschoss hinab. Jetzt ertönte der Lärm des Festes wieder lauter. Von Bretton durchquerte eine Schreibstube und einen schmalen Flur. Dann stand er auf dem Hof, umrundete das Haus halb, bis er zur Tür der Küche gelangte. Dort erwartete ihn auch schon Henk, der junge wallonische Koch.

»Nun, hat Er besorgt, was ich Ihm aufgetragen habe?«

»Jawohl, Herr General!« Der Koch kniete nieder und nahm einen tönernen Bierkrug auf, aus dem es dampfte. »Es ist ganz frisch. So wie Ihr es befohlen habt.«

Von Bretton holte einen Silbertaler aus der Tasche seines Uniformrocks und drückte ihn dem jungen Kerl in die Hand. »Für sein Stillschweigen! Hat ihn jemand gesehen?«

»Nein, niemand weiß, dass ich einen Teil hinausgebracht habe.«

»Gut, dann mach Er sich jetzt wieder an Seine Arbeit, bevor Ihn jemand mit mir hier draußen sieht.«

Die Glocken waren inzwischen verstummt, doch es tönten noch einzelne Schüsse aus der Stadt, mit denen ausgelassene Bürger das neue Jahr begrüßten.

Der Festungskommandant hatte den Dreispitz Gabrielas inzwischen in das Hemd eingeschlagen und unter seinen Arm geklemmt. In der Rechten hielt er den Bierkrug.

Um zur Stellmacherei zu kommen, musste er quer über den Exerzierplatz. Noch immer standen dort einige seiner Gäste. Flüchtig grüßte er sie, indem er ihnen kurz zunickte oder den Humpen hob. Er musste sich beeilen. Viel Zeit bliebe ihm nicht mehr. Er durfte der Gesellschaft im Fahnensaal nicht zu lange fernbleiben. Sicher würde man schon bald seine Abwesenheit bemerken. Ohne zu zögern, ging er direkt zu seiner Kutsche, auf deren Türe das Wappen der Brettons prangte, ein weißes, steigendes Pferd auf rotem Grund. Der General öffnete den Schlag. Schon am Nachmittag hatte er alles vorbereitet. Auf den Ledersitzen lagen ein schlichter, grauer Mantel, ein Schal, ein Dreispitz und vor allem eine geladene Pistole. Hastig zog er die Kleider an. Der Mantel verbarg seine auffällige, weiße Paradeuniform, den Schal wickelte er ums Gesicht und zog den Dreispitz tief in die Stirn. Dann schob er die Pistole unter den Mantel, klemmte sich Caspars Kleider unter den Arm und griff nach dem Bierhumpen voller Blut. Die Wachen würden ihn so nicht erkennen, und er könnte ungehindert die Tore passieren.

Einen Moment lang stand er noch zögernd neben der Kutsche. Wenn er einen wirklichen Neuanfang haben wollte, dann musste er erst etwas zu Ende bringen. Seine Hand tastete nach der Pistole. Es gab keinen anderen Weg!

Gabriela erwachte vom Geräusch schwerer Stiefel auf dem Flur. Fast im selben Augenblick wurde ihre Tür aufgerissen. Das Licht einer Sturmlaterne blendete sie. Verschlafen blinzelte sie zum Fenster. Es war noch stockfinster.

»Dem Himmel sei Dank! Du lebst!«, erklang eine atemlose Stimme. Es war Branko!

»Was zum Teufel machst du hier? Es ist mitten in der Nacht! Und …«, sie stutzte. »Natürlich lebe ich! Was soll das heißen? Du lebst! Hat man dir zu viel Wein gegeben letzte Nacht?«

Der Junge trat ein und schloss die Tür. »Scherze nicht mit mir!« Er wirkte todernst. »Es sieht so aus, als habe man Caspar ermordet und …« Er schüttelte den Kopf. »Aber wie ist das möglich, wo du noch hier bist …«

»Caspar ermordet?« Gabriela richtete sich im Bett auf. Sie war schlagartig hellwach. »Wie kommst du darauf?«

»Man hat seinen Dreispitz bei den Anlegestellen am Flussufer gefunden. Eine blutige Schleifspur führt über das Eis bis zum Wasser und ein zerrissenes Hemd trieb zwischen den Eisschollen.«

Gabriela starrte den Jungen einen Augenblick lang an. »Das ist doch völlig unmöglich … Ich war doch hier … Wer …« Sie stieß die Decke zur Seite und schwang sich aus dem Bett. Mit zitternden Fingern öffnete sie den Deckel ihrer Kleidertruhe. Zuoberst hatte sie immer den Dreispitz liegen. Er fehlte. Die Wäsche war zerwühlt.

»Wer zum Henker könnte das getan haben?« Nervös nagte Gabriela an ihrer Unterlippe. Zuerst dachte sie an Hauptmann Birtok, doch der Offizier war den ganzen Abend auf dem Fest gewesen.

So als könne Branko in ihren Gedanken lesen, murmelte auch er den Namen des Füsilierhauptmanns. »Man redet über ihn. Die ganze Garnison weiß, dass er deinetwegen im Streit mit Caspar lag und es beinahe ein Duell gegeben hätte ... Angeblich ist am Flussufer auch eine Pistole gefunden worden ... Es sieht ganz so aus ...«

»Nein!« Gabriela schüttelte entschieden den Kopf. »Birtok kann mit Leichtigkeit zwei Dutzend Zeugen aufbieten, die ihn den ganzen Abend auf dem Silvesterfest meines Onkels gesehen haben. Als er sich verabschiedete, war er zu betrunken, um noch geradeaus gehen zu können.«

»Und wenn er irgendeinen Halsabschneider dafür angeheuert hat? Schurken gibt es genug in den Schenken und ...«

»Unsinn! Ich bin hier! Du siehst doch wohl, dass Caspar nicht tot sein kann!«

»Aber überall am Flussufer ist Blut ...« Der Junge schlug hastig ein Kreuz. »Was für ein Teufel mag dort diese Nacht gewütet haben? Wie kann man jemanden ermorden, den es gar nicht gibt? Ist vielleicht dein Schatten ...« Ängstlich stierte er auf den Boden.

Gabriela folgte seinem Blick und lachte. »Wie du siehst, habe ich meinen Schatten noch!« Sie streckte ihm die Hand hin. »Und du kannst dich gerne davon überzeugen, dass mein Leib nicht kalt wie ein Grab ist. Ich bin weder ein Wiedergänger noch ein Gespenst!«

Branko sah zu ihrer Hand und blickte ihr dann ins Gesicht. Seine Zweifel waren immer noch nicht ausgeräumt. Ganz vorsichtig berührte er ihre Fingerspitzen. In dem Moment griff sie zu.

»Du hältst mich doch nicht wirklich für ein Gespenst!«

Der Junge war kreidebleich. »Ich …«

»Schon gut.« Sie ließ ihn wieder los, drehte sich um und griff nach der Bibel, die auf dem schmalen Tisch neben ihrem Bett lag. »Genügt dir das als Beweis? Kein unheiliges Geschöpf könnte die Heilige Schrift in die Hand nehmen. Verdammt nochmal! Komm wieder zu dir, du Trottel! Ich bin noch immer die, die du kennst!«

»Aber wer liegt dann auf dem Grunde der March? Wer hat deine Kleider gestohlen, um als Caspar das neue Jahr zu feiern? Und wer wollte dich ermorden?«

Gabriela presste die Lippen zusammen. Sie dachte an das Gespräch, das sie mit ihrem Onkel in der Kutsche geführt hatte. »Ich weiß, wer uns Antwort auf diese Fragen geben kann! Hat man den General schon geweckt?«

Branko nickte. »Ja! Er ist schon hinunter zum Fluss geeilt …«

»Wer hat ihm die Nachricht gebracht?«

»Der wachhabende Offizier.«

Gabriela lächelte bitter. Wenn ihr Onkel um ihr Leben besorgt gewesen wäre, dann hätte ihn sein erster Weg hier hinauf zu ihrer Kammer geführt. Da er nicht gekommen war, musste er wissen, dass sie nicht auf dem Grund des Flusses lag. Das hieß zugleich, dass er im Bilde darüber war, was sich dort ereignet hatte! Was auch immer geschehen sein mochte, er hielt die Fäden in der Hand! Das würde sie nicht einfach hinnehmen!

»Geh hinaus!«, zischte sie wütend. »Ich muss mich ankleiden. Und dann bringst du mich zum Fluss und zeigst mir, wo man meinen Dreispitz gefunden hat.«

Leichtes Schneetreiben hatte eingesetzt, und die Soldaten in ihren grauen Mänteln wirkten von weitem fast wie Gespenster. Ihre Wut ließ Gabriela die Kälte kaum spüren, als sie die steinerne Uferbefestigung entlangeilte. Plötzlich trat ihr eine Gestalt in den Weg. Von Zeilitzheim!

»Bitte, Fräulein von Bretton, gehen Sie nicht weiter! Das ist kein Anblick für Sie.« Er griff sie beim Arm und wollte sie in den Windschutz des Festungswalls ziehen, der sich über die Anlegestellen erhob.

»Fass Er mich nicht an!« Erschrocken bemerkte Gabriela, dass sie schon im selben Tonfall wie ihr Onkel sprach, wenn sie wütend war. Der Fähnrich war regelrecht zusammengezuckt. Etwas versöhnlicher fuhr sie fort: »Sie wissen doch, dass Caspar mir nahegestanden hat. Ich muss wissen, was mit ihm geschehen ist.«

»Aber müssen Sie es auch sehen, gnädiges Fräulein?«

Gabriela traute ihren Ohren nicht. »Hat man ihn denn gefunden?«

»Das nicht ... Aber die Spuren im Schnee zeigen mehr als deutlich, was mit ihm geschehen sein muss. Dort ist alles voller Blut und ...«

»Ich werde mir selbst ein Bild machen!« Ohne von Zeilitzheim weiter zu beachten, ging sie zu ihrem Onkel hinüber, der mit seiner massigen Gestalt unverwechselbar zwischen den anderen Männern hervorragte. Von Bretton sah sie kommen, und offenbar konnte er sich auch vorstellen, in was für einer Stimmung sie war, denn er beeilte sich, ihr ein paar Schritt entgegenzukommen.

»Eine böse Sache ist das«, murmelte er leise. Seine Stimme klang tonlos, und er vermied es, ihr in die Augen zu sehen.

»Ohne Zweifel«, entgegnete sie gereizt. »Wir hatten ein Abkommen! Du bist ein treuloser Schurke und ...«

»Schweig! Was bildest du dir eigentlich ein! Abkommen werden ausgehandelt und nicht einfach diktiert. Du hast mich durch die Dinge, die du getan hast, vor vollendete Tatsachen gestellt. Das ist nicht das, was ich unter einem Abkommen verstehe. Wundere dich also nicht, wenn ich dir mit gleicher Münze heimzahle! Und jetzt mäßige deinen Tonfall, die anderen könnten uns hören.«

»Ich denke gar nicht daran! Was auch immer du in dieser Nacht getan hast, du wirst es bereuen.«

Ihr Onkel machte einen Schritt auf sie zu und umschloss sie plötzlich mit beiden Armen. Für die anderen musste es so aussehen, als hielte er sie, um sie zu trösten. In Wahrheit jedoch umklammerte er sie mit stählernem Griff. »Hör mir jetzt gut zu, meine Kleine! Wenn hier jemand etwas bereuen wird, dann bist du es. Fra Anselmus, der Abt des Jesuitenklosters vor der Stadt, hat dein Spiel durchschaut. Vielleicht bist du von jemandem verraten worden ... Jedenfalls wird er dich schon in den nächsten Tagen aufsuchen. Er hat mit mir bereits über dich gesprochen und fürchtet, dass du von einem bösen Dämon oder Geist besessen bist, weil du dich nach Männerart kleidest und Taten vollbringst, die nur einem Mann gut zu Gesichte stehen. Versuche wenigstens ein einziges Mal in deinem Leben, klug und diplomatisch aufzutreten, wenn er mit dir spricht. Er ist ein Mann mit großem Einfluss, und er hat Verbindungen zur Inquisition ... Ich möchte dich in keinem Kerker sehen oder, schlimmer noch, an einen Pfahl gekettet, auf einem Scheiterhaufen.«

»Ah, mein werter Onkel hat Angst um seinen guten Ruf.«

Von Brettons Griff wurde noch ein wenig fester. Keuchend rang Gabriela nach Luft.

»Du törichtes Ding! Dreh mir nicht das Wort im Munde herum.« Er sprach leise und eindringlich. »Du bist Blut von meinem Blute, und ich möchte dich nicht sterben sehen, nur weil ich dich nicht energisch genug daran gehindert habe, Dummheiten zu begehen. Es fällt mir nicht leicht, das zu sagen … Ich bin kein Mann, der sein Herz auf der Zunge trägt. Ich mag dich. Du bist … Ich meine … Verdammt, ich möchte dich nicht verlieren. Bitte akzeptiere, dass Caspar tot ist. Ich werde dafür aufhören, nach einem Mann für dich Ausschau zu halten. Finde selbst den Richtigen … Und wenn du lieber alleine sein möchtest, so will ich damit auch zufrieden sein und …«

»Ist alles in Ordnung mit der jungen Dame?« Der alte Straben war hinter ihrem Onkel aufgetaucht.«Ich musste ihr sagen, was geschehen ist.« Der General sprach plötzlich mit belegter Stimme und lockerte die Umklammerung. Er war ein besserer Schauspieler, als Gabriela vermutet hätte. Man konnte wirklich den Eindruck haben, dass er zutiefst erschüttert war. »Ihr wisst vielleicht, mein lieber Straben, dass meine Nichte dem Caspar mehr als nur freundschaftlich zugetan war.«

Der alte Regimentschirurg schnitt eine Grimasse, die sein hageres Gesicht fast wie einen Totenschädel erscheinen ließ. »Das hat der Knabe ja wahrlich laut genug herausposaunt, als er sich mit dem Birtok angelegt hat.« Straben musterte Gabriela abschätzend und wandte sich dann wieder an den Festungskommandanten. »Weiß das Fräulein, was geschehen ist, oder besser gesagt, wie es geschehen ist?«

Der General schüttelte den Kopf. »Nur, dass Caspar wahrscheinlich tot ist, habe ich ihr gesagt. Ihr seid Arzt, Straben. Ihr findet sicher die besseren Worte. Erklärt Ihr es.«

Der Chirurg verschränkte seine langen, knochigen Finger ineinander und schien für einen Moment nach Worten zu suchen. »Nun, mein Fräulein, vom juristischen Standpunkt aus gesehen, fürchte ich, haben wir es mit einem Mord zu tun. Doch das ist Sache der Gendarmerie. Wenn Ihr mir nun folgen wollt, werde ich Euch erklären, aufgrund welcher untrüglichen Anzeichen ich zu diesem Schluss gekommen bin.« Ohne darauf zu achten, ob sie ihm wirklich folgte, ging der Arzt ein Stück an der Stadtmauer entlang. Ihr Onkel hatte sie nun vollends losgelassen, sodass sie Straben folgen konnte. Ihr war mulmig zumute. Auch wenn sie den alten Kerl nicht mochte, hielt sie ihn keineswegs für einen Narren. Wenn er der Überzeugung war, dass hier in der Silvesternacht ein Mensch gestorben war, dann hatte er sicherlich recht. Doch das hieße ja ... Sie schluckte. Nein! Dass jemand einen Mord begangen hatte, um den Tod Caspars vorzutäuschen, mochte sie nicht glauben.

Der Chirurg blieb plötzlich stehen und zeigte auf einen Blutfleck an der Festungsmauer. »Seht Ihr das hier, meine Liebe? Stellt Euch einmal daneben! Wenn ich mich recht erinnere, hatte Caspar ungefähr dieselbe Größe wie Ihr.«

Gabriela schluckte. Sollte das eine Anspielung sein? Wusste am Ende auch der Arzt um ihren Betrug? Hatte er sich vielleicht sogar mit ihrem Onkel abgesprochen?

»Ja, so ist es gut, Fräulein von Bretton. Seht Ihr?« Er zeigte mit seinen dürren Fingern auf die Mauer. »Das Blut ist in Kopfhöhe gegen die Steine gespritzt. Ich vermute, jemand hat Caspar eine Kugel in den Schädel gejagt. Seht Ihr das matte Schimmern dort? Das ist die plattgedrückte Bleikugel. Sie steckt noch in der Mauer.« Straben schnäuzte sich in ein schmutziges Taschentuch. »Verdammter Schnupfen ...«, murmelte er mit belegter Stimme und deutete dann auf den Boden. »Hier haben wir einen großen Flecken Blut, der halb unter dem Schnee verborgen liegt. Nachdem die Kugel ihn getroffen hatte, muss Caspar umgefallen sein wie ein Sack Mehl. Übrigens haben wir hier auch eine Pistole gefunden, doch ich schweife ab. Der

Kerl, der deinen Caspar niedergeschossen hat, wollte den Jungen nicht einfach so hier liegen lassen. Er hat ihn zur Uferbefestigung gezerrt, wie eine breite, blutige Schleifspur zeigt. Dabei muss er dem Toten das Hemd zerrissen haben.« Straben folgte der Spur zum Rand der gemauerten Anlegestelle und wies auf den grauen Fluss. »Er hat unseren Wolfsjäger einfach in die March gestoßen. Falls unser Caspar zu dem Zeitpunkt noch gelebt haben sollte, wird ihm das eisige Wasser auf jeden Fall den Rest gegeben haben, denn …«

Gabriela fühlte, wie ihr die Knie weich wurden. Sie war Caspar gewesen, und jemanden in solch kalter Sachlichkeit über einen Tod sprechen zu hören, den man selbst hätte erleiden sollen, ging an die Grenze ihrer Kräfte. Wer in Gottes Namen hatte in der letzten Nacht an ihrer Stelle sterben müssen?

»Ist Ihnen nicht wohl, Fräulein von Bretton?«

»Es geht schon.« Sie hob abwehrend die Hände. Auf keinen Fall wollte sie von dem Arzt berührt werden. Er erschien ihr wie die Verkörperung des Todes. Sie musste sich zusammenreißen. »Und woraus schließt Ihr, dass es Caspar war, der ermordet wurde?«

»Nun, meine Liebe, die Antwort auf diese Frage liegt auf der Hand. Wir haben seinen Dreispitz mit der Borte aus Wolfsfell hier am Ufer gefunden. Und dort unten …«, er wies zu den Fluten der March hinab, »… dort, wo sich am Ufer Eis gebildet hat, lag sein blutverschmiertes Hemd. Ihr Onkel hat befohlen, dass die Schiffer mit langen Stangen den Grund des Flusses absuchen sollen. Auch hat er berittenen Patrouillen aufgetragen, stromabwärts an beiden Ufern zu suchen. Dennoch ich muss Euch gestehen, gnädiges Fräulein, dass ich keine große Hoffnung habe. Eine Leiche, die man dem Fluss anvertraut, bleibt nur allzu oft auf immer verschollen.«

Unruhig ging von Bretton auf dem Flur vor dem Kartenraum auf und ab. Seine Schritte hallten auf dem Boden laut wie Musketenschüsse. Schweißnass klebten ihm die Kleider am Leib, und doch fror er. Es war kalt hier auf dem langen Flur, und der Atem stand ihm vor dem Mund. Leise hörte er Stimmen im Kartenzimmer. Er hatte allen Wachen in diesem Teil der Kommandantur befohlen, heute Morgen nicht ihre Posten zu beziehen. Wie auch immer das Gespräch im Kartenraum enden mochte, es wäre besser, keine Zeugen zu haben. Straben hatte ihm eigentlich befohlen, sein Bett nicht zu verlassen. Doch der Tag, an dem er sich nicht mehr aus der Matratzengruft erheben könnte, würde noch früh genug kommen. Er musste wissen, was in dem Zimmer gesprochen wurde!

Der Festungskommandant erstickte einen Hustenanfall in seinem Taschentuch. Verfluchte Krankheit! Früher hatte er auf Feldzügen den halben Winter in zugigen Quartieren verbracht und jetzt …

Wieder begann er seinen endlosen Marsch den Flur hinauf und hinab. Wenn er stehen blieb, musste er sich auf seinen Offiziersstock aufstützen. Das machte ihm seine Schwäche nur noch bewusster. Also marschierte er, den Blick entweder fest auf das Fensterkreuz am einen Ende des Flurs oder auf den polierten Messinggriff an der Tür am entgegengesetzten Ende geheftet. Mehr als zwei Stunden waren die beiden jetzt schon im Kartenraum, dachte von Bretton. Was sie nur so lange zu besprechen hatten?

Als er wieder an das Fenster gelangte, blickte er zur Uhr am Turm des Rathauses. Fast schien es, als wolle die Zeit überhaupt nicht vergehen. Der große, goldene Zeiger war kaum vorgerückt, seit er das letzte Mal nach ihm gesehen hatte. Fröstelnd rieb der General sich mit den Händen über die Arme. Er trug seinen schweren Tuchmantel, doch selbst der mochte ihn kaum vor der Kälte zu schützen, die sich immer tiefer in seine Knochen fraß. Elendes Alter …

Ein Geräusch ließ ihn herumfahren. Der Abt trat auf den Flur und schloss hinter sich die Tür. Auf seinem ernsten Gesicht spiegelte sich nicht die geringste Regung. In seiner langen schwarzen Robe wirkte er fast wie eine große Krähe. Langsam kam er nun auf von Bretton zu. Der Offizier stützte sich auf das Fenstersims.

»Ihre Nichte ist eine schwer geprüfte junge Frau«, erklärte der Jesuitenabt in teilnahmslosem Tonfall. »Als ihre Mutter und ihr Bruder am Fieber gestorben sind, hat ihr Vater sie wie einen Jungen erzogen. Das ist der Grund für ihre Verwirrung … Es gibt keinerlei Anzeichen für eine Besessenheit bei ihr. Dennoch muss ich Sie ermahnen, in Zukunft ein strengeres Regiment in Ihrem Haushalt zu führen, Herr General. Gabriela war zwar reuig und einsichtig, doch fürchte ich, dass ihr Wesen zutiefst wankelmütig ist. Achten Sie also darauf, dass sie sich nicht auf ein Neues als Mann ausgibt!« Der Hauch eines Lächelns spielte um die dünnen Lippen des Abtes. »Übrigens, meine Hochachtung dafür, wie Sie mit jenem Phantom Caspar verfahren sind. Sehr überzeugend! Die ganze Stadt redet davon … Und dass man diesem ungarischen Schurken Birtok nachsagt, er sei in die Geschichte verwickelt, mag diesem Abenteurer hoffentlich eine Lehre sein, sich in Zukunft wie ein guter Christenmensch zu verhalten. Wusstet Ihr, dass er eine Bauerstochter geschwängert hat und sich das arme Ding vor lauter Verzweiflung das Leben nahm?«

Von Bretton schüttelte den Kopf. Gabriela war gerettet, das war alles, was ihn im Augenblick interessierte. Das Drama um seine Nichte war beendet. Der Vorhang gefallen … Nun würde alles endlich gut werden!

»Auf ein Wort noch, mein Freund.« Der Abt wirkte plötzlich wieder ernst. »Der Bischof und auch ich betrachten Euren Gast, den Magister Gregorius, mit großem Missfallen. Mir scheint, er lässt in Glaubensfragen den nötigen Ernst vermissen. Wahrscheinlich gehört er zu den Lutherischen oder ist gar ein Atheist. Habt Ihr die Bilder auf seinen Wagen gesehen?«

Der Kommandant nickte.

»Sie illustrieren Szenen aus den Offenbarungen des Johannes. Was ist man für ein Mensch, wenn man seine Güter mit Bildern vom Untergang der Welt schmückt?«

Von Bretton war das Gespräch lästig. Er wollte zu seiner Nichte, um mit ihr zu reden, und dann zurück in sein Bett. Seine Beine waren so weich wie Pudding, und ihm war auch ein wenig schwindelig. »Glaubt Ihr nicht, Fra Anselmus, dass die Bilder des Nürnbergers auch Ausdruck eines besonders tief verwurzelten Gottesglaubens sein könnten? Er scheint keine Angst vor dem Tag des jüngsten Gerichtes zu haben. Das heißt dann doch wohl, dass seine Seele rein ist.«

»Oh nein! Vielleicht wähnt er seine Seele rein, und auch das wäre schon Frevel, denn niemand auf Erden ist ohne Fehl. Und sei es, dass man von dem Irrtum besessen sei, sich für makellos zu halten. Doch bei diesem Gregorius befürchte ich weitaus Schlimmeres. Der Bischof und ich sind darin einig, dass er ein zutiefst gottloser Mensch sein muss. So habt auf Euch acht, wenn Ihr denn Umgang mit ihm pflegt, auf dass das Gift seiner Worte nicht einen Weg in Eure Seele finde, von Bretton. Offen gesagt, ich bin in Sorge um Euch, mein Freund.«

»Mir geht es gut.« Die Rechte des Generals klammerte sich fest um das Fenstersims. Er hatte den Eindruck, dass der Flur leicht schwankte.

»Nun, wie dem auch sei … Ich werde Euch in meine

Gebete einschließen, Herr General. Und falls es doch noch etwas geben sollte, was Ihr mir über den Magister Gregorius mitzuteilen wünscht, stehe ich Euch jederzeit gerne zur Verfügung.«

10. KAPITEL

Gabriela tupfte das Gesicht ihres Onkels mit einem feuchten Tuch ab. Seit drei Tagen lag er mit Fieber darnieder. Die meiste Zeit war er nicht bei Bewusstsein und redete wirr. Immer wieder sprach er von seinem Bruder. Aber auch von Juliette und einem Feldmarschall namens Bonneval.

»Wie ernst steht es um ihn?« Gabriela tauchte das Tuch in Wasser und tupfte dem Festungskommandanten erneut die Stirn ab.

Der Regimentschirurg machte ein Gesicht, als habe er in eine Zitrone gebissen. Seine Augen waren tief eingefallen. In den letzten Tagen hatte er fast nicht geschlafen.

»Wenn Ihr Onkel ein junger Mann von zwanzig oder auch dreißig Jahren wäre, würde ich sagen, dass kein Anlass zur Sorge besteht, gnädiges Fräulein. Doch bei einem Mann seines Alters kann man nie wissen. Seine Lungen stecken voll übler Säfte, sein Atem geht röchelnd … Zum Glück ist bislang noch kein Blut dabei, wenn er hustet. Er hätte nicht auch noch auf die Beerdigung dieses Caspar mitgehen dürfen. Er war dort schon viel zu krank. Ich hatte es ihm verboten! Aber er ist ja störrisch wie ein alter Esel … Bis zum Sommer hatte ich immer gedacht, er sei so robust wie eine Vollgusskugel … Aber wir alle werden älter. Trotzdem gebe ich diese Schlacht noch nicht verloren. Er ist wie ein alter Gaul. Er wird wieder auf die Beine kommen …«

Obwohl sich Straben alle Mühe gab, ihr Mut zu machen, hörte sie nur zu deutlich den bekümmerten Unterton aus seiner Stimme heraus. »Sollten wir dem Abt gestatten, zu ihm zu kommen?«

Der Feldscher schüttelte energisch den Kopf. »Auf gar keinen Fall! Wenn er diesen schwarzen Geier neben sich am Bett stehen sieht, dann wird ihm das alle Hoffnung rauben. Er wird dann nicht mehr weiterkämpfen wollen ... Ich habe so etwas schon öfter als einmal erlebt. Nein! Auch wenn Fra Anselmus dreimal ein Abt und ein Freund des Generals ist. Solange ich hier der Medicus bin, werde ich ihm nicht gestatten, an das Bett meines Kommandanten zu treten. Und ...«

»Juliette, bitte ... vergebt mir. Ich musste ...« Von Bretton hatte sich halb aufgerichtet und starrte mit glasigen Augen zur Zimmerdecke. »Bonneval ... Herr Feldmarschall-Lieutenant ...« Kraftlos sank der Festungskommandant in seine Kissen zurück. Sein Gemurmel war jetzt so undeutlich, dass man nicht mehr verstand, was er sprach.

»Wer ist dieser Bonneval? Kennt Ihr ihn, Straben?«

»Ach ...« Der Arzt ließ sich auf dem Stuhl neben dem Bett nieder. »Es gibt viele Geschichten über ihn. Das Weibervolk war es, das Claude Alexandre Comte de Bonneval zum Verhängnis geworden ist. Er diente mit Auszeichnung im Heer des Königs von Frankreich. Man sagte, in seiner Zeit gab es keinen Zweiten, der sich so wohl auf die Organisation und den effektiven Einsatz der Artillerie verstand wie der Comte. Doch es war eine Herzogin ... Ja, manche munkeln sogar, die Königin selbst, die ihm zum Verhängnis wurde. Gewiss ist, dass er eine ausschweifende Affäre mit einer hochgestellten Persönlichkeit hatte. Als dies ruchbar wurde, musste er aus Frankreich fliehen, und so trat er in die Dienste des Kaisers. Er war umgänglich und begabt, also stieg er erneut schnell auf. Vielen jungen Adeligen war er gar ein Vorbild. Ich selbst habe ihn einmal gesehen, als ich gerade erst in die Armee eingetreten war. Er hatte Charme und war tapfer … Wäre er ein weniger trefflicher Offizier gewesen, manche Schlacht in den Türkenkriegen hätte gewiss ein anderes Ende genommen. Seine Männer ließen sich lieber neben ihren Geschützen in Stücke hauen, als einen Kampf verlorenzugeben. Und er war auch nicht anders. Bei Peterwardein ist er so schwer verwundet worden, dass niemand mehr einen Pfifferling auf sein Leben gegeben hätte… Aber er ist wieder genesen. Ein rechter Kriegsheld war er. Doch als dann der Frieden kam, ging es mit den Frauengeschichten wieder los. Es wurde auch erzählt, er sei ein Spion und habe Pläne unserer Festungen verkauft, um seinen aufwendigen Lebenswandel zu finanzieren. Wie der Sonnenkönig soll er auf seinem Jagdschloss residiert haben … Nun, jedenfalls wurde er verhaftet und zum Tode verurteilt. Der Kaiser hat ihn dann begnadigt, und man steckte ihn in den tiefsten Kerker der Festung auf dem Spielberg. Nachdem er seine Haft dort abgesessen hatte, ging er nach Konstantinopel zu den Türken. Dort hat er den wahren Glauben abgelegt und ist zum Islam übergetreten. Der Sultan hat den Comte angeblich mit offenen Armen empfangen. Bonneval wurde in den Rang eines Paschas von drei Rossschweifen erhoben. Und was hat er dann getan?« Straben lächelte bitter. »Der Mistkerl organisierte die Artillerie der Türken neu, was uns im letzten Krieg auf dem Balkan viel Blut gekostet hat. Wenigstens hatte Bonneval den Anstand, nicht gegen seine früheren Kameraden zu fechten. Man sagt, er habe ein paar erfolgreiche Schlachten gegen Russen und Perser geschlagen. Zuletzt wurde er gar Statthalter auf der Insel Chios.« Die Augen des Chirurgen leuchteten. »Aber wenn man den Mistkerl von seinen Kanonen fortbringt, hat er nur Dummheiten im Kopf. Angeblich hat es wieder Frauengeschichten gegeben, und man munkelt, er sei erneut in Ungnade gefallen.«

»Aber was hat der Comte mit meinem Onkel zu tun?«

Straben zuckte mit den Schultern. »Wer weiß? Ihr Onkel muss noch ein junger Kerl gewesen sein, als Bonneval in hohen Ehren stand. Vielleicht hat er kurze Zeit unter ihm gedient?«

Gabriela betrachtete lange das fiebrige Gesicht des Generals. Was mochte ihn wohl mit diesem französischen Abenteurer verbunden haben? Und welche Rolle hatte diese Juliette dabei gespielt? Dem Namen nach war auch sie eine Französin gewesen ... Hing dies alles mit dem Geheimnis, das er auf dem Speicher verbarg, zusammen? Lag dort oben die Lösung?

Straben hatte sich erhoben und griff nach seiner speckigen Ledertasche. »Ich werde nun gehen, gnädiges Fräulein. Der Winter hat mir noch mehr Patienten gebracht. Wenn etwas sein sollte, findet Ihr mich in meinem Quartier. Schickt mir den Stiefelknecht, wenn sich der Zustand des Kommandanten verschlechtert.«

Gabriela nickte. »Das werde ich tun.«

Der Chirurg öffnete die Tür und stieg über den Jungen hinweg, der auf der Schwelle schlief. Seit von Bretton bettlägerig war, hatte Branko sich dort eingerichtet, um sofort bei der Hand zu sein, wenn er dem General oder Gabriela einen Dienst erweisen konnte.

Nachdem der alte Chirurg gegangen war, nahm Gabriela auf dem Stuhl neben dem Bett Platz. Ihr Onkel war nur noch ein Schatten seiner selbst. Seine Wangen waren eingefallen, die Stirn von tiefen Falten zerfurcht. Fast hatte es den Anschein, als habe er sich aufgegeben. Er kämpfte nicht mehr ... Sein Atem war nur mehr ein heiseres Röcheln. Wütend ballte Gabriela die Fäuste. Alt und krank im Bett zu sterben! Sie wusste, dass er sich davor gefürchtet hatte! War sie schuld daran, dass er seine Liebe zum Leben verloren hatte? Seit dem Tod Caspars kränkelte er … Was hatte er in jener Nacht nur getan, dass er nun mit seiner Lebenskraft dafür bezahlte? Ihr hatte er nie verraten wollen, was dort am Fluss vor sich gegangen war. Trotz all ihrer Mühen hatten die Schiffer und die Suchtrupps keine Leiche finden können, sodass in Caspars Sarg nicht mehr als sein Dreispitz und das mit Blut besudelte Hemd lagen.

Von Bretton brummte etwas Unverständliches und stieß einen langen Seufzer aus. Gabriela fluchte leise. Kalte Angst war in ihrem Herzen. Sie war sich sicher, wenn sie nichts fand, wofür ihr Onkel leben wollte, dann wäre es noch vor Ende des Monats vorbei mit ihm. Sie dachte an den Speicher. Was auch immer dort oben verborgen lag, es musste dem alten Pfeifenkopf sehr wichtig sein. Vielleicht gelang es ihr, ihm die Lust zu leben zurückzugeben, wenn sie nur wüsste, was sich hinter der stets verschlossenen Tür verbarg.

Einen Moment lang zögerte sie noch, dann stand sie auf und begann, nach dem Schlüssel zu suchen.

Da Branko auf der Schwelle zum Zimmer des Generals schlief, war die kleine Kammer vor dem Speicher, in die sie ihr Onkel so lange eingekerkert hatte, nun verlassen. Gabriela stellte den schweren Kerzenständer ab und drehte den Schlüssel im Schloss zum verbotenen Speicher um. Für einen Moment lauschte sie, ob sich irgendein Geräusch regte. Es war mitten in der Nacht, und eigentlich sollten alle schlafen … Nicht einmal der Wind war zu hören. Endlich fasste sie sich ein Herz und öffnete die Tür. Auf dem Speicher war es finster wie in einem Grab. Gabriela bückte sich nach dem Kerzenständer und trat dann ein. Der muffige Geruch von altem Staub und verrottendem Stoff schlug ihr entgegen. Verwundert hob sie das Licht. Wohl hundertmal hatte sie sich ausgemalt, was hinter dieser Tür verborgen sein mochte, doch damit hatte sie nicht gerechnet. Von den Dachbalken hingen Dutzende Kleider. Manche waren fadenscheinig und mottenzerfressen, andere sahen aus, als hätte sie gerade erst der Schneider gebracht, und doch … Sie war in der Mode nicht sehr bewandert und hatte sich nie dafür interessiert, was eine Dame von Stand zur nächsten Ballsaison tragen sollte, aber dass hier etwas nicht stimmte, bemerkte selbst sie. Auch die neuen Kleider wirkten auf schwer zu beschreibende Art alt. Ihr Schnitt, die übertriebene Dekoration mit Seidenschleifen … So etwas trug niemand mehr!

Vorsichtig strich sie mit der freien Hand über eines der Kleider. Der Stoff war feinstes Leinen und weich wie ein Katzenfell. Er musste ein Vermögen gekostet haben! Wem gehörten diese Kleider? Ihrem Onkel? Sie dachte an den Namen, den von Bretton immer wieder im Fieber murmelte. Juliette … Hatte sie die Kleider getragen? Doch wo steckte sie? Warum war sie nicht zum Silvesterfest gekommen?

Unsicher ging Gabriela weiter. Sie hielt den Kandelaber jetzt ganz tief, denn sie fürchtete, dass die Kerzen eins der Kleider in Brand setzen könnten. Durch die offene Tür zur Dachkammer zog kalter Wind. Sanft schwangen die Kleider an ihren Haken. Leise raschelte der Stoff. Im flackernden Licht schien es ganz so, als feierten die Geister von Olmütz einen Ball und wiegten sich sanft zu lautloser Musik.

Heißer Wachs rann Gabriela über die Finger. Vor ihr stand ein mit Goldschnitzereien verzierter Sessel, dessen grüner Brokatbezug fast durchgescheuert war. Dem Sessel gegenüber lehnte ein lebensgroßes Bild an einem der hölzernen Pfeiler, die die Dachbalken trugen. Es zeigte eine junge Frau im Kostüm einer Schäferin. Ihr Kleid war blau wie Kornblumen, und sie trug eine schneeweiße

Schürze darüber. In der Linken hielt sie einen Strohhut, mit der Rechten einen gebogenen Hirtenstab. Ungewöhnlich blass erschien Gabriela die Frau. Doch mochte die Farbe des Gemäldes vielleicht mit den Jahren verblichen sein. Das Gesicht der Fremden wirkte streng und zugleich auch sinnlich. Ihr schwarzes Haar war zu einer kunstvollen Frisur hochgesteckt. Rot wie Blut schimmerten ihre Lippen. Die Lämmer, die auf dem Bild zu ihren Füßen lagen, wirkten unpassend, auch wenn die Frau das romantische Kostüm einer Schäferin trug. Im Hintergrund sah man ein Wäldchen, vor dem ein kleiner Tempel mit weißen Säulen stand. Ein Reiter mit rostbraunem Rock und wehendem Haar kam aus dem Wald geprescht. Er war zu klein, als dass man sein Gesicht hätte erkennen können. Sollte er womöglich ihren Onkel als Jüngling darstellen?

Gabriela suchte nach einem Hinweis darauf, wann das Bild gemalt worden war oder wer die Fremde war, doch fand sie nichts außer der versteckten Signatur des Malers. Breuer hieß der Künstler. Sie hatte nie zuvor von ihm gehört. Grübelnd wandte sie sich ab. Links neben dem Sessel stand ein fein geschnitzter und vergoldeter Schminktisch mit einem hohen Spiegel. Dort lagen Seidenbänder und eine Puderquaste, daneben eine zierliche, silberne Schere, kristallene Flaschen mit goldfarbenen Parfüms reihten sich aneinander. Es gab Kämme aus Elfenbein und emaillierte Puderdosen, auf die kleine Tänzerinnen gemalt waren.

Neugierig öffnete Gabriela die Schublade des Schminktischs. Hier fanden sich seidene Untergewänder, kostbare Leinentüchlein, mit Delfter Spitze gesäumt, und ein dünnes Buch mit anstößigen Kupferstichen, die sehr anschaulich zeigten, auf welch verschiedene Art Mann und Frau den Beischlaf pflegen konnten. Angewidert ließ sie das in rotes Leder gebundene Buch wieder zwischen der Seidenwäsche verschwinden.

Gabriela hatte die Schublade ganz herausgezogen, damit ihr nichts entgehen konnte. Als sie diese wieder einsetzen wollte, fiel ihr eine kleine Kerbe auf der Rückseite auf. Es gab eine Druckstelle im Holz, so als sei es an einen stumpfen Nagel gestoßen. Ein vorspringender Nagel an einem so meisterlich geschreinerten Tisch? Vorsichtig klopfte sie die Seitenwände der Höhlung, aus der sie die Lade gezogen hatte, ab. Alles klang massiv. Dann streifte ihre Hand einen metallenen Riegel, kaum so groß wie der Nagel ihres kleinen Fingers. Vorsichtig versuchte sie, ihn zu bewegen. Ein leises Klicken ertönte. Sie schob den Kerzenhalter unter den Schreibtisch, um ihn besser untersuchen zu können. Doch nirgends war etwas zu sehen, was auf eine Cachette, ein Geheimfach, hinwies.

Enttäuscht kroch sie wieder unter dem Tisch hervor. Seitlich sah sie das Bild der Schäferin im Spiegel. Die Frau schien ihr höhnisch zuzulächeln. »Blöde Ziege«, brummte Gabriela leise, griff nach einem der Parfümflacons und öffnete den fein geschliffenen Kristallstöpsel, in dem sich funkelnd das Kerzenlicht brach. Der Duft von Rosenöl schlug ihr entgegen, vermischt mit einem anderen Geruch, den sie nicht zu benennen vermochte. Schwer und einschmeichelnd stieg er ihr in die Nase. Hastig verschloss sie den Flacon wieder. Sie benutzte nie Parfüm! Dort, wo das Fläschchen gestanden hatte, war ein kreisrunder Fleck in der feinen Staubschicht auf dem Schminktisch zurückgeblieben. Sorgfältig stellte Gabriela den Flacon so auf den Tisch zurück, dass er wieder genau an seiner ursprünglichen Stelle stand. Wenn ihr Onkel genesen würde und nach hier oben zurückkäme, sollte nichts auf ihren Besuch hinweisen.

Gabriela wollte sich schon umdrehen und gehen, als ihr

Blick auf die untere Zierleiste des Spiegels fiel. Sie war ein kleines Stück vorgesprungen. Mit klopfendem Herzen zog sie die Leiste zur Seite. Auf ihrer Rückseite stand in geschwungenen Buchstaben ein Name. *Boulle*. Was mochte das heißen? Hinter der Leiste verbarg sich ein kaum einen halben Zoll breiter Spalt, aus dem ein Stück Pergament hervorlugte. Vorsichtig zog sie es heraus. Die Tierhaut war so dünn gegerbt, dass honigfarben das Licht der Kerze hindurchschimmerte. Sie musste hinter den Spiegel hinaufgeschoben gewesen sein.

Ein großer vielzackiger Stern war auf das Pergament gemalt. Hier und dort waren Buchstaben und merkwürdige Zeichen in die Felder des Sterns gemalt. Auf der linken Seite des Blattes gab es eine breite Spalte, in der auf Französisch Erläuterungen zu den Buchstaben standen. Ganz oben auf dem Blatt stand verschnörkelt ein einzelnes Wort. *Peterwardein*. Gabriela schluckte. Jetzt erkannte sie, worum es sich bei der Zeichnung handelte. Es war ein Plan der Befestigungsanlagen von Peterwardein mit genauen Angaben zu den Abständen der Schanzen und Forts zueinander, Anzahl und Stellungen der Geschütze ... Alles, was ein Angreifer brauchte, um erfolgreich gegen die Befestigung vorzugehen.

Erschrocken schob sie das Pergament in das Cachette zurück. War dies das Geheimnis ihres Onkels? Sie konnte sich nicht vorstellen, dass er ein Verräter war. Auf der anderen Seite war der Plan so detailliert, dass er nur von einem Festungsoffizier stammen konnte. Von ihrem Vater wusste Gabriela, dass der Onkel eine Zeit lang in Peterwardein gedient hatte.

Wieder blickte sie zum Portrait der Frau im Schäferinnenkostüm. Der Plan war in ihrem Schminktisch verborgen gewesen. Mit Sicherheit hatte sie gewusst, wie er dort hingelangt war und wer ihn angefertigt hatte.

Gabriela dachte an das eingefallene Gesicht des Generals. Das Fieber verbrannte ihn von innen heraus. Sie würde vergessen, was sie hier entdeckt hatte. Das Einzige, was sie wollte, war, ihren Onkel retten! Wenn er gesund war, fand sich vielleicht eine ganz einfache Erklärung für alles.

Sie trat hinter den Schminktisch und hielt den Kerzenhalter etwas höher. Dort stand eine Kiste, die mit schweren Schlössern gesichert war. Sich ohne Schlüssel daran zu schaffen zu machen, war ganz offensichtlich aussichtslos. Über der Kiste hingen weitere Kleider. Sie hatte sich schon halb herumgedreht, um sich den Schminktisch noch einmal anzuschauen, als sie stutzte und zurückblickte. Hinter einem blassgelben Sommerkleid und einer weißen, mit Perlen bestickten Abendrobe hing dreimal die Schäferinnentracht, welche die Fremde auf dem Bild trug. Verblüfft trat Gabriela näher und betrachtete die Kostüme. Sie schienen unterschiedlich alt zu sein, so als wäre jedes Mal, wenn eines der Kleider zu sehr unter Staub und Motten gelitten hatte, ein neues angeschafft worden. Auf dem Boden befanden sich an dieser Stelle besonders viele Wachstropfen, ganz so als würde ihr Onkel oft vor den Schäferinnenkleidern stehen bleiben.

Gabriela ging noch einmal zurück zum Spiegel und betrachtete das Portrait. Die Fremde war nicht sehr groß und von zierlicher Statur …

Als von Bretton erwachte, war es fast völlig finster in seiner Kammer. Nur ein kleines Licht stand auf dem Tisch neben seinem Bett. Erschöpft streckte er die Hand nach seiner Bibel aus. Er hatte einen beängstigenden Traum gehabt. Der Erzengel Gabriel war gekommen und hatte ihn auf einen steilen Berg geführt. Von dort sah er drei Adler, die in der Luft unter ihm kämpften, und einen Löwen, der einen riesigen Hahn gerissen hatte. Dann führte eine lange Prozession einen mit schwarzen Tüchern verhüllten Sarg, der auf einer Geschützlafette lag, zum Gebeinfeld vor der Stadt. Sie kamen an einem Baum vorbei, an dem man Husaren in preußischen Uniformen gehenkt hatte. Als der Leichenzug passierte, öffneten sie ihre zerfallenen Schlünde und lachten. An dieser Stelle war von Bretton aufgewacht.

Der Sturmwind rüttelte an seinem Fensterladen, als trüge er die Geister der Toten heran, die Einlass in seine Kammer begehrten. Einen Herzschlag lang glaubte er, das Kratzen von Knochenhänden zu hören. Seine Finger schlossen sich um die Bibel. Obwohl ein ganzer Berg von Decken über ihm aufgetürmt lag, war ihm plötzlich kalt. Wie Eiswasser perlte der Schweiß von seiner Stirn.

Die Bibel entglitt seinen kraftlosen Fingern und stürzte zu Boden. Irgendwo tuschelten Stimmen. Er konnte nicht verstehen, was gesprochen wurde, doch er wusste, dass es um ihn ging. Er musste aus diesem verfluchten Bett heraus. Es war dazu bestimmt, ihm zur Gruft zu werden. Er sollte seine Felduniform anlegen und nach Olek rufen, damit er die Kutsche anspannte. Wenn ihm ein wenig frischer Wind um die Nase wehte, würde er wieder zu Kräften kommen. Hier in der Kammer roch es nur nach altem Schweiß und Tod. Er würde sterben, wenn …

Stöhnend versuchte er sich aufzusetzen. Seine Arme zitterten, als er sich hochstemmte. Endlich saß er! Er würde nicht in einem Bett sterben! Er war Soldat! Von Bretton wollte nach Branko rufen, doch brachte er nur ein heiseres Röcheln hervor. Sein Hals brannte, als habe man ihm glühende Kohlen in den Schlund geschüttet.

Wütend riss er sich die Schlafmütze vom Kopf. Affiger Unsinn! Nie hatte er so etwas getragen! Auch jetzt würde er nicht mit seinen alten Traditionen brechen. Auf dem rechten Ärmel seines Nachthemds war ein dunkler Blutfleck. Von Bretton erinnerte sich, wie Straben ihn zur Ader gelassen hatte. Ganz dunkel, ja fast schon schwarz, war das Blut gewesen, das über seine bleiche Haut geperlt war. Wir müssen die üblen Säfte herauslassen, hatte Straben dazu erklärt. Doch der Kommandant konnte sich nicht erinnern, dass es ihm nach dem Aderlass bessergegangen wäre. Nur schwächer hatte er sich gefühlt. Auch jetzt war er noch unendlich müde. Eine Stimme in seinem Innern flüsterte leise, er solle wieder schlafen. Es war die Stimme des Todes! Er musste heraus aus dieser Kammer. Verzweifelt blickte er zu seinem Uniformrock, der von einem Haken neben der Tür hing. Es waren nur drei Schritt bis dorthin, und doch erschien er ihm unerreichbar.

Ärgerlich versuchte er, seine Beine unter dem Berg von Decken freizubekommen, die man über ihm aufgehäuft hatte. Fast hatte er es geschafft, als er sah, wie sich die Tür bewegte. Unstet flackerndes Kerzenlicht fiel in seine Kammer. Dann schwang die Tür ganz auf, und er sah sie! Für einen Augenblick lang konnte er spüren, wie sein Herz stehen blieb. Sie war gekommen, um ihn zu holen! Er hatte es immer gewusst, dass sie sich noch einmal wiedersehen würden!

»Bist du hier, um mir auf dem Weg in den Höllenschlund dein Geleit zu geben, Juliette?« Für einen Moment lang schien sie überrascht, dann versuchte sie sich an einem freundlichen Lächeln. Doch er kannte sie zu gut! Von Bretton wusste, dass er von Juliette mit Sicherheit nichts anderes als eine Teufelei oder bestenfalls bitteren Hohn zu erwarten hatte.

»Hörst du? Weiche von mir! Geh! Ich bin nicht schuld an deinem Tod! Es war ein Unfall! Ein Unfall!« Ein Schatten erschien unter der Tür. War er etwa auch gekommen? Der General richtete sich auf. Sein Herz schien zerspringen zu wollen, so wild hämmerte es in seiner Brust. Er konnte die Gestalt in der Tür nicht richtig erkennen. War der Betrüger jetzt auch tot?

»Vater, der du bist im Himmel …« Der Kommandant begann zu beten. Gleichzeitig versuchte er, ein Stück weiter zurückzurutschen. Juliette stand jetzt vor dem Bett. Sie wollte sich über ihn beugen …

Sie sah aus wie an jenem Tag vor mehr als dreißig Jahren, an dem sie sich zum ersten Mal begegnet waren. Noch einmal spürte er die Wut und die Verzweiflung ihres letzten Nachmittags. Er hatte ihrem Verrat ein Ende gemacht. Nun war sie gekommen und wollte ihre Rache!

»Nicht!« Das Zimmer begann sich zu drehen. Er stürzte. Juliette stieß einen gellenden Schrei aus. Ihm wurde schwarz vor Augen.

»Gut, dass Sie mich sofort gerufen haben, gnädiges Fräulein.« Straben tastete den Kopf ihres Onkels ab und brummte etwas vor sich hin. »Eine Prellung, aber nichts Ernstes.« Der alte Regimentschirurg starrte sie an, sagte aber nichts.

»Wir müssen ihn noch einmal zur Ader lassen, denke ich. Außerdem werde ich Branko beauftragen, noch ein paar Decken zu holen und vier Ziegelsteine in der Ofenglut zu erhitzen. Ich habe mich mit einem Kollegen in der Stadt über Ihren Onkel beraten.«

Gabriela betrachtete die weinrote Nase im Gesicht des Medicus und konnte sich lebhaft vorstellen, welchen Rahmen die beiden Ärzte ihrem Fachgespräch gegeben hatten.

»Ich werde mit dem Blut alleine nicht alle üblen Säfte aus seinem Körper holen können.« Straben bückte sich stöhnend, holte den Nachttopf unter dem Bett hervor und steckte seine lange Nase hinein. Er legte die Stirn in Falten und schnitt eine Grimasse, sodass sein Gesicht wie eine Kugel zerknüllten alten Pergaments aussah. »Der Geruch ist in Ordnung. Manchmal kann man schon an der Pisse riechen, wenn jemand von innen heraus verrottet.« Der Arzt tauchte den kleinen Finger seiner rechten Hand in den Nachttopf und leckte dann daran. »Auch im Geschmack gibt es keine Besonderheiten.« Straben wischte den Finger an seinem Rock ab. »Wisst Ihr, gnädiges Fräulein, manchmal schmeckt die Pisse Kranker so süß wie Honigwaben. Geschieht dies bei einem jungen Menschen, ist ihm meist nicht mehr zu helfen. Sie magern schnell ab und sterben, wohingegen die Älteren mit dieser Krankheit durchaus eine Weile leben können.« Der Arzt legte den Kopf schief und musterte sie. »Täusche ich mich, oder haben Sie Ihre Haare gefärbt, gnädiges Fräulein?«

»Das muss wohl das Licht sein, lieber Doktor.« Gabriela hielt den schweren, grauen Radmantel zu, den sie sich über die Schultern geworfen hatte, als sie über den Hof zum Quartier des Regimentschirurgen gelaufen war. Er musste nicht auch noch das Schäferinnenkleid sehen, das sie darunter trug. Es wäre ihr zu peinlich gewesen, erklären zu müssen, warum sie mitten in einer Winternacht in dieser Maskerade am Lager ihres schwerkranken Onkels stand.

Der alte Arzt sah von Bretton an und schüttelte den Kopf. »Wie er es geschafft hat, aus dem Bett zu fallen. Und sehen Sie nur sein Gesicht an … Obwohl er ohnmächtig ist, scheint es eine Grimasse des Schreckens zu sein. Was für grässliche Alpbilder ihn in seinen Träumen wohl gequält haben? Ich hoffe sehr, dass sich das nicht wiederholt. Es könnte ihn das Leben kosten.«

Straben griff nach seinem Dreispitz auf der Kleidertruhe vor dem Bett und nickte Gabriela zu. »Ich werde mich nun zur Ruhe legen. Wachen Sie diese Nacht an seinem Lager, gnädiges Fräulein?«

»Ja, ich werde hierbleiben.« Gabrielas Stimme klang matt. Sie hatte einen Fehler gemacht. Sie hatte Angst, dass die Kunst des Arztes ihren Onkel nicht retten würde.

»Wenn Sie meine Hilfe brauchen, schicken Sie den Jungen nach mir. Und sorgen Sie für die warmen Ziegelsteine …«

11. KAPITEL

»Warum er vor dieser Frau wohl solche Angst hatte? Ich meine, wenn er sie wie eine Heilige verehrt, sollte man doch davon ausgehen, dass es sein Herz höher schlagen lässt, wenn er dieser vergötterten Person begegnet. Sein Speicher sieht doch aus wie ein großer Reliquienschrein ...«

»Hör auf! Du brauchst dich nicht zu entschuldigen.« Gabriela lehnte sich gegen die Schanzmauer und blickte über den vereisten Fluss hinweg nach Norden. Es war ein kalter Winternachmittag, und die Luft war so klar, dass man bis zur Wallfahrtskirche auf dem Heiligenberg sehen konnte. Die Dörfer in der Ebene jenseits des Flusses waren fast vom Schnee verschluckt. Nur an den Kirchtürmen, die gleich schwarzen Fingern aus dem Weiß aufragten, konnte man erkennen, wo die verschiedenen Ortschaften lagen.

Seit Wochen hatte Gabriela keinen Ausritt mehr gemacht. Es ziemte sich nicht für eine junge Dame, allein unterwegs zu sein. Und Caspar ... Hinter den Weiden am anderen Flussufer sah sie das Beinfeld. Dort lag in einem leeren Sarg ihre Freiheit begraben. Mit einem Seufzer ging sie weiter. Der Wehrgang auf der Mauer war mit gemahlenem Kies bestreut, sodass die Füße festen Halt hatten. Für eine Weile gingen sie schweigend nebeneinander, und das einzige Geräusch war das Knirschen ihrer Stiefel.

»Wir sollten es dennoch nicht aufgeben«, murmelte Gregorius schließlich hinter dem dicken Schal, den er bis zur Nasenspitze hochgezogen hatte. »Wenn wir nichts unternehmen, wird dein Onkel auf jeden Fall sterben.«

»Und wenn es wieder so endet wie beim letzten Mal?« Gabriela schüttelte unwillig den Kopf. »Ich habe ihn fast zu Tode erschreckt, als ich ihm helfen wollte. Kannst du dir vorstellen, was das für ein Gefühl ist? Es gab Tage, da hätte ich ihn am liebsten zum Teufel geschickt. Aber als ich ihn dann im Bett gesehen habe, das Gesicht vor Angst verzerrt, wie er mit zitternder Hand nach seinem Herzen griff und schließlich stürzte ... Nein, das will ich nicht noch einmal erleben. Wenn es Gottes Wille ist, ihn zu sich zu nehmen, dann können wir ohnehin nichts ausrichten.«

»Du hast wohl zu lange mit dem Jesuitenabt gesprochen«, spottete der Feuerwerker.

»Vielleicht hat er sogar recht?«

»Recht? Womit? Was hat dir dieser Rabe denn geflüstert? Ich weiß nur eins, wenn dieser Straben deinen Onkel immer wieder zur Ader lässt, wird er seine Krankheit ganz gewiss nicht überleben.«

»Der Abt hat mich vor dem Umgang mit dir gewarnt. Er glaubt, du seiest gottlos. Ein Atheist oder vielleicht sogar ein Satansjünger, geschickt, um die wahren Gläubigen in ihrem Vertrauen zu Gott zu erschüttern.«

Gregorius schnaubte verächtlich. »Natürlich! Es ist auch Teufelswerk, wenn ich eine Menschenmenge, die nach Tausenden zählt, mit einem Feuerwerk für eine Stunde in sprachloses Erstaunen versetze, denn Wunder dieser Art dürfen nur Gott oder seine Diener vollbringen. Ich kenne dieses Gerede! Du hast also beschlossen, tatenlos zuzusehen, wie dein Onkel unter den Händen Strabens langsam stirbt!«

Gabriela fuhr wütend herum. »Du glaubst wohl, du hast die Weisheit mit Löffeln gefressen. Ich habe auf dich gehört. Du hast mich verkleidet und mir geholfen, mein Haar zu färben, sodass ich fast wie Juliette ausgesehen habe. Und was hat es gebracht? Mein Onkel ist vor Schreck fast krepiert! Warum sollte ich also noch einmal auf deinen Rat hören? Ich habe meinen Pakt mit dir erfüllt und dir alles erzählt, was du über mich, Caspar und meinen Onkel wissen wolltest. Du hast mir dafür beigebracht, wie ich mich so kostümieren kann, dass meine eigene Mutter mich nicht wiedererkannt hätte. Wir sind einander also nichts mehr schuldig!« Gabriela raffte ihre Röcke und eilte die schmale Treppe hinunter, die vom Wehrgang auf die Webergasse führte. Der Feuerwerker blieb auf der Mauer stehen und sah ihr nach. Auch wenn sie sich nicht nach ihm umdrehte, glaubte sie seine Blicke in ihrem Rücken zu spüren.

Entschlossen bog sie in die erste Gasse ab, die von der Mauer weg zum Marktplatz führte. Gabriela musste an den Pakt denken, den sie mit dem Feuerwerker geschlossen hatte. In jener Nacht nach dem Streit in der Schänke hatte er sich wirklich aufgeführt, als würden sie ein Geschäft abschließen. Ihr Preis war, dass sie sich ihm offenbarte. Und er hatte viele Fragen gestellt … Ein Schauer lief ihr über den Rücken. Kein normaler Mensch hätte so ein Geschäft gemacht! Damals hatte sie das alles für einen Spaß gehalten, den sich dieser undurchsichtige Kerl mit ihr machte. Aber jetzt war sie sich nicht mehr so sicher …

Das jämmerliche Blöken eines Schafes riss sie aus den Gedanken. Sie war in der Gasse der Schlachtermeister. Man hatte einen frisch geschorenen Hammel an seinen Hinterläufen gebunden und über einen Seilzug hochgezogen, sodass er hilflos strampelnd in der Luft hing. Während der Geselle das Seil an einem Balken festband, stand der Schlachter neben dem Schaf und wetzte ein langes Messer. Schließlich prüfte er die Schneide mit dem Daumen und durchtrennte dann mit einem raschen Schnitt die Kehle des Tiers. Sprudelnd pulste das Blut aus der Wunde. In der kalten Luft dampfte es wie das Wasser einer heißen Quelle. Das meiste Blut spritzte in einen Holzeimer.

Nur wenig ging daneben und färbte den grauen Schneematsch auf der Straße dunkelrot. Das Blöken des Hammels war zu einem schwachen Gurgeln geworden. Ein magerer Hund kam die Gasse hinaufgelaufen und fraß mit gierigen Bissen den blutigen Schnee.

Das Schaf strampelte kaum noch. Mit jedem Atemzug wurden seine Bewegungen schwächer. Mit dem Blut rann das Leben aus seinem Leib. Gabriela musste an die Aderlässe Strabens denken. Waren sie es, die ihrem Onkel das Leben abzapften? Würde der Kommandant wieder zu Kräften kommen, wenn man dem alten Chirurgen den Zutritt zu seiner Kammer verwehrte?

»Ein Stück Hammelkeule, gnädige Frau? Sie sehen ja, es ist ganz frisch. Ich lass es Ihnen von meinem Gesellen bringen, wenn das Fleisch richtig ausgeblutet ist.«

»Nein, danke.« Gabriela winkte ab. Nachdenklich ging sie die Straße hinunter. Vielleicht sollte sie einen der anderen Ärzte der Garnison befragen? Doch würde es einer der Männer riskieren, die Methoden des alten Straben in Frage zu stellen?

»Sie hätten mir nicht die weitere Behandlung verweigern dürfen, gnädiges Fräulein. Die Wissenschaft von der Heilkunde ist kein Kinderspiel!« Straben griff nach der Hand des Generals und fühlte seinen Puls. »Wie lange schläft er schon?«

»Seit zwei Tagen. Ich dachte …«

»Das Denken sollten Sie besser den Pferden überlassen, Fräulein von Bretton, die haben einen größeren Kopf. Ihrer dient offenbar nur dazu, dass Ihr hübsches langes Haar einen Halt hat. Ich kann fast keinen Puls mehr fühlen. Er ist auch ganz kalt. Warum zum Henker haben Sie mich nicht rufen lassen? So liegt er doch nicht erst seit einer Stunde hier! Haben Sie denn nichts bemerkt …«

»Ich habe geglaubt, der Schlaf würde ihm guttun. Er würde neue Kräfte sammeln ... Schließlich ist das Fieber ja auch zurückgegangen.«

»Das Fieber ... das Fieber ... Wenn die eisige Hand des Todes zugreift, dann gibt es kein Fieber mehr.« Der alte Arzt holte eine Spiegelscherbe aus der abgewetzten Ledertasche, in der er seine Instrumente verwahrte, und hielt sie dem Festungskommandanten vor die Lippen. Das kalte Glas beschlug. »Na, wenigstens atmet er noch ... Das heißt, es ist noch Zeit. Holen Sie den Abt herein, Fräulein. Er soll mit der letzten Ölung beginnen.«

»Aber mein Onkel ist doch ...«

»Versuchen Sie nicht schon wieder, mir zu erklären, wie ich meinen Beruf auszuüben habe. Ich weiß, was ich tue! Und nun hinaus mit Ihnen!«

Gabriela schluckte ihre Wut herunter und ging zur Tür. Der Jesuitenabt wartete bereits auf dem Flur. Mit ihm war ein junger Mönch gekommen. Auch die ranghöchsten Offiziere der Garnison hatten sich versammelt. Zwei Mitglieder vom Rat der Stadt waren ebenfalls dort. Schlechte Nachrichten haben Flügel, hatte ihr Vater immer gesagt. Noch nie war Gabriela die Wahrheit seiner Worte so deutlich vor Augen geführt worden.

Neben der Tür kauerte Branko und sah sie mit großen, rot geäderten Augen an. Er war der Einzige hier auf dem Flur, der Tränen um ihren Onkel vergossen hatte. Noch ehe sie ein Wort sagen konnte, kam der Abt auf sie zu. Straben hatte nach ihm schicken lassen, ohne ihren Onkel auch nur gesehen zu haben. Gabriela wünschte, sie hätte sich nicht dazu verleiten lassen, dem Regimentschirurgen den Zutritt zum Krankenzimmer zu verwehren. Nach dem Streit mit Gregorius vor zwei Tagen hatte sie beschlossen, Straben nicht mehr hereinzulassen. Seine Behandlung mit den endlosen Aderlassen erschien ihr sinnlos. Ja, sie war überzeugt, dass er mindestens zu einem Teil Schuld am Zustand ihres Onkels trug. Gestern schien es dem Kommandanten bessergegangen zu sein. Das Fieber hatte aufgehört, und ein wenig Farbe war in sein Gesicht zurückgekehrt, doch hatte sie ihn nicht zu wecken vermocht. Als er heute Nachmittag immer noch schlief, und seine Haut sich plötzlich kalt anfühlte, war sie zur Stube des Regimentsarztes gelaufen, um Straben an das Krankenlager zurückzuholen.

»Wie geht es Ihrem Onkel, Fräulein von Bretton?« Leise wie ein Schatten war der schwarz gewandete Abt an ihre Seite getreten.

»Straben meint, es sei ... Sie ... Sie sollten ihm die letzte Ölung geben, weil ...« Ihr versagte die Stimme. Fra Anselmus legte ihr sanft die Hand auf die Schulter.

»Die Wege des Herren sind unergründlich, mein Kind. Wenn er beschlossen hat, Euren Onkel zu sich zu rufen, dann müssen wir uns seinem Willen fügen. Auch mich schmerzt es, meinen alten Freund auf dem Sterbebett liegen zu sehen ... Doch seid gewiss, dass ihm die Pforten des Himmelreichs nicht verschlossen bleiben werden. Ich kannte nur wenige Soldaten, die so gute Christenmenschen wie Euer Onkel waren. Glaubensstärke und Milde sind zwei Tugenden, die von den meisten, die das Kriegshandwerk betreiben, nur belächelt werden.«

Gabriela fragte sich, ob ihr Onkel dem Jesuitenabt jemals gebeichtet hatte, was Juliette geschehen war. Und selbst wenn er das getan hatte, schien er deshalb kein ruhiges Gewissen zu haben. Warum sonst hätte er solche Angst gehabt, als er glaubte, dem Geist der Französin zu begegnen?

Gabriela öffnete die Tür ein Stück weiter, damit Anselmus eintreten konnte. Sie sollte sich schämen, in der Stunde des Todes solche Gedanken zu haben! Es wäre besser, stattdessen dafür zu beten, dass ihr Onkel noch einmal zu Bewusstsein käme, bevor er seine letzte Reise antrat, damit er Gelegenheit hatte zu beichten.

In Gedanken sah sie wieder das Bild auf dem Speicher. Warum ließ sie die Erinnerung an die Französin nicht los, dachte Gabriela verzweifelt. Sie konnte um ihren Onkel nicht weinen ... Damals, als ihre Mutter und ihr Bruder gestorben waren, hatte sie all ihre Tränen vergossen. Doch könnte sie nicht wenigstens trauern, statt über den Sünden ihres Onkels zu brüten? Der Abt und der Arzt mussten sie ja für völlig herzlos halten!

Anselmus betrachtete von Bretton eingehend und flüsterte dann etwas zum alten Straben. Schließlich wandte sich der Jesuit wieder zu ihr um. Wenn er jetzt nach dem jungen Mönch rufen würde, der noch vor dem Zimmer wartete ... Der Mönch trug ein Kästchen aus poliertem schwarzem Holz. Es enthielt wahrscheinlich die Utensilien zur letzten Ölung.

»Gibt es noch Hoffnung für meinen Onkel? Was hat der Arzt zu Euch gesagt?«

Der Abt lächelte. »Kennt Ihr denn nicht den Brief, den Jakob, der Knecht Gottes, an die zwölf Stämme richtete? Dort heißt es: Ist einer von Euch krank? Dann rufe er die Ältesten der Gemeinde zu sich; sie sollen Gebete über ihn sprechen und ihn im Namen des Herrn mit Öl salben. Das gläubige Gebet würde den Kranken retten, und der Herr wird ihn aufrichten; wenn er Sünden begangen hat, werden sie ihm vergeben. Darum bekennt einander eure Sünden und betet füreinander, damit ihr geheilt werdet. Viel vermag das inständige Gebet eines Gerechten. Verloren ist nur der, der sich gegen Gott verschließt und sein Herz verhärtet. Öfter als nur einmal habe ich selbst gesehen, wie ein aufrichtiges Gebet am Lager eines Sterbenden noch ein Leben zu retten vermochte, wo die Kunst des Arztes längst an ihre Grenzen gelangt war. Ich werde nun im *ordo commendationis animae*, dem Buch der Sterbegebete, nach Worten suchen, die zu Eurem Onkel passen mögen. Euch aber rate ich, öffnet Euer Herz und lasst den Worten, die sich in Euren Mund ergießen werden, freien Lauf, wenn Ihr für den Kommandanten ein Gebet sprechen wollt.«

Der Abt gab seinem Ordensbruder einen Wink, woraufhin der junge Mönch das Kästchen auf dem Boden absetzte, es öffnete und ein in Schweinsleder gebundenes Gebetsbüchlein hervorholte. Gabriela konnte dabei auch ein kristallenes Fläschchen sehen, das auf einem Polster aus blauem Samt ruhte. Golden schimmerte das geweihte Öl darin. Ein Stich durchfuhr bei dem Anblick ihr Herz.

Anselmus nahm das Büchlein entgegen, das sein Ordensbruder ihm reichte. »Sollen wir die Tür jetzt nicht lieber schließen, gnädiges Fräulein? Mich dünkt, dort draußen warten mehr Fremde als Freunde.«

Zögernd stand Gabriela in der Tür und betrachtete die Männer, die sich versammelt hatten. Sogar Birtok war gekommen. Und dann plötzlich wusste sie, was zu tun war. »Bleibt Ihr nur an der Seite meines Onkels, Herr Abt. Ich werde hier und auf meine Weise um das Leben des Generals ringen.« Sie erhob die Stimme. »Meine Herren!« Die leisen Gespräche verstummten. Alle drehten sich zu ihr um. Deutlich konnte man in ihren Gesichtern lesen. Viele schienen teilnahmslos. Gabriela musste bei ihrem Anblick an die Raben in den Bergen ihrer Heimat denken. Manchmal waren sie schon zur Stelle, bevor ihre Beute verendet war. Schwarz wie ein Jesuitenrock war ihr Gefieder … Sie schluckte. Warum gelang es ihr nicht einmal in dieser Stunde, solch schändliche Gedanken aus ihrem Hirn zu tilgen?

Einige der Offiziere vermochten ihre Betroffenheit nicht zu verbergen. Es waren sämtlich junge Männer wie von

Zeilitzheim. Zu ihnen war ihr Onkel großmütig wie ein väterlicher Freund gewesen.

Ärgerlich bemerkte Gabriela, dass Gregorius sich nicht unter den Trauergästen befand. Dabei hatte ihr Onkel ihn fast wie einen Sohn aufgenommen!

»Meine Herren«, wiederholte Gabriela noch einmal, als sie sicher war, dass alle ihr zuhörten. »Ich weiß, dass die meisten von Ihnen meinen Onkel schon seit vielen Jahren kennen, und gar manchem hier hat er wohl mehr als nur einen Dienst erwiesen. Nun möchte ich Sie im Namen des Freiherrn um einen Dienst bitten. Kniet nieder mit mir und betet, denn nur unser Glaube in Gott vermag den General noch zu retten.«

Gabriela zuckte zusammen, als sich hinter ihr die Tür zum Krankenzimmer öffnete. Das Antlitz des Abtes erschien in dem schmalen Spalt. Anselmus wirkte erschöpft.

»Würdet Ihr bitte hereinkommen, Fräulein von Bretton.« Die Betenden blickten fragend auf, doch der Jesuitenabt ignorierte sie einfach.

Mit einem Seufzer erhob sich Gabriela. Ihre Knie schmerzten. Fast wünschte sie, dass alles ein Ende hatte. Die Qual ihres Onkels … das Warten …

Der Jesuit wartete, bis sich die Tür hinter ihr geschlossen hatte. Seine Stimme war nur ein heiseres Flüstern, so als fürchte er etwas in dem stickigen kleinen Zimmer. »Ich habe Ihrem Onkel die letzte Ölung gegeben. Sein Atem geht immer schwächer. Der Arzt glaubt, dass der General noch vor der Abenddämmerung sterben wird. Er ist nicht mehr zu sich gekommen. Wenn Sie an seiner Seite sein wollen …« Er wies zu dem Stuhl neben dem Bett, auf dem sie schon so viele Stunden gesessen hatte.

Gabriela blickte zum Fenster. Der Himmel war grau und wolkenverhangen. Man konnte nicht sagen, welche

Tagesstunde es war und wie lange die Frist, die Straben ihrem Onkel noch geben mochte, wohl währen würde.

Der Abt schien ihren Blick bemerkt zu haben. »Die Glocken des Doms haben vorhin zur zweiten Mittagsstunde geläutet.«

Jetzt erst fiel Gabriela der leichte Weihrauchduft auf, der im Zimmer hing. Er machte die Atmosphäre noch bedrückender. Dieser Geruch gehörte hier nicht hin! Fast war sie wütend darüber. Nach Waffenfett sollte es hier riechen oder kaltem Pulverrauch. Auch nach Pferdeställen oder dem alten Pergament der Karten, die ihr Onkel so oft studiert hatte. Nach Mörtel und frisch gebackenen Ziegeln wie die Befestigungen, die der General in Olmütz errichtet hatte. Doch Weihrauch? Nein, das war kein Geruch, der zu ihrem Onkel passte, auch wenn er noch so fromm gewesen war.

Müde ließ sie sich auf den Stuhl neben dem Bett nieder. Das Gesicht des Generals wirkte entspannt, fast friedlich. Sie griff nach seiner Hand. Ganz kalt waren seine Finger, so als fiele schon der Schatten des Sensenmannes auf ihn. Hinter ihr murmelten Anselmus und sein Ordensbruder leise ein Gebet. Die fremden Worte klangen bedrohlich. Gabriela wünschte, man würde sie mit ihrem Onkel alleine lassen!

So kurz nur hatten sie einander gekannt. Sie schluckte bitter. Die Wochen, die er sie in der Dachkammer eingesperrt hatte, konnte sie ihm nicht vergeben, und doch fühlte sie fast wie eine Tochter für ihn. Hätten sie sich nur weniger gestritten!

Ein Geräusch ließ sie aufschrecken. Geigenspiel! Was war das ... Es klang erst leise wie aus großer Ferne und schwoll dann langsam an. Jetzt erklangen auch Hörner. Der Abt und der Mönch sahen sich verwundert an. Straben war der Erste, der ans Fenster trat.

»Sapperlot! Das gibt es doch nicht!«

Gabriela stand auf.

»Was gibt es nicht«, fragte Fra Anselmus streng.

Jetzt erreichte auch Gabriela das Fenster. Weiße Eisblumen wucherten auf den Scheiben. Der alte Straben hatte so lange auf das Glas gehaucht, bis ein Teil der Eisblumen geschmolzen war, sodass man nach draußen sehen konnte. Noch immer spielte die Musik. Jubilierende Flöten lösten die Hörner ab.

Auf dem Hof vor dem Fenster hatte sich die Kapelle versammelt, die zum Feuerwerk spielen sollte. Die Männer waren dick in Wintermäntel gehüllt und selbst im grauen Mittagslicht konnte Gabriela erkennen, dass ihre Gesichter und Hände rot vor Kälte waren. In kleinen Wolken stand ihnen der Atem vor den Mündern.

Anselmus nahm den Arzt zur Seite und öffnete das Fenster. »Im Namen des Herren, wie könnt ihr solch fröhliche Musik spielen, wo der General im Sterben liegt? Hört sofort auf und schert euch davon, ihr herzloses Gesindel! Wer hat euch nur diese gottlose Idee eingegeben?«

»Das war ich!« Gabriela sah eine Gestalt aus dem Schatten der Hauswand treten. Ein Mann in abgewetztem Mantel mit einer Pelzmütze auf dem Kopf. Magister Gregorius, der Feuerwerker. »Spielt weiter, Männer! Hört nicht auf diesen schwarzen Raben, den es nur an das Lager der Kranken zieht, weil er darauf spekuliert, Sterbenden noch in ihrer letzten Stunde ein Stück Silber für die Kirchenkasse abzuschwatzen. Dieser Aasfresser hat euch nichts zu befehlen. Ich weiß, von Bretton wird sich freuen, wenn er euch hört. Das ganze letzte Jahr hat er nur für das Feuerwerk gelebt! Nun zeigt ihm euren Dank!«

Einige der Musiker hatten ihre Instrumente abgesetzt und blickten ängstlich zum Abt empor. Die meisten jedoch spielten unverdrossen weiter. Gabriela erkannte jetzt auch die Melodie. Es war das Händelstück, das sie zum großen Feuerwerk spielen sollten und an dem die Kapelle schon seit Wochen geprobt hatte.

»Hört sofort zu spielen auf, gottloses Gesindel, oder ich verspreche euch, ihr alle werdet die strafende Hand der Kirche zu spüren bekommen. Wisst ihr, was es bedeutet, einen Priester an der Ausübung der Sakramente zu hindern? Dafür könnt ihr alle exkommuniziert werden!« Laut hallte die Stimme des Abtes von den Wällen des Hofes wider. Er sprach in einem Tonfall, als stünde er in der Kanzel hoch über einer sündigen Gemeinde. Immer leiser wurde die Musik. Einer nach dem anderen hörte auf zu spielen.

»Kuscht doch nicht vor dieser aufgeplusterten Krähe!« Gregorius riss dem Kapellmeister seinen Stab aus der Hand und versuchte die wenigen, die noch spielten, selbst zu dirigieren.

»Denkt an die Macht der Kirche«, drohte der Abt mit donnernder Stimme. »Ihr seid hier in gut katholischen Landen!«

»Seht nur!«, unterbrach Straben den Streit. »Der General!« Von Bretton hatte die Augen aufgeschlagen. Sofort stürzte Gabriela an sein Lager. »Bitte ... spielt weiter.« Anfangs war seine Stimme kaum mehr als ein unverständliches Flüstern, doch langsam gewann sie an Kraft. »Die Kaiserin hat mich beauftragt, ... ihr hier in Olmütz eine Festung zu bauen. Ich habe mein Werk fast vollendet. ... Lasst mich nun die von mir gewählten Schlussakkorde hören. Sie sollen spielen ... Dies ist mein letzter Wunsch auf Erden. Wenn es mir schon nicht vergönnt ist, in Stiefeln auf dem Schlachtfeld zu sterben, wie es die höchste Ehre meines Standes ist. Die Festung ist bereit, ... der letzte Stein gesetzt, nun lasst mich hören, ob die Musiker, die ich erwählt habe, es verstehen, ihre Töne wohl zu setzen.« Er seufzte leise. »Mir blieb die Arbeit ... Für das Fest muss ich mich wohl ... entschuldigen.«

»Nicht, Onkel! Ihr dürft nicht sterben!« Gabriela drückte seine Hand fest an ihre Brust.

»Nehmt Euren Befehl zurück, General!« Der Jesuitenabt verließ seinen Platz am Fenster und trat neben das Bett. »Wenn Ihr die Kapelle spielen lasst, verhöhnt Ihr mich und mein Urteil. Und wer einen Abt verhöhnt, der lästert die ganze Kirche!«

Von Bretton schüttelte matt den Kopf. »Verzeiht, mein lieber Freund, aber dieses eine Mal kann ich mich nicht der Kirche beugen. Ich wüsste auch keine Stelle in der Bibel, die es einem Sterbenden verbietet, Musik zu hören.«

Anselmus wurde leichenblass. »Ich will Euch nicht drohen, doch es ist nicht klug, sich in der Stunde des Todes gegen die Kirche zu stellen.«

»Du wirst nicht sterben, nicht wahr, Onkel?« Gabriela hielt noch immer die Hand des Generals. Am liebsten hätte sie den grausamen Abt aus dem Fenster geworfen, doch im Angesicht des Todes würde sie auf den General Rücksicht nehmen.

Der Abt wartete einen Augenblick mit zusammengekniffenen Lippen auf eine Antwort des Kommandanten. Als dieser schwieg, wandte er sich schließlich abrupt um und winkte dem Mönch. »Lasst uns gehen, Bruder! Dieser Narr hat beschlossen, noch im letzten Augenblick die Pforte des Paradieses zu fliehen. Möge Gott ihm gnädig sein.«

Die Musik war inzwischen vollends verstummt. Gabriela winkte dem Arzt, zum Fenster zu eilen. »Sorgt dafür, dass sie wieder spielen! Die Musik hat meinen Onkel aus seinem Schlaf gerissen. Vielleicht vermag sie ihm auch seine Kraft wiederzugeben.«

Der Regimentschirurg schüttelte den Kopf. »Musik

vermag keine Leben zu retten! Glaubt mir, ich weiß, wovon ich rede. Oft genug habe ich im Lazarett den Tod an mir vorüberschreiten spüren. Er ist ein alter Kamerad für mich. Doch ich werde in jedem Fall den letzten Willen meines Generals würdigen.« Er beugte sich aus dem Fenster und rief mit lauter Stimme. »Los, Kerls! Spielt, bis euch die Finger abfallen!«

Gabriela beugte sich über ihren Onkel und strich ihm das schweißnasse Haar aus der Stirn. »Nicht wahr, du wirst mich nicht verlassen …«

Von Bretton lächelte matt. »Das entscheidet der Herr, unser Gott. Doch … Ich glaube, wenn es nicht zu viel Mühe macht, würde ich gerne ein wenig frische Fleischbrühe zu mir nehmen. Ich fühle mich wie ein halb verhungerter Wolf.«

12. KAPITEL

Es dauerte bis weit in den Frühling hinein, ehe der General den Mut fand, seinen ersten Spaziergang zu machen, der ihn bis über die Mauern der Stadt hinausführte. Von Bretton fürchtete, dass seine alte Kraft nie wieder zurückkehren würde.

Dem Tod ins Antlitz zu schauen und noch einmal zu den Lebenden zurückzukehren, war etwas, das nur den wenigsten vergönnt war. Der Preis dafür war nicht allein, dass er sich nun ein wenig schwerer auf seinen mit Gold beschlagenen Offiziersstab stützte. Seine Freundschaft mit dem Abt Anselmus war zerbrochen. Nicht einmal war er seither zur Beichte gegangen, doch davon abgesehen, bemühte sich der Kommandant, ein noch gottesfürchtigeres Leben als zuvor zu führen.

Aus den Augenwinkeln musterte von Bretton Gabriela. Sie war ruhiger geworden. Seit seiner Krankheit hatte sie nichts mehr unternommen, was ihn verärgert hatte. Sie trug das kornblumenblaue Kleid, das er ihr im letzten Jahr geschenkt hatte. Bretton dachte an das große Fest. Keine zehn Tage würde es mehr dauern, bis es so weit war. Schon jetzt kamen aus allen Himmelsrichtungen Gäste nach Olmütz. Fahrendes Volk, Gaukler und Schauspieler.

Am Morgen war ein Bote der Kaiserin eingetroffen und hatte die Nachricht gebracht, dass sogar einer der jungen Prinzen während der Feierlichkeiten zugegen sein würde. Auch wurde darüber gemunkelt, dass man ihm den Orden vom goldenen Vlies verleihen wolle.

»Ist es nicht an der Zeit, ein wenig zu rasten, Onkel?

Dort im Schatten der Weiden scheint mir eine gute Stelle zu sein.«

Bretton lächelte ein wenig gezwungen. »Gut, meine Liebe.« Er war kein Greis und wollte nicht wie ein solcher behandelt werden, doch wenn er ehrlich zu sich selbst war, so hatte ihn der lange Weg aus der Stadt heraus und über die Brücke angestrengt. Gabrielas Vorschlag war zweifellos vernünftig.

Seine Nichte breitete eine dünne Decke im Gras aus und half ihm, sich an den Stamm gelehnt niederzulassen. Von hier aus hatte man eine gute Sicht auf Olmütz. Der hohe Zwiebelturm des Rathauses und der prächtige Wenzelsdom auf dem Fürstenberg dominierten das Stadtbild. Rot leuchteten die Ziegeldächer der Bürgerhäuser. Schon jetzt hatte man viele Straßen mit bunten Girlanden geschmückt, graue Fensterläden, von denen die Farbe abgeblättert war, wurden neu gestrichen, und der Stadtrat hatte den Befehl gegeben, alle Straßen und Hinterhöfe zu säubern.

Stolz betrachtete der General seine Stadt! Der Kreis der Schanzwerke war geschlossen, die letzten Kasematten vollendet. Olmütz würde nicht noch einmal im Handstreich erobert werden! Schon die sichtbaren Verteidigungsbauten waren eindrucksvoll, doch das war bei weitem nicht alles. Von Bretton dachte an das System von Gräben und Dämmen, das es erlaubte, fast das ganze Umland um die Stadt zu fluten und die verborgenen Minen, die zu den Vorwerken führten. Sollte einer dieser vorgelagerten Verteidigungspunkte verlorengehen, könnte man ihn einfach sprengen, sobald die Belagerer versuchten, dort eine Geschützbatterie aufzubauen. Hoffentlich würde es nie so weit kommen.

Sein Blick verharrte bei dem großen Floß auf der March, das seine Männer unter der Anleitung des Magister Gregorius gezimmert hatten. Es hatte einen vierfach gestuften quadratischen Aufbau. Auf den hölzernen Terrassen waren bunte Nachbauten des Doms und der anderen Kirchen der Stadt zu sehen. Das mächtige Floß sollte Olmütz symbolisieren, wie es sich stolz zwischen den Armen der March erhob. Mehrere kleinere Flöße, die ein Stück näher am Ufer vertäut waren, hingegen stellten die Schanzwerke einer Belagerungsarmee dar. Das ganze Feuerwerk würde als ein Schauspiel angelegt werden, bei dem man eine glorreiche Verteidigung der Stadt inszenierte.

Von den Flößen ertönte der Klang von Hämmern. Hoffentlich würde Gregorius mit seinen Arbeiten rechtzeitig fertig werden! Und das Wetter ... Der General blickte zum Himmel. Er hatte dem Dom einen wahren Wald von armdicken Osterkerzen gespendet. Ein verregneter Abend würde alles ruinieren. Vorbereitungen von einem halben Jahr ... Er seufzte. Es wäre besser, nicht daran zu denken.

»Was für ein friedlicher Tag!« Gabriela sah ihn an, als wolle sie mit ihm über etwas reden. Von Bretton musste lächeln. Ja, es war ein friedlicher Tag, und woran dachte er, an Militär, Raketen und Pulverdampf.

»Ich danke dir, dass du mich überredet hast, dich auf den Spaziergang zu begleiten. Es ist gut, mein Werk auch einmal von außen zu sehen. Viel zu lange war ich schon nicht mehr hier!«

Seine Nichte musterte ihn mit eindringlichen Blicken, ganz als habe sie etwas auf dem Herzen und wolle einschätzen, ob er in der rechten Stimmung war, um mit ihr zu reden. Wenn sie nur nicht wieder mit neuen Eskapaden begann!

»Lieber Onkel, ich muss...« Sie zögerte, rang sichtlich um Worte. Dann platzte es aus ihr heraus. »Es geht um die Gerüchte, die es in der Stadt über mich gibt.«

Unwillig schüttelte der General den Kopf. »Bitte, lass

das! Wir haben Caspar begraben. Möge er in Frieden ruhen! Irgendwann werden die Leute aufhören, über ihn zu reden.«

Gabriela rupfte nervös ein paar Grashalme aus und zerrieb sie zwischen Daumen und Zeigefinger. »Es geht nicht um Caspar ...«

Von Bretton atmete tief ein und bat stumm die Jungfrau um Beistand. Sollte etwa alles auf ein Neues beginnen? War irgendeine Teufelei seiner Nichte seiner Aufmerksamkeit entgangen?

»Es geht um die Geschichten, die man sich über meine Flucht aus dem Banat erzählt.«

Der General blickte erleichtert auf. »Das ist doch nichts als dummes Geschwätz. Ich habe auch schon von ihnen gehört. Das ist nichts als Unrat, mit dem sich nur diejenigen besudeln, die davon erzählen.«

»Es ist gut zu hören, dass du so denkst, Onkel! In Wahrheit war alles ganz anders ... An dem Abend, als ...«

Von Bretton hob die Hand. »Ich will gar nicht hören, was man dir in dieser Nacht angetan hat. Du musst dich nicht rechtfertigen ... Weißt du, ich bin stolz darauf, wie du diesen Schurken entkommen bist. Erniedrige dich nicht, indem du mir erzählst, was sie dir angetan haben. Ich kenne solche Marodeure und ihre Untaten. Sie sind der Abschaum des Krieges. Für mich zählt nicht, was an jenem Abend geschehen ist, auch wenn ich wünschte, ich wäre dort gewesen, um dich zu schützen.«

»Aber es war alles ganz anders ...«

»Genug!« Der General stützte sich auf seinen Stock und richtete sich auf. Es schmerzte ihn, daran zu denken, dass man seiner Nichte Gewalt angetan hatte. Wenn er jemals diese Bastarde zu fassen bekommen würde ... Aber sie sollte nicht vor ihm beichten. Er konnte sich auch so vorstellen, was es für eine Frau bedeutete, einer Horde betrunkener Plünderer ausgeliefert zu sein. »Lass uns jetzt gehen! Ich möchte mich am Nachmittag mit Magister Gregorius treffen und muss noch einige Pläne einsehen, die er mir heute Morgen gebracht hat.«

Er hatte den Eindruck, dass auch Gabriela erleichtert war, nicht reden zu müssen. Diesmal war es die richtige Entscheidung gewesen, ihr Schweigen zu gebieten!

»Übrigens, ehe ich es vergesse ... Am nächsten Montag werde ich zum Schloss des Barons von Gewitsch fahren. Dort soll ein Teil der Gäste einquartiert werden. Ich möchte mich davon überzeugen, dass seine Räumlichkeiten auch wirklich geeignet sind. Es wäre schön, wenn du mich begleiten würdest. Vielleicht wäre dies eine gute Gelegenheit zu zeigen, dass eine artige Dame aus dir geworden ist. Es gibt dort zwar keine Frauen, aber wenn du dich während der Männergeschäfte zurückziehst, statt jemanden zum Duell zu fordern, mag das helfen, deinen schlechten Ruf vergessen zu machen.«

Gabriela machte ein Gesicht, als habe sie in einen faulen Apfel gebissen. »Und was soll ich tun, während die Herren über Politik und andere Männerangelegenheiten reden?«

Der Kommandant zuckte mit den Schultern. »Nimm ein Buch mit und zeige, dass du dich wie andere junge Frauen auch für Schöngeistiges interessierst.«

Seine Nichte warf ihm einen Blick zu, als wolle sie ihn im nächsten Moment erschlagen. Dann salutierte sie wie ein Soldat. »Jawohl, Herr General! Wie Herr General befehlen!«

Ärgerlich schüttelte von Bretton den Kopf. »Solche Späße unterlässt du bei dem Baron lieber.«

Gabriela fand Gregorius auf dem großen Floß am Fluss. Er saß auf dem obersten Podest und war so vertieft in seine Arbeit, dass er nicht bemerkte, wie sie sich näherte. Über eine Stunde hatte sie ihn gesucht, und die Sonne berührte fast schon den Horizont, als sie ihn endlich fand. Da der Feuerwerker nicht zu ihr hinunterblickte, beschloss sie, ihn zu überraschen. Gabriela raffte ihre Röcke und kletterte über die Leiter nach oben. Dabei fluchte sie innerlich über die hinderliche Kleidung, die die Mode dem weiblichen Geschlecht diktierte.

Endlich erreichte sie die oberste Plattform und trat auf Zehenspitzen hinter Gregorius. Er stand über einen Tisch gebeugt und zeichnete die Vorwerke im Nordosten der Stadt und den Fürstenberg mit seinen prächtigen Bauten, gekrönt vom Dom.

»Ich dachte, du hättest Feierabend gemacht, Paul«, murmelte der Feuerwerker, ohne sich dabei umzudrehen.

»Das hat er wohl. Ich bin seine Vertretung.«

Hastig fuhr Gregorius herum. Für einen Augenblick wirkte er erschrocken. Dann lächelte er. »Was machst du denn hier?«

»Deine vielfältigen Talente bewundern. Du hast mir nie gesagt, dass du nicht allein Konstruktionszeichnungen machst.« Sie warf einen Blick auf das Skizzenblatt auf dem Tisch. »Warum hast du das hässliche Vorwerk denn so in den Vordergrund gerückt. Du wolltest doch offenbar den Dom zeichnen?«

Der Feuerwerker lachte. »Was dein Onkel wohl sagen würde, wenn er dich so über seine Festungswerke reden hörte? Im Übrigen halte ich nichts von den Malern, die die Wirklichkeit verfälschen, indem sie die Dinge fortlassen, die sie für hässlich halten. Die Befestigungen gehören von nun an zu Olmütz wie der Dom.«

»Und was hast du sonst noch gemalt? Lass mich die anderen Blätter sehen.« Gabriela beugte sich vor, um die übrigen Zeichnungen zu betrachten, doch Gregorius rollte die Papiere zusammen, noch bevor sie einen Blick darauf werfen konnte.

»Manche Männer haben Geheimnisse, die sie nicht einmal mit so charmanten jungen Damen, wie du eine bist, teilen wollen.«

Gabriela zog einen Schmollmund. »So, so ... Geheimnisse hast du. Fürchtest du, dass ich über deine Bilder lachen würde? Oder bist du gar ein Spitzel, der heimlich Pläne der Festung zeichnet?«

Der Feuerwerker lachte lauthals. »Ja, in Wirklichkeit bin ich natürlich Hauptmann bei Friedrichs Artillerie. Und als tollkühner Offizier in Friedenszeiten versuche ich, mir mit dem Ausspähen der feindlichen Festungen meine nächste Beförderung zu verdienen.« Er zwinkerte fröhlich mit den Augen. »Die Wahrheit ist, dass ich mich meiner Werke schäme. Zu unvollkommen sind sie.« Plötzlich wirkte der Magister verlegen.

»Wie meinst du das? Du schämst dich deiner Arbeit?«

»Das wirst du sehen, wenn ich dir das beste Stück zeige.« Er zog eines der Blätter aus der Rolle hervor. »Hier, das ist mein Geheimnis.«

Gabriela traute ihren Augen nicht. Es war eine Porträtskizze, die unverkennbar sie zeigte. Die Augen wirkten nicht so gut getroffen, und sie war sich auch völlig sicher, dass ihre Nase nicht so groß wie auf dem Bild war, doch ansonsten war es unverkennbar ihr Gesicht. Verblüfft und auch ein wenig berührt schüttelte sie den Kopf. Gregorius würde doch nicht etwa in Birtoks Fußstapfen treten! Sie mochte den Feuerwerker, doch das war auch alles.

»Gewiss bist du nicht gekommen, um meine vermeintlichen Kunstwerke zu bewundern.« Er nahm das Bild aus ihrer Hand und rollte es zusammen. »Was führt dich zu mir?«

Gabriela war dankbar, das Thema wechseln zu können.

Ob er wohl gespürt hatte, was sie dachte? »Ich muss mit meinem Onkel morgen zum Baron von Gewitsch. Er will mich dort als Dame vorstellen. Er hat mir sogar wieder ein neues Kleid geschenkt. Am liebsten würde ich in der Stadt bleiben, doch ihm scheint sehr daran gelegen zu sein, dass ich ihn begleite. Ich wollte …« Sie blickte verlegen zum Fluss. »Ich meine … Ich bin auf einem kleinen Gehöft an der Türkengrenze aufgewachsen. Ich war noch niemals im Schloss eines Barons und … Du hast mir beigebracht, wie ich mich verhalten muss, damit man mich für einen Mann hält. Könntest du mich vielleicht auch ein wenig die Tugenden von artigen Hoffräuleins lehren?«

Gregorius starrte sie auf recht unziemliche Weise an und brach dann in schallendes Gelächter aus. »Du bist gekommen, damit ich dich zur Hofschranze mache? Bei Luzifer und all seinen Teufeln, ich fürchte, das wird schwieriger, als dich als Mann zu maskieren. Für ein arrogantes Adelsfräulein fehlen dir einfach alle Anlagen!«

»Es muss ja nur für einen Tag sein. Außerdem hat mein Onkel gesagt, ich solle mich artig im Hintergrund halten.«

Der Feuerwerker schüttelte bedächtig den Kopf. »Du verlangst Übermenschliches von mir. Was willst du mir denn diesmal als Preis bieten?«

Gabriela zuckte mit den Schultern. »Begehrt der Herr Ketzer vielleicht meine Seele?«

»Vielleicht sogar noch viel mehr!« Gregorius lächelte zweideutig. »Bist du bereit für einen Skandal?«

Sie trat einen Schritt zurück.

»Keine Sorge, meine Liebe.« Er wies zu einer der Weiden am Ufer. »Siehst du den Mönch, der dort hinten im Schatten des Baumes sitzt und scheinbar ganz in sein Gebetbuch vertieft ist? Seit dem Streit mit dem Jesuitenabt ist ständig einer dieser Kerle in meiner Nähe. Der Erzbischof und Fra Anselmus lassen mich beobachten. Komm mit in meine Kammer ... Dann hat der Kerl wenigstens etwas zu berichten, wenn er zu seinen Herren zurückkehrt. Ich verspreche dir auch hoch und heilig, dass ich zwar nicht meine Zunge, dafür aber meine Finger im Zaume halten werde.«

Gabriela blickte zum Ufer. Der Mönch sah völlig harmlos aus. Ob sich Gregorius vielleicht alles nur einbildete? »Das ist alles, was du verlangst?«

»Natürlich nicht! Als Advokat des Teufels sind meine Dienste selbstverständlich nicht so billig zu haben. Wenn wir gemeinsam zu mir gehen, tun wir damit im Grunde ja nur den Pfaffen einen Gefallen. Sie haben dann etwas, worüber sie sich die Mäuler zerreißen können. Wir schenken ihnen ein paar Fantasien, die ihnen zur Nacht den Schlaf rauben, sodass sie aufstehen werden, um vor dem Bilde Jesu niederzuknien und sich zu geißeln.«

»Ich verstehe deinen Hass auf die Kirche nicht.«

Der Feuerwerker brauste auf. »Ich hasse nicht die Kirche! Ich verdamme lediglich die Ignoranz ihrer selbstgerechten Diener. Männer wie Anselmus sähen es doch am liebsten, wenn sie alle Freude aus unserem Leben verdammen könnten! Und warum tun sie das? Weil sie die Kutte genommen haben und niemals ein Weib auch nur berühren dürfen? Nicht einmal ihre Keuschheit ist aufrichtig! Der größte Hurenbock, den ich kannte, war ein Pfaffe! Ich habe keinen Respekt vor ihnen und ...«

»Dein Preis?« Gabriela mochte dieses Gerede nicht länger mit anhören. Sie wusste nicht, was die Diener Gottes Gregorius einst angetan haben mochten, dass er solchen Zorn gegen sie hegte, und sie war nicht bereit, sich seine Hasstiraden anzuhören. Man konnte ihrem Gesicht wohl deutlich ansehen, was sie dachte. Jedenfalls verstummte Gregorius augenblicklich. Einen Moment lang herrschte Schweigen zwischen ihnen. Dann räusperte sich der Feuerwerker leise.

»Mein Preis ... Ich möchte, dass du mir für eine Stunde Zugang zum Speicher deines Onkels verschaffst. Seit du mir von diesem merkwürdigen Ort erzählt hast, verzehre ich mich vor Neugier. Zu gerne möchte ich das Bildnis von Juliette sehen, ihre Kleider und den Schminktisch mit dem Geheimfach ...«

»Das geht nicht! Das kann ich nicht machen. Ich habe nicht einmal mehr den Schlüssel.«

»Ich weiß. Ich verlange auch nichts Unmögliches von dir. Ich will lediglich dein Versprechen, dass du mich allein auf den Speicher lässt, falls sich jemals die Möglichkeit dazu ergeben sollte. Du weißt, dass ich zwei Wochen nach dem Feuerwerk mit meinen Männern abreisen werde. Welches Risiko gehst du also ein? Ich bin nicht einmal mehr einen Monat lang in Olmütz.«

Gabriela zögerte. Konnte sie einen solchen Verrat an ihrem Onkel begehen? Auf der anderen Seite schloss er seine Kammer stets ab. Es gab also keine Gelegenheit, an den Schlüssel zum Speicher zu kommen, wenn man sich nicht gemeinsam mit ihm in seinem Zimmer aufhielt. Sollte sie Gregorius dies sagen? Nein! Wer eine solch unverschämte Forderung stellte, der verdiente es nicht, dass man ehrlich zu ihm war. Sollte er doch der betrogene Betrüger in diesem Spiel sein! »Wohlan denn, mein Freund. Ich bin bereit, dir deine beiden Wünsche zu erfüllen. Ich werde mit dir jetzt in deine Kammer gehen und will später mein Bestes geben, den gewünschten Schlüssel zu besorgen. Bei meiner Ehre schwöre ich, meinem Wort treu zu sein.«

»Das genügt mir.« Der Feuerwerker schob den Tisch zur Seite und wies auf eine Falltür im hölzernen Boden. »Hatte ich dir gesagt, dass ich mein Quartier verlegt habe? Wir werden nicht weit gehen müssen.«

»Du wohnst in der Pyramide?« Ungläubig blickte Gabriela auf die Klappe.

»Seit gestern. Wir haben damit begonnen, die ersten Feuerwerkskörper anzubringen. Unser hölzerner Stadtberg darf jetzt nicht mehr unbewacht bleiben. Allein für die Raketen und anderen Besonderheiten, die wir auf diesem Floß anbringen werden, sind mehr als fünfzig Fass Pulver aufgewendet worden. Was glaubst du, was passiert, wenn es hier an Bord ein Feuer gibt?« Gregorius kniete nieder und öffnete die Falltür. »Ich muss dich darum bitten, deine Schuhe auszuziehen, wenn wir hinuntersteigen. Im Inneren darf man nur barfuß oder mit dicken Filzschuhen gehen. Es liegt immer irgendwo ein wenig Pulver auf dem Boden. Schlägt ein nagelbeschlagener Schuh einen Funken, dann könnte das Feuerwerk deines Onkels womöglich schon heute Nacht abbrennen und dabei die halbe Stadt in Schutt und Asche legen.«

Gabriela gehorchte und beobachtete, wie Gregorius eine kleine, längliche Bronzekapsel, die mit einem Haken an seinem Gürtel befestigt war, löste und öffnete. In ihrem Inneren befand sich eine dicke Lunte, an deren Spitze ein Funken glomm. Er blies die Glut an und entzündete damit den Docht in einer Laterne mit dicken Wänden aus milchig trübem Glas. Die Bronzekapsel mit der Lunte darin legte er auf den Boden. Dann nahm er die Laterne und stieg die Leiter hinab.

Gabriela folgte ihm barfuß. Die oberste Kammer, in die sie kamen, war kaum zwei mal zwei Schritt groß. Es roch nach Pulver und dem Harz, das aus den Balken perlte. Auf Gerüsten an den Wänden lagen dicke Feuerwerkskörper in Hüllen aus roter und grauer Pappe. In die Balken waren Reihen von runden Löchern geschnitten, die schräg nach oben zeigten.

Gregorius schien ihre Neugier bemerkt zu haben und blickte sich zu ihr um. »In die Löcher rammen wir die roten Feuerwerkskörper. Sie speien Fontänen aus goldenem

Licht. Auf dieser schwimmenden Pyramide werden wir für eine Stunde die verschiedensten Raketen und Sprühkörper entzünden. Auf dem Fluss werden sie weithin sichtbar sein. An allen vier Seiten werden jeweils die gleichen Feuerwerkskörper gezündet werden, sodass jeder Zuschauer, egal aus welcher Richtung er das Spektakel betrachtet, dasselbe sehen wird. Mehr will ich dir allerdings nicht verraten, denn man nimmt dem Feuerwerk einen Teil seines Zaubers, wenn man all seine Wunder erklärt.« Er kniete nieder, öffnete eine weitere Falltür und verschwand mit seiner Laterne durch die Luke.

Gabriela betrachtete noch einmal all die Sprengkörper. Viele von ihnen waren dicker als ihr Unterarm. Sie dachte an seine Worte, welch Unheil schon ein einzelner Funke an diesem Ort anzurichten vermochte, und ihr lief ein eisiger Schauer über den Rücken. Eilig folgte sie ihm tiefer.

Die nächste Kammer die Pyramide war fast doppelt so groß, doch erschien sie Gabriela noch enger als die erste, weil hier etliche hölzerne Rahmen eingesetzt waren, in denen Raketen standen, die durch Löcher in der Decke abgeschossen werden konnten. Magister Gregorius hatte bereits eine weitere Luke geöffnet, die noch weiter hinabführte. Sie kletterten an einer Zwischendecke vorbei. Im schwachen Licht der Laterne sah sie, dass hier Hunderte von Feuerwerkskörpern lagerten. Stechender Gestank von Schwefel und Salpeter lag in der Luft. So musste es auf dem Weg in die Hölle riechen.

Auch die nächste Kammer war mit allerlei hölzernen Gerüsten zugebaut. Gregorius stellte seine Laterne auf den Boden. »Hier sind wir nun auf Höhe des Wasserspiegels. Dies ist mein Reich.« Er wies auf etwas, das aussah wie ein Fischernetz und zwischen zwei Balken aufgehängt war. »Mein Bett!«

Gabrielas Blick fiel auf einen Stapel Bücher, der neben

der merkwürdigen Bettstatt aufgetürmt lag. »Was liest denn ein Gottesleugner so?«

Der Feuerwerker grinste breit und nahm das oberste der Bücher vom Stapel. »Natürlich nur das tugendhafteste! Dies hier zum Beispiel ist ein gar treffliches Werk von Hans Jakob Christoph von Grimmelshausen. Der abenteuerliche Simplicissimus Teutsch, die Lebensgeschichte eines Soldaten und Tunichtguts. Zum dritten Mal schon lese ich dieses Buch, und es hat nichts von seinem Reiz verloren.«

Gabriela musterte den abgegriffenen Ledereinband mit seiner verblichenen Goldprägung. »Glaubst du, du könntest es mir leihen? Nur für morgen? Mir scheint diese Lektüre wäre genau das Richtige für einen Tag, an dem ich lediglich als Schmuck meines Onkels dienen soll und dabei am besten nicht den Mund aufmache.«

»Wenn du wirklich anfängst, darin zu lesen, dann wirst du es mir nicht schon nach einem Tag zurückgeben. Du darfst es mitnehmen, aber du musst mir versprechen, dass ich es zurückbekomme, noch bevor ich die Stadt verlassen werde. Es ist eine besonders schöne, illustrierte Ausgabe, die ich einmal als zusätzlichen Lohn für ein kleines Feuerwerk bekommen habe.« Gregorius nahm das Buch zur Hand, schlug es auf und nahm einen Zettel heraus, der völlig mit Zahlen bedeckt war.

Gabriela verdrehte ein wenig den Kopf, um das merkwürdige Blatt besser sehen zu können. »Was ist das denn?«

»Zahlenkolonnen zur Berechnung der Flugbahnen von Feuerwerkskörpern«, entgegnete der Magister kurz angebunden. »Wir sollten uns nun lieber dem Problem der passenden Maske für den morgigen Tag widmen.«

Sie nickte und trat ein Stück zur Seite, während Gregorius den Zettel in einem kleinen, eisenbeschlagenen Kasten verschwinden ließ. Auf dem Deckel zeigten Intarsien aus Perlmutt einen Löwen und ein Einhorn, die einander gegenüberstanden.

Gabriela spürte etwas wie groben Sand unter ihren Fußsohlen. Sie schluckte. Es war Schießpulver!

»Zunächst werden wir uns deiner Frisur widmen. Deine Haare hängen dir wie grobe Wolle vom Kopf. Damit siehst du nicht gerade aufregend aus. Das werden wir jetzt ändern und …«

Gabriela blickte zu dem kleinen Häufchen Pulver auf dem Boden. Nur wenige Spann weiter stand die Laterne. Sie wünschte sich, sie hätte diese riesige, schwimmende Pulverkammer niemals betreten!

13. KAPITEL

»Mademoiselle, *mon Général*, es ist uns eine Ehre und ein Vergnügen, Sie auf unserem bescheidenen Landsitz zu empfangen.« Der Baron selbst hatte den Schlag ihres Wagens geöffnet und verbeugte sich formvollendet. Wenzel Leopold, Baron zu Gewitsch, war ein Mann mittleren Alters mit leichter Tendenz zur Dickleibigkeit. Diesen Mangel versuchte er durch besondere Sorgfalt bei der Wahl seiner Kleidung zu verschleiern. So war sein Gehrock nach neuester französischer Mode aus feinstem Goldbrokat gefertigt, darunter trug er eine gelbe Weste und ein Hemd aus dünnem, fast durchscheinendem Leinen. Seine Hosen waren leuchtend rot und wurden ergänzt von weißen Seidenstrümpfen. Auf den Schuhen glänzten protzig große, polierte Goldschnallen. Von Bretton mochte es nicht, wenn Männer sich wie Gecken kleideten, doch da er mit dem Baron sein Auskommen haben musste, behielt er seine Meinung für sich.

Als von Gewitsch sich wieder aufrichtete, pendelte der lange Zopf seiner Perücke wie der Schwanz eines aufgeregten jungen Hundes. Die Augen des Barons standen sehr dicht zusammen und waren von mächtigen, schwarzen Brauen überschattet, was seinem Gesicht einen leicht cholerischen Zug verlieh. Obwohl er gewiss am Morgen sehr gründlich rasiert worden war, lag bereits wieder ein schwarzblauer Schleier auf seinen Wangen und um sein Kinn.

Wenzel Leopold griff nach Gabrielas Hand, um ihr beim Aussteigen behilflich zu sein. Dabei wallte eine Wolke seines Parfüms bis ins Wageninnere. Er hatte so viel Duftwasser aufgetragen, dass es jeden anderen Geruch in seiner Nähe dominierte. Nach einem verstohlenen Blick auf Gabrielas Dekolleté wandte der Baron sich wieder dem Kommandanten zu.

»*Mon Général*, wir sollten den Besuch des Kronprinzen militairement traktieren. Wir haben auch bereits zwei Gäste aus Wien en visite, die uns dabei helfen werden.«

»Gäste? Steht denn schon fest, wo der Kronprinz Quartier beziehen soll?«

»Oui, sie warten in unserer *bibliothèque*, Monsieur le Général.« Ein spitzbübisches Lächeln spielte um die Lippen des Barons. »Es handelt sich um den ehrenwerten Baron zu Gecovic, Mitglied in der Commission de Chasteté, der Keuschheitskommission vom Wiener Hof. Übrigens ist er ein enger Vertrauter des Obersthofmeisters Graf Johann Khevenhüller! Unser zweiter Gast ist der Geheime Rat Carl Josef Schnitter, Mitglied der Sicherheitskommission. *Par un heureux hasard* stimmen beide darin überein, dass unser überaus bescheidenes Schloss würdig sei, als Quartier für den jungen Kronprinzen Josef zu dienen.«

Das Gesicht des Generals blieb unbewegt, doch versetzte es ihm einen Stich, dass der zukünftige Monarch nicht in Olmütz nächtigen würde. Von Bretton schielte zu seiner Nichte, die nun hinter dem Gastgeber stand, und hoffte inniglich, dass Gabriela auf die Frechheiten des Barons nicht mit einer spitzen Bemerkung reagieren würde. Doch sie blieb still, und der General räusperte sich. »Wenn die Dinge so stehen, werde ich wohl eine Abteilung meiner Füsiliere zum Schloss befehlen, damit sie über die Sicherheit des Thronfolgers wachen.«

»Oh, *mon Général*, machen Sie sich keine Mühe. Der Geheime Rat Schnitter hat mir bereits erklärt, dass der

Kronprinz von zwei Eskadrons Esterházy-Husaren eskortiert wird.«

Von Bretton runzelte die Stirn und bedachte den Baron mit einem langen Blick. »Können Sie mir vielleicht erläutern, warum ich mich noch hierherbemüht habe, mein Freund, da Sie offenbar bereits alle Angelegenheiten erledigt haben?«

»*Excusez-moi*, Général Bretton. *Sans doute* können wir nicht ohne ihren Rat auskommen. Die beiden Monsieurs erwarten von Ihnen eine *description en détail* des Festtages. Und wer ist darüber besser unterrichtet als Sie, *mon ami*?«

Der Kommandant umklammerte seinen Offiziersstab so fest, dass das Metall des Knaufs schmerzhaft in seine Handfläche schnitt. Dieser wie ein Papagei gekleidete Geck hatte offenbar beschlossen, ihn vorzuführen. Doch das würde ihm noch leidtun! »Ich gehe wohl recht in der Annahme, dass wir das Gespräch mit den hohen Herren aus Wien kaum in Gegenwart meiner Nichte führen können.«

»*Oui*, aber *naturellement* haben wir bereits für ein wenig *amusement* für Mademoiselle gesorgt. Im Pavillon im Park hinter dem Chateau probt unser kleines Orchester. Vielleicht beliebt es Mademoiselle von Bretton, ihnen zu lauschen und dabei Zerstreuung zu finden?«

Gabriela deutete einen leichten Knicks an. »Vielen Dank für Ihr Bemühen, Herr Baron. Ich denke, ich werde das wunderbare Wetter genießen und ein wenig im Garten lustwandeln. Da ich mir bereits dachte, dass die Herren ihre Geschäfte gewiss nicht in meiner Gegenwart besprechen mögen, war ich so frei, schon selbst für meine Unterhaltung zu sorgen.« Sie klopfte auf das schäbige, abgegriffene Buch, das die Kutschfahrt über auf ihrem Schoß gelegen hatte.

»*Très bien*, Mademoiselle. Wir sind entzückt! Sie glauben gar nicht, wie sehr wir es schätzen, wenn Damen von Stand noch zu selbsttätigem Handeln fähig sind. Eine wahrhaft seltene Tugend. Doch wie wir hörten, seid Ihr auch eine ganz besondere Frau.«

Von Bretton schwor sich, dass dieser Bastard für seine Taktlosigkeiten büßen würde. Dann griff er nach der Lederkladde, in der er die Skizzen zum Feuerwerk aufbewahrte, und stieg aus der Kutsche.

Seine Nichte wartete nicht auf sie, sondern schritt hocherhobenen Hauptes über den Kiesweg, der zum Park hinter dem Schloss führte. Auch wenn ihre Formen nicht sehr weiblich waren, wirkte sie in ihrem neuen Kleid und mit der neuen Frisur überaus ansehnlich.

»Wenn Sie belieben, mir zu folgen, *mon ami*?« Von Gewitsch eilte in Richtung des von Säulen gesäumten Portals davon. Sein Schloss war nicht sehr groß, doch sehr gepflegt. In diesem Frühjahr erst hatte er es streichen lassen und sich damit auf seine Art auf den edlen Besuch, der zu erwarten war, vorbereitet. Ohne Zweifel gab es in weitem Umkreis um Olmütz keinen zweiten Landsitz, der sich mit diesem messen konnte. Das Hauptgebäude wurde von zwei niedrigeren Seitenflügeln flankiert. Es gab einen Salon, einen großen Ballsaal, eine Bibliothek, die in diesem Teil Mährens nicht ihresgleichen fand, und eine große Zahl von Gästezimmern. Formal sprach also nichts dagegen, das Schloss zum Quartier für die wichtigsten Persönlichkeiten auszuwählen. Das Einzige, was den General störte, war der Hausherr. Er konnte jene Adligen nicht ausstehen, die glaubten, den französischen Hof und seinen Stil nachäffen zu müssen. Schon der künstliche französische Akzent des Barons raubte ihm den Nerv. Doch er passte zum neuen Wind, der bei Hofe wehte. Seit Jahren bemühte sich der Staatskanzler Graf Kaunitz um die Gunst der

Pompadour und ein Bündnis mit Frankreich. Mit der Zeit war es ihm gelungen, die Wunden der alten Erbfeindschaft zwischen dem Haus Habsburg und den Bourbonen zu heilen. Schon im Jahr zuvor war in einem der Lustschlösser der Pompadour eine förmliche Konferenz zwischen Vertretern Österreichs und Frankreichs abgehalten worden. Traute man den Berichten vom Hof, so nannte die Kaiserin die Marquise von Pompadour, die sie früher eine Hure gescholten hatte, nun in aller Öffentlichkeit Cousine und teuerste Schwester. Eigentlich war dies ein Verrat an ihren hehren moralischen Grundsätzen, dachte von Bretton, doch wer war er schon, dass er sich erlauben mochte, über seine Herrscherin zu urteilen. Womöglich war sie dazu gezwungen gewesen! Die Diplomatie mit ihrer Doppelbödigkeit und den zahllosen Intrigen war nicht sein Feld. Er war Soldat! In seinem Geschäft wusste man wenigstens, wer der Feind war!

Inzwischen hatten sie die Bibliothek erreicht, wo die beiden Gesandten bereits auf sie warteten. Der Baron zu Gecovic war ein kleiner, zierlicher Mann, der nervös seinen Gehstock zwischen den Fingern drehte. Tiefe Lachfältchen umkränzten seine Augen. Er begrüßte von Bretton mit einem herzlichen Lächeln. Ganz anders war da der Geheime Rat. Er war in schlichtes Schwarz gekleidet. Ein großer, dürrer Kerl mit asketischen Zügen. Seine Lippen waren schmal wie Messerschneiden. Eine große Hakennase beherrschte sein Gesicht. Der Baron stellte sie einander vor. Danach herrschte für einen Moment Schweigen.

Von Bretton ließ seinen Blick durch die prächtig ausgestattete Bibliothek schweifen. Hunderte ledergebundener Bände mit dem Wappen derer von Gewitsch auf den Buchrücken schmückten die Wände. Der General räusperte sich.

»Fühlen Sie sich nicht wohl, Herr General?«, fragte der Geheime Rat sarkastisch.

Auf eine Bemerkung dieser Art hatte Bretton nur gewartet. »Wie kann ich mich an einem Ort, an dem man die Feinde der Kaiserin mit offenen Armen empfangen hat, wohlfühlen, meine Herren?« Der General wandte sich zum Baron Gewitsch. »War es nicht hier in der Bibliothek, wo Ihr Euch mit dem Feldmarschall Schwerin regelmäßig zum Schachspiel niedergelassen habt, nachdem dieser Preußenhund Olmütz genommen hatte? Hat er vielleicht sogar auf eben jenem Sessel gethront, auf dem nun der verehrte Baron Gecovic sitzt?«

Die beiden Gesandten tauschten betroffene Blicke, während der Baron zu Gewitsch erst blass und dann krebsrot wurde. Von Bretton musste all seine Selbstbeherrschung aufbieten, um nicht zu schmunzeln. Offenbar galt auch für die Scharmützel der Hofschranzen, dass Angriff die beste Verteidigung war.

Gerade hatte der Held Simplicius als Jäger von Soest seinen betrügerischen Doppelgänger gestellt, als ein Schatten auf das Buch fiel. Gabriela blickte auf und sah in das verkniffene Gesicht eines Mannes, der vielleicht vierzig Jahre alt sein mochte.

»Man hat mich dazu auserkoren, Sie in diesem Park aufzuspüren, Mademoiselle, um Sie zum Mahl zu rufen, das unser Gastgeber hat richten lassen.« Ein flüchtiges Zucken in den Mundwinkeln des Fremden mochte die Andeutung eines Lächelns sein. »Womöglich ein Scherz des Herrn Barons, denn als Mitglied der Sicherheitskommission ist es meine Passion, Verlorene aufzuspüren.«

Gabriela klappte das Buch zu und musterte den Mann missmutig. Er war ihr schon auf den ersten Blick unsympathisch. »Mag es sein, dass Ihnen auf der Suche nach den

Verlorenen die eigenen guten Manieren abhandengekommen sind, oder gilt es seit neuestem bei Hofe als Galanterie, wenn man sich nicht vorstellt?«

Der Mann deutete eine Verbeugung an und warf ihr gleichzeitig einen finsteren Blick zu. »Bitte verzeiht mir, Fräulein von Bretton. Gestatten, Carl Josef Schnitter, Geheimer Rat in Diensten Ihrer Majestät. Nachdem damit der Etikette Genüge getan wäre, gestatten Sie mir anzumerken, dass Sie für eine junge Dame eine recht eigenwillige Lektüre gewählt haben. Finden Sie es erbaulich, den Lebensweg eines solchen Schurken, wie der Bärnhäuter Simplicius einer war, zu verfolgen?«

»Das Buch ist allemal erbaulicher als ein unerquickliches Gespräch, das einem aufgezwungen wird.« Sie bedachte den Geheimen Rat mit einem koketten Lächeln. »Doch bin ich Ihnen dankbar, lieber Herr Schnitter, dass Sie mich zum Mahl gerufen haben. Finden Sie nicht auch, dass nichts besser für den Appetit ist als ein frischer Frühlingstag?«

»Leider war es mir bislang nicht vergönnt, den Tag zu genießen«, entgegnete der Hofbeamte trocken. Er hielt ihr seinen Arm hin. »Wenn es Ihnen nun beliebt, mich zu begleiten?«

»Oh! Bin ich nun wegen ungebührlicher Lektüre arretiert?«

»Verhaftungen nehme ich nur auf direkten Befehl der Kaiserin vor.« Er blickte auf ihr Dekolleté. »Auch wenn Sie meinen Rat nicht schätzen, junge Dame, möchte ich Ihnen doch nahelegen, falls Sie jemals nach Wien kommen sollten und zu Gast bei Hofe sind, sich etwas diskreter zu kleiden. Ihre Majestät, die Kaiserin, schätzt es nicht, wenn die Unzucht in ihrer Umgebung Einzug hält. Wenn Sie sich kleiden wie eine der leichtlebigen Tänzerinnen, so mag Sie vielleicht auch ein ähnliches Schicksal ereilen.«

»Und was macht man mit diesen bedauernswerten Geschöpfen?«

»Es ist noch nicht ganz vier Wochen her, dass ich eine dieser unkeuschen Venusanbeterinnen in ein Kloster nach Temeswar habe bringen lassen. Dort wird sie den Rest ihrer Tage verbringen und Gelegenheit haben, darüber nachzudenken, was es heißt, die Kaiserin zu brüskieren!« Schnitter hatte sich regelrecht in Rage geredet, so als betrachte er sich in seinem schmutzigen Amt als Ritter auf dem Kreuzzug gegen die Verderbnis.

Gabriela hielt es für klüger, den Mann nicht weiter zu reizen. »Wie gut, dass ich Sie getroffen habe! Ich war wohl schlecht beraten, als ich mir dieses Kleid fertigen ließ. Vielleicht können Sie mir helfen. Was trägt man denn bei Hofe? Und was hat jene Dirne verbrochen, die Ihr nach Temeswar verbannen musstet?«

Der Beamte musterte sie mit säuerlichem Lächeln. »Meine Dame, ich will offen zu Ihnen sein. Ich denke nicht, dass es Sie wirklich interessiert, wie die Mode bei Hofe ist. Es ist jedoch meine Pflicht, jedwede Frage in Sachen Tugend und Anstand nach bestem Gewissen zu beantworten. Bei Hof sollten Sie ein Kleid tragen, das Ihre weiblichen Formen nicht über Gebühr betont. Die Ärmel des Kleides müssen in jedem Falle mindestens bis zu den Ellenbogen reichen und auch Ihre Brust sollte bedeckt sein. Wenn Sie tatsächlich jemals nach Wien zu einem der Bälle geladen werden, schreiben Sie mir vorher, und ich werde Ihnen einen Schneider empfehlen, bei dem Sie sich neu einkleiden lassen können. Was nun aber jenes Weibsbild angeht, das inzwischen in aller Strenge in den klösterlichen Tugenden unterwiesen wird … Der Dame beliebte es, nach einer Ihrer öffentlichen Aufführungen einige junge Herren von Stand zu empfangen.«

»Sie meinen, Sie hat Unzucht mit ihnen getrieben?«

»Mein liebes Fräulein von Bretton, ich meine stets, was ich sage. Sie hat die jungen Herren empfangen! Bevor Schlimmeres geschehen konnte, war ich bereits mit meinen Männern zur Stelle und habe diesen Sündenpfuhl trockengelegt.«

Sie hatten fast die Terrasse auf der Rückseite des Schlosses erreicht, wo Diener eine kleine Festtafel aufgetragen hatten.

»Nun verstehe ich, warum mein Onkel Sie darum gebeten hat, mich zum Essen zu holen. Es gibt wohl in weitem Umkreis keinen Mann mit makelloserem Ruf. Ihnen mag man gar bedenkenlos das Schicksal einer Jungfrau anvertrauen.«

Ein Zucken spielte um die Mundwinkel des Geheimen Rats. »Versuchen Sie nicht, mir zu schmeicheln, Fräulein von Bretton. Ich bin dagegen gefeit so wie Siegfried, der nach dem Bade im Drachenblute unverwundbar wurde. Im Übrigen hat mir der Herr Baron von Gewitsch über Ihre gar wunderlichen Eskapaden berichtet. Versuchen Sie also nicht, mich zu täuschen, denn Betrug ist mein tägliches Geschäft, junge Frau. So erkenne ich Lüge und Schmeichelei stets auf der Stelle, seien sie auch durch noch so schöne Worte verborgen.«

»Nun, edler Recke in Diensten der Tugend. Wenn Ihr Euch mit Siegfried vergleicht, so habt doch auch Ihr gewiss Euer Lindenblatt. Eine wunde Stelle, an der schon der leichteste Treffer tödlich sein mag.«

Zum ersten Mal lächelte der Geheime Rat wirklich. »Gewiss, die habe ich, schließlich bin ich nur ein Mann aus Fleisch und Blut. Doch mache ich im Gegensatz zu Siegfried nicht den Fehler, einer Frau über meine Schwachstellen etwas zu erzählen.«

14. KAPITEL

Der Erzbischof hatte es sich nicht nehmen lassen, am Morgen des Pfingstsonntags höchstselbst auf der Kanzel zu stehen. Seine Predigt war gespickt mit Spitzen gegen Männer, die wähnten, sie können versuchten, sich mit Gott zu messen, indem sie Dinge taten, die Menschen nicht zu Gesichte standen. Es bedurfte keines großen Scharfsinns, dachte Gabriela, um hinter den Worten des Erzbischofs die Anklage gegen den Feuerwerker Gregorius zu erkennen. Sie hatte jedoch nicht lange genug in Olmütz gelebt, um alle Spitzfindigkeiten seiner Predigt durchschauen zu können.

Offenbar hielt sich der alte Erzbischof noch zurück, denn der junge Kronprinz Josef hatte am vorangegangenen Abend bei einem Empfang in der Stadt erklärt, wie sehr er Feuerwerke liebte. Der fünfzehnjährige Knabe saß nun in der ersten Reihe der Kirchenbänke auf der anderen Seite des Mittelganges. Aus den Augenwinkeln spähte Gabriela zu ihm hinüber. Wie ein ganz normaler Junge sah er aus. Ein wenig zu blass und schlank vielleicht. Es war schwer, sich vorzustellen, dass er eines Tages einer der mächtigsten Herrscher Europas sein würde. Ob seine Majestät wohl wusste, dass keine dreißig Schritt von dem Platz, an dem er nun saß, einst in der Domdekantei das Blut des sechszehnjährigen Königs Wenzel III. vergossen worden war? Er war der letzte König Böhmens gewesen.

Gabrielas Blick wanderte zurück zur Kanzel, auf der der Erzbischof in seiner golddurchwirkten Robe stand. Er war ein kleiner Mann, und seine riesige Tiara betonte seine

Schmächtigkeit. Dennoch lauschten ihm fast alle mit gebeugten Häuptern.

Eine Wolke von Weihrauch stieg Gabriela in die Nase. Sie biss sich auf die Lippen und musste fast niesen. Endlich war der Erzbischof fertig mit seiner Predigt. Der Knabenchor sang noch ein Ave Maria, die Gemeinde betete, und dann war die Messe zu Ende.

Gabriela hatte den Rat Schnitters befolgt und sich diesmal sehr dezent gekleidet. Eine fein bestickte Stola bedeckte ihre Schultern. Die Würdenträger, die auf den ersten Bankreihen Platz genommen hatten, waren auch die Ersten, die den Dom wieder verließen. Die Magistrate, Handwerksmeister und reichen Bauern hatten, abgestuft nach ihrer Wichtigkeit, die hinteren Reihen belegt und verdrehten sich nun die Hälse, um einen Blick auf den Kronprinzen zu erhaschen.

Vor dem Hauptportal stauten sich die Kirchgänger. Auf dem Platz vor dem Dom hatten sich Hunderte Schaulustige versammelt, die Ihre Majestät mit lauten Jubelrufen hochleben ließen, als der Kronprinz aus der Kirche trat. Die Füsiliere der Festung bildeten ein Spalier, um die Menschenmengen zurückzuhalten, damit die vergoldete Kutsche des künftigen Königs und Kaisers vorfahren konnte. Schneeweiß leuchteten die breiten Bandeliers der Patronentaschen auf den wolfsbraunen Uniformen der Soldaten in der strahlenden Frühlingssonne. Jeder Knopf an ihren Uniformen war poliert und glänzte wie lauteres Gold, dennoch wirkten sie fast schäbig gegen die prächtigen Husaren, die die Kutsche des Prinzen eskortierten. Sie alle ritten auf ausgesuchten Pferden und trugen stolz ihre hohen Pelzmützen zur Schau. Dolman und Pelz waren himmelblau mit gelber Verschnürung. Die leuchtend roten Hosen verschwanden in gelben Stiefeln. Alle Reiter hatten frisch gewichste Schnauzbärte, deren gezwirbelte Enden bis weit über die Mundwinkel herabhingen. Ihre Haare waren zu drei Zöpfen geflochten. Zwei schützten rechts und links die Schläfen, der Dritte fiel bis weit in den Nacken hinab. Sie erinnerten Gabriela an ihren Vater, auch wenn keiner von ihnen so stattlich war wie er.

Gerade wollte sie zu ihrem Onkel hinübergehen, der inmitten einer Gruppe von Offizieren ein wenig abseits des Portals stand, als sie plötzlich das Gefühl hatte, beobachtet zu werden. Die feinen Härchen an ihren Armen richteten sich auf. Fast war ihr, als habe sie eine kalte Hand berührt, so intensiv spürte sie den fremden Blick. Mit klopfendem Herzen musterte sie die Gesichter der Menschenmenge, doch fiel ihr niemand auf, der auffällig zu ihr herüberstarrte.

»Fräulein von Bretton?« Der junge von Zeilitzheim trat an ihre Seite. »Der Herr General erwartet Sie. Seine Kutsche wird jeden Augenblick vorfahren.«

»Danke.« Sie nickte flüchtig und ließ noch ein letztes Mal ihren Blick über die Menge fröhlicher Gesichter schweifen. Das beklemmende Gefühl war verflogen. Wer immer ihr Beobachter auch gewesen sein mochte, er hatte sich zurückgezogen. Mit für eine Dame ein wenig zu großen Schritten folgte sie dem Fähnrich.

»Wir müssen uns beeilen«, knurrte von Bretton, als Gabriela ihn erreichte. »Hoffentlich sind die Köche fertig.« Mit besorgter Miene blickte der General zum Himmel. »Solange ich in dieser Stadt lebe, hat es noch nie zu Pfingsten geregnet. Hilf Gott, dass nicht ausgerechnet heute ein Schauer das ganze Fest ruiniert.« Von Bretton eilte die Stufen des Domportals hinab, und Gabriela folgte ihm. Er hatte recht, mit dem Wetter sah es wirklich nicht gut aus, und da so viele Gäste zum Mahl erwartet wurden, hatte man die Festtafeln im Freien errichten müssen.

Ein Soldat riss den Schlag der Kutsche auf. Ihr Onkel hatte für den Festumzug den offenen Zweispänner gewählt. Wie immer saß der bullige alte Olek auf dem Kutschbock. Zur Feier des Tages trug er diesmal sogar einen Gehrock mit silbernen Stickereien und eine frisch gepuderte, allerdings ein wenig zerzauste Perücke. An den Hutrand hatte er ein kleines Eibenästchen mit drei Blättern gesteckt. Gabriela musste lächeln. Olek war der abergläubischste Mensch, der ihr jemals begegnet war. Er wusste um jeden Schutzzauber und jedes Vorzeichen für ein nahendes Unheil. Manchmal nahm seine Vorsicht allerdings geradezu groteske Züge an. So scheute er sich nicht, weite Umwege zu fahren, um einer schwarzen Katze aus dem Weg zu gehen, die vor ihm die Straße gekreuzt hatte. Das Eibengrün trug er am Hut, weil nichts wirksamer gegen Geister und Dämonen war. Auch hatte er einen glatt polierten Eibenholzspan an einem Lederriemchen um den Hals gelegt. Auf nackter Haut getragen, schützte er noch besser als das Ästchen am Hut. Sogar sein Pferdegeschirr war stets mit ein wenig frischem Grün geschmückt.

Einen Mittag lang hatte Olek ihr all seine Glücksbringer gezeigt und versucht, ihr zu erklären, wie wichtig es war, die Sitten der Alten zu achten. So vermochte ein falsch auf die Schwelle eines Hauses genageltes Hufeisen zum Beispiel Unheil anzuziehen, statt es fernzuhalten. Natürlich waren auch nur jene Hufeisen zaubermächtig, die vom Pferd verloren worden waren, neu geschmiedete hingegen waren vollkommen unbrauchbar. Zuletzt vertraute er ihr noch hinter vorgehaltener Hand an, dass, wenn sie ein Mannsbild fände, an dem ihr gelegen sei, sie ihm nur einmal einen Tropfen von jenem Blut, dass den Frauen an manchen Tagen aus dem Leibe rann, in rotem Wein aufgelöst zu trinken geben müsse, um den Kerl auf immer in verzehrender Liebe an sich zu binden. Nach diesem Rat hatte sie das Gespräch beendet, doch war es unmöglich,

Olek länger als höchstens ein paar Stunden böse zu sein. Er war einfach zu gutmütig ... Und er hatte es ohnehin schon schwer genug, denn jeder in der Garnison wusste um seinen grotesken Aberglauben, und mancher trieb deshalb seinen Schabernack mit ihm.

Mit leichtem Schwung ließ der Kutscher die Peitsche über die Köpfe der Pferde hinwegknallen, und ihr Wagen setzte sich in Bewegung. Als berittene Ehreneskorte folgten ihnen die Offiziere der Garnison.

Die Prozession fuhr nicht auf direktem Wege zur Festung, sondern machte einen weiten Bogen durch die Stadt. Dies geschah auf Wunsch des Prinzen, der es offenbar für seine Pflicht hielt, sich möglichst vielen seiner Untertanen zu zeigen.

Ganz Olmütz war für die Festlichkeiten geschmückt. Von vielen Häusern hingen farbenprächtige Banner. Sie zeigten den Doppeladler der Monarchie oder die bunten Wappen der städtischen Zünfte. Vor fast allen Fenstern hingen Blumengirlanden oder zumindest Zweige mit weißen Apfelblüten. Noch vor einer Woche hatte der Magistrat der Stadt einen Erlass herausgegeben, der allen Bürgern ausdrücklich befahl, zum Besuch seiner Majestät, des Kronprinzen Josef, die Häuser zu schmücken, keine Nachttöpfe auf die Straßen zu entleeren und nur im besten Sonntagsgewande vor die Türe zu treten.

Als sie den Platz vor der Kapuzinerkirche erreichten, kam die Kutschenkolonne ins Stocken. Offenbar hatte der Kronprinz befohlen zu halten.

Ärgerlich stand der General auf und spähte über die Schulter Oleks hinweg, um zu sehen, was weiter vorne vor sich ging. Dann ließ er sich brummend wieder nieder. »Der Kronprinz ist ausgestiegen. Wir werden nicht weiterkommen, bis es ihm beliebt, sich wieder in seine Kutsche zu setzen. Wenn er nur einmal zum Himmel sehen würde ...«

Gabriela musste sich sehr beherrschen, um nicht ebenfalls aufzustehen und neugierig nach vorne zu blicken. Doch sie hatte ihrem Onkel versprochen, sich während der Festtage von ihrer besten Seite zu zeigen. Jetzt konnte sie allerdings nicht länger an sich halten. »Und warum ist der Kronprinz ausgestiegen? Was geht vor sich?«

»Auf dem Platz steht ein Karren mit einem Gestell, auf dem ein toter Wolf liegt. Scheint ein Riesenbiest zu sein. Der Prinz wollte ihn offenbar eingehend betrachten. Man sagt, dass sich seine Majestät sehr für die Jagd begeistert.«

»Ein Wolf …« Es war nicht ungewöhnlich, wenn die Jäger aus den umliegenden Dörfern einen Wolf zur Schau stellten, den sie in der Nähe der Stadt geschossen hatten. Schon mehrfach hatte sie sich die Kadaver, die zu den Markplätzen geschafft wurden, angesehen, doch diesmal fühlte Gabriela sich beunruhigt. Ihre Hand glitt zu der geschwungenen Bronzeklinke, um den Schlag der Kutsche zu öffnen.

»Was wird das?«, fragte ihr Onkel missbilligend. »Du willst dich doch nicht etwa in die Schar der Gaffer einreihen?«

Langsam ließ sie die Hand wieder sinken. »Natürlich nicht.« Sie fühlte sich mit einem Mal in der Kutsche gefangen. All die fröhlichen Gesichter dort draußen waren ihr jetzt zuwider.

Endlich setzte sich der Zug wieder in Bewegung. Mit einem Ruck rollte die Kutsche an. Gabriela verdrehte den Hals, um das Gerüst mit dem Wolf zu sehen, sobald es nur möglich war. Endlich kam der Kadaver in ihr Blickfeld. Das Tier hatte weiße Pfoten und eine weiße Brust. Unter dem rechten Auge zog sich eine weiße Blesse bis hin zur Schnauze. Es gab keinen Zweifel … Dort auf dem Gerüst lag ihre Wölfin. Gabriela fühlte sich plötzlich, als würde sie in einer zu eng geschnürten Korsage stecken. Keuchend schnappte sie nach Luft. Die Wölfin! Den ganzen Herbst über hatte sie alle Jäger zum Narren gehalten ... Was war nur geschehen?

»Was starrst du denn so? Fühlst du dich nicht wohl?«

»Es ist ... alles gut.«

Der General folgte ihrem Blick. »Erinnert dich an deine Jagdausflüge, nicht wahr? Prächtiges Tier! Hab selten solch ein Prachtexemplar gesehen.«

Gabriela vermochte den Blick nicht von der Wölfin zu lösen. Damals, als sie ihr entkommen war, hatte sie sich durch ein unsichtbares Band mit dem Tier verbunden gefühlt. Sicher, nüchtern betrachtet war das nichts als ein sentimentales Gefühl oder einfach blanker Aberglaube und doch ... Als sie die Wölfin im Winter ein zweites Mal gesehen hatte, in der Ferne als Leittier eines ganzen Rudels, da hatte sie sich genauso frei gefühlt wie dieses Raubtier.

Ein paar Kinder sprangen um das Gerüst mit dem Kadaver und stießen mit Stöcken nach der Wölfin. Sie lachten und scherzten. Ein großer unrasierter Kerl stand daneben. Er lehnte lässig auf seinem Gewehr und redete auf die Kinder ein. War er der Mörder der Wölfin?

Die Kutsche verließ den Platz. Gabriela drehte sich um und sah so lange zu dem Holzgerüst, bis es gänzlich den Blicken entschwand.

»Was hast du nur mit dieser Wölfin«, brummte von Bretton. »Verrenkst dir den Hals und glotzt dir hier die Augen aus dem Kopf. Ist das vielleicht eine Art für eine Dame?«

»Ich muss die Wölfin haben. Sie soll nicht länger öffentlich zur Schau gestellt werden.«

»Wozu? Was willst du damit? Dir ist doch wohl hoffentlich klar, dass ein Fräulein von Stand keinen Wolfspelz trägt.«

»Du wirst nicht verstehen, wozu ich sie brauche, also frag nicht. Wenn du mir nicht helfen willst, werde ich alle Kleider verkaufen, die du mir geschenkt hast, um selbst zum Jäger zu gehen und ihm seine Beute abzukaufen.«

Der General stieß einen tiefen Seufzer aus. »Bitte, lass uns morgen darüber reden. Heute habe ich wahrlich andere Sorgen. Deine Wölfin kann uns ja nicht mehr weglaufen.«

»Dann lass sie wenigstens unter einem Vorwand vom Platz schaffen. Ich will nicht, dass man sie dort ausstellt!«

»Ist das zu fassen! Dies ist der Tag, an dem ich meinen Lohn für sieben Jahre Arbeit bekomme. Vielleicht ist es das einzige Mal in meinem Leben, dass ich den Kronprinzen als Gastgeber bewirte ... und du machst mir die Hölle heiß wegen irgendeines Jägers, der eine räudige Wölfin geschossen hat. Niemals werde ich verstehen, was in Weibsköpfen vor sich geht! Du hast mein Wort, dass ich mich darum kümmern werde, und nun gib endlich Frieden!«

General Bretton war außer sich. Keiner, den er vor dem Fest befragt hatte, hatte sich daran erinnern können, dass es in Olmütz jemals zu Pfingsten geregnet hätte. Auch wenn das Kirchenfest in diesem Jahr sehr früh lag und es den ganzen Frühling über immer wieder heftige Regenschauer gegeben hatte, war dem General doch keinen Augenblick lang in den Sinn gekommen, dass seine Feierlichkeiten ernsthaft durch einen Wolkenguss bedroht werden könnten. Erst am Morgen vor der Pfingstmesse waren in ihm erste Zweifel aufgekeimt. Als er in die Kutsche gestiegen war, um mit der übrigen Festgesellschaft zum Dom zu fahren, hatte sich am Horizont ein schmaler, dunkler Streifen gezeigt.

Auf dem Rückweg zur Festung wurde die Furcht zur Gewissheit. Mächtige Wolkenbänke waren aufgezogen, und ein auffrischender Wind trieb sie von Osten her der Stadt entgegen. Trotz der gelegentlichen Böen war es so heiß und stickig wie an einem gewitterträchtigen Augusttag. Der ganze Himmel hatte die Farbe von Blei. In der Ferne war leichtes Donnergrollen zu hören. Als der General vor der Kommandantur aus der Kutsche stieg, streifte der erste Regentropfen seine Nase. In stummer Verzweiflung blickte er über die langen Festtafeln, die man im Freien aufgetragen hatte. Für dreihundertsiebenundsechzig geladene Gäste war gedeckt worden. Allein die Sitzordnung zu arrangieren, hatte ihn zwei Tage Arbeit gekostet.

Am oberen Ende der beiden parallelen Tischreihen stand etwas erhöht die Ehrentafel. Sie war mit erlesenen Blütenzweigen geschmückt. Dort hätte er an der Seite des Kronprinzen Platz nehmen sollen ... Von Bretton schluckte. Einem Flankenangriff von tausend Kürassieren auf eine von ihm befehligte Geschützbatterie hätte er ruhiger entgegengesehen. Stolz reckte er sein Kinn vor, warf einen letzten wütenden Blick auf den dunklen Himmel und stürzte sich dann, lauthals seine Untergebenen kommandierend, in das Gewimmel auf dem Platz.

Seine Kapelle, welche die Gäste eigentlich mit populären Melodien aus den in Wien so beliebten italienischen Singspielen hätte empfangen sollen, schien geschlossen in den Schutz der Stellmacherei neben der großen Scheune geflüchtet zu sein. Ihnen ließ er ausrichten, dass ein Regenguss kein Grund sei, die Instrumente ruhen zu lassen, es sei denn, sie hätten die Absicht, auf die noch ausstehende Prämie zu verzichten, die er ihnen nach dem Feuerwerk zahlen wollte.

Gleich drei Boten schickte er auf die Suche nach Magister Gregorius, den er nirgends in dem Durcheinander auf dem Platz entdecken konnte. Von ihm wünschte er einen dringenden Rapport, welcher Schaden durch den Regen für das Feuerwerk am Abend zu erwarten war. Aus leichtem Tröpfeln war inzwischen ein unerquicklicher Schauer geworden, der mit jedem Herzschlag an Heftigkeit zunahm. Wer konnte, floh vom Hof und suchte eine trockene Unterkunft. Von Bretton wandte sich schnaufend zum Lager der Köche. Gleich hinter der Kommandantur hatte man ein weites Areal mit Planen aus Segeltuch gegen neugierige Blicke abgeschirmt. Weil die Küche der Garnison zu eng gewesen wäre, um allen bei ihrer Arbeit Platz zu bieten, hatte er aus Ziegelsteinen Feuerstellen im Freien errichten lassen. Der ganze Boden war dort rot vom Blut der vierhundert Wachteln, die als zweiter Gang nach der Suppe aus Waldpilzen und frischen Kräutern hätten aufgetragen werden sollen.

Unter den Köchen herrschte lähmende Verzweiflung. Unfähig, gegen die Katastrophe anzukämpfen, hatten sie ihre ganze Kraft aufgeboten, um zu verhindern, dass während des immer heftiger werdenden Platzregens die Feuer unter ihren großen kupfernen Kesseln verloschen. Der General beschloss kurzerhand, den Beginn des Festmahls um eine Stunde zu verschieben und ließ dann das gesamte Küchenpersonal zur Stellmacherei umziehen, um sich dort im Trockenen neu einzurichten. Die Kapelle aber schickte er auf die Galerie über der Eingangshalle der Kommandantur.

Die Böen, die die Regenschauer über den Platz peitschten, hatten die weißen Laken von den Tischen gerissen. Im Regen zerrann die Tinte der kunstvoll geschriebenen Namensschildchen, die auf der Festtafel aufgestellt gewesen waren. Eine Weile blieb der General stehen und ließ seine Blicke über das Schlachtfeld schweifen, das ein Festplatz hätte sein sollen. Dann fasste er all seinen Mut zusammen, um sich dem zu stellen, was ihn nun in der Kommandantur erwartete.

Als Claudius Hyazinth Freiherr von Bretton den Empfangssaal der Kommandantur betrat, herrschte dort eine stickige Hitze wie an einem schwülen Spätsommertag. Man hatte die Fenster des Hauses geschlossen, damit der Wind den Regen nicht hineintrieb. Der muffige Geruch von nassen Kleidern und altem Schweiß hing gleich einem unsichtbaren Nebel über der Gesellschaft, und die Stimmung der Gäste war auf dem Tiefpunkt angelangt. Die Frauen jammerten über ihre ruinierten Frisuren. Wasser, das von den Perücken tropfte, fraß sich in einem Netz von dunklen Kanälen seinen Weg durch weiß gepuderte Gesichter.

Auf Anweisung des Generals wurden die Tische vom Hof in das Haus geschafft. Doch da der Platz bei weitem nicht für eine so große Gesellschaft reichte, musste man einen Teil der Tafeln sogar in den Gästezimmern und dem ihm heiligen Kartenraum aufstellen. Während er eine Abteilung Sappeure in Paradeuniform dabei beaufsichtigte, wie sie in verschiedenen Räumen neue Gasttafeln aufbockten, fegte ein Rudel ausgelassener Schoßhunde an ihm vorbei, die von einem feisten Mops angeführt wurden, der irgendwo eine gebratene Wachtel aufgetrieben hatte, obwohl noch kein Essen aufgetragen worden war.

Ein in Erz gegossenes Lächeln auf den Lippen, bemühte sich von Bretton, die von ihm ersonnene Sitzordnung wenigstens in Ansätzen zu verwirklichen, doch bald schon musste er einsehen, dass bei dem herrschenden Durcheinander jeglicher Kampf um Ordnung zum Scheitern verurteilt war. Der einzige Sieg, den er davontrug, bestand darin, Magister Gregorius, der plötzlich auftauchte und offenbar in der Laune war, sich zu streiten, davon abzuhalten, am selben Tisch wie der Erzbischof Platz zu nehmen.

Mit fast zwei Stunden Verspätung wurde schließlich die Suppe serviert, die den meisten der Gäste jedoch nur noch lauwarm aufgetischt werden konnte, da der Weg von den Kochkesseln in der Stellmacherei bis zu den entlegeneren Tischen in der Kommandantur mehr als viermal so weit wie ursprünglich kalkuliert war.

Während ihm ein unziemlich im Stehen seine Suppe schlürfender Astrologe, der im Gefolge irgendeines böhmischen Adligen angereist war, gerade erklärte, warum die Minute der Geburt jedem Menschen das Schicksal bestimmte, beobachtete von Bretton, wie der fette, mit Seidenschleifen geschmückte Mops, der ihm schon früher aufgefallen war, mit gähnender Gelassenheit einen großen Hundehaufen unter den Treppenabsatz setzte. Während der Astrologe mittlerweile mit Begeisterung über seine große Zeit am Hofe Augusts des Starken schwadronierte, fragte sich von Bretton, unter was für einem Unglücksstern er wohl geboren sein mochte.

Ein Teil der Gäste, die wie Magister Gregorius oder auch Baron zu Gewitsch, ihre Bequemlichkeit über die Etikette stellten, hatte sich der nassen Gehröcke und Perücken entledigt, um mit hochgekrempelten Ärmeln das Bankett zu begehen. Die ihrer Würde bewussteren, wie der Erzbischof und der Geheime Rat Schnitter, bedachten diese gesellschaftlichen Marodeure mit finsteren Blicken und spitzen Kommentaren. Erst der süffige Moselwein, der zum zweiten Gang gereicht wurde, beruhigte die Gemüter ein wenig.

Von Bretton war noch nicht dazu gekommen, sich an einem der Tische niederzulassen, geschweige denn auch nur einen Bissen zu Munde zu führen. Sein Magen schien ihm zu einem faustgroßen Klumpen geschrumpft zu sein, aus dem glühende Nadeln in seine Eingeweide stachen. Selbst wenn er die Ruhe gefunden hätte, sich niederzulassen, wäre es ihm unmöglich gewesen zu essen. Zu seiner Erleichterung schien zumindest dem Kronprinzen das ganze

Malheur großen Spaß zu bereiten. Der Thronfolger hatte seine Perücke über die Stuhllehne gehängt und stocherte gerade kichernd in seiner Wachtel herum, als von Zeilitzheim mit Grabesmiene an die Seite des Kommandanten trat.

»Herr General, bitte folgen Sie mir«, flüsterte er in einem Tonfall, der das Schlimmste befürchten ließ.

Der Fähnrich blickte zu dem Tisch, an dem die Gräfin Uhlfeld, die Gattin des Wiener Hofkanzlers, Platz genommen hatte. »Reden wir nicht hier. Die Angelegenheit erfordert allergrößte Diskretion. Ich bitte Sie, kommen Sie mit mir nach oben, Herr General.«

Mit klopfendem Herzen stieg der Kommandant hinter dem jungen Offizier die Treppen hinauf und wurde von ihm schließlich an der Kapelle vorbei ins Kartenzimmer geführt. Dort hatten sich der Bürgermeister von Olmütz und einige auserwählte Mitglieder des Stadtrates an einer kleinen Tafel niedergelassen. Im Zimmer herrschte eisiges Schweigen, als von Bretton eintrat. Der Fähnrich zeigte auf ein blutbeflecktes Tischtuch, das in einer Ecke lag, als der Bürgermeister über die Trümmer eines Holzstuhls hinwegstieg und in einem weinerlichen Bass, wie ihn nur ein Mann von fast vier Zentnern hervorbringen konnte, zu lamentieren begann.

»Es war ein Unfall, Herr General. Bitte glauben Sie mir das … Ich hatte nicht geahnt …«

Bretton riss das Tischtuch zur Seite und starrte auf eine blutbesudelte formlose Masse aus Fell und Seidenschleifen. »Was ist das?«

Von Zeilitzheim räusperte sich leise. »Ich fürchte, es handelt sich um die sterblichen Überreste des Schoßhündchens der Gräfin Uhlfeld.«

»Er hat unter meinem Stuhl gesessen«, jammerte der Bürgermeister. »Ich habe ihn mit Wachtelschenkeln gefüttert, als dieser vermaledeite Stuhl unter mir zusammengebrochen ist. Der Kleine hat sich … Er hat sich … nicht mehr retten können. Oh Gott, Herr General, was tun wir nun?«

Von Bretton wischte sich mit dem nassen Ärmel des Uniformrocks den kalten Schweiß von der Stirn und blickte dann in die Runde. »Meine Herren, ich hoffe, Sie sind sich dessen bewusst, über welchen Einfluss die Gräfin durch ihren Mann bei Hofe verfügt. Ich fürchte, wenn Sie dieses Vorfalls gewahr wird, ist es nicht nur möglich, sondern sogar sehr wahrscheinlich, dass wir alle noch binnen Monatsfrist in irgendwelche entlegenen Grenzdörfer im Banat verbannt werden. Natürlich würde keiner von uns offiziell wegen des Todes dieses Hündchens bestraft … Ich bin sicher, der Hofkanzler, Graf Uhlfeld, wird sehr erfindungsreich darin sein, andere, gute Gründe für unsere Versetzung zu entdecken.« Erschöpft lehnte sich der General gegen den Türrahmen. »Zunächst einmal muss dieser Kadaver verschwinden. Die Gräfin darf ihn unter keinen Umständen zu Gesicht bekommen!«

»Wie wäre es, wenn wir die Gräfin betrunken machen und ihr einen anderen Hund unterschieben, der diesem Mops sehr ähnlich sieht?«, meldete sich einer der Magistrate zaghaft zu Wort.

Von Bretton zuckte mit den Schultern. »Ich weiß es nicht. Stecken Sie die Köpfe zusammen und hecken Sie einen Plan aus, wie Sie es auch sonst auf Ihren Sitzungen tun. Ich habe mich noch um andere Dinge zu kümmern. Ich rate Ihnen allerdings, sich Mühe zu geben.« Der General wandte sich an den Fähnrich. »Sie, von Zeilitzheim, sorgen mir dafür, dass dieser Hund hier unauffällig verschwindet. Die Gräfin darf auf gar keinen Fall des blutigen Kadavers ihres Kläffers ansichtig werden. Werfen Sie ihn meinetwegen in den ausgetrockneten Brunnenschacht hinter der Scheune. Halten Sie mich auch darüber auf dem Laufenden, was die Herren Stadträte beschließen ... Und nun entschuldigen Sie mich bitte.«

Als von Bretton aus dem Zimmer trat, hörte er aus Richtung der Empfangshalle ein vielstimmiges Raunen. Voller Sorge, was nun wieder geschehen war, hetzte er zur Galerie, nur um von dort zu beobachten, wie der französische Koch ein Dutzend, mit Federn geschmückter Pfauen auftragen ließ. Die Stimmung unter den Gästen schien sich gebessert zu haben, und zum ersten Mal an diesem Nachmittag begann von Bretton zu hoffen, dass die Reihe der Katastrophen schließlich ein Ende nehmen würde.

Gemessenen Schrittes stieg er die Treppe hinab. Mit jeder Stufe, die er nach unten kam, schien ihm die Luft wärmer und stickiger zu werden. Am Absatz erwartete ihn Magister Gregorius. Bretton wagte nicht, den Nürnberger nach dem Feuerwerk zu fragen, doch das war auch nicht notwendig, denn der kam von ganz alleine darauf zu sprechen.

»Herr General, ich brauche zwanzig zusätzliche Büchsenmeister, die sich zwei Stunden vor Sonnenuntergang bei mir auf dem Floß melden sollen. Sonst ist die Arbeit, die noch zu tun ist, nicht zu bewältigen.« Die Stimme des Feuerwerkers war schwer vom Wein und er stützte sich mit der Linken auf das Geländer. »Abgesehen von den Flammenrädern, die schon außen auf den Gerüsten angebracht waren, haben wir keinerlei Verluste. Die Masse der Raketen und Flammenfontänen war noch im Trockenen, als der Regen begann. Ich brauche lediglich ein paar Leute mehr, um den Aufbau schneller vorantreiben zu können, sobald es aufhört zu gießen.« Der Feuerwerker ließ sich von einem vorübereilenden Diener sein Glas auffüllen und nickte in Richtung des Kronprinzen.

»Mir scheint, kaiserliche Hoheit unterhält sich ausgezeichnet. Soeben hat er mit Hauptmann Birtok darüber gestritten, wie groß der Harem des Sultans an der goldenen Pforte ist und auf welche Weise die Ungläubigen am liebsten ihre Weiber besteigen.« Gregorius prostete in Richtung des zukünftigen Herrschers und kippte anschließend das ganze Glas auf einmal hinunter. »Nur diesem schwarz gewandeten Herrn dort am Tisch schien das Thema keine Freude gemacht zu haben. Er blickte die ganze Zeit über drein, als habe man ihm in die Suppe gepinkelt, und machte sich Notizen in einem kleinen Büchlein.«

Der General schnappte keuchend nach Luft. Der Geheime Rat Schnitter! Natürlich hatte er immer dort seine Ohren, wo sie nicht hingehörten. Eilig verabschiedete sich der Kommandant und wollte zum Tisch der Ehrengäste treten, als ihm der Offizier, der eigentlich die Wache am Haupttor der Festung befehligen sollte, in den Weg trat. »Herr General! Entschuldigt, wenn ich Ihnen hier auflauere, doch wir haben am Tor einen Zivilisten, der Sie dringend zu sprechen wünscht! Er sagt, es ginge bei seinen Angelegenheiten um Leben und Tod!«

»Potzteufel, Kerl, sehe ich vielleicht so aus, als hätte ich gerade die Muße, mich um die Sorgen irgendeines dahergelaufenen Fremden zu kümmern? Ein Unwetter hat den Festplatz unter Wasser gesetzt, ich fühle mich hier wie Noah auf seiner Arche, und er kommt mir mit irgendeinem dahergelaufenen Tunichtgut, der mir meine Zeit stehlen will. Hat der Mann denn wenigstens seinen Namen genannt?«

»Nein, Herr General. Er sagte, den wolle er nur Ihnen nennen, um den Skandal so klein wie möglich zu halten. Er machte Andeutungen, dass es sich um etwas in Bezug auf Ihre Nichte handele.«

Von Bretton stieß einen langen Seufzer aus. Das hatte ihm gerade noch gefehlt! Was mochte Gabriela wohl diesmal wieder angestellt haben? »Nimm Er den Kerl in die Wachstube und hole Er sich drei Flaschen Wein bei den Köchen. Sobald ich Zeit habe, schicke ich Ihm einen Boten, damit Er ihn mir vorführen lasse. Und jetzt weggetreten!«

Der Offizier salutierte und zog sich zurück. In der großen Flügeltür zur Empfangshalle stieß er beinahe mit zwei Soldaten zusammen, die ein Spanferkel auf einer Holzplatte hereintrugen. Rund um das knusprig gebratene Ferkel waren grüne Gemüse arrangiert, sodass es fast so aussah, als läge das Tier in einem Kleefeld. Im Maul des Ferkels steckte ein kleiner roter Apfel, und um seinen Hals hatte man eine Schleife aus rotem Leinen gebunden. Von Bretton musste wieder an den toten Hund denken. Ihm war übel. Plötzlich hatte er das Gefühl, er müsse sich erbrechen. Die stickige Luft, der Geruch von Schweiß und Bratenfleisch … Das alles war zu viel. Er trat aus der Türe auf die Freitreppe vor der Kommandantur. Es hatte inzwischen aufgehört zu regnen. Die Luft war angenehm kühl.

Auf dem Platz waren einige der Soldaten, die die Speisen ins Haupthaus tragen sollten, stehen geblieben. Es schien, als starrten sie auf die Pfütze, die sich mitten auf dem Platz gesammelt hatte. Der General lehnte sich ein wenig vor, und dann sah auch er, was die Männer hatte erstarren lassen. Die Pfütze war rot von Blut. Ein leichter Luftzug trieb die zertretenen, weißen Apfelblüten von Tischdekoration und die Schildchen mit den ausgelöschten Namen der Gäste über den Blutsee.

Der Regen hatte das Blut von den Pflastersteinen der offenen Kochstelle gespült, wo am Morgen die vierhundert Wachteln geschlachtet worden waren. Der Exerzierplatz lag ein wenig tiefer und so war es kein Wunder, dass sich das Wasser dort sammelte. Doch auch wenn der Verstand des Generals diese Zusammenhänge klar erfasste, erschauerte er vor dem unheimlichen Omen. Einen langen Augenblick stand er auf der Treppe und sah auf den Hof hinab. Schließlich fand er wieder zu sich selbst und gab einigen Soldaten den Befehl, mit Reisigbesen das Wasser vom Exerzierplatz zu fegen, bis jegliche Spur von dem unheimlichen Blutsee getilgt war.

15. KAPITEL

Der heftige Regen am Nachmittag hatte die Wiesen entlang der March aufgeweicht, sodass die Schaulustigen, die sich dort mit Einbruch der Dämmerung versammelten, bald bis zu den Knöcheln im Schlamm standen. Gabriela war deshalb froh, dass ihr als Nichte des Generals einer der Plätze auf der Ehrentribüne zustand, welche die Zimmerleute der Garnison in der vergangenen Woche auf der Schanze am Wenzelstor errichtet hatten. Dort, schräg gegenüber dem kleinen Pavillon, in dem das Orchester gerade seine Instrumente stimmte, waren die Würdenträger Mährens versammelt. Nie zuvor hatte Gabriela so viele Adlige, Kirchenfürsten und Offiziere an einem Ort zugleich gesehen. Es waren sogar noch mehr als beim Festmahl am Nachmittag, denn bis zur Abenddämmerung kamen noch etliche weitere Gäste von nah und fern hinzu.

Noch beeindruckender aber war die Menschenmenge, die sich entlang der Ufer der March eingefunden hatte. Es mussten Tausende sein, die ihre Dörfer und Höfe verlassen hatten, um dem Jahrhundertspektakel beizuwohnen.

Magister Gregorius hatte in einer weiten, geschwungenen Kette wohl an die hundert winzige Flöße auf dem Fluss verankern lassen, wovon jedes einzelne kaum zwei Ellen lang war. Auf jedem der Flöße stand eine abgedeckte Schale aus Weißblech, die mit einem schweren tönernen Deckel verschlossen war. Auch auf den Brüstungen der Schanzen und Forts, die zum Fluss hin lagen, waren solche Schalen aufgestellt worden. Insgesamt waren es mehr als tausend. Über jeweils drei dieser Schalen wachte ein Soldat der Festung.

Als der letzte Glanz des Abendschimmers am Horizont verblasste und ein sichelförmiger Türkenmond hoch am wieder wolkenlosen Himmel stand, winkte der General einem Offizier auf den Wällen zu, und ein einzelner Kanonenschuss wurde abgefeuert. Das war das Signal für die Soldaten auf der Mauer, die Deckel der geheimnisvollen Schalen zu lüften. Zugleich öffneten Kinder aus der Stadt und den umliegenden Dörfern, die für den Lohn einer Kupfermünze im noch kalten Wasser der March ausgeharrt hatten, die Schüsseln auf den Flößen. Über jedem der Gefäße erhob sich sogleich eine leuchtende, himmelblaue Flamme, und ein Raunen lief durch die Ränge auf der Adelstribüne und setzte sich entlang der Ufer fort, denn nirgends hatte man jemanden Funken schlagen sehen, um diese verzauberten Lichter zu entzünden. Gabriela lächelte, denn schon vor Wochen hatte sie Zeugin dieses Wunders werden dürfen, als Magister Gregorius ihrem Onkel eine Probe seiner Kunst geliefert hatte. In den Schalen befand sich eine Mischung aus Mehl und mineralischem Alaun, die sich an der Luft selbst entzündete.

Gabriela sah zu ihrem Onkel, der mit einer goldenen Uhr in der Hand neben dem Kronprinzen stand. Das Publikum am Fluss begrüßte indessen das Feenfeuer, das in der Dunkelheit über dem Wasser zu schweben schien, mit stürmischen Jubelrufen.

Wie eine schwimmende Stadt erhob sich das Hauptfloß in der Mitte des Stroms. Erst am Vortag war es endgültig fertig geworden. Die hölzerne Pyramide erhob sich in drei Stufen zu einer Höhe von fast neun Metern. Kunstvoll bemalte Aufbauten erzeugten die Illusion, dass sich auf dem schwimmenden Berg aus Holz ein zweites, kleineres Olmütz erhob. Die vier kleinen Flöße, die in die vier

Himmelsrichtungen verstreut rings um den Hauptbau schwammen, sahen wie Erdschanzen aus, die zur Belagerung errichtet waren.

So plötzlich die blauen Lichter entflammt waren, verlöschten sie alle gleichzeitig wie durch Zauberhand. In der Finsternis sah Gabriela, wie der Schatten ihres Onkels sich zum Kronprinzen herabbeugte. Ein roter Funken glomm im Dunkel, das Zischen einer Zündschnur erklang und, gleich einer roten Schlange, wand sie sich von der Tribüne herab, um eine Rakete zu entzünden. Mit langem Feuerschweif stieg diese in den blauschwarzen Himmel, um in hundert golden glühenden Funken zu zerbersten. Das war das Signal für die Festungsartillerie. Alle Geschütze waren zu den Bastionen am Flussufer gebracht worden und wurden nun auf einmal abgefeuert. Wie Drachenzungen leckten die Mündungsfeuer in die Nacht, während ein Lärm gleich hundert Donnerschlägen über das Publikum hinwegrollte. Gleichzeitig explodierten hoch über ihren Köpfen papierene Kugelgranaten, die von der Mörserbatterie verschossen wurden, zu Sternen aus gleißendem Licht. Doch dies alles war nur der Auftakt zum eigentlichen Feuerwerk. Als der Kanonendonner verhallt war, lag eine fast unheimliche Stille über dem Fluss. Sie dauerte nur wenige Augenblicke an. Bevor sie bedrückend werden konnte, begann das Orchester, Georg Friedrich Händels Musik für die königlichen Feuerwerke zu spielen, die erst wenige Jahre zuvor anlässlich des Friedens von Aachen komponiert worden war. Im gleichen Augenblick zündeten auf der Pyramide und den kleinen Flößen fünfhundert Feuerlanzen, die Säulen aus rotgoldenem Licht in den Himmel steigen ließen.

Staunend genoss Gabriela das Farbenspiel. Nie zuvor hatte sie so etwas gesehen oder sich auch nur in ihren Träumen auszumalen vermocht. Die Feuerlanzen machten fast keinen Lärm, während sie abbrannten, sodass man die Trompeten, Pauken, Hörner, Querpfeifen, Oboen, Krummhörner und Fagotten der Kapelle gut hören konnte.

Eine weitere Batterie von Feuerlanzen wurde gezündet. Diesmal brannten sie in schneeweißem und tiefgrünem Licht. Auf allen vier Seiten des Floßes stiegen zypressenartige Flammensäulen in die Luft. Arkaden aus Funken sprühten über die Terrassen der Aufbauten und wurden vom träge dahinfließenden Wasser der March gespiegelt. Gegeneinander verschränkte Feuerlanzen, die gleichzeitig auf allen Flößen entflammten, zeichneten Torbögen und Hallen aus Licht in den Himmel.

Zwischen all dem Licht sah Gabriela auf dem Gerüst des Pyramidenfloßes Gregorius und seine Gehilfen. Gleich Hephaistos, dem antiken Schmiedegott, und seinen Zyklopen schienen sie ihre Arbeit inmitten von Flammen zu verrichten. Gabriela beobachtete, wie sie am Aufbau auf- und niederkletterten, und es schien, als seien sie überall zugleich, um neues Feuerwerk zu entzünden. Sie waren ganz nackt, hatten jedoch ihre Körper mit einer schwarzen Glasur überzogen, die sie vor den Flammen schützte. Ihre Haare waren von wassergetränkten roten Turbanen verhüllt, auf denen jeder Funke verlosch. Aus der Ferne sahen sie ein wenig wie Teufel aus. Nur Magister Gregorius stach unter ihnen hervor, denn er trug als Einziger eine goldbronzene Sonnenmaske.

Als das Orchester schließlich verstummte, begann das Finale der Vorstellung. Wie die Granaten von Mörsern stiegen Raketen von den vier kleineren Flößen auf, um dicht über der schwimmenden Pyramide mit infernalischem Getöse zu explodieren. Gregorius hatte Gabriela verraten, dass man mehr Kohlenstaub ins Pulver mischen musste, wenn man einen solchen Lärm erreichen wollte.

Sogleich antwortete das hölzerne Olmütz mit einer zweiten Salve aus Kanonenschlägen, die dicht über dem Wasser vor den Schanzen explodierten.

Immer mehr Feuerlanzen und Böller zischten zwischen den Flößen hin und her, sodass es schließlich aussah, als würde der Fluss selbst in Flammen stehen. Nach Schwefel stinkende Rauchwolken trieben über das Wasser, und manche der Damen auf der Ehrentribüne fächerten sich mit parfümierten Tüchlein Luft zu, während die Männer einander mit leuchtenden Augen zuraunten, dass es wie auf einem Schlachtfeld rieche.

Plötzlich erklang die Stimme des Erzbischofs. »Das ist eine impertinente Frechheit! Dieser Heidenbastard verhöhnt die Kirche!« Gabriela sah, wie der hölzerne Wenzelsdom auf dem Floß in hellen Flammen brannte. Das war gewiss kein Unfall gewesen! Noch bevor sie sich weitere Gedanken machen konnte, zündeten in einer wahren Kakophonie Hunderte von Böllern und Sprühern auf der Pyramide und fast im selben Augenblick explodierte eines der vier Flöße. Ein ängstliches Raunen ging durch die Menge, während noch immer Feuerfontänen über das Wasser zischten. Dann explodierten auch die drei anderen kleinen Flöße. Offenbar gehörte dies zum Spektakel. Platschend stürzten brennende Trümmer in die Fluten des Flusses, während das Orchester einen Triumphmarsch anstimmte. Tausendfacher Jubelruf tönte von den Ufern. Gabriela sah ihren Onkel zufrieden lächelnd neben dem Prinzen stehen. Zumindest für diese Nacht war das Gedenken an die schmachvolle Kapitulation der Stadt vor dem Feldmarschall Schwerin ausgelöscht.

Eine Salve von Raketen ließ glühende Blumen am Himmel erblühen. Dann regierte erneut die Finsternis, bis mit einem Donnerschlag eine Rakete, die wie ein geflügelter Engel aussah und die von innen heraus glühte, in die Höhe stieg, um schließlich mit einem Knall zu tausend leuchtenden Sternen zu zerbersten.

Vier Feuerschalen entflammten. Auf der oberen Plattform der schwimmenden Pyramide erschien Magister Gregorius, das Gesicht noch immer hinter der goldenen Sonnenmaske verborgen. Mit lauter Stimme rief er: »Kinder der Nacht, Ihr mögt nun eurer Wege ziehen. Das Schauspiel ist beendet!«

Lange Zeit schienen Jubel und Applaus für das Spektakel nicht enden zu wollen. Schließlich waren es die Ehrengäste auf der Tribüne, die sich als Erste erhoben. Irgendwo erklang eine Frauenstimme. »Cäsar? Cäsar! Hat jemand meinen Hund gesehen?«

Der Abend war kühl geworden. Gabriela zog sich ihre Stola über Schultern und Kopf. Noch immer rief die Frau nach ihrem Hund, während sich der Großteil der Gäste langsam in Bewegung setzte. In der Kommandantur sollte es einen Ball geben, doch schon bei der ersten Gelegenheit scherte Gabriela aus der Kolonne der Heimkehrenden aus. Sie wollte zum Fluss hinab, um Gregorius zu diesem wunderbaren Schauspiel zu gratulieren.

Gabriela fand den Feuerwerker in einem großen Zelt, das man auf einem Flusskahn aufgeschlagen hatte. Gregorius stand über ein niedriges Feldbett gebeugt und hielt die Hand eines Mannes, dessen Gesicht grässlich verbrannt war. Der Verletzte röchelte leise. Das Kissen, auf das er seinen Kopf gebettet hatte, war rot von Blut.

»Der Arzt wird bald hier sein, Johannes«, flüsterte der Magister mit heiserer Stimme. »Willst du noch etwas trinken?«

Der Kiefer des Mannes klappte herunter, doch war er unfähig zu sprechen. Gregorius füllte aus einem Krug einen kleinen Zinnbecher, hob vorsichtig den Kopf des Verletzten an und setzte ihm den Becher an die Lippen. Gierig schluckte der Mann, bis plötzlich ein Zittern durch seine Glieder lief. Er begann zu schreien und mit den Armen um sich zu schlagen. Andere Feuerwerksgehilfen eilten herbei, um ihn festzuhalten. Dann, genauso plötzlich wie sein Anfall begonnen hatte, sank er zurück. Gregorius legte ihm die Hand auf die Brust. Nun herrschte unheimliche Stille, die allein vom Gemurmel der heimkehrenden Gäste am Flussufer gestört wurde.

Gabriela fühlte sich deplatziert unter den halbnackten Männern mit ihren rußgeschwärzten Körpern und den bitteren Gesichtern. Erst jetzt wurde sie sich des grässlichen Gestanks bewusst, den die Zeltwände vor der abendlichen Brise schützten. Es roch nach Schweiß und Schnaps, geronnenem Blut und dem Schwefel der Feuerwerkskörper.

»Er ist tot!«, beendete Gregorius' Stimme das Schweigen. Einer der Männer, die den Sterbenden eben noch gehalten hatten, nahm den Tonkrug mit dem Schnaps, setzte ihn an die Lippen und trank in tiefen Zügen. Dann reichte er ihn weiter.

Der Feuerwerksmeister breitete ein schmutziges Leintuch über den Leichnam. »Der Dritte«, presste er zwischen schmalen Lippen hervor. »Das ist der Preis für das Fest deines Onkels.«

»Sie kann doch nichts dafür und …«, murmelte eine der Gestalten halblaut.

»Misch dich nicht in meine Angelegenheiten, Sir!«, schnitt Gregorius ihm das Wort ab.

Gabriela fühlte sich in ihrem weißen Ballkleid wie eine Ausgestoßene zwischen den verbitterten Männern. »Aber wie … Was ist denn passiert?«

»Diese drei waren auf dem Floß, das zuerst explodierte. Alle vier Flöße hätten zur gleichen Zeit in die Luft gehen sollen.« Gregorius starrte auf das Leintuch, auf dem sich in Höhe des Gesichts des Toten rasch ein dunkler Blutfleck ausbreitete. »Er war der Letzte, der uns vielleicht noch hätte sagen können, was schiefgegangen ist. Vielleicht war einer der größeren Feuerwerkskörper schlecht gewickelt und ist aufgeplatzt. Dann hätte ein Funken genügt ... Die vier Flöße waren mit Pulverladungen vermint, um sie zum Schluss zu sprengen. Die Sprengkörper waren alle mit einer langsam brennenden Lunte verbunden ... Die Männer hätten, nachdem die Lunte gezündet war, noch mehr als eine halbe Minute gehabt, um ins Wasser zu springen und in Richtung des nächsten Ufers zu schwimmen.« Gregorius griff nach dem Schnapskrug, der noch immer die Runde machte, und trank. Dann wandte er sich von dem Toten ab, nahm einen Lappen und begann sich die schwarze Paste von der Brust zu reiben, die seinen ganzen Körper bedeckte. »Das ist der Preis der Freude. Es gibt kaum ein großes Feuerwerk, bei dem nicht jemand mit dem Leben bezahlt.«

Gabriela wusste nicht, was sie sagen sollte. Sie wünschte, sie wäre nicht hierhergekommen, doch konnte sie nun nicht einfach so gehen.

»Wir haben unsere Pflicht erfüllt«, sagte Gregorius leise. »Von den Gästen hat wohl kaum jemand bemerkt, dass es Tote gab. Kein Schatten wird auf das Fest deines Onkels fallen. Man wird die Männer sehr schnell in einem abgelegenen Winkel des Friedhofs beerdigen. Nun ist es an dir, dein Versprechen einzulösen.«

»Wovon sprichst du?«

Gregorius lächelte, und seine Zähne strahlten weiß wie frisch gefallener Schnee in seinem rußgeschwärzten Antlitz. »Du schuldest mir einen Schlüssel und ein Buch. Erinnerst du dich noch? Auf das Buch mag ich im Moment noch verzichten ... Um den Schlüssel zu holen, erscheint mir dies jedoch die beste aller Nächte zu sein. Dein Onkel wird noch für Stunden mit seinen Gästen beschäftigt sein. Das heißt, wir haben Ruhe!«

»Ich kann dir den Schlüssel zum Speicher nur geben, wenn er seine Kammer nicht abgesperrt hat«, wandte Gabriela ein. »Und er sperrt seine Kammer immer ab!«

Der Feuerwerker schnaubte verächtlich. »Ich finde, dieses Detail hättest du nicht für dich behalten sollen, als wir unseren Handel abgesprochen haben.«

»Ich kann mich nicht erinnern, dass wir verhandelt hätten! Du hast mir deine Bedingungen genannt …«

»Habe ich dich vielleicht gezwungen, sie anzunehmen?«

»Hatte ich eine Wahl?«

Gregorius funkelte sie nun wütend an. »Man hat immer die Wahl, bis man dort angekommen ist, wo Johannes nun ist!« Er blickte zu dem verhüllten Leichnam auf dem Feldbett. »Um was ging es bei dir schon … Ein ebenso harmloser wie bedeutungsloser Empfang auf einem Jagdschlösschen. Was hätte es dich gekostet, Nein zu sagen? Wäre damit deine Eitelkeit verletzt gewesen? Ich fordere nun meinen Preis! In dieser Nacht!«

Die Männer im Zelt gaben sich alle Mühe, nicht zu ihnen herüberzusehen, doch war Gabriela klar, dass jeder von ihnen alles gehört hatte. Und sie spürte, dass die Feuerwerker aufseiten von Gregorius standen, auch wenn sie nicht wissen konnten, von was für einem Geschäft die Rede war.

»Dann wasch dir deinen Mohrenkopf, und wir gehen«, zischte sie wütend. »Aber ich verspreche dir, du wirst vor einer verschlossenen Tür stehen!«

Von Bretton war einer der Ersten, die nach dem Feuerwerk wieder bei der Festung ankamen. Wie fast alle anderen war er zu Fuß durch die Stadt gegangen, denn auf den überfüllten Wegen hätte es mit einer Kutsche wohl eine Stunde gedauert, die Strecke bis zum Haupttor zurückzulegen, die ihn nun wenig mehr als zwanzig Minuten gekostet hatte.

Mit ihm gingen einige der höheren Offiziere aus der Garnison und zwei Obristen, die zu den Gästen zählten. Wenn er es so eilig hatte, zurück zur Garnison zu gelangen, dann lag dies nicht allein daran, dass er noch einmal überprüfen wollte, ob auch alles für den Ball gerichtet war. Von Bretton wollte auch der Gräfin Uhlfeld entgehen, die nach dem Feuerwerk das Fehlen eines ihrer Schoßhunde bemerkt hatte.

Als die Gruppe der Offiziere das Haupttor passierte, trat der Wachhabende vor. Der Lieutenant salutierte knapp und wandte sich dann sofort an von Bretton. »Herr General, eine dringende Meldung!«

Ärgerlich blieb der Kommandant stehen. Was wohl nun schon wieder war? »Rede Er!«

Der junge Soldat räusperte sich. »Es geht um den Mann, der seit der Mittagsstunde in der Wachstube festgehalten wird ... Er ...«

»Für solche Kleinigkeiten habe ich jetzt keine Zeit! Soll der Kerl morgen noch einmal wiederkommen, wenn er mich so dringend sprechen muss.«

Der Lieutenant trat einen halben Schritt näher. »Das könnte ein Fehler sein, Herr General«, murmelte er halblaut. »Der Kerl ist betrunken und lallt, dass er ein Geheimnis über Eure Nichte kennt, das schon morgen die ganze Stadt erfahren soll, wenn Ihr ihn nicht empfangt.«

Von Bretton schloss seine Rechte fester um den Knauf des Offiziersstabs, auf den er sich stützte. Das hatte ihm gerade noch gefehlt! »Nehme Er gefälligst Haltung an, wenn er mir eine Meldung zu machen hat«, schnauzte er den jungen Offizier an. »Und nun weggetreten!«

»Gibt es Ärger, Herr General?« Hauptmann Birtok stand plötzlich hinter ihm und musterte den Wachoffizier.

»Nein, nein. Es ist alles in Ordnung.« Von Bretton zwang sich zu einem Lächeln. »Die Torwache hat einen Herumtreiber aufgegriffen, der Ärger macht. Ich fürchte, ich werde mir den Kerl persönlich ansehen müssen. Würdet Ihr vielleicht unsere Gäste hinauf zur Kommandantur begleiten, Herr Hauptmann? Die Angelegenheit hier am Tor wird sicher schnell bereinigt sein.«

Birtok nickte pflichtbewusst. »Ihr Wunsch ist mir Befehl, Herr General.«

Verärgert drehte von Bretton sich wieder zu dem Lieutenant. »Und nun zu diesem Störenfried. Bringe Er mich zu ihm!«

»Ich habe ihn in der Wachstube eingeschlossen, Herr General, und meine Männer alle auf Posten geschickt.«

Der Kommandant hob überrascht die Augenbrauen. »Was soll das? Welchen Grund hat er dazu?«

»Sie werden es gleich zu hören bekommen ... Natürlich habe ich dem Mann kein Wort geglaubt ... Er ist betrunken. Aber ich dachte, es sei besser, wenn die Truppe erst gar nicht mitkriegt, was er redet.« Der Lieutenant schob den Schlüssel ins Schloss.

Gabriela drückte die Klinke hinunter und atmete erleichtert auf. Es war abgeschlossen! »Nun, Gregorius ... Ich habe doch gesagt, dass wir diesen Weg umsonst machen. Es ist zugesperrt.«

Der Feuerwerksmeister lächelte dünn, kramte mit der Rechten in der Tasche seines Gehrocks und zog einen seltsam verbogenen Nagel hervor. »Ich wusste doch, dass er hier irgendwo stecken musste. Wenn du die Güte hättest, für einen Augenblick zur Seite zu treten. Ich kann mir nicht vorstellen, dass mir diese Tür wirklich verschlossen ist.« Er schob den Nagel in das Schlüsselloch und drehte ihn ein wenig, bis schließlich ein metallisches Klicken zu hören war.

Fassungslos sah ihm Gabriela dabei zu. Wer war dieser Mann, dass er die Unverfrorenheit besaß, in das Zimmer ihres Onkels einzubrechen?

Gregorius zeigte auf die Türklinke. »Würdest du es bitte noch einmal versuchen? Ich glaube, es ist nicht wirklich abgeschlossen.«

»Du bist vielleicht ein Dieb, doch ich mache mich nicht zu deiner Komplizin!«

»Glaubst du, du bist etwas Besseres? Wie viel zählt dein Wort? Hast du nicht geglaubt, du könntest mich hintergehen, als du mir geschworen hast, dass du mir den Schlüssel holen würdest, wenn diese Tür nicht verschlossen ist? Du hast genau gewusst, dass dein Onkel sie niemals offen lässt! Wenn du dir herausnimmst, mich einen Dieb zu schelten, dann gestatte, dass ich dich eine Betrügerin nenne! Jetzt halte deinen Schwur! Geh hinein und hol den Schlüssel! Du bist es mir schuldig!«

»Niemals! Um nichts in der Welt!«

Gregorius lachte leise. »Die Rolle als betrogene Betrügerin steht dir gut ...« Plötzlich legte er die Stirn in Falten. »Jetzt geh! Oder möchtest du, dass ich das Zimmer deines Onkels durchsuche, um mir den Schlüssel zu holen ... Willst du uns beiden diese Peinlichkeit nicht ersparen?«

»Warum tust du das? Was ist dir so wichtig daran? Lass uns das alles einfach vergessen und nach unten auf den Ball gehen.«

Der Feuerwerker legte die Hand auf die Klinke. »Nein! Seit du mir von diesem Gemälde und dem Speicher voller Kleider erzählt hast, quält mich dieses Bild. Ich muss den Ort gesehen haben, um ihn wieder vergessen zu können ... Das Bildnis der Schäferin ...«

Gabriela glaubte ihm kein Wort, doch spürte sie, dass er seine Drohung wahrmachen würde. Sollte sie ihm nicht helfen, würde er die Sachen des Generals durchstöbern, bis er den Schlüssel gefunden hatte. »Wenn du verlangst, dass ich meinen Schwur einlöse, werde ich dich von Stund an nicht mehr kennen!«

Er zuckte mit den Schultern. »Ich bin zu Tode betrübt, doch kann ich mich des Verdachts nicht erwehren, dass du niemals das gleiche Interesse an mir hattest wie ich an dir. Nun, wie es scheint, lässt du mir keine Wahl ...« Er drückte die Türklinke herunter.

»Bitte nicht!« Sie stand jetzt ganz dicht vor ihm, sodass ihre Gesichter nur noch wenige Zoll voneinander entfernt waren. Deutlich roch Gabriela seinen nach billigem Branntwein stinkenden Atem. Er würde es tun! In diesem Augenblick wurde ihr klar, wie wenig sie diesen Mann doch kannte. Auch musste sie daran denken, dass auf dem Sekretär ihres Onkels vielleicht wichtige Papiere lagen. Der Nürnberger durfte diese Kammer nicht betreten! Sie griff nach seinem Arm. »Nun gut, ich werde dir holen, was du willst.«

»Ich wusste, dass du dich so entscheiden würdest.« Die Stimme des Feuerwerkers hatte einen seltsam traurigen Unterton.

Mit klopfendem Herzen trat Gabriela in das Zimmer. Sie wusste nur zu gut, wo sie finden würde, was sie suchte. Innerlich verfluchte sie sich dafür, dass sie sich dem Feuerwerker in ihrer Not anvertraut und ihm von dem Speicher erzählt hatte. Sich blind vorwärtstastend, fand sie den Sekretär und öffnete die unterste Schublade. Ihre Finger berührten das kalte Metall des Schlüssels.

Sorgsam verschloss sie die Schublade wieder und ging dann zur Tür zurück. »Hier hast du, was du wolltest.«

»Meinen verbindlichsten Dank.« Ohne auch nur einen

Augenblick zu zögern, nahm er den Schlüssel an sich. »Ich hoffe, du erinnerst dich noch daran, dass wir besprochen hatten, dass ich allein auf den Speicher gehe.«

Gabriela nickte. Sie konnte kaum glauben, dass der Mann, der dort vor ihr stand, derselbe Gregorius sein sollte, den sie all die Monate über für einen Freund gehalten hatte. »Wenn du ohnehin mit einem Nagel ein Schloss zu öffnen vermagst, warum brauchst du dann noch diesen Schlüssel?«

»Weil ich wollte, dass du um meinen Besuch auf dem Speicher weißt und daran teilhast. Du bist jetzt meine Mittäterin. So etwas verbindet …«

Sie schnaubte verächtlich. »Da täuschst du dich. Diese Nacht trennt uns und zwar für immer. Ich bin noch nie einem Menschen begegnet, der mich so sehr enttäuscht hat wie du!«

16. KAPITEL

In der Wachstube stank es nach Wein und säuerlichem Schweiß. Ein Mann hockte am einzigen Tisch, seinen Kopf in den Armen vergraben. Er brummte leise die Melodie eines Volksliedes vor sich hin. Erst als die Tür wieder ins Schloss fiel, blickte der Fremde auf. Von Bretton war allein mit ihm. Der General hatte dem Wachoffizier befohlen, vor der Türe auf Posten zu bleiben.

Der Kerl musterte den Kommandanten mit überheblichem Lächeln. Von Bretton konnte sich nicht erinnern, den Mann je zuvor gesehen zu haben. Der Fremde trug eine leicht zerzauste Perücke. Seine Kleider waren abgewetzt, doch aus gutem Stoff. Sein weiter Gehrock aus grüner Wolle war ihm auf den Leib geschneidert. Darunter schimmerten eine rote Weste und rote Beinkleider. Ein schwarzer Stock mit silbernem Knauf lag vor ihm auf dem Tisch. Das Gesicht des Mannes wirkte aufgedunsen. Seine Nase leuchtete rot vom Wein.

»So, so. Hat sich der feine General also doch noch dazu herabgelassen, sich zu mir zu bemühen.« Der Mann sprach mit tiefer Stimme und schwerer Zunge. Von Bretton war der Kerl auf den ersten Blick unsympathisch.

»Was will Er von mir? Ich habe keine Zeit, um mich mit irgendeinem dahergelaufenen Fremden zu unterhalten.«

»Oh!« Der Mann rollte mit den Augen. »Dann werden Sie sich wohl ein wenig Zeit nehmen müssen ... Vielleicht werden Sie ja geduldiger, wenn Sie wissen, wer ich bin. Gestatten ... Janosch Plarenzi, Oberstzollmeister von Orschowa. Ich bin der Mann Ihrer Nichte.«

Der General schüttelte bedächtig den Kopf. »Er macht gerade einen Fehler. Für einen Betrüger ist Er erstaunlich schlecht informiert! Der Mann meiner Nichte ist seit fast einem Jahr tot. Und nun mach Er sich davon, bevor ich mich dazu entschließe, Ihn für Seine Unverschämtheiten in Ketten legen zu lassen.«

»Nicht ich bin es, der hier einen Fehler macht.« Er zog ein zerknittertes Dokument unter seiner Weste hervor. »Ich denke, die Komplizenschaft mit einer Mörderin mag sogar einen General Kopf und Kragen kosten!«

Wütend griff von Bretton nach dem Schreiben und erblasste. Es war unzweifelhaft ein amtliches Dokument. In ordentlicher, vielleicht ein wenig zu steiler Schrift wurde Gabriela Plarenzi des kaltblütigen Mordes an Anastasia Rukow, Schankmagd im »Goldenen Löwen« zu Orschowa, und des versuchten Mordes an ihrem Ehemann, Janosch Plarenzi, Oberstzollmeister in Orschowa, angeklagt. Auf die Ergreifung der ruchlosen Mörderin war ein Kopfgeld von sechzig Maria-Theresien-Taler ausgesetzt.

Ungläubig überflog der General ein zweites Mal das Schreiben.

»Ich habe mir sagen lassen, dass jemand, der in seinem Hause einen Mörder versteckt, sich ebenfalls strafbar macht, Herr General. Wollen Sie mich immer noch hinauswerfen?« Der Oberstzollmeister grinste herausfordernd und lehnte sich auf seinem Stuhl zurück.

Von Bretton legte das Schreiben auf den Tisch. Äußerlich blieb er ruhig, doch in seinem Inneren rang er um Fassung. Das musste ein Irrtum sein! »Soweit ich weiß, ist der Hof meiner Nichte von Marodeuren überfallen worden und ...«

»Alles Unsinn! Soll ich Ihnen sagen, was sich zugetragen hat, Herr General? Die Gabriela ist nicht ganz richtig im Kopf. Ich hatte eine Magd angeworben, die ihr bei den

Arbeiten auf unserem Hof zur Hand gehen sollte. Schon in der ersten Nacht hat sie dem armen Weib die Kehle aufgeschlitzt. Und weil ich Zeuge dieser Mordtat war, hat sie mich mit den Pistolen ihres Vaters niedergeschossen. Ich verdanke es allein der Gnade des Herrn, dass ich noch lebe. An den Galgen gehört diese verrückte Furie!«

»Wenn meine Nichte auf ihn geschossen hätte, so bin ich sicher, würde er nicht mehr hier vor mir stehen.«

»Darf ich dieser Äußerung entnehmen, dass Sie die Bluttaten meines Eheweibs decken wollen, Herr General? Seien Sie nicht so töricht, ihr das Ammenmärchen vom Überfall zu glauben. Die Gendarmerie vor Ort hat alle Fakten zur Mordtat niedergeschrieben. Zur fraglichen Zeit gab es in weitem Umkreis um meine Heimatstadt keine Plünderer. Mein Weib hat sich Ihre Gutgläubigkeit zunutze gemacht, Herr General. Wenn Sie mir schon nicht vertrauen wollen, dann appelliere ich zumindest an Ihren Verstand. Ist Ihnen nie aufgefallen, wie eigentümlich sich Gabriela benimmt? Weibliche Tugenden sind ihr egal. Sie schlägt ganz nach ihrem Vater, der mit Trenks Mordbrennern geritten ist, um …«

»Genug!« Von Bretton schlug mit seinem Offiziersstock auf den Tisch. »Ich dulde nicht, dass er das Andenken an meinen Bruder in den Schmutz zieht!«

Einen Moment lang wurde der Oberstzollmeister ein wenig blass, doch dann kehrte sein überhebliches Lächeln zurück. »Ich bin Beamter Ihrer Majestät der Kaiserin. Ich stehe unter ihrem Schutz! Der Haftbefehl und mein Recht als Ehemann erlauben mir, auf die sofortige Auslieferung meines Weibes zu bestehen. Und da Gabriela Plarenzi erwiesenermaßen gefährlich ist, verlange ich, dass Sie mir fünf Ihrer Füsiliere als Eskorte geben. Ich werde diese Mörderin höchstselbst nach Orschowa bringen. Dort steht schon ein Galgen für sie!«

Von Bretton weigerte sich zu glauben, was dieser aufgeblasene Haufen Dreck von sich gab, und er vermochte nicht zu begreifen, was seinen Bruder dazu bewogen hatte, Gabriela mit einem solchen Mann zu verheiraten. Eins jedoch war ihm völlig klar. Da Gabriela offenbar tatsächlich steckbrieflich gesucht wurde, konnte er ihr unmöglich noch länger Unterschlupf gewähren.

Der Oberstzollmeister nahm seinen Stock vom Tisch und richtete sich stöhnend auf. Obwohl der Mann noch keine dreißig Jahre alt sein mochte, brauchte er die Stütze, um noch gehen zu können. Er hinkte wie ein zusammengeschossener Grenadier.

»Ich werde dafür Sorge tragen, dass er seine Eskorte bekommt«, murmelte Bretton. »Und ich danke ihm dafür, dass er mich über die Machenschaften meiner Nichte aufgeklärt hat.«

»Aber ich bitte Sie, Herr General. Ich kenne die Heimtücke meines Weibes. Keinen Augenblick habe ich geglaubt, dass Sie darum gewusst haben, eine Mörderin unter Ihrem Dach aufzunehmen. Es ist sehr freundlich, dass Sie mir nun helfen wollen, diese Furie ihrem gerechten Schicksal zuzuführen. Ich wusste, dass ich mich darauf verlassen kann, dass wir als Diener Ihrer Majestät letztlich immer zusammenstehen werden.«

Der General verließ die Wachstube und schloss sorgsam die Tür. Dann gab er dem Lieutenant eindeutige Anweisungen.

Gabriela war blass vor Wut, als sie sich in der Empfangshalle unter die Gäste mischte. Einige Minuten nach ihr kam Gregorius die Treppe hinab, sodass niemand argwöhnen konnte, sie seien schon vorher zusammen gewesen. Die Nichte des Generals bedachte den Feuerwerker mit keinem Blick mehr. Wie hatte sie ihm nur vertrauen können! Alle Männer waren Schurken! Keiner, dem sie bisher begegnet war, hatte sich als ehrenhaft erwiesen. Nie wieder würde sie den Fehler begehen, sich einem Mannsbild anzuvertrauen!

Der Fähnrich von Zeilitzheim kam auf sie zu. Er sah aus, als habe er sie gesucht. »Entschuldigung, Fräulein von Bretton. Ihr Onkel erwartet Sie im Kartenzimmer. Er wünscht Sie in einer dringenden Angelegenheit zu sprechen.«

»Worum geht es?« Es kostete sie große Mühe, sich ihren Zorn nicht anmerken zu lassen. Offenbar fühlte sich der junge Offizier dennoch angegriffen und zuckte ein wenig vor ihr zurück, ganz so, als sei sie eine giftige Schlange.

»Das weiß ich nicht, Fräulein von Bretton. Der General hat mir nur aufgetragen, Sie zu ihm zu bringen.«

»Das ist nicht notwendig. Ich finde den Weg zum Kartenzimmer schon allein.«

»Aber …«

»Ich danke Ihnen dafür, dass Sie mich über den Wunsch meines Onkels unterrichtet haben, Herr Fähnrich. Sie dürfen nun gehen!« Halb war Gabriela über ihren Tonfall erschrocken. Sie klang jetzt fast wie jene Hofschranzen, die sie immer verachtet hatte. Konnte man sich so schnell ändern?

Von Zeilitzheim zog sich umgehend zurück und machte ein Gesicht wie ein geprügelter Hund. Sie sollte sich später mit ein paar netten Worten an ihn wenden, um die Sache wieder aus der Welt zu schaffen. Schließlich hatte er nichts getan, außer sie in einem ungünstigen Augenblick anzusprechen. Als sie die Treppen wieder hochstieg, war sie dankbar, den lärmenden Gästen zu entkommen. Zu tanzen oder lächelnd mit irgendwelchen Unbekannten belanglose Floskeln auszutauschen, war das Letzte, wonach ihr jetzt zumute war.

Als sie vor dem Kartenzimmer stand, ergriff sie eine seltsame Unruhe. Was um alles in der Welt mochte so wichtig sein, dass der General sich von dem Fest zurückgezogen hatte? Von oben ertönten Schritte und ein Geräusch, als würde etwas Schweres auf den Boden abgesetzt. Was ging dort vor sich? Ein Geschoss höher lag der Flur, an dem sich ihr Zimmer und auch die Kammer ihres Onkels befanden.

Zögerlich drückte sie die Klinke hinab. Der General stand gegenüber dem Eingang an einem Fenster und blickte auf den dunklen Hof. Er schien sie nicht bemerkt zu haben. Leise schloss sie die Tür wieder hinter sich und wartete. Der beißende Geruch von Siegellack lag in der Luft.

»Setze Sie sich!«, ertönte es schneidend kalt vom Fenster.

»Was … Warum hast du mich rufen lassen?« Gabriela war mehr verwundert als erschrocken. Seit Monaten hatte ihr Onkel nicht mehr in diesem Ton mit ihr gesprochen und diese unpersönliche Form der Anrede verwendet.

»Nicht Sie sollte hier die Fragen stellen. Meine Geduld mit ihr ist heute an ihr Ende gelangt. Doch vielleicht hat sie mir etwas zu sagen?«

Gabriela trat zu dem Sessel vor dem Kartentisch und ließ sich nieder. Was war nur in ihn gefahren? Und was zum Henker sollte sie ihm sagen?

»Nun? Fällt Ihr nichts ein, worüber wir zu reden hätten?«

»Was soll das, Onkel? Ich wüsste nicht, worüber ich dir Rechenschaft ablegen sollte.«

Mit einem Ruck drehte er sich um. Eine tiefe Falte teilte seine Stirn von der Nasenwurzel bis zum Ansatz der Perücke. Sein wütender Blick war geradezu körperlich spürbar. »Ich stelle fest, dass sie nicht einmal das geringste

Anzeichen von Reue zeigt. Wie sehr ich mich doch in ihr getäuscht habe!«

»Was ist los mit dir, Onkel? Wovon redest du?«

»Janosch Plarenzi!«

Ihre Hände verkrampften sich in den brokatbezogenen Armlehnen des Sessels. »Janosch«, wiederholte sie leise. »Er ist hier?« Sie erinnerte sich an das unheimliche Gefühl, beobachtet zu werden, als sie aus dem Dom getreten war.

»Anastasia Rukow. Was hatte sie Ihr getan?«

»Ich kenne keine Frau dieses Namens.«

»Nicht?« Dem General stieg die Zornesröte ins Gesicht. »Selbst jetzt, wo all ihre Lügen offenbar sind, mag sie mir also nicht die Wahrheit sagen! Ihre Intrige ist ans Tageslicht gerückt! Erzähle Sie mir nicht, dass sie den Namen der Frau nicht kannte, der sie die Kehle von einem Ohr zum anderen durchgeschnitten hat.«

»Niemals habe ich ein derartiges Verbrechen begangen! Wie kannst du diesem Bastard und seinen Verleumdungen mehr Glauben schenken als mir?«

Der General schüttelte den Kopf. »Ihr Glauben schenken? Ja, Sie ist Blut von meinem Blute … und dennoch werde ich in meinem Leben nicht mehr den Fehler begehen, Ihr zu glauben. Fast ein Jahr hätte Sie Zeit gehabt, mir zu erzählen, was Sie getan hat. Stattdessen hat Sie mich unwissend zu Ihrem Komplizen bei dieser Bluttat gemacht! Ihre Frist ist abgelaufen und …«

»Ich habe doch versucht, es dir zu sagen! Am Flussufer, erst vor zwei Wochen wollte ich dir alles erklären … die Lügen über die Marodeure und die Türken aus der Welt schaffen. Doch du hast mir den Mund verboten. Du wolltest es nicht wissen! Und was hättest du getan, wenn ich dir gleich alles erzählt hätte, als ich nach Olmütz kam? Hättest du mich in deinem Haus aufgenommen? Ja, ich gestehe, ich war auf der Flucht. Doch bin ich nicht vor einem Mord davongelaufen, sondern vor einem Mann, der mich mit dem Messer bedrohte und mich töten wollte. Er wollte mich dazu zwingen, ihm zuzusehen, wie er mit einer Schankmaid in unserem Ehebett Unzucht treibt. Dem Bett, in dem mein Vater gestorben ist. Ich habe ihn niedergeschossen! Das gestehe ich … Und ich habe ihn für tot gehalten. Aber das Weib, das er herangeschleppt hat, habe ich nicht getötet. Ich hatte nicht einmal das Messer in der Hand …«

»Lügen! Alles Lügen!«, fauchte der Kommandant und hieb mit seinem Offiziersstab so heftig auf dem Tisch, dass er zerbrach. »Auf diesen Dreckskerl, den mein Bruder Ihr zum Gatten auserkoren hat, gebe ich keinen Pfifferling … Aber ich selbst habe das Schreiben gesehen, das der Gerichtsschreiber von Orschowa aufgesetzt hat. Man klagt Sie des Mordes an. Das heißt, ehrbare Diener Ihrer Majestät sind zu dem Schluss gekommen, dass Sie schuldig ist. Sollen auch sie vielleicht Lügner sein?«

»Auch mein Mann ist als Oberstzollmeister ein ehrbarer Diener ihrer Majestät. Doch scheinst du für ihn nicht viel übrigzuhaben! Wie kannst du dann einem Gerichtsdiener trauen, der vielleicht sein Saufkumpan ist?«

»Genug! Ich dulde nicht, dass Sie noch weiter die Diener Ihrer Majestät beleidigt. Nehme sie zur Kenntnis, dass sie von Stund an nicht mehr für mich existiert.« Mit einem Seufzer stützte er sich auf den Tisch auf. »Ihren Mann habe ich für zwei Tage in Eisen legen lassen. Den Wachen habe ich gesagt, er hätte mit seinen unflätigen Reden die Kaiserin beleidigt. Unten auf dem Hof steht eine Kutsche angespannt. Olek hat Anweisung, Sie nach Temeswar zu bringen. Es gibt nur einen, der vielleicht noch Ihren Hals aus der Schlinge zu ziehen vermag. Dort auf dem Tisch liegt ein Schreiben an General Graf Franz Nádasdy auf Fogaras. Er ist der Banus von Kroatien und damit der ranghöchste Vertreter Ihrer Majestät der Kaiserin in den Grenzlanden. Obendrein ist er ein alter Freund. Ich bitte ihn in diesem Brief darum, sich Ihres Falles anzunehmen und die Anklage noch einmal prüfen zu lassen. Mehr kann ich nicht für Sie tun. Sollte auch er zu dem Schluss kommen, dass sie schuldig ist, so wird sie hängen.«

»Aber Onkel, wie kannst du …«

Der General hob abwehrend die Hände. »Schweig! Ich bin ihren schönen Reden lange genug aufgesessen. Ich habe ihre Sachen packen und zur Kutsche schaffen lassen. Wenn ich morgen erwachen werde, gibt es nichts mehr in diesem Haus, was noch an sie erinnert. Offenbar ist es mein Schicksal, von Frauen hintergangen zu werden. Ich hätte nach all den Jahren klüger sein sollen …« Aller Zorn war nun aus seiner Stimme gewichen, und er klang nur noch unendlich traurig.

Gabriela senkte betroffen den Kopf. Sie dachte daran, wie sie erst vor einer Stunde Gregorius den Schlüssel zum Speicher verschafft und einem Fremden damit Zugang zu den intimsten Geheimnissen ihres Onkels gewährt hatte. Langsam erhob sie sich aus dem Sessel.

»So werde ich nun gehen!«

Der General sah sie nicht an. In den letzten Wochen hatte sie ihn fast wie ihren Vater lieben gelernt. Und nun war alles zerstört … Mit schweren Schritten ging sie zur Tür. Gabriela hatte die geschwungene Bronzeklinke schon in der Hand, als hinter ihr die Stimme ihres Onkels erklang.

»Warte!« Mit langen Schritten durchmaß er den Raum. Dann stand er vor ihr. Einen Herzschlag lang glaubte sie, er wolle sie in seine Arme schließen. Ein feuchter Schimmer lag in seinen Augen. »Warum …«

Gabriela wusste nicht, was sie ihm darauf noch sagen sollte.

Er räusperte sich. Der Augenblick der Schwäche war vorbei. »Ein Beutel mit Silber liegt im Wagen. Es wird ihr auf der Reise an nichts fehlen … Und der Banus … Er ist ein gerechter Mann. Wenn Sie unschuldig ist, so wird er das Komplott aufdecken und ihren Namen reinwaschen … Und …« Er stockte. Dann streckte er ihr die Hand entgegen. »Lebe wohl, mein Kind!«

Gabriela nahm seine Hand, die kalt wie ein Stück Eis war, und blickte ihm fest in die Augen. »Auf Wiedersehen!«

Ende des ersten Buchs

ZWEITES BUCH

Die sieben Jahre

1. KAPITEL

Obwohl sie den ganzen Tag nichts anderes tat, als in der Kutsche zu sitzen und aus dem Fenster zu schauen, fühlte sich Gabriela so müde wie noch nie zuvor in ihrem Leben. Ihr Hirn war wie geschmolzenes Blei. Jede Erinnerung hieß Schmerz. Das kochende Metall fraß sich durch ihre Adern, bis sie nach der ersten Nacht maßloser Wut nichts mehr spürte. Ihr Körper schien wie tot. Ihre Augen starrten, ohne zu sehen, und die Kutsche schien ihr zum Henkerskarren geworden zu sein. Die Reise führte sie über große Heerstraßen und holprige Feldwege. Die Nächte verbrachte sie in namenlosen Gasthäusern oder Poststationen, doch nichts von alldem hinterließ eine Spur in ihrer Erinnerung. Sie spürte die Hitze der ersten Tage nicht. Der Staub der Wege drang durch die Ritzen ins Innere der Kutsche und setzte sich in ihren Kleidern fest, ohne dass sie auch nur die Hand hob, um ihren Rock auszubürsten.

Die Menschen, denen sie begegnete, schienen zu spüren, dass sie nicht mehr zu ihnen gehörte. Niemand sprach sie an. Wenn sie rasteten, kümmerte sich Olek darum, dass man ihr ein Essen servierte. Danach versorgte er die Pferde und vor allem Nazli, die an einer langen Leine der Kutsche folgte. Gabriela indes verspeiste ihr Mahl, ohne wirklich zu schmecken, was über ihre aufgesprungenen, trockenen Lippen kam.

Die ersten Tage versuchte Olek noch, sie aufzumuntern. Er saß auf dem Kutschbock und sang oder rief ihr zu, wenn sie eine hübsche Kapelle passierten. Sie antwortete ihm nie. Es dauerte eine Woche, bis auch er verstummte und ein Gesicht machte, als erwarte ihn am Ende dieser Reise der Galgen so wie sie. Gabriela war der festen Überzeugung, dass nichts und niemand sie mehr vor dem Strick retten konnte. Hätte sie nur höher gezielt, als sie auf Janosch geschossen hatte. Lange dachte sie darüber nach, was geschehen sein mochte, nachdem sie aus dem Haus ihres Vaters geflohen war. Es musste Janosch gewesen sein, der dieser Dirne die Kehle durchgeschnitten hatte. Anastasia war ihm nur Mittel zum Zweck gewesen. Er hatte sie gewiss nicht mitgebracht, weil er sie liebte, sondern weil er sie, Gabriela, damit demütigen wollte.

Nach dem Mord musste Janosch es irgendwie geschafft haben, sich bis zu einem der Nachbargehöfte zu schleppen. Vielleicht war auch jemand auf der Straße am Haus vorbeigekommen und hatte ihm geholfen. Danach hatte Janosch sicherlich leichtes Spiel gehabt. Sie war ja geflohen, und das war so gut wie ein Schuldeingeständnis. Selbst wenn der Banus von Kroatien aus Gefälligkeit gegenüber ihrem Onkel den Fall noch einmal vor Gericht verhandeln ließ, würde das am Ausgang der Sache nichts ändern. Wie sollte sie auch ihre Unschuld beweisen? Niemand aus Orschowa würde für sie sprechen. Sie hatte keine Freundinnen ... Dafür würde es umso leichter sein, Zeugen zu finden, die bekundeten, dass sie schon immer seltsam gewesen war. Ein Weib, das sich nicht so verhielt, wie es einem Weibe geziemte. Eine Amazone, die in Hosen mit ihrem Vater auf die Wolfsjagd geritten war. Eine Furie, die fechten und schießen konnte wie ein Mann. Und dann ihr Vater ... Ein Plünderer und Mörder, der mit Trenk geritten war. Welcher Richter würde da noch an ihrer Schuld zweifeln?

Ihrem Onkel musste all dies klar gewesen sein, als er sie fortgeschickt hatte. Seine letzten Worte waren: Lebe wohl. Er hatte gewusst, dass sie sich nicht mehr wiedersehen würden. Der General hatte sie in den Tod geschickt. Was hatte er dabei gefühlt? Gerade in den letzten Wochen waren sie sich so nah gewesen wie nie zuvor. Fast als sei sie wirklich seine Tochter. Hatte er aus Wut und Verzweiflung gehandelt? Hatte ihm sein vom Alten Testament geprägtes Rechtsverständnis keine andere Wahl gelassen? Fühlte er sich wie Abraham, der seinem Gott, ohne zu zögern, sein Kind geopfert hätte?

Sein Gott auf Erden war die Kaiserin. Ihr diente er bedingungslos. Ihre Beamten verkörperten auch im entlegensten Grenzdorf die Gerechtigkeit der Kaiserin. Sich gegen diese Ordnung aufzulehnen, war ihm unmöglich. Schließlich war er als General in der kaiserlichen Armee und Kommandant einer Festung zum Bestandteil der Ordnung geworden.

Dieser Gedanke raubte Gabriela die Kraft zur Flucht. Sich aufzulehnen, hätte geheißen, ihren Onkel auf ein Neues zu enttäuschen. Wohin hätte sie auch gehen sollen? Ihr Onkel hatte zwar noch eine Schwester … Doch wo wäre sie leichter zu finden als bei ihr in der Hauptstadt? Mit ihrer Art würde sie sich nirgends lange verborgen halten können. Vielleicht hätte sie sich der Verfolgung ihres Mannes entziehen können, wenn sie nach ihrer Flucht in irgendeinem namenlosen Dorf einen Knecht oder Bauersburschen geheiratet hätte. Doch wer mochte eine wie sie schon haben … Ein Weibsbild, das eines Morgens mit einem Bündel auf dem Rücken im Dorf erschien. Eine Frau ohne Vergangenheit. Vielleicht gar eine Hure! Selbst wenn sie einen Mann gefunden hätte, wäre sie wiederum nur zur Ausgestoßenen geworden. Und sie hätte all das verleugnen müssen, was ihr als Erbe ihres Vaters galt. Er hatte sie wie einen Mann erzogen! Sie war ein Soldat! Wäre sie ein Junge gewesen, sie wäre gewiss schon längst in der Armee. Ein Offizier und Ehrenmann jedoch würde nicht fortlaufen. Er würde sich tapfer den Intrigen entgegenstellen und auf Gott und die Kaiserin vertrauen! So sollte sie handeln, auch wenn sie dieser Weg zum Galgen führte. Alles, was sie jetzt noch hatte, war ihre Ehre. Sie würde sie nicht beschmutzen.

Dumpf hallte das Donnern der Hufe auf dem Weg. Sie waren in einen Wald gefahren, und draußen war es so dunkel, dass Gabriela die Hand nicht vor Augen sehen konnte. Nicht einmal das Licht der Sterne fiel durch das dichte Laubdach. Olek fuhr jetzt ganz langsam. Er hatte die mächtigen Blendlaternen zu beiden Seiten des Kutschbocks entzündet, doch sie rissen nur eine schmale Bahn in die Finsternis.

Plötzlich kam die Kutsche mit einem Ruck zum Stehen und Olek fluchte lauthals. Dann sprang er vom Bock, und einen Augenblick später öffnete er den Schlag. »Ein umgestürzter Baum versperrt den Weg, gnädiges Fräulein. Ich werde die Axt nehmen und versuchen ihn in Stücke zu schlagen. Doch es mag wohl sein, dass wir den größten Teil dieser Nacht hier verbringen müssen. Soll ich Ihnen eine Decke bringen, damit Sie es wärmer haben?«

»Ist schon gut, Olek. Ist es nicht besser, bis zum Tag zu warten? Vielleicht kommt jemand vorbei, der uns helfen kann.«

»Darauf sollten wir lieber nicht hoffen, Herrin. Dies ist eine sehr einsame Gegend. Es kann gut sein, dass wir auch bei Tag keine Menschenseele zu sehen bekommen.«

Gabriela spürte die abergläubische Furcht, die in den Worten des Kutschers mitschwang. Sollte er nur machen. Ihr war ohnehin egal, ob es einen Tag mehr oder weniger dauerte, bis sie Temeswar erreichten.

Ganz in der Nähe erklang der Ruf eines Käuzchens und Olek zuckte regelrecht zusammen. Seine Rechte schloss sich fest um das Amulett, das an seinem Hals hing. Leise murmelte er etwas Unverständliches, dann nickte er ihr kurz zu und holte die Axt, die er zusammen mit anderen Werkzeugen in einer Kiste zwischen den Hinterrädern aufbewahrte.

Bald störte der dumpfe Laut von Axtschlägen die Stille der Nacht. Trotz des Lärms wurde Gabriela schläfrig. Langsam kroch die Kälte ins Wageninnere. Sie schlug den Kragen ihrer Weste hoch und kauerte sich ganz in die Ecke der lederbezogenen Rückbank. Es dauerte nicht lange, und sie war eingeschlafen.

Als sie sich mit einem Ruck aufsetzte, war es immer noch dunkel. Etwas hatte sich verändert. Fröstelnd schlang sie die Arme um den Leib. Die Axtschläge waren verstummt, doch sie war sich sicher, dass es nicht das war, was sie hatte aufschrecken lassen.

»Wer ist da?«, fragte Olek halblaut, so als habe er Angst vor seiner eigenen Stimme.

Gabriela lehnte sich zum Fenster, um sehen zu können, was vor sich ging. Gleichzeitig tastete sie nach dem Kasten aus Nussbaumholz, der auf der gegenüberliegenden Bank neben dem alten Säbel ihres Vaters lag. War der umgestürzte Baum am Ende kein Zufall gewesen? Lauerten Räuber in den Büschen entlang des Weges? Doch warum hätten sie so lange warten sollen? Sie hätten doch sofort, nachdem die Kutsche angehalten hatte, zuschlagen können.

Ein gleißender Blitz, begleitet von einem dumpfen Knall, blendete Gabriela. Rauch und Schwefelgestank waberten um die Kutsche. Die Pferde wieherten und scheuten.

»Was wagst du dich zu mitternächtlicher Stunde in meinen Wald, du Wicht?«, grollte eine tiefe Stimme aus der Finsternis. »Dir reiß ich das Herz aus der Brust und schleudere deine Seele in die tiefsten Höllenschlünde!« Die Stimme hatte einen merkwürdigen Akzent, wie ihn

Gabriela noch nie gehört hatte. Ein weiterer Donnerschlag ertönte. Gabriela hörte, wie Olek lauthals zu beten begann.

»Du bist ja immer noch hier, Olek aus Olmütz!«, grollte der Waldteufel. Im selben Augenblick erklang ein schriller Schrei. Gabriela hörte jemanden laufen. Sie öffnete den Pistolenkasten auf dem Sitz und wünschte sich, sie hätte stattdessen den geweihten Rosenkranz griffbereit, den ihr der General vor ein paar Wochen geschenkt hatte.

Vor dem Seitenfenster der Kutsche erschien ein grässlicher, gehörnter Schatten. »Ich rieche Menschenfleisch!«, grölte die dunkle Stimme und verfiel in ein meckerndes Lachen. Gabriela spannte den Hahn der Pistole. Fast gleichzeitig wurde der Schlag aufgerissen. Sie war noch immer geblendet und konnte kaum sehen. Mit unsicherer Hand richtete sie die Waffe auf die offene Tür und schoss.

»Verdammt, die ist ja bewaffnet«, ertönte es von draußen halblaut.

Gabriela spannte den Hahn der zweiten Pistole. »Was auch immer du bist ... In Jesu Namen, scher dich davon!«

»Du wirst doch jetzt nicht deinen Retter über den Haufen schießen!«

»Wer zum Henker steht da draußen?« Gabriela blinzelte, doch vermochte sie noch immer nicht recht zu sehen. Nur ein vager Umriss war vor der Wagentüre zu erkennen. Sie fasste ihren ganzen Mut zusammen. »Mach dich davon, oder ich setz dir eine geweihte Silberkugel zwischen die Augen, du bocksfüßige Ausgeburt der Hölle.«

»Das kannst du doch nicht machen, ich ...«

Gabriela deutete mit der Pistole ein Stück nach links. »Du gehst jetzt ganz langsam dort hinüber, damit ich dich im Licht der Laternen auf dem Kutschbock besser sehen kann. Und ich rate dir dringend, versuche nicht, mir davonzulaufen.«

»Verdammter Mist!« Die Gestalt spuckte aus und machte dann zögerlich ein paar Schritte zur Seite. »Wenn mir Gregorius gesagt hätte, was du für eine Furie bist, hätte ich einen Teufel getan … Da reite ich mir den Arsch wund, um dich einzuholen, was eine schlimmere Plackerei war als die Flucht nach Culloden, und zum Dank schießt du mir fast eine Kugel in den Schädel!« Ein leises, metallisches Scharren begleitete seine Worte.

»Hast du gerade Gregorius gesagt …« Gabriela stieg aus der Kutsche, ohne den Kerl dabei auch nur einen Atemzug lang aus den Augen zu lassen. Als sie ihn im Licht der Lampe endlich besser sehen konnte, zuckte sie so zusammen, dass ihr fast die Pistole aus der Hand gefallen wäre. Ihr Gegenüber hatte ein grässlich zerfurchtes Gesicht mit einer langen Hakennase, und aus der Stirn wuchsen ihm tatsächlich zwei Hörner. Etwas Blinkendes schnellte vor, und ein heftiger Schlag traf ihre Hand. Ihre Waffe wurde zu Boden geschleudert. Die Kreatur hatte einen Säbel gezogen und ihr einen Hieb mit der breiten Seite versetzt.

Erschrocken taumelte sie einen Schritt zurück und versuchte sich zu ducken, als sie ein heftiger Schlag am Kopf traf.

Ein pulsierender Schmerz in der rechten Schläfe brachte Gabriela wieder zu Bewusstsein. Ihr war übel. Eine Weile blieb sie mit geschlossenen Augen liegen und kämpfte gegen das Gefühl an, sich auf der Stelle erbrechen zu müssen. Erst als sie wieder halbwegs frei atmen konnte, wagte sie blinzelnd die Lider zu öffnen. Wie glühende Nadeln stach ihr das Licht durch die Augen in die schmerzende Schläfe. Sofort schloss sie die Augen wieder und tastete mit der Hand nach ihrem Gesicht. Die ganze rechte Hälfte war geschwollen, schon die leiseste Berührung schmerzte.

Gabriela versuchte sich zu erinnern, was geschehen war.

Deutlich sah sie das Bild der Kutsche vor sich und Olek. Sie hatte eine lange Reise unternommen … Der Wald … Etwas hatte die Kutsche angehalten … Ein Schatten war vor dem Schlag … Das Teufelsgesicht! Sie keuchte. War es möglich … Mit zitternder Hand tastete sie nach ihrer Umgebung. Sie schien in einem Heuhaufen zu liegen. Ja, es roch auch nach trockenem Heu …

Blinzelnd öffnete sie noch einmal die Augen. Diesmal war der Schmerz nicht mehr so überwältigend. Offenbar befand sie sich auf dem Heuboden einer Scheune. Noch war ihr Blick getrübt. Undeutlich erkannte sie eine Gestalt mit langen Haaren und einem Rock, der nicht einmal die Knie bedeckte.

Ein Stück weiter lagen ein paar Satteltaschen im Heu. Und dicht daneben … Erschrocken richtete sie sich halb auf. Aus dem Heuhaufen starrte sie eine Teufelsfratze an.

»Ah, das gnädige Fräulein ist wieder bei Sinnen«, erklang eine tiefe Stimme. Die Gestalt im Rock trat zu ihr und kniete nieder.

Gabriela kniff ihre Augen zusammen. Sie träumte noch! Ein Teufel und ein Mann in einem Rock … Das gab es nicht wirklich!

Der Fremde pfiff leise durch die Zähne. »Junge, mit dem Gesicht wird man dich sicher nirgends zur Maikönigin krönen. Tut mir leid, ich glaube, ich habe etwas zu feste zugeschlagen … Auf der anderen Seite hattest du mir ja auch fast eine Kugel in den Kopf gejagt.«

»Wer bist du?«

Für einen Moment herrschte Schweigen. Gabriela musterte den Fremden. Er hatte langes, rotes Haar und tiefblaue Augen. Sein Gesicht war breit und freundlich. Nur um die Mundwinkel lag ein melancholischer Zug. Bartstoppeln und sein strähniges Haupthaar ließen ihn ein wenig verwahrlost erscheinen, doch machte er nicht den

Eindruck, ein Stallknecht oder ein Landstreicher zu sein. Wieder starrte Gabriela ungläubig auf den Rock, den der Mann trug. Es war also kein Traum!

»Nenn mich Sir«, antwortete ihr Gegenüber plötzlich unvermittelt und lächelte dabei. »So würde man mich in meiner Heimat ansprechen, wenn man meinen Namen nicht kennt.«

»Sir«, wiederholte Gabriela unsicher. Sie sah in seine klaren blauen Augen und blickte dann wieder auf seine mit drahtigem, rotem Haar bewachsenen Waden. Ein Verrückter! Sie war in die Hände eines Wahnsinnigen gefallen!

»Stört dich der Rock?«, fragte der Fremde mit seinem eigenartigen Akzent. »Du solltest dich besser daran gewöhnen. Dieser Rock ist meine Fahne!«

»Deine Fahne ...« Gabriela nickte. Kein Zweifel, ein Verrückter!

»Jawohl, meine Fahne! Mein Clan trägt diese Farben seit dreihundert Jahren, auch wenn die Whigs in diesen Tagen jeden Clansmann hängen lassen, der keine Hosen anzieht.«

»Und was verschafft mir die Ehre Eurer Bekanntschaft?«

Sir zog die Brauen zusammen und musterte sie kühl. »Meine Kleine trägt ihre Nase ganz schön hoch! Schon vergessen? Ich habe dich gestern niederschlagen müssen, weil ich keine Lust hatte, mir von dir eine Kugel in den Wanst jagen zu lassen. Kann es sein, dass es schwierig ist, mit dir ein vernünftiges Wort zu reden? Gregorius hatte so etwas schon angedeutet.«

»Magister Gregorius?« Ihr einen Teufel hinterherzuschicken, das passte zu dem Feuerwerker! »Was will der Nürnberger von mir?«

»Offenbar machte er sich große Sorgen, dass du an einem Galgen enden würdest. Ein Schicksal, das dich ein wenig sympathischer erscheinen lässt. Mein Galgen wartet in Edinburgh auf mich.« Sir grinste breit, dann musterte er sie noch einmal vom Scheitel bis zur Sohle und schüttelte den Kopf. »Was Gregorius von dir will, weiß ich auch nicht … Ich hatte nur die Aufgabe, dich aus dieser Kutsche herauszuholen und dabei möglichst wenig Schaden anzurichten. Naja … und ein bisschen aufpassen soll ich auf dich.«

Gabriela tastete über ihre Wange. »Möglichst wenig Schaden anrichten, sagte er also …«

Der Fremde zuckte mit den Schultern. »Nun ja …«

»Ich hoffe, Gregorius glaubt nicht ernsthaft, dass ich ihn noch einmal wiedersehen möchte. Ich brauche weder seine Hilfe noch die deine! Und wenn ich nicht mehr in der Kutsche sitze, muss ich wohl einen anderen Weg finden, um nach Temeswar zu kommen.«

Sir glotzte sie mit offenem Mund an. Dann schluckte er. »Wie … Du willst dich wieder auf den Weg zu deinem Galgen machen? Du bist wohl verrückt! Wofür habe ich mir denn die ganze Mühe gemacht?«

»Das ist eine Frage der Ehre! Ich laufe vor meinem Schicksal nicht davon! Und was deine Mühe angeht …Ich habe dich um nichts gebeten!«

»Tja, dann werde ich wohl zusehen, wie du in dein Unglück läufst und Gregorius hinterher berichten, dass du nicht aufzuhalten warst.«

»So ist es …« Gabriela war ein wenig irritiert darüber, dass Sir keinen weiteren Versuch machte, sie davon abzubringen, nach Temeswar zu reisen. Einige Augenblicke sahen sie einander schweigend an. Der Schotte hielt ein Blatt Pergament in der Hand. Offenbar hatte er gelesen, als sie erwachte.

»Deine Anweisungen von Gregorius?«

Sir schüttelte den Kopf. »Nein. Ein Brief an den Banus von Kroatien. Sehr aufschlussreich …«

»Das ist doch nicht der Brief, den mein Onkel geschrieben hat, oder …«

»Oh doch … Er scheint ein guter Freund von diesem Grafen Nádasdy zu sein.«

»Du …« Mit einem Satz sprang Gabriela auf die Beine und entriss dem Schotten den Brief. »Wie kannst du es wagen, einen versiegelten Brief zu öffnen?«

»Mir war langweilig … Also habe ich mir dein Gepäck angeschaut. Dein Onkel scheint ziemlich hoffnungslos gewesen zu sein. Er beschwört den Grafen bei ihrer alten Freundschaft, dich nicht richten zu lassen, sondern deine Strafe in Kerkerhaft umzuwandeln …«

Sie überflog die Zeilen. Es stimmte, der General war offenbar wirklich davon überzeugt, dass sie einen Mord begangen hatte! Ob sich Graf Nádasdy von dem Brief beeinflussen lassen würde? Gabriela dachte an die Zeit, die sie in der Dachkammer eingesperrt gewesen war … Viele Jahre in einer Zelle verbringen zu müssen, könnte sie nicht ertragen! Sie würde dort wahnsinnig werden. Dann wäre sie lieber tot. Es war das Beste, wenn der Graf den Brief ihres Onkels niemals zu lesen bekäme! Sie würde ihn vernichten.

»Lass das!« Der Schotte packte sie beim Arm. Es schien, als habe er ihr die Gedanken vom Gesicht abgelesen. »Den Brief brauchen wir noch!«

Resigniert ließ sie das Blatt ins Heu fallen. Sie hatte gehofft, dass das Schreiben ihres Onkels wenigstens dazu führen würde, dass die Gerichtsverhandlung noch einmal aufgenommen wurde. Dass er sie für eine Mörderin hielt, verletzte sie tief … Wie konnte er nur! Kannte er sie denn nach all den Monaten noch immer nicht?

Sir hob das Blatt auf, faltete es sorgfältig und ging

dann zu seinen Satteltaschen hinüber, um darin herumzukramen. Dabei brummelte er vor sich hin und brachte schließlich eine flache, silbrige Flasche zum Vorschein. »Was du jetzt brauchst, ist ein ordentlicher Schluck … Ich sage dir, von dem Zeug wachsen einem Haare auf der Brust. Du bist die erste Frau, der ich etwas davon anbiete.« Er grinste und zeigte dabei seine fleckig gelben Zähne. »Aber nach allem, was Gregorius mir über dich erzählt hat, gäbe es wohl manches Mannsbild, das stolz darauf wäre, so zu sein wie du.« Er zog den Korken von der Flasche und reichte sie ihr.

Ohne aufzublicken, nahm Gabriela die Flasche. »Schnaps?«

»Wenn du mich beleidigen willst, dann kannst du das auch leichter haben!« Er schlug sich mit der flachen Hand vor die Stirn. »Schnaps sagt dieses Weib! Das ist bester schottischer Whisky! Schnaps! Ich schwöre dir bei Gott dem Herrn und all seinen Engeln, etwas so Gutes hast du noch nie getrunken. Jeder Tropfen ist mit Gold aufzuwiegen! Hast du überhaupt eine Vorstellung, wie schwer es ist, hier auf dem Kontinent Whisky zu bekommen? Komm, gib mir die Flasche zurück … Ich pack meine Sachen, und du kannst meinetwegen hingehen, wo der Pfeffer wächst!«

Gabriela blickte auf. Sir war puterrot angelaufen und schnaubte vor Wut. Offenbar hatte sie ihn tatsächlich beleidigt. »Wenn du abhauen willst, meinetwegen … Aber lass mich vorher von diesem Teufelszeug probieren. Ich möchte wenigstens wissen, ob es wert ist, einen solchen Aufstand zu machen.«

»Ob es das wert ist«, schnaubte der Schotte wütend. »Das ist hier nicht die Frage! Es geht vielmehr darum, ob du es wert bist, davon zu kosten. Und offenbar habe ich mich geirrt, du …«

Statt weiter mit dem dickköpfigen Schotten zu streiten, setzte Gabriela die Flasche an die Lippen und nahm einen tiefen Schluck. Das war ein Fehler! Sie hatte das Gefühl, flüssiges Feuer würde ihren Rachen hinunterrinnen. Sie presste die Hand auf den Mund, um dem Schotten das Zeug nicht sofort wieder vor die Füße zu spucken. Tränen standen ihr in den Augen, und als sie den Whisky endlich heruntergewürgt hatte, rang sie keuchend nach Luft.

»Na, wie war es?«

»Wirklich mit nichts zu vergleichen«, japste Gabriela atemlos. Noch immer brannten ihr Mund und Rachen, doch in ihren Gedärmen begann sich eine wohlige Wärme auszubreiten. Seit ihr Vater sie einmal als kleines Mädchen von seinem Slibowitz hatte probieren lassen, und sie danach eine halbe Nacht lang glaubte, sie müsse sterben, hatte sie keinen Branntwein mehr gekostet.

»Nicht wahr ... Einfach göttlich!« Der Schotte lächelte jetzt wieder. Er nahm selbst einen Schluck aus der Flasche, stieß einen herzzerreißenden Seufzer aus und rammte dann den Korken in das Mundstück. »Mehr solltest du nicht davon trinken, mein Lieber«, murmelte Sir und verstaute die Flasche mit traurigen Augen wieder in seinen Satteltaschen.

»Tut mir leid, wenn ich dich beleidigt habe. Willst du immer noch gehen?«

Sir drehte sich zu ihr um, kratzte sich ausdauernd im Nacken und schnitt dabei eine nicht zu deutende Grimasse. »Offenbar ist es nicht ganz leicht, mit dir auszukommen ...« Plötzlich grinste er. »Andererseits sagt man das auch von uns Schotten. Noch ein Stück mit dir zu reiten, ist allemal besser, als sich allein auf der Straße herumzutreiben.«

»Da dies nun geklärt wäre, kannst du mir ja sagen, wo wir sind.«

»Ein paar Meilen von dem Ort, an dem ich die Kutsche überfallen habe. Wo wir von dem leidigen Thema reden … Glaubst du, du kannst reiten?«

Gabrielas Kopf fühlte sich noch immer an wie ein Bienenstock, doch sie dachte nicht daran, vor dem Schotten ihre Schwäche einzugestehen. »Natürlich. Das wird kein Problem sein!«

»Dann sollten wir sehen, dass wir uns davonmachen. Bei Tageslicht ist dein Kutscher bestimmt zurückgekehrt, und ich schätze, mittlerweile hat er wohl auch schon ein paar Bauern aufgetrieben, die ihm helfen werden, die dreisten Räuber zu suchen, die sein Fräulein entführt haben.«

Gabriela dachte an Olek. Ob er sich je wieder unter die Augen ihres Onkels trauen würde? Gewiss würde der Kutscher Himmel und Hölle in Bewegung setzen, um sie wiederzufinden.

Sir hatte sich die Satteltaschen über die Schulter geworfen und stieg über eine Leiter vom Heuboden herab. »Kommst du?«

2. KAPITEL

Gabriela stocherte im Feuer und sah mit gemischten Gefühlen zu dem mageren Hasen, der auf einem Stock über der Glut hing. Dreimal hatte sie sich den Tag über erbrochen, bis es zuletzt nichts mehr in ihrem Magen gegeben hatte, was sie noch hätte hochwürgen können. Immer wieder war ihr so schwindelig gewesen, dass sie befürchtet hatte, jeden Moment vom Pferd zu stürzen. Ihre Schläfe pochte schmerzhaft, und auch das Licht machte ihr zu schaffen. Ein glutheißer Tag lag hinter ihnen und sie war froh, dass Sir einen Weg durch den schier endlosen Wald gewählt hatte, wo sie nur selten der prallen Sonne ausgesetzt gewesen waren.

Zischend tropfte Fett vom Hasenbraten in die Glut. Gabriela blickte über das Feuer hinweg zu Sir, der an einen Baum gelehnt saß, sich seine Mütze tief in die Stirn gezogen hatte und leise vor sich hin pfiff.

»Was ist das eigentlich für ein komischer Name, den du da hast? Sir? So heißt man doch nicht!«

Der Schotte schob sein Barett ein wenig zurück und blickte sie ernst an. »Stimmt, so heißt man nicht, aber es macht mir Spaß, auch in der Fremde so angesprochen zu werden. Sir ist in meiner Heimat die Anrede für Männer von Stand, und so wie es aussieht, ist das alles, was mir von meinem Stand geblieben ist.«

»Du meinst, du warst adelig?«

Er reckte das Kinn vor und strich sich dann über seine stoppeligen Wangen. »Was heißt hier warst? Ich bin adelig! Was soll die Frage? Schau mal in den Spiegel. Du siehst auch nicht gerade so aus, wie man sich gemeinhin ein Freifräulein vorstellt.«

Verlegen blickte Gabriela ins Feuer und drehte den Stock mit dem Hasenbraten. Sir begann nicht wieder zu pfeifen. Offenbar hatte ihre Frage ihn nachhaltig verärgert.

»Müsste ich in einer goldenen Kutsche fahren, damit du mich als das anerkennst, was ich bin?«

»Ich weiß doch nicht einmal, wie du wirklich heißt. Wie soll ich dann wissen, was du bist«, entgegnete sie gereizt. »Lass uns aufhören damit. Ich glaube, der verdammte Hase ist jetzt gar.«

Der Schotte schnaubte verächtlich. »Namen! Ich habe meinen Namen in der Schlacht bei Culloden verloren. Die Männer meines Clans gehörten zu den ersten, die unseren Prinzen im Stich gelassen haben. Wir waren sogar mehr als die Rotröcke!« Er fluchte in einer Sprache, die Gabriela nicht verstand, und spuckte dann ins Feuer. »Die meisten sind gar nicht erst gekommen, als Bonnie Prince Charlie die Clans zu den Waffen gerufen hat. Und die, die gekommen sind, waren nicht mit dem Herzen bei der Sache. Neuntausend Hannoveraner und Überläufer hat der Schurke Cumberland von Inverness herangeführt, als der Prinz sich mit mir und noch fünftausend bei Culloden stellte, um …«

Gabriela nahm den Hasen vom Feuer und blickte kurz auf. »Hattest du nicht eben gesagt, die Engländer seien euch unterlegen gewesen?«

»Unterbrich mich nicht, Weib! Jedes Kind weiß, dass ein Highlander für mindestens zwei Rotröcke zählt. Also waren wir ihnen überlegen!«

Sie legte den Hasen auf einen flachen Stein neben der Feuerstelle und begann, ihn mit einem langen Dolch zu zerteilen, der Sir gehörte und den dieser merkwürdigerweise *dirk* nannte, als sei es in seinem Land selbstverständlich, dass Klingen einen Vornamen hatten. Noch immer im Zweifel, ob zu essen wirklich eine gute Idee wäre, legte sie sich einen Schenkel und ein Stück vom Rücken zur Seite, während der Schotte weiter erzählte.

»Wie die Teufel haben sie geschossen, die Rotröcke. Viele unserer Männer waren nur mit *claybegs* und *targaids*, also mit schweren Degen und Schilden, bewaffnet. Sie haben uns niedergemäht wie der Schnitter den Roggen. Die feinen Lords, die sich hinten gehalten haben, hatten uns befohlen, frontal anzugreifen. Es wurde ein fürchterliches Gemetzel. Die Schlacht hat nicht einmal eine Stunde gedauert, und als die Überlebenden aus den ersten Reihen sich aus dem aussichtslosen Kampf zurückzogen, waren die Clansoberen schon geflohen. All die edlen Maclarens, Grants, Camerons, Macbeans, Mac Gillivrays, Madfies und noch viele andere. Obwohl sich nicht viele dem Aufstand angeschlossen hatten, schickte doch jede große Familie ein paar ihrer Mitglieder, um im Fall eines Sieges nicht als Verräter dazustehen.« Er seufzte. »Sogar mein eigener Vater und meine Vettern sind davongelaufen, ohne auch nur einen Schritt in Richtung der Rotröcke marschiert zu sein.« Sir griff nach dem *dirk* und spießte ein Stück vom Hasenbraten auf. »Danach begann das Massaker. Gnadenlos hat der Schlächter Cumberland die flüchtigen Rebellen verfolgt. Quer durch die Highlands hat er uns gejagt. Fand man ein Haus, in dem man einem Jakobiten Zuflucht gewährte, so wurde das Haus verbrannt und das Familienoberhaupt gehängt. Frauen, die Verwundeten geholfen hatten, überließ Cumberland seinen Soldaten, um sie danach öffentlich auszupeitschen. Es heißt, er hat in jenem Frühjahr und Sommer so viel Clansblut vergossen, dass all seine Soldaten ihre roten Röcke noch ein zweites Mal darin hätten färben können. Zu guter Letzt hat niemand es mehr gewagt, einem Jakobiten die Türe zu öffnen. Wer noch etwas für uns übrighatte, hat abseits der Dörfer auf den Feldwegen Brot verloren oder eine Decke, die man zu Verbänden zerreißen konnte. Als ich nicht mehr wusste, wohin ich noch sollte, bin ich zu einem Felsen im Meer hinausgeschwommen, weil ich nicht wollte, dass die Rotröcke meine Leiche in die Hände bekommen. Dort haben mich Fischer gefunden. Sie haben mich zur französischen Küste herübergebracht und mir ein wenig Geld und Essen überlassen. Seitdem träume ich jede Nacht davon, in meine Berge zurückzukehren. Es gibt Hunderte Jakobiten wie mich. Unser Erkennungszeichen ist ein weißes Andreaskreuz, das wir am Hutband tragen. Wir alle warten darauf, dass uns Bonnie Prince Charlie noch einmal zu den Waffen ruft, um die Schande von Culloden zu tilgen.« Er biss in den Hasenbraten, dass ihm das Fett am Kinn entlanglief, und kaute auf beiden Backen.

»Es gibt hier nichts, das auch nur annähernd so gut schmeckt wie in den Highlands«, brummte er, ohne dabei mit dem Essen aufzuhören.

»Wovon lebt denn ein Adeliger, so weit weg von seinen Pfründen«, stichelte Gabriela, während sie zögerlich an ihrer Hasenkeule knabberte.

Sir rülpste laut und lächelte zufrieden. »Man nimmt, was man so kriegen kann. Es gab Zeiten, da habe ich mich als Hühnerdieb über Wasser gehalten. Eine Weile war ich Lieutenant in der französischen Armee, bei den Dragonern des Dauphin. Bei Lawfeld und Kloster Zeven haben wir es dem Schwein Cumberland heimgezahlt und ihn mit seinen Rotröcken vom Kontinent verjagt. Als dann Frieden geschlossen wurde, hat man uns Schotten allerdings schnell wieder entlassen. Danach bin ich mit einer fahrenden Theatertruppe herumgezogen und war für über ein Jahr in Paris der Geliebte einer bildhübschen Comtesse.« Er schnalzte mit der Zunge und rollte mit den Augen.

»Und das konntest du mit deiner Ehre vereinbaren?«

Sir zuckte mit den Schultern. »Sie hat mich gut bezahlt. Und wenn ich an die Nächte mit ihr denke, wird mir heute noch ganz warm.« Nachdenklich griff er sich in den Schritt und kratzte sich sein Gemächt. Schließlich stieß er einen verträumten Seufzer aus und schnitt sich ein großes Stück aus dem Hasenrücken.

Gabriela wendete angewidert den Blick ab. Offenbar hatte Sir keinen Sinn für Anstand und Moral. »Sich einer Frau für Geld hinzugeben …«, murmelte sie gerade so laut, dass er es noch hören musste.

»… finde ich weniger verwerflich, als für Geld zu töten. Viele meiner Landsleute haben für jeden gekämpft, der ihnen nur genug geboten hat. Ein Schotte sollte so etwas nicht tun. Ich bin lediglich gegen unsere Feinde, die Engländer, ins Feld gezogen. Nimm zum Beispiel James Keith, den Bruder des Earl Marishal of Scotland. Er hat für die Zarin gegen Schweden und Türken gekämpft, und als Bonnie uns zu den Waffen gerufen hat, hat er das geflissentlich überhört, weil ihm seine neuen Herren mehr Gold bieten konnten. Jetzt ist er Gouverneur in Berlin und Feldmarschall in der preußischen Armee. So etwas nenne ich eine Hure!« Er spuckte ein Stück Knorpel ins Feuer. »Einer kleinen Comtesse die einsamen Nächte zu verkürzen, kann ich im Vergleich dazu nicht ehrenrührig finden.«

»Und wenn es dir in ihrem warmen Bett so gut gefallen hat, warum bist du dann jetzt hier?«

Er blickte zu dem Stück Hasenrücken, das Gabriela für sich zur Seite gelegt hatte. »Du siehst ziemlich blass aus. Bist du sicher, dass du das da auch noch essen willst?«

»Wer hat den Hasen geschossen?«

»War ja nur 'ne Frage …« Sir nahm sich einen Zweig aus ihrem Vorrat an Feuerholz und schnitt einen Span ab und stocherte damit in seinen Zähnen herum.

»Wir waren bei deinem Treffen mit Magister Gregorius stehen geblieben …«

»Ach ja.« Sir lächelte verschmitzt. »Er hat ein großes Feuerwerk in Paris gegeben und brauchte noch ein paar furchtlose Gehilfen. Die Sache hat mir solchen Spaß gemacht, dass ich meiner Kleinen den Laufpass gegeben habe und fortan mit Gregorius durch die Lande gezogen bin. Drei Jahre war ich bei ihm und habe in der Zeit alles gelernt, was man über Feuerwerke wissen kann. Aus dieser Zeit beherrsche ich die Kunststückchen, mit denen ich letzte Nacht deinen Kutscher erschreckt habe. Man gibt besonders viel Kohlenstaub ans Pulver, mischt eine Extraprise Schwefel hinein, und schon scheint es, als sei der Höllenfürst selbst gekommen. Diese Nacht wird der Kerl sein Lebtag nicht vergessen!« Sir grinste. »Gregorius hat mir erzählt, wie abergläubisch dein Kutscher ist. Dann haben wir gemeinsam den Plan zu deiner Befreiung ausgebrütet. Den Rest kennst du. Aber wo war ich auch stehengeblieben? Die drei Jahre … Nachdem ich alles gelernt hatte, bin ich selbst als Feuerwerksmeister durch die Lande gezogen und habe gelebt wie ein Fürst, bis mir das Malheur in Venedig passierte … In jener Nacht hat Fortuna sich von mir abgewandt. Ich hatte ein Feuerwerk vorbereitet, wie es die Dogenstadt noch nicht gesehen hatte. Doch dann kam dieser böige Wind auf … Eine Rakete wurde abgetrieben und setzte das Dach eines Speicherhauses in Brand. Der Funkenflug ließ auch zwei Nachbargebäude in Flammen aufgehen, und zu allem Unglück hatte ich mich auch noch mit der Pulvermischung bei einigen Feuerlanzen verrechnet, die dann mit einem Riesengetöse explodierten. Es gab eine Panik … Und es war abzusehen, dass der Schaden, der entstanden war, nur mit einer langjährigen Haft in den Bleikammern oder noch Schlimmerem gesühnt werden könnte. Zum Glück hatte ich ein kleines Boot für mich beiseitegeschafft ... Ich musste fliehen und bin nach Rom gekommen, wo ich mich mit einer Bande Halsabschneider herumgetrieben habe. In dieser Zeit habe ich ein neues Talent an mir entdeckt und ...« Er schlug sich mit der flachen Hand gegen die Stirn. »Verdammt! Beim Erzengel Gabriel! Ich hab ja noch was für dich!« Sir drehte sich um und begann in seinen Satteltaschen zu kramen.

Gabriela hatte den letzten Happen vom Hasenbraten gegessen und überlegte sich, dass es vermutlich besser gewesen wäre, dem Schotten das Rückenstück zu überlassen. Ihr war wieder übel. Erschöpft lehnte sie sich gegen einen Eichenstamm. Vielleicht sollte sie Sir nach seinem Schnaps fragen? Wie hatte er dieses Teufelszeug auch gleich genannt ...

Sir kramte einen zerknitterten Brief aus den tiefen seiner Satteltaschen hervor. »Hier. Den hat mir Gregorius für dich mitgegeben. Es war ihm sehr daran gelegen, dass du das liest.«

Der Brief war mit merkwürdigen Linien und Symbolen bedeckt. Einen Moment lang überlegte Gabriela, ob sie ihn einfach ins Feuer werfen sollte, doch dann siegte ihre Neugier. Verbrennen konnte sie ihn schließlich immer noch. Als sie das Siegel zerbrach, fragte sie sich, ob der Schotte ihn wohl auch schon gelesen hatte und welche Begabung er wohl während seiner Zeit bei den römischen Halsabschneidern entdeckt hatte. Kaum hatte Gabriela die ersten Zeilen überflogen, drehte sie den Brief herum und starrte ungläubig auf die Rückseite. Jetzt, wo das Pergament auseinandergefaltet war, ergaben die Linien und Zeichen einen Sinn! Gregorius hatte auf den Festungsplan von Peterwardein geschrieben, der in dem Spiegel auf dem Speicher versteckt gewesen war. Deshalb also hatte der Schurke dort hinaufgewollt! Es war ihm nie um ihren Onkel und das Gemälde gegangen … Am Ende hatte Hauptmann Birtok mit seinen Beschuldigungen vielleicht sogar recht gehabt, und der Feuerwerker war in Wahrheit ein Spitzel! Aber hätte er ihr dann den Festungsplan geschickt?

Sie drehte das Blatt wieder um und las von vorn.

Meine liebe Gabriela,
Kriegerin hinter dem Schild des Trugs. Drei Tage sind seit deinem, nun für mich nicht mehr so rätselhaftem, Verschwinden vergangen, und noch immer werden mir die Wangen rot vor Scham, wenn ich an die Nacht des Feuerwerks denke. Kaum wage ich es, dich um Vergebung zu bitten. Ich war verblendet und verbittert … Die Trauer um den Tod von Johannes hatte mir die Sinne verwirrt und der Branntwein einen unbekannten Teufel in mir geweckt.

Seit du mir von dem Geheimnis des Spiegels erzählt hast, war ich besessen von der Idee, den Festungsplan zu entwenden, um ihn für schweres Gold zu verkaufen. Man sagt, dass Krieg in der Luft liegt. Frankreich, Österreich und Russland, die drei mächtigsten Reiche auf dem Kontinent, haben sich verbündet, um Preußen von den Landkarten Europas zu tilgen. Sicher ist Friedrich ein Schurke, der sich zu Unrecht Schlesien angeeignet hat … Doch ich hatte schon immer eine Schwäche für alles, was vernünftigen Menschen aussichtslos erscheinen muss. Deshalb habe ich den Plan gestohlen. Ich wollte, dass die Preußen ihn bekommen, denn trotz aller Schurkereien ihres Königs sind meine Sympathien auf ihrer Seite.

Doch wie kleinmütig erschien mir mein Betrug an dir, nachdem ich von deinem Schicksal erfuhr. Ich bin jenem Kerl begegnet, dem man dich angetraut hat und der nun damit prahlt, dass er sein Weib an den Galgen bringen wird. Ach, hättest du dich mir nur anvertraut, statt mir, wie allen anderen, das Märchen vom Überfall auf den Hof deines Vaters zu erzählen.

Zunächst glaubte ich, du hättest aus Scham die Stadt verlassen, weil ich dich gezwungen hatte, deinen Onkel zu betrügen. Zaghaft versuchte ich, den General auszuhorchen, doch verbat er sich, deinen Namen in seiner Gegenwart auch nur zu erwähnen. Von den Torwachen erfuhr ich, dass du noch in der Nacht des Feuerwerks in einer Kutsche abgereist warst.

Allein die Götter wissen, welche Seelenqual mir diese Kunde bereitete. Einer meiner Männer hat deinen Gatten in einer Schenke aufgespürt. Offenbar hat ihn dein Onkel nach dem Feuerwerk für ein paar Tage in Haft nehmen lassen, um dir einen Vorsprung zu verschaffen. Bis ich in die Schenke kam, war er schon recht angeheitert, und gegen ein Abendessen und eine Flasche Wein hat er mir deine Geschichte erzählt. Ich glaube nicht, dass er die Wahrheit gesagt hat, doch wie es scheint, hast du das auch nicht.

Wie dem auch sei, wenn du nach Temeswar reist, begibst du dich in tödliche Gefahr. Da du diesen Brief in Händen hältst, weißt du, dass ich dir einen meiner Freunde nachgesandt habe. Auch wenn er manchmal etwas seltsam sein mag, ist Sir ein rechtschaffener Kerl. Er hat sehr vielseitige Talente und vermag dir gewiss zu helfen, so du denn bereit bist, Hilfe anzunehmen. Ich weiß, dass ich unseren Streit in der Feuerwerksnacht nicht ungeschehen machen kann, und wahrscheinlich werden sich unsere Wege nie wieder kreuzen, doch hoffe ich, dass es dir wohl ergehen möge, und du meiner gedenkst, wie du mich vor diesem törichten Zwist gekannt hast.

Ich bin kein guter Briefeschreiber und manchmal, vor allem wenn es besonders wichtig ist, fallen mir nicht die rechten Worte ein. So bleibt mir nur zu hoffen, dass du an der Aufrichtigkeit meiner Worte keinen Zweifel hegst.

Nun lebe wohl, meine Amazone.

Gregorius

Sorgfältig faltete Gabriela das Pergament und legte es in den Kasten mit den Duellpistolen. Der Brief hatte ihre Gefühle verwirrt. Während sie las, war noch einmal ihre Wut auf den Feuerwerker aufgelebt, doch als sie zum Ende kam, war ihr Zorn verraucht.

Sie blickte zu Sir, der inzwischen eingeschlafen war und lauthals schnarchte. Für einen Moment überlegte sie, ob sie einfach aufstehen und sich davon machen sollte. Aber wohin konnte sie schon gehen? Nachdenklich blickte sie in die Flammen und dachte an jene glücklichen Tage, als sie an der Seite ihres Vaters auf die Jagd gegangen war.

3. KAPITEL

Sie waren im Gasthof »Zum schwarzen Hahn« in der Mihalla, der Vorstadt aus der Türkenzeit, nordwestlich von Temeswar, abgestiegen. Dort bewohnten sie zwei kleine Zimmer unter dem Giebel und erholten sich von den Strapazen des langen Ritts. In den letzten Tagen hatte Sir einigen Respekt vor dem verrückten Freifräulein bekommen. Offenbar war sie schon lange nicht mehr eine so weite Strecke geritten. Sie musste völlig wund sein, und sobald sie abstieg, stelzte sie daher wie ein Storch im Salat. Doch kein Wort der Klage kam über ihre Lippen. Niemals hätte sie ihm gegenüber eine Schwäche eingestanden.

Um in der Stadt nicht so sehr aufzufallen, hatte Sir eine Hose angezogen und fühlte sich nun entsprechend unwohl. Die Wollhose zwickte und war bei der sommerlichen Hitze alles andere als angenehm zu tragen. Gabriela hatte sich, seit sie im Gasthaus abgestiegen waren, kaum aus ihrem Zimmer bewegt. Nun stand er vor ihrer Türe und zögerte anzuklopfen. Doch er musste wissen, wie es weitergehen sollte. Er konnte sich in aller Seelenruhe mitten in einer Schlacht eine Pfeife anzünden, doch tagelang herumsitzen und warten, das konnte er nicht!

Endlich klopfte er gegen das rissige Holz der Tür, von dem in breiten Bahnen die rote Farbe abblätterte. Von drinnen erklang eine brummende Antwort, und er trat ein. Gabriela lag auf dem Bauch im Bett und putzte ihre Pistolen.

»Was willst du?«, fragte sie unwirsch.

Sir bemerkte, dass die Schwellung in ihrem Gesicht fast

ganz abgeklungen war. Einmal abgesehen von ihrem Hinterteil war der lange Ritt ihr gut bekommen. Sie sah jetzt nicht mehr so käsig aus wie in jener Nacht, als er sie aus der Kutsche geholt hatte.

»Wirst du zum Banus gehen und dich seinem Gericht stellen?«

»Sehe ich aus wie eine Frau, die alle paar Stunden ihre Meinung ändert? Natürlich werde ich gehen!«

Sir seufzte leise. Störrisch wie ein Esel, genau wie er befürchtet hatte. Auf dem Tisch unter dem Giebelfenster lag der Brief, den ihr Onkel an den Grafen Nádasdy geschrieben hatte.

»Darf ich mir das Schreiben an den Banus noch einmal ansehen?«

Gabriela zuckte mit den Schultern. »Du kennst es doch ohnehin schon. Aber nur zu …«

Sir überflog die Zeilen. Das war so gut wie ein Todesurteil. Er schmatzte geräuschvoll und spuckte dann mitten auf das Pergament.

Für einen Herzschlag starrte ihn Gabriela wie versteinert an. Dann war sie mit einem Satz an seiner Seite. Kühl drückte die Mündung ihrer Pistole auf seine Stirn.

»Was hast du da getan, du Bastard! Bist du denn von allen guten Geistern verlassen? Was soll ich jetzt mit dem Brief machen? So kann ich ihn unmöglich abgeben, auch wenn du das Siegel nicht zerbrochen hast, als du in meinen Privatangelegenheiten herumgeschnüffelt hast.«

Sir grinste zufrieden. »Genau das war meine Absicht!«

Sie spannte den Hahn ihrer Pistole. »Das wirst du bereuen! Gehört das auch zu den Dingen, die dir Meister Gregorius aufgetragen hat?«

»Im Gegensatz zu dir brauche ich niemanden, der mir das Denken abnimmt!«

Sie versetzte ihm einen Schlag mit der flachen Hand,

dass ihm der Kopf zur Seite flog. Dann riss sie ihm das Pergament aus den Händen und versuchte es trocken zu tupfen. Doch es war zu spät. Ein Teil der Tinte war verlaufen.

»Warum bist du so sehr in den Tod verliebt? Willst du nicht lieber leben?«

»Und die Ehre meiner Familie besudeln? Nein, ich werde nicht fortlaufen«, entgegnete Gabriela störrisch.

»Ich glaube dir, dass du niemanden getötet hast. Warum willst du unbedingt für etwas sterben, was du nicht getan hast? Erzähl mir nicht, dass es dir leichtfällt. Ich weiß, warum wir hier seit zwei Tagen im Gasthof sitzen. Du zögerst ...«

»Ich bin kein Feigling! Mein Arsch sieht aus wie ein Stück blutiges Fleisch. Wenn ich schon auf einer Gerichtsbank sitzen muss, dann will ich wenigstens in einer Verfassung sein, die es mir erlaubt, das Ganze in Würde durchzustehen.«

»Und wenn es noch einen anderen Weg gäbe?«

»Wovon sprichst du?«

»Meine römischen Freunde haben mir geholfen, ein Talent zu entfalten, das zwar nicht rühmlich, dafür aber umso nützlicher ist. Es fällt mir sehr leicht, Schriften zu fälschen. Da dein Onkel so zuvorkommend war, diesen Brief auf Pergament und nicht auf Papier zu schreiben, ist es möglich, die Tinte abzuwaschen oder abzuschaben. Wir werden nur die Unterschrift des Generals übrig lassen und ansonsten einen neuen Brief verfassen. Ich habe da auch schon eine ganz spezielle Idee, die deinen Neigungen sicherlich entgegenkommt. Wir werden allerdings noch mindestens einen weiteren Tag brauchen, bis alle Vorbereitungen getroffen sind.« Sir hatte ein verschwörerisches Lächeln aufgesetzt und wartete auf Gabrielas Antwort. Es war ihr deutlich anzusehen, dass seine Worte sie zumindest in Versuchung führten. Was gab es für sie auch zu verlieren! Er sollte nur aufpassen, dass sie nicht auch ihn in ihre Angelegenheiten mit hineinzog.

Sie ritten durch das Wiener Tor nach Temeswar ein, querten den belebten Domplatz, um dann über die Wiener Gasse bis zum Paradeplatz zu gelangen, wo die Kommandantur stand. So wie Olmütz war auch Temeswar in den letzten Jahren neu befestigt worden, ja man hatte sogar fast alle alten Wohnhäuser abgerissen und durch schöne, zweistöckige Bauten aus Ziegelstein ersetzt. Überall in den Straßen wimmelte es nur so von Soldaten. Temeswar war die wichtigste Garnisonsstadt im Banat. Hier sollte jeder Angriff der Türken zum Stehen kommen, falls die Grenzstädte im Süden verlorengingen.

Nachdem Gabriela dem wachhabenden Offizier das Schreiben ihres Onkels gezeigt hatte, wurde ihnen der Weg zum Quartier des Banus gewiesen. Die Kommandantur war ein neuer, weitläufiger Bau, der strahlend weiß und gekrönt von einem blinkenden Kupferdach im Sonnenlicht lag.

Nervös zupfte Gabriela an den Hosen, die Sir ihr besorgt hatte. Ihr Herz schlug laut wie eine Trommel und sie fühlte sich schlecht. Am Morgen hatten ihre Blutungen eingesetzt und starke Krämpfe quälten sie. Doch ihr Besuch beim Banus konnte nicht länger hinausgezögert werden. Es war der erste Juni des Jahres 1756. Fünf Tage war sie schon mit Sir in der Stadt, und sie wusste, wenn sie heute nicht ging, dann würde sie niemals mehr den Mut dazu aufbringen. In den letzten beiden Tagen hatte sie fast ununterbrochen die neuen Kleider getragen, die Sir bei einem jüdischen Schneider besorgt hatte. Eine enge, mit Stickereien verzierte Hose nach ungarischer Art, dazu wadenhohe Halbstiefel, ein weißes Hemd, eine bestickte

Weste und einen Pelz, jene kurze Jacke, wie sie die Husaren trugen, das war ihr Kostüm. An der Seite führte sie den Säbel ihres Vaters. Um das martialische Bild abzurunden, hatte sie sich noch eine der Duellpistolen in ihren breiten Ledergürtel gesteckt. So sah sie aus wie die wilden Reiter aus der ungarischen Steppe und den Grenzbezirken des Banats. Ihr Haar war säuberlich zu einem Zopf geflochten und fiel ihr bis weit auf den Rücken. Neben ihr schritt Sir, der diesmal darauf verzichtete, seinen Rock zu tragen, und einmal abgesehen von dem Barett, das keck mit einer langen Pfauenfeder geschmückt war, hätte man ihn für einen der deutschen Siedler halten können, die sich an der Grenze niedergelassen hatten.

Im Vorzimmer zur Amtsstube des Banus befahl ihnen ein Adjutant zu warten und ging mit dem Schreiben von Gabrielas Onkel zum General. An der Wand hinter dem verwaisten Schreibtisch hing ein Porträt der Kaiserin. Von draußen ertönte der Schritt marschierender Soldaten. Gabriela wünschte sich, sie wäre niemals hierhergekommen. Was wäre, wenn der General ihre List durchschaute? Sie war eine Frau und kein Mann! Würde das nicht jeder erkennen, der sie genauer betrachtete? Auch Sir wirkte unruhig. Nervös spielte er mit einem der silbernen Knöpfe an seinem schwarzen Gehrock. Rasiert, mit ordentlich gekämmter Frisur und in halbwegs zivilisiertem Gewande konnte man sich schon eher vorstellen, dass er von Stand war. Sie war froh, dass er sich hatte breitschlagen lassen mitzukommen, und sie nun nicht allein wartete.

Die Tür zur Stube des Generals schwang auf, und der junge Adjutant winkte ihnen. »Der General wünscht Sie zu sprechen, Herr von Bretton.«

Gabriela atmete tief ein und versteifte sich, so als habe sie einen Besenstiel verschluckt. Dann trat sie in das Nachbarzimmer.

Dünne blaue Rauchschwaden zogen durch die Luft. Der General stand über einen großen Schreibtisch gebeugt und las in dem Brief, der vor ihm lag. Stumm betete Gabriela, dass er nicht erkannte, dass dieses Schreiben nicht von der Hand ihres Onkels stammte. Außer dem General hielten sich noch zwei junge Husarenoffiziere im Raum auf.

Gabriela schlug die Hacken zusammen und stand stramm, während Sir keinerlei Anstalten machte, Haltung anzunehmen. Eine Ewigkeit verging, bis der General endlich aufblickte. Er hatte klare, graue Augen. Sein ehemals schwarzes Haar war von breiten grauen Strähnen durchsetzt. Nach Art der Husaren hatte er es zu drei Zöpfen geflochten. Nádasdys Gesicht war wettergegerbt und von feinen Falten durchzogen. Ein gezwirbelter, grauer Schnurrbart ließ ihn ernst aussehen, doch spielte um seine Lippen ein freundliches Lächeln. Obwohl er schon fast fünfzig sein musste, hatte er keinerlei Fett angesetzt und hielt sich kerzengerade. »Ich kenne Seinen Onkel. Er ist ein guter Mann ... Wenn Er aus dem gleichen Holze wie jener geschnitzt ist, wird Er ein feiner Soldat werden.«

Einer der Husarenoffiziere räusperte sich.

»Wollen Sie etwas sagen, Herr Rittmeister?« Der General blickte den jungen, schmallippigen Mann an.

»Mit Verlaub, Herr General, glauben Sie nicht, dass jenes Knäblein ein wenig zu jung ist, um bei den Husaren zu dienen? Es trägt nicht einmal Flaum auf den Wangen. Man könnte dies Jüngelchen glatt für ein Weibsbild halten. Die Männer würden ihn nicht akzeptieren! Und ... Ist mir eine Frage an dies schmächtige Männlein gestattet, Herr General?«

»Nur zu! Wenn er beschlossen hat, den Advocatus Diaboli zu spielen, so soll er seine Rolle auch zu Ende führen«, entgegnete der Graf ernst.

Mit überheblichem Lächeln trat der Rittmeister an

Gabrielas Seite. Ihr schlug das Herz bis zum Hals. Der Mistkerl hatte sie mit einem Weibsbild verglichen… Hatte er sie durchschaut? Aus den Augenwinkeln spähte sie zu Sir, der schräg hinter ihr stand. Auch der Schotte wirkte nervös. Was wohl mit ihm geschehen würde, wenn der Schwindel aufflog?

»Dreh Er sich auf der Stelle, damit man Ihn von allen Seiten mustern mag«, kommandierte der Offizier.

Gabriela blieb wie versteinert stehen.

»Hat Er nicht gehört?«, wetterte der Rittmeister.

Gabriela schluckte. Was hatte dieser Mistkerl vor? Würde er ihr vielleicht gleich zwischen die Schenkel greifen, um seine letzten Zweifel auszuräumen? Jetzt hieß es, alles auf eine Karte zu setzen oder unterzugehen. Sie trat einen Schritt zurück und musterte ihrerseits den Husaren.

»Auch Ihr seid nicht gerade wie ein Herkules gebaut, Herr Rittmeister. Bedenklicher für einen Reiter und Soldaten erscheint mir allerdings, dass offenbar mit Euren Augen etwas nicht in Ordnung ist, da Ihr anscheinend nicht ohne weiteres zwischen Männern und Weibsbildern zu unterscheiden vermögt.« Sie senkte den Blick ein wenig und sah auf seine engen Hosen. »Oder sollte der Schaden womöglich an anderer Stelle liegen.«

Der junge Offizier wurde rot, schnaubte vor Wut und ballte seine Hände waren zu Fäusten. Der General und der andere Husarenoffizier schmunzelten über die Bemerkung. Erleichtert atmete Gabriela auf. Sie hatte gewonnen!

Inzwischen hatte der Rittmeister so weit seine Fassung wiedererlangt, dass er in der Lage war zu sprechen. »Er ist sich hoffentlich darüber im Klaren, was es bedeutet, einen Offizier Ihrer Majestät der Kaiserin zu beleidigen.« Der Husar warf dem General einen fragenden Blick zu. »Ehre kann nur mit Blut wieder reingewaschen werden!«

»Nun, vielleicht zieht der Herr Freiherr von Bretton es vor, sich bei Ihnen zu entschuldigen. Wenn er dies tut, ist die Sache damit beigelegt!«

Alle blickten nun zu Gabriela. Nervös leckte sie sich über die Lippen. Alles in ihr sträubte sich dagegen, sich diesem arroganten Stutzer zu beugen. Aber offenbar erwartete der General wohl, dass sie klein beigab. Oder wollte er sie auf die Probe stellen? Sie räusperte sich. »Ich werde mich gerne entschuldigen, wenn der Herr Rittmeister sich zunächst bei mir dafür entschuldigt, mich mit einem Weibsbilde verglichen zu haben! Meine Ehre als Mann gestattet es nicht, eine solche Beleidigung einfach hinzunehmen.«

»Nun, Herr Rittmeister, werden Sie sich bei dem jungen Freiherrn entschuldigen?«

Der Husar schüttelte energisch den Kopf. »Das ist nicht möglich, Herr General. Ich habe von Bretton, ohne getrunken zu haben und bei kühlem Kopfe, mit einem Weibsbild verglichen. Würde ich das zurücknehmen, so hieße dies, dass mein Wort nichts gilt. Das ist für einen kommandierenden Offizier untragbar. Wollen Sie mir als mein Vorgesetzter und oberster Vertreter der Kaiserin in dieser Provinz verweigern, mich mit diesem Wicht zu duellieren?« Er warf einen abfälligen Blick zu Gabriela. »In diesem Falle müsste ich mich dann wohl beugen!«

Der General zog die Brauen zusammen. Gabriela vermochte nicht abzuschätzen, ob Nádasdy nur nachdenklich oder verärgert war. »Da offenbar keiner von Ihnen zu einer Entschuldigung bereit ist, muss der Streit wohl auf andere Weise beigelegt werden. Solange Sie nicht den Rock der Kaiserin dabei tragen und das Duell außerhalb Ihrer Dienstzeit als Zivilisten austragen, bin ich nicht befugt, Ihnen Befehle zu erteilen. Weil dieser Streit aber zwischen einem Offizier meines Regiments und einem jungen

Mann ausgefochten wird, der, wenn er diese Sache überlebt, ebenfalls in die Regimentsrolle aufgenommen werden wird, bedinge ich mir aus, dem Duell als Zeuge beizuwohnen. Nun, meine Herren, suchen Sie sich Ihre Sekundanten. Von Graffenstein, sorge Er dafür, dass der alte Forintos da ist, falls einer von Ihnen zum Himmel fahren sollte, und stelle Er fest, in welchem Hurenbette sich unser Regimentschirurg Schwanhauser herumtreibt, damit er den Herren Beistand leiste, sobald mehr als nur Ihre Ehre verletzt ist. Als Beleidigter steht Ihm die Wahl der Waffen zu. Wie wird Er wählen, von Graffenstein?«

»Ich ziehe die Pistole dem Säbel vor. Damit ist die Sache schneller zu einem Ende gebracht.« Er lächelte siegessicher.

»Also Pistolen. Da ich nur ungern einen von Ihnen verlieren möchte, sollen nur zwei Schuss gestattet sein.«

»Das genügt, Herr General.«

Nádasdy musterte den jungen Husarenoffizier mit kaum verhohlenem Missfallen. »Welchen Ort schlägt Er für den Ehrenhändel vor?«

»Es gibt eine verfallene Kapelle im Wäldchen hinter Freydorf. Dies scheint mir ein guter Platz zu sein. Wollen wir die Angelegenheit dort in zwei Tagen bei Morgengrauen austragen?« Der Rittmeister blickte zu Gabriela.

»Mir sind jeder Ort und jede Zeit recht«, entgegnete sie knapp.

»Damit ist diese Angelegenheit dann geklärt«, konstatierte der General verstimmt. »Sie haben die Erlaubnis wegzutreten, meine Herren. Ich habe mich noch ernsteren Dingen als verletztem Stolz zu widmen!«

Die beiden Offiziere schlugen die Hacken zusammen und gingen, während Sir betont lässig zur Tür schlenderte. Als auch Gabriela das Zimmer des Generals verlassen wollte, erklang hinter ihr die Stimme Nádasdys. »Herr von Bretton! Auf ein Wort noch!«

Gabriela schluckte. War die Sache noch nicht erledigt? Was wollte der General noch von ihr?

»Schließe Er die Tür und trete Er näher vor meinen Tisch!«

Sie gehorchte.

Nádasdy musterte sie eindringlich. »Wie alt ist Er?«

»Siebzehn Jahre, Herr General«, log sie mit klopfendem Herzen.

»Das mag erklären, warum Er noch so glatte Wangen hat«, der Graf blickte wieder auf das gefälschte Schreiben, das vor ihm auf dem Tisch lag.

»Bei manchen Männern mag der Bart nicht recht sprießen«, murmelte Gabriela.

»Er ist nicht der Sohn der Schwester meines Freundes Hyazinth, nicht wahr? Das Schreiben ist, was dies angeht, nicht ganz eindeutig. Es benennt Ihn lediglich als jungen Mann, was man allerdings auch als Zurückhaltung auslegen mag.«

Gabriela kannte das Schreiben sehr gut. Schließlich hatte sie einen ganzen Tag lang mit Sir darüber beraten, was in dem neuen Brief, den der Schotte verfasst hatte, stehen sollte. Um im Namen ihres Onkels so wenig wie möglich zu lügen, hatte sie darauf bestanden, den Brief recht allgemein zu halten.

»Nein, Herr General, ich bin der Sohn des Carolus Bretton«, entgegnete sie knapp.

»Carolus Bretton«, murmelte der General und lächelte plötzlich. »Das hätte ich mir bei diesem Auftritt denken können. Hat sich kaum um einen Platz im Regiment beworben und schon ein Duell am Hals. Ich kannte Seinen Vater. Wir sind zusammen geritten. Er war ein tapferer Mann. Traurig, dass er damals in die Sache um den Obristen Trenk hineingeraten ist … Ich erinnere mich sogar, wie er mir einmal erzählt hat, er habe einen Sohn und ein Töchterchen. Und nun steht ein forscher, junger Mann vor mir ... Er mag nun wegtreten, sonst versetzt mich die Erkenntnis, wie alt ich geworden bin, noch in melancholische Stimmungen.«

Gabriela salutierte und gehorchte. Als sie die Tür fast erreicht hatte, erklang hinter ihr noch einmal die Stimme des Grafen.

»Kann Er denn mit dem Schießeisen umgehen? Der Graffenstein ist ein recht passabler Schütze.«

»In letzter Zeit hatte ich leider wenig Gelegenheit, mich zu üben.«

»Dann melde Er sich beim Oberststückhauptmann Brauning. Er mag Ihm ein paar Pulverhörner aushändigen und einen Platz benennen, an dem Er das Exercitium mit Seinem Schießeisen betreibe. Was den zweiten Sekundanten angeht, empfehle ich Ihm, nach dem Kornett Johann Friedrich zu fragen. Der Friedrich mag den von Graffenstein nicht leiden. Er wird deshalb gewiss mit Begeisterung bei der Sache sein.«

»Danke, Herr General!«

Nádasdy nickte und schob den gefälschten Brief zur Seite, um sich nun anderen Papieren zu widmen. Kurz blickte er noch einmal auf. »Viel Glück!«

Gabriela schluckte. Sie hatte gewonnen! Der Banus stand auf ihrer Seite!

»Er ist ja immer noch da«, brummte Nádasdy gutmütig. »Weggetreten!«

»Jawohl, Herr General!«

4. KAPITEL

In der Nacht hatte es ein wenig geregnet, und grauer Dunst wogte unheimlich zwischen den schwarzen Stämmen des Waldes. Ein keckerndes Eichhörnchen flüchtete quer über einen Waldweg, erschreckt vom Lärm der Hufe. Sir war beeindruckt von ihrer Kaltblütigkeit. Es war noch dunkel gewesen, als sie in ihrem Gasthaus ein karges Frühstück einnahmen. Sie hatte mit großem Appetit gegessen, so als sei dies ein Tag wie jeder andere. Der Tod hatte offenbar keine Schrecken für sie, oder aber sie hielt es für schlechterdings unmöglich, in dem Duell zu unterliegen.

Den gestrigen Tag über hatte sie sich im Graben vor der Mercy-Bastion im Schießen geübt. Fünf Stunden lang war sie dort unten gewesen und hatte auf verfaulte Äpfel, Flaschen und Steine geschossen. Keines ihrer Ziele war größer als der Unterarm eines Mannes gewesen und zum Schluss schoss sie auf fast vierzig Schritt. Kaum einmal traf sie daneben.

In der letzten Stunde ihrer Vorstellung hatten wohl an die fünfzig Soldaten und Bürger auf der Bastion gestanden und ihr zugesehen. Seitdem war in der Stadt allgemein bekannt, dass es bald ein Duell geben würde, und obwohl von Graffenstein ebenfalls als guter Schütze bekannt war, standen die Wetten in den Schenken und Kasematten einigermaßen ausgeglichen.

Mit ihnen ritt der Kornett Johann Friedrich. Ein junger Mann Mitte zwanzig, den man bei seiner Größe wohl besser zu den Grenadieren gesteckt hätte, doch waren seine Gliedmaßen so spindeldürr, dass es aussah, als habe man einen normal großen Menschen einfach in die Länge gezogen. So glich er fast einer lebendig gewordenen Karikatur aus den Zeichnungen der fliegenden Blätter. In den letzten beiden Tagen hatte er sich mit großer Sorgfalt allen Vorbereitungen für das Duell gewidmet. Offenbar war er selbst schon oft zur Zielscheibe für den Spott des Rittmeisters von Graffenstein geworden.

Der junge Mann machte einen ernsten und verschlossenen Eindruck. Es war schwer, mit ihm ins Gespräch zu kommen. Dennoch wirkte er dabei nicht unsympathisch. Wenn er einmal etwas sagte, hatte es stets Gewicht, und Sir war sich sicher, dass der Kornett jemand war, auf den man sich im Notfall bedingungslos verlassen konnte.

Der Schotte schmunzelte. Dieser Notfall würde niemals eintreten. Es wurde allenthalben von einem neuen Krieg mit den Preußen geredet, aber für die Kaiserin von Österreich würde er seine Haut nicht zu Markte tragen. Er hatte Gregorius zwar versprochen, auf Gabriela eine Weile aufzupassen, doch bei einem Krieg endeten alle Verpflichtungen! Betroffen dachte er an das, was in der nächsten Stunde kommen würde. Vielleicht endeten seine Verpflichtungen auch schon an diesem Morgen.

Vor ihnen erklang ein Ruf. Vage sah er die Ruinen einer Kapelle im Schatten großer Eichen. Daneben standen zwei Kutschen. Die anderen waren also schon hier. Zwei Gestalten in langen grauen Mänteln kamen ihnen entgegen.

Gabriela schwang sich vom Rücken Nazlis und versuchte forsch zu wirken. Jetzt, als sie wieder festen Boden unter den Füßen hatte, merkte sie, wie ihr die Knie zitterten. Damit die anderen nichts merkten, nahm sie Nazli am Zügel und führte sie zu den Ruinen der Kapelle, wo die übrigen Pferde untergebracht waren. Sir und Friedrich besprachen sich mit den Sekundanten des Rittmeisters, die zu ihnen gekommen waren. Zwei Männer in mittleren Jahren mit silberbortengeschmückten Dreispitzen. Unter den grauen Mänteln trugen sie die Uniform der Nádasdy-Husaren. Von Graffenstein hatte also nicht nur Feinde im Regiment.

Als Gabriela die vordere Kutsche passierte, bemerkte sie im Vorübergehen das rötliche Glühen einer Pfeife und erkannte im schwachen Licht das markante Profil des Generals. Ihm gegenüber saß noch eine zweite Gestalt, die im Schatten blieb.

Auch der Rittmeister von Graffenstein hielt sich bei den Pferden auf. Er war sehr blass und begann nervös mit der Troddel an seinem Säbel zu spielen, als sie näher kam. Beide sprachen kein Wort.

Bald erschienen Sir und Friedrich, um ihre Pferde unterzustellen. Ihnen folgte ein dritter Mann. Unter seinem offenen Mantel glänzten die goldenen Stickereien einer Obristenuniform. Er trug grünen Dolman und Pelz, dazu dunkelblaue Hosen. Gabriela schluckte. Auch dies waren die Farben der Nádasdy-Husaren. Es musste Philipp Graf Sinzendorf sein, der Regiments-Kommandant. Der Graf war ein kleiner Mann mit wässerig blauen Augen. Sein Gesicht wirkte im Morgenlicht aschfarben. Dunkle Ränder hatten sich unter seine Augen gegraben. Der Offizier kam geradewegs auf sie zu und schob sich dabei ein Taschentuch aus hellem Leinen in den linken Ärmel.

»Gabriel von Bretton«, sprach er mit leiser Stimme und verzichtete darauf, sich vorzustellen. »Ich möchte Ihnen eindringlich nahelegen, den Streit zu begraben. Österreich steht am Rande eines Krieges, und ich hoffe, dass Ihnen klar ist, dass die Kaiserin und ihre Kavallerie jeden jungen Reiter in diesen Zeiten brauchen. Möchten Sie nun, da Sie Ihren Mut bewiesen haben, indem Sie auf dem Duellplatz erschienen, nicht darauf verzichten, Ihren Streit mit dem Herrn Rittmeister zu einem blutigen Ende zu führen?«

Noch bevor Gabriela etwas erwidern konnte, mischte sich Sir ein. »Hat von Graffenstein sich für seine infamen Worte entschuldigt?«

»Der Rittmeister bedauert den Vorfall und wünschte, es wäre nicht zu dem Streit in der Kommandantur gekommen«, entgegnete der Obrist mit krächzender Stimme und hüstelte anschließend in sein Taschentuch.

»Von einer förmlichen Entschuldigung kann also nicht die Rede sein«, konstatierte Friedrich. »Oder hat sich der Herr Rittmeister explizit dafür entschuldigt, gegenüber dem Freiherrn von Bretton das Wort Weibsbild in den Mund genommen zu haben?«

Der Obrist schwieg.

Friedrich zuckte mit den Schultern. »Ohne eine förmliche Entschuldigung des Herrn Rittmeisters kann der Streit nicht als beigelegt betrachtet werden!«

»Und was sagt der Duellant selbst dazu?«, beharrte Graf Sinzendorf.

»Nach den Regeln des Duells braucht der Freiherr von Bretton Ihnen nicht zu antworten, Herr Graf«, bemerkte der Kornett sachlich.

»Nun gut, dann wird dieses Ärgernis seinen Lauf nehmen.« Der Obrist schnäuzte resignierend in sein Taschentuch und wandte sich ab. »Unser Regimentsarzt Schwanhauser hat als Unparteiischer die vier Pistolen geladen. Wenn die Sekundanten sich nun vom Zustand der Waffen überzeugen wollen?«

Sir und Friedrich folgten dem Grafen, während Gabriela fröstelnd zum Himmel starrte. Die Regenwolken der Nacht hatten sich fast ganz aufgelöst. Es würde sicherlich ein schöner Tag werden ... Sie schluckte. Würde sie den Sonnenaufgang noch erleben? Was half das Brüten! Sie hatte sich zu dem Duell entschieden. Graffenstein hatte ihr mit seiner Bemerkung keine Wahl gelassen. Siegte sie, wäre dieses Thema ein für alle Mal aus der Welt. Sie hätte demonstriert, dass sie bei Anspielungen auf ihre glatten, weiblichen Gesichtszüge keinen Spaß verstand. Wenn sie ins Regiment aufgenommen würde, hätte sie sich mit dem Duell auch gleich einen gewissen Ruf erworben. Und wenn sie verlor ... Nun, dann hatte Gott es so gewollt. Sollte er ihr Richter sein. Sie würde mit ihrem Schuss warten, bis Graffenstein zum ersten Mal gefeuert hatte. Wollte es das Schicksal, dass seine Kugel traf, dann hätte zumindest aller Lug und Trug ein Ende.

Mit lautem Krächzen flogen am Ende der Lichtung zwei Raben auf. Totenvögel! Das war ein schlechtes Omen! Was sie wohl erschreckt haben mochte? Ob sich dort hinten ungebetene Zuschauer verbargen?

»Die Pistolen sind in Ordnung.« Sir kam aus Richtung der Wagen auf sie zu. »Wie geht es dir?«

Gabriela versuchte zu lächeln. Zu reden war ihr im Moment unmöglich.

»Du kannst immer noch zurücktreten ... Ich glaube, dem Banus und dem Obristen wäre es lieber, wenn das Duell nicht stattfindet.«

Sie schüttelte den Kopf. Nein, beigeben würde sie nicht! Dazu wäre eben noch Zeit gewesen, als der Graf Sinzendorf sie gefragt hatte. Nun hieße es ihre Ehre verraten. Mit schweren Schritten ging sie zur Mitte der Wiese, wo sich auch die anderen versammelten. Die drei Sekundanten, der Regimentsarzt, der Obrist, der Regimentskaplan, von Graffenstein und General Nádasdy.

»Meine Herren, ein Wort zu den Regeln dieses Duells«, durchschnitt die klare Stimme des Banus die morgendliche Stille. »Sie beide werden Ihre Pistolen an sich nehmen und sich dann sogleich Rücken an Rücken aufstellen. Ich zähle langsam bis zehn, wobei Sie mit jeder Zahl einen Schritt machen. Bei zehn drehen Sie sich beide um und schießen. Sollte einer von Ihnen sich bereits vorher umdrehen, um zu schießen, so verspreche ich Ihnen, dass ich diesen Schurken höchstselbst zur Hölle schicken werde. Wenn Sie beide nach dem ersten Durchgang noch unverletzt sein sollten, wechseln Sie die Waffen. Es wird erst dann wieder geschossen, wenn ich Ihnen den Befehl dazu gebe. Mit der zweiten Salve ist das Duell beendet, gleich zu welchem Ergebnis sie führt. Sollte einer der Kontrahenten so schwer verletzt werden, dass das Duell abgebrochen werden muss, ist die Ehre beider damit wiederhergestellt. Es gibt also unter keinen Umständen noch ein weiteres Duell wegen desselben Streits. Sind Ihnen beiden diese Regeln klar, und erklären Sie sich damit einverstanden?«

Gabriela nickte. Von Graffenstein krächzte ein heiseres: »Ja.«

»Nehmen Sie sich Ihre Waffen und stellen Sie sich nun Rücken an Rücken auf«, befahl der General.

Die Offiziere zogen sich zum Rand der Lichtung zurück. Aus den Augenwinkeln sah Gabriela, wie der Regimentsarzt im Gras kniete und auf einer Decke seine chirurgischen Instrumente nebeneinanderreihte. Funkelnd brach sich das Morgenlicht im silbrigen Stahl. Sie konnte spüren, wie sich der Rücken des Rittmeisters beim Ein- und Ausatmen hob und senkte. Er atmete schnell. Bevor er seine Pistolen an sich nahm, hatte er dünne Lederhandschuhe übergestreift. Seine Hände waren schweißnass gewesen.

»Ich hoffe, du hattest schon das Vergnügen, ein Weibsbild zu reiten, Knäblein. Es täte mir leid, dich ins kalte Grab zu schicken, ohne dass du diesen Spaß gehabt hättest.«

»Eins«, ertönte die Stimme des Generals.

Gabriela verzichtete darauf, dem Rittmeister eine Antwort zu geben. Sie war voll und ganz damit beschäftigt, die aufkeimende Übelkeit zu unterdrücken. Jetzt wünschte sie sich, sie hätte auf das Frühstück verzichtet. Ihre Beine waren schwer wie Blei. Wenigstens hatte sie aufgehört zu zittern.

»Zwei. … Drei.«

Ein weißer Schmetterling flog über dem wadenhohen Gras auf sie zu und ließ sich dicht neben ihr auf einer Distelblüte nieder. So deutlich wie nie zuvor in ihrem Leben spürte sie den kühlen Dunst des Morgentaus, atmete den Geruch von nassem Gras.

»Acht. … Neun.«

Gabriela setzte ihre Schritte wie im Traum. Sie achtete kaum auf den zählenden General. Sie fühlte sich, als würde dies alles nicht wirklich passieren. Als müsse sie jeden Augenblick in ihrem Bett in Olmütz erwachen. Gabriela biss sich auf die Lippen. So fest, dass sich ihr Mund mit dem metallischen Geschmack von Blut füllte. Sie durfte sich nicht so gehenlassen! Ein Herzschlag noch oder zwei … Dann entschied sich, ob sie leben oder sterben würde. Ihre Hand schloss sich fester um den Griff der Duellpistole.

»Zehn!«

Mit einem Ruck fuhr sie herum. Sie drehte sich nur halb. So würde sie dem Rittmeister weniger Trefferfläche bieten. Langsam streckte sie den angewinkelten Arm und zielte über den Lauf der Waffe hinweg. Auf der anderen Seite ertönte ein Knall. Von Graffenstein hatte sich keine Zeit zum Zielen genommen! Sie spürte die Kugel dicht an ihrem Gesicht vorbeipfeifen. Sie atmete erleichtert aus. Jetzt hatte dieser arrogante Schnösel verspielt! Mit dem Daumen spannte Gabriela den Hahn der Waffe. Das Gesicht des Rittmeisters war in einer Grimasse panischen Schreckens erstarrt. Wie angewurzelt stand er und stierte zu ihr hinüber. An seinem Knie vorbei segelte in taumelndem Flug der weiße Schmetterling. Sie konnte den Kerl nicht töten!

»Siehst du den Kohlweißling?«

Sie drückte ab. Der Schuss riss ihren Arm zurück. Beißender Pulverdampf schlug ihr ins Gesicht und brannte in den Augen. Sie blinzelte die Tränen weg. Der Schmetterling war verschwunden. Von Graffenstein starrte sie verwundert an. Dann grinste er plötzlich. Gabriela schluckte. Sie hatte einen Fehler gemacht. Er würde nicht absichtlich danebenschießen.

»Wechselt nun die Waffen!«, ertönte die laute Stimme des Generals.

Gabriela ließ die verschossene Pistole einfach fallen. Dann spannte sie den Hahn der zweiten Waffe. Diesmal konnte sie es sich nicht mehr leisten zu zögern. Von Graffenstein meinte es todernst. Er würde ihr den Kopf von den Schultern schießen, wenn er nur Gelegenheit dazu hatte.

»Seid Ihr bereit?«

Gabriela bemühte sich ruhig zu atmen. Dieser Schuss musste sitzen!

»Legt an!«

Erneut streckte sie den angewinkelten Arm aus und zielte über den Lauf der Waffe hinweg. Diesmal hatte sie die rechte Schulter des Rittmeisters im Visier.

»Feuer!«

Sie zögerte. Einen Menschen töten … Sie schaffte es nicht abzudrücken und … Ein Schlag traf sie am Arm. Halb benommen taumelte sie zurück, doch fühlte sie keinen Schmerz. Wie von weit her hörte sie einen Schrei. Sir!

Langsam hob sie wieder ihre Waffe. Warmes Blut lief ihren rechten Arm hinab. Sie zielte auf den Kopf des Rittmeisters. Von Graffenstein versteifte sich. Er blickte sie fast herausfordernd an. Seine Lippen waren zusammengepresst, sodass sie nicht mehr als ein schmaler Strich waren. Provozierend drehte er sich. Sie konnte nun seine Brust treffen. Langsam ließ sie die Waffe sinken, bis die Mündung in verlängerter Linie auf das Gemächt des Offiziers zeigte. Jetzt spürte sie den Schmerz im Arm. Ihre Hand zitterte leicht. Sie biss die Zähne zusammen. Ihr Finger krümmte sich am Abzug.

Ein lauter Knall ertönte. Vor den Stiefeln des Rittmeisters spritzte Erde auf. Der Rückstoß ließ ihren Arm zurückschnellen. Sie stöhnte vor Schmerz und ließ die Waffe fallen. Mit der Linken griff sie nach dem verletzten Oberarm. Das Blut sickerte ihr durch Finger. Viel Blut!

»Da Ihr einen Mann nicht von einer Frau unterscheiden könnt, nehme ich an, dass es dort, wohin ich zielte, nichts zu treffen gab. Also konnte ich auch gleich ins Leere schießen«, stieß sie mit bebender Stimme hervor. Dann brach sie in die Knie.

In die Gestalten am Rande der Lichtung kam Bewegung. Gabriela kämpfte darum, das Bewusstsein zu behalten. Sie durfte auf keinen Fall auf die Krankenstube! Sie hatte nicht all dies riskiert, um dann vom Arzt als Frau entlarvt zu werden.

Sir kniete neben ihr nieder. »Ist es schlimm?«

»Ich weiß nicht ... Tut verdammt weh.«

»Darf ich mal sehen?« Der Chirurg gab Sir mit einer knappen Kopfbewegung ein Zeichen, ihm Platz zu machen, beugte sich über Gabriela und trennte mit einem raschen Schnitt die Ärmel ihrer Husarenjacke und ihres Hemds auf. Er wischte mit einem Lappen über die Wunde, dann tastete er mit einem Finger hinein.

Gabriela stöhnte vor Schmerz. Grelle Lichtpunkte tanzten ihr vor den Augen.

»Das ist nur eine Fleischwunde, Herr von Bretton. Der Knochen ist unverletzt. Aber es besteht die Gefahr, dass

Stofffetzen in die Wunde geraten sind«, murmelte der Arzt. »Fühlen Sie sich in der Lage zu gehen?«

»Wenn ich mich auf meinen Kameraden stützen kann …«

»Ich werde Sie drüben auf der Decke verbinden. Gratulation. Von diesem Duell wird man noch lange sprechen. Ich habe selten jemanden getroffen, der so kaltblütig ist wie Sie.«

Oder so verrückt, dachte Gabriela bei sich. Sir half ihr auf die Beine und schlang sich ihren unverletzten Arm um die Schultern.

»Ist nur ein Streifschuss«, erklärte der Arzt in lockerem Plauderton, so als würde er über das Wetter reden. »Nicht besonders tief … Die Wunde lässt sich gut säubern. Es besteht nur wenig Gefahr, dass sie brandig wird und Sie den Arm verlieren.«

Gabriela blickte entsetzt zu ihm auf und suchte in seinem Antlitz nach Anzeichen dafür, dass er scherzte.

»Ich werde die Wunde mit ein paar Stichen vernähen und einen strammen Verband anlegen, damit die Blutung aufhört«, erklärte der Chirurg ruhig. »Morgen melden Sie sich dann wieder bei mir, damit ich den Verband wechseln kann. Dann werde ich auch schon riechen können, ob der Wundbrand Sie erwischt hat. Aber wie gesagt, es sieht ganz gut aus. Sie sollten den Arm in den nächsten Tagen besser in einer Schlinge tragen, um ihn zu schonen. Der Streifschuss wird dann schneller verheilen.«

Gabriela war froh, als sie sich auf die Decke setzen konnte, die der Regimentschirurg vorbereitet hatte.

»Jetzt kommt der unangenehmste Teil«, er zog mit den Zähnen den Korken aus einer Flasche und goss ein wenig klare Flüssigkeit auf die Wunde.

Gabriela schrie auf vor Schmerzen.

Der Chirurg grinste breit und nahm selber einen Schluck

aus der Flasche. »Das hilft besser als glühende Eisen, um zu verhindern, dass der Kratzer brandig wird.« Sinnierend blickte er auf die Sammlung von Messern, die vor ihm auf der Decke lag. »Die hab ich wohl vergebens mitgebracht …« Schließlich öffnete er seine schwarze Ledertasche und holte ein Etui hervor, in dem sich verschiedene Nadeln befanden.

Der General war neben Gabriela getreten und warf einen Blick auf die Wunde. »Nur ein Streifschuss, nicht wahr?«

Der Chirurg nickte.

»Ich wünsche, dass Er sich mit Seinem schottischen Gefährten morgen zur Mittagsstunde bei mir auf der Kommandantur einfindet.«

Gabriela blickte auf, doch es war unmöglich, in den Zügen des Banus zu lesen. Diese Einladung mochte alles Mögliche bedeuten. »Jawohl, Herr General!«

»Ist Er in der Lage, dem Graffenstein die Hand zu reichen?«

Sie nickte.

»Gut. Ich werde ihn hinüberschicken, sobald der Schwanhauser mit ihm fertig ist. Ich hoffe, damit ist die leidige Angelegenheit aus der Welt! Streit im Regiment kann schlimmer als die rote Ruhr sein.«

Gabriela schluckte. Streit im Regiment? Sollte das etwa heißen, dass der General sie bei seinen Husaren aufnehmen würde!

Ohne ein weiteres Wort verlauten zu lassen, ging Nádasdy zu seiner Kutsche. Der Chirurg räusperte sich leise. Er hatte inzwischen einen Faden auf eine merkwürdig gebogene Nadel aufgezogen. »Das wird jetzt ein wenig picken.« Er grinste wieder. »Aber wer mit Pistolen schießen kann, wird das wohl auch noch überstehen.«

»Dass Er Schneid hat, hat er nun bewiesen, von Bretton. Kann Er aber auch lesen und schreiben?«

Gabriela sah den General einigermaßen verblüfft an. »Ja, gewiss ... Ich habe zu schreiben gelernt.«

Der Graf Nádasdy machte plötzlich ein ernstes Gesicht. »Er kam hierher, um eine Stelle in meinem Regiment zu bekommen. Diesen Wunsch kann ich Ihm nach den Vorfällen der letzten Tage unmöglich gewähren. Kaum dass Er auf einen Offizier des Regiments stieß, gab es einen Streit, der zu einem Duell führte. Wie soll das weitergehen? Und was, glaubt Er, geschieht, wenn ich Ihn jetzt nach Szigeth schicke, wo der Regimentsstab liegt? Kann Er sich vorstellen, mit einem Hitzkopf wie dem von Graffenstein Frieden zu halten? Und selbst wenn Er es könnte, von Graffenstein wird nur nach einer Gelegenheit suchen, sich dafür zu revanchieren, dass Er ihn nicht einer Kugel für würdig erachtete und zuletzt auch noch jenen dummen Spaß über seine Männlichkeit machen musste!«

Gabriela konnte kaum glauben, was sie hörte. Sie war in der festen Überzeugung in die Stube des Generals gekommen, dass sie sich dort in die Rolle des Regiments eintragen könnte. Dass sie sich mit dem Duell alles verdorben hatte, wäre ihr niemals in den Sinn gekommen. Schließlich hatte sie sich nur so verhalten, wie es die Ehre erforderte.

»Hat Er mir noch etwas zu sagen?« Nádasdy musterte sie kühl mit seinen stahlgrauen Augen.

Sie hielt dem Blick stand und reckte stolz ihr Kinn vor. Eine Blöße würde sie sich nicht geben!

»Auf der anderen Seite muss man bedenken, dass Er sich innerhalb kürzester Zeit einen Namen in Temeswar und im Regiment gemacht hat. Es gibt viele, die den Graffenstein nicht leiden mögen ...« Der Banus sah sie nun ein wenig wohlwollender an. »Er hingegen scheint wie zum Krieger geschaffen. Nur muss Er noch lernen, sein Temperament zu zügeln. Deshalb will ich Ihn unter meine persönliche Aufsicht stellen.« Nádasdy machte eine Pause.

Gabriela schluckte. Sollte das etwa heißen, dass man sie wegen des Duells unter Arrest stellen würde?

»Ich brauche einen Volontär für Galoppindienste. Er wird mir als Sendbote dienen und wird eine Uniform gestellt bekommen. Ich hoffe, Er kann reiten!«

»Wie der Teufel, Herr General!«, entgegnete Gabriela lachend. Ihr Herz schlug wie rasend. Am liebsten hätte sie den Grafen umarmt. Dieser blickte nun zu Sir.

»Was soll aus Seinem Faktotum werden?«

»Das Faktotum besitzt ein Patent als Lieutenant der französischen Armee«, entgegnete der Schotte gereizt.

»Und was treibt Ihn dann nach hier?«

»Man hat mich zum persönlichen Schutze des jungen Freiherrn eingestellt.«

Nádasdy lächelte. »Gestern früh hatte ich den Eindruck, dass der junge Herr durchaus in der Lage ist, auf sich selbst aufzupassen. Doch lassen wir das ... Wie heißt denn unser französischer Lieutenant?«

»Man nennt mich Sir, Herr General.«

Eine schmale Falte teilte die Stirn des Banus. »Will Er sich über mich lustig machen? Sir ... Das ist doch kein Name!«

»Er nennt sich wirklich so«, mischte sich Gabriela ein, die Angst hatte, dass Sir einen regelrechten Streit heraufbeschwören könnte. »Er hat seinen Namen nach einer Ehrenangelegenheit abgelegt. Seid versichert, dass ich niemals einen besseren Gefährten als ihn hatte. Ich lege jederzeit für Sir meine Hand ins Feuer.«

»Einen Mann, der seinen Namen nicht nennen mag, werde ich nicht in meine Dienste nehmen. Es steht ihm frei, sich weiterhin mit dieser dubiosen Gestalt zu umgeben. Und nun melde Er sich in der Schreibstube! Dort wird man ihm mitteilen, wo Er unterkommen kann und wo Er sich eine Uniform besorgen mag. Für eine Woche ist Er noch vom Dienst befreit, um Seinen Arm zu schonen. Danach erwarte ich, dass Er sich erneut bei mir meldet. Weggetreten!«

Gabriela salutierte und verließ, gefolgt von Sir, den Raum. Als die Tür sich hinter ihnen geschlossen hatte, konnte sie nicht mehr länger an sich halten. Stürmisch schloss sie ihn in die Arme und zuckte sogleich wegen ihrer Verwundung zusammen. Doch der Schmerz war sofort wieder vergessen. »Wir haben es geschafft ... Ich hätte niemals geglaubt, dass er mich akzeptieren würde. Das alles ist dein Verdienst!«

Sir schnitt eine mürrische Grimasse. »Du bist zum Laufburschen eines Generals avanciert. Wirklich großartig! Wenigstens wirst du ein Quartier für dich alleine bekommen. In Anbetracht deiner besonderen Form der Männlichkeit ist das vielleicht sogar das Beste, was uns passieren konnte. Als Offiziersanwärter im Regiment hätte man dir gewiss keine Kammer für dich alleine zugeteilt.«

5. KAPITEL

Im Juli erreichte Temeswar der Befehl, alle Truppen des Banats in Kriegsbereitschaft zu versetzen. Alles deutete darauf hin, dass nun jederzeit mit einem Angriff der Preußen auf Böhmen oder Mähren zu rechnen sei. Täglich hatte Gabriela im Dienst des Banus Nádasdy weite Ritte zu unternehmen.

Wenn sie nicht im Sattel saß, war sie mit Schreibarbeiten beschäftigt, wobei ihr Sir nach Kräften zur Hand ging, denn ihr Vater hatte sie zwar das Reiten und Schießen gelehrt, eine saubere Handschrift aber hielt er für nebensächlich. So pflegte Sir zu behaupten, wenn sie einen Brief schriebe, sähe es so aus, als sei eine Krähe in ein Tintenfass getreten und dann ziellos über ein Blatt Papier gelaufen. Er hingegen machte sich einen Spaß daraus, jeden Brief in einem anderen Stil zu verfassen, sodass ein Kommandant, der mehrere Nachrichten erhielt, glauben musste, dass der Banus, neben seinem persönlichen Sekretär Maximilian, mindestens ein halbes Dutzend weiterer Schreiber beschäftigte. Nur die nüchterne Sprache des Militärs und der Verwaltung machten ihm Schwierigkeiten. Obwohl er sich im normalen Umgang gerne recht drastischer Ausdrücke bediente, schien er, sobald er eine Feder zur Hand nahm, wie verwandelt. So stellte Sir an sich den Anspruch, auch in die trockenste Verpflegungstabelle einen Hauch von Lyrik zu bringen. Zum Beispiel nannte er Pferde stets Rösser und war kaum dazu zu bewegen, auf eine reichliche Auswahl schmückender Adjektive zu verzichten.

Im August begannen sich die Kroaten in Temeswar

zu versammeln. So nannte jedermann die dürftig uniformierten Truppen der Grenzgebiete. Viele von ihnen besaßen nicht einmal festes Schuhwerk, geschweige denn, dass diese Regimenter eine auch nur einigermaßen einheitliche Ausrüstung gehabt hätten. Die meisten dieser bärtigen, verwegenen Burschen waren Hirten oder arme Bauern aus den Bergen, aber es fanden sich auch Schmuggler und Räuber unter ihnen, denen der Boden unter den Füßen zu heiß geworden war. Einige hatten wohl in Friedenszeiten an Waffenübungen teilgenommen, die Mehrzahl jedoch lachte über derlei Kinderkram. Ein Mann konnte einfach schießen, zumal wenn er sein eigenes Gewehr mitbrachte, und Exerzieren war in ihren Augen Zeitverschwendung. Nur den gelegentlichen Paraden gestanden sie einen gewissen Nutzen zu, war dies doch eine gute Gelegenheit, sich den Stadtmädchen in ihrer ganzen Männlichkeit zu zeigen.

Gabriela hatte nicht viel übrig für diese Truppen. Solche Kerle waren es, die den guten Namen ihres Vaters durch ihr Verhalten in den Dreck gezogen hatten. Viele von ihnen zogen nur in den Krieg, weil sie sich manch günstige Gelegenheit zum Plündern erhofften oder sie vor der mühsamen Arbeit auf dem kargen Ackerboden fliehen wollten. Leichten Herzens ließen sie ihr Weib und ihre Kinder zurück, unter dem Vorwand, nun der Kaiserin dienen zu müssen.

Ende August rückte die erste Eskadron der Nádasdy-Husaren ab, um sich bei Königsgrätz den Truppen des Feldzeugmeisters Piccolomini anzuschließen. Es war ein verregneter Tag. Gabriela und Sir standen auf der Elisabeth-Bastion am Wiener Tor und sahen den Reitern nach. Den Mannschaften folgte eine fast ebenso lange Kolonne aus Bagagewagen und das, obwohl der Banus eine Order ausgegeben hatte, dass es nur den Offizieren vom Lieutenant an aufwärts erlaubt sei, ihre Frauen und Familien mit auf den Feldzug zu nehmen. Der Befehl hatte zu einigem Murren unter den Truppen geführt, denn allen übrigen Regimentern war es gestattet geworden, mit Kind und Kegel in den Krieg zu ziehen. Da die Husaren aber als beweglichste Feldtruppe nicht durch einen zu schwerfälligen Tross gelähmt werden sollten, gab es hier eine Ausnahme. Erst eine zweite Order, die es allein den Husaren erlaubte, ihre Kriegsbeute unter Bedeckung in die Heimat zu bringen, sorgte wieder für Ruhe. Nun bestand auch für die einfachen Soldaten wieder Hoffnung, zumindest für ein paar Wochen im Jahr die Truppe verlassen zu dürfen und zu ihren Familien zurückzukehren.

Als der letzte Wagen der Husareneskadron hinter Regenschleiern verschwunden war, klopfte Sir seine Pfeife an der steinernen Brüstung der Bastion aus, schnäuzte sich lautstark und spuckte in den Graben. »Ich muss dir etwas sagen«, murmelte er gepresst.

»Nur zu!«

»Es wird ja wohl nicht mehr lange dauern, bis der Banus mit den Kroaten aufbricht …«

»Das würde ich nicht gerade als Neuigkeit bezeichnen.«

»Nun«, der Schotte trat von einem Bein aufs andere wie ein Tanzbär. »Ich denke, ich werde nicht mit dir in den Krieg ziehen.«

»Was?« Nicht einen Augenblick hatte sie daran gedacht, dass ihr Gefährte sie im Stich lassen könnte. In den letzten Wochen hatte sie so oft seine Hilfe in Anspruch genommen, dass sie sich ihren Dienst als Adjutant des Generals kaum ohne ihn vorstellen konnte. Doch was noch wichtiger war, ihm konnte sie sich anvertrauen. Er wusste um ihr Geheimnis und deckte sie. Es gab niemanden, der an seine Stelle treten könnte.

»Warum willst du gehen? Du hast doch nicht etwa Angst?«

Sir lächelte dünn. »Weiß du, in Kriegen kann man sein Leben verlieren. Ich habe mir geschworen, Cumberlands Rotröcke für Culloden büßen zu lassen. Aber mit den Preußen habe ich keinen Krieg. Im Gegenteil, ich …« Er stockte. »Jedenfalls gibt es für mich keinen Grund, mein kostbares Leben in einem Krieg um Schlesien zu riskieren. Ich werde in den nächsten Tagen meine Taschen packen. Man sagt, die Franzosen wollen bald wieder gegen die Engländer zu Felde ziehen. Dort bin ich besser aufgehoben. In ihrer Armee muss ich auch nicht den Postillion für einen General spielen. Ich bin Lieutenant und habe selbst ein Kommando im Dragoner-Regiment des Dauphin.«

»Wenn du bei mir bleibst, wirst du auch gegen die Rotröcke kämpfen. Die Engländer sind mit den Preußen verbündet. Die Österreicher aber werden mit der Reichsarmee ziehen. Du wirst sehen, sie haben Hannover erobert, bevor die Franzosen auch nur den Rhein überqueren.«

Sir kratzte sich am Kinn und schüttelte dann den Kopf. »Das glaube ich nicht. In den letzten zwei Kriegen um Schlesien hat der kleine Fritz euch Österreichern ganz schön das Fell gegerbt. Ihr werdet alle Hände voll zu tun haben, wenn ihr nicht auch noch Böhmen und Mähren verlieren wollt.«

Die Worte des Schotten kränkten Gabriela in ihrer Ehre. Schließlich hatten ihr Vater und ihr Onkel in den beiden schlesischen Kriegen gekämpft. »Diesmal wird es keinen Frieden geben, bis wir dem Preußenkönig nicht in seiner Berliner Residenz den roten Hahn aufs Dach gesetzt haben«, brummte sie verdrossen. »Die Armeen Frankreichs, Russlands, Sachsens, des Kaiserreichs und Österreichs werden gegen ihn ziehen. Die Engländer haben kaum Soldaten auf dem Kontinent und sie werden bestimmt nicht für Friedrich den Kopf hinhalten … Ein so kleines Land wie Preußen wird keine sechs Monate gegen eine solche

Übermacht bestehen. Auf jeden ihrer Soldaten kommen zehn von uns!«

Sir pfiff durch die Zähne und grinste dann spöttisch. »Das hört sich ja an, als ob ihr euch in diesem Kriege ganz schön mit Ruhm bekleckern werdet. Zehn gegen einen …«

»Dann geh doch zu deinen Franzosen! Ich hoffe, sie schicken dich auf einem ihrer Schiffe in die Neue Welt. Da wirst du dann sehen, was du davon hast … Man sagt, der König tut alles, was sich die Pompadour wünscht. Wird es dir Freude machen, dein Leben für die Launen einer Mätresse zum Pfand zu geben? Und dann die Wilden in den endlosen, dunklen Wäldern der Neuen Welt. Es heißt, sie ziehen den Europäern gerne die Haut ab und …«

»Behalt deine Kindergeschichten für dich! Mich kannst du damit nicht erschrecken! Und was die Pompadour angeht … Ich habe sie einmal von weitem gesehen. Für so ein hübsches Weib lohnt es sich, Torheiten zu begehen! Wenn ich hingegen an die dicke Matrone auf dem Kaiserthron denke …«

Gabriela ballte wütend die Fäuste. »Noch ein Wort und …«

»Und was? Willst du mich dann auch zum Duell fordern? Verdammt nochmal! Was jetzt kommt, ist kein Kostümball mehr! Wenn du klug bist, wirst du dich mit mir verdrücken! Weißt du überhaupt, was es bedeutet, in eine Schlacht zu reiten und zu töten? Ehre ist da nicht mehr gefragt. Die Grenadiere werden fein Ausschau halten nach den Offizieren mit den goldenen Litzen und Schnüren. Das sind ihre Lieblingsziele … Und was nutzt dir all deine Fechtkunst, wenn du im Getümmel einer Reiterschlacht einen Säbelhieb in den Rücken bekommst? Es reicht schon, wenn du verletzt wirst … Stell dir vor, ein Feldscher entdeckt, was du bist. Glaubst du, man wird dir dann einen Orden verleihen, weil du als Weib für dein Vaterland gekämpft hast? Das Gegenteil wird der Fall sein! Es wird heißen, du hast die Ehre deines Regiments beschmutzt ... Womöglich unterstellt man dir auch Schlimmeres ... Willst du das?«

»Du hast mir geholfen, zum Adjutanten des Generals zu werden. Warum hast du das getan, wenn du so über mich denkst?«

»Weil ich nicht geglaubt habe, dass es so schnell Krieg geben würde, und du ... Ach verflucht nochmal! Es war eine Möglichkeit, dich von der verrückten Idee abzubringen, dich deinen Richtern zu stellen. Wenn ich dich nicht zu dieser Maskerade überredet hätte, dann würdest du jetzt in Orschowa oder Temeswar an einem Galgen verrotten.«

»Meine verrückte Idee ...«, wiederholte Gabriela bitter. »So siehst du das also.« Sie schluckte. »Vielleicht hast du ja recht? Einmal hast du mich von meinem Weg abgebracht. Ein zweites Mal wird dir dies nicht gelingen. Ich bin bereit, mein Leben für mein Vaterland zu opfern ... So wie du redest, habe ich sie ja schließlich um ein Leben betrogen.«

»Dreh mir nicht das Wort im Munde herum!«

»Ich muss mich in der Schreibstube der Kommandantur zurückmelden. Wir haben uns wohl alles gesagt ...« Sie wartete darauf, dass er wenigstens mit einer kleinen Geste auf sie einging, sie zurückhielt oder weiß der Teufel etwas tat, um zu zeigen, dass ihm seine Beleidigungen leidtaten, doch Sir stand wie angewurzelt.

»Also dann ...« Sie streckte ihm die Hand entgegen. »Ich wünsche dir viel Glück.«

Sir starrte in eine Pfütze zu seinen Füßen. Ohne ihr in die Augen zu sehen, ergriff er ihre Hand und drückte sie fest. »Ich ... Ja ... Viel Glück, meine verrückte Husarin.«

Vom Rand ihrer Fellmütze war ihr Regenwasser in die Augen gelaufen. Sie blinzelte es fort und lachte, damit er nicht auf die Idee käme, dass sie weinte. »Die Kugel, auf der mein Name steht, ist noch nicht gegossen worden ... Pass du lieber auf dein Fell auf, wenn sie dich zu den Wilden nach Amerika schicken.« Sie lachte noch einmal und drehte sich dann abrupt um. Mit langen Schritten eilte sie der Rampe entgegen, die zur Zwei-Pistolen-Gasse hinter der Bastion führte. Noch immer hoffte sie darauf, dass Sir ihr nachkommen würde, doch als sie die Mündung der Gasse erreichte, wusste sie, dass sie ihn verloren hatte.

Ein weiterer Monat verging, bis die Grenzregimenter unter Führung des Grafen Nádasdy nach Norden abrückten. Es war ein Monat vieler einsamer Abende gewesen. Sir hatte Temeswar verlassen, ohne sie noch einmal aufzusuchen. Als sie in ihre gemeinsame Kammer gekommen war, war diese leer, so als habe sie den kleinen Raum nie mit jemand anderem geteilt.

Wenn sie allein war, dachte sie oft an Gregorius. Ihr Groll gegen ihn hatte nachgelassen und sorgsam verwahrte sie den Brief, den er auf die Rückseite des Festungsplans geschrieben hatte. Immer wieder las sie die Zeilen, bis sie den Text fast auswendig konnte. Durfte sie ihm trauen? Welches war das wahre Gesicht des Nürnbergers? Jenes, das er ihr in der Nacht des Feuerwerks gezeigt hatte? Oder war er doch ein gütiger Freund?

Einmal begann sie sogar einen Brief an ihn zu schreiben. Er wurde nie fertig ... Ein paar Tage lang verbarg sie ihn in ihrer Ausgabe des Simplicissimus, dann zerriss sie ihn. Wohin hätte sie den Brief auch schicken sollen! Gott allein wusste, wo Gregorius jetzt steckte. Wahrscheinlich war er längst wieder am Hof irgendeines kleinen Fürsten, um dort ein Feuerwerk zu planen. Ob sie ihn wohl jemals wiedersehen würde? Es ärgerte sie, dass sie trotz seines Verrates an ihr so viel Zeit damit verbrachte, an ihn zu denken. Er war es nicht wert, dieser verfluchte Schurke! Jeden Abend schwor sie sich aufs Neue, den Feuerwerker ein für alle Mal aus ihrer Erinnerung zu tilgen. Doch all die Eide waren vergebens ... Wenn sie stundenlang allein auf einsamen Wegen ritt oder zur Nacht in ihr verwaistes Zimmer zurückkehrte, dann dauerte es nie lange, bis Gregorius sich erneut in ihre Gedanken stahl.

Der September wurde ein Monat voller Arbeit. Hunderte von Meilen legte sie auf Botenritten zurück, bis schließlich alle Regimenter um Temeswar versammelt waren und sich die mehrere Meilen lange Kolonne von Soldaten in Marsch setzte. Im Offizierscorps herrschte eine kaum unterdrückte Spannung. Viele der Lieutenants und Hauptleute, die meist unter den deutschstämmigen Siedlern rekrutiert worden waren, fürchteten die Kroaten, die sie kommandierten. Nur der Banus war stets gelassen, so als könne ihm nichts etwas anhaben.

Wohin immer der Heerzug kam, hatte Gabriela den Eindruck, schon in Feindesland zu sein. Die Fensterläden waren versperrt, kaum jemand zeigte sich auf der Straße, und die wenigen, die sich sehen ließen, waren ängstlich oder feindselig. In den vorangegangenen Kriegen hatten die Husaren und Kroaten sich den Ruf erworben, es nicht so genau zu nehmen, ob sie sich in Freundes- oder Feindesland aufhielten.

Schon in der dritten Nacht gab es einen Zwischenfall. Am Horizont leuchteten Flammen. Nádasdy und sein Stab waren in einem Wirtshaus untergekommen, als sie die Nachricht erreichte. Fluchend ließ der Banus sein Pferd satteln und eine Eskadron der Althanner-Dragoner aufsitzen. Mit einem Teil der Offiziere schloss sich Gabriela den Reitern an.

Obwohl die Flammen von weitem zu sehen waren, dauerte es mehr als eine Stunde, bis sie die brennende Scheune erreichten. Sie gehörte zu einem großen Gehöft mit etlichen Ställen und Speicherhäusern und mehr als einem Dutzend kleiner Katen für die Knechte. Der Hof lag am Fuß eines Hügels. Deutlich konnte man die Schatten der Plünderer erkennen. Sie schienen nicht damit zu rechnen, dass jemand käme, sie zur Rechenschaft zu ziehen. Obwohl die Reiter noch gut fünfhundert Schritt entfernt waren, konnte man deutlich Schreie und lautes Lachen hören.

Mit leiser Stimme befahl der Banus den Dragonern, die Seiten des Gehöfts und den hinter den Gebäuden liegenden Hügel zu sichern. Als die Reiter verschwunden waren, wandte er sich an die Offiziere.

»Meine Herren, ich wünsche, dass sich so etwas auf diesem Feldzuge nicht noch einmal wiederholt. Wir werden heute ein Exemplum statuieren, auf dass sämtliche Schurken in unserem Heerhaufen wissen, was jenen geschieht, die gegen meinen Befehl zu plündern beginnen. Mit dem Pallasch in der Hand werden wir ihnen den Mut aus dem Leibe prügeln. Ich wünsche nicht, dass auch nur eine einzige Kugel an diese Mordbrenner vergeudet wird. Und bringt nicht alle um. Ich brauche morgen noch ein paar dieser Bastarde, um Gericht zu halten.«

Der Banus gab ihnen Zeichen, in einer Linie Aufstellung zu nehmen. Dann ritten sie in leichtem Trab den Hügel hinab. Als sie den halben Weg hinter sich hatten, ertönte noch einmal die Stimme des Generals. »Zieht blank!«

Klirrend fuhren Degen und Säbel aus den Scheiden. Nervös leckte sich Gabriela die Lippen. Sie ritt schräg hinter dem Banus. Niemals hätte sie sich träumen lassen, so schnell in ihr erstes Gefecht zu reiten.

Die Plünderer schienen inzwischen etwas bemerkt zu

haben. Zwischen den Häusern blitzen Mündungsfeuer. Wiehernd ging ein Pferd zu Boden. Ein Hauptmann wurde aus dem Sattel gerissen und blieb reglos im welken Gras liegen.

Gabriela hob den Reitersäbel mit angewinkeltem Arm, bis die Waffe auf einer Höhe mit ihrem Kopf war. Die Spitze der gekrümmten Klinge zeigte leicht nach unten. Inzwischen waren sie so nah, dass sie die Gesichter der Plünderer erkennen konnte. Sie leuchteten rot im Schein der Flammen. Ein Trupp kam ihnen mit aufgepflanzten Bajonetten entgegengestürmt. Irgendwo gellte eine dunkle Stimme. »Für jeden Giebel einen Offiziersschädel!«

Gabriela konnte einen Kerl mit riesigem Schnauzbart auf sie anlegen sehen. Sie biss die Zähne zusammen und gab Nazli die Sporen. Schüsse krachten. Eine Kugel pfiff ihr dicht am rechten Ohr vorbei. Der Schnauzbart riss sein Gewehr hoch und versuchte ihr das Bajonett in den Bauch zu rammen. Ihr Säbel fuhr herab, und schlug in steilem Bogen das Gewehr zur Seite. Schon war sie halb an dem Mann vorbei, als sie ihn mit einem Rückhandschlag in den Nacken traf.

Ohne sich nach dem Schnauzbart umzudrehen, trieb sie ihre Stute der brennenden Scheune entgegen. Von der anderen Seite der Häuser ertönten Schreie und Schüsse. Die Dragoner waren angekommen.

Keiner versuchte mehr, sich ihr in den Weg zu stellen. Unter den Plünderern brach Panik aus. Wie aus dem Nichts tauchte vor ihr ein Kerl mit einer Axt in Händen auf. Gabriela riss ihren Säbel hoch. Erschrocken warf der Mann seine Waffe fort. »Ich hab das nicht gewollt ...«, stammelte er hilflos. »Sie haben mich gezwungen mitzukommen.«

Ihr Gefangener trug eine blaue Uniform und darunter eine rote Weste mit gelber Verschnürung. Es war ein kleiner Mann mit einem gutmütigen runden Gesicht. Über seine linke Wange liefen vier blutige Striemen.

»Mitkommen«, befahl Gabriela heiser. Aus den Augenwinkeln sah sie, wie die überlebenden Plünderer vor der brennenden Scheune zusammengetrieben wurden.

Ein abgesessener Dragoner in blutbesprenkelter weißer Uniform eilte ihr entgegen und übernahm den Gefangenen. Er versetzte dem Kerl einen derben Stoß mit dem Kolben seines Karabiners. Angewidert wandte Gabriela sich ab. Noch immer konnte sie nicht fassen, dass das erste Gefecht Hunderte Meilen südlich der Front stattgefunden hatte und dass sie gegen ihre eigenen Männer geritten waren.

Sie blickte zu Boden. Keine zwei Schritt neben ihr lag der Leichnam einer nackten Frau, die weißen Schenkel weit gespreizt, eine klaffende Wunde in ihrem Bauch.

Kraftlos ließ Gabriela die Zügel sinken. Erschüttert nahm sie die Bilder des Grauens in sich auf. Da war ein junges Weib, das man einem knienden Alten auf den Rücken gebunden hatte, um es zu schänden, gerade so, dass ihr Hintern auf seinen Kopf zu ruhen kam und er trefflich sehen konnte, was man ihr antat. An einer weiß getünchten Hauswand gegenüber waren etliche Blutflecken zu sehen und auf dem Boden lagen Kinder in langen Nachthemden, denen die Köpfe eingeschlagen waren. Allenthalben war der Boden voller Blut und Gedärm, vom Vieh, das geschlachtet worden war, und über etlichen Feuern brieten Hühner und Hammel. Im Eingang zu einem der Ställe waren drei Männer mit den Köpfen nach unten aufgehängt. Offenbar hatte man sie zu Tode geprügelt. Vor ihnen stand ein kleines Mädchen mit langem, blondem Haar und blickte zu einem der Toten auf. Man hatte die Kleine nackt ausgezogen. Blut tropfte ihr die Schenkel hinab.

Gabriela ballte die Fäuste so fest, dass sich ihre Nägel tief in das Fleisch der Handflächen gruben. Von diesen Dingen hatte ihr Vater nie gesprochen, wenn er vom Krieg erzählte. Bei ihm hatte es nur kühne Reiter, tolldreiste Streiche und den Pulverrauch großer Schlachten gegeben. Dabei war er – zumindest eine Zeit lang – Offizier in der gefürchtetsten aller Plündherertruppen gewesen. Hatte er, Carolus Freiherr von Bretton, jemals an solchen Gräueltaten teilgenommen? War er am Ende vielleicht zu Recht verurteilt worden? Und war dies der Grund, warum er sich auf einen Bauernhof weitab in der wildesten Grenzprovinz zurückgezogen hatte?

Nazli hatte sie vom Hof getragen und erklomm den flachen Hügel auf der anderen Seite des Tals. Die Bilder des Schreckens lagen hinter ihnen, und doch gingen sie Gabriela nicht aus dem Sinn. Immer wieder fragte sie sich, warum ihr Vater ihr nicht auch von dieser Seite des Krieges erzählt hatte. War es, weil er selbst als Schuldiger darin verstrickt gewesen war? Stand das ganze Bild, das sie sich von ihm gemacht hatte, auf Lügen? Gab es einen zweiten Carolus Bretton, der im Schatten des oft so melancholischen Mannes gestanden hatte, der ihr Vater gewesen war? Sie musste an seinen Bruder Hyazinth denken und den Speicher voller Geheimnisse, die der General nicht hinter sich zu lassen vermochte.

Dumpfer Trommelwirbel fuhr Gabriela in den Magen. Der Banus hatte noch vor Morgengrauen zum Wecken blasen lassen. Sie selbst hatte in der Nacht den Regimentskommandeuren den Befehl überbracht, dass alle Truppen an der Flanke eines langgezogenen Hügels, der parallel zur Heerstraße lag, Aufstellung beziehen sollten.

Die Dragoner auf ihren schweren Schlachtrössern bildeten eine Linie entlang der Straße. Sie hatten ihre Karabiner auf die Sättel aufgestützt und blickten zu den Kroatenregimentern auf der Hügelflanke.

Wie Donnergrollen klang der Trommelschlag. Es lag eine fast greifbare Spannung in der Luft. Mehrere Offiziere hatten dem Banus in der Nacht davon abgeraten, die Plünderer vor versammelter Truppe hinrichten zu lassen. Doch Nádasdy weigerte sich nachzugeben. Auch den Vorschlag, die Männer nicht unter Waffen antreten zu lassen, lehnte er ab, obwohl eine offene Rebellion zu befürchten war.

Wie immer hielt sich Gabriela schräg hinter dem Banus, sodass er sich nur umzudrehen brauchte, wenn er sie mit einer Order zu einem seiner Obristen schicken wollte. Die meisten Offiziere waren bei ihren Truppen. Nur der Stab hatte sich um den General versammelt.

Gabrielas Blick wanderte über die Tausende, die in Reihen, wie mit dem Lineal gezogen, auf der Hügelflanke Aufstellung genommen hatten. Hinter den Soldaten standen in unübersichtlichen Grüppchen die Zivilisten, die das Armeekorps begleiteten, Fuhrleute und Hufschmiede, Marketender, Schuster und Sattler, aber auch die Weiber und Kinder der Soldaten. Über ihnen, auf der Kuppe, lag ein Birkenwäldchen. Bleich wie Knochen schimmerten die Stämme zwischen dem grauen Morgendunst, der aus dem Wald heraus langsam zur Straße hinunterkroch. In drohend dunklem Rot stand die aufgehende Sonne eine Handbreit über dem Hügelkamm und ließ die Wolken, die gleich zerfetzten Standarten über den Himmel zogen in der Farbe frisch vergossenen Blutes aufleuchten. Der Geruch von Pferdedung und zertretenem Gras zog über die schlammige Straße.

Aus der Scheune des Gasthauses, wo sie unter strenger Bewachung die Nacht verbracht hatten, wurden die Plünderer von einer Eskadron abgesessener Dragoner herangeführt. Viele der Gefangenen waren verletzt und mussten sich auf ihre Kameraden aufstützen.

Jenseits der Straße, auf der Seite, die dem Hügel gegenüberlag, waren etliche Lehnstühle in einer Reihe aufgestellt. Dorthin wurden die gefangenen Plünderer gebracht. Die Verwundeten, die sich nicht mehr aus eigener Kraft auf den Beinen halten konnten, wurden auf die Stühle gesetzt. Die anderen mussten strammstehen. Es hatte keine Gerichtsverhandlung gegeben. Jedem war klar, dass der Banus die Männer einfach füsilieren lassen würde. Mit etwas Abstand zu den Delinquenten wartete ein Trupp Dragoner mit verhängtem Zügel und blankem Pallasch. Jeden, der zu fliehen versuchte, würden sie gnadenlos niederreiten. Es waren niemandem Fesseln und Augenbinden angelegt worden. So gab der Banus den Plünderern Gelegenheit, im Tode ihre Ehre wieder reinzuwaschen, indem sie ihrem Schicksal mannhaft entgegensahen.

Eine Abteilung Dragoner wurde von einem jungen Lieutenant mit blassem Gesicht herangeführt. Gabriela wusste, dass die Offiziere des Althanner-Regiments in der vergangenen Nacht ausgewürfelt hatten, wer bei der Exekution das Kommando führen musste, denn alle hatten Angst, dass sich die Kroaten rächen würden.

Die Dragoner hatten in zwei Reihen Aufstellung genommen. Es war totenstill. Scharf tönten die Kommandos des jungen Offiziers. Die Soldaten legten an.

»Feuer!« Gleich einem silbernen Blitz zuckte der Degen des Offiziers nieder. Krachend feuerten die Karabiner. Einen Herzschlag lang verschwanden die Soldaten in einer Wolke aus grauem Pulverrauch. Die Plünderer lagen hingestreckt auf der Wiese oder kauerten zusammengesunken auf den Stühlen. Der junge Lieutenant musste nun zu ihnen hinübergehen, um jenen, die nicht tödlich getroffen waren, den Gnadenstoß zu geben. Gabriela sah, wie ihm der Degen in der Hand zitterte.

Nádasdy löste sich aus der Gruppe der Stabsoffiziere

und ritt dichter zu den Reihen der Kroatenregimenter. Der Rauch war davongetrieben. Es herrschte Stille. Zweimal hörte Gabriela einen kurzen Schrei, als der Dragonerlieutenant sein blutiges Handwerk tat.

»Wir alle wissen, dass wir nicht aus jenem Holze geschnitzt sind wie die Kürassiere der Kaiserin, die gewappnet in schimmerndem Stahl ins Herz der Schlacht reiten. Egal wie große Lücken das Feuer des Feindes in ihre Reihen reißt, sie halten die Linie und blicken voller Verachtung dem Tod entgegen. Sie halten sich für Ritter und wer bei ihnen Offizier sein will, muss von Adel sein. Auf uns aber blicken sie hinab!

Heute Morgen sehe ich euch, meine Kinder, zum ersten Male in Reih und Glied stehen. Ich weiß, dass ihr es nicht für mich tut und auch nicht, weil euch eure Offiziere mit Prügel gedroht haben. Ihr tut es, um euren Kameraden die letzte Ehre zu erweisen. Ich weiß, etliche von euch denken in diesem Augenblick darüber nach, ob sie mich nicht einfach niederschießen sollen. Nun, hier bin ich!«

Gabriela ließ ihre Rechte auf den Korb des Säbels sinken. Was zum Henker tat der General da? Wenn die Regimenter rebellierten, würde keiner der Offiziere lebend entkommen.

»Ihr seid die Hunde des Krieges und ihr habt eure Leinen zerrissen. Knurrend und mit gebleckten Zähnen steht ihr nun vor mir, eurem Herrn und Bruder. Ich kenne euch ... Jedem Einzelnen von euch kann ich in die Seele schauen. Lasst euch wieder an die Leine nehmen, und ich verspreche euch, dass jeder von euch, solange ich euer General bin, einen vollen Wanst haben wird. Zerreißt mich, und man wird euch jagen wie herrenlose Hunde. Ihr werdet Hunger leiden, und noch bevor ein Jahr herum ist, wird auch der Letzte von euch in irgendeinem Straßengraben verreckt sein.

Seid meine Kettenhunde, und ich werde euch das tun lassen, wofür ihr geschaffen seid! Ich werde euch auf die Preußen hetzen, wenn ihre Schlachtreihen zerbrochen sind, und ihr werdet sie zu Tode jagen und ihr Feldlager plündern. Wenn Fritzens Armeen marschieren, werden wir in den Büschen neben den Straßen hocken und seinen Grenadieren blutige Löcher in ihre hohlen Schädel schießen, bis den Preußen bei jedem Schritt, den sie tun, die Angst im Nacken sitzt. Wir werden die Wagenzüge ausplündern, die ihnen Nachschub bringen sollen, und wenn sie nachts an ihren Feuern hocken und ihre Feinde verfluchen, dann werden sie euren Namen im Munde führen! Nicht die Helden der Schlacht, die strahlenden Kürassiere, sondern ihr werdet die Nachtmahre sein, die sie selbst noch in ihren Albträumen verfolgen. Ich weiß, dass euch das gefällt. Ihr, die ihr an der Grenze aufgewachsen seid, in der ständigen Angst, dass die Türken kommen und euch alles nehmen, oder dass über Nacht eine Bande Mordbrenner aus den Bergen herabsteigt. Ihr, die ihr jeden Tag und jede Nacht mit der Angst gelebt habt. Ich muss nur in eure Gesichter sehen. Ihr seid stolz, doch die Angst hat euch gezeichnet. Nun ist es an euch, Rache zu nehmen! Von nun an werdet ihr diejenigen sein, die Angst verbreiten! Die Angst und euer Name werden ein Wort sein: Kroaten! In der letzten Nacht habt ihr eurem schlechten Namen alle Ehre gemacht! Ich mache mir nichts vor. Jeder, wie ihr dort vor mir am Hang steht, hätte bei den Mordbrennern sein können. Dass ihr lebt, ist ein Zufall! Vielleicht werdet ihr auch fragen, warum eure Kameraden gerichtet wurden, wo sie doch taten, was man von euch Schurken erwartet. Nun, ihrem nächtlichen Ausflug haftet ein Makel an, Hunde des Krieges! Ich habe euch nicht von meiner Leine gelassen. Dies ist der einzige Grund, warum sie dort unten im Gras liegen!

Erhebt euch gegen mich, und ich werde euch schnell und blutig bestrafen. Doch beim nächsten Mal werde ich aus jeder Kompanie einen Unschuldigen losen lassen, den man mit den Mördern erschießt. Einige besonders kluge Köpfe unter euch mögen nun glauben, es sei das Beste, mich zu töten. Ich bin sicher, es wird euch gelingen. Doch wieder wird man euch drakonisch bestrafen, und an meine Stelle wird einer treten, der nicht eure Herzen kennt.

Folgt mir und ich verspreche euch, am Ende dieses Krieges wird man euch dafür rühmen, furchtlose Schurken zu sein. Stellt euch gegen mich und alles wird sein wie immer. Selbst wenn ihr eure Haut für die Kaiserin zu Markte tragt, genauso wie es die Kürassiere tun, wird es doch stets so sein, dass man nur sie für ihren Heldenmut lobt.«

Der General machte eine Pause und ließ seinen Blick über die Männer auf der Hügelflanke schweifen. Eine Minute des Schweigens verstrich, vielleicht auch mehr. Dann fuhr er fort: »Dies ist der Handel, den ich euch anbiete. Folgt mir und meinen Befehlen. Ich erwarte nicht, dass ihr in Reih und Glied marschiert, und ich weiß, dass der Versuch, euch nach dem strengen Reglement der Lineartaktik in die Schlacht zu führen, vergebens wäre. Ich kann euch auch nicht versprechen, dass man euch nach dem Kriege Helden nennen wird. Auf eins jedoch habt ihr mein Wort! Folgt mir, und ihr werdet bis zum Ende des Krieges der größte Schrecken der Preußen sein. Fahrt auf meinen Befehl unter sie, und ihr werdet Ruhm und Ehre für eure Mordtaten ernten, und was euch gewiss noch wichtiger ist, manches Stück Silber wird an euren blutigen Händen kleben bleiben.

Stellt ihr euch aber gegen mich, dann wird bald ein anderer meinen Platz einnehmen. Es wird ein Adliger sein, für den ihr nichts als der Abschaum aus der verkommensten Provinz des Kaiserreichs seid, und ich verspreche euch, genau das werdet ihr dann auch bleiben. Nun räumt eure Lager! Ich erwarte vom Korps Nádasdy, dass es in einer Stunde marschbereit ist!«

Der General ließ sein Pferd steigen und ritt dann in leichtem Trab die Front der Truppe ab.

Gabriela hatte das Gefühl, ihr Blut müsse gefrieren. Nur einmal in ihrem Leben war ihr so kalt wie jetzt gewesen. Damals war sie beim Eisfischen auf einem kleinen Weiher eingebrochen. Als man sie auf einer Leiter zum Haus des Vaters brachte, war sie mehr tot als lebendig gewesen, und so fühlte sie sich auch jetzt. Diesmal war die trügerische Decke der Illusion unter ihr zerbrochen und sie stürzte ins Bodenlose. Noch immer hallten die Worte des Generals in ihr nach. Ihrem nächtlichen Ausflug haftete nur ein Makel an, Hunde des Krieges! Ich habe euch nicht von meiner Leine gelassen. Dies ist der einzige Grund, warum sie dort unten im Gras liegen!

Die Bilder der letzten Nacht traten ihr wieder ins Gedächtnis. Das nackte Mädchen, dem das Blut die Beine hinablief. Nicht dafür hatte der General die Plünderer richten lassen! Schlimmer noch, er hatte sogar erklärt, dass sie auf seinen Befehl genau dies wieder tun sollten …

Ein Leben lang hatte sie sich gewünscht, wie ein Mann zu sein. So wie ihr Vater, der Held ihrer Kindheit, hatte sie werden wollen. Doch nun, wo sich ihr Wunsch zu erfüllen schien, hätte sie alles dafür gegeben, niemals hierhergekommen zu sein.

6. KAPITEL

Drei Tage nach der Exekution war der junge Lieutenant der Dragoner, der das Schützenkommando befehligt hatte, tot. Ein Gespann durchgehender Maultiere hatte ihn niedergetrampelt. Niemand stellte infrage, dass dies ein Unfall war, und doch wusste jeder, dass es nicht stimmte. Nach seinem Tod verbesserte sich die Stimmung in der Truppe wieder. Es schien, als habe es eines Opfers bedurft, um den Frieden zwischen Offizieren und Soldaten wiederherzustellen.

Gabriela war zutiefst niedergeschlagen. Sie führte ihre Befehle aus und sprach ansonsten mit niemandem. Sich selbst aber schwor sie immer wieder in ihren schlaflosen Nächten, dass sie mit ihren Gesetzen der Ehre nicht brechen würde. Sie wollte ein eigenes Kommando und ihre Truppen nach ihrem Geiste formen. Sie würden keine Mörder und Plünderer sein! Soldaten, Helden ... wie in den Geschichten, die ihr einst ihr Vater vom Krieg erzählt hatte.

Das Korps Nádasdy marschierte nach Norden, gen Pressburg. Nachdem sie das Leithagebirge passiert hatten, begann es zu regnen und die ungepflasterten Straßen verwandelten sich bald in Ströme aus zähem Schlamm. Die ohnehin ungeordnet marschierende Kolonne zog sich immer mehr in die Länge. Den Quartiermeistern war es unmöglich, für alle Truppen zur Nacht in den Straßendörfern ein trockenes Lager zu finden, und auch Zelte gab es nur wenige, sodass ein Großteil der Männer unter freiem Himmel schlafen musste.

Am fünften Tag, den der Regen fast ohne Unterbrechung währte, sahen die Soldaten, die sich gegen Norden schleppten, aus wie Geistergestalten, die dem Schlamm der Wege entstiegen waren. Die meisten Männer waren über und über mit Dreck besudelt und hatten es aufgegeben, gegen den Schmutz und die Feuchtigkeit anzukämpfen. Jeden Tag meldeten die Quartiermeister mehr Kranke und Deserteure, sodass das Armeekorps, als es Pressburg erreichte, für eine Woche rasten musste, um sich zu reorganisieren. Dort erreichte sie die Nachricht, dass sich in der Grafschaft Glatz unter dem Kommando des preußischen Feldmarschalls Schwerin eine Armee versammelte. Der Preußenkönig aber hatte Sachsen besetzt und belagerte die sächsische Armee, die sich bei Pirna verschanzt hatte.

Der österreichische Feldmarschall Brown, der den Sachsen mit über 30 000 Mann zu Hilfe eilen wollte, war am 1. Oktober bei Lobositz, einem kleinen Ort an der Heerstraße von Prag nach Teplitz, von Friedrich zur Schlacht gestellt worden und musste sich wieder zurückziehen.

Beunruhigender für Gabriela war aber eine andere Nachricht. Nádasdy hatte den Befehl erhalten, seine Truppen nach Olmütz zu führen, um sich dort mit anderen Regimentern zu vereinigen und Winterquartier zu beziehen.

Einen ganzen Abend lang war sie wie betäubt. Als Adjutant Nádasdys würde sie unweigerlich ihrem Onkel begegnen. Bislang hatte sie keinen Gedanken daran verschwendet, dass sich ihr Weg noch einmal mit dem des Festungskommandanten kreuzen könnte. Ihr Onkel war dazu verdammt, in seiner Garnisonsstadt zu bleiben, während Nádasdy ziehen würde, wohin immer der Wind des Krieges ihn trieb.

Doch Gott war gnädig mit ihr, denn der General erhielt Befehl, sich in Prag zu einer Besprechung des Generalstabs einzufinden, und Gabriela gewann ein wenig Zeit.

Mitte November verließ Nádasdy mit einer kleinen Eskorte und einigen Stabsoffizieren Prag, um sein Winterquartier in Olmütz aufzusuchen. Mit jeder Meile, die sie der Festungsstadt näher kamen, sank Gabrielas Stimmung. Sie hatte erwogen zu fliehen, doch in Prag, wo dies möglich gewesen wäre, stand ihr der Stolz im Wege. Sie hatte gehofft, ihr Schicksal würde vielleicht im letzten Moment noch eine günstige Wendung nehmen. Jetzt aber war Flucht unmöglich. Die Pferde wurden nachts bewacht, und sie konnte sich nicht unbemerkt von der kleinen Gruppe entfernen.

Gabriela fühlte sich hundeelend und zu allem Überfluss hatten am Morgen ihre Blutungen eingesetzt, drei Tage vor der Zeit.

An einer Herberge, ein paar Meilen westlich der kleinen Stadt Trübau, machte die Reiterkolonne halt, um ein Mittagsmahl einzunehmen. Gabriela war kaum abgestiegen, als der General sie zur Seite nahm.

»Was ist mit ihm los, von Bretton? Er sieht mir so bleich aus. Ist er krank?«

Gabriela räusperte sich verlegen. Die anderen Männer beachteten sie kaum. »Ich … Mir geht es gut!«

»Mach Er mir nichts vor, Bretton! Ich habe den dunklen Fleck an seiner Hose bemerkt. Er hat in den letzten Monaten viel zu viel Zeit auf dem Pferde verbracht, als dass es möglich sei, dass Er sich wund geritten hat.«

Gabriela erschauerte bis ins Innerste. Jetzt war alles vorbei. Der General hatte ihr Spiel durchschaut!

»Will Er mir nicht sagen, was los ist?«

Sie schluckte heftig und versuchte vergeblich ein Wort herauszubringen. Ihre Knie zitterten. Sie griff nach dem Sattelknauf, um sich zu stützen.

»Na, was hat Er denn, dass es Ihn fast aus den Stiefeln haut? Ist es die blutige Ruhr?«

Gabriela nickte. »Jawohl, Herr General ... Es muss wohl die Ruhr sein ...«

»Wo hat Er sich das denn gefangen? In Prag? Hat wohl ein zu fettes Mahl in einer billigen Schenke eingenommen ... Na, es ist wohl besser, wenn Er hierbleibt. Sollen die Mägde Ihn pflegen ...«

»Ich ... es tut mir ...«

Nádasdy machte ein ernstes Gesicht. »Er hätte mir das melden müssen. Die blutige Ruhr ist eine ernste Sache. Sie kann eine rechte Seuche werden, wenn sie in die Truppenquartiere eingeschleppt wird. Zum Glück sind wir im Winterquartier und die Regimenter weit verteilt. Wie lang geht das denn schon?«

Gabriela konnte immer noch nicht fassen, welch glückliche Wendung das Gespräch genommen hatte. »Ich ... ich kann noch reiten«, stammelte sie verlegen.

Der General lächelte. »Wackerer Kerl! Ich erinnere mich jetzt auch an Seinen Vater. War ein wahrer Satansbraten ...« Dann wurde er wieder ernster. »Mach Er sich keine Sorgen. Für die nächsten Wochen steht die Armee im Winterquartier. Da kann ich auf Seine Dienste verzichten. Vor dem Frühling wird's wohl keinen Krieg mehr geben. Nur schade, dass Er Seinen Onkel nicht treffen kann. Naja, vielleicht ist Er ja bis zum Christfest wieder auf den Beinen. Er wird hier in der Schenke bleiben, bis Er wieder völlig genesen ist.« Nádasdy runzelte die Stirn. »Stehl Er sich nicht zu den Engeln davon! Ich brauch Ihn im nächsten Jahr, wenn der Feldzug beginnt. Hab Seine Dienste zu schätzen gelernt! Was macht Er denn jetzt für ein Gesicht?«

Gabriela zögerte.

»Na heraus mit der Sprache! Glaube Er nicht, dass ich ihn noch weiter reiten lasse. Mein Entschluss steht fest!«

»Es ist ... Bitte, sagt dem Schankwirt nichts von meiner Krankheit. Wenn er von der blutigen Ruhr hört, dann wird er mich totschlagen, sobald Herr General und die seinen am Horizont verschwunden sind, um mich dann irgendwo auf einem Acker zu verscharren.«

Nádasdy runzelte die Stirn. »Das wäre in der Tat möglich. Sagen wir dem guten Mann, dass es ein arger Schnupfen und ein leichtes Fieber sind. Bei diesem Hundewetter wird er keinen Verdacht schöpfen ... Man muss ja schon eine Rossnatur haben, um sich nichts zu fangen.«

»Und noch etwas ...« Ganz augenscheinlich wurde der General langsam ungeduldig. Sie standen noch immer vor dem Gasthaus und ein eisiger Wind war aufgekommen. »Wenn der Herr General bitte meinem Onkel gegenüber schweigen würde. Der Herr von Bretton hält mich für einen verweichlichten Aufschneider und meinen Namen zu hören, ist ihm unangenehm. Er hat mich zu ihnen gesandt, um mich nicht mehr unter seinen Augen haben zu müssen.«

Nádasdy schüttelte ungehalten den Kopf und blickte zur Tür der Schenke. »Unsinn! Der Mann hat keine Augen im Kopf. Verweichlicht ist das Letzte, dem ich zustimmen würde. Aufbrausend vielleicht ... und ein wenig unbesonnen ... Aber wenn Er eines Tages bei den Husaren reitet, mögen das durchaus sogar Tugenden sein. Nun lass Er uns aber gehen! Es ist genug palavert. Ich werde Seinem Onkel den Kopf ein wenig zurechtrücken und ihm erklären, wie sehr er sich in Ihm getäuscht hat.« Nádasdy schmunzelte. »Allein wenn ich an das Duell mit dem von Graffenstein denke ... Als Vorgesetzter musste ich Ihn für diese Tat schelten. Doch von Mann zu Mann kann ich Sein Verhalten nicht anders als wacker nennen.« Der General klopfte ihr auf die Schulter. »Und nun hinein in die gute Stube, bevor uns der eisige Wind die Seele aus dem Leib bläst!«

Das Zimmer in der Wegschenke war gewiss komfortabler als die meisten Quartiere, die in diesem Winter vergeben wurden. Gabriela stand in dem kleinen Raum und sah sich um. Ihre Satteltaschen lagen auf dem schmalen Bett, auf dem sich mehrere dicke Decken türmten. Mit beiden Händen stützte sie sich auf die Matratze auf. Sie war mit Stroh und Kräutern gefüllt und duftete angenehm würzig. Einen Ofen gab es natürlich nicht, doch stieg an der Rückwand, gleich hinter dem Bett, der gemauerte Kamin des Schankraums bis zum Dach empor. Die grauen Steine strahlten ein wenig Wärme ab.

Fröstelnd rieb sie sich die Arme. Es gab ein winziges Fenster in der Dachschräge. Von dort ging der Blick auf eine trostlose Hügellandschaft. Der graue Himmel hing tief über der Erde. Regen schlug gegen das Fenster, und die Scheibe war schnell von ihrem Atem beschlagen.

Mit einem Seufzer ließ Gabriela sich auf dem Bett nieder. Wie so oft, wenn die Bluttage kamen, verspürte sie Stiche im Unterleib. Noch war es erträglich. Sie legte sich die Hand auf den Bauch und murmelte ein stummes Gebet. Manchmal wurden die Schmerzen so stark, dass sie sich nur noch wünschte zu sterben. Hoffentlich würde ihr das diesmal erspart bleiben.

Schlecht gelaunt starrte sie zu den dunklen Deckenbalken. Hier also würde sie die nächsten Tage oder Wochen verbringen. Mit einem unguten Gefühl dachte sie an Nádasdy. Ob er ihrem Onkel von ihr erzählen würde? Der Festungskommandant würde sofort begreifen, was geschehen war, wenn er von einem Gabriel Bretton und einem Duell hörte. Aber jetzt war nichts mehr zu tun! Warum auch hatte das Armeekorps ausgerechnet nach Olmütz gelegt werden müssen! Zum Henker damit! Selbst wenn Nádasdy nicht von ihr sprach, bestand die Gefahr, dass von Bretton nach dem Schicksal seiner Nichte fragte.

Sobald ihr Name genannt würde, wäre dem Reitergeneral klar, welches Spiel sie trieb.

Gabriela streckte sich lang auf dem Bett aus. Nun konnte sie nichts mehr tun. Sie würde ein paar Tage warten müssen, sonst glaubte ihr Nádasdy niemals, dass sie wieder gesund sei. Und wenn sie einfach verschwand? Sie könnte davonreiten und Frauenkleider anlegen ... Niemand würde sie mehr wiederfinden. Jetzt wo sie mit dem Lügenspiel begonnen hatte, konnte sie es auch bis zum Ende treiben. Was mochte ihr geschehen? Selbst wenn der allerschlimmste Fall eintreten würde und man sie wegen Mordes an der Hure ihres Mannes vor Gericht stellte und verurteilte, hätte sie dem Tod wenigstens noch ein paar Monate abgetrotzt. Und was für Monate!

Von der Tür her erklang leises Klopfen.

»Wer da?«, rief sie ungehalten.

»Die Lizbeth und die Mia. Wir ... wir sollen nach Ihnen schauen, Herr Offizier. Der Wirt hat uns geschickt.«

»Es ist nicht abgesperrt«, brummte Gabriela.

Sie musterte die beiden jungen Mägde streng, die daraufhin erröteten. Die eine war schwarzhaarig und fast schon dürr, die zweite eine üppige Blondine, die Gabriela an Anastasia, die Hure ihres Mannes, erinnerte. »Und nun?«

Während die Schwarzhaarige noch heftiger errötete, fasste die Blonde sich ein Herz. »Der Herr Wirt ... Er hat uns aufgetragen zu fragen, ob wir Ihnen gegen das Fieber einen Sud aus geschroteter Gerste kochen sollen. Das treibt die Hitze aus dem Körper. Oder sollen wir lieber einen Sud aus Kamillenblüten bringen?«

»Nichts dergleichen! Mir geht es schon ganz gut.«

»Wenn Sie noch irgendeinen Wunsch haben, Herr Rittmeister ...«

»Dann werde ich mich melden. Und im Übrigen bin ich

kein Rittmeister, sondern persönlicher Adjutant des Generals. Ihr beide dürft jetzt gehen.«

Die Mädchen machten eine merkwürdige Verbeugung, die wohl einen höfischen Knicks andeuten sollte, und verschwanden wieder. Kaum dass sie zur Türe hinaus waren, presste sich Gabriela die Hände auf den Unterleib. Die Krämpfe waren schlimmer geworden! Punkte aus grellem Licht tanzten vor ihren Augen. Sie stöhnte vor Schmerz. Für gewöhnlich hätte sie sich mit einem Aufguss aus Rosmarin-, Safran- oder Minzblättern geholfen, um die Schmerzen zu lindern. Jetzt aber hatte sie Angst, sich zu verraten. Zu leicht hätten Frauen durchschaut, gegen welche Art Krankheit man diese Kräuter nutzte. Also musste sie die Schmerzen aushalten!

Ein säuerlicher Geruch lag in ihrer kleinen Kammer, als endlich rotes Morgenlicht durch das von Eisblumen getrübte Fenster fiel. Die ganze Nacht hatte Gabriela mit ihren Krämpfen gerungen und zitternd unter dem Stapel der wollenen Decken gelegen. Vor Schmerzen hatte sie sich erbrochen, doch dadurch war wenigstens das Blut in ihrem Nachttopf abgedeckt. Trotzdem konnte sie nicht das Risiko eingehen, dass eine der beiden Mägde ihr Nachtgeschirr säuberte. Wenn sie das Blut sahen, würden sie entweder ihr Geheimnis erraten oder aber glauben, dass sie eine sehr gefährliche Krankheit hatte.

Noch immer waren die schrecklichen Leibkrämpfe nicht abgeklungen und obwohl das Licht noch schwach war, hatte Gabriela das Gefühl, man würde ihr glühende Nadeln durch die Augen bis ins Hirn treiben. Mit zitternden Händen verknotete sie ein paar Leinenstreifen und schob sich den hühnereigroßen Verbandsklumpen in die Vagina. Er würde das verräterische Blut aufnehmen. Gestern hatte sie in der Eile des Aufbruchs vergessen, diese

Vorsichtsmaßnahme zu treffen. Nur deshalb hatte der General den dunklen Fleck in ihrer Hose bemerkt. Ein solcher Fehler würde ihr kein zweites Mal unterlaufen!

Hastig zog sie sich die enge Husarenhose an, streifte die Stiefel über und schlang sich den Pelz über die Schultern. In der Schankstube war jetzt gewiss noch nicht viel los.

Ein wenig schwankend kam sie die steile Stiege hinab, die aus dem Schankraum zu den Gastzimmern führte. Lizbeth und Mia waren bereits auf den Beinen. Während die Schwarze sich abmühte, in der Glut des Vorabends ein neues Feuer im Kamin zu entfachen, verteilte die Blonde neues Stroh in der Stube. Ohne ein Wort durchquerte Gabriela den Raum und spürte die Blicke der beiden im Rücken.

Durch die Bewegung waren im Nachttopf dunkle Blutschlieren zwischen dem Erbrochenen aufgestiegen. Gabriela fluchte stumm und stieß mit dem Fuß die Tür zu der winzigen Vorkammer auf, durch die man das Wirtshaus betrat. Dort stapelte sich an den Wänden gespaltenes Holz für den Kamin in der Gaststube. Obwohl eine schwere Decke vor der Tür nach draußen hing, war es in der kleinen Kammer eisig kalt. Gabriela zerrte die Decke zur Seite, öffnete die Türe und wäre beinahe gestürzt, als ihr eine laut maunzende Katze zwischen den Beinen hindurchhuschte.

Draußen hatte sich über Nacht das Land verwandelt. Hügel und Straße waren unter einem dünnen Mantel aus Schnee verschwunden. Der Winter war früh gekommen in diesem Jahr. Vor Kälte schlotternd umrundete Gabriela das Haus und entleerte ihr Nachtgeschirr in die Jauchegrube. Mit den Füßen scharrte sie ein wenig Schnee zusammen und wischte damit den stinkenden Topf aus, als sie sich plötzlich wieder beobachtet fühlte. Abrupt drehte sie sich um. Dicht beim Haus stand die schwarzhaarige

Magd und starrte herüber. So als habe sie der Blickkontakt ermutigt, kam sie auf Gabriela zu.

»Ihr solltet das nicht tun, Herr Offizier. Das ist meine Aufgabe …«

»Scher dich zum Teufel! Wenn es mir beliebt, meinen Dreck wegzumachen, dann tue ich das auch.«

Das Mädchen zuckte zusammen und sah scheu zu Boden. Plötzlich runzelte die Magd die Stirn. Auch Gabriela senkte den Blick. Vor ihren Stiefeln waren drei dunkle Blutstropfen auf dem frischen Schnee zu sehen. Wie beiläufig wischte Gabriela mit dem Stiefel darüber. »Ich hab den roten Wein, den du mir am Abend zum Mahl gebracht hast, in der Nacht wieder von mir gegeben«, murmelte sie halblaut und sah dem Mädchen dabei forschend ins Gesicht. Die Kleine nickte. Offenbar hatte sie ihr Glauben geschenkt.

»Ich habe gehört, wie schlecht es Euch ging, Herr. Ich schlafe mit der Lizbeth in einer kleinen Kammer direkt unter Eurem Zimmer.«

»Danke für deine Anteilnahme.« Gabriela hatte die Bemerkung ironisch gemeint, doch verstand das Mädchen dies offenbar nicht und errötete mit einem schüchternen Lächeln. »Du kannst mir ein wenig frisches Brot und einen Krug mit leicht angewärmtem Wasser aufs Zimmer bringen. Dort steht dann auch noch die Waschschüssel, angefüllt mit dem, was diese Nacht nicht bei mir bleiben wollte. Da du meinst, dass es deine Aufgabe ist, sich darum zu kümmern, magst du sie gerne mitnehmen.«

Die junge Magd nickte ergeben. »Jawohl, gnädiger Herr. Soll ich Euch auch das Rasierzeug bereiten?«

»Das wird nicht nötig sein.« Die Sonne war über die Hügel im Osten gestiegen. Gabriela stöhnte auf vor Schmerz. Das Licht war ihr unerträglich. Sie musste in ihre Kammer zurück! Sie wollte sich nur noch tief unter ihren Decken vergraben und in Dunkelheit und Wärme versinken. Ohne die Kleine noch eines Blickes zu würdigen, eilte sie zum Gasthaus zurück.

Noch einen Tag und eine Nacht dauerten ihre Schmerzen, dann war die Krise überwunden. Zwei weitere Tage erhob sie sich kaum von ihrem Lager, um wieder zu Kräften zu kommen. In dieser Zeit rang sie mit einem Entschluss, der sie Kopf und Kragen kosten mochte. Dann endlich, am Morgen des vierten Tages, wusste sie, was sie tun würde.

Sie war im Bett geblieben, bis von der Tür her ein zaghaftes Klopfen erklang. In den letzten Tagen war dies schon fast zu einem Ritual geworden. Gabriela brummte etwas und die Tür schwang auf. Herein trat die schwarzhaarige Schankmagd. Es war immer nur sie, die ihr das Frühstück brachte oder im Laufe des Tages nachfragte, ob etwas zur Bequemlichkeit fehle. Noch immer errötete das junge Mädchen, und Gabriela war inzwischen der festen Überzeugung, dass sich das törichte Geschöpf in sie verliebt hatte. Anfangs hatte sie die Magd sehr grob behandelt, mit der Zeit aber war sie etwas freundlicher zu ihr geworden. Das Mädchen tat ihr leid.

Auch dem Gastwirt war das Betragen Mias nicht verborgen geblieben, und einmal hatte Gabriela gehört, wie er die Magd wegen ihres ungebührlichen Betragens gegenüber dem Herrn Offizier schalt.

Wie jeden Morgen hatte Mia auch diesmal ein Brett mit frischem Brot, Käse und Wurst und einer Schale warmer Milch gebracht. Statt zu gehen, stand sie stumm neben dem Bett und wartete, ob es noch etwas zu erledigen gab. Dann fiel ihr Blick auf die gepackten Satteltaschen, die auf dem Stuhl standen.

»Ihr wollt uns schon verlassen … gnädiger Herr?«, stammelte die Kleine hilflos.

»Ich muss zu meinem Regiment zurück.«

»Aber … Ihr seid doch so krank …«

»Unsinn! Mir geht es wieder gut!« Gabriela hoffte, ihre derben Worte würden das Mädchen vertreiben, doch Mia blieb scheinbar ungerührt neben dem Bett stehen.

»Aber ich hab doch gesehen … Das Blut … Ihr habt Blut erbrochen.«

»Du musst dich getäuscht haben! Ich hab dir doch gesagt, es war der Wein …«

Die Magd schluckte. »Gewiss, gnädiger Herr. Ich … muss mich getäuscht haben … wenn Ihr es sagt.«

Gabriela sah, wie dem Mädchen Tränen in den Augen standen. Sie fühlte sich wie ein Schurke. Einen Herzschlag lang wollte sie Mia sagen, wer sie wirklich war. Aber sofort verwarf sie den Gedanken wieder. Sie durfte sich niemandem anvertrauen! Und am allerwenigsten einer Schankmagd. Wer wusste, zu wem sie alles reden würde, um sich wichtigzumachen. Dennoch tat ihr das Mädchen leid. Bisher hatte Gabriela nicht daran gedacht, dass sich eine Frau in den Mann, den sie spielte, verlieben könnte. Plötzlich fühlte sie sich schuldig. Sie hätte Mia aus dem Zimmer werfen sollen, doch sie konnte es nicht.

»Ich muss zu meiner Truppe zurück«, murmelte sie leise. »Ich kann nicht länger bleiben.«

»Gewiss, Herr.« Mia konnte die Tränen nicht länger zurückhalten. »Aber Ihr werdet doch wiederkommen … Ihr seid der Adjutant des Generals. Sicher wird er Euch oft mit Nachrichten nach Prag schicken … Dann müsst Ihr doch hier zur Nacht einkehren. Ich meine … von hier bis Olmütz ist es doch fast ein Tagesritt.«

»Ich weiß nicht, welche Aufgaben der General für mich hat, wenn ich zum Stab zurückkehre. Vielleicht schickt er mich auch nach Wien. Viele der hohen Offiziere werden den Winter über am Hof der Kaiserin sein.«

Mia nickte. »Ihr habt recht, Herr.«

Für lange Zeit herrschte Schweigen. Gedankenverloren starrte Gabriela auf den Dampf, der von der warmen Milch aufstieg. Schließlich blickte sie auf. »Warum ich? In dem Gasthaus steigen doch sicher viele Offiziere ab. Bin ich denn etwas Besonderes?«

»Ja, Herr. Ihr seid anders als all die anderen!«

Gabriela zuckte leicht zusammen. Doch sofort hatte sie sich wieder in der Gewalt. »Wie meinst du das?«

»Ihr seid so edel. Nicht so wie die anderen Herren Offiziere, die genauso selbstverständlich glauben, die Lizbeth und ich müssten sie zur Nacht in ihren Kammern aufsuchen, wie wir ihnen in der Schankstube das Bier auftragen müssen. Ich bin keine ...« Ihr stockte die Stimme. »Aber sie geben dem Wirt ein paar Münzen... Der Lizbeth ist das egal, aber ... Bei Euch hab ich gleich gewusst, dass Ihr anders seid, gnädiger Herr. Von edlem Blute und edler Gesinnung. So wie der Herr General ...« Sie blickte wieder zu Boden. »Aber nun, wo Ihr wisst, was für eine ich bin, werdet Ihr gewiss nicht wiederkommen. Bin schließlich kein Aschenbrödel ... Es ist im Leben halt nicht so wie in den Geschichten der Spinnerinnen ...«

»Da hast du wohl recht«, entgegnete Gabriela trocken. Warum machte sie sich wegen dieser kleinen Magd nur ein Gewissen? Sie sollte besser darüber nachdenken, ob sie sich vielleicht tatsächlich eines Tages dadurch verraten würde, dass sie den Schankmädchen nicht nachstellte. Selbst wenn man sie nicht für eine Frau hielt, sondern ihr unterstellte, dass sie an Knaben Interesse habe, wäre das ihr Tod. Soldaten, bei denen der Verdacht bestand, dass sie mit anderen Männern auf widernatürliche Weise Unzucht trieben, drohte der Strang! »Ich danke dir für deine Dienste«, sagte Gabriela nachdenklich. »Du darfst jetzt gehen.«

»Ja, gnädiger Herr.« Mia hatte sich so weit in der Gewalt, dass sie nicht mehr weinte, doch schlich sie wie ein geprügelter Hund zur Türe.

»Mädchen …«

Die Kleine fuhr herum, die Augen voller Hoffnung.

»Wenn der General mich nach Prag schickt, dann werde ich gewiss in keiner anderen Herberge als dem Schwarzen Ross absteigen. Ich bin noch nirgends so gut bedient worden wie hier, und es wird mir eine Freude sein, dich wiederzusehen.«

»Oh … Danke. Danke, Herr!«

Gabriela nickte ihr zu und griff nach der Schale mit der heißen Milch. Am Abend würde sich entscheiden, ob sie überhaupt jemals wieder irgendwohin reiten würde …

7. KAPITEL

Gabriela erreichte Olmütz zwei Stunden vor Einbruch der Dämmerung. Bis es dunkel wurde, machte sie eine Rast bei der Ruine, wo sie vor mehr als einem Jahr auf die Wölfin getroffen war. Das verfallene Gemäuer war nun verwaist. Nichts erinnerte mehr an die Anwesenheit des Raubtiers.

Wie damals stieg sie auf den Turm und blickte über die Wipfel der Bäume hinweg. Hier hatte sich nichts verändert, und doch war ihre Welt eine ganz andere geworden. Aber war das von Bedeutung? Vielleicht war sie schon in einer Woche nur mehr ein Fraß für die Würmer. Sie versuchte, an nichts mehr zu denken und nur noch den treibenden Wolken zuzusehen. Es gelang ihr nicht. Selbst am Himmel schien er präsent zu sein. Mal erinnerte sie eine Ausbuchtung an seine Nase oder die Locken seiner Perücke, und dann schien sich gar sein ganzes Profil in einer dunklen Schneewolke zu zeigen.

Schließlich war sie durchgefroren und ihre Finger rot wie Zimt. Mit steifen Gliedern kletterte sie vom Turm hinab und stieg in den Sattel. Nazli begrüßte sie mit freudigem Wiehern.

Als Gabriela das Stadttor an der March erreichte, war es schon dunkel. So bestand keine Gefahr, dass sie einer der Soldaten vielleicht trotz der Uniform wiedererkannte. Zunächst fragte sie, ob der General Nádasdy in der Stadt sei, und erfuhr, dass der Banus die Truppenquartiere in der Region inspizierte. Dann erkundigte sie sich nach dem Befehlshaber der Festung und ließ sich den Weg zur Kommandantur erklären, als sei sie noch niemals in der Stadt gewesen.

Als sie den Exerzierplatz erreichte und sich aus dem Sattel schwang, kam ein Stallbursche herbeigelaufen, um ihr Pferd unterzustellen. Es war Branko. Der Junge war im letzten halben Jahr fast um einen Kopf größer geworden. Brummend bedankte sie sich, als er die Zügel nahm, und senkte den Blick. Doch ihre Vorsicht schien unnötig zu sein. Er hatte sie nicht wiedererkannt.

Mit langen Schritten eilte sie der Kommandantur entgegen.

»Ein Bote von General Nádasdy, Herr General!«

»Soll reinkommen.« Von Bretton hob den Blick nicht von dem Schreiben, das ihn eine Stunde zuvor erreicht hatte. Es sah so aus, als wolle man ihn hier in der Festung verschimmeln lassen! Mit dem Brief wurde sein Ersuchen, zum Feldheer versetzt zu werden, freundlich, aber bestimmt zurückgewiesen. Er war sich sicher, dass die Gräfin Uhlfeld dahintersteckte. Seit dem Unfall mit ihrem überfressenen Hund gelang ihm nichts mehr, was immer er auch begann. Einen Monat zuvor hatte er den Prinzen Joseph Wenzel Liechtenstein dringend darum ersucht, ihm weitere Geschütze zur Bestückung der Festung zukommen zu lassen. Der Prinz war der oberste Artillerieoffizier in Diensten der Kaiserin, und eigentlich hatte er sich mit ihm immer gut verstanden. Von Bretton nahm einen tiefen Zug aus seiner Pfeife. Obwohl der preußische Feldmarschall Graf Schwerin mit seinem Armeekorps irgendwo an der Grenze stand, hatte man jede weitere Verstärkung für die Festung verweigert. Der General fluchte leise. Durch solch kleingeistige Intrigen konnten Kriege verlorengehen.

Die Tür zum Kartenzimmer hatte sich geschlossen. Jemand räusperte sich leise. Eine bodenlose Frechheit! Der junge Schnösel von Ordonanzoffizier sollte gefälligst warten!

Sorgfältig faltete von Bretton das Schreiben, dem er verdankte, dass er am Feldzug des nächsten Frühjahrs gewiss nicht teilnehmen würde, und lehnte sich auf seinem Stuhl zurück. Als er den Mann an der Tür sah, fiel ihm die Meerschaumpfeife aus der Hand. Für einen Augenblick konnte er spüren, wie sein Herz aussetzte zu schlagen. Es war sein Bruder Carolus! So wie er vor dreißig Jahren ausgesehen hatte, als sie gemeinsam gegen die Türken geritten waren.

»Ich bringe Nachricht von Ihrer Nichte.«

Von Bretton schluckte. Selbst ihre Stimme klang ganz so wie die seines Bruders. Er kniff die Augen zu. War das ein Traum? Als er wieder zur Tür blickte, stand Gabriela immer noch dort. Sie trug eine Uniform in den Farben von Nádasdys Regiment. Wie zum Teufel war ihr das geglückt? Das konnte doch nicht sein ... Mit forschen Schritten trat sie an seinen Tisch.

»Ich bin keine Erscheinung, Herr Onkel! Ich lebe noch!«

»Bei Gott, was tut Sie in diesem Amazonenkleide? Wenn man Sie so sieht ...«

»... dann behandelt man Sie so, wie es einem Adjutanten des Generals Nádasdy zukommt«, führte Gabriela den Satz zu Ende. »Im Übrigen scheint Ihr ja nicht gerade erfreut darüber zu sein, dass ich noch unter den Lebenden weile.«

Der General schüttelte erbost den Kopf. Was bildete sich diese Göre ein! »Was, in drei Teufeln Namen, ist in Nádasdy gefahren, dich zu seinem Adjutanten zu machen.«

Sie setzte ein impertinentes Lächeln auf. »Ihr habt es ihm empfohlen, Onkel.«

»Was ...«

»Ich habe mir erlaubt, Euren Brief ein wenig zu ändern. Er war zwar recht artig formuliert, doch hätte er mich gewiss nicht davor bewahrt, für etwas bestraft zu werden, was ich nicht getan habe. So kommt es, dass Ihr, mein Onkel, mich, Gabriel von Bretton, Euren Neffen, Eurem alten Freund, dem General Nádasdy mit den wärmsten Worten empfohlen habt. Ich rate Euch dringend, dieses Schreiben nicht zu widerrufen ... Es müsste so aussehen, als hättet Ihr Euch einen Scherz mit dem Herrn Kavalleriegeneral erlaubt.«

»Wie hat Sie das eingefädelt? Und was hat Sie dem armen Olek angetan? Er erzählt jedem, der Leibhaftige hätte Sie geholt. Der Kerl ist davon überzeugt, Er habe seine Seele verwirkt, weil Er sie nicht vor dem Teufel bewahren konnte. Fast den ganzen Tag verbringt er betend vor dem Hochaltar des Doms. Mit seinen Reden über den Überfall hat Er sich endgültig zum Gespött aller Leute gemacht!«

Seine Nichte blickte betreten zu Boden. »Das habe ich nicht gewollt. Ich ...«

»Wer waren Ihre Gehilfen bei dieser schändlichen Scharade?«

»Ich denke nicht, dass Ihn das etwas angeht!«

Mit einem tiefen Seufzer ließ er sich in seinen Sessel zurücksinken. Sie wollte einfach nicht begreifen, in was für eine Lage sie sich gebracht hatte! Wie konnte sie nur so naiv sein! Vielleicht half es, wenn man ihr gut zuredete.

»Mein liebes Kind, ich weiß nicht, wer dich bei diesem Husarenstückchen beraten hat, doch ein wahrer Freund kann es gewiss nicht gewesen sein. Dein Mann ist dir nachgereist, nachdem ich ihn aus dem Kerker entlassen habe. Er hat deine Spur aufgenommen ... In Orschowa ist in deiner Abwesenheit über den Mord an dieser Schankmaid verhandelt worden. Man hat dort deine Flucht als Schuldeingeständnis aufgefasst und dich zum Tode durch den Strang verurteilt. Du bist jetzt vogelfrei … Sogar hier in der Stadt hat man deinen Steckbrief verlesen. Weißt du, was das bedeutet?«

Sie war jetzt sehr blass. »Das bedeutet, dass du besser nicht verraten solltest, wer dich in dieser Nacht besucht hat, wenn dir an meinem Leben gelegen ist, Onkel.«

Er nickte. Wenigstens hatte sie den förmlichen Ton aufgegeben. »Du musst ins Ausland. Nach Frankreich vielleicht. Dort wirst du in Sicherheit sein …«

»Ich glaube nicht, dass man mich unter Nádasdys Husaren suchen wird. Einen sichereren Ort wird es für mich nirgends geben.«

»Glaubst du wirklich?« Von Bretton lachte bitter. »Du hättest dich nicht als Gabriel von Bretton eintragen sollen. Auf deinem Steckbrief sind dein Taufname und dein Name als Eheweib dieses verfluchten Zollmeisters genannt. Jeder, der seinen Verstand beieinanderhat, kann sich denken, wer Gabriel von Bretton ist. Du musst fort von hier! Das ist die einzige Lösung!«

»Kannst du dir einen Bretton als fahnenflüchtig vorstellen, Onkel? Ich nicht! Ich werde bleiben. Wir haben Krieg. Wenn ich mich nicht beim Grafen Nádasdy zurückmelde, gelte ich als Deserteur. Auch auf unerlaubtes Entfernen von der Truppe steht die Todesstrafe. Und diesmal würde ich zu Recht gerichtet … Überleg auch, in was für einem Licht du dastehen wirst. Schließlich hast du mich wärmstens an den Grafen Nádasdy empfohlen. So stand es zumindest in deinem Brief, nachdem ich ihn korrigiert hatte.«

Sie hatte es wieder einmal geschafft. Er fühlte sich in der Falle. Kein Weg schien mehr offen. Sie war eine Teufelin! Sie hielt sich an keine der Regeln der Gesellschaft, vertraute aber zugleich darauf, dass er es tat. Er musste diese boshafte Dialektik durchbrechen. Er durfte sich nicht von ihr in seinem Handeln bestimmen lassen. Fast immer, bis auf jene Winternacht vor einem Jahr, als er Caspar ermordete, hatte sie das Heft in der Hand. Sie bestimmte den Weg … Er reagierte nur. So war er gezwungen, Entscheidungen zu treffen, ohne sie reiflich überlegt zu haben, wohingegen sie die Zeit gewonnen hatte, bis zu ihrer nächsten Auseinandersetzung eine neue Intrige gegen ihn zu spinnen.

»Nun? Hast du dich entschieden?« Sie beugte sich vor.

Sie glaubte an ihn. Niemals würde sie erwarten, dass er ihr ein Leid zufügte. Sie war seine Nichte … Und er stand noch immer in der Schuld seines Bruders, dem er nicht geholfen hatte, als er seiner Hilfe am meisten bedurft hätte. Verdammtes Weibervolk! War er denn so ein schlechter General? War es so leicht, ihn auszumanövrieren? Hatte man ihm deshalb das Kommando über eine Festung gegeben? Käme es hier zu Kämpfen, würden sie nach genau feststehenden Regeln geschlagen. Eine Festung zu erobern, war höhere Mathematik. Man betrachtete sie von allen Seiten, fand den schwächsten Punkt, baute dort seine Schanzen auf und begann mit der Beschießung. Gleichzeitig versuchte man, Gräben bis dicht unter die Wälle zu treiben und schließlich die Verteidigungswerke zu erstürmen. Jede Festung musste eines Tages fallen. Zumindest wenn die Belagerer genügend Nachschub bekamen und bei ihrem Vorgehen nicht gestört wurden. Die einzige Variable in dieser Rechnung war die Moral der Festungsbesatzung. Es kam darauf an, wie lange die Verteidiger auf den Wällen daran zu glauben vermochten, dass der Untergang nicht gewiss war. Als Festungskommandant war man von vornherein in der Defensive. Man reagierte … Hatte man ihn deshalb nach Olmütz abkommandiert und gab ihm kein Kommando im Feld mehr? War es sein Charakter, immer gleich in die Defensive zu gehen? War er deshalb schon als junger Mann zur Artillerie gegangen und nicht zur Kavallerie, wie es sein Bruder Carolus getan hatte?

»Onkel?« Gabriela zog einen versiegelten Brief aus ihrer Säbeltasche und legte ihn auf den Tisch. »Dies ist ein Geständnis, das dich von aller Schuld reinwäscht. Ich bekenne darin, dass ich dein Schreiben an den General Nádasdy gefälscht habe. Dich kann man nicht mehr zur Verantwortung ziehen. Nur eine Bitte habe ich an dich. Verrate mich nicht! Ich werde versuchen, von Stund an nicht mehr in deine Nähe zu kommen. Wenn du mich nicht zu sehen bekommst, ist das wahrscheinlich besser für uns beide. Du bist dann nicht gezwungen, vor anderen für mich zu lügen.«

»Glaubst du, dass ich das täte?«, fragte der General ruhig. Er nahm den Brief und hielt ihn gegen das Licht der Kerzen auf seinem Schreibtisch. Undeutlich konnte er Schriftzüge durch das gefaltete Papier erkennen.

»Würdest du mich denn ausliefern?«

Von Bretton blickte zu Gabriela. Seit dem Tod Juliettes hatte ihm keine Frau mehr etwas bedeutet, bis unerwartet die Tochter seines Bruders in sein Leben getreten war. Und auch sie machte ihn wieder zum Verräter! Wenn er sie nicht meldete, dann billigte er damit, dass sie die Ehre der österreichischen Kavallerie besudelte. Keine Frau sollte in eine Schlacht reiten oder, schlimmer noch, das Kommando über aufrechte Mannsbilder führen, wenn es auf Leben und Tod ging. Wissentlich würde ihr kein Soldat der Armee folgen. Doch wenn er sie meldete, dann bedeutete das den Galgen für sie. Nachdem sie den Grafen Nádasdy dergestalt getäuscht hatte, durfte sie keine Hoffnung mehr auf dessen Gnade haben. Das Urteil gegen sie würde vollstreckt werden! »Ich werde versuchen, dir aus dem Weg zu gehen. Nádasdy ist ein alter Freund von mir … Ich möchte ihn nicht belügen.«

Sie musterte ihn kalt. Offenbar hatte sie eine andere Antwort erwartet. »Damit wäre dann wohl alles gesagt!«

»Ist es das?«, entgegnete er ruhig. Er wünschte sich, sie könnte ihn verstehen. Was sollte er denn tun? So vieles gab es, worüber er gerne noch mit ihr gesprochen hätte. Seine Freude, dass sie noch lebte … auch wenn er den Weg, den sie gewählt hatte, wieder einmal nicht billigen konnte. Doch ihr Trotz versiegelte seine Lippen. Er war zu stolz, den ersten Schritt zu tun … Oder war er einfach nur zu dickköpfig? Der General spürte, dass es einen Augenblick wie diesen, wo sie beide allein waren und über alles reden konnten, vielleicht nie wieder geben würde. Dennoch war er nicht in der Lage, ihn zu nutzen.

»Gibt es eine Nachricht, die ich dem General Nádasdy überbringen soll?«

Von Bretton schüttelte stumm den Kopf. Sie sah wirklich aus wie ein Mann. Die Husarenuniform stand ihr gut, und die blasse Narbe auf der Wange gab ihr etwas Verwegenes. Nur ein Schnurrbart fehlte ihr. Sie war der einzige Husar ohne Bart, den er jemals gesehen hatte.

Gabriela salutierte. »Ich bitte um Erlaubnis, mich zurückziehen zu dürfen.«

Sie behandelte ihn, als sei er irgendein vorgesetzter Offizier. Er richtete sich auf und nickte dann. Zackig wandte sie sich um und eilte mit langen Schritten zur Tür, so als sei sie froh, ihn endlich zu verlassen.

»Du wirst General Nádasdy in Sternberg finden. Er mustert dort Rekruten.« Der Klang seiner Stimme überraschte von Bretton. Sie war seltsam rau. Er schluckte, doch das Kratzen in seiner Kehle ließ nicht nach. Gabriela könnte diesen Tonfall als Schwäche deuten. Es hörte sich fast so an, als habe er geweint. Was zum Teufel ging nur in ihm vor?

An der Tür drehte sie sich noch einmal um. Einen scheinbar endlosen Augenblick sahen sie sich an. Ihr Gesicht wirkte kalt, doch ihre grünen Augen waren voller

Sehnsucht. Sie wartete noch immer auf ein freundliches Wort von ihm.

Er räusperte sich erneut. Ein dicker Kloß saß in seiner Kehle. Wenn er jetzt sprach …

Leise schloss sich die Tür. Einen Herzschlag lang wollte er ihr folgen. Dann hatte er sich wieder in der Gewalt. Er trat ans Fenster, um ihr zuzusehen, wenn sie ihr Pferd aus dem Stall holte. Stumm verfluchte er sich. Sie brachte sein Leben durcheinander. Jedes zweite Mal, wenn sie sich sahen, stritten sie sich, und doch bedeutete sie ihm mehr als jeder andere Mensch auf der Welt. Auch wenn er es ihr vielleicht niemals würde sagen können …

Mit langen Schritten eilte sie auf den Platz unter dem Fenster. Es hatte begonnen zu schneien. Wie dünner weißer Staub lag der Schnee auf den Dächern der Stadt, die sich schwarz gegen den bleigrauen Nachthimmel abzeichneten. Von der Stellmacherei ertönte das heisere Krächzen einiger Raben, die sich in einen windgeschützten Winkel unter den Dachfirst duckten.

Er hatte ihr nicht einmal ein Nachtquartier angeboten. Bis Sternberg waren es nur zwanzig Kilometer, doch bei Nacht würde sie dreimal so lange wie bei Tageslicht brauchen, um die Strecke hinter sich zu bringen.

Gabriela war plötzlich stehen geblieben. Ob sie zu ihm hochblicken würde? Auf dem Kartentisch stand ein vielarmiger Kerzenleuchter. Sie würde seine Silhouette deutlich vor dem Fenster erkennen können.

Eine Gestalt löste sich aus dem Schatten des Stalls und kam ihr entgegen. Besorgt beugte sich von Bretton so weit vor, dass seine Stirn die kalte Fensterscheibe berührte. Es war Branko, sein Bursche. Erleichtert atmete er aus und ein grauer Schleier zog sich über das Glas. Der Junge hatte Dienst in dieser Nacht. Es war seine Pflicht, sich um das Pferd des Meldereiters zu kümmern und darauf zu warten, ob der Adjutant zurückkehrte. Ob er Gabriela wohl wiedererkannt hatte? Von Bretton schüttelte bedächtig den Kopf. Nein, das war unmöglich. Zu sehr hatte sie sich verändert ... und es war dunkel. Das Letzte, was Branko von Gabriela gehört hatte, war, dass sie von Räubern entführt worden war. Es gab keinen Grund für ihn, nach ihr Ausschau zu halten oder auch nur Verdacht zu schöpfen. Seit General Nádasdy sein Hauptquartier hier in der Festung bezogen hatte, kam täglich ein halbes Dutzend Meldereiter.

Von Bretton wischte mit der Hand über die Scheibe, um wieder sehen zu können. Die beiden waren verschwunden. Alles was geblieben war, waren ihre dunklen Spuren, welche die dünne Schneedecke durchbrochen hatten, sodass schwarz das Pflaster des Hofs hindurchschimmerte.

Es hatte Momente gegeben, in denen er wie ein Vater für Gabriela fühlte. Er lächelte traurig und blickte zum Nachthimmel. Seine Gedanken wanderten weit in die Vergangenheit bis zu jenem Sommer ... Obwohl Juliette ihn betrogen hatte, war er ihr immer treu geblieben. Er war ein romantischer alter Narr. Seine Hände schlossen sich fester um den kalten, polierten Offiziersstock. Er dachte an jenen verfluchten Tag, an dem er zu früh auf seinen Familiensitz zurückgekehrt war ... An den schwarzen Hengst mit den goldbestickten Pistolentaschen, der im Hof gestanden hatte. Ein Pferd, das er gut kannte. Es gehörte seinem Vorgesetzten, dem Feldmarschall-Lieutenant Claude Alexandre Comte de Bonneval. Er war Franzose, genau wie seine Schäferin, wie er sie immer genannt hatte, wenn sie beide allein gewesen waren. »Comtesse Juliette de Châlus«, murmelte er leise. Ihr Name versetzte ihm immer noch einen Stich ins Herz.

Der alte General seufzte. Sie war ein wenig wie Gabriela gewesen, auch wenn sie sich freilich nicht für einen Mann hielt. Ihre erste Begegnung endete mit einem Streit, und er war es schließlich, der sich nach Wochen bei ihr entschuldigt hatte. Stolz und unbeugsam war sie gewesen, seine Comtesse. Gerne hatte sie erzählt, dass sie in jenem düsteren Turm geboren ward, vor dem einst Richard Löwenherz tödlich verwundet worden war. Es war wohl schon immer das Schicksal der de Châlus gewesen, Unglück zu bringen ...

Von Bretton dachte wieder an jenen Sommernachmittag, an dem sich entschieden hatte, dass er für immer allein bleiben würde. Er hatte nichts Übles gedacht, als er das Pferd damals sah, und auch das Personal war ohne jeden Argwohn gewesen. Schließlich war allen bekannt, dass er mit seiner Comtesse in einem Monat Verlobung feiern wollte.

Mit langen Schritten war er die Treppen hinaufgestürmt zu dem Musikzimmer im alten Turm. Als er die Tür öffnete, lag sie in den Armen des Feldmarschalls. Und sie trug das Schäferinnenkostüm wie an jenem Tag, als sie sich zum ersten Mal begegneten. Ihr Dekolleté war verrutscht, und der Comte küsste leidenschaftlich ihre Brüste. Einen Herzschlag lang hatten sie alle drei wie versteinert dagestanden. Er hatte überlegt, den Franzosen zum Duell zu fordern. Dann fiel sein Blick auf die Papiere, die auf dem Spinett am Fenster lagen. Es waren Zeichnungen von Festungsanlagen.

Juliette hatte sich immer sehr für Festungen und für die Artillerie interessiert. Bretton musste an den Plan von Peterwardein denken, der einen Monat zuvor von seinem Schreibtisch verschwunden war. In dem Moment begriff er, dass Juliette ihn niemals geliebt hatte, und er zog blank. Der Comte hatte seinen Degen abgeschnallt. Seine Waffe lehnte außer Reichweite in einer Fensternische.

De Bonneval versuchte zu erklären ... Doch was bedeuteten seine Worte? Juliette aber griff nach den Plänen auf dem Spinett und floh. Sie war sehr schnell … Noch bevor er es verhindern konnte, war sie durch die Tür. Auch der Feldmarschall versuchte zu entkommen. Am liebsten hätte er ihn getötet, den Schurken! Doch er war beherrscht genug gewesen, ihm seinen Degen nur durch das Bein zu stoßen. Dann hatte er die Tür des Musikzimmers versperrt und war Juliette gefolgt. Sie hatte das Pferd im Hof genommen. Ihr Vorsprung war nur gering. Auch er war in den Sattel gesprungen, und als er durch das Torhaus des Anwesens preschte, konnte er sie weniger als eine halbe Meile entfernt auf den Wald zureiten sehen.

So als habe sie seinen Blick gespürt, drehte sie sich um. Noch fester klammerten sich die Finger des alten Generals um den Stock in seiner Hand. Seine Knöchel knackten wie dürre Äste. Hätte sie sich doch nur nicht nach ihm umgesehen! So bemerkte sie den dicken Ast nicht, der tief über dem Waldweg hing. Er traf sie am Kopf und sie stürzte vom Pferd.

Wie der Teufel war er über die Wiesen gejagt, um zu ihr zu eilen. Als er sie erreichte, lebte sie noch. Ein dünner Faden Blut tropfte ihr vom Ohr auf die schneeweißen Schultern. Sie blickte starr in den wolkenlosen Sommerhimmel, und doch erkannte sie ihn noch, als er sich über sie beugte. Niemals würde er ihre letzten Worte vergessen: »Verzeih, mein Geliebter. Er bedeutete mir nichts … Es geschah nur, weil ich deinen Namen nicht mit meinem Verrat beschmutzen wollte. Dir hat meine Seele gehört, doch mein Herz habe ich der Krone Frankreichs verpfändet und …« Sie vollendete diesen Satz nicht mehr.

Bis zum Sonnenuntergang saß er neben ihr am Waldrand und vertrieb jeden, der sich ihm nähern wollte. Dann trug er sie zum Herrenhaus. Sie wurde in jenem Zimmer aufgebahrt, in dem sie so viele Stunden gemeinsam verbracht hatten. Am nächsten Morgen verbrannte er die Festungspläne, für die sie ihr Leben gegeben hatte. Dann ließ er den Feldmarschall frei. Hätte er ihn angeklagt, so wäre auch ihr Name in den Schmutz gezogen worden … Und wie die Zeit zeigte, hatte es seiner nicht bedurft, um diesem Halunken das Genick zu brechen.

Vom Hof unter dem Fenster ertönte dumpfer Hufschlag. Eine schwarze Gestalt mit dem Kolpak der Husaren ritt zum Tor. »Meine Gebete sind mit dir, meine Närrin«, flüsterte er mit halb erstickter Stimme.

8. KAPITEL

Nachdem sie sich im Hauptquartier des Generals zurückgemeldet hatte, wurde Gabriela zur Inspektion des Dragonerregiments Althann abkommandiert, das in den Dörfern um Sternberg Quartier bezogen hatte.

Es war ein grauer Dezembermorgen, als sie Nazli sattelte und sich mit dem Veterinär Brinkmann auf den Weg machte. Der Tierarzt war ein kleiner, verschnupfter Mann, der in seinem viel zu großen Mantel schier zu versinken schien. Er hatte seinen Dreispitz tief ins Gesicht gezogen. Um sich vor dem Wind zu schützen, hatte Brinkmann einen Schal wie ein Kopftuch über seine Ohren gebunden und unter dem Kinn zusammengeknotet. Den ganzen Weg über fluchte er leise vor sich hin, dass man ihn bei diesem Sauwetter vor die Tür geschickt hatte, und tröstete sich immer öfter mit einem tiefen Schluck aus der Feldflasche, die an seinem Sattelknauf hing. Brinkmanns Mantel war abgewetzt und speckig. Weiße Schlieren an seinen Ärmelaufschlägen wiesen ihn als einen Feind von Taschentüchern aus. Wenn er sich schnäuzte, tat er das in die offene linke Hand und rieb sie danach an der Satteldecke ab.

Gabriela war der Veterinär zuwider. Die meiste Zeit ritt sie voran, um den Kerl nicht sehen zu müssen. Sie war froh, dass Brinkmann nicht gerade gesprächig war und sie in Ruhe ließ.

Sie folgten der Straße nach Troppau, und bald wurden die kahlen Felder von den ersten Ausläufern des Altvatergebirges abgelöst. Dunkle Wälder bedeckten die Höhenrücken am Horizont. Es lag nur wenig Schnee, doch blies ihnen von Osten ein schneidender Wind ins Gesicht. Graue Wolken hingen tief am Himmel und verschluckten die Höhenzüge im Norden. Keine Menschenseele war auf der Straße.

Langsam fraß sich die Kälte durch ihre Kleider. Gabriela strich sich über die Wangen. Sie waren wie taub. »Verfluchtes Mistwetter!« Obwohl ihre Finger in ledernen Handschuhen steckten, begannen sie steif zu werden.

»Heho, Herr Adjutant!«

Gabriela drehte sich um. Brinkmann hatte gerade seine Flasche abgesetzt und wies auf einen Einschnitt zwischen zwei Hügeln. »Wir müssen dort lang!«

Die Husarin kniff die Augen zusammen. Sie hatte den schmalen Weg übersehen, der von der Straße abzweigte. Mürrisch nickte sie dem Veterinär zu und wendete ihr Pferd. Brinkmann hatte alle Quartiere schon einmal besucht und kannte sich aus. »Ist es noch weit?«

Der Tierarzt schnäuzte sich erneut, blickte einen Augenblick nachdenklich in seine Handfläche und wischte sie ab. »Eine Stunde noch, denke ich. Vielleicht auch etwas weniger.«

»Gut.« Gabriela nickte knapp und übernahm wieder die Führung. Schweigend setzten sie ihren Weg fort. Zwischen den Hügeln waren sie wenigstens etwas vor dem Wind geschützt.

Sie passierten ein paar einsame Gehöfte. Sehnsüchtig blickte Gabriela zu den matt leuchtenden Fenstern. Dort würden sie gewiss eine warme Suppe bekommen und es sich auf einer Bank direkt am Kachelofen bequem machen können. Fröstelnd schob sie sich die linke Hand unter ihre pelzgesäumte Weste. Dann richtete sie die Augen starr auf den Weg. Es war müßig, sich solchen Gedanken hinzugeben. Sie müssten heute noch mindestens zwei Winterquartiere inspizieren. Für eine unnötige Rast war da keine Zeit!

Brinkmann sollte recht behalten. Bis sie Waldau erreichten, verging eine Stunde. Das Dorf bestand aus vielleicht vierzig niedrigen Häusern. Sie waren weiß verputzt, die Fensterläden bunt bemalt und mancher Türsturz mit prächtigem Schnitzwerk geschmückt. Ganz offensichtlich war man hier nicht arm. Sogar ein kleines Gasthaus gab es. Von dort her hörte man noch hundert Schritt die Dorfstraße hinunter ausgelassenes Lärmen.

Gabriela schwang sich aus dem Sattel. Sie war durchgefroren und hatte schlechte Laune. Wehe, wenn sich die Dragoner was hatten zuschulden kommen lassen! Sie war gerade in der richtigen Stimmung, ihnen bei der überraschenden Inspektion die Hölle heißzumachen.

Sie brachte Nazli in den Stall neben der Schenke, legte der Stute eine alte Decke über und gab ihr eine Portion Hafer. Der Veterinär hatte sein Pferd schon versorgt und trat in der Tür zum Stall ungeduldig von einem Bein aufs andere.

Aus der Schenke ertönte lautes Johlen. Brinkmann grinste sie an. Offenbar erwartete er von ihr, dass sie den Dragonern gleich ganz schön einheizen würde. Sie versuchte ihn zu ignorieren. Etwas nervös zupfte sie an ihrer Uniform. Dann griff sie nach dem Säbel und nahm ihn hoch, damit er nicht gegen ihre Beine schlug.

Als sie die Tür zur Schankstube öffnete, schlug ihr ein Schwall Tabaksrauch entgegen. In der Stube war es stickig. Es roch nach frischem Brot und abgestandenem Bier. Mehr als ein Dutzend Männer stand um einen Tisch in der Mitte der Gaststube. Es waren Dragoner und Bauern. Grölend und fluchend feuerten sie zwei Männer an, die mit hochroten Köpfen einander gegenübersaßen und sich im Armdrücken maßen. Irgendjemand schimpfte lautstark. »Sapperlot, macht doch die Tür zu!«

Gabriela räusperte sich leise. Niemand beachtete sie. Sie

öffnete den Beutel an ihrem Gürtel und holte eine große Münze hervor. In hohem Bogen warf sie sie durch die Luft, sodass sie klirrend mitten auf den Tisch fiel. Das Geräusch der Silbermünze brachte die Männer augenblicklich zum Schweigen. Etliche drehten sich um, während das Duell der beiden Dragoner andauerte.

»Einen Maria-Theresien-Taler auf den Dicken.« Sie schnippte mit den Fingern. »Und ein Bier für mich, Wirt!«

Ein großer Mann mit langem, schlohweißem Haar löste sich aus der Gruppe und ging hinter den Tresen. Irgendwo raunte jemand: »Zum Teufel, der Adjutant des Generals.«

»Weitermachen!« Gabriela lächelte breit. Sollten die Kerle ihr Spielchen zu Ende bringen. Danach wäre sie am Zug. Sie griff nach einem Stuhl, drehte ihn mit der Lehne nach vorn und ließ sich breitbeinig darauf nieder. Die Hitze in der Stube ließ ihre Glieder prickelnd wieder zum Leben erwachen. Der Wirt stellte das Bier auf den Tisch neben ihr. Es war ein mächtiger Krug, der mehr als einen halben Liter fassen musste.

»Das geht auf Kosten des Hauses, gnädiger Herr.« Er blickte sie mit seltsam jugendlich gebliebenen braunen Augen an. »Es wird doch keinen Ärger geben, nur weil die Jungs sich ein wenig vergnügt haben!« Bei dem Ton, den er anschlug, war dies mehr eine Feststellung als eine Frage.

Gabriela blies den Schaum von ihrem Bier und hielt seinem Blick stand. »Wir werden sehen und dann ...«

Ein Krachen ertönte vom Tisch nebenan. Der Dicke hatte verloren.

Brinkmann ließ sich mit einer Suppenschüssel neben ihr nieder und grinste. »Das wird ein teurer Ausritt für Sie werden, wenn Sie sich in jedem Dorf auf diese Art Respekt verschaffen wollen.«

»Ist er sich darüber im Klaren, dass ich Befehlsgewalt

über ihn habe? Was würde er davon halten, schon jetzt die Pferde in den Ställen zu begutachten und erst später seine Suppe zu essen … wenn sie ein wenig abgekühlt ist!«

Der Wirt musterte sie voller Verachtung und wandte sich ab. Brinkmann wollte sich gerade erheben, als Gabriela ihn am Arm zurückhielt. »Bleib er schon hier!«

Einer der Dragoner teilte die Wettgewinne aus. Manche der Soldaten sahen in ihre Richtung. Offenbar hatte sich schon herumgesprochen, wer sie war. Sie zog eine Liste aus ihrer Säbeltasche. Der Quartiermeister der Dragoner hatte genauestens niedergeschrieben, wer in welchen Häusern untergebracht war. Mit dem Zeigefinger fuhr sie die Zeilen hinab, bis sie den Namen gefunden hatte, den sie suchte. Dann richtete sie sich auf. In der Gaststube war es jetzt sehr ruhig geworden. Gesprochen wurde nur noch im Flüsterton.

»Wo steckt der Wachtmeister Feldheim?«

Die Männer sahen sich an. Keiner sagte etwas. Man hätte eine Nadel fallen hören können. »Nun, was ist mit dem Wachtmeister? Er da …« Gabriela zeigte auf den Dicken, der beim Armdrücken verloren hatte. »Wo ist er?«

Der Mann blickte betreten zu Boden. »Er ist … bei der Müllerin … aber es ist nicht so, wie Sie denken.«

»Ich glaube kaum, dass er zu ahnen vermag, was ich denke. Doch lassen wir das …« Gabriela richtete sich auf. »Ich werde mir nun eine Suppe bestellen und bin mir sicher, dass der Wirt sich ein wenig Zeit lassen wird, mich zu bedienen, denn schließlich seid ihr seine beste Kundschaft in diesem Winter. Sobald ich diese Suppe gegessen habe, erwarte ich, dass ihr alle feldmarschmäßig ausgerüstet vor der Schenke angetreten seid. Die Pferde lasst ihr in den Ställen. Der Herr Veterinär wird sie sich anschauen. Und was den Wachtmeister angeht, erwarte ich, dass er sich umgehend bei mir meldet! Weggetreten!«

Schweigend und ohne Hast verließen die Soldaten den Schankraum. Ein Windstoß fuhr heulend in den Kamin, als die Tür sich öffnete.

»Das kann man auch langsamer angehen lassen«, bemerkte Brinkmann und ließ aus einer silbernen Dose eine Prise Schnupftabak auf seinen Handrücken rieseln. »Die Männer werden Sie dafür hassen, wie Sie sie behandeln.«

»Es ist nicht meine Aufgabe, von diesen Hurensöhnen geliebt zu werden. Erkläre er mir nicht, was ich hier zu tun habe!«

»Ist Ihr erster Winter in der Armee, nicht wahr?« Der Veterinär sog geräuschvoll den Schnupftabak in seine Nasenlöcher und hielt schnaufend die Luft an, während er hektisch in den Taschen seines Gehrocks zu kramen begann. Offenbar besaß er doch ein Taschentuch.

Gabriela warf einen Blick auf den leeren Teller des Tierarztes. Brinkmann war inzwischen rot angelaufen und schnaubte wie eine kalbende Kuh. Endlich hatte er das Tüchlein gefunden. Lärmend wie ein Trompetenstoß verschaffte er sich Erleichterung. Tränen rannen ihm über die Wangen. Sie würde niemals begreifen, was man an Schnupftabak finden konnte. Angewidert betrachtete sie sein Taschentuch. Es war über und über mit grässlichen braunen Flecken bedeckt und Gabriela fragte sich, ob er es überhaupt schon jemals gewaschen hatte.

»Er sollte sich jetzt die Pferde ansehen!« Sie sagte das in einem Tonfall, der keinen Widerspruch duldete. Brinkmann hatte verstanden. Er erhob sich, bedachte sie mit einem verachtenden Blick und steuerte dann die Tür an.

Verdrossen starrte Gabriela auf den Tisch, um den die Männer gestanden hatten, als sie in die Schenke gekommen war. Sie würde ihnen den Tag verderben ... Das war zumindest sehr wahrscheinlich. Nicht dass es ihr Spaß machte. Es war ihre Aufgabe. Auf dem Weg hierher hatte sie über all das nachgedacht, was ihr Vater ihr über seine Winterquartiere erzählt hatte. Als Offizier war es oft seine Aufgabe gewesen, die Unterkünfte zu inspizieren, wenn das Regiment auf mehrere Dörfer verteilt worden war. Gabriela wusste, dass ein Winter mehr Soldaten kosten konnte als selbst eine schlimme Niederlage auf dem Schlachtfeld. Nicht dass sie Hunger zu fürchten hätten … Es waren andere Gefahren … weniger offensichtlich. Waren die Strapazen während des Feldzugs oft unerträglich, so ging es den Männern im Winter zu gut. Da die Quartiere meist verstreut lagen, hatten die Offiziere ihre Mannschaften nicht so gut unter Kontrolle wie im Feldlager. Das hieß, wenn sie sich überhaupt dafür interessierten, ein Auge auf die Truppen zu haben, und sich nicht Urlaub nahmen, um sich in Prag oder Wien zu vergnügen.

Vier Gulden und dreißig Kreuzer erhielt jeder Reiter im Voraus, um sich damit auf zehn Tage zu versorgen. Noch einmal so viel gab es für das Pferd. Davon musste die Verpflegung bezahlt werden, aber Unterkunft, Liegestatt, Licht und Feuerung zum Heizen und Kochen stellte der Quartiergeber umsonst. Meist machte es für den Bauern auf einem Hof auch keine besonderen Umstände, noch ein oder zwei weitere Mann unterzubringen, vor allem, wenn sie zumindest für das Essen in barer Münze zahlten. Noch lukrativer war es, wenn ein Offizier einquartiert wurde. Schon ein Wachtmeister erhielt die dreifache Mundportion. Es war für ihn also kein Problem, eine kleine Familie zu versorgen. Ein Dragonerfähnrich oder ein Kornett erhielt bereits das Fünffache dessen, was ein einfacher Dragoner bekam, ein Rittmeister gar das Neunzehnfache sowie sechs Pferde- und neun Brotportionen. So kam es nur allzu häufig vor, dass sich schon ein Wachtmeister Kostgänger leisten konnte, die er für Geld oder gegen andere Dienste aus Heeresvorräten mitversorgte.

Bei den einfachen Soldaten war es üblich, dass sie ihr Pferd für Ausritte vermieteten oder einem Bauern für die Feldarbeit zur Verfügung stellten. Einzelne Männer ließen sich auch als Landarbeiter oder Handwerker anwerben, und wenn dann noch ein Weiberrock ins Spiel kam, dann vergaßen sie leicht, dass sie für ihren Sold in der Schuld der Kaiserin standen.

Andere brachten ihre Löhnung beim Würfel- und Kartenspiel durch oder versoffen sie. Wenn sie Schulden machten, verpfändeten sie das Geld für das Pferdefutter oder machten einfach weiter, solange sie einen Dummen fanden, der ihnen noch etwas borgte. Wenn ihnen dann die ganze Sache über den Kopf wuchs, liefen sie irgendwann bei Nacht und Nebel davon. All dies konnte nur verhindert werden, wenn die Mannschaften sich stets beobachtet fühlten und damit rechnen mussten, dass den Offizieren nicht die kleinste Verfehlung entgehen würde.

Der Wirt hatte ihr inzwischen die Suppe vorgesetzt und sie begann gierig die heiße Brühe zu löffeln. Als sei es erst gestern gewesen, klangen ihr die Worte ihres Vaters in den Ohren. »Eine strenge Hand brauchen sie! Das fängt schon mit der Auswahl der Quartiere an. Sie müssen sauber sein. Es darf sich dort kein Ungeziefer finden. Gleiches gilt für ihre Ausrüstung und für die Waffen.« In den Pferdeställen sollte kein anderes Vieh stehen. Die Ställe durften nicht zu warm sein, und die Pferde mussten regelmäßig bewegt werden. Mindestens zweimal in der Woche sollten sie für ein paar Stunden geritten werden. Ein guter Offizier kümmerte sich nicht nur um die Ausrüstung seiner Männer, er war sich auch nicht zu schade, die Ställe zu besichtigen, um die Fütterung, den Hufbeschlag und den allgemeinen Gesundheitszustand der Tiere zu begutachten. Immerhin kostete ein einigermaßen brauchbares Pferd mehr als fünfzig Gulden!

Die Tür ging auf und ein großer vierschrötiger Kerl trat herein. Die silberne Borte an seinem Dreispitz und der dünne Stock, den er lässig unter den Arm geklemmt hatte, wiesen ihn als Unteroffizier aus. Seine Wangen waren weiß von Mehl. Er salutierte vor Gabriela. »Wachtmeister Feldheim meldet sich zum Rapport! Ich bitte um Entschuldigung für …«

»Solange ich nicht herausfinde, dass Sein Trupp ein Sauhaufen ist, braucht Er sich noch für gar nichts zu entschuldigen.« Sie wischte mit einem Brotkanten die Suppenschüssel aus und fügte dann sarkastisch hinzu: »Ich hoffe, ich habe Ihn nicht zu sehr bei der Müllerin gestört.«

»Nein, Herr Adjutant. Wir sind mit der Arbeit fertig geworden.«

»Arbeit nennt er das …«

»Jawohl, Herr Adjutant. Ich habe mit drei Männern einen neuen Mühlstein eingesetzt. Der alte Stein hatte sich blank wie ein Kinderarsch gerieben … Sie müssen entschuldigen, Herr Adjutant. Mein Vater hat selbst eine Mühle betrieben … Ich kenne mich mit derlei Dingen aus, und der Mann der Müllerin ist diesen Herbst gestorben. Da hab ich geholfen, mit anzupacken und …«

»Schon gut, Mann!« Sie fühlte sich schäbig. Der Wachtmeister hatte sich nur nützlich gemacht, statt seine Zeit mit Hurerei und Kartenspiel zu vertun … »Wollen mal sehen, ob Seine Männer schon angetreten sind. Bisher habe ich keine Klagen über Euch gehört.«

Der Wachtmeister grinste erleichtert. »Sind brave Jungs, Herr Adjutant. Jedenfalls solange ihnen kein Preuße über den Weg läuft.«

»Na, dann hoffen wir mal, dass sie im nächsten Jahr reichlich Gelegenheit erhalten, sich von ihrer unfreundlichsten Seite zu zeigen.«

»Jawohl, Herr Adjutant!«

Gemeinsam verließen sie den Gasthof. Der Dorfplatz war noch leer. Feldheim blickte nervös zu den Häusern entlang der Straße. »Sind sicher jeden Augenblick fertig …«

Aus dem Stall hinter dem Gasthof erklang ein jämmerliches Wiehern, gefolgt von einem lästerlichen Fluch. »Schauen wir mal, was der Veterinär macht«, murmelte Gabriela, ohne auf die Abwesenheit der Soldaten einzugehen.

Um die Ecke des Gasthofs blies ihnen eine eisige Bö ins Gesicht. Es hatte zu schneien begonnen. Die Wärme, die sie in der Schenke genossen hatten, machte die Kälte noch schlimmer. Vielleicht sollten sie doch in dem Dorf Quartier nehmen und erst am nächsten Tag weiterreiten, dachte Gabriela.

Brinkmann hatte sich zwei Soldaten gegriffen und mit in den Stall genommen. Einer kam ihnen nun entgegen und schüttete einen Eimer voll Blut in den Schnee. Gabriela packte den Kerl am Arm. »Was geht da drinnen vor sich?«

»Der Arzt lässt die Viecher zur Ader. Ist gut für sie … hat er gesagt.«

Gabriela schluckte einen Fluch hinunter. Sie musste an ihren Onkel denken und wie die Behandlung durch den Regimentschirurg Straben ihn fast das Leben gekostet hatte. Aufgebracht trat sie in den Stall. Die Pferde waren unruhig. Ein Soldat hatte Nazli Zaumzeug angelegt und redete leise auf die Stute ein. Brinkmann stand mit hochgekrempelten Ärmeln daneben. Seine Hände waren rot von Blut. Er tätschelte über Nazlis Hals. »Alles gut, meine Schöne. Du wirst gar nichts merken!«

»Steck das Messer weg!«

Der Veterinär drehte sich zu Gabriela um und sah sie verständnislos an. »Was soll das heißen?«

»Dass Er die Finger von meiner Stute lassen soll!«

»Aber es ist an der Zeit, dass man etwas gegen die üblen Säfte unternimmt, die sich in ihrem Blut gesammelt haben. Sie werden sehen, es wird dem Pferd bessergehen, nachdem ich es …«

»Es geht meiner Stute nicht schlecht!« Langsam ließ sie die Hand auf den Griff ihres Säbels sinken. »Wann hat man Ihn eigentlich das letzte Mal zur Ader gelassen?«

Der Arzt runzelte die Stirn. Er schien zu überlegen, ob es ihr tatsächlich ernst war. Dann trat er einen Schritt zurück. »Der Aderlass ist eine seit mehr als hundert Jahren wohlerprobte Praxis in den Kavallerieregimentern ihrer kaiserlichen Majestät. Das Reglement schreibt vor, alle Pferde im Dezember und ein zweites Mal im Mai zur Ader zu lassen. Wollen Sie mich tatsächlich zwingen, gegen diese eisernen Regeln zu verstoßen? Ich müsste das melden, Herr Adjutant.«

»Das Pferd dort gehört mir. Das Regiment hat es nicht erworben. Somit ist es ziviler Besitz und fällt nicht unter die Bestimmungen des Reglements. Nehme Er sein Messer weg, Brinkmann!«

Der Veterinär brummte etwas Unverständliches, dann wandte er sich an den Soldaten, der die Zügel hielt. »Zäume es ab! Wir kümmern uns um ein anderes Pferd. Mag das Viech doch vor der Zeit verrecken!«

»Wir sprechen uns noch, Brinkmann! Sobald Er fertig ist, melde Er sich bei mir zum Rapport!«

Der Veterinär warf ihr einen finsteren Blick zu. »Ganz recht, diese Sache wird noch ein Nachspiel haben!«

Aufgeblasener Wichtigtuer, dachte sie bei sich. Hol ihn doch der Teufel. Aufgebracht verließ sie den Stall. Der Wachtmeister folgte ihr und wagte es nicht, auch nur ein Wort zu sagen. Offenbar rechnete er damit, dass seine Männer nun ihren Zorn abbekommen würden. Sie musste lernen, ihr Temperament besser in den Griff zu bekommen!

Tatsächlich waren die Dragoner mittlerweile auf dem Dorfplatz angetreten. Sie hatten ihre kurzen Karabiner geschultert und standen starr wie Salzsäulen. Langsam schritt Gabriela die Reihe ab und musterte jeden einzelnen Mann. Sie bemerkte, wie die Soldaten den Atem anhielten, wenn sie an die Reihe kamen. Nicht alle hatten es geschafft, ihre weißen Uniformröcke mit Kreide einzureiben, um jeden Flecken verschwinden zu lassen. Bei zwei Mann hätten die Stiefel dringend neu gefettet werden müssen. Doch sie sah darüber hinweg. Im Wesentlichen war die Montur der Soldaten in Ordnung, vor allem ihre Waffen waren gut gepflegt.

Als sie am Ende der Reihe angelangt war, drehte sie sich auf dem Absatz um. Der Wachtmeister war ihr auf dem Schritt gefolgt und machte einen leichten Satz zurück. »Respekt, Feldheim. Die Männer sind gut in Schuss! Wie oft werden die Pferde bewegt?«

»Jeden zweiten Tag, Herr Adjutant!«

Sie nickte. »Gut. Und wie steht es mit dem Exerzieren nach den khevenhüllerschen Instruktiones?«

»Ich ... ähm. Also zu Anfang der Woche haben wir das Chargieren zu Fuß geübt und am vergangenen Freitag das Feuern vom Pferd aus.«

»Wie steht es mit der blanken Waffe?«

Feldheim lächelte selbstbewusst. »Sie können einen beliebigen meiner Männer auswählen und sich selbst davon überzeugen, dass er mit dem Pallasch umzugehen versteht.«

»Schon gut.« Sie drehte sich zu den Dragonern um. »Rührt euch! Ihr habt lange genug in der Kälte herumgestanden, Kerls! Bringt die Waffen in die Quartiere zurück, danach erwarte ich euch in der Gaststube! Wollen mal sehen, ob uns ein heißer Rotwein das Eis aus den Knochen treibt. Die erste Runde geht auf mich.«

Einen Moment lang sahen die Männer sie ungläubig an. Ihr Auftritt in der Schenke hatte sich gewiss schon herumgesprochen, und offenbar hatten sie einen üblen Schleifer erwartet, der für jede stumpfe Stelle im Leder der Patronentaschen mit Arrest drohte. »Ein Hurra für den Herrn Adjutanten«, brüllte ein Mann am Ende der Reihe. Es war der Dicke, der im Armdrücken verloren hatte.

»Hurra!«, ertönte es begeistert aus den rauen Männerkehlen. Der Beifall war ihr die paar Kreuzer, die sie für den Wein auslegen würde, allemal wert. Sie hatte die Männer auf ihrer Seite. Dennoch würde sie, bevor sie weiterritt, noch die Stuben inspizieren!

9. KAPITEL

»Wie zum Henker ist dieser Kerl nur jemals zum General geworden!« Nádasdy hieb mit der Faust auf den schweren Eichentisch, dass die Kristallgläser klirrten. Gabriela war gerade aus Königsgrätz zurückgekehrt und hatte dem Banus von General Graf Serbelloni Bericht erstattet, der das österreichische Armeekorps bei der Festungsstadt befehligte.

»Meine Herren, wir können unmöglich weiter auf unseren Hintern sitzen bleiben! Wenn Serbelloni sich nicht bewegt, dann müssen wir abrücken.«

General Bretton räusperte sich leise und richtete sich dann auf. »Mein lieber Freund, wir können Olmütz nicht verlassen. Wir haben keinen Befehl erhalten.«

Gabriela blickte zu ihrem Onkel. Es war das erste Mal seit mehr als vier Monaten, dass sie ihn wiedersah. Er war ein Feigling! Jetzt begriff sie, warum er kein Kommando im Feld bekam. Ihm fehlte der Schneid eines Nádasdy!

»Humbug!«, tobte der Kavalleriegeneral. »Wir wissen inzwischen, dass der verfluchte Preußenkönig seine sämtlichen Armeekorps nach Prag marschieren lässt. Schwerin hat vor fast einer Woche sein Hauptquartier in Glatz verlassen. Wenn wir jetzt nichts unternehmen, dann werden sie den Prinzen Karl bei Prag ganz einfach in Stücke schießen!«

»Sie wissen doch selbst, dass der Prinz fast 70000 Mann unter seinem Kommando hat. Was sollte da schon passieren? Außerdem hat er die Stadt im Rücken und …«

Nádasdy beugte sich über den Tisch und stieß dabei sein

Weinglas um. »Mensch, Bretton! Der Preußenkönig zieht seine ganze Armee zusammen. Allein der Teufel weiß, wie viele Soldaten er aufbieten kann. Mein eigenes Regiment steht unter dem Kommando von Serbelloni, und der Kerl lässt meine Husaren nicht einmal ausrücken, um die gegnerischen Truppenbewegungen zu beobachten. Der Preuße setzt alles auf eine Karte. Er will eine große Schlacht. Wenn wir ihn jetzt besiegen, ist der Krieg vielleicht schon in einem Monat zu Ende und wir sitzen in Berlin. Aber dazu braucht der Prinz jeden Soldaten an seiner Seite. Es ist besser, wenn zwei Österreicher auf einen Preußen kommen, solange er das Kommando führt. Gabriel!«

Gabriela trat an die Seite des Banus. Sie wusste, was der General vom Prinzen Karl hielt. In Nádasdys Augen war es ein schwerer Fehler, ihm das Kommando über eine ganze Armee zu geben, denn auch wenn er ein tapferer Offizier war, so war er doch alles andere als ein brillanter Stratege. »Du wirst sofort nach Königsgrätz zurückreiten und Serbelloni ausrichten lassen, dass ihm kein Preuße so sehr die Hölle heißmachen kann, wie ich es tun werde, wenn er sich nicht endlich nach Prag bewegt.« Nádasdy blickte zu den anderen Offizieren, die an der langen Tafel versammelt waren. »Und was Sie angeht, meine Herren, erwarte ich, dass Ihre Regimenter in zwei Tagen bereit sind, nach Prag abzurücken. Wir sind hier, um einen Krieg zu gewinnen und nicht, um nur darüber zu reden, was gegen die Preußen zu tun ist!« Er blickte zu dem großen roten Weinfleck, der sich über das weiße Tischtuch ausgebreitet hatte. »Bei der Kaiserin, ich schwöre, dass ich keinen Tropfen Wein mehr anrühren werde, bevor meine Männer kein Preußenblut vergossen haben! Lang lebe Maria Theresia!«

Die anderen Offiziere sprangen auf und hoben ihre Gläser. »Auf die Kaiserin«, ertönte es dutzendfach.

Als Gabriela zurückkehrte, brachte sie gute Nachrichten. Graf Serbelloni war vom Kommando abgelöst worden und der neue Befehlshaber, Feldmarschall Graf Daun, hatte seine Truppen umgehend nach Prag in Bewegung gesetzt. Nádasdy war bereits bis Zwittau vorgestoßen. Zehn Tage noch und auch die österreichischen Armeekorps hätten sich vereinigt. Dann würde sich Friedrich einer erdrückenden Übermacht von mehr als 100 000 Mann gegenübersehen. Damit wäre Preußens Schicksal besiegelt!

Die letzten zehn Tage hatte Gabriela fast ununterbrochen im Sattel gesessen. Bald in ihrer ersten großen Schlacht zu stehen, war wie ein Fieber. Doch jetzt, nach diesem letzten Ritt, war sie so erschöpft, dass sie kaum noch gehen konnte. Mit Mühe hatte sie Haltung bewahrt, als sie Nádasdy die Neuigkeiten aus Königsgrätz überbrachte.

Das Heerlager war vor den Toren von Zwittau aufgeschlagen worden. Nádasdy selbst hatte in einem kleinen Gasthof Quartier bezogen, und Gabriela war froh, sich in eine Dachkammer zurückziehen zu können, bis der General erneut nach ihr rufen ließ. Völlig erschöpft ließ sie sich auf das schmale Bett sinken und war fast sofort eingeschlafen.

Als sie erwachte, war es dunkel. Sie blinzelte und brauchte einen Augenblick, um sich zu erinnern, wo sie war. Ein Prickeln lief über ihren Rücken. Etwas stimmte nicht! Sie lauschte. Draußen vor dem Haus ertönten Stimmen und … Es roch nach Tabak! Es konnte keinen Zweifel geben, sie war nicht mehr allein. Jemand saß hinter ihr auf dem Schemel und rauchte eine Pfeife! Aber wer mochte nur in ihre Kammer eingedrungen sein? Und warum hatte er nicht angeklopft? Innerlich verfluchte sie sich dafür, auf dem Bauch liegend eingeschlafen zu sein. So konnte sie die Kammer nicht überblicken. Wenigstens hatte sie ihre Kleider nicht abgelegt, sodass der Eindringling nicht ihr Geheimnis erraten konnte.

Mit einem Ruck setzte sie sich auf und drehte sich um. Was sollte ihr hier inmitten des Heerlagers schon geschehen! Im Halbdunkel konnte sie die Gestalt auf dem Schemel neben der Tür nur undeutlich erkennen. Doch es konnte kein Zweifel daran bestehen, dass sie einen Rock trug!

»Sir?«

»Was?«

Eine helle Frauenstimme hatte geantwortet. Die Gestalt erhob sich und kam ein wenig näher. »Bist du endlich wach, Kerl. Ich hatte schon überlegt, dir in den Latz zu packen, um dich endlich hochzubekommen ...«

Gabriela schluckte nervös. Vor ihr stand eine Frau mit hoch geschürztem Rock und halb geöffneter Bluse. Sie lächelte breit.

»Wie hätte der Herr Adjutant es denn gerne?«

Gabriela richtete sich mit einem Ruck auf und stieß mit dem Kopf gegen die niedrige Decke.

»Na, na, mein Jüngelchen. Du wirst mir doch nicht etwa davonlaufen wollen. Bist wohl noch keinem echten Weibsbild begegnet.«

»Ich ... Wer bist du?«

»Die Lotte. Aber was tut das schon zur Sache?« Sie ließ sich neben Gabriela auf dem Bett nieder und öffnete ihre Bluse so weit, dass eine ihre Brüste hervorquoll.

»Wie zum Teufel kommst du hierher?«

Lotte nahm die Pfeife aus dem Mundwinkel, blickte Gabriela von oben bis unten an und blies ihr dann eine Rauchwolke ins Gesicht. »Du stellst Fragen, Bübchen. Ich muss schon sagen ... So was ist mir noch nicht untergekommen. Da wird ein Kerl wach, es steht ein Weibsbild wie ein Engel vor ihm, das nichts anderes im Sinn hat, als mit ihm zu vögeln, und du stellst nur Fragen!« Sie blickte auf Gabrielas Latz. »Ist vielleicht was nicht mit dir in Ordnung?«

»Was sollte denn nicht in Ordnung sein …« Die Husarin rückte ein wenig von der Dirne ab. »Ich bin nur … überrascht.« Fieberhaft jagten ihr die Gedanken durch den Kopf. Sie konnte dieses Weib nicht einfach aus ihrer Kammer werfen. Das würde Gerede geben. Ein Husar, der etwas gegen eine kleine Affäre hatte … Jeder würde denken, dass mit ihm etwas nicht stimmte. Sie konnte es sich nicht leisten, auf diese Weise aufzufallen. Dann würde gewiss auch wieder darüber gesprochen, warum ihm wohl kein Bart wuchs. Wenn es erst einmal dazu kam, würde es gewiss nicht mehr lange dauern, bis jemand erriet, was es mit ihm auf sich hatte.

»Na, dann mach dich mal auf eine angenehme Überraschung gefasst, mein Kleiner«, murmelte die Dirne und rückte näher.

»Ich … Es tut mir leid, ich kann nicht. Ich bin verlobt.«

»Verlobt!« Lotte lachte laut. »Was glaubst du, wie viele verheiratete Männer schon zwischen meinen Schenkeln gelegen haben. Das ist wirklich kein Grund, sich einen Spaß durchgehen zu lassen. Verlobt …«

»Aber ich habe meiner Liebsten die Treue geschworen. Ich …«

Lotte richtete sich auf, sodass ihre Brüste Gabrielas Gesicht streiften. Ein wohliger Schauer durchlief Gabriela.

»Na, du bist mir ja ein seltsames Früchtchen. Stößt mich von der Bettkante …«

Gabriela blickte zu Boden. Sie hatte plötzlich eine Gänsehaut bekommen. »Ich biete dir genauso viel, wie man dir gegeben hat, damit du zu mir kommst, wenn du niemandem davon erzählst, was zwischen uns vorgefallen ist.«

Die Dirne lächelte schief. »Ist zwischen uns etwas vorgefallen?« Langsam schnürte sie ihr Hemd zu. »Übrigens, ich bin nicht billig. Eine Groschenhure bin ich nicht, nur dass du es weißt. Der Wachtmeister hat noch sechs seiner Soldaten anschnorren müssen, bis das Geld für mich zusammen war.« Lotte hatte die Verschnürung zu einer Schleife gebunden und beugte sich wieder vor. »Du hast etwas verpasst, Jüngelchen.«

Gabriela ignorierte ihr Gehabe. Sie hatte sich jetzt wieder völlig in der Gewalt. »Wachtmeister? Was für ein Wachtmeister hat dich geschickt?«

»Seinen Namen weiß ich nicht. Es war ein Kerl von den Althann-Dragonern. Du scheinst ihm einmal einen Gefallen getan zu haben. Er sah dich in die Schenke gehen und hat beschlossen, es sei nun an der Zeit, sich zu revanchieren.« Sie rieb Daumen und Zeigefinger aneinander und war plötzlich ernst. »Wie steht es mit meinem Lohn?«

»Ein guter Tag für dich, nicht wahr«, brummte Gabriela und griff nach ihrer Geldkatze. »Kommt sicher nicht oft vor, dass man zweimal für etwas bezahlt wird, was man gar nicht getan hat.«

Die Hure blies ihr eine Wolke Tabaksrauch ins Gesicht. »Du kannst dir nicht vorstellen, was in meinem Gewerbe alles vorkommt, Jüngelchen. Am schlimmsten sind die alten Kerle, die ihn nicht mehr richtig hochbekommen. Du würdest nicht glauben, was die manchmal für Wünsche haben, damit sie nochmal geil werden.«

Gabriela legte eine schwere Silbermünze in Lottes ausgestreckte Hand. »Reicht das?«

Die Dirne biss auf die Münze und ließ sie dann in einer Tasche zwischen den Falten ihres Rocks verschwinden. »Ich bleibe noch ein bisschen. Für den Fall, dass jemand mich hereinkommen gesehen hat, ist es besser, wenn ich nicht zu schnell gehe. Das wäre schlecht für deinen Ruf, mein Knäblein ... Falls du schon wissen solltest, was ich meine.«

»Gewiss«, murmelte Gabriela verdrießlich.

Die Dirne ließ sich auf dem Hocker neben der Tür nieder und musterte sie neugierig. »Hast du eigentlich schon einmal mit einem Weib geschlafen?«

»Nein, natürlich nicht ...«

»Natürlich nicht? Hört sich ja an, als sei dein Vater ein Pfaffe. Ich sag dir, du wirst deiner Braut keine Freude machen, wenn du dich ganz ohne Erfahrung zu ihr ins Bett legst. Das ist ein bisschen wie mit dem Schießen ... Man muss es üben, bevor man es recht kann.«

»Hmmm«, brummte Gabriela.

Eine Weile saßen die beiden schweigend in der dunklen Dachkammer. Schließlich klopfte die Dirne ihre Pfeife am Bein des Holzschemels aus und erhob sich. »Das war jetzt lange genug für einen Anfänger in den Venuskünsten.«

»Du wirst auch nichts verraten?«

Sie bedachte Gabriela mit einem fast mitleidigen Blick. »Das war doch gar nichts. Wenn du wüsstest, was ich über einige hohe Herren zu erzählen wüsste ... Aber Schweigen gehört zum Geschäft. Viel Glück, mein kleiner Husar. Auf dass die Preußen noch keine Kugel für dich gegossen haben, und du glücklich im Bett deiner Braut landest.«

Am 8. Mai erreichte das Armeekorps Nádasdy die Nachricht von der Niederlage bei Prag. Der Prinz war geschlagen worden und hatte sich mit dem größten Teil seiner Truppen hinter die Schanzen der Stadt zurückgezogen. Feldmarschall Daun versuchte, die versprengten Truppen an sich zu binden, und zog sich dabei langsam zurück. Ihm folgte der preußische Herzog von Bevern.

Bis Mitte Mai hatten der Banus und Daun ihre Truppen vereinigt. Doch zogen sie sich weiter zurück, um die Feinde im Unklaren darüber zu halten, wie stark die neue Armee war. Nádasdy wollte das Armeekorps der Preußen so weit wie möglich von Prag weglocken und ihm eine Falle stellen.

Immer wieder kam es in diesen Wochen zu Scharmützeln zwischen den Husaren der verfeindeten Armeen, doch Gabriela hatte daran keinen Anteil. Zweimal bat sie den General, sie der kämpfenden Truppe zuzuteilen, doch Nádasdy wollte davon nichts hören. Stattdessen schickte er sie nach Prag, um den Prinzen über seine Pläne zu unterrichten. Da er fürchtete, dass sie abgefangen werden könnte, musste Gabriela ihre Nachricht auswendig lernen. In dem Brief, den sie mitnahm, standen nur Informationen, die die Preußen ohnehin schon besaßen.

Gabriela war überrascht, wie leicht es war, die preußischen Linien zu durchbrechen. Die Truppen Friedrichs reichten nicht aus, um einen geschlossenen Ring um die Stadt zu legen. Das hügelige Gelände an beiden Seiten der Moldau bot reichlich Verstecke. Sie war abseits der Wege querfeldein geritten und hatte das Glück, keiner Husarenpatrouille zu begegnen. Bis zum Morgen des 30. Mai war sie bis auf wenige Meilen an die belagerte Stadt herangekommen.

Den Tag über verbarg sie sich in dichtem Buschwerk und beobachtete die preußischen Streifen, die ab und an über einen nahe gelegenen Feldweg zogen. Obwohl Gabriela Prag selbst nicht sehen konnte, verriet ihr eine schwarze Rauchwolke, in welche Richtung sie sich bei Einbruch der Finsternis wenden musste. Bis in ihr Versteck konnte sie das Donnern der fernen Geschützbatterien hören. Keine Stunde setzte das Bombardement aus. Der Preußenkönig war offenbar zu allem entschlossen, um den Willen der Verteidiger zu brechen. Obwohl sie todmüde war, hatte sie nicht den Mut zu schlafen. Ihre Feldflasche war fast leer und ihre Vorräte aufgebraucht. Erschöpft beobachtete sie, wie die Sonne quälend langsam über den Horizont wanderte.

Am späten Nachmittag begann es zu regnen. Erst mit Einbruch der Dämmerung zogen die dunklen Wolken weiter. Gabriela wagte es nicht, ein Feuer anzuzünden. Sie war bis auf die Knochen durchnässt und fror jämmerlich. Erst als es ganz dunkel geworden war, trat sie zu Nazli, zog den Sattelgurt nach und pirschte sich vorsichtig aus dem Dickicht hinaus. Der Mond war eine schmale Sichel in dieser Nacht und verschwand immer wieder hinter ziehenden Wolken. Weniger als eine Meile entfernt konnte sie auf einem Hügel deutlich eine preußische Geschützstellung erkennen. Ein mattes, rötliches Leuchten lag um die Bastion, so als stünden dort große, glühende Öfen. Ein einzelnes Geschütz wurde abgefeuert. Eine helle Stichflamme leckte in die Finsternis und ließ einen Augenblick lang die Stellung mit ihren aufgeworfenen Erdwällen und den aus Weidenruten geflochtenen Schanzkörben deutlicher erkennen. Dann verschwand alles wieder in der Dunkelheit, und es blieb allein der bedrohliche rote Schimmer um den Hügel. Sicher gab es dort Füsiliere zur Bedeckung der Artilleriestellung. Es wäre klüger, einen weiten Bogen um den Hügel zu schlagen. Für einen Augenblick musste sie an das Feuerwerk in Olmütz denken. Auf unheimliche Art und Weise erinnerte sie das Bild der brennenden Stadt an das große Floß auf der March. Was wohl aus Meister Gregorius geworden war? Als erfahrenem Feuerwerker würde man ihm sicher einen guten Lohn bieten, wenn er das Kommando über eine Geschützbatterie übernahm. Vielleicht war er ja nach Olmütz zurückgekehrt? Oft hatte sie an den Streit vor dem Zimmer ihres Onkels gedacht. War der Branntwein schuld daran gewesen, oder hatte Gregorius in diesem Augenblick sein wahres Gesicht gezeigt? So oft hatte er ihr geholfen … Die Gespräche mit ihm … Nie zuvor hatte sie das Gefühl gehabt, dass jemand sie so gut verstand. War all dies nur Lug und Trug gewesen?

In einem leuchtenden Feuerball explodierte eine Mörsergranate über den Verteidigungsanlagen der Stadt. Einen Herzschlag lang war ein massiger Torturm mit hohem Giebeldach zu sehen. Jetzt war nicht die Zeit für melancholische Gedanken! Gabriela wandte sich zur Stadt. Prag war deutlich als schwarze Silhouette gegen den Horizont zu erkennen, denn in fast allen Vierteln loderten Brände. Das »hunderttürmige Prag« hatten die Reisenden gerne die Stadt an der Moldau genannt. Dicht, fast wie ein Wald hoben die Türme sich gleich riesigen schwarzen Fingern gegen den Himmel ab. Da gab es die Zwiebeltürme der Barockkirchen und die himmelhohen, spitzen Türme der gotischen Kirchen sowie die abgeflachten Türme und Bastionen der Stadtbefestigung. Über allem lag der Hradschin, der Hügel mit der Burg, gekrönt von einem riesigen Dom.

Das Herz Böhmens, das war der Name, den ihr Vater in den Erzählungen ihrer Kindertage gebraucht hatte, wenn er von der Krönung Maria Theresias auf dem Burgberg berichtete oder von den verwinkelten Gassen des Judenviertels, wo nachts angeblich eine riesige Gestalt aus Lehm ihr Unwesen trieb. Erst jetzt begriff Gabriela, warum der Preußenkönig seinen ersten Angriff hier führte. Sollte Prag verlorengehen und der Prinz mit all seinen Truppen kapitulieren, dann wäre im ganzen Böhmerland der Wille zum Widerstand gebrochen. Vielleicht würde die Kaiserin sogar um Frieden bitten.

Noch nie hatte Friedrich II. eine große Schlacht verloren. War Prag erst besetzt, und konnte er mit all seiner Heeresmacht gegen Daun ziehen, dann würde ihn auch der Feldmarschall nicht mehr aufhalten können. Sie mussten jetzt angreifen, solange seine Armee um die ganze Stadt verteilt war und er sie nicht zur Schlacht formieren konnte, ohne dabei befürchten zu müssen, dass ihm die Verteidiger von Prag in den Rücken fallen würden.

Lange stand sie auf dem Hügel und betrachtete die Stadt. Prinz Karl hatte sein Quartier wahrscheinlich auf dem Hradschin. Um dorthin zu gelangen, musste sie auf die andere Seite der Moldau. Abgesehen von den preußischen Behelfsbrücken gab es nur eine einzige Brücke. Sie führte inmitten der Stadt über den Fluss ... Gabriela fragte sich, ob sie versuchen sollte, durch die Moldau zu schwimmen? Aber wie sollte sie sich dann den österreichischen Vorposten nähern? In der Finsternis konnten die Verteidiger sie nicht erkennen, und es bestand Gefahr, dass sie niedergeschossen wurde, wenn sie plötzlich aus dem Dunkel auftauchte.

Schließlich fasste sie sich ein Herz. Sie musste einfach näher heran. Dann würde sich schon ein Weg finden! Sie stieg in den Sattel und bewegte sich vorsichtig den Hügel hinab. Im Dunkeln war ihre Uniform kaum von den Husarenuniformen der Preußen zu unterscheiden.

Sie durchquerte ein abgeholztes Wäldchen. Von Ferne sah sie Hunderte Lagerfeuer zwischen den Hügeln brennen und die endlosen Reihen der Zelte. Wie viele Männer der Preußenkönig wohl zusammengezogen hatte?

Bald passierte sie ein ausgebranntes Gasthaus. Sie war zu nahe an eine Straße gekommen! »Was machst du nur?«, flüsterte sie Nazli leise ins Ohr und wollte gerade die Richtung wechseln, als hinter ihr eine scharfe Stimme erklang: »Wer dort?«

Gabriela schluckte. Sie drehte sich um. Etwas hatte sich zwischen den Ruinen des Hauses bewegt. »Lieutenant Schindler von den Zieten-Husaren.«

Eine Laterne flammte auf. Drei Gestalten lösten sich aus dem Schatten des Gemäuers. Zwei von ihnen hatten die Musketen im Anschlag. Der Dritte hielt die Laterne.

Jetzt erkannte Gabriela die silbrigen Bleche ihrer Füsiliermützen. Die Männer trugen gelbe Hosen und dunkelblaue Uniformröcke mit gelben Ärmelaufschlägen. Der Kerl mit der Laterne schien ein Unteroffizier zu sein. Er war etwas korpulenter, und ein Rohrstock hing von einem der Knöpfe seines Rocks. »Ein Zieten-Husar? Und was machst du hier?«

»Ich … habe dringende Nachricht für Feldmarschall Schwerin!«

Der Strahl der Laterne glitt über ihre Uniform.

»Graf von Schwerin! Der ist tot!« Einer der Soldaten richtete seinen Musketenlauf auf ihre Stirn aus.

Gabriela griff nach den Pistolen im Sattelholster und gab Nazli die Sporen. Ein Schuss krachte. Die Kugel des Füsiliers schlug durch ihren Kolpak und riss ihr die Pelzmütze vom Kopf. Sie drehte sich halb um und schoss auf den Unteroffizier. Glas klirrte. Sie hatte die Laterne getroffen. Der Mann schrie auf und taumelte zurück. Der zweite Schütze feuerte seine Muskete ab.

In blinder Panik hielt sie auf die brennende Stadt zu. Hinter ihr gellten Alarmrufe durch die Nacht. Sie fluchte. Seitlich blitzte Musketenfeuer. Kugeln pfiffen ihr um die Ohren. Mit einem langen Satz sprang Nazli über eine niedrige Mauer hinweg. Wenn die Stute jetzt in ein Kaninchenloch trat, war es um sie beide geschehen.

Hinter ihnen ertönte Hufschlag. Gabriela drehte sich um. Der Himmel über dem Heerlager schimmerte rötlich. Vage konnte sie die Gestalten von Reitern ausmachen. Wahrscheinlich Dragoner, die zu den Wachtposten detachiert worden waren, eine von ihnen wahrlich nicht geliebte Sonderaufgabe. Verzweifelt gab sie Nazli die Sporen. »Mach hin! Die wollen uns ans Leder.«

Vor ihr ertönten Rufe. »Wer dort!«

»Platz da! Im Namen des Prinzen Karl!« Jetzt war alles egal! Sollten sie doch wissen, wer ihnen entgegenkam. Sie riss die Zügel herum und versuchte seitlich auszuweichen.

Im selben Augenblick ertönte schräg hinter ihr Geschützfeuer. Mit schrillem Pfeifen zogen über ihr glühende Kanonenkugeln durch die Luft.

Gabriela duckte sich dicht über den Hals der Stute. Wie aus dem Nichts tauchte neben ihr ein Grenadier auf und versuchte, ihr sein Bajonett in den Bauch zu rammen. Nazli bäumte sich auf. Der Soldat verschwand unter den wirbelnden Hufen. Gabriela riss ihren Säbel aus der Scheide. Wild um sich schlagend, brach sie durch die Postenreihe. Jetzt schienen die Wälle der Stadt schon ganz nah. Mit ein bisschen Glück sollte sie ... Reiter! Eine ganze Kolonne kam direkt auf sie zu. Alles war verloren! Sie ließ die Lederschlaufe am Griff des Säbels über ihr Handgelenk gleiten und griff nach ihrer zweiten Pistole. Das Einzige, was ihr jetzt noch blieb, war, ihr Leben so teuer wie möglich zu verkaufen!

»Es lebe die Kaiserin!«, schrie sie aus Leibeskräften, hob die Pistole und preschte auf die Reiter zu.

»Für die Kaiserin!« Hallte es ihr entgegen. Österreicher! Undeutlich erkannte sie die Silhouetten der Reiter. Sie trugen spitze Pelzmützen, hatten dunkle Uniformen und offenbar schwarze Pferde. Reitende Grenadiere! Die Elitetruppe eines Dragonerregiments.

Hinter ihr krachten Schüsse. Eine Reihe Schützen nahm entlang einer niedrigen Mauer Aufstellung.

»Die Säbel heraus!«, ertönte vor ihr ein Kommando. Metall klirrte, es blitzte silbern durch die Finsternis. Sie fluchte. Hatten die Kerle sie denn nicht gesehen? »Für die Kaiserin!«, schrie sie noch einmal und versuchte zur Seite wegzukommen. Offenbar versuchten die Truppen in Prag einen Ausfall. Wenn sie nicht machte, dass sie den Männern aus dem Weg kam, würde sie glatt niedergeritten werden. Wie eine Woge aus Fleisch kam ihr die Reiterkolonne entgegen. Immer wieder rief sie den Namen der Kaiserin.

Dann waren die reitenden Grenadiere heran. Gabriela wendete ihr Pferd. Die Wucht der Angriffswelle riss sie mit. Sofort zügelte sie Nazli. Jemand rempelte ihr grob gegen den Arm. Ein Fluch erklang. Dann waren sie vorbei.

Schüsse peitschten. Sie musste versuchen, jetzt zur Stadt durchzukommen. Der Weg war nun frei. Dicht vor sich sah sie eine Straße. Sie war gerettet! Mit verhängtem Zügel ritt sie dem gewaltigen Torturm entgegen, der sich vor ihr aus der Finsternis erhob.

»Wer dort?« Eine Barrikade aus angespitzten Pfählen lief über das aufgerissene Pflaster.

»Gabicl von Bretton, der Adjutant des Generals Nádasdy mit dringenden Nachrichten für den Prinzen Karl!«

»Nimm die Hände hoch und rühr dich nicht vom Fleck!«

Ein Trupp Soldaten sprang aus einem Graben neben der Straße. Von weiter vorne kamen zwei Männer mit Fackeln.

»Potz Teufel, das ist wirklich die Uniform der Nádasdy-Husaren«, ein alter Grenadier mit hängendem grauem Schnurrbart verpasste ihr einen Knuff. »Wie zum Henker bist du denn durch die Reihen der Preußen gekommen? Keine Meile von hier ist das Heerlager des Königs. Du musst einen guten Schutzengel haben. Nirgendwo sonst stehen sie so dicht wie hier.«

Hinter ihnen ertönten Trommelsignale. Immer heftiger wurde das Gewehrfeuer.

»Kommt Nádasdy, um uns hier herauszuhauen?«, fragte der alte Grenadier.

»Bald.« Sie brachte es nicht übers Herz, ihm zu sagen, dass sich das Entsatzheer zurzeit noch von Prag zurückzog und auf Verstärkungen wartete. »Ich muss zum Generalstab. Wie komm ich dorthin?«

»Geradewegs durch das Tor. Du folgst der Straße bis zur Brücke und ...« Heulend zogen Kanonenkugeln über sie hinweg. Fast im selben Augenblick verwandelte sich die Szene in ein Inferno aus Schreien. Einige der Kugeln waren in den Torturm eingeschlagen. Steinsplitter zischten durch die Luft. Nazli scheute und drohte durchzugehen. Die Männer rings herum warfen sich auf die Straße. Nur der alte Grenadier blieb ruhig neben ihr stehen. Er blickte zur Silhouette des Turms.

»Am Pulverturm werden sich die gottverdammten Preußen die Zähne ausbeißen!«

Rings herum erhoben sich die Soldaten aus dem Schlamm.

»Hast du denn keine Angst?«, fragte Gabriela den Grenadier ungläubig.

Der Alte lächelte müde. »Was soll ich tun? Wenn der Herrgott beschlossen hat, dass meine Stunde gekommen ist, werde ich's nicht verhindern können. Da schau ich dem Tod dann lieber aufrecht ins Gesicht. Aber du machst jetzt besser, dass du durch das Tor kommst. Das hier ist kein guter Platz zum Verweilen!«

Gabriela wendete ihr Pferd. Der hohe Torweg sah aus wie eine Pforte zur Hölle. Das andere Ende leuchtete rot von den Flammen eines brennenden Bürgerhauses. Im Tor selbst kauerten Verwundete entlang der Mauern und warteten darauf, dass sie weiter nach hinten in eins der Lazarette geschafft wurden. Ein zerstörter Munitionswagen und drei tote Pferde blockierten die ohnehin schon enge Straße fast völlig. Es stank nach Pulverdampf und versengtem Haar. Fluchend versuchte ein Offizier einige der leichter Verletzten dazu zu bringen, ihm zu helfen, die Trümmer aus dem Weg zu räumen.

Dumpf erbebte das Gemäuer, als erneut eine Salve den Torturm traf. Staub rieselte von der gewölbten Decke. Gabriela war froh, als sie das steinerne Grab hinter sich gelassen hatte.

Quer über die Straße stand eine Kette von Zivilisten, die Eimer weiterreichten, um ein brennendes Haus zu löschen. Niemand nahm Notiz von ihr. Schweigend ritt sie dem Moldauufer entgegen. Zersplitterte Dachschindeln lagen auf der ungepflasterten Straße verstreut. Der festgestampfte Lehm hatte sich in fast knöcheltiefen Morast verwandelt. Wie die Gerippe riesiger Tiere ragten die Balken ausgebrannter Dachstühle gegen den Himmel. Jemand hatte entlang einer Häuserwand mehr als zwanzig dunkel schimmernde, seltsam verzogene Kanonenkugeln aufgereiht.

Gabriela erreichte einen weiteren Torturm. Mit seiner breiten Durchfahrt wirkte der schlanke Turm fast zerbrechlich. Elegant, scheinbar schwerelos, erhob er sich über dem ersten Brückenpfeiler dicht am Ufer.

»Wohin des Weges, Husar?« Ein Lieutenant mit gezwirbeltem Schnauzbart und ausgemergeltem Gesicht griff ihr in die Zügel.

»Ich komme aus dem Heerlager Nádasdys mit dringender Nachricht für den Prinzen Karl.«

Der Mann starrte sie einen Moment lang aus seinen blutunterlaufenen Augen an. »Endlich«, murmelte er leise. »Folge mir, ich bring dich ins Hauptquartier.« Mit langen Schritten durchmaß er das Tor und führte sie auf die Brücke.

Verwundert betrachtete Gabriela die prächtigen Statuen, die sich auf reich verzierten Podesten hoch über das Geländer erhoben. Ein Bischof reckte ihr die Hand entgegen, so als wolle er sie segnen. Unwirklich wie ein Traumbild erschien ihr diese Brücke der versteinerten Heiligen, deren Gesichter voller tiefer Schatten rot im Schein der Flammen leuchteten.

10. KAPITEL

Gabriela war von den Ereignissen der letzten Stunden so aufgewühlt, dass sie nur einen unruhigen Schlaf gefunden hatte. In Schweiß gebadet erwachte sie. Im ersten Augenblick wusste sie nicht, wo sie sich befand. Sie lag in einem prächtigen Bett mit hohen vergoldeten Pfosten. Über ihr spannte sich ein Himmel aus dunklem Samt, in den silberne Lilien gewirkt waren. Die Vorhänge des Bettes waren zugezogen, doch durch einen Spalt fiel ein schmaler Streifen Tageslicht, in dem graue Staubflocken tanzten.

Von Ferne hörte sie das Donnern von Kanonen. Mit dumpfem Geprassel schlug Regen gegen die Fensterscheiben. Jetzt erinnerte sie sich! Prag, die goldene Stadt an der Moldau! Sie war gestern Nacht noch vor den Prinzen gebracht worden, den Schwager der Kaiserin. Er war ein korpulenter Mann mit gehetztem Blick. Gabriela hatte den Eindruck gehabt, dass der Feldmarschall keinen Ausweg mehr wusste. Die Offiziere um ihn behandelten ihn zwar höflich, doch spürte sie, dass die meisten ihn verachteten. Abgesehen von einigen Speichelleckern, die ihre Ränge wohl durch des Prinzen Gnade empfangen hatten. Als sie berichten musste, dass sich Daun und Nádasdy zunächst noch von Prag zurückzogen, hatte für fast eine Minute Schweigen in der Runde der Offiziere geherrscht.

Sie war so erschöpft gewesen, dass sie sich auf den Kartentisch hatte aufstützen müssen. Drei Tage lang hatte sie kaum Schlaf gefunden. Der Prinz hatte ihren Brief von Nádasdy entgegengenommen und ihr dann befohlen, sich von einem Diener in ein Gemach leiten zu lassen, wo sie ruhen konnte.

Ein wenig beschämt blickte Gabriela auf ihre Stiefel. Sie erinnerte sich dunkel, wie sie sich in das große, weiche Bett geworfen hatte. Offenbar war sie sofort eingeschlafen. Mit einem stummen Gebet dankte sie der Jungfrau Maria, dass der Diener nicht auf die Idee gekommen war, sie zur Nacht auszukleiden, damit sie es bequemer hatte.

Müde blinzelnd zog sie den schweren Samtvorhang zur Seite. Auf einem vergoldeten Sekretär unter dem Fenster stand ein silbernes Tablett mit Bratenscheiben, dunkler Sauce und einem kleinen Brot. Knurrend meldete sich ihr Magen. Sie war so hungrig wie eine Wölfin.

Gabriela ließ sich aus dem Bett gleiten. Wie ein Raubtier schlang sie das Fleisch in großen Brocken herunter. Dazu riss sie Stücke aus dem Brot und tunkte es in die Soße. Auf dem Tablett stand auch eine silberne Karaffe mit Wein. Suchend blickte sie sich um. Auf einem zweiten kleinen Tisch auf der anderen Seite des Bettes sah sie eine kostbar bemalte Porzellanschüssel und daneben einen dickbauchigen Krug. Dort holte sie sich ein Glas voll Wasser und wusch sich anschließend das Gesicht.

Dann öffnete sie die Tür des Zimmers und spähte auf den Flur. Direkt neben dem Eingang saß ein livrierter Diener auf einem Stuhl. Ein alter Mann. Der Kopf war ihm auf die Schulter gesunken. Er schlief.

Leise schloss sie die Tür, holte das Nachtgeschirr unter dem Bett hervor und erleichterte sich. Wie immer, wenn sie ihre Notdurft verrichtete, quälte sie die Sorge, dass man sie überraschen könnte. Sie ließ sich kaum Zeit dazu und riss hastig wieder die Hose hoch. Dann kämmte sie mit den Fingern durch ihr Haar und flocht ihre Husarenzöpfe an den Schläfen neu. Als sie sich noch den gröbsten Schmutz von der Uniform geklopft hatte, trat sie aus dem Zimmer.

Der alte Kammerdiener schlief noch immer. Sie räusperte sich leise. Obwohl all der Kanonendonner ihn nicht gestört zu haben schien, erwachte er bei diesem leisen Geräusch sofort.

»Sie müssen verzeihen, gnädiger Herr«, entschuldigte er sich mit breitem Wiener Akzent. »Ich hab so viele Stunden gesessen und darauf gewartet, dass Sie wieder erwachen.«

Erschrocken blickte Gabriela zu den Fenstern. Die Sonne lag hinter dunklen Wolken verborgen, sodass schwer zu schätzen war, wie spät es sein mochte.

»Ich soll mich beim Feldmarschall melden.«

»Ja, gnädiger Herr. Der Stab ist im Vladislav-Saal. Ich werde Sie dorthin führen. Wenn der gnädige Herr mir bitte folgen würde.«

Der Diener schlug ein überraschendes Tempo an und führte Gabriela durch mehrere Korridore und über eine große Wendeltreppe zu einem prächtigen Saal. Wohl zwanzig Offiziere standen dort in kleinen Gruppen zusammen. Ständig kamen Boten herein, die Nachrichten überbrachten. Deutlicher noch als in ihrem Schlafgemach hörte man hier den Kanonendonner.

»Wie es scheint, ist der Herr Feldmarschall nicht zugegen«, murmelte der Leibdiener.

Ein junger Mann in Husarenuniform bemerkte sie und kam ihnen entgegen. Mit abschätzendem Blick musterte er Gabriela vom Scheitel bis zur Sohle. »Sie sind also der Held des gestrigen Tages.« Er schlug die Hacken zusammen und verbeugte sich knapp. »Gestatten, Lieutenant Somogy von den Esterházy-Husaren. Meine Eskadron ist nach der Schlacht vom Rest des Regiments abgeschnitten worden, und wir mussten uns in die Stadt zurückziehen. Das hier ist kein Ort für einen Husaren. Wenn's so weitergeht, werden wir wohl bald zum Fußdienst auf den Schanzen eingeteilt und sie schlachten unsere Pferde, damit es noch mal ’ne Portion Fleisch gibt.« Der junge Offizier lächelte bitter. »Sie glauben gar nicht, wie sehr ich Sie beneide, Kamerad.«

Gabriela blickte verlegen zur Seite.

Somogy lachte. »Nur keine falsche Bescheidenheit. Was Sie gestern vollbracht haben, ist eine wahre Heldentat. Sie sind durch die preußische Hauptlinie durchgebrochen. Wären Sie von der anderen Seite der Stadt gekommen, hätten Sie es leichter haben können. Ach … ehe ich es vergesse.« Er zog ein breites Lederrohr mit bronzenen Verschlüssen aus seinem Gürtel. »Ein Geschenk des Feldmarschalls an Sie.«

Gabriela zögerte.

»Nun nehmen Sie schon!« Der Lieutenant grinste spitzbübisch.

»Was ist das?«

»Machen Sie es doch auf.«

Sie drehte an einem der Verschlüsse. Als sie die Rolle geöffnet hatte, kam ein schlankes, ausziehbares Fernrohr aus Messing zum Vorschein.

»Der Feldmarschall meinte, das nächste Mal sollten Sie Gelegenheit haben, die Stellungen der Feinde besser zu observieren, denn Glück sei ein kostbares Gut, das man nicht zu oft auf die Probe stellen sollte.«

Gabriela spürte, wie ihr das Blut in die Wangen schoss. »Sprechen Sie ihm meinen Dank aus und …«

Somogy winkte ab. »Tun Sie das lieber selbst, Kamerad. Vielleicht werden wir den Prinzen noch treffen. Er hat mich beauftragt, Ihnen die Stadt zu zeigen, damit Sie sich ein Bild von der Lage machen und dem Feldmarschall Daun persönlich schildern können, wie dringend wir Entsatz brauchen.« Der Lieutenant sah zu einem der Fenster hinüber. »Sie haben Pech. Es gibt wahrhaft bessere Tage, um sich Prag anzusehen. Ich werd einen Übermantel für Sie bringen lassen. Es gießt wie aus Kübeln.«

Dumpf erbebte die Gewölbewand. Feiner Kalk rieselte von der Decke. Somogy hob die Laterne, sodass Gabriela besser sehen konnte. Das Ende des Kellers verlor sich in Schatten. Der Boden war mit Stroh bestreut. Dutzende Kranker und Verwundeter lagen entlang der Wände. Viele hatten nicht einmal eine Decke, sondern mussten sich in ihre schmutzigen Feldmäntel wickeln. Es stank nach brandigem Fleisch und Exkrementen. Die meisten Männer waren zu apathisch, um auch nur aufzublicken, als sie beide an ihnen vorübergingen.

»Viele haben sich ein Fieber geholt …« Der Lieutenant senkte die Stimme. »Wir hatten auch schon einige Fälle von Cholera. Die Männer wurden von den Stabsärzten isoliert. Die Preußen sollen nicht wissen, wie schlimm es um uns steht. Täglich sterben hundert allein an Krankheit und Erschöpfung. Ganz zu schweigen von denen, die das Wundfieber dahinrafft oder die auf den Tischen der Feldscher ihr Leben lassen. Es gab tagelang in der Stadt Brände. Erst seit dem Regen ist es besser geworden. Unsere Vorräte sind erschöpft. Die Rationen bis zum Äußersten gekürzt. Wenn nicht binnen drei Wochen der Belagerungsring zerschlagen wird, dann müssen wir kapitulieren.«

Gabriela hatte den Blick gesenkt. Was sollte sie zu all dem Elend auch sagen? Und würde sie Daun davon überzeugen können, gegen den Preußenkönig zu marschieren? Ihm unterstand die letzte Armee, die Österreich noch geblieben war. Wenn er geschlagen wurde, konnte nichts mehr den Fritzen daran hindern, geradewegs nach Wien zu marschieren.

Der Mann, der direkt vor ihr lag, schlief. Sein Kopf war weit in den Nacken zurückgebogen. Sein Mund stand offen. Es war ein Füsilier mit schmutzig weißer Uniform. Er hatte seinen rechten Fuß verloren. Der Stumpf war in blutige Lumpen gewickelt. Schwarze Kakerlaken krochen über den Verband. Gabriela kniete nieder, um die Tiere zu verscheuchen. Überall in dem fauligen Stroh kroch Getier herum. Resigniert blickte sie in das Gesicht des Verletzten. Er schien von alldem nichts bemerkt zu haben. Seine Wangen waren von strohblonden Bartstoppeln gesprenkelt. Der Schnauzer über seinen Lippen noch dünn und ... Gabriela zuckte mit einem Schrei zurück. Ein großer, feucht schimmernder Käfer kam aus dem linken Nasenloch des Verletzten gekrochen.

Somogy stieß mit dem Stiefel gegen den blutigen Stumpf des Verletzten. Der Mann rührte sich nicht. »Hat's hinter sich.«

Gabriela keuchte. Ihr war übel. Fest presste sie die Lippen aufeinander. Sie hatte das Gefühl, sich jeden Moment erbrechen zu müssen. Der Lieutenant gab ihr einen Klaps auf die Schulter. »Geh'n wir. Das hier ist kein Platz für die Lebenden.«

Wieder ließ ein Treffer das Gewölbe erzittern. Der Grenadier, der neben dem Toten lag, zog seinen Uniformrock über den Kopf und begann leise zu wimmern.

Somogy bedachte den Mann mit einem kalten Blick. »Feigling«, murmelte er verärgert. »Einer wie der sollte nicht den Rock der Kaiserin tragen dürfen.«

Wortlos folgte Gabriela dem Lieutenant die ausgetretene Treppe hinauf, die aus dem Kellergewölbe in die Eingangshalle eines der prächtigen Bürgerhäuser führte, die das Moldauufer säumten. Eine Gruppe Grenadiere aus dem Regiment Baden-Durlach hockte auf den Stufen der hölzernen Stiege, die ins erste Geschoss führte. Sie blickten durch ein Fenster auf den Fluss. Neben ihnen lehnten ihre Musketen an der Wand. Bei der Tür stand ein Hauptmann mit Adlernase, der lässig Pfeifenrauchkringel in die Luft blies.

Gabriela und Somogy salutierten. Der ältere Offizier nickte ihnen zu. »Unten ist wieder einer verreckt«, brummte der Lieutenant.

Der Hauptmann sah den Rauchkringeln nach, die langsam der dunklen Holzdecke entgegenstiegen. »Das ist der fünfte heute. Ein schlechter Tag … Hat damit angefangen, dass unser Feldscher gestorben ist. Was soll ich mit all denen dort unten machen? Wir haben kein Verbandszeug und …« Er fixierte Gabriela mit seinen dunklen Augen. »Du gehörst doch zu den Nádasdy-Husaren. Sag dem Banus, wie wir hier verrecken und in Stücke geschossen werden. Wenn er und der Daun sich nicht beeilen, dann gibt es bald nichts mehr zu befreien. Die gottverdammten Preußen haben ihr Feuer in der letzten halben Stunde noch verstärkt, als ob …«

»Herr Hauptmann!« Einer der Grenadiere auf der Treppe war aufgesprungen. »Kommen Sie … Das müssen Sie gesehen haben. Schnell!«

Der Offizier ließ einen weiteren Rauchkringel zur Decke steigen und erklomm dann die Stiege. Lässig lehnte er sich in die Fensternische und blickte hinaus. Gabriela beobachtete, wie der Offizier die Pfeife mit den Zähnen wippen ließ und sie ihm einen Augenblick später fast aus dem Mund fiel.

»Sehen Sie das?« Auch die anderen Grenadiere stierten wie gebannt in die Finsternis. »Was ist das? Sind das Flöße?«

Der Hauptmann beugte sich noch etwas weiter vor und drückte sich die Nase an den Butzenscheiben platt. »Potzteufel! Die Brücke!« Abrupt drehte er sich um und klatschte ausgelassen in die Hände. »Beim Heiligen Petrus! Ist das Sauwetter doch noch für was gut! Es hat die Behelfsbrücke der Preußen zerlegt! Sie treibt gerade in kleinen Stücken die Moldau hinab! Wissen Sie, was das heißt, meine Herren? Wenn die zweite Behelfsbrücke flussabwärts auch noch zerrissen ist, dann ist die Armee der Preußen in zwei Teile gespalten. Es müsste doch mit dem Teufel zugehen, wenn wir die Fritzen jetzt nicht zur Hölle jagen könnten.«

Somogy warf sich den nassen Mantel über die Schultern und lief zur Tür. »Wir werden sofort Meldung machen! Endlich! Jetzt werden wir die Preußen bluten lassen.«

Gabriela folgte dem Lieutenant und trat hinter ihm ins Freie. Der Regen war noch heftiger geworden. Sturmböen trieben ihn fast waagerecht vor sich her. Der Wind riss ihr die Klinke aus der Hand, sodass die schwere Eichentür krachend ins Schloss fiel. Sie atmete tief ein und freute sich daran, die kalte Nachtluft in den Lungen zu spüren. Endlich hatte sie den Geruch von Tod und Krankheit hinter sich gelassen, der ihnen aus den Kellergewölben bis hinauf in die Eingangshalle gefolgt war. Es war, als wäre ein grässlicher Albtraum verflogen. Sie genoss es, den Regen auf ihren Wangen zu spüren und sich lebendig zu fühlen.

Somogy eilte die kleine Treppe, die von der Eingangstür zur Straße hinabführte, hinunter und drehte sich nach ihr um. »Kommen Sie! Wir müssen uns beeilen!«

Donnernd erblühten feurige Blumen über dem Himmel des Burgbergs. Erschrocken duckte sich Gabriela in die Tür. Mörsergranaten!

Somogy war nicht einmal zusammengezuckt. Er lächelte breit. »Sind zu weit weg!«

Ein wenig steif kam Gabriela die drei Stufen hinunter. Sie ärgerte sich. Sie hätte wissen können, dass ihr von diesen Granaten keine Gefahr drohte.

Als sie auf die Straße trat, stand sie bis zu den Knöcheln im Wasser. Offenbar waren die Abflüsse zur Moldau verstopft. Mit langen Schritten stelzte Somogy durch das Wasser dem Burgberg entgegen.

Bis sie den Vladislav-Saal erreichten, hatte auch Somogy seine Überheblichkeit eingebüßt. Der Burgberg lag unter schwerem Beschuss und seit ihn ein glühender Steinsplitter gestreift hatte, sprang auch er in Deckung, wenn die schweren Granaten summend über den Himmel zogen.

Gabriela stützte den Husaren, als sie völlig durchnässt in den Saal traten, in dem sich der Generalstab versammelt hatte. Prinz Karl hatte völlig die Fassung verloren. Mit hochrotem Kopf schrie er den General an seiner Seite an.

»... und im Übrigen verbitte ich mir die impertinenten Bemerkungen. Noch bin ich der Kommandant dieser Armee! Ein Ausfall! Was für ein ausgemachter Schwachsinn! Bei dem Bombardement ist die Hälfte meiner Männer tot, bevor sie auch nur die Stadttore erreicht haben. Die Preußen warten doch nur darauf, dass wir gegen ihre Kanonen stürmen. Noch so ein Fehlschlag wie am 24. und wir haben nicht einmal mehr genug Soldaten, um die Wälle zu bemannen.«

Die Generäle und Obristen blickten betreten zu Boden. Der Prinz war berüchtigt für seine Wutausbrüche. Wie ein verängstigtes Huhn drehte er ruckartig den Kopf hin und her, um forschend in die Gesichter zu sehen und in den Zügen seiner Offiziere nach Anzeichen für Widerspruch zu suchen. Plötzlich verharrte er und blickte geradewegs zur Tür.

Gabriela schluckte.

»Haben die Herren Husaren vielleicht auch irgendwelche klugen Vorschläge zu machen?«

Gabriela salutierte. Somogy stöhnte bei der Bewegung und presste seine Linke auf den blutigen Riss in seiner Hose.

»Melde gehorsamst, dass die preußische Behelfsbrücke flussaufwärts auseinandergebrochen ist, Herr Feldmarschall!«

»Ich bin bereits im Bilde, Herr Lieutenant. Sind auch Sie gekommen, um mir zu raten, was ich nun tun soll?«

Somogy räusperte sich verlegen. »Ich ...«

Der Blick des Prinzen wanderte zu Gabriela. »Und Sie, junger Held? Gestern sind Sie noch ganz allein durch die Linien der Preußen gebrochen. Möchten Sie heute dabei meine Armee im Rücken wissen?«

»Lieber das als preußische Bajonette«, entgegnete Gabriela keck.

Der Prinz runzelte die Stirn. »Will er mich foppen?«

Sie leckte sich nervös über die Lippen. »Ich ... Nichts läge mir ferner, Herr Feldmarschall.«

»Und jetzt kneift er auch noch!« Prinz Karl beugte sich vor und stützte sich dabei auf den Kartentisch. »Vor den Mauern warten fünfzigtausend Preußen darauf, dass wir aus der Stadt herauskommen, um vor ihren Kanonen zu verbluten ... Hat er den Schneid, als Erster zu gehen?«

»Ein Nádasdy-Husar fürchtet nichts! Und wenn Sie mir befählen, in die Hölle hinabzusteigen, um Satan in den Schwanz zu zwicken, so würde ich es tun.«

Der Feldmarschall lachte schallend. »Hätt' ich mehr Männer wie Ihn, dann würde ich nicht hier in Prag gefangen sitzen. Hat Er den Mut, in dieser Nacht den Versuch zu machen, erneut durch die preußischen Linien zu kommen?«

»Wenn Herr Feldmarschall es wünschen, lasse ich sofort mein Pferd satteln.«

»Nein, nein! Sorge Er erst einmal dafür, dass Er trockene Kleider bekommt und etwas Warmes in den Bauch. Ich erwarte Ihn in drei Stunden ... Und falls Er es tatsächlich schafft, durchzubrechen, und mich in den nächsten Tagen keine Kugel findet, so mag Er sich bei mir melden, wenn Er gerne eine eigene Truppe befehligen mag. Für einen wie Ihn werde ich jederzeit einen Lieutenantsposten in einem meiner Regimenter finden.«

Gabriela verneigte sich knapp. »Danke, Herr Feldmarschall.« Ihr Herz schlug schneller. Ein eigenes Kommando und die Gnade des Kaiserbruders! Vielleicht würden schon in einem Monat all ihre Träume wahr?

Als sie durch das Tor am Pulverturm geritten war, bedachte Somogy sie mit einem Blick, als sei er sich sicher, sie niemals wiederzusehen. Die Vorposten hatten gemeldet, dass die preußische Armee in Alarmbereitschaft versetzt worden war. Offenbar rechnete Friedrich mit einem erneuten Ausfall. Das hieß, alle Posten würden in dieser Nacht besonders wachsam sein.

Gabriela gab Nazli die Sporen und trieb die Stute über die Brücke vor der Burg. Der Regen hatte noch immer nicht nachgelassen. Die Nacht war finster, der Himmel voller Wolken. Es würde schwer werden, in dieser Dunkelheit einen einzelnen Reiter auszumachen. »Ich werde es schaffen«, murmelte sie leise immer wieder. »Ich werde es schaffen!«

Wie ein Komet zog eine mattrot glühende Kanonenkugel über sie hinweg und schlug gegen die Mauern der Burg. Nazli schnaubte unruhig. Die Straßen waren wie ausgestorben. Soldaten und Bürger hatten in den Kellern Zuflucht gesucht, um dem mörderischen Beschuss zu entgehen. Überall lagen Trümmer. Zerschossene Fuhrwerke, zersplitterte Dachschindeln und verkohlte Balken. Trotz des Regens standen die Straße hinab zwei Häuser in Brand. Flammenzungen leckten aus den Fenstern.

Plötzlich ertönte Hufschlag aus einer der Seitengassen. Ein Reiter in weißer Uniform preschte heran. Im unsteten Licht der Flammen wirkte er fast wie ein Gespenst. Mit einem weiten Satz sprang sein Schimmel über einen Trümmerhaufen auf der Straße. Gabriela rief ihn an, doch er beachtete sie nicht. Die breite goldene Bauchbinde des Offiziers war von Blut verschmiert. In halsbrecherischem Tempo jagte er den Königsweg zur Burg hinauf.

Als sie die Gasse passierte, aus der der Reiter gekommen war, hörte sie laute Befehlsrufe. Es wimmelte vor Menschen zwischen den Häusern. Einen Herzschlag lang überlegte sie, ob sie nachsehen sollte, was geschehen war … Doch sie hatte einen Befehl. Sie musste das Unwetter nutzen, um aus der Stadt zu entkommen und die preußischen Linien so weit wie möglich hinter sich zu lassen. Sie konnte es sich nicht leisten, Zeit zu verlieren.

Je näher sie der Karlsbrücke kam, desto höher stand das Wasser in den Straßen. Die Moldau musste über die Ufer getreten sein. Überall irrten Menschen umher. Ein kleiner Junge war auf den Rücken eines steinernen Löwen geklettert, der vor der Tür eines prächtigen Bürgerhauses stand, und rief lauthals nach seiner Mutter.

Plötzlich übertönte schrilles Pfeifen das Geschrei. Ängstlich drückten sich die Menschen gegen die Häuserwände. Nazli scheute und stieg. Keine fünf Schritt vor der Stute schoss fauchend eine Fontäne aus dem Wasser auf. Die Dächer auf der linken Straßenseite zerbarsten in ohrenbetäubendem Lärm. Schiefersplitter wirbelten durch die Luft. Gabriela riss die Arme hoch, um ihr Gesicht zu schützen. Als die Husarin die Arme vom Gesicht nahm, sah sie zwei blutige Schrammen am Hals der Stute.

Eine der Kanonenkugeln hatte den steinernen Löwen enthauptet. Von dem Jungen war nichts mehr zu sehen. Knirschend neigte sich der getroffene Dachfirst der Straße entgegen. Gabriela gab Nazli die Sporen. Sie musste hier fort, musste entkommen! Sie allein hatte es in der Hand, dieses Massaker zu beenden, wenn es ihr gelang, Feldmarschall Daun davon zu überzeugen, dass er sofort aufbrechen musste, um der belagerten Stadt zu Hilfe zu eilen.

Verzweifelt drängte sie ihr Pferd durch die Scharen der Flüchtlinge, die den höher gelegenen Stadtteilen entgegenstrebten. Auf den Stufen eines Hauses lagen Tragen mit Schwerverletzten. Nur zwei Finger breit stand das Wasser unter dem Mann auf der untersten Stufe. Gabriela dachte an das Kellergewölbe, in dem sie mit Lieutenant Somogy gewesen war. Das Haus hatte direkt am Flussufer gestanden. Der Keller war jetzt sicher bis zur Decke voll Wasser gelaufen.

Brennende Trümmer stürzten neben ihr auf die Straße. Zischend stieg heißer Wasserdampf aus den braunen Fluten. Glühende Funken versengten ihr Gesicht. Eine ertrunkene Katze trieb an ihr vorbei.

Hoch am Himmel explodierte eine Mörsergranate und tauchte die Gasse einen Lidschlag lang in rotoranges Licht. Klirrend schlugen Splitter über ihr in die Hauswand. Einige Flüchtlinge stürzten. Die meisten standen wieder auf.

Am Ende der Straße konnte sie die Kleinseiter Brückentürme mit ihren steilen Giebeldächern erkennen. Wieder tauchten feurige Blumen den Himmel in blutrotes Licht. Sie musste weg von hier! Nazli war völlig verstört. In Panik bahnte sich die Stute ihren Weg zum Brückentor. Die Flüchtlinge sprangen vor ihr zur Seite. Einige fluchten lauthals. Ein Soldat stürzte der Länge nach ins Wasser, als er ihr auszuweichen versuchte.

Endlich erreichte sie die schützende Wölbung des Torbogens. Ein Grenadierlieutenant mit zerzauster weißer Perücke rief ihr etwas zu, doch seine Worte gingen im Donner einer weiteren Kanonensalve unter.

Sie preschte auf der Brücke mit all ihren steinernen Heiligen. Gabriela hieb Nazli die Sporen in die Flanken und trieb sie geradewegs auf das gemauerte Geländer zu. Ein Satz ... Einen Moment lang stürzten sie. Die Husarin spürte, wie sich ihr Magen zusammenzog. Dann tauchten sie ins Wasser ein. Die Flut riss sie herum und drückte sie nach unten. Mit eisiger Faust griff der Strom nach ihr. Sie presste die Schenkel zusammen und spürte, wie Nazli verzweifelt strampelte, um wieder nach oben zu kommen. Glühende Nadeln stachen in Gabrielas Lungen. Endlose Marter, sie wollte atmen, leben, doch der Fluss schien sich auf Seiten der Preußen geschlagen zu haben. Dann tauchten sie wieder auf. Gierig sog Gabriela die kalte Luft ein. Der Schatten der Brücke glitt über sie hinweg. Die reißende Strömung trieb sie nach Norden, geradewegs auf das Ufer zu. Keine fünfhundert Schritt weiter vorne machte die Moldau einen scharfen Knick nach Osten. Sie durften dort noch nicht an Land gespült werden! Das war zu nahe an den preußischen Linien!

Verzweifelt zerrte Gabriela an den Zügeln, um Nazli in der Mitte des Stroms zu halten. Sie spürte, wie ihre Glieder von der Kälte steif wurden.

Als sie den Knick hinter sich ließen, tauchte der Schatten einer Insel vor ihnen auf, die den Fluss in zwei Arme zerteilte. Gabriela hielt sich rechts. Das war das Ufer, das sie erreichen musste. Erschöpft beugte sie sich über den Hals der Stute und flüsterte Nazli beruhigend ins Ohr. »Nicht mehr lange, meine Schöne. Nicht mehr lange. Wenn wir wieder im Feldlager sind, wirst du einen ganzen Sack voller Hafer bekommen. Das verspreche ich dir ... Aber bitte ... halte durch!« Ihr klapperten die Zähne. Sie konnte spüren, wie das kalte Wasser die Kraft aus ihrem Körper zog. Ihre Beine verkrampften sich. Sie stöhnte vor Schmerz.

Mit beiden Händen krallte sie sich in Nazlis Mähne fest. Sie durfte auf keinen Fall aus dem Sattel gleiten! »Nicht mehr lange ...«

Sie waren an der Insel vorüber, und die Moldau machte erneut einen scharfen Knick. Verschwommen konnte Gabriela Gestalten am Ufer erkennen. Schwarze Schatten vor Wachtfeuern.

Nazli strebte dem Ufer entgegen, doch die Strömung trieb die Stute immer weiter ab. Die Böschung wich zurück und plötzlich war kein Ufer mehr zu erkennen. Nur einzelne Hügel, die sich aus dem überfluteten Land erhoben. Kalte Angst griff nach Gabrielas Herz. Wohin sollte sie sich wenden? Sie hatte die Orientierung verloren.

Unermüdlich kämpfte die Stute mit dem Fluss. Immer wieder fielen Gabriela die Augen zu. Sie biss sich auf die Lippen, um wach zu bleiben, doch Kälte und Erschöpfung forderten ihren Tribut.

Plötzlich spürte sie, wie Nazli festen Grund unter die Hufe bekam. Die Stute schnaubte erleichtert. Gabriela sah sich um. Sie wusste nicht, wo sie war. Rechts von ihr brannten Lagerfeuer auf einem Hügelkamm. In ihrem Rücken schimmerte der Himmel glutrot von der brennenden Stadt. Sie hatte keine Ahnung, wie viel Zeit vergangen war seit dem Sprung in die Moldau. Doch sie musste mehrere Meilen zurückgelegt haben. Noch immer regnete es.

Vorsichtig löste sie die steifen Hände aus der nassen Mähne. Was würde sie jetzt nicht alles für ein warmes Bett oder wenigstens einen Platz vor einem Lagerfeuer und einen Becher mit heißem Wein geben!

Das Land stieg langsam an. Nazli hatte Mühe, auf dem überschwemmten und aufgeweichten Boden voranzukommen. Auch die Stute war erschöpft und am Rande ihrer Kräfte. Sie hielt auf eine Anhöhe zu.

»Halt! Wer dort?«

Die Worte gingen der Husarin bis ins Mark. Erschrocken fuhr sie hoch. Undeutlich erkannte sie die Schatten von Fuhrwerken. Irgendwo hinter den Wagen brannte ein Lagerfeuer. Vor ihr stand ein Mann mit Laterne und leuchtete ihr direkt ins Gesicht. Er trug einen langen, dunkelblauen Mantel, dessen Kragen hochgeschlagen war, und einen Dreispitz mit silberner Borte. Ein preußischer Offizier!

Gabrielas Hand glitt müde zum Korb ihres Säbels.

»Das lässt du besser!« Der Preuße zog mit fließender Bewegung eine Pistole unter seinem Mantel hervor und spannte den Hahn. Seine Linke, in der er die Laterne hielt, zitterte nun leicht. »Mach keinen Unsinn! Du bist mein Gefangener. Komm runter vom Pferd!«

Gabrielas Finger schlossen sich um den Griff des Säbels. Sie musste die Schwäche besiegen. Sie durfte nicht gefangen werden! Daun musste wissen, wie es um die Stadt stand! Dass Prag verloren war, wenn er den Preußen nicht in den Rücken fiel.

»Mach keine Dummheiten, oder ich schieß dich vom Pferd.« Der Preuße hob den Arm mit der Pistole. »Steig ab oder ...«

Er verharrte. »Du?« Langsam ließ er die Waffe sinken. »Bei allen Göttern des Olymp! Was machst du denn hier?« Er drehte die Laterne herum, sodass das Licht nun auf sein Gesicht fiel.

Gabriela blinzelte den Regen aus den Augen. Einen Herzschlag lang glaubte sie nicht, was sie sah. Dann ließ sie die Hand vom Griff des Säbels sinken. Vor ihr stand Magister Gregorius!

»Bist du das wirklich?«

Der Offizier grinste und deutete eine Verbeugung an. »Stets zu Ihren Diensten, Fräulein von Bretton.«

»Aber was ...«

»Stimmt etwas nicht, Herr Hauptmann?«, erklang eine helle Stimme hinter den Wagen.

»Alles in Ordnung! Es ist nur ein Meldereiter, der nach

dem Weg zum Hauptquartier fragt.« Zwei Wachtposten gingen ein paar Schritt entfernt vorbei und bedachten Gabriela mit einem flüchtigen Blick.

»Du musst hier verschwinden«, flüsterte Gregorius.

»Ich hatte auch nicht vor zu bleiben, Herr Hauptmann.«

Gregorius sah traurig zu ihr auf. »Es tut mir leid. Ich … Ich bin froh, dass Sir dich retten konnte und …«

»Ich dachte, ich könnte in meinem Leben nie mehr so enttäuscht werden wie von dir am Abend des Feuerwerks. Doch heute hast du dich selbst übertroffen, Herr Hauptmann!«

»Ich habe dich niemals belogen und …« Er schüttelte den Kopf. »Vergiss mich! Reite nach Nordosten! Dort sind nur wenige Patrouillen unterwegs. Und beeile dich. Wir sollten hier nicht zusammen gesehen werden.« Der Feuerwerker sicherte die Pistole und schob sie unter den Mantel zurück.

»Verrecke, verfluchter Verräter!«

11. KAPITEL

Feldmarschall Daun hatte sich in aller Ruhe ihre Meldung angehört und dann erklärt, er könne nicht einfach die letzte Armee, die Österreich noch verblieben sei, aufs Spiel setzen, um die fast doppelt so starken Preußen vor Prag anzugreifen. Er wollte warten, bis weitere Verstärkungen zu seinen Truppen gestoßen waren, und äußerte sich verärgert über den schlechten Zustand von Gabrielas Uniform.

Wütend saß Gabriela in ihrer Stube und scheuerte ihre Stiefel, als die Tür aufflog. General Nádasdy trat ein, einen halbzerknüllten Brief in der Hand. Offenbar jene Nachricht, die sie ihm vom Prinzen Karl zugestellt hatte. Gabriela sprang auf und salutierte, wobei sie in der Linken immer noch den Stiefel hielt.

»Der Daun redet ziemlich schlecht über Ihn«, brummte der Banus ungehalten. »Er hat mir anempfohlen, mich nach einem anderen Adjutanten umzusehen.«

»Soll er doch reden … Ich bin durch die Moldau geschwommen, habe drei Nächte lang im Dreck geschlafen und mich zweimal mit preußischen Streifen herumgeschlagen. Danach taugt die Uniform nicht mehr für einen Hofball … aber ich dachte auch, dies hier sei ein Feldlager.«

»Er sollte lernen, Seine Zunge zu zäumen!« Auf Nádasdys Stirn zeigte sich eine steile Falte. »Der Daun ist aufgebracht über den Tonfall, in dem Er ihm Meldung gemacht hat. Außerdem ist es klüger, einem kommandierenden Feldmarschall nicht zu raten, wie er seine Armee führen soll.«

»Ich habe gesehen, wie in Prag unsere Kameraden verrecken ... Wie kann Daun da noch zögern? Die Stadt hält sich keine drei Wochen mehr und ...«

»Wenn es Ihn beruhigt, so soll Er wissen, dass vor einer Stunde ein Bote aus Wien eingetroffen ist und dem Feldmarschall im Namen der Kaiserin befohlen hat, auf Prag zu marschieren. Doch nun zu etwas anderem ...« Der General hob den zerknüllten Brief. »Wie hat Er sich gegenüber dem Bruder des Kaisers benommen? Prinz Karl fordert mich in diesem Schreiben dringend auf, Ihn aus meinen Diensten als Adjutant zu entlassen! Wie schafft Er das? Er ist noch kein Jahr bei der Armee und schon zwei Feldmarschällen auffällig geworden?«

»Ich ... Also ...«, sie räusperte sich verlegen. »Ich meine ...«

Der Banus lächelte breit. »Der Prinz möchte, dass ich dich seinem Kommando unterstelle, sobald Prag befreit ist. Er schreibt, er habe einen Posten als Lieutenant in einem Dragonerregiment. Willst du mich verlassen?«

Gabriela ließ den Stiefel fallen. Einen Augenblick wusste sie nicht, was sie sagen sollte.

»Es ist auch der Wunsch des Prinzen, dass ich dich nicht länger als Adjutanten behalte. Ich kann mich nicht gegen zwei Feldmarschälle stellen.«

»Aber ...«, Gabriela schluckte. »Gibt es denn keinen anderen Weg?«

Nádasdy zog ein sauber gefaltetes Dokument hinter seinem Gürtel hervor. »Ich fürchte, dies hier ist der einzige Ausweg.«

Die Husarin sah ihn fragend an.

»Eine Beförderung zum Unterlieutenant in meinem Regiment. Ich halte nichts davon, wenn ein Soldat einfach Ränge überspringt. Mit deinem Ritt nach Prag hast du bewiesen, dass du ein wackerer Kerl bist. Bewährst du dich erneut, wirst du auch bei mir deinen Weg machen. Doch wenn es dir lieber ist, als Lieutenant zu den Dragonern zu gehen, werde ich dir nicht verwehren, meine Dienste zu verlassen.«

»Ich gehöre zur leichten Kavallerie, General! So wie mein Vater.«

Der Banus lächelte breit. »Ich hatte keine andere Antwort von dir erwartet, von Bretton. Statt Feldmarschällen kluge Ratschläge zu geben, magst du dich nun selbst bei der Führung einer Truppe bewähren. Du bist für drei Tage vom Dienst freigestellt, falls du noch irgendwelche persönlichen Dinge zu erledigen hast. Danach meldest du dich beim Oberlieutenant Johann Friedrich. Und einen Rat gebe ich dir. Halte dich vom Graffenstein fern. Er hat das Duell noch immer nicht vergessen. Ich wünsche nicht, dass sich meine Offiziere gegenseitig umbringen. Ist das klar?«

»Jawohl, Herr General!«

»Ich bestehe darauf, eine Audienz beim Statthalter zu bekommen. Es handelt sich um eine dringende Angelegenheit!«

Der Sekretär verzog keine Miene und antwortete mit stoischer Ruhe. »Der Statthalter ist in Lugosch, um dort neue Rekruten auszuheben. Sie werden eine oder zwei Wochen warten müssen, dann kann ich Sie für eine Audienz anmelden.« Der Mann, der sich vor seinem Schreibtisch aufgebaut hatte, war ihm zutiefst unsympathisch. Er hatte das aufgedunsene rote Gesicht eines Trinkers und tiefliegende Schweinsäuglein. Sein Atem stank nach billigem Rotwein. Seine feinen Kleider und die teure Perücke verrieten allerdings, dass er nicht arm sein konnte. Deshalb fasste sich Maximilian in Geduld und lauschte den Worten des Fremden.

»Verstehst du mich nicht, Kerl? Ich bin nicht irgendein

Bauer, den du einfach so hinhalten kannst. Vor dir steht Janosch Plarenzi, der Oberstzollmeister von Orschowa. Wenn du mir nicht sofort eine Audienz verschaffst, dann werde ich dafür sorgen, dass du nicht mehr lange auf diesem bequemen Stuhl dort sitzt!«

Maximilian räusperte sich leise. »Aber wenn ich Ihnen doch sage …«

»Zum Teufel mit dir! Es geht um einen Verrat an der Kaiserin und eine Schurkerei, wie man sie sich kaum vorzustellen vermag. Wenn du nicht hilfst, dieses Komplott aufzudecken, dann wirst du selbst wie ein Verräter behandelt werden.« Der Oberstzollmeister holte ein zerknittertes Blatt Papier aus seiner Manteltasche und strich es glatt. »Ich irre mich doch nicht, dass in Diensten des Banus ein Mann namens Gabriel von Bretton steht. Man erzählte mir von einem Duell, das er vor fast einem Jahr mit einem Husarenoffizier hatte.«

Der Sekretär nickte bedächtig. »Gabriel von Bretton ist der Adjutant des Generals Graf Nádasdy. Ich kenne ihn. Der Freiherr hat oft in dieser Stube verkehrt.«

»Freiherr!« Der Oberstzollmeister schnaubte verächtlich. »Dass ich nicht lache. Der Kerl ist ein Hochstapler, ja, er ist nicht einmal ein Kerl!« Er hielt Maximilian den Papierbogen unter die Nase. Es war ein Steckbrief. »Nun, erkennst du den Freiherrn wieder?«

Der Beamte runzelte die Stirn. »Wollt Ihr mich foppen? Das hier auf dem Bild ist doch eine Frau!«

»Und nichts anderes ist der saubere Freiherr von Bretton. Sieh her, Gabriela Plarenzi, geborene von Bretton, ist in Orschowa wegen Mordes an der Schankmaid Anastasia Rukow zum Tode durch den Strang verurteilt. Sie gilt als flüchtig. Betrachte die Namen noch einmal ganz genau. Gabriela von Bretton und dieser vermeintliche Freiherr, das sind ein und dieselbe Person.«

Maximilian musste sich auf die Lippen beißen, um nicht laut aufzulachen. Außer dem Namen gab es nicht die geringste Ähnlichkeit zwischen der Mörderin und dem Adjutanten des Banus. Die Anschuldigungen des Oberstzollmeisters waren geradezu grotesk. »Ihr müsst Euch irren. Ich selbst habe oft mit dem Herrn von Bretton gesprochen. Man müsste töricht sein, ihn für ein Weib zu halten. Er ist ein Husar, wie er im Buche steht. Manchmal vielleicht ein wenig unbeherrscht … Doch ich bin sicher, er wird es im Krieg noch weit bringen.«

»Mann Gottes, wie kann man nur so töricht sein!« Wütend zog der Zöllner ein weiteres Dokument aus seiner Manteltasche. »Vielleicht überzeugt dich ja dieses Schreiben vom Pastor Josef Haynaczky, dem Pfarrer von Orschowa, der die Kinder meines Schwiegervaters Carolus Freiherr von Bretton getauft hat. Hier steht schwarz auf weiß, dass Carolus niemals einen Sohn mit Namen Gabriel gehabt hat sondern lediglich eine Tochter mit Namen Gabriela.«

Maximilian wurde langsam ungeduldig. Er hatte genug Zeit mit diesem Verrückten vertan. Vielleicht sollte er nach der Wache vor der Tür rufen? »Ich habe niemals bezweifelt, dass es vielleicht auch eine Gabriela von Bretton geben mag, ebenso steht allerdings außer Zweifel, dass der Adjutant des Banus ein Mannsbild ist. Ich möchte Sie nun bitten, die Amtsstube zu verlassen, denn ich habe noch anderen Geschäften nachzugehen.«

»Verdammter Ignorant! Da stoß ich den Kerl mit der Nase auf ein Komplott, beweise ihm, dass an der Seite des Banus eine Mörderin reitet, und was tut der Mistkerl? Er komplimentiert mich hinaus. Wo zum Teufel steht das Regiment des Banus? Ich werde ihm selbst meine Beweise vorlegen!«

Der Sekretär lächelte breit. Sollte dieser Irre nur bis

zum Banus reiten. General Nádasdy würde dem Oberstzollmeister schon den Kopf zurechtrücken, und wenn der junge Freiherr von Bretton von dieser tolldreisten Lügengeschichte erfuhr, würde er den Säufer womöglich gar zum Duell herausfordern. »Nach den letzten Meldungen, die wir erhalten haben, befindet sich der Banus im Heerlager des Feldmarschalls Daun, in Böhmen, ganz in der Nähe des Städtchen Kolin.«

»Dann werde ich eben bis dort reisen! Und ich verspreche dir, dass deine Sturheit noch ein Nachspiel für dich haben wird, du verdammter Trottel. Wenn ich die Verschwörung gegen den Banus aufdecke, dann wird dabei auch dein Name fallen!«

»Nur zu!« Maximilian blickte dem Oberstzollmeister nach, wie er auf einen Stock gestützt aus der Stube hinkte. Vielleicht wäre es klüger, dem Banus einen Brief über diesen Vorfall zu schicken. Nur für den Fall, dass dieser Verrückte tatsächlich nach Böhmen reiste.

»Herr Hauptmann!«

Gregorius ließ sich nicht aus der Ruhe bringen. Er blickte über das Rohr des Zwölfpfünders hinweg zum Pulverturm, der die vorderste Verteidigungslinie der Österreicher überragte. »Das Rohr einen Zoll höher.« Sofort führten die Artilleristen seinen Befehl aus. Gregorius zog sein Fernglas auseinander und warf dann noch einmal einen kurzen Blick auf das Geschütz.

»Steckt die Lunte in Brand!«

Mit ohrenbetäubendem Knall spie die schwere Bronzekanone ihr tödliches Geschoss gegen die Stellungen der Österreicher. Der Feuerwerksmeister betrachtete den Turm durch sein Fernglas. Ein weiteres Loch klaffte im Giebel und ein Regen von zersplitterten Schindeln ging auf die Verteidiger nieder. Zufrieden schob er sein Fernrohr wieder zusammen. »Sehr gut, Männer! Richtet die anderen Geschütze genauso aus.«

»Herr Hauptmann!«

Gregorius drehte sich gelassen um. Er mochte es nicht, bei seiner Arbeit unterbrochen zu werden. Zu lange schon dauerte die Belagerung. Der König hatte ein Vermögen an Pulver und Vollgusskugeln eingebüßt und ihnen war es noch nicht einmal gelungen, die vordersten Schanzen der Österreicher zu nehmen.

Ein junger, arrogant dreinblickender Stabsvolontair hielt ihm einen Brief entgegen. »Es wird den König sicher interessieren, dass seine Ordres warten können, wenn der Herr Hauptmann gerade über ein Kanonenrohr schielt.«

Gregorius musterte den Boten vom Scheitel bis zur Sohle. Er trug eine neue Uniform, die noch kein bisschen abgewetzt war. Kein Stäubchen haftete an seinen Kleidern und seine Schläfenlocken waren offensichtlich erst vor wenigen Stunden frisch gedreht und gepudert worden. »Vielleicht sollte ich dem König auch Meldung darüber machen, dass sich der junge Mann offenbar alle Mühe gibt, dafür zu sorgen, dass meine Batterie ihre Kugeln nicht sauber ins Ziel bringt. Das könnte man als Sabotage bezeichnen.« Der Feuerwerker nahm den Brief an sich und wandte sich ab. »Mach er sich davon. Ich will ihn hier nicht mehr sehen oder ich vergesse mich!«

Mit einem Knick zerbrach er das Siegel und faltete die Depesche auseinander. Es war ein Befehl, seine Batterie bis zum nächsten Morgen marschbereit zu haben. Er sollte mit einem Armeekorps, das Friedrich persönlich befehligen würde, zu den Truppen des Herzogs von Braunschweig-Bevern stoßen, der irgendwo in der Nähe von Kolin sein Quartier hatte.

Nervös knabberte Gregorius an seiner Unterlippe. Gabriela hatte die Uniform eines Nádasdy-Husaren getragen. Wenn es zu einer Schlacht kam, würde sie auf der anderen Seite stehen. Bei allen Teufeln der Hölle! Wie hatte es nur dazu kommen können? Hätte er ihr doch nur nicht gezeigt, wie man sich als Mann maskierte. Er dachte an ihre letzten Worte. Sie würde gewiss nicht zögern, wenn sie den Befehl bekam, eine Attacke gegen seine Kanonen zu reiten. Und er … Was würde er tun? Konnte er den Befehl geben, auf sie zu schießen?

Fluchend faltete er die Ordre des Königs zusammen und schob sie hinter die silberne Hüftschärpe, die ihn als Offizier auswies. Dann rief er nach seinen Lieutenants.

12. KAPITEL

Gabriela war enttäuscht. Ihr erstes großes Gefecht hatte mit einem Rückzug geendet. Noch in der Nacht zum 18. Juni hatte die Nádasdy-Husaren der Befehl erreicht, die Höhen beiderseits der Kaiserstraße nahe dem Örtchen Brzistwi zu besetzen. Aus dem Morgennebel heraus waren sie von Grenadieren und Husaren angegriffen worden und mussten sich auf den äußersten rechten Flügel zurückziehen, wo General Nádasdy das Kommando führte.

Dort sammelten sie sich im Schatten eines langgestreckten Eichenwäldchens, wo sich Kroaten und eine Batterie leichter Feldgeschütze verschanzt hatten. Dann begann das zermürbende, stundenlange Warten. Es war ein klarer Sommertag. Gabriela beobachtete die großen weißen Wolken, die langsam über den Himmel glitten. Schon dreimal hatte sie ihre Pistolen überprüft und sie musste sich zusammenreißen, nicht erneut nach ihnen zu sehen. Ihre Reiter sollten nicht merken, wie unruhig sie war. Nacheinander musterte sie die Gesichter ihrer Männer. Drei waren am Morgen bereits gefallen. Sie hatte noch nicht einmal ihre Namen gekannt.

Der Oberlieutenant Friedrich trat an ihre Seite und hielt ihr seine Feldflasche hin. »Was zu trinken?«

Dankbar nahm sie an. Als sie die Flasche zurückgab, hatte sie eine Idee. Sie ging zu Nazli und holte einen Brotkanten, den sie beim Abmarsch in eine der Pistolentaschen geschoben hatte, hervor. Sie hielt ihn hoch über den Kopf und bemühte sich um ein siegessicheres Lächeln. Die Männer wussten, dass die Preußen von König Friedrich selbst befehligt wurden und dass der Alte Fritz noch niemals eine Schlacht verloren hatte.

»Lasst uns Brotzeit halten, Männer, solange die Offiziere der Potsdamer Wachparade sich überlegen, ob sie uns nun noch einmal angreifen wollen oder nicht. Die Preußen mögen uns vielleicht einmal aus dem Feld geschlagen haben, doch aushungern lassen wir uns deshalb nicht.«

Sie biss herzhaft in das harte Brot. Die groben Klumpen wollten ihr kaum den Hals hinuntergehen und schon nach dem ersten Bissen wurde ihr übel, doch sie durfte jetzt keine Schwäche zeigen! Einige Herzschläge lang schauten die Männer zu ihr herüber, dann nahm auch ein junger Kornett den Brotbeutel von seinem Sattelhorn. »Recht hat der Unterlieutenant. Es mag sein, dass ich heute sterben werde, doch vor Hunger werde ich gewiss nicht zugrunde gehen.«

Jetzt griffen auch die übrigen Männer nach ihrem Proviant und die ängstliche Spannung, mit der sie auf den nächsten Angriff der Preußen gewartet hatten, wich.

Vor über einer Stunde hatte das Schießen schon begonnen, und wiederum hatten sie an der Schlacht keinen Anteil. Mit den anderen Husaren waren sie ein Stück nach Osten abgezogen worden und konnten aus der Ferne beobachten, wie die preußischen Grenadiere gegen das Dörfchen Krzeczhorz vorgingen. Kaum einen Kilometer entfernt zogen Kavallerieeskadronen auf und formierten sich für den Angriff. Gabriela holte das Fernrohr, das sie vom Prinzen geschenkt bekommen hatte, hervor und musterte die gegnerischen Reihen.

Deutlich konnte sie die roten Jacken der Zieten-Husaren erkennen. Dahinter stand das Regiment Werner, das von einem ehemaligen Offizier der Nádasdy-Husaren kommandiert wurde. Wesentlich beunruhigender fand sie allerdings die blinkenden Brustpanzer von mindesten zwei Kürassier Regimentern, die dort Front machten. Dazu kamen noch Hunderte von Dragonern. Nervös setzte sie das Fernglas ab und schob es wieder zusammen. Ohne das Wissen, was dort drüben aufmarschierte, hätte sie sich besser gefühlt.

»Was gibt's zu sehen, von Bretton?«, fragte der Kornett an ihrer Seite neugierig.

»Nun«, begann sie bedächtig, um noch ein wenig Zeit für eine passende Antwort zu gewinnen. »Wie es scheint, haben die Preußen einigen Respekt vor uns. Sie haben dort drüben mindestens drei Regimenter aufmarschieren lassen und wagen es immer noch nicht, zum Angriff gegen uns vorzugehen.«

Der junge Husar grinste zufrieden. »Sollen sie nur kommen! Denen werden wir's für die Schlappe von heut Morgen dreimal heimzahlen.«

Gabriela nickte. Sie fühlte sich elend, weil sie ihren Kameraden belogen hatte. In Wirklichkeit standen dort drüben mindestens sechs Regimenter und wenn die Preußen sie angriffen, dann wäre es ganz gleich, wie tapfer sie sich wehrten. Diese Übermacht würde sie einfach in Stücke hauen.

Die Husaren unter Nádasdys Kommando hatten sich hinter einen langgestreckten Hügelkamm zurückgezogen und waren damit außer Sicht der Preußen, als der Oberlieutenant Friedrich an Gabrielas Seite ritt und ihr ein Zeichen gab, ihm zu folgen. Erst als sie sich ein Stück von der Truppe entfernt hatten, begann er zu sprechen.

»Es sieht ernst aus. Der rechte Flügel unserer Armee droht zu zerbrechen. Wir haben schlechte Nachrichten vom Feldmarschall bekommen. Daun hat Ordre zum Rückzug gegeben. Der Banus ist der Ansicht, dass die

Preußen ihre Kavallerie sammeln, um zu einem Angriff auf das Eichenwäldchen anzusetzen und dann die Höhen von Krzeczhorz und Przerovsky zu überrennen. Wenn ihnen dies gelingt, wird die ganze Armee zerschlagen werden. Was das bedeutet, muss ich dir nicht sagen. Wien ist ihnen dann schutzlos ausgeliefert. Ihr König kann der Kaiserin einen Frieden diktieren, ganz wie es ihm beliebt, und statt unser Schlesien zurückzugewinnen, werden wir wahrscheinlich noch Böhmen und Mähren an ihn verlieren. An diesem kleinen Eichenbusch, an dem wir gerastet haben, wird sich das Schicksal Österreichs entscheiden. Können die Preußen die Stellung dort zerschlagen und die Reiter nachführen, dann ist die ganze Armee verloren.« In den zwei Wochen, in denen Gabriela unter Friedrichs Kommando diente, hatte der Oberlieutenant nicht ein einziges Mal so viel gesprochen wie jetzt. Muskeln zuckten nervös unter seinen Wangen. Seine Augen glänzten wie im Fieber.

»Wisst Ihr, wie viele Regimenter der Feind für diesen Angriff versammelt hat?«

Der Offizier schüttelte den Kopf.

»Durch das Fernglas konnte ich Dragoner und ...«

Friedrich hob die Hand und schnitt ihr mit barscher Geste das Wort ab. »Viel Feind, viel Ehr!«

»Aber wenn wir ...«

»Auf dem Hügelkamm ist ein Trompeter postiert. Wenn er zur Attacke bläst, greifen wir an. Zurück ins Glied!« Der Oberlieutenant wendete sein Pferd. Die Husaren hatten sich inzwischen nach Eskadronen aufgestellt, Reihe um Reihe, so als exerzierten sie auf dem weiten Hof vor der Kommandantur in Temeswar.

Gabriela nahm am äußersten linken Ende der Linie Aufstellung, in die sich ihre Männer eingereiht hatten. Von rechts kam eine Gruppe Offiziere vor die Front geritten.

Vorneweg Nádasdy. Als er die Mitte der Formation erreicht hatte, zügelte er sein Pferd.

»Männer, noch nie war die Kaiserin in solcher Gefahr wie in dieser Stunde. Ihr seid jetzt das Fundament, auf dem der Thron Österreichs ruht. Werdet ihr schwach, so wird der Thron fallen, doch ich vertraue euch, so wie die Kaiserin mir vertraut. Wir müssen die Preußen nicht besiegen, sondern nur ihren Angriff stören und dafür sorgen, dass sie möglichst lange im Feuer stehen. Auf der anderen Seite des Hügels werden wir auf Kürassiere stoßen, die euch auf ihren mächtigen Pferden vielleicht wie leibhaftige Riesen erscheinen werden. Lasst euch nicht darauf ein, mit ihnen Klinge an Klinge zu gehen. Zielt mit eurem ersten Hieb nach den Köpfen der Pferde, und ihr werdet sehen, wie mit den Tieren auch die Riesen stürzen!«

Vom Hügel ertönte das Trompetensignal.

»Säbel blank zum Gefecht!«, rief der grauhaarige Husarengeneral. Hundertfach klirrte der Stahl. Nádasdys Lippen glänzten himbeerfarben unter dem gezwirbelten, aschgrauen Schnauzer. Mit der Klinge seines kostbaren Säbels bezeugte er dem Regiment die Ehre. Dann riss er die Zügel seines Rappen herum und wie ein Fanfarenstoß klang seine Stimme über das Feld. »Zum Angriff!«

In gestrecktem Galopp eilten die Husaren die Hügelkuppe hinauf. »Für die Kaiserin!«, ertönte es aus Hunderten Kehlen. Auch Gabriela schrie, bis ihr der Hals schmerzte. Alle Angst war verflogen. Was um sie herum geschah, bekam plötzlich eine Distanz, so als sei sie ein Zuschauer aus der Ferne.

Sie fielen den Preußen, die gegen das Wäldchen anritten, in die Flanke und in den Rücken. Ihre Linien gerieten durcheinander und dann begann das Gemetzel. Gabriela geriet an einen Dragoner mit einem rostroten Schnauzbart. Der Kerl zog seine Pistole und feuerte. Die Kugel riss ihr die Pelzmütze vom Kopf. Ihr Säbel beschrieb einen blitzenden Bogen wie ein Sensenblatt, das ins Korn fährt. Schon hatte sie den Reiter passiert. Blut tropfte von der silbernen Klinge.

Ein Stück voraus sah sie das weißgoldene Tuch einer Standarte über der Masse der blauberockten Dragoner wehen. Die würde sie heute Nacht vor das Zelt des Feldmarschalls legen!

»Zu mir!«, brüllte sie über den Lärm der Schlacht hinweg. Aus den Augenwinkeln sah sie, wie der junge Kornett und einige Reiter ihr den Rücken deckten. Mit der Linken zog sie eine ihrer Pistolen und schoss einem Dragoner mit sommersprossigem Gesicht in die Brust. Wie eine Furie brach sie in die Reihen der Feinde. Sie achtete kaum noch auf die Gesichter der Männer, an denen sie vorbeipreschte. Ein Hieb streifte ihre Schulter, doch ritzte er nur den Stoff der Husarenweste. Endlich hatte sie den Standartenträger erreicht. Ein Hüne mit schwarzbraunen Augen. Sie ließ den Säbel fallen, der mit einem Lederband um ihr Handgelenk geschlungen war, und griff nach der Standarte. Gabriela war jetzt so dicht an dem Dragoner, dass diesem kein Platz mehr blieb, um sie mit der Klinge zu attackieren. Wütend stieß er mit dem Korb der Waffe nach ihrem Gesicht. Das kalte Metall traf sie am Wangenknochen, doch der Schlag wurde halb durch den geflochtenen Zopf, der ihre Schläfe schützte, abgefangen. Lichtpunkte tanzten vor ihren Augen. Sie spürte den metallischen Geschmack von Blut im Mund. Noch immer zerrte sie an der Standarte. Sie war mit einem eisernen Haken mit dem silbern gefransten Bandelier verbunden, das sich um die Brust des Dragoners wand. Der Kerl zog nun eine seiner Pistolen aus dem Sattelholster.

»Fahr zur Hölle, Ungar!«, fluchte er, als ihn ein Säbelhieb quer über den Leib traf. Das Bandelier zerriss und ein breiter roter Schnitt klaffte über den blauen Uniformrock. Der Mund des Mannes klappte auf und zu wie bei einem Fisch, den man aufs Ufer geworfen hatte.

»Nimm die Standarte!«, keifte der Kornett mit schriller Stimme. Irgendwo tönte das Signal zum Rückzug. Dicht an dicht waren die Reitermassen ineinander verkeilt.

»Los jetzt, von Bretton, wir ...« Ein blutiger Dorn ragte aus der Brust des Husaren, ruckte und verschwand wieder. Ein Dragoner hatte ihm seinen Pallasch unter dem Schulterblatt hindurch ins Herz gestoßen.

Ein Stiefeltritt traf Gabriela in dem dichten Gedränge am Knie. Die kopflastige Standarte glitt ihr fast aus den Händen. Rings herum fluteten die Husaren zurück. Ein Ruck! Ihr wurde das schwere Feldzeichen aus den Händen gerissen. Mit einer Drehung aus dem Gelenk hatte sie den Säbel wieder in der Hand.

Hinter den Dragonern schimmerte es weiß und schwarz. Kürassiere brachen zur Front durch. Gabriela fluchte. Es war höchste Zeit zu verschwinden. Wütend riss sie die Zügel herum. Hinter ihr hatte sich das Gedränge schon gelichtet. Ein Dragoner feuerte seinen Karabiner auf sie ab.

Gabriela warf sich flach über den Hals der Stute und gab Nazli die Sporen. Auf ihren kleinen wendigen Pferden waren die Husaren schneller als ihre Gegner. Im Galopp eilten sie dem Hügel entgegen. Als Gabriela sich umdrehte, konnte sie sehen, wie weißgrauer Rauch aus dem Eichwäldchen quoll. Die verschanzten Truppen dort feuerten Salve auf Salve in die preußische Kavallerie. Die Reitertruppen waren in Unordnung gekommen, ihr Angriff zerbrochen. Jetzt riefen auch bei den Preußen die Hörner zum Rückzug. Nur ihre Husaren setzen ihnen noch nach.

Gregorius beobachtete das Eichenwäldchen durch sein Fernglas. Sechs Mal schon war von Hülsen mit seinen

Grenadierbataillonen vergebens gegen die Stellung angerannt. Die Hügelflanke vor dem Wald lag voller Toter und Verwundeter.

»Höher, zum Henker! Richtet die Rohre höher, oder wir schießen unseren langen Kerls die Blechmützen vom Kopf!«, fluchte er. Fluchend schob er das Fernrohr zusammen und wandte sich zu den Geschützen. Nasse Lumpen lagen auf den Rohren, um sie zu kühlen. Prüfend strich er mit der Linken über die Mündung der nächststehenden Kanone. Es musste gehen. Zieten kam von der Flanke mit seinen Reitern. Diesmal würden sie die Österreicher massakrieren!

Auf dem Hügel hinter dem Dörfchen Krzeczhorz krachten Kanonenschüsse. Die Weißröcke hatten dort eine neue Batterie aufgefahren.

Ein Ton wie ein Glockenschlag erklang, gefolgt vom Krachen splitternden Holzes. Etwas Nasses traf Gregorius an der linken Wange, so als habe man ihm ein Glas Wasser ins Gesicht geschüttet. Neben ihm sank Michel, einer seiner Feuerwerker, ins Gras. Eine Kugel hatte ihm den Kopf von den Schultern gerissen. Auch das Geschütz auf der Linken hatte einen Treffer erhalten. Das Rohr war aus der Verankerung gerissen worden und das Holz der Lafette zerfetzt. Daneben lag stöhnend ein junger Lieutenant, dem ein langer Holzsplitter aus dem Oberschenkel ragte.

Gregorius biss sich nervös auf die Lippen und schmeckte Blut. »Die Batterie neu ausrichten. Schwenkt die Geschütze dreißig Grad nach rechts!«

Wieder donnerten die Kanonen in der Stellung hinter dem Dorf. Doch diesmal war die Salve schlechter gezielt. Die schweren Eisenkugeln schlugen in die Böschung des kleinen Bachlaufs ein, hinter dem die Preußen ihre Geschütze aufgestellt hatten. Schlamm und Grassoden wirbelten durch die Luft.

Der Feuerwerker kniete neben dem Toten und nahm ihm seine Ausrüstung ab. Er würde dessen Platz übernehmen. Gregorius vermied es, dorthin zu blicken, wo einmal der Kopf seines Freundes gesessen hatte. »Dafür werden sie mir bezahlen«, flüsterte der Nürnberger leise und drückte sanft die Hand des Toten.

Einer der Artilleristen schob ein neues Geschoss in das Kanonenrohr. Eine Vollgusskugel war durch Leinenbänder fest mit einem hölzernen Spiegel verbunden, der fast genau dem Durchmesser des Rohrs entsprach. So konnte die Kugel nicht herausrutschen. Hinter dem Spiegel saß ein Leinensack mit der Treibladung aus grobkörnigem Schwarzpulver. Mit dem Setzer wurde die Ladung bis auf den Stoßboden des Rohrs geschoben. Gregorius rammte die Räumnadel durch das Zündloch und durchstach damit den Kartuschbeutel mit der Pulverladung. Dann setzte er das Schlagröhrchen ins Zündloch ein und bestäubte es mit Mehlpulver aus seiner Pulverflasche, um eine sichere Zündung zu garantieren. Als dies getan war, peilte er über das Rohr zum Hügel hinauf. Die Kanonen der Österreicher spien erneut Rauch und Flammen. Gregorius schlug mit der flachen Hand gegen die rechte Lafettenseite, und die Artilleristen drehten das Geschütz langsam weiter nach rechts, bis er ein Zeichen gab aufzuhören.

Der Mann neben ihm wirbelte seinen Luntenstock durch die Luft, damit die Glut an der Luntenspitze nicht verlosch. Heulend zogen die Kanonenkugeln über sie hinweg und schlugen ein Stück hinter den Pulverwagen ein.

Gregorius trat ein wenig zurück und brüllte: »Feuer!« Die Lunte senkte sich auf das Schlagröhrchen, das Pulver zischte kurz auf und fast im selben Augenblick bäumte sich das schwere Geschütz auf und rollte zurück. Auch die anderen Kanonen der Batterie waren abgefeuert. Es war fast windstill, und der beißende Pulverdampf hüllte die Stellung in weißen Rauch.

»Herangetreten!«, bellte Gregorius mit heiserer Stimme. Die Bedienung ging an ihre Plätze, und die Kanone wurde ein Stück vor auf ihren alten Platz geschoben.

»Wischt aus!« Der Feuerwerksmeister trat an das Rohr und drückte seinen Daumen auf das heiße Zündloch, um nachglimmenden Pulverresten die Luft abzusperren, während das Rohr gewischt und die neue Patrone eingesetzt wurde. Es kostete zwar einige kostbare Sekunden, den Wischer mit dem nassen Lammfell bis auf den Stoßboden zu schieben und einmal herumzudrehen, doch nur so konnte man sicher sein, dass keine glimmenden Pulverreste im Rohr zurückblieben. Verzichtete man darauf, ging man das Risiko ein, dass sich etwa übrig gebliebene Glut durch den Leinsack der Pulverladung brannte und der Schuss vor der Zeit losging.

Gregorius verzichtete auf die weiteren Kommandos der Laderoutine. Seine Männer arbeiteten präzise wie ein Uhrwerk. Jeder Handgriff war Hunderte Male geprobt.

Er rammte die Räumnadel durch das Zündloch und machte das Schlagröhrchen bereit. Inzwischen hatte sich der Pulverrauch ein wenig gelichtet, doch war nicht zu erkennen, ob sie die Stellung der Österreicher getroffen hatten. Ihre Grenadiere hatten inzwischen den Rand des Wäldchens erreicht, während weiter rechts ein heftiges Reitergefecht tobte. Gregorius wollte schon den Feuerbefehl geben, als auch zwischen dem Wäldchen und der Geschützstellung auf dem Hügel Reiter erschienen. Kürassiere! Hastig schlug er mit der Hand gegen die Lafette. »Das Geschütz nach links! Ein neues Ziel! Bringt Kartätschen nach vorn!«

Hastig richteten die Kanoniere das Geschütz neu aus. Gregorius nahm Peilung und brüllte seinen Feuerbefehl!

Ein Teil der Reiter schwenkte zum Wäldchen ein und ritt die Grenadiere nieder, die übrigen stürmten den Hang hinab auf die Geschützstellung zu. Wie Drachen fauchten die Bronzerohre Flammen und Rauch. Wieder nahmen die Pulverschwaden Gregorius die Sicht. Wenn sie es schafften, den Kürassieren schwere Verluste beizubringen, drehten die Reiter vielleicht wieder ab.

»Wischt aus!«, schrie er mit sich überschlagender Stimme. Ein Windstoß zerriss den Rauchschleier. Die Österreicher waren noch höchstens achthundert Schritt entfernt. Wirbelnde Erdschollen prasselten auf die Geschütze. Wieder war eine Salve in die Uferböschung eingeschlagen. Eine schwere Eisenkugel hüpfte keinen halben Meter an ihm vorbei in Richtung der Munitionskarren. Mit einem Fluch warf sich Gregorius zu Boden. So als seien es nur Strohhalme, zerschlug die Kugel die Speichen eines Wagenrads. Der Munitionswagen neigte sich zur Seite und stürzte. Leinene Pulversäcke rollten durch das Gras. Der Feuerwerker atmete aus. Glück gehabt.

»Macht den Wagen klar! Bedienung zurück an die Geschütze!«

Die Reiter waren indessen auf weniger als fünfhundert Schritt heran. »Nicht auswischen! Kartusche in den Lauf!« Sie mussten Zeit sparen, um noch mindestens zwei Schuss auf die Kürassiere abgeben zu können. »Sind die Kartätschen heran?«

»Jawohl, Herr Hauptmann!« Ein junger Munitionsträger war an Gregorius' Seite geeilt. Vor dem Bauch des Jungen hing eine schwere Ledertasche. Der Feuerwerker konnte sehen, wie sich die drei großen Patronen durch das Leder abdrückten. Gregorius richtete das Rohr ein wenig höher. »Eine Ricocheft-Salve!«, rief er zum nächsten Geschütz herüber. Bei dieser Art des Schießens hüpfte die Kugel nach dem ersten Aufschlag zwei oder drei Sprünge weiter. So würde bei der in hintereinandergestaffelten Linien aufgestellten Reiterfront der größte Schaden angerichtet.

Wieder brüllten die Kanonen auf. Gregorius nahm sich keine Zeit, zu beobachten, welchen Schaden seine Geschütze anrichteten. Jede Sekunde zählte jetzt. Sie mussten noch eine Salve schaffen, mussten den Angriff brechen!

»Nicht auswischen!«, Gregorius presste seinen Daumen auf das Zündloch. »Setzt jetzt Kartätschen ein! Wir reißen die Preußen in Stücke!« Bei dieser Sorte von Munition saß ein Leinensack auf dem Pulvertreibsatz, in dem, in klebriges Pech eingebettet, über hundert Eisenkugeln steckten. Beim Schuss lösten sich die Kugeln aus dem Pech und fächerten beim Flug zu einer breiten Front auf. Auf drei- bis vierhundert Schritt entfalteten die Eisenkugeln die beste Wirkung. Wie eine Salve von fünfhundert Musketenschützen würden sie gegen die vorderste Reihe der Reiter schlagen.

Der Boden erbebte unter dem donnernden Hufschlag Hunderter Pferde. Als die Ladung ins Rohr gerammt wurde, erlaubte sich Gregorius aufzublicken. Noch vierhundert Schritt zu den Kürassieren! Die letzte Salve schien kaum Schaden angerichtet zu haben. Der Feuerwerker fluchte laut. »Schießt! Zeigt es diesen Eisenbäuchen!«

Rauch hüllte die Geschützstellung ein. Die wild nach hinten bockenden Kanonen wurden zurückgerollt. Schreie gellten. Das schwere Rohr des benachbarten Geschützes zeigte plötzlich in groteskem Winkel nach oben, segelte ein Stück durch die Luft und schlug dann auf den Rasen. Die österreichische Batterie hatte einen Volltreffer in seiner Stellung gelandet.

Breite Lücken klafften in der ersten Reihe der Kürassiere. Blutüberströmte Pferde wälzten sich im Gras. Dazwischen lagen Reiter, die von dem Hagel aus Eisenkugeln regelrecht zerfetzt worden waren. »Für die Kaiserin!«, hallte es über das Feld. Nur noch wenig mehr als zweihundert Schritt trennten die Kürassiere von den Kanonen. Drohend zum Schlag erhoben, blinkten ihre langen, geraden Schwerter in der Sommersonne.

»Nicht auswischen!«, schrie Gregorius. Wenn die Reiter bis zum nächsten Schuss bis unter hundert Schritt herankamen, konnten die Kartätschenkugeln nicht weit genug ausstreuen, um schweren Schaden anzurichten.

Fieberhaft arbeiteten die Kanoniere, um die noch verbliebenen vier Geschütze nachzuladen. Wieder spuckten die Bronzerohre Flammen und Tod. Bis zu den Geschützen klang das metallische Prasseln, mit dem die Kugeln auf die Brustpanzer der Reiter schlugen. Pferde wieherten, Sterbende und Verwundete schrien, während die Reiterreihen über die Gestürzten hinwegpreschten.

»Gebt ihnen noch eine Ladung! Und nicht auswischen«, schrie Gregorius über den infernalischen Lärm hinweg. Er presste den Daumen auf das Zündloch und biss die Zähne zusammen. Das Bronzerohr war so heiß geworden, dass es ihm den Daumen verbrannte. Die Kartätsche wurde eingeschoben und mit dem Setzer tiefer gestoßen … Der Artillerist wollte den Setzer gerade zurückziehen, als das Geschütz aufbrüllte und ihm die Eisenkugeln beide Arme abrissen. Die Lafette ruckte zurück und traf Gregorius an der Hüfte. Er stürzte. Im selben Moment brachen die Reiter in die Stellung ein. Gnadenlos hackten die Kürassiere auf die Kanoniere ein, die mit ihren kurzen Säbeln so gut wie wehrlos waren. Gleich einem Orkan fegten die Reiter über die Stellung hinweg. Welle auf Welle suchten sie sich ihren Weg zwischen den Geschützen.

Gregorius lag halb unter der Lafette. Seine Finger tasteten nach der Pistole, die in seiner silbernen Offiziersschärpe steckte. Nirgends sah er noch die blaue Uniform eines Artilleristen. Die Österreicher hatten keine Gefangenen gemacht!

Undeutlich konnte der Feuerwerker den umgestürzten Munitionskarren zwischen den Pferdebeinen sehen. Wenn die heiße Bleikugel Kartätschenbeutel traf, dann würde er inmitten eines flammenden Infernos zur Hölle fahren und noch ein paar Dutzend Österreicher mit sich nehmen. Das war der rechte Tod für einen Feuerwerker!

Sorgfältig zielte er. Er musste sich beeilen. Die letzte Reiterwelle hatte schon die Geschütze passiert. Sein Finger krümmte sich. Der Schuss krachte. Gregorius schloss die Augen und drückte sich ins Gras. Das war die größte Explosion in seiner Laufbahn! Die Erde zitterte wie ein Trommelfell. Glühende Flammen schlugen über ihn hinweg. Etwas traf seinen Kopf. »Vorbei …«, war sein letzter Gedanke.

13. KAPITEL

Erschöpft ließ sich Gabriela aus dem Sattel gleiten. Wie Krallen waren ihre Finger um den Schaft der schweren, silberbeschlagenen Reiterstandarte gekrampft. Das weiße Tuch war vom Blut des Dragonerlieutenants getränkt, der lieber sein Leben als die Standarte gegeben hatte. *Pro Gloria et Patria* war in das Tuch über dem schwarzen Preußenadler in der Fahnenmitte gestickt, *Für Ruhm und Vaterland!*

An der Wand des Wirtshauses, in dem Nádasdy und sein Stab Quartier genommen hatten, lehnten mehr als zehn solcher Fahnen. Dreimal hatte sich sein Husarenregiment an diesem Tag zurückziehen müssen, doch hatten die Preußen sie nicht aus dem Felde schlagen können. Mit ihrem vierten Angriff waren sie den Fliehenden nachgesetzt und bis Einbruch der Dämmerung mit den Zieten-Husaren Klinge an Klinge geblieben. Dann war der Befehl zum Rückzug gekommen, und sie hatten die geschlagenen Reste der preußischen Armee gen Planjan ziehen lassen.

Gabriela stellte die Reiterstandarte zu den anderen an die Wand, als Nádasdy, gefolgt von einigen Offizieren, aus der Tür des Gasthauses trat. Als er sie sah, lächelte er breit.

»Schon in der ersten Schlacht ein Feldzeichen erbeutet? Respekt, von Bretton, das lässt sich gut an.«

Auch die anderen Offiziere grinsten, so als teilten sie irgendein Geheimnis. Nur von Graffenstein starrte sie verdrossen an. Gabriela schluckte. Was ging hier vor sich?

»Vor einer halben Stunde hat eine Streife einen Gefangenen gemacht. Ein wahrer Wilder, der aus Richtung Kolin über die Kaiserstraße geritten kam. Er ist auf dem Dachboden arretiert. Geh hinauf und übernimm die Wache! Du bist mir für den Mann verantwortlich!«

»Jawohl, Herr General!«

Plötzlich lachten die Offiziere lauthals los. Jetzt sah Gabriela, dass Major Lussinsky eine Flasche Roten in der Hand hatte. Offenbar hatten sie bereits begonnen, den Sieg zu feiern.

»Kein Wunder, dass sich die Hadik-Husaren vor dem gefürchtet haben«, murmelte Oberlieutenant Friedrich im Vorbeigehen und grinste dünn, während seine Kameraden wieder in schallendes Gelächter ausbrachen.

Müde trat die Husarin in das Wirtshaus. Seit dem Morgen des vorangegangenen Tages hatte sie nicht mehr geschlafen. Sie verstand nicht, warum ausgerechnet sie zur Zielscheibe des Spotts geworden war. Was hatte sie falsch gemacht?

»Mögen der Herr Husar etwas essen?« Ein kleiner, dürrer Mann war an sie herangetreten. »Ich bin der Wirt hier in der Goldenen Sonne. Wenn's eine Suppe sein darf oder ein frisches Huhn mit Kräutern, gnädiger Herr?«

»Ich bin zur Wache auf den Dachstuhl kommandiert. Bringen Sie mir Brot, Käse und ein Bier. Das genügt.«

Der Wirt schlug ein Kreuz. »Jesus und Maria! Auf den Verrückten soll'n se achten? Dass sie den ausgerechnet in mein Haus bringen mussten! Heut Mittag noch hat der Preußenkönig dort oben gestanden und das Schlachtfeld observiert und keine zehn Stunden später ham se in der selben Kammer einen Wahnsinnigen arretiert. Seien Sie bloß vorsichtig, Herr Lieutenant, wenn se da reingehen. Der Kerl hat Bärenkräfte. Hab schon befürchtet, der schlägt mir die Tür ein! Dann ist er aber doch ganz ruhig geblieben ... Muss aufpassen, alle meine Mägde haben ihm nachgegafft und dahergeschnattert wie ein ganzer Pulk Gänse.«

»Ist schon gut, Mann. Ich werd auf den Kerl achtgeben.« Müde erklomm Gabriela die Stiege zum Dach. Direkt neben der obersten Stufe lag die Tür zur Kammer. Was für ein Unhold sie dort wohl erwarten würde? Sie legte die Rechte auf den Säbelknauf und drückte mit der anderen Hand die Tür auf.

Im Gegenlicht der Abendsonne sah sie zunächst nur eine Schattengestalt, die vor dem Dachfenster stand und auf das Schlachtfeld blickte. Der Kerl war nicht annähernd so groß, wie Gabriela erwartet hatte, und ... er trug einen Rock!

»Sir?«

Der Mann am Fenster drehte sich langsam um. »Endlich jemand, der weiß, wie man einen Gentleman anzusprechen hat!«

»Sir!« Gabriela stürzte vor und schloss den Schotten in die Arme. »Was in Gottes Namen machst du denn hier? Ich dachte, du marschierst irgendwo mit den Franzosen im Rheintal.«

Der Schotte schnaubte verächtlich. »Franzosen! Erst war meine Stelle beim Regiment mit irgendeinem Schnösel besetzt worden, weil ich mich angeblich nicht rechtzeitig zurückgemeldet hatte, dann hat man mich als Offizier zu einem Haufen grüner Rekruten aus einem Infanterieregiment abkommandiert und zuletzt wollten sie mich wahrhaftig in die Neue Welt schicken, damit ich unter General Montcalm gegen den roten Wolf kämpfe. Das war nichts für Mutters Sohn! Erst wochenlang auf einem Schiff herumsitzen, um dann monatelang durch Wälder zu marschieren, die keinen Anfang und kein Ende haben! Da hab ich kurzerhand mein Bündel geschnürt, mir Urlaub genommen und mich verdrückt. Ich dachte mir, schlechter kann ich's bei dir auch nicht treffen.« Er runzelte die Stirn und drehte ihren Kopf zu Seite. »Wenn ich dich recht betrachte, hast du dich wahrlich nicht verändert, seit wir uns das erste Mal getroffen haben. Tüchtiger Schlag, hmm …«

Gabriela strich über ihre geschwollene Wange. Selbst die leiseste Berührung schmerzte. »Das war ein Pallasch. Aber lieber den Korb ins Gesicht als die Klinge aufs Haupt. Doch sag, wie kommst du hierher mitten ins Hauptquartier des Generals?«

Sir stieß einen tiefen Seufzer aus. »Das ist eine lange Geschichte und sie hätt mir beinah auch einen langen Hals eingebracht. Bevor ich dir das erzähle, muss ich mir erst die Kehle anfeuchten …«

Gabriela blickte zu dem kleinen Tisch neben der Tür, auf dem Essen und eine Flasche Wein standen, doch Sir schüttelte energisch den Kopf. »Oh nein! Wir trinken etwas Richtiges! Schließlich müssen wir unser Wiedersehen feiern!« Er bückte sich nach einem Bündel, das auf dem Bett lag, und zog daraus die silberne Flasche hervor, die Gabriela noch von ihrem ersten Treffen in guter Erinnerung war.

»Geht dein Vorrat denn niemals zur Neige?«

Der Schotte nahm einen tiefen Schluck, stieß einen zufriedenen Seufzer aus und wischte sich mit dem Handrücken über den Mund. »Beim Wanste Satans! Es gibt nichts Besseres als einen echten schottischen Whisky. Den ganzen letzten Winter hab ich in einer Kaserne gesessen. Da war reichlich Zeit, mich als Braumeister zu versuchen. Ich sag dir, davon wachsen einem …«

»Ich erinnere mich!« Gabriela griff nach der Flasche. »Auch wenn ich einen Mann spiele, brauche ich keine Haare auf der Brust.« Misstrauisch schnupperte sie am Flaschenhals. »Ich hoffe, von dem Zeug wird man nicht blind …«

»Willst du mich beleidigen?«, grollte der Schotte finster.

Statt einer Antwort nahm auch Gabriela einen tiefen Schluck.

Einen Augenblick musterte sie Sir, so als warte er auf etwas. Dann schüttelte er den Kopf. »Du hustest ja gar nicht mehr nach dem Trinken. Zum Henker, ich glaub, du wirst wirklich noch ein echtes Mannsbild werden, wenn du so weiter machst.«

Gabriela wusste nicht recht, ob sie sich über die Bemerkung des Schotten freuen sollte. Einen Moment lang herrschte Schweigen. Vom Schlachtfeld ertönte die verlorene Stimme eines Sängers. Dann fiel ein Zweiter ein und ein Dritter folgte. Immer lauter scholl das Lied in die Nacht. Gabriela blickte durch das Fenster zum Himmel. Es war eine klare Nacht. Das Firmament schien ihr wie eine gewaltige, düstere Kirchenkuppel. In ihrer Brust tobte plötzlich ein wilder Schmerz, für den sie keinen Namen fand. Sie trat ans Fenster und stimmte in den ambrosianischen Lobgesang ein, der aus tausend rauen Kehlen zum Himmel stieg.

Sir blieb schweigend an ihrer Seite.

Als der Choral beendet war, fühlte sie sich erleichtert und ein klein wenig verlegen. So hatte sie noch nie gesungen. All ihren Schmerz und ihre Ängste hatte sie in das Lied gelegt …

Sir schnäuzte sich. »Junge, das war aber feierlich!«

Sie lächelte still. Dann hob sie den Kopf und sah ihn lange an. Es war gut, ihn wieder an ihrer Seite zu haben. Einen Menschen, dem sie vertraute und mit dem sie all ihre Geheimnisse teilen konnte. »Du wolltest mir erzählen, wie es dich in das Quartier meines Generals verschlagen hat …«

Der Schotte ließ sich auf das Bett unter der Dachschräge plumpsen und griff wieder nach seiner silbernen Feldflasche. »Komm, setz dich! Du siehst aus, als würdest du gleich im Stehen einschlafen. Vielleicht solltest du noch einen Schluck trinken?«

Gabriela kauerte sich auf das Bett und zog die Decke über die Beine. Plötzlich war ihr kalt. Sir hatte recht. Ein Schluck Whisky würde ihr die Glieder wärmen.

Der Schotte räusperte sich. »Also angefangen hat alles damit, dass ich auf der Straße von Kolin einer Patrouille Hadik-Husaren in die Arme geritten bin. Lauter schnauzbärtige Ungarn, die so einen teuflischen Akzent hatten, dass ich erst gar nicht gemerkt habe, dass sie der deutschen Sprache mächtig sind. Und dann machte dieser lange Kerl von denen diesen blöden Witz über meinen Rock oder besser gesagt, über meine Beine. Meinte, dass sogar seine alte Großmutter schönere Beine hätte als ich. Dann wollt er auch noch wissen, ob ich genauso wenig zwischen den Schenkeln hätte wie seine Großmutter, und hat mir an meinen Kilt gegriffen. Ich weiß auch nicht, was mich da geritten hat ... Es ist mit mir durchgegangen ... Ich hab ihn seine Zähne schlucken lassen und im selben Augenblick haben die anderen Husaren blankgezogen. Weil ich mich im Regiment vom Nádasdy einschreiben wollte, hab ich mir gedacht, es wäre ein schlechter Einstieg, gleich ein paar Ungarn in Scheiben zu schneiden, und hab darauf verzichtet, mich zu wehren. Die haben mich dann gegriffen und zu 'nem Offizier gebracht. Wollten mich an irgendeinem Baum aufknüpfen, wenn ich sie recht verstanden hab. Naja, das war Vaters Sohn dann zu viel. Ich hab den Dummschwätzern erklärt, dass ich ein guter Freund vom General Nádasdy bin und dass der ihnen den Hanfkragen anlegen wird, wenn sie mich einfach aufhängen. Da haben sie ihr Seil wieder eingerollt und ...«

Gregorius erwachte, als etwas Schweres auf seine Brust fiel. Sein Leib brannte vor Schmerzen. Er fühlte sich, als sei er zwischen zwei Mühlsteine geraten. Zu atmen war eine Qual. Blinzelnd öffnete er die Augen. Hunderte Sterne erhellten den klaren Nachthimmel. Schatten schoben sich in das Bild. Zwei Gestalten standen über ihm. Sie schwangen etwas, das aussah wie ein Mehlsack. Dumpf klatschend schlug es neben Gregorius auf den Boden. Er blickte in zwei starre, weit aufgerissene Augen. Sie gehörten zu Ludwig Gerner, einem der beiden Lieutenants, die unter ihm gedient hatten. Ein klaffender Spalt teilte das Gesicht des jungen Mannes. Die Kürassiere! Gregorius erinnerte sich wieder, wie seine Batterie niedergeritten worden war. Die blitzenden Klingen vor dem hellen Sommerhimmel. Die Schreie ...

Der Feuerwerker versuchte, sich aufzurichten, doch quer über seinem Leib lag ein weiterer Leichnam. Eine Gestalt ohne Kopf! Michel. Gregorius wollte schreien, doch brachte er nur ein heiseres Röcheln hervor. Er hatte begriffen, wo er war. Der Duft nach frischer Erde und Blut ... Er wandte den Kopf zur Seite und sah nun deutlicher die lange Grube, in der er lag. Dutzende von Leichen bedeckten den Boden. Ein Massengrab!

Vorsichtig schob der Feuerwerker Michel zur Seite. Stimmen näherten sich. » ... und ich sage dir, der ist noch nicht tot.«

»Sieh ihn dir doch an«, antwortete eine helle Stimme, die wie von einem Kind klang. »Selbst wenn er jetzt noch lebt, ist der morgen hinüber. Solche Wunden überlebt man nicht.«

Gregorius erstarrte. Die beiden erschienen über dem Rand der Grube und wieder landete ein lebloser Körper im Grab. Erschrocken tastete der Feuerwerker über seinen Leib. Hatte man auch ihn zu den tödlich Verwundeten gezählt? Sein rechter Daumen war nass vor Blut und ein pochender Schmerz wütete in ihm. Die Fehlzündung ... Eine Stichflamme musste aus dem Zündloch der Kanone geschlagen sein, als die Pulverladung sich zu früh entzündet hatte. Alle Knochen schmerzten ihn, doch Wunden konnte er nicht ertasten. Nein, er würde nicht sterben! Mit einem Seufzer stemmte er sich auf die Knie. Für einen Herzschlag lang wurde ihm schwarz vor Augen. Er biss die Zähne zusammen. Jetzt durfte er nicht ohnmächtig werden! Wenn ihm die Sinne schwanden, dann würde er hier unten lebendig begraben!

Wieder näherte sich jemand. Gregorius streckte sich flach auf dem Boden aus und wartete, dass die Totenträger wieder fortgingen. Vorsichtig kroch er weiter, bis er den Rand der Grube erreichte. Erschöpft lehnte er sich gegen die senkrechte Erdwand. Man hatte ihn bestohlen. Seine Stiefel waren fort, sein Uniformrock und die breite, silberne Schärpe. Elende Geier! Von den blutverschmierten und zerfetzten Kleidern, die ihm noch geblieben waren, hatten die Leichenfledderer alle Knöpfe abgeschnitten.

Etwas Kaltes glitt über seinen Handrücken. Ein dicker, bleicher Wurm war aus der Erdwand gefallen. »Hat dich der Geruch des Todes angelockt?«, murmelte Gregorius gepresst. »Du und deine Kinder werden gewiss nicht hungers sterben.« Angewidert schleuderte er ihn von sich fort. Er würde dem Tod von der Schippe springen! Das hier war noch nicht sein Ende!

Mit zitternden Knien richtete sich der Nürnberger auf. Seine Finger krallten sich in das zerstampfte Gras am Rand der Grube. Auf dem Schlachtfeld brannten vereinzelt Lagerfeuer. Gestalten mit Fackeln und Laternen streiften zwischen den Toten. Immer wieder kauerten sie sich nieder, um ihrem ruchlosen Geschäft nachzugehen. Niemand näherte sich dem Grab. Das war die Gelegenheit!

Gregorius nahm all seine Kräfte zusammen und spannte die Muskeln in seinen schmerzenden Armen. Zoll für Zoll zog er sich über den Rand der Grube. Als dies geschafft war, kroch er vorsichtig weiter. Wann immer sich jemand näherte, ließ er sich zu Boden sinken. Zwischen all den Leichen schenkte man ihm keine Beachtung.

An einen umgestürzten Karren gelehnt, blieb er eine Weile sitzen und ließ den Blick über das Schlachtfeld wandern. Dem Hades war er entkommen, doch würde es ihm auch gelingen, den Streifen der Österreicher zu entgehen?

14. KAPITEL

Slobodan, der Wirt der »Goldenen Sonne«, beobachtete argwöhnisch den Mann, der sich an dem Tisch neben dem Kamin niedergelassen hatte. Er war mit der Postkutsche von Kolin her die Kaiserstraße hochgekommen und würde bald mit den übrigen Kutschgästen weiterreisen. Keinen Augenblick ließ er den feisten, rotgesichtigen Kerl aus den Augen. Kaum war er in der Stube, hatte er einen Krug Wein für sich ganz alleine bestellt. Und das zur Mittagsstunde! Der Fremde hatte seinen Stuhl so gedreht, dass er die ganze Schankstube überblicken konnte, die Hände über dem Knauf seines Gehstocks gefaltet und saß dort nun so grade, als hätte er einen Besenstiel verschluckt.

Slobodan war lange genug Wirt, um auf den ersten Blick sagen zu können, was für Gäste Ärger machen würden und welche nicht. Dieser dort gehörte eindeutig zu denen, die man besser nicht aus den Augen ließ. Er hatte der Magd, die den Fremden bediente, bereits Anweisung gegeben, sich vom barschen Ton dieses Kerls nicht aus der Ruhe bringen zu lassen.

Slobodan zapfte eine Runde Bierkrüge für die Esterházy-Husaren, die sich an dem großen Tisch in der Mitte der Schankstube niedergelassen hatten und lauthals mit ihren Heldentaten prahlten.

Plötzlich stand der Fremde auf und trat an den Tisch der Soldaten. Slobodan schluckte, schloss den Hahn am Bierfass und beeilte sich, mit den vollen Krügen ebenfalls an den großen Tisch zu kommen, um das Schlimmste zu verhindern.

Der Fremde verneigte sich knapp. »Meine Herren, gestatten Sie mir, dass ich den Helden unseres Vaterlandes diese Runde ausgebe?«

»Bei solchen Anfragen sind wir nie kleinlich«, antwortete ein junger Lieutenant lachend. »Wir können allerdings nur annehmen, wenn der edle Spender sich mit uns an einen Tisch setzen mag, auf das wir ihm zuprosten.«

»Es ist mir eine Freude, meine Rast an der Seite junger Heroen zu verbringen. Gestatten Sie, dass ich mich vorstelle: Janosch Plarenzi, Oberstzollmeister von Orschowa.«

Der Offizier sprang auf und ließ die Hacken zusammenknallen. »Lieutenant Somogy, zweite Eskadron der Esterházy-Husaren!« Die anderen Soldaten taten es ihm gleich und stellten sich der Reihe nach vor.

Slobodan atmete erleichtert auf und verteilte die schweren Bierhumpen auf dem Tisch. Vielleicht hatte er sich in dem Fremden doch getäuscht. »Soll ich dem Herrn Oberstzollmeister seinen Wein bringen oder beliebt er, wie die Herren Husaren ein gutes Pilsener Bier zu trinken.«

»Ein Bier, wenn's recht ist.« Mit einem Seufzer ließ sich der Zöllner nieder und streckte sein lahmes Bein lang von sich.

»Gestatten Sie eine Frage, Herr Oberstzollmeister?« Der Husarenlieutenant hatte sich dem Reisenden aus der Kutsche zugedreht.

»Nur zu, Herr Offizier!«

»Was treibt einen so bedeutenden Mann wie Sie von der fernen Türkengrenze hierher ins Böhmische?«

»Die Suche nach Gerechtigkeit! Ich folge der Spur einer gemeinen Mörderin, die möglicherweise auch mit den Preußen paktiert und ein Komplott gegen einen der bedeutendsten Generäle unserer Kaiserin schmiedet.«

»Hört, hört! Und wer soll diese blutdürstige Amazone sein?«

Slobodan hatte bereits die leeren Humpen eingesammelt, doch nun setzte er sie wieder ab, zog einen Lappen aus seinem Gürtel und begann die Platte des Nachbartisches zu putzen, wobei er neugierig die Ohren spitzte.

Der Fremde räusperte sich. »Das Weibsstück heißt Gabriela und hat es auf niemand anderen als den Banus von Kroatien abgesehen.«

Die Husaren lachten. »General Nádasdy? Das ist kein Mann, der sich von einer Frau etwas zuleide tun lässt. Er ist ein Haudegen, wie er im Buche steht.«

Slobodan hatte den Eindruck, dass der Zöllner nervös wurde. Irgendetwas stimmte mit dem Mann nicht.

»Nun, meine Freunde, Ihr mögt lachen, doch gebietet es mir meine Pflicht, den Banus zu warnen. Sagt, wisst Ihr, wo er zu finden ist? Ich bin in tiefer Sorge, denn diese Furie legt oft Männerkleider an, um ihr wahres Geschlecht zu verbergen.«

Der Lieutenant lachte. »Ein Weib in Männerkleidern! Man muss ein schlechtes Auge für das schöne Geschlecht haben, um einen solchen Betrug nicht sofort zu durchschauen. Glaubt mir, der General ist nicht in Gefahr!« Somogy kratzte sich am Kinn. »Die Nádasdy-Husaren sind auf Fühlung mit den Preußen. Ich denke, der Banus muss irgendwo in der Nähe von Zwittau sein. Er wechselt jedoch oft sein Quartier und …« Von draußen erklang das Horn des Postillions.

Der Fremde erhob sich und zog seinen Hut. »Ich bin Ihnen zu Dank verpflichtet, meine Herren. Wünscht mir Glück auf meiner Suche nach dem Banus.«

Slobodan trat an ein Fenster und beobachtete den Fremden, wie er hinkend zur Kutsche ging. Bis Zwittau würde der Zöllner von hier aus drei Tage brauchen.

Nach der Niederlage bei Kolin war die Situation der Preußen verzweifelt. Nur wenige Tage nach der Schlacht mussten sie die Belagerung von Prag aufgegeben, und in zwei getrennt marschierenden Kolonnen zog sich die geschlagene Armee nach Norden zurück. Wie ein unheilvoller Schatten folgten ihnen die österreichischen Husarenregimenter und schnitten sie von Versorgung und Nachrichten ab. Die Festungen Gabel und Zwittau kapitulierten vor den Österreichern, und nichts schien den Vormarsch nach Dresden und Breslau mehr aufhalten zu können.

Am Vormittag des 15. August machte sich der Stab des Generals Nádasdy bereit, um von Zwittau aus weiter gen Nordwesten vorzurücken und die Verbindung zwischen den beiden preußischen Armeen vollends zu unterbrechen.

Es war ein prächtiger Sommertag. Gabriela stieg die Stufen des Rathauses hinab und war bester Laune. Sie hatte den Befehl erhalten, mit einer Truppe aus der Eskadron Friedrichs auf Streife zu gehen. Bei diesem wunderbaren Wetter würde es ein Vergnügen werden, nach den Preußen Ausschau zu halten. Überall scherzte man schon, dass man im Winter in Berlin Quartier beziehen würde. Es war nur noch eine Frage der Zeit, bis der König die Waffen strecken musste.

Die Husarin hatte fast das Ende der kleinen Treppe erreicht, als ihr neben einem der Bagagewagen ein ganzer Pulk von Soldaten auffiel, in dessen Mitte Sir stand. Der Schotte war trotz all ihrer Bemühungen nicht ins Regiment aufgenommen worden und war gezwungen, sich die meiste Zeit über zusammen mit den anderen Zivilisten beim Tross des Regiments aufzuhalten. Dennoch war er in den wenigen Wochen seit Kolin bei den leichten Reiteregimentern so bekannt wie kein Zweiter geworden. Und das lag nicht allein daran, dass er nach wie vor darauf bestand, seinen Rock zu tragen. Er hatte in zwei Duellen und mindestens einem Dutzend Schlägereien gesiegt, den Sold des ganzen letzten Winters bei Zechgelagen und Würfelspiel durchgebracht und war erst am Abend zuvor mit zwei sturzbetrunkenen Rittmeistern der Kálnoky-Husaren aufgegriffen worden. Mit einem Wort, Sir hatte es verstanden, sich bei den Husaren beliebt zu machen. Gabriela jedoch fürchtete, dass ihr Freund den Bogen bald überspannte. Sie schlenderte zu dem Grüppchen herüber, um zu sehen, was er nun schon wieder trieb.

»... und als ich dann der Pompadour zum ersten Mal gegenüberstand, ich sag's euch, da stand auch mein Kleiner so stramm wie ein Gardegrenadier.«

»Ist sie denn wirklich so unbeschreiblich schön, wie man sagt?«, fragte ein ungarischer Grenadier. »Wie sieht sie aus?«

Sir stieß einen tiefen Seufzer aus. »Wie soll ich das Unbeschreibliche in Worte fassen. Stell dir vor, du hattest ein paar Flaschen vom besten Wein, der je über deine Lippen gekommen ist, und liegst mit den beiden hübschesten Mädchen, die dir je über den Weg gelaufen sind, im Heu einer Scheune, wo euch bestimmt niemand stören wird. Du weißt, die zwei haben nichts anderes im Sinn, als dir all deine Wünsche zu erfüllen, und trotz des Weines spürst du die Kraft zwischen deinen Schenkeln, sie nicht zu enttäuschen.«

Die umstehenden Männer lachten und auch Gabriela musste schmunzeln.

»Nun, ist das nicht der Himmel auf Erden?«

Der Grenadier nickte. »Verdammt, ja. Es gäbe wohl manchen Burschen, der mit Freuden sein Leben aufs Spiel setzen würde, um solches Glück zu finden.«

Sir rollte mit den Augen. »Da hast du verdammt recht, mein Freund, und glaub mir, ich weiß, wovon ich rede! Trotzdem ist all das ein Scheißdreck gegen die Pompadour. Wenn sie vor dir steht und dich mit einem ihrer gewissen Blicke bedenkt, dann vergisst du glatt, ob du ein Männlein oder ein Weiblein bist. Und wenn dann …«

»Wie willst du storchenbeinige Witzfigur denn unter die Augen der Pompadour gelangt sein«, unterbrach eine spöttische Stimme den Schotten. Ein junger Lieutenant trat in den Kreis der Zuhörer. »Wenn der Kerl jemals die Pompadour gesehen hat, dann bin ich der Schwager unserer geliebten Kaiserin Maria Theresia!«

Sir lief rot an. »Ich weiß nicht, wie es um Ihre Verwandtschaftsverhältnisse bestellt ist, junger Herr, doch mich dünkt, Ihr nehmt den Mund ein wenig voll und schwingt hier Reden, die feinfühlige Gemüter und Männer mit Anstand leicht als Majestätsbeleidigung auffassen mögen! Doch nun zu Eurer impertinenten Frage. Wie die meisten meiner Freunde hier wissen, war ich Lieutenant im Dragonerregiment des Dauphins. Da Ihr Bauernburschen wahrscheinlich nicht wisst, wer oder was der Dauphin ist, werde ich es Euch erklären. Das ist der Titel des französischen Thronfolgers! Vielleicht vermögt Ihr Euch trotz Eurer beschränkten Auffassungsgabe vorzustellen, dass das Leibregiment des Prinzen von Frankreich der königlichen Familie bei Überlandreisen oft als Eskorte diente. Doch nicht nur das … Oft genug waren wir auch als Ehrengarde der Mätresse des Königs abkommandiert. Und ich schwöre Euch beim Herzen meines Bruders, der in der Schlacht von Culloden gefallen ist, ich habe Dutzende Nächte höchstselbst vor dem Zimmer der Pompadour Wache gestanden.« Sir leckte sich über die Lippen und lächelte spitzbübisch. »Vielleicht vermögt Ihr Grünschnabel in Eurer Beschränktheit zumindest zu ahnen, was das bedeutet.«

»Ich … ähm …« Der junge Offizier blinzelte nervös. »Wenn Ihr mich einen …«

»Was, du gibst immer noch Widerworte, du ungläubige kleine Wanze! Wer bist du, dass du es wagst, mich vor all meinen Freunden als einen Lügner darzustellen! Gestern Nacht habe ich noch mit deinem Rittmeister zusammen gezecht. Was glaubst du, was er davon hält, wenn er erfährt, wie du hier einen Kameraden behandelst?«

Der Lieutenant wäre offensichtlich am liebsten im Boden versunken. Unschlüssig glitt seine Rechte zum Säbel. Gabriela trat vor. Diesem Possenspiel musste ein Ende bereitet werden, bevor Sir schon wieder in ein Duell verwickelt war! »Entschuldigt, wenn ich Euch unterbreche, doch der General höchstselbst verlangt nach Euch, mein Freund.«

Sir plusterte sich auf wie ein Hahn auf dem Misthaufen. »Der General!« Er warf einen Blick in die Runde und machte dann eine formvollendete Verbeugung. »Entschuldigt mich ... es wäre unhöflich, den Banus von Kroatien warten zu lassen. Ich fürchte, ihr werdet noch ein wenig warten müssen, wenn ihr erfahren wollt, was die Pompadour unter ihrem Ballkleide trägt.«

Als sie außer Hörweite der anderen waren, flüsterte Gabriela aufgebracht. »Was denkst du dir nur bei solchen Lügengeschichten? Du wirst uns beide damit nur in Schwierigkeiten bringen.«

»Du nennst mich einen Lügner? Beim Heiligen Patrick! Unter allen Christenmenschen, die auf Gottes Erdenrund wandeln, solltest du dich doch wohl am wenigsten als Verfechterin der Wahrheit aufspielen.«

»Ich lüge aus der Not heraus! Das ist etwas anderes!«

»Ah, der Herr hat sich also ein moralisches Fundament für seine Lügen geschaffen ... Damit lebt es sich dann leichter, nicht wahr.«

Gabriela schwieg.

»War es nicht auch eine Lüge, dass der General mich

sehen will? Ich kann mir beim besten Willen nicht vorstellen, was er mit mir zu schaffen hat! Außerdem ist es durchaus keine Lüge, dass ich der Pompadour leibhaftig gegenübergestanden habe. Auch wenn ich nicht bis vor die Tür ihres Schlafgemachs gelangt bin, aber …«

»Es ist gut! Du hast recht, ich bin im Unrecht! Lass uns unseren Streit beenden!« Sie hatten inzwischen die Stufen zum Rathaus erklommen. »Und … Das mit deinem Bruder. Du hast nie erzählt, dass ein Bruder von dir bei Culloden gefallen ist. Tut mir leid, dass …«

»Zum Henker! Du musst noch viel lernen. Ich habe zwar meine sämtlichen Brüder bei Culloden verloren, aber keineswegs, weil die Engländer ihr Blut vergossen hätten. Sie alle sind davongelaufen, bevor sie auch nur einen Schuss abgegeben hatten. Ihretwegen muss ich mich meines Namens schämen. Dieses Pack kenne ich nicht mehr …«

»Entschuldigung, meine Herren. Finde ich hier den General Graf Nádasdy?« Ein staubbedeckter Postillion kam schnaufend die Treppe hinauf. »Ich habe einen Brief aus Temeswar.«

»Graf Nádasdy ist in seinem Quartier unter dem Dach.«

»Unter dem Dach!« Der Postmeister rollte mit den Augen und stieß einen tiefen Seufzer aus. »Bei der Jungfrau Maria …«

»Soll ich ihm die Nachricht bringen?« Gabriela kam ein Vorwand, das unerfreuliche Gespräch mit Sir zu beenden, sehr gelegen.

»Das ist sehr freundlich von Ihnen, Herr Unterlieutenant.« Der Postillion händigte Gabriela den Brief aus.

»Bin ich dir lästig?«, brummte Sir.

»Mir reichen nur deine Geschichten von der Pompadour. Du wirst schon sehen, was du davon hast. Bald schwatzt noch das halbe Regiment über dich und die größte Hure Frankreichs.«

Der Schotte lächelte zweideutig. »Ich glaube auch, dass wir noch mehr von der guten Marquise Pompadour hören werden.«

Gabriela hatte genug! Heute konnte sie mit dem merkwürdigen Humor des Schotten nichts anfangen. Wenn Sir geglaubt haben sollte, sie würde nachfragen, was von der Pompadour noch zu hören wäre, hatte er sich geirrt.

»Tut mir leid, ich muss zum General!« Entschuldigend winkte sie mit dem Brief und wandte sich dann ab.

»Ja, ja. Geh du nur zu deinem General! Wenn der wüsste, mit wem er es so dicke hat …«

Wütend ballte Gabriela die Fäuste. Einen Moment lang war sie versucht, noch einmal zurückzugehen und Sir die passende Antwort zu geben. Aber was würde es schon nutzen, sich mit diesem Dickkopf zu streiten? Sie sollte stattdessen lieber noch einmal beim General nachfragen, ob er nicht doch einen Offiziersposten zur Verfügung hatte. Wenn Sir erst einmal von den Zivilisten fortkäme, würde er gewiss wieder vernünftig. Sie waren kein Umgang für ihn. Dort kam er nur auf dumme Gedanken.

Der General stand tief in Gedanken versunken vor seinen offenen Kleidertruhen. Gabriela musste sich räuspern, damit Nádasdy sie bemerkte. »Ein Brief, Herr General!«

»Von wem?«

»Von Maximilian, Ihrem ersten Sekretär in Temeswar. Offenbar ein vertrauliches Schreiben. Es trägt nicht das Siegel der Kanzlei.«

»Temeswar …«, wiederholte Nádasdy leise. »So weit fort … Ich muss immer wieder an Kolin denken. Wären wir den verfluchten Preußen nur sofort nachgesetzt! Dann stünde Friedrich jetzt ohne Heer da. Wir hatten es in der Hand, ihn zu vernichten … Wie viele Männer werden sterben, weil wir damals gezögert haben?«

Gabriela wusste nicht, was sie dazu sagen sollte. Doch offenbar erwartete der General auch nicht, dass sie ihm antwortete.

Nádasdy stand am Fenster und sah auf die Bagagewagen, die auf dem Marktplatz standen. »Hast du deinen Tagesbefehl schon bekommen, von Bretton?«

»Jawohl, Herr General! Ich werde mit einem Teil der zweiten Eskadron einen Streifritt unternehmen und versuchen, preußische Versorgungswagen abzufangen.«

Der Banus schien ihr nicht zugehört zu haben. Noch immer blickte er gedankenverloren aus dem Fenster. Minuten des Schweigens vergingen, bis er sich plötzlich umdrehte. »Wirf den Brief dort vorne in die Truhe. Ich werde mir heute Abend ansehen, was der Maximilian zu melden hat. Es ist genug Zeit vertan. Sag den Fuhrknechten unten, sie können meine Truhen holen kommen, um dann endlich mit den Quartiermachern gen Ostritz aufzubrechen!«

Gabriela salutierte. Sie war froh, gehen zu dürfen. Selten hatte sie den Husarengeneral in so bedrückter Stimmung erlebt. Sie war schon halb zur Tür hinaus, als hinter ihr noch einmal seine Stimme erklang.

»Pass auf dich auf, mein verwegener Sturmreiter. Fang dir beim Plänkeln keine Kugel. Ich habe das Gefühl, du könntest ein guter Offizier werden, wenn du alt genug wirst.«

Gabriela lächelte. Sie war sich sicher, dass ihr nichts passieren würde. Bei dem Pech, das sie mit Männern hatte, musste ihr das Schlachtenglück hold sein!

Gabriela war zu Tode erschöpft, als sie endlich in der Ferne den gedrungenen Kirchturm von Ostritz sah. Stundenlang hatten sie auf den Pferden in einem Birkenwäldchen nahe der Straße nach Schweidnitz gewartet. Auf dieser Route verkehrten die Nachschubwagen für die preußische

Armee, und Oberlieutenant Friedrich hoffte darauf, einen Konvoi abzufangen.

Als dann endlich Wagen kamen, waren sie von zwei Eskadronen Dragonern bedeckt gewesen. Friedrich hatte mit einem Teil der Männer vom Wald her geschossen und die Dragoner zu einem Angriff verleitet. Als die blauen Reiter kamen, waren er und seine Männer aufgesessen und davongeprescht. So war es gelungen, die Eskorte von den Wagen fortzulocken, und Gabriela hatte Gelegenheit, mit ihren Männern anzugreifen. Sechs Wagen hatten sie in Brand gesetzt und den größten Teil der Fuhrleute in die Wälder vertrieben, bis die Dragoner zurückkehrten. Angesichts der Übermacht war ihnen keine Wahl geblieben, als zu fliehen. Um die Dragoner zu verwirren, waren sie aufgefächert und jeder hatte auf eigene Faust versucht zu entkommen.

So kam es, dass Gabriela nun allein dem Dörfchen Ostritz entgegenritt. Sie war vielleicht fünfhundert Schritt von der Ortschaft entfernt, als sie ein totes Pferd auf der Straße liegen sah. Daneben lag ein Husar, den sie als einen der Gehilfen des Quartiermeisters ihres Regiments erkannte. Nazli schnaubte unruhig, und sie tätschelte der Stute die Mähne. Brandgeruch lag in der Luft.

Sie starrte nach Ostritz hinüber, doch ein Wäldchen versperrte die Sicht, sodass nicht mehr als der Kirchturm zu erkennen war. Vorsichtig nahm sie die Zügel zwischen die Zähne und zog die beiden Pistolen aus den Sattelholstern. Dann gab sie der Stute die Sporen und näherte sich in langsamem Trab dem Wald.

Als sie endlich das Dorf vor sich sehen konnte, überblickte sie das ganze Ausmaß der Verwüstung. Auf einer großen Wiese, nicht weit von der Kirche, standen zwanzig Wagen. Fast die Hälfte von ihnen war ausgebrannt. Rings herum lagen etliche niedergehauene Husaren. Überall waren Kleider aus aufgebrochenen Truhen verstreut. Bogen von Papier und zerrissene Briefe flogen mit dem Wind. Keiner der Dorfbewohner ließ sich blicken.

Vorsichtig näherte sich Gabriela den geplünderten Wagen. Gegen ein zerbrochenes Karrenrad lehnte ein Verwundeter und winkte ihr matt.

Die Husarin sah zum Dorf und zum Kirchhof hinüber. Alles war ruhig. Offenbar handelte es sich nicht um eine Falle. Sie ritt zu dem Mann.

»Das waren die Werner-Husaren. Hol diesen Oberst Werner der Teufel! Mit tausend Reitern ist er über uns hergefallen. Die haben alles niedergehauen. Wer überlebte, wurde fortgeführt. Einen Teil der Wagen haben sie mitgenommen. Alles Gepäck, Briefe und anderer Schriftkram des Generals sind futsch. Mich hat man zurückgelassen, damit ich dem Banus ausrichte, der Überfall sei auf ausdrücklichen Befehl des Preußenkönigs geschehen. Dies sei die Rache für Soor.«

»Soor?«

»Du hast wohl keine Ahnung, grüner Kerl«, grollte der alte Husar. »Ich war damals dabei und der Werner auch. Hat bei Soor noch als Rittmeister in Nádasdys Diensten gestanden. Es war im Herbst im Jahre des Herrn 1745, als der Banus bei der Schlacht in den Rücken der Preußen gelangte und das Feldlager plünderte. Damals haben wir das ganze Gepäck und die Leibdienerschaft vom Fritzen gefangen genommen. Das hat uns der Alte nicht verziehen, wie du siehst. Die Wernerschen sagen, der König habe gar nicht weit von hier sein Lager und brenne darauf, sich dem Daun wieder zur Schlacht zu stellen.«

»Soll er nur kommen! Wir werden ihn empfangen wie bei Kolin.«

»Da werdet ihr ihm wohl ohne mich zum Tanze aufspielen.«

Gabriela betrachtete den alten Husaren. Seine Jacke war steif von geronnenem Blut. In der Linken hielt er eine Pfeife.

»Magst du mir die Pfeife entzünden? Ich schaffe es nicht mehr. Hab 'nen Säbelhieb auf den rechten Arm bekommen.«

Gabriela schob die Pistolen in die Holster zurück und schwang sich aus dem Sattel.

»Feuerstein und Stahl findest du in dem Beutel, den ich hinter dem Hosenbund stecken hab.«

Sie beugte sich über den Verletzten und öffnete vorsichtig seine Weste. Auch hier war alles von Blut verklebt. Der alte Husar seufzte leise. Mit dem Stahl schlug sie Funken aus dem Stein, bis sich das trockene Pfeifenkraut entzündete. Sie nahm einen tiefen Zug und reichte ihrem Kameraden dann die Pfeife. Ihr Blick wanderte über die geplünderten Wagen. Sie würde mit dem Alten Totenwache halten, bis das Regiment eintraf.

Endlich! Janosch war bester Laune. Wie ein zweiter Odysseus war er wochenlang durch Böhmen und Schlesien geirrt, ohne das Husarenregiment einholen zu können. Doch heute Abend würde er im Zelt des Banus stehen und ihm würde endlich Gerechtigkeit widerfahren.

Er malte sich aus, wie man Gabriela noch in dieser Nacht entlarvte und sie am nächsten Morgen bei Trommelwirbel zum Galgen geführt würde. Um das letzte Stück des Weges zu bewältigen, hatte er eine offene Kutsche angemietet, die ihn über Feldwege in Richtung Moys brachte, wo sich das Heer sammelte.

»Herr Oberstzollmeister!«

»Ja!«, bellte Janosch barsch. Der Kutscher war ein schlesischer Trottel. Was fiel dem Kerl ein, ihn aus seinen Gedanken aufzuscheuchen.

»Dort hinten am Wald scheinen Reiter zu sein. Was soll ich tun? Umkehren?«

»Hab ich dir nicht gesagt, dass ich heute Abend noch im Feldlager sein muss? Zum Teufel mit den Reitern! Fahr hin!«

»Ich ... ich wollte nur sagen ... dass wir auch nicht mehr weit vom preußischen Heere sind und ...«

»Halts Maul, Kerl! Seit der König nach Westen abgerückt ist, wagen seine Generäle es nicht mehr, sich zur Schlacht zu stellen. Die rennen allesamt heim nach Berlin ...«

»Wie Ihr meint, gnädiger Herr.«

Janosch lehnte sich seitlich aus der Kutsche und blickte zu den Reitern. Es war nur ein kleiner Trupp. Wahrscheinlich Späher. Plötzlich setzten sie sich in Bewegung und hielten auf die Kutsche zu. Sollte der Schlesier vielleicht doch recht gehabt haben?

»Mach hin, Kutscher. Gib deinen lahmen Gäulen die Peitsche. Mit diesem Soldatenpack will ich nicht gemein werden!«

»Wie der gnädige Herr befehlen!«

Der Schlesier ließ seine Peitsche über die Köpfe der Pferde hinwegknallen.

Doch all seine Mühen vermochten das Unvermeidliche lediglich zu verzögern. Stück um Stück holten die Husaren auf. Sie trugen braune Uniformen mit gelber Verschnürung. Janosch kannte nicht die Farben aller Regimenter, doch war er sich ziemlich sicher, dass dies keine Österreicher waren.

Der Vorderste der Reiter zog seinen Säbel und winkte drohend dem Kutscher. »Halt, im Namen des Königs!«

Der Schlesier riss an den Zügeln. Verfluchter Feigling, dachte Janosch. Inzwischen hatten die übrigen Reiter die Kutsche umringt. Es waren grobschlächtige Kerle mit roten Gesichtern. Irgendwelches Bauerngesindel, das vom König zum Heeresdienst gezwungen worden war.

»Wohin des Weges?«, fragte der Anführer der Husaren und wandte sich an Janosch.

»Ich bin nur ein Geschäftsmann auf dem Weg nach Breslau!«

»Und dabei reist du mitten durch das Kriegsgebiet? Die Geschäftsleute, die ich bisher kennengelernt habe, sind vorsichtiger. Stimmt es, was der sagt, Kutscher?« Der Husar tippte dem Mann mit dem blanken Säbel gegen den Bauch. »Ich rate dir, belüge mich nicht! Sonst werden wir dir dein Gedärm um die Knöchel winden!«

Der Schlesier war weiß wie eine Wand. »Ich ... Mir hat der Mann gesagt, er sei ein Oberstzollmeister aus dem Banat. Er wollte, dass ich ihn ins Feldlager des Generals Nádasdy bringe.«

»So, so ... Ein Kaufmann.« Der Husar wandte sich zu seinen Männern. »Holt den Kerl aus der Kutsche und durchsucht ihn. Wahrscheinlich ist er ein Bote.«

Janosch richtete sich empört auf. »Dazu habt Ihr kein Recht! Ich bin weder Soldat noch ein Bote oder ...« Die Husaren scherten sich nicht um seinen Protest. Der Verschlag der Kutsche wurde aufgerissen und man zerrte ihn heraus. Bald hatten die Husaren die Papiere entdeckt, die in einer ledernen Tasche auf dem Kutschsitz lagen. Ihr Anführer holte die Briefe hervor und musterte sie mit verkniffenem Gesicht. Dann buchstabierte er laut: »An – den – Ge – ner – al – Na – das – dy ... Bei allen Hurenhäusern Breslaus!« Der Husar verpasste Janosch einen Schlag ins Gesicht. »Belüge mich nicht noch einmal. Du sagst, du seiest kein Bote! Dich nehmen wir mit, du Drecksack. Dann kannst du deine Geschichte unserem General erzählen! Der Schlesier mag laufen gehn ... Die Kutsche ist im Namen des Königs von Preußen beschlagnahmt!«

»Ihr macht einen Fehler, Herr …«

Der Anführer der Husaren deutete mit seinem Säbel auf Janoschs Brust. »Du redest erst wieder, wenn du gefragt wirst. Wenn du mich verstanden hast, nickst du jetzt brav mit dem Kopf.«

Janosch fügte sich.

15. KAPITEL

Nádasdy fluchte, als der Feldscher den Verband an seinem Arm stramm zog. Er hatte den Sturm auf die Schanzen am Holzberge persönlich angeführt und sich im Handgemenge eine leichte Wunde zugezogen.

»Fertig?«, brummte er ärgerlich.

Der Regimentschirurg Schwanhauser nickte. »Wird wohl schnell heilen, Herr General. Die Wunde ist nicht tief. Aber Sie sollten sich vielleicht doch ein paar Tage der Ruhe gönnen und …«

»Ruhe? Ruhen kann ich noch, wenn ich im Grab liege. Ich habe mir geschworen, die Preußen bis zum Christfest aus Schlesien zu vertreiben. Daraus wird gewiss nichts werden, wenn ich Ihren Rat befolge. Jetzt wo wir die Kerle am Wickel haben, müssen wir ihnen den Rest geben …«

»Vielleicht liegen Sie schneller im Grab, als Sie glauben, Herr General, wenn Sie nicht …«

Nádasdy funkelte den Chirurgen wütend an. »Ich brauche Seine Ratschläge nicht. Mach Er sich davon und kümmere Er sich um jene, die Seiner Hilfe wirklich bedürfen.«

Prüfend tastete der General über den Verband. Die Wunde schmerzte, aber das würde bald besser. Es war schließlich nicht das erste Mal, dass ihm die Preußen ans Leder gegangen waren. Auf sein Heilfleisch konnte er sich verlassen. Er griff nach der Weinflasche, die auf dem Kartentisch stand, als ein junger Soldat in der Tür erschien.

»Was?«, fragte Nádasdy ungehalten und stellte die Flasche zurück.

»Eine dringende Nachricht. Wir haben sie in der Tasche eines toten Meldereiters gefunden, den es wohl hinter den Frontlinien erwischt haben muss.« Der Mann trat aufgeregt von einem Bein aufs andere. »Der Brief, der an Euch gerichtet ist, kommt aus Frankreich ...«

»Werde ich heute noch erfahren, von wem er ist?«

Der Husar räusperte sich. »Er ist von niemand anderem als der Mätresse des Königs von Frankreich, der Marquise de Pompadour.«

»Was? Du willst mich wohl foppen, Mann!«

Wortlos trat der Soldat vor und legte den Brief auf den Tisch. Nádasdy griff nach dem Schreiben und überflog die in zierlicher Handschrift verfassten Zeilen über dem Siegel.

An den General der Kavallerie Graf Nadásdy,
gegeben zu Versailles den 3. August im Jahre des Herren 1757 von einer Bewunderin seines Heldenmuts,
Marquise de Pompadour

Der Banus schluckte. Was mochte die Pompadour von ihm wollen? »Er darf jetzt gehen«, brummte er den Boten an und zerbrach das Siegel.

»Seit Kolin ist Euer Waffenruhm auch in Versailles in aller Munde, General, ja so oft wird von Euch gesprochen, dass es mir nun fast erscheint, als würde ich mich an einen alten Vertrauten wenden, obwohl wir noch nie einander gegenüberstanden. Dennoch erfüllt es mich mit Scham, Euch sogleich mit einer Bitte zu kommen. Ein junger schottischer Offizier, der mir schon seit Jahren vertraut ist, wurde durch ein ungünstiges Schicksal gezwungen, seinen Posten als Lieutenant im Dragonerregiment des Dauphins aufzugeben. Da er stets in großer Bewunderung von Ihnen gesprochen hat, vermute ich, dass er versuchen

wird, in Ihrem Regiment unterzukommen. Gewiss steht es mir nicht zu, Ihnen Ratschläge zu erteilen, doch können Sie sicher sein, in ihm einen tapferen und treuen Kämpen zu finden. Er ist tollkühn, wie nur ein Highlander es sein kann, und seine Stimme rollt wie Donner über das Schlachtfeld, wenn er seine Männer befehligt.

Da der junge Schotte so bescheiden wie eine jungfräuliche Magd ist, wird er gewiss nicht seinen guten Namen nennen wollen, vielmehr zieht er es vor, sich von jedermann nur als Sir ansprechen zu lassen. Von anderen Schotten seines Regiments erfuhr ich, dass er der Baron John Macgregor of Glencarnock ist und damit einem der vornehmsten Geschlechter seines Landes entspringt. Einer Beförderung zum Kavallerieoffizier stünde also nicht im Wege, dass er nicht von Stand ist.

Abgesehen von diesen Argumenten würde ich seine Ernennung aber auch als eine Gunst betrachten, die Sie mir erwiesen hätten, und wie Sie vielleicht von mir wissen, stehe ich in dem Ruf, niemals eine Schuld zu vergessen.

So verbleibe ich in stummer Hoffnung, dass Sie als ritterlichster unter den Husarenoffizieren der Kaiserin meinem Ansinnen nicht abschlägig gegenüberstehen.

Marquise de Pompadour

Nádasdy las den Brief zweimal und kratzte sich nachdenklich am Kopf. Zum einen fühlte er sich sehr geschmeichelt davon, dass die heimliche Herrscherin Frankreichs und wohl schönste Frau Europas um seinen Waffenruhm wusste und ihm einen so vertraulichen Brief schrieb, zum anderen aber meinte er auch zwischen den Zeilen eine Drohung zu hören. Er wusste, dass die Pompadour vielen ihrer Günstlinge zu höchsten Ämtern verholfen hatte, aber man munkelte auch, dass sie gnadenlos jene vernichtete, die ihr nicht wohlgesonnen waren.

In seinem ganzen Leben hatte er noch nie einen Mann nur wegen seiner adligen Geburt zum Offizier gemacht. Was wusste er schon von diesem Sir? Doch wozu wäre die Konkubine des Franzosenkönigs imstande, wenn sie erfuhr, dass er ihrer Bitte nicht nachgekommen war? Gerade jetzt, wo sich der Krieg im Westen gut zu entwickeln begann! Sogar die Kaiserin, die über die Marquise in der Vergangenheit nie ein gutes Wort verloren hatte, nannte die Pompadour nun in aller Öffentlichkeit »teure Freundin«. Verfluchte Politik!

Ärgerlich warf der General den Brief auf den Kartentisch. Er war Soldat! Die Intrigenspiele der Diplomatie, das war nicht seine Welt! Er nahm einen tiefen Schluck aus der Weinflasche. Am besten sollte er dieses ärgerliche Problem noch an diesem Abend aus der Welt schaffen!

Er warf einen letzten Blick auf den Brief. *Da der junge Schotte so bescheiden wie eine jungfräuliche Magd ist …* Was für ein Stil! Eins war gewiss, mit geschliffenen Metaphern hatte die Marquise dem König Ludwig gewiss nicht den Kopf verdreht.

Nádasdy rief nach seinem neuen Adjutanten.

Gabriela war überrascht und erschrocken, als sie noch am späten Abend ins Quartier des Generals gerufen wurde. Sie hatte an den Angriffen gegen das preußische Regiment von Treschow teilgenommen, aber keine Gelegenheit gefunden, sich durch eine Heldentat hervorzutun. Besorgt fragte sie sich, ob der General schon darüber Bescheid wusste und sie deshalb tadeln würde.

Als sie in Nádasdys Stube eintraf, erwarteten sie dort bereits der Regimentskommandant, Phillip Graf von Sinzendorf, und Sir. Nervös leckte sie sich die Lippen. Wahrscheinlich ging es um den Schotten. Was um Gottes willen mochte er nur wieder angestellt haben!

»Schön, dass Sie uns auch noch beehren!«, begrüßte sie der General gereizt. »Ich habe Sie rufen lassen, von Bretton, damit Sie mir Ihr Urteil über diesen Schotten geben. Was für ein Mensch ist er? Bislang kam er mir mit seinem Rock und den kecken Sprüchen, die ihm so locker von den Lippen kommen, stets wie ein arger Schelm und keineswegs wie ein Soldat vor. Welcher Ansicht sind Sie, von Bretton?«

Erschrocken blickte sie zu Sir. Der Schotte wirkte völlig ruhig. Warum wollte der General eine Beurteilung? Sollte etwa ein Kriegsgericht einberufen werden? »Ich kenne Sir als einen guten und zuverlässigen Kameraden. Er hat sich mir gegenüber stets ritterlich benommen. In den anderthalb Jahren, die ich ihn kenne, bin ich nie von ihm enttäuscht worden.«

»Und würden Sie ihm auch zutrauen, eine Truppe zu kommandieren, von Bretton?«

»Ich, ähm ... Soweit ich weiß, hat er dies bereits in französischen Diensten getan, und auch in Schottland hat er als Offizier im Felde gestanden.«

»Wir tragen hier aber weder Röcke noch sind wir Froschfresser. Glauben Sie, er ist in der Lage, ganz normale, gottesfürchtige Männer zu kommandieren?«

»Jawohl, Herr General. Davon bin ich überzeugt!«

Nádasdy drehte nachdenklich an den Spitzen seines Schnauzbartes. Mit unbewegter Miene musterte er Sir. »Bei einem Schotten darf man wohl davon ausgehen, dass er rechtgläubig ist oder?«

Sir grinste. »Ich bin so katholisch wie der Papst!«

Eine steile Falte erschien auf der Stirn des Generals. »Und was halten Sie von dem Mann, von Sinzendorf?«

Der Oberst legte den Brief zurück auf den Tisch, in dem er gelesen hatte. »Ich denke, dieser Schotte könnte zu diplomatischen Turbulenzen führen, wenn wir dem Wunsch nicht nachkommen. Wenn er sich als Offizier nicht bewährt, dann lass ich ihn schneller wieder degradieren, als er ein Glas Whisky trinkt.«

Gabriela verstand überhaupt nichts mehr. Ging es etwa darum, Sir zum Offizier im Husarenregiment zu machen?

Nádasdy erhob sich und trat dicht vor den Schotten. »Ich ernenne ihn hiermit zum Oberlieutenant in meinem Regiment. Doch sei er sich dessen bewusst, dass diese Berufung in keinster Weise mit einem günstigen Eindruck, den ich von ihm hätte, in Verbindung steht. Seinen Rang verdankt er einzig und allein der Fürbitte der Pompadour.« Der General wies auf den Brief, den von Sinzendorf auf den Tisch gelegt hatte. »Wenn die Marquise sich nicht für ihn eingesetzt hätte, dann würde er bis zum jüngsten Tag keinen Posten in meinem Regiment bekommen haben! Sollte ich irgendwelche Klagen über ihn hören, so genügt mir schon der geringste Vorwand, um ihn wieder aus der Armee herauszuwerfen. Hat er mich verstanden?«

Gabriela traute ihren Ohren kaum. Ein Brief der Pompadour? Sollte Sir wirklich ein Vertrauter der Marquise gewesen sein? Sie erinnerte sich an seine Geschichten über eine französische Baronin, deren Geliebter er angeblich gewesen war.

»Mir ist vollkommen klar, was Sie meinen, Herr General!« Der Schotte gab sich zackig, mochte dabei aber nicht auf ein provozierendes Lächeln verzichten.

Nádasdy wurde rot. Mit schneidender Stimme fuhr er fort. »Er wird Oberlieutenant in der elften Eskadron sein, und da er seinen Namen nicht nennen mag, werden wir ihn auch nicht in die Regimentsrolle aufnehmen. Er ist jedoch befugt, eine Offiziersuniform meines Regiments zu tragen, und hat von den Gemeinen mit demselben Respekt wie die übrigen Offiziere behandelt zu werden.«

»Aber es gibt gar keine elfte Eskadron …«, wandte von Sinzendorf verwundert ein.

Nun war es an Nádasdy, ein ironisches Lächeln aufzusetzen. »Ich werde einem Mann, von dem ich nicht weiß, ob er sich seinen Posten im Felde oder im Bett einer mannstollen Marquise verdient hat, keinen einzigen meiner Soldaten unterstellen. Sollte er sich wider Erwarten im Felde bewähren, dann mag er ein richtiges Kommando erhalten. Die Herren Rittmeister mögen nach Belieben über den Schotten verfügen, wenn sich im Gefechte oder bei einer anderen Gelegenheit Bedarf für einen weiteren Offizier ergeben sollte. Machen Sie den Männern aber klar, dass ich nicht wünsche, dass dieser Emporkömmling ein eigenes Kommando führt.«

Der Oberst warf Sir einen mitleidigen Blick zu. »Wie Sie wünschen, Herr General.«

»Gibt es in dieser Angelegenheit noch irgendwelche Fragen?«, brummte der Banus. Es war nur zu offensichtlich, dass er nicht wünschte, über die Ernennung noch ein weiteres Wort zu verlieren. »Dann mögen die Herren Offiziere nun wegtreten.«

Gabriela grüßte zackig. Auch Sir gab sich Mühe, wie ein Offizier zu wirken. Als sie das Quartier des Generals verließen, brannte sie vor Neugier.

»Du bist wirklich Offizier in der Leibwache der Pompadour gewesen?«

»Hatte ich dir nicht gesagt, dass ich sie gesehen habe. Warum glaubt mir nur kein Mensch?«

»Ja, gesehen … Aber wenn sie sich dergestalt für dich einsetzt, musst du doch einen tiefen Eindruck bei ihr hinterlassen haben.«

Sir grinste. »Gewiss! Ganz so, wie du deinen Onkel beeindruckt hattest, als er dich dem Banus weiterempfahl.«

»Wie meinst du das?« Gabriela war sich nicht sicher,

ob sie Sir richtig verstanden hatte. Dann traf sie die Erkenntnis wie ein Blitzschlag. »Nein! Sag, dass das nicht stimmt!«

»Warum sollte ich nicht dasselbe tun, was du vor einem Jahr getan hast, um im Regiment aufgenommen zu werden?«

»Das ist etwas anderes!«, erwiderte sie aufgebracht. »Ich meine, du hast mich überredet. Ich hätte niemals ...«

»Du hast dich darauf eingelassen, dass ich das Schreiben deines Onkels fälsche. Sag mir also nicht, du wärest ein tugendhafterer Mensch als ich.«

»Aber ... Bei Gott, was wirst du tun, wenn herauskommt, dass du dem General einen gefälschten Brief zugespielt hast, um dir ein Kommando zu erschleichen?«

»Ich glaube kaum, dass er nach Versailles schreiben wird, um der Pompadour mitzuteilen, dass er ihren Wünschen nachgekommen ist. Insofern besteht also keine Gefahr. Im Übrigen hat er mir ja kein Kommando übertragen. Das einzige Recht, das ich erworben habe, ist, mit dem Regiment zu reiten.«

Gabriela schüttelte den Kopf. »Du bist ein wahrer Teufel. Deine Maske bei unserer ersten Begegnung war gut gewählt!«

Der Schotte lachte schallend. »Mach mir keine Komplimente! Ich bin sehr anfällig für Schmeicheleien. Und jetzt, denke ich, sollten wir meine Aufnahme ins Regiment feiern. Ich habe ganz in der Nähe eine Schenke entdeckt, wo man erst am Mittag ein Fass vorzüglichen Weins angestochen hat.«

Moys, Schweidnitz und Breslau. Sieg auf Sieg hatten die Österreicher in Schlesien erfochten, während der Preußenkönig im Westen gegen die Franzosen kämpfte. Der Feldmarschall-Lieutenant Graf Hadik war sogar bis nach Berlin durchgebrochen und hatte die Hauptstadt für kurze Zeit besetzt gehalten. Als Friedrich die Schreckensnachrichten erreichten, war er in Eilmärschen nach Schlesien zurückgekehrt. Doch der Krieg schien für ihn so gut wie verloren.

Gabriela war seit zwanzig Stunden nicht mehr aus dem Sattel gekommen. Sie hatte den Vormarsch der Preußen beobachtet und im Hauptquartier Bericht erstattet. Seit Oberlieutenant Friedrich bei Breslau verwundet worden war, stand sie unter dem Kommando des Rittmeisters von Graffenstein, und ihr alter Feind ließ keine Gelegenheit aus, sie zu schikanieren.

Als sie völlig erschöpft tief in der Nacht das Hauptquartier verließ, erwartete sie von Graffenstein bereits vor den Zelten. »Unterlieutenant von Bretton!«

Müde nahm Gabriela Haltung an. »Jawohl, Herr Rittmeister!«

»Der General wünscht, durch einen seiner Männer informiert zu werden, sobald die Preußen kommen. Ich denke, das ist eine Aufgabe für Sie, von Bretton. Nehmen Sie sich noch einen zweiten Reiter und gehen Sie ab zur Straße nach Neumark. Von dort werden die Preußen anmarschieren, wenn sie es wagen sollten, uns anzugreifen.«

Gabriela schluckte. »Ich ...«

Von Graffenstein zog die Brauen zusammen. »Ja? Wollen Sie sich etwa gegen meinen Befehl auflehnen?« Der Rittmeister lächelte.

»Natürlich nicht. Ich ... Ich werde mir einen Mann suchen und aufbrechen.«

»So ist's recht, von Bretton.« Von Graffenstein wandte sich ab und verschwand im Dunkel.

Fröstelnd schlang Gabriela die Arme um die Brust. Sie hatte in der letzten Nacht keinen Schlaf gehabt und jetzt würde sie schon wieder nicht ruhen können! Es war schneidend kalt. Verdrossen machte sie sich auf den Weg zur Koppel, um Nazli zu holen.

Sie wusste, wen sie aus dem Bett holen würde, um mit ihr die einsame Wache zu übernehmen!

»Aufwachen, Soldat. Es ist nicht mehr lange bis zum Morgen.« Sir hatte seiner Kameradin einen sanften Stoß versetzt, doch sie rührte sich nicht. Sie schlief wie eine Tote. Mehr als die halbe Nacht hatte er an ihrer Stelle Wache gehalten, doch nun wurde es langsam Zeit, sich zu verdrücken. Schon waren die ersten preußischen Späher über die Straße geritten. Noch länger hierzubleiben, mochte heikel werden. Er war der festen Überzeugung, dass von Graffenstein Gabriela geschickt hatte, um sie loszuwerden. Das Risiko, als einzelner Späher gefangen genommen zu werden, war nicht gering. Wenigstens hatten sie mit dem Wetter Glück. Dichte Nebelschwaden zogen aus dem Wald auf die Straße. Es würde schwer sein, sie zu entdecken. Die Pferde hatten sie zwanzig Schritt weiter hinten angebunden und ihnen schwere, wollene Decken gegen die Kälte übergelegt. Es hatte nur wenig geschneit in dieser Nacht. Der Boden war weniger als einen Zoll hoch mit Schnee bedeckt. Hinter dem Wald lagen ebene Felder, die nur vom niedrigen Kiefernberg überragt wurden. Der hartgefrorene Boden war ideal für Reiterattacken. Prinz Karl und Daun hatten das Schlachtfeld gut gewählt!

Sir blickte zu Gabriela hinab, die, in einen wollenen Reitermantel gehüllt gegen einen Baumstamm gelehnt, eingeschlafen war. Selbst im Schlaf hielt sie die Lippen trotzig zusammengekniffen. Irgendwo im Nebel wieherte ein Pferd. Sie durften den Aufbruch nicht länger hinausschieben!

Er beugte sich hinab und rüttelte energisch an ihrer Schulter. »Aufwachen, wilde Amazone. Es ist höchste Zeit, sich davonzumachen.«

Es dauerte eine ganze Weile, bis sie endlich die Augen aufschlug. Für einen Augenblick wirkte sie verwirrt. Plötzlich veränderten sich ihre Züge. Sie runzelte die Brauen und sah ihn so grimmig an, dass er unvermittelt einen Schritt zurück machte. »Beim heiligen Patrick! Was ist los mit dir?«

»Schlechte Träume«, murmelte sie einsilbig.

»Daran hab ich doch keine Schuld! Sieh mich nicht so an, als würdest du mich am liebsten tot sehen. Am Morgen einer Schlacht bringt so etwas Unglück!«

»Du hast gewusst, dass Gregorius ein Hauptmann in preußischen Diensten war, nicht wahr?«

Sir wich ihrem Blick aus und sah zur Straße hinunter, die man nur undeutlich zwischen den treibenden Nebelschwaden sehen konnte. »Er hat es dir doch auch gesagt …«

»Reib nur Salz in die Wunde! Ich hab es für einen Scherz gehalten, als er mir auf seinem gottverdammten Floß erzählt hat, er würde dem Preußenkönig dienen.«

»Ist das meine Schuld?«

»Wir waren den ganzen letzten Sommer zusammen und fast den halben Herbst. Ich habe dir vertraut! Du hättest etwas sagen können?«

»Und was hätte das geändert? Gregorius ist mein Freund. Ich übe keinen Verrat an den Menschen, die mir etwas bedeuten.«

Gabriela richtete sich auf und klopfte den Schnee von ihrem Mantel. »Und wir? Sind wir keine Freunde?«

»Ich … Ach, zum Henker! Was hätte es dir denn genutzt, wenn ich es dir gesagt hätte?«

»Ich wäre weniger überrascht gewesen, als ich ihm vor Prag begegnete. Hast du nicht das Gefühl, dass du mir die Wahrheit schuldig gewesen wärst?«

Das war nicht zu fassen! Sie standen dicht vor den Linien des Feindes, Gott allein wusste, ob in ihrem Rücken nicht schon eine Abteilung preußischer Jäger durch den Wald pirschte, und sie fing einen Streit wegen einer solchen Bagatelle an! Doch er würde ihr nichts schuldig bleiben. Es war an der Zeit, den Spieß umzudrehen! »Du denkst noch sehr oft an ihn, nicht wahr!« Sir lächelte grimmig.

Einige Herzschläge lang starrten sie einander stumm an. Gabrielas linker Mundwinkel zuckte nervös. Schließlich war sie es, die zur Seite sah. »Ja, du hast recht. Ich denke zu oft an ihn. Ich wünschte, ich könnte die Erinnerung an ihn für immer aus meinem Gedächtnis tilgen. Doch jedes Mal, wenn ich glaube, ich hätte ihn überwunden, schleicht er sich erneut in meine Gedanken. Erinnerst du dich noch, wie er mit der Kapelle unter dem Fenster meines Onkels gespielt hat? Vielleicht hat er dem Festungskommandanten damals das Leben gerettet. Und dann der Abend nach dem Feuerwerk! Ich weiß nicht, was ich von ihm halten soll!«

Sir legte ihr tröstend die Hand auf die Schulter und zog sie dann sanft zu sich heran. Sollte ein Mensch die Weiber verstehen! So wie sie sich aufführte, konnte man fast glauben, sie hätte sich in den Nürnberger verliebt. »Vertrau mir! Auch ich kann Gregorius nicht hinter die Stirn blicken, doch ich war lange Zeit mit ihm unterwegs, und eines weiß ich ganz gewiss: Ein Schurke ist er nicht! Er hat es aufrichtig bereut, wie er dich in der Nacht des Feuerwerks behandelt hat, und wenn er einen Weg wüsste, dies wieder ungeschehen zu machen, so würde er …« Sir verstummte. Hufgetrappel näherte sich auf der Straße. Eine Eskadron Husaren preschte vorüber. Preußen!

»Das reicht«, flüsterte der Schotte leise. »Wir wissen jetzt, dass sie kommen. Lass uns verschwinden!«

»Geh nur! Ich werde meine Aufgabe erfüllen und erst weichen, wenn ich weiß, dass das Heer der Preußen über diese Straße kommt und nicht allein ein Spähtrupp.«

»Verflucht, du willst wohl unbedingt ...« Wieder erklang Hufschlag. Ein Teil der Reiter kam zurück.

»Du wirst noch die Schlacht verpassen, wenn wir länger bleiben«, stichelte Sir, doch Gabriela blieb stur auf ihrem Posten. Für einen Augenblick überlegte er, ob er nicht ohne sie reiten sollte. Doch das wäre ehrlos!

Die Nebelschleier wurden dünner. Gleich riesigen, bleichen Fahnen zogen sie zwischen den schwarzen Stämmen zur Straße hinab. In der Ferne erklang ein Geräusch wie Hagelschlag auf einem Schieferdach. Langsam wurde es lauter. Pferdehufe. Hunderte!

»Verdammt!«, flüsterte der Schotte heiser. »Da kommt eine ganze Armee auf uns zu. Lass uns endlich verschwinden!«

»Ich weiche erst, wenn ich die Armee auch gesehen habe.«

Sir nahm seinen kurzen Karabiner, der gegen einen Baumstamm lehnte, und drehte sich um. »Dann bleib doch alleine!«

»Warst du bei Culloden auch so zaghaft?«

Er zuckte zusammen, als habe ihn ein Säbel durchbohrt. »Willst du mich etwa einen Feigling nennen?«

»Den rechten Namen für dich zu finden, ist deine Sache, Sir!«

Im Nebel trabte ein Trupp Reiter vorbei. Die beiden verstummten. Plötzlich zerriss der Morgendunst. Deutlich war ein gebeugter Mann mit ausgezehrtem Gesicht zu sehen. Silbern funkelte der Kranz des schwarzen Adlerordens auf seiner Brust. Quer über dem Sattel lag ein schwarzer Gehstock. Direkt neben ihm ritt ein kleiner, alter Husarenoffizier, der ein Leopardenfell um die Schultern geschlungen trug.

»Der König«, flüsterte Sir.

»Und Zieten, sein Husarengeneral.«

Einen Lidschlag lang waren die beiden in aller Deutlichkeit zu sehen. Sir umklammerte seinen Karabiner fester. Wenn er jetzt schoss, dann würden er und Gabriela zwar mit Gewissheit sterben, doch der Krieg könnte mit einer einzigen Kugel beendet werden. Ohne Friedrich würden die Preußen nicht mehr weiterkämpfen! Als er die Waffe hob, verschwanden die beiden Reiter in einer Nebelbank. Weitere Husarenoffiziere folgten ihnen. Der Nebel wurde wieder dichter. Von weiter oben auf der Straße erklang Gesang. »Gib, dass ich tu' mit Fleiß, was mir zu tun gebühret …«

Wie eine weiße Wand hatte sich der Nebel vor die Straße geschoben. Die Reiter waren nicht mehr zu sehen. Von allen Seiten schien nun das Morgenlied der Preußen zu erklingen.

»Unheimlich«, flüsterte Sir.

Gabriela nickte. »Lass uns zurück nach Leuthen zum Generalstab reiten. Und … Verzeih mir. Das mit Culloden … Es war ungerecht von mir …«

Sir schluckte bitter. Er wollte den Namen des Ortes, an dem sich sein ganzes Leben geändert hatte, nicht mehr hören. »Sprich einfach nicht mehr darüber. Bete lieber, dass wir unsere Pferde wiederfinden.«

Verzweifelt versuchten die Husaren, durch die Masse der flüchtenden Grenadiere vorwärtszukommen. Tausende kamen den Hügelrücken hinutergelaufen. Es war unmöglich, den Befehl zum Angriff auszuführen. Und sie konnten auch nicht mehr zurück, denn hinter ihnen rückte in geschlossenen Reihen die Verstärkung an.

»Macht, dass ihr fortkommt«, schrie sie ein Kroate an. »Die Preußen haben Leuthen gestürmt und ziehen ihre Geschütze wieder in Stellung. Wir müssen fort!«

Gabriela sah sich nach dem Trompeter um, der eben

noch an ihrer Seite gewesen war. Der Mann war verschwunden. Das ganze Husarenregiment war durch die Fliehenden in Unordnung geraten. Die Formation hatte sich aufgelöst.

Mit dumpfem Donnern eröffnete eine Batterie auf einem Hügel vor ihnen das Feuer. Brummend zogen die Kugeln dicht über ihre Köpfe hinweg. Gabriela konnte sehen, wie sie hinter ihr in die dicht gedrängten Reihen einschlugen und blutige Ernte hielten.

»Zurück!«, versuchte sie über den Lärm der Schlacht hinweg zu rufen, doch ihre Stimme ging im Getöse ringsherum unter. Bitter dachte sie daran, wie ihre Generäle noch vor wenigen Stunden über die Preußen gespottet hatten. Ihre Armee war weniger als halb so groß wie die der Österreicher. Sie hatten einen Teil der Kavallerie auf den linken Flügel geschickt, um sich dort in ein Gefecht mit den Reitern unter dem Kommando von Graf Luchesi zu stürzen. Der Rest der preußischen Armee hatte geschwenkt, so als wolle er angesichts der Übermacht vom Schlachtfelde abmarschieren. Bald waren sie hinter einer niedrigen Hügelkette verschwunden. Doch statt zu fliehen, warf sich die ganze Armee der Preußen überraschend auf den linken Flügel unter dem Kommando von Nádasdy.

Zehn Boten hatte der Banus an seinen Kommandanten, den Prinzen Karl, geschickt und zuletzt fluchend nach Verstärkungen verlangt. Doch bis der Oberbefehlshaber begriffen hatte, was vor sich ging, war es zu spät. Die Preußen hatten Nádasdys Regimenter aus ihren Stellungen geworfen und in das Dorf Leuthen zurückgedrängt. Als dann endlich Reserven eintrafen, wurden sie von den Massen der Flüchtlinge blockiert, die zu Tausenden vom Schlachtfeld eilten. Gnadenlos setzten ihnen die Preußen nach und rollten die ganze Schlachtformation von der

Flanke her auf. Inmitten dieses Hexenkessels saß Gabriela mit ihren Reitern gefangen. Wenn sie vorwärtswollte, müsste sie die eigenen Infanteristen niederreiten. Und zurück ging es auch nicht mehr.

Sie schrie vor Wut. Wie Zielscheiben für die preußischen Kanonen standen sie hier unten. Wieder pflügten die schweren Eisenkugeln blutige Gassen durch die Menschenknäuel.

Sie würde nicht hierbleiben, um sich einfach abschlachten zu lassen. Wütend zog sie ihren Säbel blank und hieb einem der Grenadiere neben ihr mit dem Korb auf die Pelzmütze.

»Platz! Lasst uns durch! Los Husaren, den Stahl heraus!«

Ein Gewehrkolben schmetterte gegen ihren Arm. Die Waffe entglitt ihren Fingern. Ein zweiter Hieb traf sie in den Bauch. Schüsse krachten. Blitzende Lichter tanzten vor ihren Augen. Sie wurde aus dem Sattel gerissen. Was hatte sie getan!

Halb ohnmächtig wurde sie zwischen den Flüchtlingen hin und her gestoßen.

»Nazli!«, schrie sie aus Leibeskräften.

Einen Herzschlag lang konnte sie die Stute hinter sich erkennen. Sie war in eine andere Richtung abgedrängt worden. Mit einem schrillen Wiehern antwortete das Pferd auf ihren Ruf. Dann versank die Welt in einem Chaos aus Schreien und Blut. Den Mann neben ihr zerfetzte eine Kanonenkugel. Ein abgetrennter Arm wurde ihr vor die Brust geschleudert.

Wie betäubt ließ sie sich mit der Masse der Flüchtenden treiben.

Die Flüchtlinge stauten sich vor einer Brücke über das Schweidnitzer Wasser. Es war dunkel. Stumm marschierten die Geschlagenen mit aschgrauen Gesichtern durch die Finsternis. Gabriela konnte noch immer nicht fassen, was geschehen war. Sie hatte an diesem einen Tag alles verloren. Nazli war vermutlich von Kanonenkugeln zerrissen worden, die Pistolen, das letzte Geschenk ihres Vaters, steckten noch immer in den Sattelholstern, wenn sie inzwischen nicht irgendein Plünderer gestohlen hatte. Und der Säbel! Dreißig Jahre lang hatte ihr Vater ihn in Ehren geführt. Nun lag er irgendwo auf dem Schlachtfeld. Und ihre Ehre ... Was hatte sie nur getan! Die Waffe gegen einen der ihren gerichtet. Nie würde sie diese Schande tilgen können! Sie hatte die höchsten Tugenden eines Kavalleristen verraten! Mut und Ritterlichkeit.

Vor der Brücke scherte sie aus der Kolonne der Flüchtlinge aus und starrte auf das dunkle Wasser. Was ihr Vater wohl von ihr denken würde, wenn er noch lebte? Den Namen der Familie hatte sie besudelt. Was war sie ... Eine groteske Witzfigur! Ein Weibsbild in Soldatenkleidern, das sich anmaßte, wie ein Mann zu sein. Noch immer sah sie auf das dunkle Wasser. Nur drei Schritt ... Auch ihr Vater hatte schon fliehen müssen, doch nie zuvor hatte ein Bretton alle seine Waffen auf dem Schlachtfelde gelassen, ohne auch nur mit dem Feind in Berührung gekommen zu sein.

Vorsichtig stieg sie die Böschung hinab. Sie würde dieser Groteske ein Ende machen. Morgen würde man den Unterlieutenant von Bretton als gefallen auf dem Felde vor Leuthen aus der Regimentsliste streichen.

Das Wasser war eisig. Es würde nicht lange dauern, bis seine Kälte sie tötete. Hinter ihr knackten Äste. Ein mächtiger Schatten löste sich aus dem Dunkel des Ufergestrüpps. Niemand würde sie jetzt mehr aufhalten! Sie machte einen Schritt nach vorn. Wie eine Hand aus Eis griff das Wasser nach ihren Waden.

Platschend trat etwas neben ihr in den Fluss. Feuchte Nüstern drückten sich in ihr Gesicht. Nazli! Sie lebte!

Schluchzend schlang sie ihre Arme um den Hals der Stute. »Nazli!«

16. KAPITEL

Auf dem Gang draußen waren Schritte zu hören. Voller Hoffnung erhob sich Janosch aus dem feuchten Stroh. Es war nicht mehr lange bis zum Christfest! Vielleicht würde man ihm aus christlicher Barmherzigkeit die Freiheit schenken, auch wenn er bei den protestantischen Preußen auf eine solch noble Geste kaum zu hoffen wagte.

Sein Bein schmerzte, und die Schusswunde, die ihm sein verfluchtes Weib beigebracht hatte, stach, als habe man ihm einen glühenden Dolch ins Fleisch getrieben. Die kalte und feuchte Kasematte würde ihn noch umbringen. Es war ein langer, gewölbter Gang mit meterdicken Mauern, der irgendwo in den Festungswerken von Dresden lag. Er war hier mit fast hundert gefangenen Unteroffizieren und Gemeinen untergebracht worden, die sich geweigert hatten, in preußische Dienste zu treten. Auch einige der anderen erhoben sich nun von ihren Strohlagern und blickten erwartungsvoll zu der schweren Tür.

Das Scharren eines eisernen Riegels war zu hören. Zwei Garnisonsoffiziere, begleitet von einem Artilleriehauptmann, traten herein.

»Wen ich beim Namen nenne, der mag vortreten!«, sagte der Hauptmann mit strenger Stimme. Er war von schmaler Gestalt, mit stechenden, tiefbraunen Augen. Eine rote Narbe lief über seine Stirn, und an seiner rechten Hand fehlte der Daumen. Janosch hatte das Gefühl, der Hauptmann werfe ihm einen bösen Blick zu. Warum nur? Etwas an dem Kerl kam ihm vertraut vor, so als sei er ihm schon einmal begegnet. Doch der Zöllner konnte sich beim besten Willen nicht erinnern, vor seiner Gefangennahme jemals einem preußischen Artillerieoffizier begegnet zu sein.

Der Hauptmann hatte inzwischen begonnen die Namen vorzulesen. Die Liste war kurz. Nur ein paar Wachtmeister und Soldaten aus einem ungarischen Grenadierbattallion wurden aufgerufen. Wie all die anderen Male stand sein Name schon wieder nicht auf der Liste!

So konnte es nicht weitergehen. Der Kerker würde ihn noch umbringen! Janosch fasste sich ein Herz und trat vor. »Herr Hauptmann!«

Ungehalten wandte sich der Offizier ihm zu. »Was will Er? Sein Name stand nicht auf der Liste!«

»So kennen Sie denn meinen Namen!« Janosch spürte, wie sein Herz schneller zu schlagen begann. Offenbar war also zumindest über ihn gesprochen worden. Vielleicht lag bereits ein Ersuchen vor, auch ihn wieder in die Freiheit zu entlassen.

»Der Oberstzollmeister Janosch Plarenzi aus Orschowa, nicht wahr?«

»Ja, Eure Exzellenz!« Janosch verbeugte sich tief.

»Er sollte vor mir nicht katzbuckeln! Ich bin nicht von Stand. Seine Unterwürfigkeit macht nicht den geringsten Eindruck auf mich. Im Übrigen ist mir Sein Name vertraut, weil ich Ihn für einen gefährlichen Spion halte. Zweimal habe ich dem Stadtkommandanten empfohlen, dem Oberstzollmeister den Prozess zu machen und ihn hinrichten zu lassen. Das erste Mal wurde mein Ersuchen abgelehnt, aber wie er weiß, hat Dresden einen neuen Kommandanten bekommen, und ich bin guter Hoffnung, dass meine Empfehlung diesmal nicht auf taube Ohren stoßen wird!«

Janosch stand wie vom Schlage gerührt. Aber er war doch unschuldig! Was hatte er denn getan! Schluchzend warf er sich vor dem Offizier auf die Knie. »Bitte, Herr

Hauptmann, bitte habt Gnade mit mir! Ich kann alles erklären! Ich bin den Nádasdy-Husaren nachgereist, um eine Verschwörung gegen den Banus von Kroatien aufzudecken. Niemals hatte ich im Sinn, in Preußen zu spionieren. Im Gegenteil, ich bin ein großer Bewunderer Eures Königs und …«

»Spare Er sich seine Lobreden!« Der Hauptmann setze ihm die Stiefelspitze auf die Brust und stieß ihn zurück ins Stroh. »Mich vermag Er nicht zu blenden. Ich habe die Akten seiner Verhöre eingesehen. Er ist ein gewissenloser Verräter, der sich stets auf die Seite des Siegers stellt. Seine Schmeicheleien über den König entlarven ihn. Er erfüllt mich mit Ekel!« Der Preuße wandte sich nun den Männern zu, deren Namen er aufgerufen hatte. »Ihr wisst, dass ihr schwören müsst, auf Jahr und Tag keine Waffe gegen die Armeen des Königs von Preußen zu erheben. Nur dann werdet ihr in Freiheit entlassen werden. Ist einer unter euch, der nicht bereit ist, diesen Schwur zu leisten?«

Schweigend blickten die Grenadiere zu Boden. Janosch konnte es nicht fassen. Diese Männer hatten gegen Preußen gekämpft! Sie hatten Soldaten des Königs getötet! Und ihn hielt man hier im Kerker, obwohl er in diesem Kriege nicht die geringste Rolle gespielt hatte.

Die Gefangenen wurden aus der Kasematte geführt! Krachend schloss sich die schwere Tür hinter ihnen.

Janosch kauerte sich in das Stroh und schlang sich die dünne Decke, die sein einziges Gut war, um die Schultern.

»Hier stinkt's!« Der große Ungar, der sein Lager neben ihm hatte, blickte verächtlich zu ihm hinüber.

»Was?«

»Borek hat recht. Hier stinkt's nach Preußenfreund«, brummte ein Soldat auf der anderen Seite von Janoschs Lager.

Der Zöllner raffte seine Decke zusammen und wollte sich ans andere Ende der Kasematte verdrücken, doch Borek packte ihn am Arm.

»Schade, dass ich kein Bajonett mehr habe. Wüsste doch zu gern, ob so ein Verräterschwein wie ein Preuße quietscht, wenn man ihn aufspießt.«

»Ich … Ich bin kein Verräter! Ich wollte den Banus vor einer Verschwörerin warnen, als man mich gefangen hat, und ich …«

»Wir haben alle gehört, wie du dich bei dem Hauptmann angebiedert hast, Schwein! Red also nicht!«

Jemand packte Janosch von hinten und drehte ihm die Arme auf den Rücken. »Um den Kerl quietschen zu lassen, brauchen wir keine Bajonette!«

Nach dem Rückzug aus Schlesien bezogen die Nádasdy-Husaren nahe Nachod an der böhmischen Grenze ihr Winterquartier. Gabriela aber erhielt Befehl, mit einigen anderen jungen Offizieren den Banus nach Wien zu begleiten, wo der General vor der Kaiserin erscheinen sollte.

Als die Reitergruppe an einem grauen Januarmorgen die Donau überquerte und in die Hauptstadt einritt, war Gabriela überrascht. Die Stadt der Kaiserin hatte sie sich anders vorgestellt. Nicht voller enger Gassen, an die sich schmutzige Fachwerkbauten reihten. Die meisten Straßen waren ungepflastert. Viele Bürger schütteten den Inhalt ihrer Nachttöpfe einfach aus dem Fenster, sodass das weiße Kleid, das der Winter in der Nacht über die Stadt gelegt hatte, von allerlei hässlichen Flecken durchsetzt war.

Zwischen die hohen, schmalen Fassaden der Fachwerkbauten drängten sich hier und dort die Residenzen der großen Adelsfamilien. Doch in der Enge der Gassen war es unmöglich, die schön gegliederten Barockfronten zu würdigen, weil man nicht genug Abstand nehmen konnte, um einen Eindruck vom ganzen Bau zu erhalten. All die Pracht, mit der Familien wie die Esterházys, Harrachs, Starhembergs oder Windischgraetz prunkten, verblasste neben den düsteren Bürgerhäusern.

Manche der Wege waren so eng, dass sich hoch über den Häuptern die Giebel der schiefen Fachwerkhäuser berührten. Nach all den Monaten im Felde fühlte Gabriela sich hier beinahe so eingesperrt wie einst in der Dachkammer ihres Onkels. Seit sie die Stadt betreten hatten, fiel ihr das Atmen schwerer, und sie hatte das Gefühl, dass hier, verborgen hinter einer von Hunderten trüben Butzenscheiben, eine Gefahr auf sie lauerte.

Auch die Familie Nádasdy unterhielt einen kleinen Palast in der Hauptstadt. Dort bezogen sie ihr Quartier. Nádasdy ließ all seinen jungen Offizieren ein gutes Stück Silber aushändigen und befahl ihnen, binnen fünf Tagen ihre abgetragenen Felduniformen durch Galauniformen aus guten Tuchen zu ersetzen, damit sie ihn als Ehrengarde auf die Hofburg begleiten konnten.

Begierig darauf, mehr von der Stadt zu sehen, machte Gabriela sich sofort auf den Weg, während ihre Kameraden noch zurückblieben, um sich in ihren Zimmern einzurichten und mit heißer Schokolade die Kälte des langen Ritts aus ihren Gliedern zu vertreiben. Unvorsichtigerweise lehnte sie es auch ab, einen der Hausdiener auf ihrem Ausflug mitzunehmen, denn sie wollte frei sein und bei dem Streifzug auf niemanden Rücksicht nehmen.

So besuchte sie den hochaufragenden Stephansdom, dessen düsteres Mittelschiff vollgestopft mit staubigen und zerfetzten Regimentsstandarten war, die hoch über den Häuptern der Gläubigen von vergangenen Dramen und Triumphen kündeten. Fast nur Frauen waren hier zur Andacht versammelt und kauerten leise betend vor dem im Licht Hunderter Kerzen glänzenden Marienaltar. Im

Dom schien es noch kälter als draußen in den Gassen zu sein. Der Duft des Weihrauchs legte sich beklemmend auf Gabrielas Brust und nach einem hastig gemurmelten Ave Maria verließ sie eilends das Gemäuer, das ihr wie eine riesige Gruft erschien.

Danach machte sie sich auf die Suche nach einem Schneider und bedauerte erneut, nicht doch einen der Diener aus dem Winterpalais mitgenommen zu haben. Kaum dass sie nach einem Uniformschneider gefragt hatte, fand sie sich umringt von einer Bande schwatzhafter Händler und Tagediebe, die sich gegenseitig mit ihrem Geschrei überboten, sie zum besten Schneider der Stadt zu führen. Nur um dem Lärmen zu entgehen, vertraute sie sich schließlich einem hochgewachsenen, schwarzbärtigen Juden an, der eilends die Konkurrenz vertrieb. Er griff sie bei der Hand und zog sie durch ein Labyrinth von Gassen und Hinterhöfen, sodass sie schon bald jegliche Orientierung verloren hatte. Endlich hielt er vor einer niedrigen Holztür, von der in breiten Streifen die rotbraune Farbe abblätterte. Nach einigem Getuschel durch die verschlossene Tür wurde aufgesperrt, und ihr schwarz gewandeter Führer brachte Gabriela über eine enge hölzerne Stiege bis unters Dach hinauf. Dort hockte direkt neben einem eisernen Ofen ein buckliger, alter Schneider, der sie aufmerksam über die Ränder seiner trüben Brillengläser musterte. Der Raum war angefüllt mit allem, was man brauchte, um einen Offizier auszustatten. So türmten sich Ballen von kostbaren Tuchen. Es gab goldene Schnüre, Litzen und Fransen, Saffian, Dreispitze und mit Seide gefütterte Pelzmützen, Federbüsche, Quasten, ja selbst Sporen und Säbel für Offiziere führte der Schneider.

Gabriela hatte keinerlei Ahnung, was eine Uniform kosten mochte. Sie war sich fast sicher, dass man ihre Jugend und ihre Unwissenheit ausnutzen würde, doch überraschenderweise wurde von Geld gar nicht gesprochen. Der alte Schneidermeister nahm Maß und schickte ihren jungen Führer hinaus, gleich auch noch einen Schuster zu holen, damit sie auch neue Stiefel erhielt.

Drei Stunden verbrachte sie in der Dachkammer des Schneiders, und bereits am übernächsten Tage wurde ihr die fertige Uniform in das Palais des Grafen Nádasdy gebracht. Nie zuvor hatte sie sich in Kleidern so wohl gefühlt wie in diesen wunderbaren Stoffen. Das Beste jedoch waren die Stiefel, die sich gleich einer zweiten Haut an ihre Füße und Schenkel schmiegten. Das Geld, das sie vom Grafen erhalten hatte, überließ sie dessen Haushofmeister, und er wickelte für sie die Bezahlung ab, während sie sich an der neuen Uniform erfreute und auf ihre Dachstube zurückzog, um die prächtigen Kleider anzulegen. Der Uniformrock und die pelzgesäumte Husarenjacke waren aus grünem Stoff gearbeitet und mit goldener Verschnürung geschmückt. Ihre Hose war eng und von dunklem Blau, dazu kamen nachtschwarze, spiegelblank polierte Stiefel, die ebenfalls mit einer breiten Goldtresse abgesetzt waren.

Prüfend wog sie den Säbel in der Hand, den sie ausgesucht hatte. Er war um einiges leichter als die alte Klinge ihres Vaters und trefflich ausgewogen. Statt eines massigen Korbes schützte nur noch ein vergoldeter Bügel die Hand. Die Klinge aus feinstem Stahl war frisch mit Waffenöl eingerieben. Prüfend strich sie mit dem Daumen über die Schneide. Die Waffe war besser als die ihres Vaters, doch hätte sie den neuen Säbel dennoch ohne zu zögern sogleich gegen die verlorene Klinge eingetauscht und gar noch einen ganzen Jahressold draufgelegt, wenn sie ihres Vaters Säbel dafür zurückerhalten hätte. Traurig dachte sie daran, wie sie schon als Kind mit der Waffe ihres Vaters gespielt hatte, obwohl sie damals den Säbel selbst mit beiden Händen kaum zu heben vermochte. Auch der Geruch des

Waffenöls erinnerte sie an die längst vergangenen Tage in dem kleinen Bauernhaus nahe Orschowa. Wie oft hatte sie dabei geholfen, wenn ihr Vater seine Waffen reinigte!

Traurig trat sie an das Fenster ihrer Dachkammer und blickte zum Stephansdom, der sich drohend schwarz über die Stadt erhob. In drei Tagen würde Nádasdy sie und die anderen Offiziere mit zu einem Empfang in die Hofburg nehmen. Gabriela wurde ganz schlecht, wenn sie nur daran dachte. Sie wusste nicht, wie sie sich dort verhalten sollte. Eine höfische Erziehung war ihr nie zuteilgeworden, und sie hatte schreckliche Angst, unangenehm aufzufallen oder durch eine Unachtsamkeit gar ihr Geheimnis zu verraten. Am meisten fürchtete sie aber die Frauen. Länger als ein Jahr hatte sie jeden Tag unter Männern verbracht. Würden sich die Hofdamen genauso leicht durch ihre Verkleidung täuschen lassen?

Alle Pracht des Redoutensaals der Hofburg hätte Gabriela nur zu gerne gegen eine einfache Bauernstube eingetauscht. Eine bedrückende Stimmung lastete über dem Ball, die selbst die munteren Melodien der Hofkapelle nicht zu vertreiben vermochten. Als Bruder des Kaisers war natürlich auch der Prinz Karl zu Gast. Der Streit zwischen ihm und Nádasdy war in den letzten Tagen noch weiter ausgeufert, weil der Prinz dem General Versagen in der Schlacht bei Leuthen vorgeworfen hatte. Er hatte bei einer Versammlung der Generalität erklärt, wenn Nádasdy den linken Flügel nur entschlossen genug verteidigt hätte, wäre es ein Leichtes gewesen, das preußische Heer durch einen Schwenk des Zentrums zu überflügeln und zu vernichten.

Gabriela, die selbst auf dem linken Flügel gestanden hatte und Zeugin des Angriffs geworden war, wusste nur zu gut, dass keine Macht der Welt die Preußen hätte aufhalten können. Doch wie stand es um die Kaiserin? Würde sie den Worten des Prinzen Glauben schenken? Wer würde gegen ihn sprechen, wenn er allein Nádasdy die Schuld an der Niederlage gab?

Auch aus ganz persönlichen Gründen hielt sich Gabriela im Hintergrund. Sie fürchtete, selbst dem Prinzen zu begegnen, der sie in Prag so freundlich aufgenommen hatte und sie als Offizier von den Nádasdy-Husaren abwerben wollte. Was würde er sagen, wenn er sie in der Uniform eines Unterlieutenants sah, wo er ihr doch einen höheren Rang angeboten hatte?

Rastlos wanderte ihr Blick über die Gäste hin zu den prächtigen Seidentapeten und den riesigen Kronleuchtern aus Bergkristall, auf denen Hunderte Kerzen brannten und die den Saal in gleißendes Licht tauchten. Endlich begannen doch einige Paare zu tanzen.

Offenbar gehörten Husarenoffiziere zu den begehrtesten Junggesellen, denn schon bald sah Gabriela all ihre Kameraden auf dem Parkett, während Nádasdy in einer Ecke bei einer Gruppe von Generälen und Hofministern stand. Obwohl es dort unerträglich heiß war, stellte sich Gabriela dicht an einen der weißen mit Goldlilien geschmückten Porzellanöfen und hoffte, dort in Ruhe gelassen zu werden. Sie hatte Angst, aufgefordert zu werden. Schon früher war sie keine gute Tänzerin gewesen und natürlich hatte sie niemals die Herrenschritte gelernt. Auch die Anwesenheit so vieler Frauen machte sie nervös. Jedes Mal, wenn sie einen Blick auf sich spürte, errötete Gabriela. Ganz besonders eine Dame in Begleitung eines Orientalen war ihr unheimlich. Sie trug einen eng taillierten, schwarzen Kaftan mit kostbaren Stickereien. Darunter eine weite Bluse und eine Pumphose. Ihre Füße steckten in perlengeschmückten, schwarzen Pantoffeln, und dünne Ketten mit winzigen Silberschellen wanden sich um ihre Knöchel. Das Gesicht der Orientalin war verschleiert, sodass nur ihre dunklen Augen zu sehen waren. Feingliedrige Ketten mit kleinen Silbermünzen fielen ihr von den Schläfen in die Stirn. Auch ihr breiter Gürtel war mit etlichen Münzen besetzt. Einmal, als sie Gabriela besonders nahe kam, konnte die Husarin erkennen, dass die Münzen am Gürtel Maria-Theresien-Taler waren. Sie musste lächeln. Sollte das eine Provokation sein?

Doch das Lächeln verschwand schnell wieder von ihren Lippen. Die Orientalin schien großes Interesse an ihr zu haben. Öfter als es schicklich war, blickte die Verschleierte in ihre Richtung. Ob sie etwas ahnte?

Gabriela verließ ihren Platz und stellte sich in die Nähe Nádasdys. Bei dem General fühlte sie sich sicherer. Hier würde es niemand wagen, sie zu brüskieren.

Ein Fanfarenstoß ließ das Orchester verstummen. Alle wandten sich zur großen Eingangstür am nördlichen Ende des Saals. Der Zeremonienmeister stieß mit seinem schweren Stab auf den Boden. »Ihre kaiserlichen Majestäten, Franz I. Stefan und Maria Theresia!«

Wieder knallte der Stab hallend auf den Boden. »Der Thronfolger, Prinz Josef II.«

Eine Gasse bildete sich zwischen den Gästen. Die Damen machten einen Knicks, und die Herren verbeugten sich tief. Auch Gabriela beugte das Haupt. Aus den Augenwinkeln sah sie, wie das Herrscherpaar kurz vor dem Orientalen stehen blieb. Offenbar tauschte man Höflichkeiten aus. Plötzlich lachte die Herrscherin, und auch der orientalische Gesandte wirkte amüsiert. Ob er wohl vom Hof des Sultans von Konstantinopel kam?

Schließlich gingen das Herrscherpaar und der Thronfolger weiter. Sie nahmen auf reich geschnitzten Sesseln Platz und auf einen Wink der Kaiserin begann das Orchester wieder zu spielen.

Verstohlen musterte Gabriela die Herrscherin. Sie sah ganz anders aus, als sie sich die Kaiserin vorgestellt hatte. Ihr Vater hatte Maria Theresia als eine zierliche, blasse Frau beschrieben, von deren Charme und Schönheit selbst die trotzigsten Magnaten aus dem Ungarnlande nicht unbeeindruckt blieben. Doch die Frau, die dort saß, wirkte ganz anders. Man konnte auf den ersten Blick erkennen, dass sie herrschte und nicht der viel ältere Franz Stefan. Sie war recht füllig, was bei der großen Schar von Kindern, denen sie das Leben geschenkt hatte, nicht weiter verwundern mochte. Ihr Kleid war eine Augenweide, doch keineswegs nach neuester französischer Mode geschnitten. Sie trug einen kleinen Reifrock und ihr Dekolleté war mehr als züchtig. Gesicht und Brust hatte sie gepudert und auf ihrer linken Wange klebte ein kleines, schwarzes Schönheitspflästerchen. Das Haar der Kaiserin war zu einer kunstvollen Turmfrisur drapiert, an der ihre Hofdamen gewiss Stunden gearbeitet hatten.

Gabriela grinste. Da hatte sie es schon leichter. Nach Husarenmode trug sie zwei kurze, geflochtene Zöpfe an den Schläfen und einen langen, mit einem schwarzen Seidenband gewickelten Zopf, der vom Nacken bis weit auf den Rücken fiel. Diese Frisur erforderte keinen großen Aufwand. Am frühen Abend hatte sie sich allerdings, auf Befehl des Generals, zum ersten Mal in ihrem Leben die Haare pudern lassen. Dies war notwendig, um bei Hof nicht unangenehm aufzufallen.

In Gabrielas Vorstellung war die Herrscherin fast eine zweite Kleopatra gewesen, wenn auch von keuscherem Lebenswandel und von strenger Gläubigkeit. Wie sehr hatte sie sich getäuscht! Die Frau auf dem Thron wirkte mütterlich und von den Schicksalsschlägen des Krieges gebeugt. Ganz anders der junge Prinz Josef! In den zwei Jahren seit dem Feuerwerk war er zum Mann geworden. Hochgewachsen und kerzengerade stand er neben dem Thronsessel der Mutter und betrachtete interessiert die Tanzpaare.

Kurze Zeit nachdem das Herrscherpaar gekommen war, konnte Gabriela beobachten, wie sich die ersten Gäste zurückzogen. Nun würde auch sie nicht unangenehm auffallen, wenn sie den Saal verließ. Gerade wollte sie sich von einigen Regimentskameraden verabschieden, als der Rittmeister von Graffenstein mit einer wunderschönen Dame an seiner Seite auf sie zukam, sodass ihr keine Möglichkeit blieb, ihm noch aus dem Wege zu gehen.

»Darf ich Ihnen nun als letzten unter meinen Regimentskameraden den jungen Unterlieutenant von Bretton vorstellen, werte Gräfin Lubomirskaja?«

Gabriela verbeugte sich steif.

Die Gräfin deutete einen Knicks an und lächelte freundlich. »*Enchantée*, Monsieur.«

»Ob Sie es glauben oder nicht, verehrte Gräfin«, fuhr von Graffenstein fort, »trüge er nicht die Uniform, man würde das Knäblein kaum für einen Husaren halten. Stellen Sie sich vor, er hat Angst vor den Frauen! Geniert sich vor ihnen, liebt und kennt sie in keiner Beziehung.«

»Tatsächlich?« Die Gräfin blickte verlegen. Offenbar war auch ihr das Gerede des Rittmeisters peinlich.

Gabriela spürte, wie ihr das Blut in die Wangen schoss. Nervös räusperte sie sich. Sie sollte auf die Beleidigung des Rittmeisters etwas Passendes antworten, doch brachte sie kein Wort über die Lippen.

»Tanzen Sie?«, fragte die Gräfin höflich.

»Nein … tut mir leid«, brachte Gabriela mit Mühe hervor.

»Nun, hab ich es Ihnen nicht gesagt? Man sollte kaum glauben, dass ein Husar vor einem steht!« Von Graffenstein beugte sich vor und flüsterte der Lubomirskaja noch etwas ins Ohr, woraufhin diese lächelte und dem Rittmeister sacht mit ihrem Fächer auf den Ärmelaufschlag schlug.

Wütend blickte Gabriela den beiden nach. Sie hätte von Graffenstein bei dem Duell erschießen sollen! Bevor er noch weitere Gelegenheit fand, über sie zu spotten, würde sie gehen. Sie verließ den Ballsaal und trat auf einen langen Flur. Nach dem strahlenden Licht im Festsaal erschien es hier geradezu düster. Nur wenige Kerzen brannten an den Wänden und ließen die tiefen Nischen, durch die Türen zu angrenzenden Gemächern führten, fast wie Höhlen erscheinen. Mit energischen Schritten eilte sie der Doppeltür am Ende des Flurs entgegen. In einer der Nischen bemerkte sie flüchtig ein Pärchen.

Fast hatte sie schon das Ende des Korridors erreicht, als aus dem Dunkel eine Frauenstimme erklang. »Monsieur?«

Unentschlossen verharrte Gabriela. Wer zum Teufel mochte das sein? Die Gräfin Lubomirskaja? In der Türnische war nur ein Schatten zu erkennen. Gabriela trat ein wenig näher. Eine Hand schnellte vor. Sie wurde nach vorne gezogen, stolperte und stürzte in weiche Arme. Bevor sie etwas sagen konnte, versiegelte ein Kuss ihre Lippen. Fast im selben Augenblick spürte sie eine Hand zwischen ihre Beine fahren und kräftig zupacken.

»Ich wusste es!«, hauchte eine Stimme mit fremdem Akzent, begleitet vom leisen Klingeln von Silberschellen. »Du erschienst mir gleich als der interessanteste Mann in dieser faden Gesellschaft.«

»Bitte, Madame, verraten Sie mich nicht. Sie halten mein Leben in Ihren Händen, wenn ...«

Zarte Finger strichen sanft über ihre Lippen. »Keine Sorge, meine Freundin. Dein Geheimnis wird bei mir so gut gehütet sein wie die Favoritin des Sultans in seinem Harem. Du wirst mir helfen, den langweiligen Winter in dieser grässlichen Stadt zu überstehen. Ich erwarte dich morgen zur fünften Mittagsstunde zum Tee. Komme zum Palais des Gesandten des Sultans, Achmet Effendi Resmi-Pascha. Ich bin gespannt darauf, deine Geschichte zu hören.«

Die Orientalin zog den Schleier hoch und steckte ihn wieder fest. Gabriela war immer noch völlig benommen. Oft hatte sie sich ausgemalt, auf welche Weise ihre Verkleidung eines Tages entdeckt werden würde. Doch dies ...

Die Fremde trat aus dem Schatten der Nische und ging mit kleinen, tänzelnden Schritten den Gang hinauf, ohne sich noch einmal nach ihr umzuschauen.

Gabriela war am Boden zerstört. Ihr Geheimnis war entdeckt und das ausgerechnet noch von der Frau des Paschas! Das Verhältnis zu den Osmanen war alles andere als gut! Würde die Haremsdame versuchen, sie zu erpressen? Was mochte geschehen, wenn sie morgen nicht zum Tee erschien? Am besten sollte sie den General unter irgendeinem Vorwand darum bitten, umgehend wieder zum Regiment versetzt zu werden. Ja, das war die Lösung! Sie würde ihm sagen, dass es unweigerlich zu einem Duell mit von Graffenstein kommen würde, wenn sie noch häufiger den Provokationen des Rittmeisters ausgesetzt war. Nádasdy würde das sofort verstehen! Sie sollte schon heute Abend ... Ein leises Hüsteln schreckte sie aus ihren Gedanken auf. Ein dürrer, großer Mann stand vor ihr. Er war ganz in Schwarz gekleidet. Gabriela erschrak bis ins Mark. Sie kannte ihn. Es war der Geheime Rat Schnitter, dem sie vor zwei Jahren im Park des Barons zu Gewitsch begegnet war!

»Es ist doch immer wieder erstaunlich, was sich während eines Balls auf diesem Flur alles ereignet. Ich finde es stets unterhaltendender, mich hier aufzuhalten als im Redoutensaal, wo keiner seine Maske fallen lässt.«

Gabriela nagte nervös an ihrer Lippe. Wie würde ein stolzer Husarenoffizier reagieren, wenn er in eine solche Lage kam? Er würde einem Feind stets die Stirn bieten! »Finden Sie es nicht beschämend, einem solch niederen Vergnügen nachzugehen? Und woher nehmen Sie die Unverfrorenheit, sich anschließend noch Ihrer krankhaften Neigungen zu rühmen? Ich verlange von Ihnen Satisfaktion und …«

Der Hauch eines Lächelns spielte um die dünnen Lippen ihres Gegenübers. »Gestatten Sie, dass ich mich vorstelle, bevor Sie irgendwelche Dummheiten begehen, Herr Unterlieutenant? Ich bin der Geheime Rat Carl Josef Schnitter, verantwortlich für die Sicherheitskommission Ihrer Majestät der Kaiserin. Es ist meine Aufgabe, mich während eines Balls auf diesem Flur aufzuhalten, so wie es Ihre Aufgabe gewesen wäre, bei Leuthen die Preußen zu besiegen, Herr Unterlieutenant. Sie gehören zum Regiment Nádasdy, nicht wahr? Dürfte ich Sie um Ihren Namen bitten?«

Gabriela schluckte. »Von Bretton! Gabriel von Bretton, Unterlieutenant in der …«

Schnitter machte eine abwehrende Geste. »Das genügt mir … von Bretton.« Er runzelte kurz die Stirn. »Haben Sie eine Schwester?«

»Nein … ähm … eine Cousine. Sie heißt Gabriela. Sie ist ein recht garstiges und ungezogenes Geschöpf …«

Der Geheime Rat nickte. »Ja, jetzt erinnere ich mich. Ich hatte Gelegenheit, sie kennenzulernen, während sie auf Besuch bei ihrem Onkel, dem General von Bretton, weilte.« Schnitter sah Gabriela forschend ins Gesicht.

»Darf ich mich nun zurückziehen?«

»Nein. Sie gehen erst, wenn ich es Ihnen gestatte.« Er kräuselte seine lange Hakennase, so als belästige ihn ein unangenehmer Geruch. »Mir scheint, Ihr Charme hat eine ganz außergewöhnliche Wirkung auf die Favoritin des verehrten Resmi-Pascha und …«

»Ich werde selbstverständlich jeden weiteren Umgang mit der Dame einstellen, um politischen Verwicklungen vorzubeugen, und schon morgen den General darum bitten, mich zurück zur Truppe abzukommandieren, um …«

»Unterbrechen Sie mich nicht dauernd, Herr Unterlieutenant!« Schnitter bedachte sie mit einem stechenden Blick und sah dann kurz über die Schulter, als weiter oben im Flur Schritte erklangen. »Ich erwarte von Ihnen genau das Gegenteil! Sie werden der Dame nach allen Regeln der Kunst den Hof machen und darauf achten, dass dies dem Pascha nicht auffällt. Ich beschäftige bereits mehrere Schauspielerinnen und Tänzerinnen, um dem Resmi-Pascha seinen Aufenthalt so angenehm wie möglich zu gestalten. Leider hat keine dieser Unternehmungen bislang den gewünschten Erfolg gehabt. Der Pascha ist der deutschen Sprache nicht mächtig, und ich weiß beim besten Willen nicht, wo ich eine unverdächtige Gespielin für ihn auftreiben soll, die türkisch spricht. Von seiner Favoritin aber ist mir bekannt, dass sie ausgezeichnet Französisch spricht und auch recht leidlich die deutsche Sprache beherrscht. Sie begleitet ihn oft in der Öffentlichkeit, um als Dolmetscherin zu dienen. Verstehen Sie, worauf ich hinauswill, Herr Unterlieutenant?«

Gabriela blickte verlegen zu ihren polierten Stiefelspitzen. »Ich muss gestehen, ich bin mir nicht ganz sicher.«

Schnitter schnaubte verächtlich. »Verdammt, Kerl! Ich befehle Ihnen im Namen der Kaiserin, mit diesem Weibsstück des Paschas ein intimes Verhältnis einzugehen, um es auszuhorchen. Viele Männer prahlen im Bette mit ihren Geheimnissen. Ich bin mir sicher, dass da auch der Pascha keine Ausnahme ist. Holen Sie alles aus seiner Favoritin heraus, was sie weiß! Anschließend finden Sie sich dann bei mir ein, um mir Bericht zu erstatten. Ich erwarte, dass Sie binnen einer Woche ein Rendezvous mit der Dame arrangiert haben. Und vergessen Sie nicht, was immer Sie dort tun, zeichnet Sie im Dienste Österreichs genauso aus wie Heldentaten auf dem Schlachtfeld! Sollten Sie bei Ihrer Mission versagen und entdeckt werden, können Sie allerdings nicht mit unserer Rückendeckung rechnen.«

»Und was ist, wenn die Dame mich gar nicht wiedersehen will?«

»Reden Sie keinen Unsinn, Mann! Ich habe gesehen, wie sich diese Hure an Sie herangemacht hat! Ich rate Ihnen, seien Sie erfolgreich. Wenn Sie versagen, werde ich das auf die gleiche Weise ahnden, wie Ihr General Feigheit im Angesicht des Feindes bestrafen würde!«

»Aber …«

»Genug. Ich denke Ihre Befehle bedürfen keiner weiteren Erläuterung, Soldat! Ich erwarte Sie zur nämlichen Stunde in einer Woche zum Rapport in meiner Kanzlei!« Schnitter ließ sie stehen und ging zum Ballsaal zurück.

Gabriela spürte, wie ihre Beine weich wurden. Wäre sie nur niemals hierhergekommen! Die rätselhafte Orientalin kannte ihr Geheimnis. Sie war diesem Weib, das nicht einmal seinen Namen genannt hatte, auf Gedeih und Verderb ausgeliefert. Wenn sie wenigstens wüsste, was diese Frau von ihr wollte! Würde man sie erpressen und sie zu einer Spionin in Diensten des Paschas machen wollen? Wenn hier in Wien ihre wahre Identität aufgedeckt wurde, so konnte man die Sache leicht zu einem großen Skandal ausweiten. Egal wie tapfer sie auch gekämpft haben mochte, vor den übrigen Staaten Europas wären die Waffen Österreichs lächerlich gemacht, wenn herauskam, dass ein Weib unerkannt unter dem Banner des Doppeladlers in die Schlacht gezogen war.

Diese Demütigung würde sie niemals ertragen können.

Lieber würde sie sich das Leben nehmen! Sie würde das Palais des Paschas besuchen, um herauszufinden, was die Verschleierte von ihr wollte. Wenn der Gesandte des Sultans oder Schnitter allerdings glaubten, dass sie ihr Leben höher als ihre Ehre schätzte, dann hatten sie sich geirrt!

Die Wärter hatten Gregorius zu nachtschlafender Zeit aus seiner Kammer geholt. Irgendetwas schien in den Kasematten der Gefangenen geschehen zu sein. In aller Eile hatte er sich angekleidet und folgte den Soldaten nun tief ins Innere des Festungsbaus. Eisiger Wind pfiff über die Schanzen. Er dachte an die Kameraden, die zur Belagerung der Festung Schweidnitz abkommandiert waren. Sie mussten bei diesem Wetter in ihren Zelten ausharren! Er hatte Glück gehabt, dass er wegen seiner Verwundung zum Festungsdienst eingeteilt worden war.

Schließlich erreichten sie die Wachkammer. Dort lag, auf einer Pritsche zusammengekrümmt und halb unter Decken verborgen, Janosch. Sein Gesicht war eine einzige blutige Masse.

»Was ist geschehen?«, fuhr Gregorius in scharfem Ton den wachhabenden Unteroffizier an.

»Eine Schlägerei, Herr Hauptmann! Der Mann ist bei den anderen Gefangenen nicht sehr beliebt. Er wurde in den letzten Wochen schon öfter verprügelt. Wir haben den Lärm in der Kasematte gehört und sind sofort eingeschritten. Wären wir nur um weniges später gekommen, hätten sie ihn gewiss totgeschlagen!«

Missbilligend sah Gregorius zu Janosch. Wären die Wachen nur ein wenig später gekommen! Es wäre das Beste, wenn dieser Kerl unter die Erde kam. Aber man hatte ihn seiner Obhut anvertraut … Nach diesem Vorfall konnte er ihn nicht mehr in die Kasematten zurückbringen lassen. Das wäre Mord, und die Wachsoldaten wüssten das. Ein solches Risiko konnte er nicht eingehen! Vielleicht würde einer die Sache an den Stadtkommandanten melden.

»An der Westschanze gibt es doch eine kleine, leerstehende Pulverkammer«, wandte sich Gregorius an den Wachhabenden.

»Jawohl, Herr Hauptmann. Seit das neue Magazin fertig ist, wird die Kammer nur noch genutzt, um dort allerlei Plunder abzustellen.«

»Sehr schön. Lasst sie freiräumen und den Boden mit Stroh ausstreuen. Der Gefangene soll nach dort überführt werden! Ich wünsche, dass er alleine eingesperrt wird. Niemand soll mit ihm sprechen!«

»Allein?« Der Wachhabende sah ihn fragend an. »Der Kerl ist doch Zivilist. Warum stecken wir ihn nicht einfach ins Zuchthaus? Die Pulverkammer liegt tief unter der Erde. Dort kommt nie Licht hin. Was hat er verbrochen, dass man ihn so streng bestraft?«

Gregorius bedachte den jungen Offizier mit einem eisigen Blick. »Für gewöhnlich kommentiere ich meine Befehle nicht! Dieser Mann ist ein Spion, der in preußischen Diensten stand. Er hat uns an den Feind verraten. Als wir ihn fassten, war er sofort bereit, erneut die Seiten zu wechseln. Ich weiß nicht, warum er noch nicht erschossen worden ist. In meinen Augen ist er der niedrigste Abschaum. Deshalb haben ihn die Österreicher wohl auch halb totgeprügelt. Der Festungskommandant glaubt offenbar, dass man eines Tages vielleicht noch ein paar wertvolle Informationen aus ihm herausholen kann. Deshalb bleibt er am Leben. Also lassen Sie ihn in die ausgediente Pulverkammer bringen und rufen Sie nach einem Feldscher. Reden Sie kein Wort mit dem Kerl! Er lügt, sobald er das Maul aufmacht! Schärfen Sie das auch Ihren Männern ein, die ihm künftig sein Essen bringen werden. Ich wünsche, dass dieser Verräter die Pulverkammer unter keinen Umständen verlässt! Wenn er versucht Ihr Herz zu erweichen, vergessen Sie niemals: Heimtücke und Lüge sind sein Geschäft.«

»Jawohl, Herr Hauptmann!« Der junge Offizier salutierte zackig. Offenbar hatte er die Geschichte geglaubt.

Gregorius ging auf seine Stube zurück. Am nächsten Tag würde er das Protokoll vernichten, das über das Verhör von Janosch angefertigt worden war. Dann würde er seinen Namen aus der Liste der Gefangenen streichen und ein Kreuz dahinter machen, sodass es aussah, als sei der Oberstzollmeister in Gefangenschaft gestorben.

Im nächsten Frühjahr würde man ihn als Hauptmann der Artillerie gewiss wieder zum Felddienst einberufen. Schon jetzt bildete er neue Rekruten für eine Batterie aus. Wenn sein Nachfolger nicht sehr gewissenhaft überprüfte, was für Gefangene es gab, würde er kaum auf den Mann aufmerksam, der weitab von allen anderen in der Pulverkammer eingesperrt war. Es stand nicht in seiner Macht, den Oberstzollmeister einfach hinrichten zu lassen, dachte Gregorius, und einen solch kaltblütigen Mord könnte er auch nicht mit seinem Gewissen vereinbaren, obwohl er dem Zöllner schon mehrfach mit seiner Hinrichtung gedroht hatte. In dieser Pulverkammer aber war Plarenzi lebendig begraben. Nie wieder würde dieser Schurke die Macht haben, Gabriela zu schaden.

17. KAPITEL

Im Hof des Palais, das der Gesandte aus Konstantinopel bewohnte, war Gabriela bereits erwartet worden. Zwei prächtig gewandete schwarze Diener nahmen Nazli und führten die Stute in die Ställe. Es war schon fast dunkel. Etwas verloren sah sich Gabriela auf dem weiten Hof um. Es hatte zu schneien begonnen. Fast alle Fenster des Palais waren hell erleuchtet, doch nirgends war jemand zu sehen.

Schließlich kam einer der Diener, die das Pferd genommen hatten, zurück und bedeutete ihr durch eine Geste, ihm zu folgen. Sie betraten den Palast durch eine unscheinbare Seitentür. Es war ungewöhnlich warm in dem Gebäude, ganz anders als im Palais des Grafen Nádasdy oder in der Hofburg. Selbst auf den Fluren standen hier farbenprächtige Kachelöfen. Es roch nach schweren Parfüms und Sandelholz.

Endlich blieb der Diener, der Gabriela geführt hatte, vor einer verschlossenen Tür stehen und verneigte sich.

»Soll ich dort hinein?«

Der Mann antwortete nicht. Noch einmal verbeugte er sich tief, dann zog er sich zurück. Etwas verwirrt betrachtete Gabriela die Tür. Wäre Schnitter nicht gewesen, würde sie jetzt einfach gehen. Es ziemte sich nicht, einen Husarenoffizier der Kaiserin auf diese Weise zu behandeln!

Sie hatte einige Augenblicke gewartet, als die Tür, wie von Geisterhand bewegt, aufschwang. Feuchte, warme Luft schlug ihr entgegen. Zwei hellhäutige Dienerinnen, die nur ein Seidentuch um die Hüften gewickelt trugen, erwarteten sie. Beides waren Mädchen, die kaum älter als sechzehn Jahre sein mochten. Sie hatten schwarzes Haar, auf dem ein leichter, roter Schimmer lag. Ihre Hüften waren üppig gerundet, die Brüste klein und wohlgeformt. Eine von ihnen trug einen silbernen Ring im linken Nasenflügel und einen zweiten im linken Ohr. Dazwischen hing ein dünnes Silberkettchen.

Eine merkwürdige Art, seinen Schmuck zu tragen, dachte Gabriela und sah sich weiter um. Bis auf eine lange, mit feucht glänzendem Leder gepolsterte Bank und eine Reihe von Tonkrügen, die an einer Wand standen, war der Raum leer. Der Boden war mit einem merkwürdigen Mosaik aus verschlungenen Ranken und Blüten ausgelegt.

Die Dienerin mit dem Silberkettchen bückte sich nun. Sie hob ein rotsamtenes Kissen auf, das hinter der Bank verborgen gewesen war und auf dem ein versiegelter Brief lag. Zunehmend verärgert trat Gabriela ein und griff nach dem Schreiben. Ihr Name stand auf dem Umschlag.

Was sollte dieser Mummenschanz? Wollte man sie beeindrucken oder ängstigen? Sie zerbrach das Siegel.

Liebe Freundin,
ich bedauere zutiefst, dass ich Dich nicht selbst in Empfang nehmen konnte, doch bin ich noch aufgehalten. In meiner Heimat ist es üblich, dass Frauen sich nach einem Bade zu wichtigen Gesprächen treffen. Es wäre sehr freundlich von Dir, wenn Du diesem Brauch folgen würdest, und es wäre mir eine Erleichterung zu wissen, dass Dir die Zeit des Wartens auf angenehme Weise verkürzt wurde. Sei gewiss, dass ich sobald als möglich an Deine Seite eilen werde, und vergib mir die schlechte Kenntnis Deiner Sprache. So Vermag Ich Nur Unvollkommen Mein Bedauern Über Diese Verzögerung In Worte Zu Fassen.

Möge Allah stets über Deinen Schritten wachen.

Halime

In dem Brief lag ein dünner Goldfaden. Unschlüssig rieb Gabriela den Faden zwischen den Fingern. Wenn es Halime möglich war, einen solchen Brief zu schreiben, warum hatte die Heidin sie dann nicht früher darüber in Kenntnis gesetzt, dass sich das Treffen verschieben würde? Man wollte, dass sie in das Palais des Gesandten kam ... Aber warum? War diese Halime die Frau aus der Hofburg? Die Orientalin hatte sie zwar geküsst, aber ihr nicht einmal ihren Namen genannt. Auch den Grund der Verzögerung wollte diese Halime in dem Schreiben nicht benennen! Und warum waren im vorletzten Satz der Nachricht alle Wörter mit großen Anfangsbuchstaben versehen? *So Vermag Ich Nur Unvollkommen Mein Bedauern Über Diese Verzögerung In Worte Zu Fassen.* War das eine Warnung? Wollte Halime andeuten, dass sie den wahren Grund für diesen eigenartigen Empfang nicht nennen durfte?

Gabriela leckte sich nervös über die Lippen. Sie trug noch immer ihren Reitmantel und inzwischen war ihr unerträglich heiß geworden. Selbst der Boden unter ihren Füßen schien zu glühen.

Ob sie es wagen konnte, einfach zu gehen? Würde Schnitter Verständnis dafür haben? Und würde man sie überhaupt gehen lassen?

Während sie gelesen hatte, hatte sich die Tür hinter ihr genauso lautlos geschlossen, wie sie aufgeschwungen war. Die beiden Dienerinnen sahen sie unverwandt an. Sie lächelten, sprachen aber kein Wort.

»Versteht ihr mich?«

Gabriela erhielt keine Antwort. Noch einmal sah sie sich in der Kammer um. Abgesehen von der Tür, durch die sie gekommen war, gab es nur einen weiteren Ausgang. Ein schmaler Durchgang. Feuchtwarme Dunstschwaden zogen von dort heran. Offenbar stand in dieser Kammer der Badezuber.

»Ist hier irgendjemand, der mich versteht?«, fragte Gabriela nun lauter. Schweigen …

Nun gut! Dann würde sie also gehen! Sie drehte sich auf dem Absatz um und wollte den Raum auf demselben Wege verlassen, auf dem sie gekommen war, doch fand sie die Tür verschlossen. In Panik griff sie nach dem Säbel an ihrer Seite. Jetzt war das Lächeln von den Gesichtern der beiden Dienerinnen gewichen.

Was sollte sie tun? Wenn sie die beiden Frauen mit der Waffe bedrohte, würde sie sich nur lächerlich machen. Offenbar war es beabsichtigt, sie zu beunruhigen. Wenn sie sich den Respekt desjenigen, der hinter dieser Farce steckte, verdienen wollte, dann sollte sie von nun an die größtmögliche Gelassenheit zur Schau tragen!

Sie nahm den Kolpak, ihre schwere Pelzmütze, vom Kopf und warf sie der nicht geschmückten Dienerin zu. Das Mädchen war so überrascht, dass sie bei dem Versuch, die Mütze zu fangen, fast stürzte. Erst jetzt sah Gabriela, was für merkwürdige Schuhe die beiden trugen. Es waren hölzerne Pantoffeln, die auf zwei fast dreieckigen Stelzen standen. Wenn sie gingen, hatte man beinahe den Eindruck, dass sie eine Handbreit über dem Boden schwebten. Wahrscheinlich war es nicht leicht, auf diesen Dingern die Balance zu halten.

Gabriela schnallte den Säbel ab und ließ ihn zu Boden gleiten. Die Dienerin mit dem Silberkettchen wies auf die lederbezogene Bank. Die Husarin nickte. Sie ging zu den beiden herüber und ließ sich nieder. Wortlos entkleideten die zwei Mädchen sie. Als sie ihr die enge Hose von den Beinen zogen, wirkte die Silbergeschmückte einen Herzschlag lang verwundert. Hatte sie einen Mann erwartet? Gabriela lächelte zufrieden. Offenbar vermochte nicht jede Orientalin auf den ersten Blick die Verkleidung zu durchschauen! Doch das Lächeln verflog sofort wieder.

Nun gab es also noch zwei Zeuginnen, die ihr Geheimnis kannten. Ihre Lage wurde damit immer bedrückender! Sollte sich die Dame des Hauses nicht ehrenhaft gegen sie verhalten und versuchen sie zu erpressen, so blieb keine Möglichkeit mehr, als zum Schein auf dieses böse Spiel einzugehen. Sobald sie dem Palais der Türken entkommen wäre, würde sie den letzten ehrenhaften Weg gehen, der ihr noch verblieben war. In Nazlis Sattelholstern steckten zwei geladene Pistolen …

Gabriela wies in Richtung der schmalen Tür. Sollte sie nun ins Bad gehen?

Das Mädchen ohne Schmuck schüttelte energisch den Kopf und zeigte auf das Mosaik am Boden. Die Husarin verstand nicht, was das zu bedeuten hatte. Das andere Mädchen bückte sich indessen und holte noch ein weiteres Paar der merkwürdigen Holzsandalen unter der Bank hervor.

Gabriela schüttelte den Kopf. Diese Dinger würde sie nicht tragen!

Einen Augenblick sahen die Dienerinnen einander unschlüssig an. Dann ging die Ungeschmückte in die Hocke, berührte mit der flachen Hand den Boden und zog sie sofort wieder zurück, wobei sie eine übertrieben schmerzverzerrte Grimasse schnitt.

Vorsichtig berührte nun auch Gabriela mit einem nackten Fuß den Boden. Er war unangenehm warm. Wenn man länger an einer Stelle stehen musste, mochte man sich die Fußsohlen verbrennen. Unschlüssig blickte sie zu ihren Husarenstiefeln. Sie waren ganz neu … In diesen merkwürdigen Holzpantoffeln würde sich nicht herumlaufen! Darin würde sie nur stolpern und eine komische Figur abgeben.

Das Mädchen ohne Schmuck kicherte leise, als Gabriela ihre Stiefel anzog. Die andere schnitt keine Miene und ging zu den Krügen hinüber, die entlang der Wand standen.

Gabriela erhob sich und wollte in den angrenzenden Raum gehen, als das Mädchen mit dem Krug sie unversehens mit eiskaltem Wasser übergoss. Fluchend strich sich Gabriela eine Strähne ihres gepuderten Haars aus den Augen. Was zum Henker wurde das! Sie wollte laut fluchen, als bereits ein zweiter Krug voller eisigem Wasser über ihr entleert wurde.

»Genug!«, schrie sie und packte das ungeschmückte Mädchen am Handgelenk. »Das reicht! Ich werde jetzt in dieses verfluchte Bad steigen und dann hat diese Farce hoffentlich bald ein Ende.« Sie stieß das Mädchen zurück und ging durch die schmale Tür in den angrenzenden Raum. Der schwere, dichte, mit Duftwässern geschwängerte Dampf dort war im ersten Augenblick kaum zu ertragen. Keuchend sah sich Gabriela nach einem Zuber um. Doch es gab keinen Holzbottich, in den man sich setzen konnte. An der gegenüberliegenden Wand stand stattdessen ein großes Marmorbecken, aus dessen Mitte eine dampfende Wasserfontäne emporstieg. Sollte sie etwa dort hinüber? Eine breite, mit Tüchern bedeckte Bank lud dazu ein, sich neben dem Becken niederzulassen.

In einer Ecke des Raums war ein großer mit Seide bespannter Wandschirm aufgestellt. Das bemalte Tuch zeigte einen wunderschönen Garten, in dem auf einer Decke umgeben von goldenen Blüten zwei Liebende lagen. Nervös blickte Gabriela fort. Sollte dies alles hier etwa darauf hinauslaufen?

Von der Hitze und den schweren Düften war ihr ganz schwindelig. Benommen ließ sie sich auf der Bank nieder. Hätte sie nur ihren Säbel nicht abgelegt. Doch nein … Wie würde sie nackt, in Stiefeln und mit blanker Klinge in der Hand aussehen. Dies alles hier verwirrte sie über die Maßen. Noch immer hielt sie in der Linken den dünnen Goldfaden, der im Brief gelegen hatte. Sollte dies womöglich eine Anspielung auf die goldenen Blumen und die Liebesszene sein? Hätte sie eine Wahl, sie würde ohne zu zögern das dichteste Schlachtgetümmel diesem Bad vorziehen. Auf dem Schlachtfeld wusste sie wenigstens, was zu tun war.

Plötzlich stand das Mädchen mit dem Silberkettchen wieder neben ihr. Sie gab Gabriela ein Zeichen, sich lang auf der Bank auszustrecken. Müde folgte sie der Anweisung und sofort begann die Dienerin ihr mit einem groben Frottierhandschuh Schultern und Arme zu massieren.

Gabriela schloss halb die Augen. Es war nicht unangenehm, auf diese Weise abgerieben zu werden. In der stickigen Hitze war sie nass von Schweiß. Wenn nur die Ungewissheit nicht wäre, was noch kommen würde!

Das Mädchen hatte ihr inzwischen auch die Beine abgerieben und tippte vorsichtig mit der Hand auf die Stiefel. Gabriela nickte und brummte zustimmend. Es wäre angenehmer, wenn die Kleine sie von dem schweren Schuhwerk befreite. Ihre Füße fühlten sich schon an, als würden sie in einem Gartopf stecken.

Irgendwo aus einem benachbarten Zimmer erklang leise fremdartige Musik. Gabriela drehte sich auf den Rücken und ließ sich nun Bauch und Brüste reiben. Die meisten ihrer Regimentskameraden würden wahrscheinlich ihre Seele verkaufen, um jetzt an ihrer Stelle zu sein.

Drei Frauen waren hereingekommen. Auch sie waren fast nackt. Die erste von ihnen trug einen kleinen mit Elfenbeinintarsien geschmückten Tisch, ihre Gefährtinnen Teller aus gehämmertem Silber, auf denen Fläschchen mit Ölen und kostbaren Duftessenzen standen. Die drei jungen Frauen waren kräftiger gebaut als ihre Gefährtin und hatten eine dunklere Hautfarbe.

Diese Dienerinnen kämmten ihr das Haar und bestrichen es mit frischem Eigelb. Danach wurde sie mit lauwarmem Wasser gewaschen. Eine etwas ältere Frau schminkte ihr mit einem schmalen Holzspatel die Augenlider. Langsam wurde Gabriela ungeduldig. Nie in ihrem Leben hatte sie sich so sehr um ihr Äußeres gekümmert. Was sollte das! Selbst für den Hofball hatte sie sich nur Gesicht und Hände gewaschen und ihr Haar pudern lassen. Wem sollte sie so aufgeputzt vorgeführt werden?

Gabriela wollte aufstehen, doch das Mädchen mit der Silberkette hob abwehrend die Hände. Sie räusperte sich und zeigte auf Gabrielas Schoß. Gabriela verstand nicht.

Schließlich zog das Mädchen ihren Rock zur Seite. Sie war zwischen den Schenkeln rasiert, ihre Haut weiß wie Milch und die Lippen ihrer Scham von blassem Rosa.

Das also war es! Die Dienerinnen wollten sie rasieren! Sie schluckte. Nun war es genug. Sie würde gehen. Das konnte nicht einmal Schnitter von ihr verlangen! Ein galantes Abenteuer war eine Sache und dies hier etwas ganz anderes! Sie wollte aufstehen, als eine der Frauen ihre Arme packte und ihr auf den Rücken drehte. Einen Herzschlag lang klang die Musik lauter. Ein Schatten erschien hinter dem Wandschirm in der Ecke.

»Lasst mich los!« Gabriela strampelte mit den Beinen und versuchte, sich zu befreien. Die beiden anderen Frauen packten sie, spreizten ihr die Schenkel und hielten sie mit eisernem Griff umklammert.

Von Frauen überwältigt! Fluchend kämpfte sie gegen die Heidenweiber an. Ihr Arm wurde weiter verdreht, bis das Schultergelenk einen krachenden Laut von sich gab. Sengender Schmerz ließ Gabriela aufstöhnen. Sie konnte diesen Kampf nicht gewinnen. Endlich hielt sie still. Sie hatte Angst, das Mädchen mit der Silberkette würde sie verletzen, wenn sie jetzt mit einem Messer käme, um sie zu rasieren. »Bitte lasst mich doch los«, sagte sie leise. »Ich … Ich bin nicht wie ihr. Das ist nicht richtig. Ich…«

Das Mädchen mit der Silberkette hatte Tränen in den Augen. Sie streifte sich Handschuhe aus grobem Leder über und nahm dann eine flache Schale vom Tisch, die mit einer weißen Paste angefüllt war. Ein Spatel, der wie ein bleicher Knochen aussah, steckte in der Schüssel. Das Mädchen kniete sich zwischen ihre Schenkel und begann ihr die Paste auf die Scham zu reiben. Die Essenz juckte und brannte auf der Haut wie die Blätter von Brennnesseln. Gabriela bäumte sich auf, doch die drei anderen Frauen hielten sie unbarmherzig. Mit einem mit Rosenöl getränkten Tuch rieb das Mädchen die Paste fast sofort wieder ab. Gabriela sah, dass das Tuch voller Haare war. Das Brennen wurde immer schlimmer. Man rieb nun eine zweite Salbe auf die gerötete Haut. Sie verschaffte leichte Linderung.

Nun begann die Dienerin, auf die gleiche Weise das Haar unter Gabrielas Achseln zu entfernen. Leise fluchend drehte Gabriela den Kopf zur Seite. Ganz deutlich sah sie nun den Schatten hinter dem Wandschirm. Die Gestalt trug einen Turban wie der Pascha bei dem Empfang in der Hofburg.

Der Feldmarschall Daun hatte Nádasdy nach dem Essen in den Rauchsalon gebeten. Die Einladung an diesem Abend war völlig überraschend für den Husarengeneral gekommen. Während des Mahls, das er gemeinsam mit der Familie des Feldmarschalls eingenommen hatte, herrschte eine gedrückte Stimmung am Tisch. Es wurde nur wenig gesprochen.

»Nun«, fragte der alte Husarengeneral, als sie beide endlich allein waren, »was sollen Sie mir ausrichten?« Er wusste, dass Daun zu den engsten Vertrauten der Kaiserin gehörte.

Der Feldmarschall räusperte sich und strich ein paar Sitzfalten in seinem Uniformrock glatt. »Ihre Majestät ist sehr besorgt wegen der Türken.«

»Wegen der Türken!« Nádasdy lachte. »Nach Leuthen hat sie weiß Gott allen Grund, sich andere Sorgen zu machen. Wir werden die Armee neu organisieren müssen, wenn wir im Frühjahr für Friedrich gewappnet sein wollen.«

Daun nickte. »So ist es. Es besteht der Verdacht, dass Friedrich den Sultan dazu anstiften will, mit seiner Armee ins Banat einzufallen. Möglicherweise haben die Preußen bereits Gesandte nach Konstantinopel geschickt. Und …« Der Feldmarschall zögerte.

»Und was?«

»Wir brauchen einen fähigen General, der das Kommando im Banat führt und die Provinz zur Verteidigung bereit macht.«

Nádasdy spürte, wie die kalte Wut in ihm aufstieg. »Man will mir also mein Kommando im Felde nehmen!«

Das ohnehin schon lange Gesicht des Feldmarschalls wurde noch länger. »Nun, Sie müssen verstehen …«

»Nein! Gar nichts muss ich! Richten Sie der Kaiserin aus, dass ich mein Kommando gänzlich niederlegen werde, wenn man beabsichtigt, mich dergestalt zu entehren! Ich werde mich auf meine Güter nach Ungarn zurückziehen.«

Nádasdy sprang auf und wollte zur Tür, doch Daun verstellte ihm den Weg. »Mein lieber Freund, noch ist gar nichts entschieden! Verschlechtern Sie jetzt die Lage nicht, indem Sie unbedacht handeln und …«

»Ich und unbedacht handeln! Zum Teufel! Wer hat denn bei Leuthen nicht auf meine Bitten um Verstärkung gehört! Zehn Boten habe ich dem Prinzen geschickt! Soll ich jetzt etwa gehen, weil er nicht in der Lage war, seine Armee zu führen?«

Daun räusperte sich leise. »Vergessen Sie nicht, er ist der Bruder des Kaisers!«

»Und er wird der Untergang des Reiches sein, wenn er auch im nächsten Jahr das Oberkommando im Feld führt!«

Der Feldmarschall schüttelte den Kopf. »Als junger Mann habe ich Ihre Husarenstücke bewundert, General, und ich weiß, dass wir in Kolin nicht so gut dagestanden hätten, wenn Sie mir nicht den Flügel gehalten hätten. Verstehen Sie deshalb meine Offenheit nicht falsch. Ich will Ihnen nicht schaden, sondern mir ist vielmehr an Ihnen gelegen ... Doch hier in Wien stehen wir nicht auf dem Schlachtfeld. Sie bewegen sich auf dem Parkett der Diplomatie, und wenn Sie es nicht schaffen, Ihrem Temperament Zügel anzulegen, dann wird die ganze Angelegenheit für Sie vielleicht noch ein schlimmes Ende nehmen. Ich weiß, dass es nicht Ihre Schuld war, dass die Schlacht bei Leuthen verlorenging. Ich stand selbst daneben, als Prinz Karl Ihrem Ersuchen um Verstärkungen nicht nachgekommen ist. Und wissen Sie, warum er es getan hat? Er wusste, wie Sie auch vor der Schlacht schon über ihn geredet haben. Er wollte, dass Sie auf dem Flügel versagen! Ich vermute, sein Plan war es, am Ende als Retter der Schlacht dazustehen. Wir waren den Preußen um das Doppelte überlegen. Er konnte sich nicht vorstellen, dass es möglich sei, unter diesen Bedingungen den Kampf zu verlieren!«

Nádasdy setzte sich wieder. Er drehte an seinem Schnurrbart und versuchte gelassen zu wirken, obwohl ihn die Worte des Feldmarschalls tief erschüttert hatten. Bisher war der Husarengeneral der Meinung gewesen, dass Prinz Karl ihm in völliger Verkennung der Lage die nötigen Verstärkungen verweigert habe. Dass der Prinz es getan hatte, um am Ende selbst als Sieger dazustehen, darauf wäre er nicht gekommen.

»Und was denken Sie, soll ich tun?«

»Verhalten Sie sich ruhig, Nádasdy. Noch ist keine Entscheidung gefallen, und selbst wenn sein Bruder, der Kaiser, den Prinzen Karl in Schutz nimmt, so ist sich die Kaiserin sehr wohl bewusst, wer die Niederlage bei Leuthen verschuldet hat. Ich fürchte allerdings, dass der Prinz, falls er sein Kommando verliert, versuchen wird, Sie mit in den Abgrund zu reißen, Nádasdy. Deshalb seien Sie klug und bieten Sie ihm keine Angriffsfläche. Hier bei Hof hat er alle Vorteile auf seiner Seite.«

Der Husarengeneral war ganz still geworden. Nádasdy spürte, dass Daun im Recht war. Intrigen! Das war nicht seine Welt. Vielleicht war es das Klügste, von sich aus darum zu bitten, das Kommando im Felde abgeben zu dürfen. Das wäre immer noch ehrenvoller, als aus dem Amt gejagt zu werden.

Als die Prozedur des Bades endlich vorüber war, geleiteten die Sklavinnen Gabriela hinter den Wandschirm, wo eine Tür verborgen war. Im benachbarten Raum hatte man ein Lager aus Kissen und Decken für sie vorbereitet. Auf niedrigen Tischen standen Honiggebäck, Fleischpasteten und Reisgerichte. Doch Gabriela war nicht nach Essen zumute. Der Schatten, den sie hinter dem Wandschirm beobachtet hatte, war verschwunden.

In einen seidenen Kaftan gehüllt, lag sie auf den kostbaren Brokatkissen zusammengerollt und betete, nur endlich allein gelassen zu werden. Tatsächlich zogen sich die Sklavinnen bald zurück. Unsicher blickte Gabriela sich um. Der Raum wurde von gläsernen Ampeln in rotes Licht getaucht. Die Wände waren mit Seidenteppichen geschmückt, die wohl Szenen aus dem alltäglichen Leben eines orientalischen Tyrannen zeigten. Man sah den Herrscher auf der Jagd, bei Hof, wie er Gericht hielt, und in seinem Harem umringt von halbnackten Frauen. Rastlos wanderte Gabrielas Blick über die Wände. Irgendetwas stimmte hier nicht! Unruhig richtete sie sich auf den Kissen auf. Es gab keine Türen in diesem Raum! Was für eine Teufelei hatten der Pascha und seine Gespielin nun wieder ersonnen?

Auf dem Teller mit den Fleischgerichten lag ein kleines Messer. Die Husarin beugte sich vor und ließ die Klinge in einem der weiten Ärmel ihres Kaftans verschwinden. Nun wäre sie wenigstens nicht mehr völlig wehrlos!

Unentschlossen, was sie tun sollte, ließ sie sich auf den Kissen nieder und wartete. Die leise Musik, die im Bad zu hören gewesen war, war nun verstummt. Es kam ihr vor, als sei eine Stunde oder noch mehr Zeit vergangen, bis plötzlich einer der Seidenteppiche zur Seite klappte und eine Frau in das Zimmer trat. Sie war ganz in Rot und Weiß gekleidet. Ihr Gesicht so stark geschminkt, dass Gabriela nicht erkennen konnte, ob es dieselbe Dame war, von der sie auf dem Hofball geküsst worden war.

»Bitte verzeih mir diesen Empfang. Ich bin untröstlich, dass unser erstes Treffen einen solch unglücklichen Anfang genommen hat.« Die Fremde klappte die Geheimtür hinter sich zu, blieb aber an der Wand stehen.

Gabriela schob ihre Rechte in den Ärmel des Kaftans und umklammerte den Griff des Messers.

»Entschuldige meine Unhöflichkeit.« Die Orientalin verneigte sich. »Ich bin Halime, Gözde des Achmet Effendi Resmi Pascha. Ich habe die Ehre, den bevorzugtesten Platz unter seinen Ehefrauen zu bekleiden. Am Hofe eines eurer Könige würde man mich wohl eine Favoritin nennen.«

»Und ich bin Gabriel von Bretton, Unterlieutenant in der vierten Eskadron der Nádasdy-Husaren«, entgegnete Gabriela kühl.

Die Orientalin lächelte. »Nun, zu unser beider Glück magst du dich zwar wie ein Erzengel nennen, doch bist du kein Mann. Wie deutlich …« Sie räusperte sich. »Ich habe nicht gewollt, dass du so grob behandelt wirst. Es war … Eigentlich sollte der Pascha an diesem Abend nicht im Hause sein. Ich hatte ihm gesagt, ich würde mich mit einer Dame von Stand treffen … Im letzten Moment ist er dann doch nicht gegangen. Er sah dich in den Hof reiten und hielt mich für eine Lügnerin. Ich habe ihm bei Allah geschworen, doch er wollte mir nicht glauben.« Sie lächelte schüchtern. »Du warst einfach zu überzeugend in deiner Uniform. Der Pascha war überzeugt, ich wolle ihn mit einem hübschen, jungen Husarenoffizier betrügen!«

»Und deshalb musste ich auf so schändliche Weise erniedrigt werden?«

»Willst du denn nicht verstehen? Er musste sicher sein, dass ich ihn nicht hintergehe! Wärest du wirklich ein Mann gewesen, er hätte uns beide töten lassen. Und auf welche Weise hat man dir Gewalt angetan? Der Pascha hat doch nur aus der Ferne zugesehen.«

Gabriela umklammerte das Messer fester. Kalte Wut stieg in ihr auf. Sie musste sich beherrschen, um nicht auf dieses verlogene Weib loszugehen! »Und die drei Dienerinnen … Wie würdest du nennen, was sie mir angetan haben?«

Halime sah sie verwundert an. »Meinst du die Rasur! Aber bei Allah! Die Sklavinnen wollten dich nicht verletzen! Weißt du denn nicht, dass diesen Haaren allerlei Krankheiten entspringen können? Es gibt keine Frau in diesem Haus, die eine behaarte Scham hätte. Das ist doch …« Offenbar fand die Gözde keine Worte.

Einige Augenblicke herrschte Stille zwischen den beiden. Schließlich zog Gabriela das Messer aus dem Ärmel und legte es in Griffweite vor sich auf den Tisch.

Die Orientalin zuckte zusammen und drückte sich gegen die verborgene Tür hinter dem Seidenteppich. »Wolltest du mich töten?«

»Auf dem Schlachtfeld habe ich Männer getötet, die mir nie zuvor begegnet waren, nur weil sie die falsche Uniform getragen haben. Im Vergleich zu ihnen hast du mir sehr viel mehr Grund geliefert, dich zu hassen. Du kennst mein Geheimnis, hast mich gezwungen hierherzukommen, und weil du einen Fehler gemacht hast, wurde ich …« Sie stockte und sah die Orientalin voller Verbitterung an. »Das heißt, wenn du die Wahrheit sagst … Vielleicht warst du es hinter dem Wandschirm, und du hattest dein Vergnügen daran, zuzusehen, wie ich gedemütigt wurde. Was willst du von mir, Halime? Warum sollte ich in dieses Haus kommen?«

Die Gözde machte einen Schritt in Gabrielas Richtung. »Ich habe mit dir reden wollen, weil … weil ich dich bewundere. Ich wollte wissen, welchen Zauber du auf die Männer gelegt hast, dass du unter ihnen sein kannst und sie dich für einen der ihren halten. Dabei muss man dir nur ins Gesicht sehen! Dir wächst kein Bart, auch wenn deine Wangen braun gebrannt sind und du eine verwegene Miene aufsetzt. Und deine Taille. Kein Mann ist so gebaut …« Halime tat noch einen raschen Schritt und griff nun ihrerseits nach einem der kleinen Messer, die bei den Platten mit den Fleischgerichten lagen. Doch statt sie zu bedrohen, richtete sie die Spitze gegen ihr eigenes Herz. »Ich schwöre bei Allah, dass nichts als meine Neugier der Grund war, warum ich dich in den Palast des Resmi Pascha bestellt habe. Ich biete dir zum Beweis meiner Worte mein Leben. Wenn du mich für ehrlos hältst und glaubst, ich hätte dich nur zu deiner Schande hierhergeladen, so werde ich mir auf der Stelle diesen Dolch in mein Herz stoßen.«

Gabriela lächelte zynisch. »Ich will dein Leben nicht! Was hätte ich gewonnen, wenn du tot zu meinen Füßen lägest? Die Diener des Paschas würden mich in Stücke reißen, noch bevor ich bei den Ställen wäre. Sollte ich es durch ein Wunder schaffen zu entkommen, so würde der Skandal, der deinem Tod unweigerlich folgen wird, mein Leben zerstören. Ich würde unehrenhaft aus der Armee verstoßen.«

Halime ließ den Dolch sinken. »Was kann ich tun, damit du mir glaubst, dass ich es ehrlich mit dir meine …«

Die Frauen sahen einander lange schweigend an.

Schließlich stieß die Gözde einen tiefen Seufzer aus. »Es tut mir leid, dass die drei Sklavinnen so grob zu dir waren. Sie unterstanden dem Befehl des Paschas. Er hatte ausdrücklich befohlen, dass er dich rasiert sehen wolle, um ganz sicherzugehen, dass du weder ein Mann noch ein geschlechtsloses Zwitterwesen bist. Das Bad wurde arrangiert, damit all dies zwanglos geschehen konnte. Auf diese Weise das Haar an diskreter Stelle zu entfernen, ist im Harem so üblich, wie es für dich üblich ist, dein Haupthaar zu pudern. Niemand hat vorhergesehen, dass du dich dagegen wehren würdest. Die Sklavinnen haben nur getan, was ihnen befohlen war, und der Pascha mochte nicht hinter dem Wandschirm hervortreten, um dich nicht zu beschämen, indem ihr euch von Angesicht zu Angesicht gegenübersteht, während du nackt bist. Wir haben nicht geahnt, dass du dich so ungewöhnlich verhalten würdest und …«

»Ich bin, was ich bin, weil ich mich nicht so verhalte, wie man es von einer Frau erwartet«, unterbrach Gabriela die Orientalin barsch. »Was hättet ihr getan, wenn ich mich gewehrt hätte? Immerhin bin ich mit einem Säbel an meiner Seite in den Vorraum des Bades getreten.«

»Der Pascha hatte einige Eunuchen mit Musketen auf

den Flur bestellt, über den du gekommen warst. Wärest du ein Mann gewesen, hätte er – ich sagte es schon – uns beide erschießen lassen.«

Gabriela schüttelte den Kopf. »Es muss dir doch klar gewesen sein, dass er so reagieren würde. Warum hast du unser beider Leben riskiert?«

»Ich habe ihn niemals belogen! Er hat von mir erfahren, dass ich mich mit einer Frau treffen würde. Aber als er dich in den Hof reiten sah ... da hat er mir zum allerersten Mal nicht mehr glauben wollen. Deine Zaubermacht über die Männer hat selbst ihn überzeugt!«

Gabriela ließ sich resignierend in die Kissen zurücksinken. »Und diesen Zauber möchtest du wohl gerne von mir lernen ...«

»Nein. Ich bin die Erste im Harem meines Paschas. Ich habe meinen eigenen Zauber! Doch bin ich neugierig zu erfahren, wie du geworden bist, was du bist!«

»Und was ist dein Preis für meine Geschichte?«

»Schweigen!«

Gabriela schürzte enttäuscht die Lippen. »Du nennst mich Freundin und zahlst mich mit dem, was selbstverständlich sein sollte.«

»Entehrt es dich nicht, dich für deinen Dienst entlohnen zu lassen wie eine ...« Die Gözde sprach es nicht aus, doch Gabriela wusste nur zu gut, was sie hatte sagen wollen.

»Ist es nicht üblich, Geschichtenerzähler zu entlohnen?«

Halime trat zu ihr herüber und warf ihr einen eigenartigen Blick zu. Dann legte sie ihr Messer aus der Hand und ließ sich neben Gabriela auf den Kissen nieder. »Und welchen Lohn forderst du?«

»Wenn ich eine Frage haben sollte, wirst du dann genau so ehrlich zu mir sein wie zu deinem Pascha?« Deutlich sah Gabriela, wie sich die Brustwarzen der Orientalin durch den hauchdünnen Stoff abmalten.

»Du willst, dass ich dir begegne wie meinem Gebieter?« Es schwang ein Ton in der Stimme der Gözde, der Gabriela unbehaglich war.

»Nach dem, was vorgefallen ist, wünsche ich mir nur, dass ich von nun an immer auf deine Ehrlichkeit vertrauen kann.«

»Ich schwöre bei Allah, dass ich dich niemals belügen werde«, entgegnete Halime feierlich.

Schnitter war mehr als überrascht, dass der junge Husar schon zwei Tage nach dem Ball bei ihm vorstellig wurde. Er hatte kaum zu hoffen gewagt, dass es möglich sein würde, einen Spion direkt in den Palast des Paschas zu bringen.

»Und es war wirklich sein Weib, das Euch empfangen hat?«

»So wahr mir Gott helfe! Sie ist wie Wachs in meinen Händen. Ihr wisst ja, Liebe macht blind.«

»Ja, ja, so sagt man.« Der Geheime Rat schüttelte den Kopf. Er selbst hatte dies zwar niemals am eigenen Leibe erfahren, doch war er in seinem Amte schon mehrfach Zeuge geworden, wie Männer und Frauen, die etwas darstellten und denen er im Grunde kühlen Intellekt unterstellt hätte, völlig den Kopf verloren, wenn Amors Pfeil sie traf. »Ich hoffe, Sie werden mir nicht zu waghalsig, von Bretton. Sie erinnern sich? Falls Sie in Schwierigkeiten geraten, werde ich Ihnen nicht helfen können. Und man sagt, die Muselmanen pflegen einige sehr unschöne Bräuche mit Männern, die sich an einem Haremsweib vergreifen.«

»Keine Sorge, ich bin Soldat, und das Risiko ist mein tägliches Geschäft.«

Schnitter strich sich nachdenklich übers Kinn. Dieser Unterlieutenant war ihm ein Rätsel. Er hatte inzwischen

Erkundigungen über ihn eingezogen, und nach allem, was in Erfahrung zu bringen war, genoss von Bretton nicht gerade den Ruf eines großen Herzensbrechers. Im Gegenteil, seine Kameraden hätten Stein und Bein geschworen, dass der junge Adlige noch niemals eine Affäre gehabt hatte. Aber vielleicht war er ja im Gegensatz zu anderen Husaren klug genug, sich nicht mit seinen Eroberungen zu brüsten. Recht hübsch war er ja ... Wem er wohl schon alles den Kopf verdreht haben mochte? Ob von Bretton wohl dreist genug wäre, seinen Besuch im Harem des Paschas einfach zu erfinden? Er würde den Husaren in den nächsten Tagen beobachten lassen. Er musste Gewissheit über ihn haben! Langsam schien der Unterlieutenant nervös zu werden, weil er ihn so lange schweigend ansah.

»Und haben Sie schon irgendwelche Informationen, die mir in meinen Geschäften mit den Türken weiterhelfen mögen?«

Der Husar setzte ein unverschämtes Lächeln auf. »Ganz wie man es nimmt.«

»Reden Sie nicht um den heißen Brei herum, Mann. Das kann ich nicht leiden!«

»Nun, Sie sagten doch, Sie hätten dem Pascha verschiedene Damen zugeführt, doch sei diesen Unternehmungen kein nennenswerter Erfolg beschieden gewesen.«

Der Geheime Rat musterte den Husaren aufmerksam. »Verraten Sie mir auch noch etwas Neues?«

»Ich habe mit der Gözde, dem ersten Weib des Paschas, darüber gesprochen. Sie müssen wissen, Achmet Effendi Resmi Pascha ist ein sehr freundlicher und sehr kultivierter Mann. Er hat durchschaut, dass Sie veranlasst haben, dass er in den Genuss der Damen kam. Sie waren gewissermaßen Geschenke, nicht wahr? Und weil es unhöflich ist, Geschenke zurückzuweisen ...«

»Worauf wollen Sie hinaus, von Bretton?«

»Nun, es ist dem Pascha sehr unangenehm, mit Frauen zu verkehren, die, statt sich zu waschen, neues Puder auflegen oder ein stärkeres Parfüm benutzen. Haben diese Weiber dann nicht einmal ihre Scham und ihre Achseln rasiert, so verursacht es dem Pascha nach den Worten seiner Frau regelrechten Ekel, mit ihnen zu verkehren. Doch wie gesagt, er wollte Sie nicht brüskieren. Ich hoffe, Sie fassen es nicht als sarkastisch auf, wenn ich mir in diesem Zusammenhang erlaube anzumerken, dass es nicht verwunderlich ist, dass diese Treffen nicht fruchtbar sein konnten. Im Gegenteil, der Pascha ist zunehmend verärgert über die Behelligungen durch die Damen.«

»Woher wissen Sie diese ... ähm ... intimen Details, von Bretton?«

»Der Pascha hat der Gözde sein Herz ausgeschüttet. Die beiden pflegen nur noch selten den Beischlaf, doch scheint er ihr dafür mehr zu vertrauen als irgendeinem anderen Menschen. Das ist auch der Grund, warum er stets nur Halime als Dolmetscherin duldet. Sie hat sehr großen Einfluss auf ihn.«

»Und haben Sie Näheres über die Absichten der Osmanen herausgefunden? Hier geht es schließlich um Politik und nicht um Haremsgeschichten ...«

»Ich kann mich des Eindrucks nicht erwehren, dass diese beiden Geschäfte bei dem Pascha Hand in Hand gehen. Doch kommen wir ruhig zu Konkreterem! Wenn ich der Gözde angemessen den Hof machen soll, so benötige ich Zuwendungen von Ihrer Seite. Wenn Sie Erkundigungen über mich eingezogen haben, so wissen Sie ja bereits, dass meine Mittel äußerst begrenzt sind und es mir unmöglich ist, Geschenke zu kaufen, die Halimes Stand angemessen wären. Bei einer Affäre ist es allerdings durchaus üblich, die Herzdame von Zeit zu Zeit mit kleinen Aufmerksamkeiten zu erfreuen.«

Schnitter bedachte den jungen Husaren mit einem durchdringenden Blick. Der Tonfall, den Bretton ihm gegenüber anschlug, gefiel ihm nicht. Sobald diese Affäre beendet wäre, musste er zusehen, dass der Unterlieutenant so schnell wie möglich wieder ins Feld kam. So wie es aussah, hatte der junge Mann einigen Ärger mit dem Freiherrn von Graffenstein. Vielleicht sollte er dafür sorgen, dass man Bretton dem direkten Kommando des Rittmeisters unterstellte? Dann waren die Aussichten wahrscheinlich bestens, dass der Unterlieutenant auf dem Feld der Ehre bliebe! Damit wäre der einzige Mitwisser um diese delikate Affäre aus dem Weg geräumt. Selbst wenn Bretton versuchte, sich vorübergehend auf Kosten des Staates zu bereichern, indem er vorgeblich Geschenke einkaufte, würde der Husar an dem erschwindelten Geld keine Freude haben. Schnitter räusperte sich leise, öffnete eine Lade seines Sekretärs und holte eine pralle Geldkatze hervor. »Das sind fünfzig Maria-Theresien-Taler. Für den Anfang sollte dies genügen. Wenn Sie weitere Geschenke brauchen, setzen Sie mich in Kenntnis, um was es sich dabei handeln soll, und ich werde versuchen, es besorgen zu lassen.«

Der Husar verneigte sich und griff nach dem Geld. »Ich danke Ihnen, Euer Ehren, und bitte um die Erlaubnis, mich zurückziehen zu dürfen.«

Schnitter nickte. »Tun Sie das. Und vergessen Sie nicht, wenn Sie Neuigkeiten haben, steht Ihnen meine Tür stets offen. Wann werden Sie sich das nächste Mal mit der Haremsdame treffen?«

»Vermutlich schon übermorgen.«

Der Geheime Rat lächelte sarkastisch. »Dann wünsche ich Ihnen viel Vergnügen!«

18. KAPITEL

Die weiteren Besuche bei Halime verliefen ohne Zwischenfälle. Nie bekam Gabriela den Pascha zu Gesicht, und ihre Gastgeberin gab sich stets alle Mühe, ihr jeden Wunsch von den Lippen abzulesen. Sie überhäufte Gabriela mit kostbaren Geschenken und gab ihr auch Geld, als sie bemerkte, in welch unvorteilhafter Lage sich ihr Gast befand. So wuchs von Mal zu Mal das schlechte Gewissen bei Gabriela. Sie konnte zwar nicht vergessen, was bei ihrem ersten Besuch geschehen war, doch war sie bereit, jenes bedauerliche Missverständnis Halime nicht länger nachzutragen. Auf der anderen Seite fragte Schnitter immer dringender nach neuen Geheimnissen aus dem Harem des Paschas, sodass Gabriela zuletzt das Herz immer schwerer wurde, wenn sie in den Hof der Gesandtschaft ritt. Sie sehnte den Frühling und die Wiederaufnahme der Kämpfe herbei. Nur so würde sie der Zwickmühle entkommen, in der sie hier in Wien gefangen saß.

Die Stimmung im Haus Nádasdys wurde mit jedem Tag gedrückter. Immer wieder wurde der Banus zu Beratungen der Generalität befohlen, und es machte den Anschein, dass er dort stets nur unerfreuliche Dinge zu hören bekam. Schließlich wurde er zum Feldmarschall befördert, doch fand er keinen Geschmack an dem neuen Ruhm, denn noch am selben Tage erhielt er die Nachricht, dass er nicht mehr zur Feldarmee gehen, sondern von nun an erneut sein Amt im Banat ausüben solle. Auch die Mitteilung, dass man ihn als einen der Ersten mit dem Großkreuz des neu begründeten Militär-Maria-Theresien-Ordens auszeichnen würde, half dem alten General nicht über seine Verbitterung hinweg. Es war am Abend eben jenes Tages, als er Gabriela zu sich in die Bibliothek befahl.

Der alte Husar saß in einem hohen Lehnstuhl dicht beim Feuer des Kamins. Ein großer Hund lag zu seinen Füßen und knurrte leise, als Gabriela eintrat.

»Von Bretton?«, fragte er mit leiser Stimme, ohne sich auch nur umzudrehen.

»Jawohl, Herr Gen … ähm Herr Feldmarschall.«

»Nennen Sie mich nicht mit diesem Titel, wenn wir allein sind. Kommen Sie herüber zum Feuer! Ich habe etwas mit Ihnen zu besprechen.« Er wies auf einen zweiten Sessel, der ihm gegenüberstand.

»Jawohl!« Gabriela fühlte sich nicht recht wohl in ihrer Haut. Direkt neben dem Lehnstuhl Nádasdys stand ein niedriger Tisch, auf dem eine Pistole und ein versiegelter Brief lagen. Was in Gottes Namen hatte der Banus vor?

»Ein ganzes Leben lang habe ich im Heer der Kaiserin gedient«, murmelte er bitter. »Mein Körper ist von den Narben bedeckt, die mir die Feinde Österreichs beigebracht haben. Noch immer brennt mein Fleisch, wo mich vor drei Monaten eine preußische Musketenkugel getroffen hat. Heute hat man mir die höchsten militärischen Ehren erwiesen, indem man mich mit dem Marschallsstab auszeichnete, und noch in derselben Stunde hat man all meinen Ruhm in den Staub getreten und mich ins Banat zurückgeschickt.« Schweigend sah der Banus ins Feuer. Seine Rechte tätschelte den Kopf des Hundes.

»Kein Türke und kein Preuße vermochte mich in all den Jahren aus dem Sattel zu stoßen«, grollte der Banus finster. »Wissen Sie, wer es war?«

»Der Prinz Karl?«

»Ja, der Prinz und all die Hofschranzen, die um ihn herumwimmeln wie die Fliegen um einen Haufen Pferdescheiße!« Die Hände des Banus krampften sich um die Armlehnen. »Ich gebe Ihnen einen guten Rat, von Bretton. Lassen Sie sich niemals auf die Intrigenspiele bei Hofe ein. Fragen Sie nur Ihren Onkel! Ihm ist es ganz ähnlich ergangen wie mir. Gleich einem Gefangenen sitzt er in der Festung, die er erbaut hat. All seine Briefe, in denen er um eine Versetzung zum Feldheer gebeten hat, blieben unbeantwortet, und dies nur, weil er den Groll einer Gräfin erregte, deren Mann in Wien ein hohes Tier ist. Eine Schande ist das, wie diese Herren, denen niemals der Pulverduft des Schlachtfelds um ihre spitzen Nasen geweht ist, über das Schicksal verdienter Generale entscheiden! Doch sagen Sie, Bretton, Sie waren in den letzten Wochen viel unterwegs. Wie haben Sie Ihre Zeit in Wien genutzt? Von den anderen Offizieren weiß ich, dass man Sie in der feinen Gesellschaft nicht gesehen hat und mir sind Gerüchte zu Ohren gekommen, die ich kaum glauben mag.«

Trotz der Hitze des Feuers lief Gabriela kalter Schweiß den Nacken hinunter. Was mochte der Banus von ihrer geheimen Mission wissen? Forschend sah sie ihn an. Im roten Licht der Flammen wirkte er älter. Nie zuvor hatte sie bemerkt, dass der General schon so viel Falten hatte. Doch seine Augen sprühten noch vor Leben. Langsam bildete sich eine tiefe Falte auf der Stirn. »Nun, wollen Sie mir nicht sagen, was Sie getan haben, von Bretton?«

Gabriela schluckte. Sie konnte ihn nicht belügen. Der General war immer gerecht zu ihr gewesen. Und was hatte Sie auch getan? Sie handelte doch im Namen der Kaiserin! »Der Geheime Rat Schnitter hat mich mit einer besonderen Mission betraut.«

»Und die führt Sie fast jeden Tag in den Palast der türkischen Gesandtschaft?«

»Jawohl!«

»Wissen Sie, dass der Graffenstein Ihnen nachgespürt

hat? Vor einer Stunde erst hat er dort gesessen, wo Sie nun Platz genommen haben. Er hat mir von Ihren Ausflügen erzählt. Der Freiherr weiß, dass Sie aus dem Banat kommen und das Haus Ihres Vaters nahe der Türkengrenze gelegen hat. Er verdächtigt Sie, ein Spion zu sein!«

Gabriela versteifte sich. »Damit hat er nicht unrecht, doch stehe ich in Diensten des Geheimen Rats Schnitter! Niemals würde ich der Sache Österreichs untreu werden! Und dem Graffenstein können Sie ausrichten, dass ich ihm, wenn er sich weiterhin befleißigt, dergleichen Lügengeschichten über mich zu verbreiten, jederzeit zu einem Duell zur Verfügung stehe. Wollen wir doch einmal sehen, ob er sein Maul noch weiterhin aufreißt, wenn er sich an Temeswar erinnert!«

Der Hund stieß ein tiefes, kehliges Knurren aus. Nádasdy hielt ihn am Halsband zurück. »Ein Spitzel ...« Der Banus schüttelte den Kopf. »Wissen Sie, was die Türken mit Ihnen machen werden, wenn Sie Ihnen auf die Schliche kommen? Ich habe gesehen, wie sie ihre Gefangenen pfählen oder verstümmeln und wie sie aus den Köpfen unserer Toten ganze Hügel errichteten. Doch was noch schlimmer ist, mit dieser Art des schmutzigen Krieges werden Sie keinen Ruhm ernten, mein Freund. Selbst wenn Sie den Graffenstein zum Schweigen bringen, so wird das Gerücht, das er ausgestreut hat, weiter die Runde machen. Gehen Sie den Aufgaben eines Spitzels denn gerne nach, von Bretton? Oder sind es die schönen Frauen des Paschas, die Sie locken. Bisher hatte ich Sie immer für keusch und gottesfürchtig gehalten.«

Gabriela blickte in die Flammen. »Wenn ich ein Kommando im Felde hätte, würde ich lieber heute als morgen Wien verlassen.«

Der alte Husar lächelte. »Ich hatte gehofft, dass Sie das sagen würden. Ich erinnere mich noch sehr genau, wie Sie gleich in Ihrer ersten Schlacht den Preußen ein Feldzeichen entrissen haben. Mir ist auch nicht entgangen, dass Sie sich im weiteren Verlauf des Feldzuges mehrfach durch Ihre Tapferkeit ausgezeichnet haben. Auch der Oberlieutenant Friedrich weiß nur Gutes über Sie zu sagen, mein tollkühner Sturmreiter.« Nádasdy griff nach dem Brief, der auf dem Tisch lag. »Dies hier ist Ihre Ernennung zum Oberlieutenant. Ich werde Ihrem Obersten, dem Grafen von Sinzendorf, ein Schreiben schicken und ihn darum bitten, Sie vom Graffenstein fernzuhalten, von Bretton. Machen Sie dem Vertrauen, das ich in Sie setze, keine Schande.«

»Danke, Herr Feldmarschall! Ich weiß gar nicht …« Gabriela war zu Tränen gerührt. Oberlieutenant! Das hieß, sie würde eine halbe Eskadron befehligen!

»Nun fangen Sie mal nicht an zu flennen wie ein kleines Mädchen, von Bretton«, brummte der Banus. »Sie dürfen nun gehen. Und schicken Sie mir meinen Sekretär. Der Geheime Rat soll noch heute einen Brief bekommen, dass er zukünftig auf Ihre Hilfe verzichten muss. Wenn ich nun schon Feldmarschall bin, so will ich die Macht meines Amtes auch gebrauchen!«

»Danke!« Gabriela wusste nicht, wie sie ihre Freude in Worte fassen sollte. Endlich war sie wieder frei!

Gabriela hatte es noch nicht über sich gebracht, Halime zu sagen, dass dies ihr letzter Besuch in der Residenz des Pascha sein würde. Die Gözde war niedergeschlagen, ohne dass Gabriela den Grund dafür erraten konnte. Sie saßen eng beieinander und tranken aus kleinen goldbemalten Gläsern süßen Tee.

Die Orientalin strich Gabriela sanft über die Wange. »Diese Narbe, rührt sie von einer Verletzung im Kriege?«

»Nein.« Gabriela schloss die Augen und dachte an die

Nacht, in der sie Janosch verlassen hatte. »Es war mein Mann. Er wollte vor meinen Augen ein anderes Weib in unserem Ehebett nehmen.« Bei der Erinnerung daran begann Gabriela zu zittern. Halime legte ihr die Hand auf die Schultern.

»Verzeih mir, meine Freundin. Ich wollte keine alten Wunden aufreißen.«

»Es ist schon gut. Mein Mann ist mit dem Messer auf mich losgegangen. Er hat dafür gebüßt! Ich habe ihn niedergeschossen. In jener Nacht hat mein Weg begonnen, der als Mann in einem Husarenregiment endete.«

Halime sah sie mit großen Augen an. »Du hast den Mann, der dich quälte, einfach erschossen? Und man hat dich dafür nicht verurteilt?«

Gabriela zögerte kurz. Sollte sie Halime die ganze Wahrheit sagen? Machte es noch einen Unterschied, bei dem, was sie nun schon alles wusste? Die Orientalin hatte sich ihr gegenüber in den letzten Wochen stets als treue und zuverlässige Freundin gezeigt. »Ich bin zum Tode verurteilt. Mein Mann hat dafür gesorgt, dass in meiner Heimatstadt, Orschowa, der Galgen auf mich wartet.«

»Bei Allah! Und du bist so, wie manche Männer es tun, zur Armee gegangen, um der Verurteilung zu entgehen?«

»Das trifft es nicht ganz, aber es kommt der Wahrheit recht nahe, ich …«

»Deine Erinnerung quält dich. Lass uns von etwas anderem sprechen! Du wirkst heute Abend bedrückt. Sag mir, was ich tun kann, um dich aufheitern zu lassen. Soll ich nach meinen Musikerinnen rufen?«

»Nein. Das wird nicht helfen.« Gabriela betrachtete den dunklen Tee in ihrem Glas. Sie fühlte sich elend. An jedem Abend, den sie hier verbracht hatte, hatte sie sich alle Mühe gegeben, Halime auszuhorchen, um für Schnitter neue Geheimnisse herauszufinden. Nádasdy hatte recht, als er dies ein niederträchtiges Geschäft gescholten hatte. Alles Gute, das die Gözde ihr tat, vergalt sie ihr mit Lug und Trug!

»Erinnerst du dich noch an den Goldfaden, den ich dir in den ersten Brief gelegt habe, den du von mir bekommen hast?«

Gabriela schrak aus ihren Gedanken auf. »Ja.«

»Nicht alle Männer sind so gütig zu ihren Frauen wie Resmi Pascha. Aus diesem Grunde hat sich in den Harems eine Sprache ohne Worte entwickelt. Schickst du jemandem einen Goldfaden, so heißt dies: Wende dein Angesicht nicht fort!« Halime blickte beschämt zur Seite. »Natürlich konntest du nicht wissen, was es bedeutet, und doch ... Ich hatte es gehofft, auch wenn es unvernünftig war. Und ich wollte nicht nur, dass du nicht gehst. Ich ...« Die Gözde nahm ein kleines Rosenholzkästchen mit Intarsien aus Perlmutt und Onyx vom Tisch, auf dem ihnen der Tee serviert worden war. »Heute, meine Liebe, möchte ich dir ein ganz besonderes Geschenk machen.«

Sie reichte Gabriela das Kästchen und drückte es an der Seite, sodass ein verborgener Mechanismus den Deckel aufspringen ließ und eine fremdartige Melodie erklang.

»Eine Spieluhr?«

»Das und mehr. Sieh hinein, teure Freundin.«

Ein so kostbares Geschenk beschämte sie. Das Innere des Kästchens war mit dunkelblauem Samt ausgeschlagen, auf dem eine Rose lag, die kunstvoll aus unzähligen Rubinen zusammengefügt war. »Bei Gott, das kann ich nicht annehmen! Das muss ja ein Vermögen wert sein!«

Sie wollte Halime das Schmuckkästchen zurückgeben, doch die Gözde weigerte sich, es anzunehmen. »Diese Uhr spielt ein Lied, das ich sehr liebe ...«

»Und die Rose? Sie hat eine Bedeutung in der geheimen Sprache des Harems, nicht wahr? Auch bei den Christen schreibt man einer roten Rose eine ganz bestimmte Bedeutung zu.«

Halime schwieg einen Atemzug lang, dann sagte sie leise und sehr feierlich: »Mögest du vergnügt und dein Kummer mein sein! Dies ist die Bedeutung der Rose.«

Gabriela klappte den Deckel der Spieluhr zu. »Ich werde die Rose auf meinem Herzen tragen, zur steten Erinnerung an deine selbstlose Freundschaft. Und ich werde …« Ihr versagte die Stimme. Sie kam sich so schäbig vor! Wie konnte sie ein solches Geschenk annehmen und morgen schon bei Schnitter über die Gespräche mit der Gözde Bericht erstatten.

»Was ist mit dir, Gabriela, du machst plötzlich ein so betrübtes Gesicht?«

Sie stellte die Spieluhr zurück auf den Tisch. »Ich kann das nicht annehmen. Ich bin eine Betrügerin und komme in dein Haus, um dich zu hintergehen.«

Halime lächelte wissend. »Du meinst, dass du mich über die Geschäfte des Paschas aushorchst? Mach dir deswegen keine Sorgen. Ich habe dir nichts verraten, was innerhalb dieser Mauern hätte bleiben sollen.«

Gabriela war wie vom Schlag gerührt. »Du weißt? Wie …«

»Nicht dass ich dich beleidigen möchte, meine Freundin, doch zum Spion hast du kein Geschick. Wir haben zu oft über Politik und die Absichten meines Mannes gesprochen. Aus der Art, wie du sprachst, war leicht zu erkennen, dass die Diplomatie und ihre Winkelzüge keineswegs deine wahre Leidenschaft sind. Außerdem ist mir bekannt, welches schwarze Gespenst bei jedem Ball durch den Korridor vor dem Redoutensaal spukt. Ich hielt es für sehr wahrscheinlich, dass der Kerl uns beobachtete, während ich dich küsste, und es gehörte nicht viel Scharfsinn dazu, sich vorzustellen, dass er dich zu einem weiteren Rendezvous mit mir zwingen würde. In gewisser Weise bin ich ihm sogar zu Dank verpflichtet, denn ich glaube, ohne ihn hättest du es wohl vorgezogen, die Stadt zu verlassen, und wärest niemals zu mir gekommen.«

Fassungslos sah Gabriela die Gözde an. »Du meinst ... Du hast von Anfang an alles gewusst, ja, du hast es auf gewisse Weise sogar geplant! Was wirst du tun, wenn ich dem Geheimen Rat alles sage?«

»Ich bin mir ziemlich sicher, dass du dies unterlassen wirst. Schließlich hat er dich gezwungen hierherzukommen, nicht wahr? Ich hingegen habe dir noch den Ausweg der Flucht gelassen ...«

»Wobei du wusstest, dass Schnitter mir diesen Weg verstellen würde!« Gabriela fing schallend an zu lachen. »Zum Teufel auch! Eine Frau wie du sollte eine Herrscherin sein! Wo hast du das gelernt?«

Halime lächelte matt. »Ich bin ein Geschenk des Sultans von Konstantinopel an seinen treuen Diener, den Resmi Pascha. Meine Kindheit habe ich im Topkapi Serail, dem Harem des Sultans, verbracht. Ich war eine unter Hunderten von jungen Sklavinnen und wurde darauf vorbereitet, dem Beherrscher aller Gläubigen vielleicht eines Tages einmal für eine Nacht als Ikbal zur Seite zu liegen.«

»Als Ikbal?«

»So nennt man die Sklavinnen, die in den Künsten der Liebe ausgebildet werden. Wenn du dich unter tausend Frauen, für die es nur einen Mann gibt, behaupten willst, so lernst du schon bald die Kunst des Ränkeschmiedens. Und dies ist dort kein Spiel!« Sie stockte. »Niemals werde ich Harun vergessen. Er ... er hat zwei meiner Freundinnen gerichtet ... Er ist ein Eunuch, und seine einzige Aufgabe besteht darin, Frauen, die das Missfallen des Sultans oder seiner Mutter erregt haben, zu ertränken.«

»Und wie bist du dem Harem des Sultans entkommen?«

»Es gab einige wenige Ungläubige unter den Frauen. Ich habe versucht, ihre Freundin zu werden und ihre Sprache zu lernen. Als ich fünfzehn war, hat man mir eröffnet, dass ich wahrscheinlich niemals schön genug sein würde, um dem Sultan zugeführt zu werden. Wenige Wochen später hat man mich an Achmet Effendi Resmi Pascha verschenkt.«

Gabriela schüttelte fassungslos den Kopf. »Das heißt, dass du zeit deines Lebens eine Sklavin warst?«

»Oh, nein! Ich wurde zwar als Sklavin im Topkapi Serail geboren, doch hat mir der gütige Resmi Pascha schon bald meine Freiheit geschenkt und mich wenig später zu seiner Gözde gemacht. Im Gegensatz zu seinen anderen Frauen begleite ich ihn stets, wenn er zu Missionen in fremde Länder geschickt wird. Jedes Mal, wenn er ein wichtiges Gespräch führen muss, berät er sich vorher mit mir, und wann immer es möglich ist, begleite ich ihn als Dolmetscherin.«

»Aber wenn man euch zusammen sieht, wirkst du stets so unterwürfig. Ganz so, als würde er dich für die kleinste Verfehlung mit der Peitsche strafen.«

Halime grinste breit. »Findest du? Schön! Genauso soll es auch aussehen. In der Öffentlichkeit ist er mein Herr und Gebieter, doch in seinem Hause führe ich das Regiment, bis ... Die einzige Ausnahme war jener Abend, an dem du zum ersten Mal zu Besuch kamst. Es war das allererste Mal, dass er meinem Wort nicht trauen mochte. Er ließ sich nicht davon überzeugen, dass du kein Mann bist. Doch vielleicht war das ganz gut so? Seitdem er weiß, dass ich ihn auch in diesem Falle nicht betrogen habe, vertraut er mir noch tiefer.«

Gabriela pfiff leise durch die Zähne. »Was muss es heißen, dich zur Feindin zu haben, Halime!«

Die Gözde bedachte sie mit einem eigenartigen Blick.

»Diese Sorge wirst du niemals in deinem Herzen tragen müssen.«

»Im Licht deiner Ehrenhaftigkeit stehe ich besudelt von Schande?«

Halime zog verwundert die Brauen zusammen. Ihr Gesicht wirkte plötzlich fast abweisend. »Sei nicht zu streng mit dir! Doch meide in Zukunft die Nähe höfischer Ränkeschmiede. Dein Charakter ist zu geradlinig. Du magst eine geborene Kämpferin sein, und ich bewundere deinen Mut und deine Waffentaten, doch auf den Schlachtfeldern der Diplomatie bist du verloren wie ein unschuldiges Kind.«

Gabriela nickte. »Ich werde deinen Rat beherzigen. Morgen schon werde ich die Stadt verlassen und zu meinem Regiment zurückkehren. Es ist nun an der Zeit, einander Lebewohl zu sagen.«

»Dann will ich dir ein Abschiedsgeschenk für den Geheimen Rat mit auf den Weg geben.«

Gabriela starrte die Gözde ungläubig an. »Du willst was ...«

»Keine Sorge, teure Freundin. Erinnerst du dich daran, dass ich dir bei deinem ersten Besuch geschworen habe, dich niemals zu belügen? Vertraue mir! Der Resmi Pascha ist in Wien, um sich ein Bild davon zu machen, wie stark Österreich und die Allianz sind. In Konstantinopel aber steht in Diensten des Königs von Preußen der Geheime Kommerzienrat von Rexin in steten Verhandlungen mit dem Großwesir. Er wendet reichlich Mittel auf, um hochrangige Berater des Sultans zu beschenken. Die Gaben eines Königs, der jeden Groschen in seine Armee steckt, sind freilich mehr als bescheiden. Es dürfte deinen Landsleuten nicht schwerfallen, seine Bemühungen zu überbieten.«

»Warum sagst du mir das?«

»Weil der Großwesir allen Geschenken zum Trotz die

richtige Entscheidung im Sinne des Sultans fällen wird. Versuchen Preußen und Österreicher sich aber gegenseitig zu überbieten, so kann dies letzten Endes nur zum Vorteil meines Volkes gereichen.«

»Und was glaubst du, was für ein Geschenk den Sultan besonders geneigt stimmen könnte?«

Ein ironisches Lächeln spielte um die Lippen der Gözde. »Schickt ihm eine blonde Jungfrau von edler Geburt und mit makellos weißer Haut. Sollte sie zudem noch über Manieren verfügen, sich regelmäßig waschen und gar rasiert sein, so wird dies den Sultan gewiss mehr beeindrucken als ein ganzer Wagen voller Gold.«

»Das ist geschmacklos!«

»Und doch ist es die Wahrheit. Selbst die Berater des Sultans sind reicher als deine Kaiserin. Will man einen solchen Mann nachhaltig beeindrucken, so muss man ihm schon etwas bieten, das für Gold nur schwer zu bekommen ist. Sobald die Straßen einigermaßen gangbar sind, wird der Resmi Pascha Wien verlassen und nach Konstantinopel zurückkehren. Ich bin mir sicher, dass er dabei in Bukarest einen längeren Halt einlegen wird, um auf den dortigen Sklavenmärkten nach jungen Mädchen Ausschau zu halten, die eine Zierde für den Harem des Beherrschers aller Gläubigen sein könnten.«

Gabriela überlief ein Schauer. Niemals würde sie diese Orientalen verstehen. Sie ergriff die Hände der Gözde und drückte sie fest. »Ich fürchte, ich habe dir manche Lehre zu verdanken, teure Freundin. Möge Gott gnädig über dein Glück wachen. Lebe wohl, Halime.«

»Mein Herz sagt mir, dass ich dich wiedersehen werde!«

Gabriela lächelte. »Vielleicht im nächsten Winter, wenn ich Urlaub vom Regiment bekomme.«

Halime nickte. »Ja, vielleicht im Winter.«

Es war schon spät, als Gabriela ihren Bericht vor dem Geheimen Rat beendete. Die altersdunkle Holztäfelung in Schnitters Kammer wirkte im Zwielicht des Abends bedrückend. Nur eine einzige Kerze auf dem großen Schreibtisch erhellte das Zimmer. Der Geheime Rat beugte sich über die Aufzeichnungen, die er während Gabrielas Bericht gemacht hatte, und strich sich nachdenklich übers Kinn. »So, so ... der Geheime Kommerzienrat von Rexin ist also in Konstantinopel. Eine gute Wahl ... fähiger Mann.«

Die Husarin räusperte sich leise.

Schnitter blickte sichtlich verärgert von seinen Notizen auf. »Ja?«

»Darf ich mich nun zurückziehen? Ich bin zu meinem Regiment abkommandiert und muss noch meine Sachen packen.«

»Sie haben hinter meinem Rücken versucht, gegen mich zu intrigieren, von Bretton. Dergleichen schätze ich nicht!«

»Wie meinen ...«

»Stellen Sie sich nicht dümmer, als Sie sind, Herr Unterlieutenant!« Der Geheime Rat zog einen Brief aus einem Stapel von Papieren. »Sagen Sie mir nicht, Sie hätten von diesem Schreiben nichts gewusst! Der Herr Feldmarschall Nádasdy maßt sich darin an, mir befehlen zu wollen, Sie zu seinem Regiment nach Nachod zurückzuschicken. Ich empfange meine Ordres einzig und allein von Ihrer Majestät, der Kaiserin. Dass Sie sich an den Feldmarschall gewandt haben, empfinde ich als Vertrauensbruch, Herr von Bretton. Wien ist nicht der Platz für kühne Husarenstückchen! Dies ist meine Stadt. Nichts geschieht innerhalb ihrer Mauern, ohne dass ich darüber informiert bin! Wenn es Sie gelüstet, zu Ihrem Regiment zurückzukehren, Herr Unterlieutenant, dann wenden Sie sich das nächste

Mal gefälligst an mich! In Anbetracht Ihrer Erfolge am heutigen Tage will ich davon absehen, Sie für diesen Vertrauensbruch zur Rechenschaft zu ziehen. Doch richten Sie sich darauf ein, dass Sie so lange in Wien bleiben werden, wie der türkische Gesandte in der Stadt weilt. Wollen doch mal sehen, ob Sie nicht noch in der Lage sind, die eine oder andere nützliche Information aufzutun. Und wenn es Sie noch einmal nach einer Versetzung gelüstet, dann wenden Sie sich das nächste Mal direkt an mich. Sie mögen zwar die Uniform eines Nádasdy-Husaren tragen, doch solange Sie hier in Wien sind, unterstehen Sie einzig und allein meinem Kommando! Geht das in Ihren Dickschädel?«

»Jawohl!« Gabriela ballte die Fäuste. Sie wünschte, Schnitter würde ihr einmal allein in einer dunklen Gasse begegnen.

»Sie dürfen nun gehen, von Bretton! Ihr griesgrämiges Gesicht stört mich beim Denken. Seien Sie mir dankbar. Nádasdy wollte Sie an die böhmische Grenze schicken, wo Ihnen jeden Tag auf einem Streifritt der Tod begegnen kann. Ich hingegen schicke Sie in das Bett einer der interessantesten Frauen, die Wien je gesehen hat. Denken Sie einmal darüber nach!«

Gabriela schenkte sich eine Antwort. Knallend schloss sie die Tür hinter sich.

19. KAPITEL

Das Jahr 1758 begann ungünstig für Österreich. Die Festungen Breslau und Schweidnitz waren wieder an die Preußen verloren, und mit einem überraschenden Vorstoß hatte der König den Feldmarschall Daun ausmanövriert. So standen die Preußen Anfang Mai mitten in Mähren unter den Mauern der Festung Olmütz. Während Maria Theresias Staatsminister der Kaiserin rieten, sich sicherheitshalber aus Wien zurückzuziehen, herrschte in der Hauptstadt ein heilloses Durcheinander.

Mit fiebernder Ungeduld verfolgte Gabriela Tag für Tag die Nachrichten, die von Olmütz kamen. Doch vergingen noch einmal drei Wochen, bis die Gesandtschaft des Paschas die Stadt verließ, und Schnitter ihr endlich erlaubte, zu ihrem Regiment zurückzukehren.

Nazli war nach dem endlosen Winter im Stall ebenso ungeduldig wie ihre Reiterin, und mit wilden Sprüngen wie eine Kuh, die man auf die Sommerweide treibt, eilte sie nach Norden, dem Schlachtfeld entgegen. Erst zu Beginn der zweiten Juniwoche erreichte sie ihr Regiment, das nun dem Armeecorps unter der Führung des Feldmarschall-Lieutenant Baron Laudon unterstand. Dort traf sie Sir bei bester Laune an, denn Laudon war der Spross einer schottischen Familie, die vor langem nach Livland ausgewandert war.

Sir und der Baron verstanden sich gleich von ihrer ersten Begegnung an blendend. Nur wenige Tage nachdem Laudon das Kommando übernahm, ließ er Sir als Ordonnanz zum Generalstab abstellen und erlöste ihn damit von seinem Posten als Oberlieutenant ohne Truppe und ohne Aufgabe.

Kaum dass Gabriela das Feldlager erreichte, wurde sie in das Zelt ihres Regimentskommandanten, des Obersten Graf von Sinzendorf, befohlen.

Es war ein schwüler Sommernachmittag. Als Gabriela das große Offizierszelt betrat, fand sie den Kommandanten mit offenem Hemd, in Hose und Stiefeln auf seinem Feldbett liegen. Blanker Schweiß stand ihm auf der Stirn, und als er sie begrüßte, war seine Stimme noch leiser als sonst. »Willkommen beim Regiment, Oberlieutenant von Bretton. Ich gratuliere zur Beförderung … Es ist schön, … Sie wieder bei uns zu haben …«

Gabriela verbeugte sich ein wenig unbeholfen. »Danke, Herr Oberst.« Offenbar hatte der Graf schweres Fieber. Er war schon immer von schlechter Gesundheit gewesen, und ganz besonders von Graffenstein ließ keine Gelegenheit ungenutzt, um über den Husaren auf der Pritsche zu spotten.

»Ich habe schlechte Nachrichten für Sie, … von Bretton. Anfang März erhielt ich ein Schreiben vom Grafen Nádasdy. Ich sollte Sie zur zweiten Eskadron … unter dem Rittmeister Graf Draskovich abstellen. Drei Tage später kam ein weiteres Schreiben, … diesmal aus der Hofkanzlei. … Es trug das Siegel der Kaiserin. Es war ein Befehl, … Sie der ersten Eskadron unter von Graffenstein zuzuteilen. Ich kann nicht … gegen einen kaiserlichen Befehl verstoßen. Von Graffenstein war sehr … erfreut, als er hörte, dass Sie unter sein Kommando gestellt werden.«

Gabriela presste die Lippen zusammen, um nicht laut zu fluchen. Sie war sich sicher, dass dies ein Abschiedsgeschenk Schnitters war.

»Es gibt noch weitere Nachricht. … Man sagt, Ihr Onkel sei verwundet worden. Dort auf dem Tisch liegt ein

Brief an ihn. ... In zwei Tagen werden wir versuchen, durch die Linien der Preußen zu brechen, ... um Verstärkungen nach Olmütz zu bringen. Ich wünsche, dass ... Sie dabei die Nachricht ... durchbringen. Sie werden dann zwar in der Festung festsitzen, ... was für einen Husaren besonders unerquicklich ist, ... doch denke ich, dass Sie dort allemal besser aufgehoben sind ... als unter Graffensteins Kommando.« Der Oberst lächelte erschöpft. »Ich werde Ihnen nie verzeihen, dass Sie diesen Schurken ... nicht erschossen haben, als Gelegenheit dazu war.«

Gabriela nickte ernst. »Wie heißt es? Aus Fehlern wird man klug!«

Wie sehr hatte sich Olmütz verändert, seit sie die Festungsstadt im Winter vor zwei Jahren das letzte Mal gesehen hatte! Die Vorstädte außerhalb der Festungsmauern waren niedergerissen worden, um freies Schussfeld für die Kanonen zu haben. Überall war das Straßenpflaster aufgerissen, fast alle Brücken waren zerstört, die nahe gelegenen Mühlen nur noch rauchende Ruinen. Das Gelände rings um die Festung war geflutet worden, um den Feinden die Anlage von Schanzgräben zu erschweren. Nur einige Wege, die auf Dämmen angelegt waren, erhoben sich noch über die schmutzig grauen Fluten.

Bei den Häusern innerhalb der Festungsmauern hatte man die Dächer abgedeckt, um Brandherde schneller erkennen und bekämpfen zu können. Auch war einem möglichen Feuer ein Teil seiner Nahrung genommen, indem man das trockene Dachgebälk entfernte. In den Straßen standen Pumpwagen zum Löschen bereit, und überall waren Fässer und Eimer mit Wasser aufgestellt. Ganz offensichtlich war Olmütz besser als Prag auf den Festungskrieg vorbereitet. Ihr Onkel hatte die Schanzen noch zusätzlich verstärken und auch neue Verteidigungslinien dicht unterhalb der Stadtmauern ausheben lassen, um an gefährdeten Stellen noch mehr Truppen zur Abwehr von Angriffen massieren zu können.

Kurz vor Morgengrauen war der Nachschub für die Festung durch die gegnerischen Linien gebrochen, und als Gabriela in die so vertraute Stadt kam, kündete sich mit rotem Glühen der neue Tag am Horizont an. Langsam ritt sie die Straße zur Kommandantur hoch. Sie hatte Nazli die Zügel gelassen. Die Stute kannte den Weg noch.

Traurig dachte sie daran, dass man ihrem Onkel kurz vor der Belagerung das Oberkommando abgenommen hatte, um es dem Feldzeugmeister Baron Marschall zu übertragen. Gabriela war dem Baron noch nie begegnet, obwohl er zu den kommandierenden Offizieren auf dem Feldzug des letzten Jahres gehört und bei Kolin den Befehl über die Truppen auf Dauns rechter Flanke geführt hatte. Der Ruf des Feldzeugmeisters war legendär. Es hieß, er habe noch niemals bei einer Belagerung kapitulieren müssen. Militärisch gesehen war es sicher klug, dem Baron Marschall das Oberkommando zu übergeben, doch für ihren Onkel war dies die letzte in einer langen Reihe von Demütigungen. Nicht nur, dass man ihm ein Kommando im Feldheer verweigerte, nein, als der Krieg nach Olmütz kam, nahm man ihm auch noch das Kommando über die eigene Festung!

Müde schwang sich Gabriela auf dem Exerzierplatz vor der Kommandantur aus dem Sattel. Ein junger Soldat kam herbeigeeilt, um das Pferd fortzuführen. Es war nicht Branko! Was aus dem Burschen ihres Onkels wohl geworden sein mochte? Der Füsilier salutierte vor ihr und bewunderte ganz unverhohlen ihre prächtige, goldbestickte Husarenuniform.

»Eine Nachricht für den General Bretton. Wo finde ich ihn?«

»Da haben Sie aber Pech, Herr Oberlieutenant. Er ist

gerade mit dem Feldzeugmeister nach Sankt Mauritius in die Stadt hinuntergefahren. Die Herren Offiziere steigen dort jeden Tag bei Morgengrauen auf den Kirchturm, um die feindlichen Stellungen zu observieren und zu sehen, um wie viel Schritt sich die Preußen über Nacht weiter an die Stadt herangegraben haben.«

Gabriela seufzte. »Ich kenne die Kirche. Ich werde zu Fuß hingehen. Versorgen Sie so lange mein Pferd.«

»Jawohl, Herr Oberlieutenant. Sofort!«

Ohne weiter auf den Soldaten zu achten, machte sich Gabriela auf den Weg.

Die dreischiffige Kirche war gedrängt voll ängstlicher Bürger. Tagelöhner und reiche Geschäftsleute standen in ängstlicher Demut vereint, Seite an Seite und sangen das *Te Deum*. Vor dem Portal hatte Gabriela die Kutsche ihres Onkels gesehen. So schwer konnte der alte Pfeifenkopf nicht verwundet sein, wenn er noch durch die Stadt fuhr und Kirchtürme erklomm, dachte sie erleichtert.

Majestätisch brauste die Orgelmusik über den gebeugten Köpfen der Gemeinde. Nur durch den Gebrauch ihrer Ellbogen und um den Preis etlicher böser Blicke erreichte Gabriela schließlich die schmale Tür, hinter der die ausgetretene Wendeltreppe lag, die zum zinnengekrönten Kirchturm führte. Am Fuß der Treppe stand eine Schildwache, die sie jedoch sofort passieren ließ, als sie die lederne Botentasche mit dem eingeprägten Doppeladler unter ihrem Arm bemerkte.

Gabrielas Atem ging pfeifend, als sie endlich die Plattform des Kirchturms erreichte. Ihr war ein wenig schwindelig.

Eine ganze Gruppe von Offizieren umringte den Feldzeugmeister und den General. Von Bretton trug seinen Arm in der Schlinge. Also war an den Gerüchten um seine

Verwundung doch etwas dran! Hoffentlich hatte er sich nicht wieder in die Hände dieses Metzgers Straben begeben. Dem alten Regimentschirurgen traute sie zu, dass er selbst einem Verblutenden noch einen Aderlass empfehlen würde.

Pfeifend zog eine verirrte Kanonenkugel ein paar Schritt neben der Turmspitze vorbei.

»Die Preußen haben bemerkt, dass wir wieder einmal unseren morgendlichen Kirchgang machen«, maulte der Feldzeugmeister mit tiefer Bassstimme. »Ich würde vorschlagen, wir ziehen uns lieber zum Frühstück zurück, als ihnen als Zielscheiben zu dienen.«

Beifälliges Gemurmel ertönte und in die Gruppe von Offizieren kam Bewegung.

»Donnerwetter, was macht denn ein Husar auf dem Kirchdach!« Von Marschall trat Gabriela entgegen. »Wusste gar nicht, dass ihr Husaren in der Lage seid, euch mehr als zehn Schritt von euren Gäulen zu entfernen.«

Gabriela musste sich alle Mühe geben, den Feldzeugmeister nicht unbotmäßig anzustarren. Der Baron von Marschall war von massiger, kleiner Gestalt und stützte sich schwer auf einen schwarz lackierten Gehstock. Das Gesicht des neuen Kommandanten war von Falten und Narben zerfurcht. Ein wenig erinnerte es an die grinsenden Dämonenfratzen der Wasserspeier, die den alten Kirchturm schmückten. Unter seiner Perücke lugte ein Stück einer Silberplatte hervor. Gabriela hatte Geschichten darüber gehört, dass dem Feldzeugmeister in der Schlacht bei Soor angeblich der halbe Schädel weggeschossen worden war, und dass ein italienischer Goldschmied eine Silberplatte geschaffen hatte, die so kunstvoll gearbeitet war, dass sie das fehlende Stück des Schädelknochens zu ersetzen vermochte.

»Ich habe Nachricht für den General von Bretton.«

»Würde vorschlagen, das erledigen Sie lieber unten. Ich für meinen Teil habe jedenfalls keine Lust, meinen Dickkopf noch mal in den Weg einer Kanonenkugel zu stellen.« Der Feldzeugmeister schob sie zur Seite und stieg durch die Bodenluke zur Wendeltreppe hinab.

Inzwischen war auch ihr Onkel auf sie aufmerksam geworden. Einen Herzschlag lang sah sie seine Augen aufleuchten. Ansonsten verriet der General nicht durch die kleinste Geste, dass er sie kannte.

»Bleiben wir doch noch ein wenig hier auf dem Turm, Herr Oberlieutenant. Sobald die Preußen hier nicht mehr einen ganzen Pulk von Offizieren stehen sehen, suchen sie sich in der Regel ein lohnenderes Ziel für ihre Kugeln.«

»Wie Sie meinen, Herr General«, entgegnete Gabriela förmlich.

Als der letzte Offizier auf der Wendeltreppe verschwunden war, versetzte von Bretton der Bodenluke einen Tritt, sodass sie zuklappte. Dann schloss er Gabriela in die Arme und drückte sie so fest, dass es ihr fast den Atem nahm. »Gut siehst du aus, meine kleine Amazone! Ich habe mir oft Vorwürfe wegen unseres letzten Streits gemacht. Lass uns den ganzen Unsinn vergessen! Wenn ich mir die Goldstreifen an deinen Ärmelaufschlägen so ansehe, scheinst du wahrlich zum Husaren geboren zu sein. Respekt! Alle um mich herum machen Karriere.« Die letzten Worte des Onkels waren von galliger Bitternis durchdrungen. »Naja, so ist wohl der Lauf der Dinge, dass die alten Helden den jüngeren Platz machen müssen.« Er wies mit dem Stock über die Zinnen hinweg zum Heerlager der Preußen. »Du wirst kaum glauben, wen ich dort drüben mit meinem Fernrohr bei der Batterie gesehen habe.«

Gabriela lächelte matt. »Unseren Magister Gregorius?«

Von Bretton starrte sie einen Augenblick lang fassungslos an. »Woher zum Henker weißt du das?«

»Ich bin ihm während der Belagerung vor Prag begegnet, diesem treulosen Spitzel.«

Der alte General schüttelte energisch den Kopf. »So solltest du ihn nicht nennen! Selten ist mir ein so kühner Agent der Kaiserin begegnet!«

»Agent der Kaiserin? Der Kerl ist Hauptmann in Friedrichs Armee.«

Von Bretton kratzte sich an der Stirn. »Ich habe mich auch schon gefragt, wie er sich diesen Posten erschlichen hat. Hauptmann sagst du ...?«

Gabriela schnaubte verächtlich. »Das Einzige, was der sich erschlichen hat, ist unser Vertrauen. Vor Prag hat er mir gestanden, dass er schon immer Hauptmann bei der preußischen Artillerie gewesen ist. Er kam einzig und allein nach Olmütz, um die neuen Festungsanlagen auszukundschaften!«

»Nein! Das kann nicht sein! Wenn er uns ausspioniert hat, dann muss er wissen, dass der schwächste Punkt der Festung gegenüber Repschein liegt. Doch statt sich dort einzurichten, haben sie ihre Geschützbatterie auf dem Tafelberg vor dem Katharinentor angelegt.« Der alte Bretton lachte. »Und weißt du, was das Beste ist! Ihre Stellung auf dem Tafelberg ist rund 1500 Schritt entfernt gewesen!«

»Ja und?«

»Na, ein Artillerist wird wohl nie aus dir. Das ist außerhalb der wirksamen Reichweite der Geschütze! Wenn Gregorius ein Spitzel gewesen wäre, der die Erstürmung der Festung vorbereiten sollte, dann wäre ihm ein solcher Fehler gewiss nicht unterlaufen! Er hatte ja Zeit genug, sich das ganze Gelände anzusehen und alle Distanzen sogar abzuschreiten. Selbst die zweite Geschützstellung, die sie gebaut haben, war noch nicht vernünftig eingerichtet. Durch diese Fehler haben wir fast eine Woche gewonnen, ganz zu schweigen davon, dass die Preußen drei Wochen gebraucht haben, um ihre schweren Geschütze überhaupt bis hierher vor die Festung zu bringen. Keiner der Offiziere begreift das!« Der General setzte ein verschwörerisches Lächeln auf. »Natürlich habe ich niemandem von Gregorius erzählt. Alle sprechen schon von dem Wunder von Olmütz, auch wenn uns die Preußen nun seit ein paar Tagen arg zusetzen. Ich kann mich doch auf dein Stillschweigen in Bezug auf unseren Freund, den Feuerwerker, verlassen?«

Gabriela nickte irritiert. Sollte sie sich in dem Nürnberger getäuscht haben? War er doch kein Schurke? »Wird die Festung den Angriffen denn standhalten?«

Von Bretton zuckte mit den Schultern. »Schwer zu sagen. Ich schätze, sie werden noch drei bis vier Tage brauchen, um ihre Laufgräben bis direkt unterhalb der Mauern voranzutreiben. Wenn sie das schaffen und ihnen die Munition nicht ausgeht, dann könnte es gefährlich für uns werden.«

Der Gedanke, hier festzusitzen und möglicherweise sogar in Gefangenschaft zu geraten, behagte Gabriela gar nicht. Ein Entkommen aus Olmütz war unmöglich. Dazu war der Ring, den die Preußen um die Stadt gelegt hatten, zu dicht geschlossen. Sie würde wohl oder übel bis zum Ende der Gefechte in der Festung bleiben müssen. Sie sah zu ihrem Onkel. Der General war alt geworden, sein Gesicht von Sorgenfalten durchzogen. Vielleicht war es auch ganz gut, wenn sie hier nicht fortkam. So wäre Zeit, ein wenig mit ihm zu reden. Trotz all des Streites, den sie gehabt hatten, hatte sie ihn vermisst.

Der General bemerkte ihren Blick. »Hast du Lust, mit mir zu frühstücken, Oberlieutenant?«

»Guter Vorschlag, ich bin hungrig wie eine Wölfin und … Was hast du eigentlich mit deinem Arm gemacht?«

Von Bretton winkte ab. »Nicht der Rede wert. Ist nur ’ne Schramme. Einer von den preußischen Schützen dachte wohl, er müsste mich von der Mauer schießen. Das ist letzte Woche bei einem Besuch der Batterien am Katharinentor passiert. Zum Glück war der Kerl ein Stümper und hat nicht gut getroffen. So, jetzt komm aber, es ist Zeit, zurück zur Kommandantur zu gehen. Ich bin halb verhungert.« Der alte General bückte sich und hob die Falltür zur Wendeltreppe an. »Geh vor, meine Liebe. Das Treppensteigen bekommt meinen Knien nicht mehr so gut, du könntest den Weg wahrscheinlich dreimal schaffen, bis ich unten angekommen bin. Ach und sag, hattest du nicht vor drei Wochen deinen Geburtstag?«

»Das weißt du?«

»Na ja, ich hab deinen Steckbrief aufgehoben, weil ich sonst kein Bild von dir hatte. Darauf steht auch, wann du geboren wurdest. Im Übrigen solltest du dir dieses Machwerk unbedingt einmal ansehen! Wenn man dich so anschaut, dann besteht nicht die geringste Gefahr, dich anhand des Bildes und der Beschreibung jemals wiederzuerkennen. Nur die blasse Narbe auf deiner Wange könnte dich vielleicht eines Tages verraten. Das war das einzige besondere Merkmal, an das sich dein netter Mann erinnern konnte.«

»Das sollte er auch«, entgegnete sie kalt. »Schließlich hat er mir dieses Geschenk gemacht.«

Von Bretton machte ein betroffenes Gesicht. »Tut mir leid. War wohl nicht besonders taktvoll, dich daran zu erinnern. Ich meinte nur … Also zu einem Husaren passt die Narbe … Sie lässt dich verwegener aussehen und …«

»Ist schon gut, Onkel. Du musst dich nicht entschuldigen.« Sie blinzelte ihm freundlich zu. »Und was meinen Geburtstag angeht … Solltest du etwa den Wunsch verspüren, mir etwas zu schenken?«

»Führ dich nicht so auf, als wäre ich dir immer ein Rabenvater gewesen«, grummelte der Alte. »Vielleicht erinnerst du dich, wir hatten auch ein paar gute Tage.«

Sie nickte. »Und ob ich mich erinnere! An jeden einzelnen. Es waren genau sechs Tage, an denen wir uns nicht gestritten haben und ...«

Der General schnitt ein Gesicht, als habe er in einen faulen Apfel gebissen. Gabriela musste lachen. »Vergiss es, alter Pfeifenkopf. Das war ein Scherz! Ich führe über unsere Vergangenheit nicht Buch ... Und was meinen Geburtstag angeht, hätte ich sogar einen Wunsch. Könntest du mir deinen Burschen Branko überlassen?«

»Was willst du denn mit dem Tunichtgut? Der dient jetzt unter Hauptmann Birtok bei den Füsilieren.«

»Als Oberlieutenant brauche ich einen Burschen, der sich um mein Pferd und meine Ausrüstung kümmert. Außerdem denke ich, dass es Branko sicher gefallen würde, eine Husarenuniform zu tragen. Ich habe genügend Geld beiseitegelegt, um ihm ein Pferd zu kaufen, und besitze auch sonst alles, was er braucht, um bei den Nádasdy-Husaren unterzukommen. Er ist der Einzige, der für diesen Posten infrage kommt. Er kennt bereits einen Teil meines Geheimnisses, und er hat auch bewiesen, dass er schweigen kann.«

Von Bretton schnitt eine ärgerliche Grimasse. »Und ich hatte schon fast geglaubt, du seist nach Olmütz gekommen, um mich wiederzusehen!«

»Bist du etwa eifersüchtig auf einen jungen Füsilier? Das ist nicht dein Ernst, Onkel!«

»Naja, eins hat er mir jedenfalls voraus. Er kommt von diesem verdammten Olmütz weg, wenn er mit dir reitet, während ich hierbleiben kann, bis ich verrottet bin. Doch genug lamentiert! Lass uns endlich frühstücken gehen, oder steckst du etwa mit den Preußen unter einer Decke und willst mich aushungern?« Der General lachte, doch seine Augen blieben traurig. Es schmerzte Gabriela, ihn so zu sehen. Sie griff nach seinem Arm und drückte ihn.

»Lass uns zusammen nach unten gehen. Ich habe dich zu lange nicht mehr gesehen, um gleich wieder vor dir fortzulaufen.«

20. KAPITEL

Zwei Wochen musste Gabriela in der Festung ausharren, dann war der Preußenkönig gezwungen, die Belagerung aufzugeben, weil der junge Feldmarschall Lieutenant Laudon es geschafft hatte, ihn vollständig vom Nachschub abzuschneiden. Ihr Onkel hatte Gabriela tatsächlich seinen ehemaligen Burschen Branko überlassen, der mit fliegenden Fahnen von den Füsilieren zu den Husaren wechselte.

Den ganzen Sommer verbrachte der Feldmarschall Daun damit, den Preußenkönig Zug um Zug weiter nach Schlesien zurückzudrängen. Schließlich verließ Friedrich die Armee in Schlesien und stellte sich mit anderen Truppen bei Zorndorf den Russen zur Schlacht. Bis in den September hinein waren die Nádasdy-Husaren, abgesehen von ein paar Scharmützeln, in keine ernsthaften Gefechte verwickelt, und es blieb Gabriela und Sir genug Zeit, Branko zu einem Kavalleristen auszubilden.

In der letzten Septemberwoche schließlich erhielt der Junge seine Feuertaufe. In einem kurzen Gefecht mit einer Husarenstreife stellte er einen gegnerischen Meldereiter. Voller Stolz brachte Branko seinen Gefangenen ins Feldlager, und Gabriela überließ es ihm, den Reiter dem Feldmarschall-Lieutenant vorzuführen.

Schmunzelnd hielten Gabriela und Sir sich im Hintergrund, als Branko sichtlich nervös vor den Oberkommandanten trat, um Meldung zu machen.

Laudon war für den hohen Rang, den er bekleidete, noch recht jung. Gabriela schätzte ihn auf ungefähr vierzig. Der Kommandant war von schlanker, drahtiger Gestalt. Sein Gesicht wurde von der großen, sehr geraden Nase und tiefliegenden Augen unter buschigen Brauen beherrscht. Er hatte eine hohe Stirn, auf der sich dünn die ersten Falten abzeichneten. Sein Haar war streng zurückgekämmt und sorgfältig gepudert. Er lächelte Branko freundlich an. »Nun, Husar, willst du mir nicht Meldung machen?«

Der Junge salutierte. »Jawohl, Herr Kommandant! Ich ähm … melde, einen Preußen … ähm …«

»Das sehe ich …«

»Ich meine … ähm einen … Postreiter oder so … Er hat jedenfalls eine Tasche mit einem Brief, Herr Kommandant. Und als wir uns den Kerl gegriffen haben, … ja, ähm … da dachte ich, der Brief würde Sie vielleicht interessieren. Und damit der Kerl keine Zicken macht, habe ich ihm seine Tasche gleich abgenommen.«

Gabriela sah aus den Augenwinkeln, wie Sir rot anlief und sich auf die Lippen biss. Offenbar musste der Schotte alle Kräfte aufbieten, um nicht laut loszulachen. Laudon indessen nahm dem Jungen die Tasche des Meldereiters ab, zog den dünnen Brief hervor und überflog die Zeilen. Ernst runzelte er die Stirn. Er drehte das Schreiben um und sah sich das zerbrochene Siegel an, dann wendete er sich an den Gefangenen.

»Das stammt vom König selbst, nicht wahr?«

Der Soldat, ein Lieutenant der reitenden Jäger, nickte. »Jawohl, der Brief ist an seine Schwester, die Markgräfin von Bayreuth, gerichtet.«

Laudon winkte Gabriela und Sir. Als sie an seine Seite traten, gab er der Husarin den Brief. »Lesen Sie das, von Bretton.«

Offenbar war es ein Gedicht. Das Schreiben war in französischer Sprache abgefasst. Ein wenig ratlos betrachtete Gabriela die Zeilen. Sie hatte diese Sprache nie gelernt, doch bevor ihre Unwissenheit auffallen konnte, begann Sir plötzlich laut vorzulesen:

»... *Wenn das Geschick, unbeugsam uns beherrschend,*
Ein blutig Opfer fordert – dann, ihr Götter,
Erleuchtet seinen richterlicher Spruch,
Dass seine strenge Wahl auf mich nur falle.
Dann will gehorsam ich und ohne Murren
Erwarten, dass der unerweichte Tod,
Von meiner Schwester seinen Schritt abwendend,
Abstumpfe seiner Sichel Glanz an mir.
Doch wenn so hohe Gunst, als ich erbitte,
Nicht einem Sterblichen zuteil kann werden,
O meine Götter! Dann gewähret mir,
Dass beid' an einem Tage wir hinab
Zu jenen Fluten steigen, die von Myrten
Lieblich beschattet sind und von Zypressen,
Zu jenem Aufenthalt des ew'gen Friedens,
Und dass ein Grab umschließe unsern Staub!«

»Was ist mit der Markgräfin?«, fragte Laudon höflich.

»Sie liegt krank darnieder. Der König ist in großer Sorge um sie.«

Der Kommandant knetete unschlüssig seine Unterlippe zwischen Daumen und Zeigefinger. Sein Blick fiel auf Gabriela. »Was denken Sie, sollen wir damit tun, von Bretton?«

»Dafür sorgen, dass der Brief die Markgräfin erreicht. Wir führen Krieg gegen den König von Preußen und nicht gegen den Privatmann Friedrich.«

Der Feldmarschall-Lieutenant zögerte noch einen Augenblick, dann nickte er. »Ritterlich gesprochen, von Bretton.« Er wandte sich an Branko. »Du wirst deinem

Gefangenen die Freiheit schenken. Er soll ein frisches Pferd bekommen und eine Eskorte, die ihn sicher bis zur nächsten Grenze bringt. Schickt mir auch meinen Sekretär. Er soll einen Brief verfassen, indem ich mich persönlich entschuldige, das Siegel zerbrochen zu haben, um mich zu vergewissern, dass dies Schreiben nicht von militärischem Belang ist. Und nun weggetreten!«

Als auch Gabriela und Sir gehen wollten, hielt Laudon sie zurück. »Sie beide brauche ich noch. Sir, du wirst noch in dieser Stunde zu Daun reiten und ihm berichten, dass Friedrich offenbar von einer schweren Melancholie ergriffen ist und den Tod herbeisehnt. Einen besseren Augenblick, um ihn anzugreifen, werden wir in diesem Jahr nicht mehr geboten bekommen. Der Feldmarschall soll umgehend die Hauptarmee in Marsch setzen. Sie von Bretton nehmen sich fünfzig von ihren Husaren und eskortieren Sir. Diese Nachricht muss den Daun unbedingt erreichen!«

Nervös nagte Gabriela an ihrer Unterlippe. Nur einen Kanonenschuss weit von der österreichischen Armee entfernt hatten die Preußen ihr Feldlager nahe dem Dörfchen Hochkirch aufgeschlagen. Noch am Abend des 13. Oktober hatte das Regiment den Befehl erhalten, sich gefechtsbereit zu machen und eine vorgeschobene Stellung zu beziehen. Von Graffenstein hatte Gabriela und ihre Männer in die vorderste Reihe befohlen.

Stundenlang warteten sie nun schon auf ihren Pferden auf den Befehl weiter vorzugehen. Es würde nicht mehr lange bis zum Morgen dauern. Gabriela hatte das Gefühl, völlig zu Eis erstarrt zu sein. Immer wieder quälte sie ein Krampf in der rechten Wade. Angespannt lauschte sie auf die Geräusche der Nacht. An die Soldaten war der Befehl ergangen, sich völlig still zu verhalten, um die Preußen nicht vor der Zeit auf das Unheil aufmerksam zu machen, das sich über ihren Häuptern zusammenbraute.

So dicht waren sie an der Armee Friedrichs, dass sie bis vor vielleicht zwei Stunden noch Musik und lautes Lachen aus dem Heerlager gehört hatten. Offenbar hatten ein paar Offiziere ein Fest gefeiert. Aus den Wäldern in ihren Rücken erklangen dumpfe Axtschläge. Ab und an ertönte auch aus rauer Kehle ein Lied. Daun hatte etliche Arbeiter ausgeschickt, um durch den Lärm in den Wäldern die Geräusche der leise in Stellung gehenden Armee zu übertönen. Stets legte der Feldmarschall großen Wert darauf, ein wohl verschanztes Lager zu haben, und die Preußen spotteten schon über ihn. Der Krach der Arbeiter würde sie in Sicherheit wiegen und ihnen die Gewissheit geben, dass der Feldmarschall wie stets Friedrich die Initiative zum Angriff überließ.

Gedämpfter Hufschlag ließ Gabriela aufhorchen. Sollte einer ihrer Männer die Angriffslinie verlassen? Wolken verfinsterten den Himmel. Aus den Niederungen um Hochkirch stieg Nebel auf. Keine zehn Schritt weit reichte die Sicht. Wütend biss sie sich auf die Lippen. Sie durfte keinen Befehl rufen. Wenn einer ihrer Reiter die Gelegenheit nutzte, um heimlich vom Schlachtfeld zu fliehen, so würde sie es hinnehmen müssen.

Eine Gestalt löste sich aus der Finsternis. Ein einzelner Reiter kam die Front ihrer Männer entlang. Sir! Der Schotte hielt an ihrer Seite und grinste. »War verdammt nicht leicht, dich in dieser Finsternis zu finden. Ich suche schon über einer Stunde nach dir.«

»Was zum Henker machst du hier? Du bist doch Stabsordonanz! Dein Platz ist an der Seite von Laudon!«, flüsterte sie aufgebracht.

»Ich hab ja auch eine Nachricht für dich. Du sollst mit deinen Männern noch ein wenig vorgehen. Sobald die

Kirchglocke von Hochkirch fünf schlägt, beginnt der Angriff.« Der Schotte nahm die Pelzmütze ab und ließ sie ins Gras fallen. »Ich hasse dieses Ding. Es kratzt, ist bleischwer und im Sommer wird es so heiß darunter, dass man glaubt, das Hirn müsse einem schmelzen.« Er holte sein altes Barett mit dem Andreaskreuz aus der Säbeltasche und zog es sich schief in die Stirn. »Bringt Glück! Bei Culloden hat es alle um mich herum erwischt, aber für mich war keine Kugel dabei.«

»Wo ich das nun weiß, fühle ich mich gleich viel besser neben dir«, entgegnete Gabriela gereizt. »Du willst doch nicht etwa hierbleiben? Man erwartet dich beim Generalstab zurück.«

Der Schotte zuckte mit den Schultern. »Ich fürchte, ich habe mich auf dem Rückweg im Nebel verirrt.«

Gabriela schüttelte ungläubig den Kopf. »Wie du meinst.« Dann wandte sie sich zu Branko, der direkt hinter ihr hielt. Da sie in dieser Lage keine Befehle rufen konnte, mussten ihre Ordres von Mann zu Mann weitergeflüstert werden. Ihre Husaren sollten, soweit es ging, über Gras reiten, damit der Hufschlag ihrer Pferde gedämpft wurde, und etwas Abstand zueinander halten. Die Säbel wurden mit den Knien an die Sättel gedrückt.

Gabriela wartete eine Weile. Dann hob sie den Arm hoch über den Kopf und gab das Zeichen vorzugehen. Langsam setzte sich die dunkle Kette der Reiter in Bewegung. Ihr Weg führte sie einen niedrigen Hügel hinauf. Dort befanden sie sich im Rücken des feindlichen Heerlagers. Vor ihnen war alles still. Wahrscheinlich waren die vordersten Lagerposten keine hundert Schritt mehr entfernt.

Plötzlich erklang vom anderen Ende des Dorfes knatterndes Musketenfeuer. Gabriela fluchte stumm. Dort standen die Kroaten. Die Posten erwiderten die Schüsse, doch im Heerlager wurde kein Alarm gegeben. Wahrscheinlich hielten die wachhabenden Offiziere es nur für ein kleines Geplänkel, wie es sie schon dutzende Male im Verlauf des Feldzugs gegeben hatte. Schließlich wussten die Preußen ja, dass Dauns Feldlager kaum eine Meile entfernt lag.

Nach einer Weile verstummten die Schüsse. Gabriela rieb sich die Hände. Es war grausam kalt. Ihre Finger waren steif gefroren. So könnte sie nicht vernünftig den Säbel halten.

Dieses endlose Warten! In der vergangenen Nacht war sie auf Posten gewesen, und in den Tagen davor hatte von Graffenstein sie mit ihren Männern zum Fouragieren ausgeschickt. Dabei war es ihre Aufgabe gewesen, den Bauern das Winterfutter für ihr Vieh abzunehmen und ihnen die Vorratskammern zu plündern. Sie hasste das! Zwar ließ sie jedem Bauern einen Schuldschein, der mit dem Doppeladler Österreichs gesiegelt war, doch was nutzte ein Fetzen Papier, wenn der Magen knurrte und Entschädigung fern war.

Todmüde blickte sie in den Nebel. Das Musketenfeuer nahm an Heftigkeit zu. Lange würde es nicht mehr dauern, bis die Preußen begriffen, dass dies mehr als ein Scharmützel werden würde. Sie dachte an Graffenstein. Der Rittmeister ließ keine Gelegenheit aus, ihr und ihren Männern die unangenehmsten Aufgaben zu übertragen. So war es auch jetzt! Als vorderste Angriffslinie würden sie das meiste Feindfeuer abbekommen! Sie blickte zu Sir. Dieser Verrückte! Er musste wissen, wie gefährlich es war, an ihrer Seite diese Attacke zu reiten. Wahrscheinlich war er genau deshalb hier… Es war ein gutes Gefühl, ihn an ihrer Seite zu wissen.

Angestrengt spähte sie in die nebelverhangene Niederung vor ihnen. Nicht einmal den Kirchturm konnte sie erkennen! Ob Gregorius dort unten war? Hoffentlich würde er der Falle entkommen, und mochte Gott es fügen, dass sie beide nicht aufeinandertrafen! Sie hatte oft an das Gespräch denken müssen, das sie mit ihrem Onkel auf dem Kirchturm von Sankt Mauritius geführt hatte. Hatte der Feuerwerker den Preußen falsche Informationen gegeben? Wollte er damit den Verrat an ihr wiedergutmachen?

Ein lang hallender Glockenschlag erklang vor ihnen in der Finsternis. »Die Säbel heraus!«, rief Gabriela, dann gab sie Nazli die Sporen. In halsbrecherischem Tempo jagte sie in die Senke hinab. Hinter ihr folgten fast zweitausend Reiter. Wenn sie stürzte, würde sie unter den Hufen ihrer Pferde zermalmt werden.

In der Finsternis blitzte das Gewehrfeuer der Wachtposten auf. Trommelwirbel ertönte im Heerlager. Befehle wurden durcheinandergeschrien. Nazli strauchelte und fing sich wieder. Etwas Riesiges zuckte an Gabrielas Seite. In nächster Nähe krachten Schüsse. Für einen Lidschlag konnte die Husarin im Mündungsfeuer ein niedersinkendes Zelt sehen. Nazli musste sich in den Zeltleinen verfangen haben.

Ein Reiter preschte so dicht an ihr vorbei, dass sie mit den Knien aneinanderstießen. Der Mann fluchte etwas auf Ungarisch, dann hatte ihn die Finsternis verschluckt. Rings herum erklang immer lauter werdendes Geschrei. Ein Stück voraus glommen die Reste eines fast niedergebrannten Wachfeuers. Ein paar Grenadiere versuchten, sich zu sammeln und eine Abwehrlinie zu errichten. Die Hälfte von ihnen hatte nicht einmal Zeit gehabt, die hohen Mützen mit dem Blechschild aufzusetzen oder die Gamaschen anzulegen.

Gabriela wurde von dem Strom der nachfolgenden Reiter mitgerissen. Donnernd begannen die schweren Geschütze, die auf einem Hügel ein Stück weiter im Osten standen, ihr tödliches Geschäft. Granaten explodierten über dem Dorf. Gabriela war froh, dass sie ein gutes Stück von Hochkirch fort war. Dort drüben würden die Kugeln ohne Unterschied Österreicher und Preußen niederstrecken. Wie viele in dieser finsteren Nacht wohl aus Versehen auf einen Kameraden schießen würden?

Dreimal hatten sie bis zum Morgengrauen Angriffe gegen die Flanke der Preußen geritten. Jetzt durchstreifte Gabrielas Eskadron die nebeligen Niederungen nördlich von Steindörfel, um versprengte Preußen gefangen zu nehmen. Die meisten Männer, die sie aufspürten, ergaben sich widerstandslos. Nach dem nächtlichen Gefecht waren sie völlig demoralisiert. Eine halbe Stunde zuvor war Gabriela durch Hochkirch geritten und hatte die Hauptstraße des Dorfes so voller Leichen gefunden, dass es unmöglich war, sie zu passieren, ohne bei jedem Schritt auf einen toten Preußen zu treten. Immer wieder hatten Friedrichs Grenadiere versucht, eine Batterie am Ende der Straße zu erstürmen, und waren in Scharen von Kartätschenkugeln niedergemäht worden. Es gab Gerüchte, dass sogar einer ihrer Feldmarschälle dort gefallen sei.

Weiter vorne erklang lautes Rufen im Nebel. Ein Schuss krachte. Gabriela zog den Säbel und preschte vor. Sie fand einen Trupp von sechs Husaren, die eine Gruppe Preußen umringt hatten. Branko war unter ihnen. Er hielt eine rauchende Pistole in der Hand. Der Junge war leichenblass. Ein Stück vor ihm lag ein preußischer Füsilier niedergestreckt. »Er hat … er hat …« Branko begann zu schluchzen. »Er wollte mich …«

Ein alter Husar mischte sich ein. »Das Preußenschwein hat sein Seitengewehr gezogen, als wir ihn gefangen nehmen wollten. Beinahe hätte er den Jungen vom Pferd gestochen.«

Gabriela nickte. »Bringt sie nach Mischwitz. Dort sammelt unser Korps seine Gefangenen. Branko, du wirst dort zur Wache zurückbleiben. Für dich ist die Schlacht zu Ende.«

Der junge Husar schaute nach Norden. Dort erklang von einer Anhöhe, die sich über Hochkirch erhob, immer noch Musketenknattern. »Aber die Schlacht …«

»Das ist ein Befehl«, unterbrach ihn Gabriela scharf. Er hatte sein erstes großes Gefecht überlebt. Sie wollte nicht, dass er vielleicht noch beim Nachhutgeplänkel sein Leben verlor. Gabriela wendete schon ihre Stute, als ihr unter den Gefangenen ein Mann mit einer breiten, silbernen Hüftschärpe auffiel. Gesicht und Uniform waren rußverschmiert. Gregorius!

»Den Offizier dort werde ich zum Stab zum Verhör bringen.« Gabriela zog eine Pistole aus dem Holster und richtete die Mündung auf den Nürnberger. »Ich hoffe, der Herr macht keine Schwierigkeiten. Er hat ja gesehen, dass wir mit Querulanten kurzen Prozess machen.« Sie wandte sich an die anderen Husaren. »Und ihr sitzt nicht auf euren Gäulen und haltet Maulaffen feil. Macht euch davon!«

Als die Männer mit den Gefangenen in einer Nebelbank verschwunden waren, zeigte Gabriela auf ein dichtes Gehölz. »Dorthin!« Sie schob die Waffe in den Sattelholster zurück.

Gregorius beobachtete sie mit blitzenden Augen, sagte aber kein Wort.

Als sie im Schutz des kleinen Wäldchens verschwunden waren, stieg Gabriela ab. Lange sahen sie einander schweigend an. Der Nürnberger wirkte ausgezehrt. Sein Gesicht war schmal. Eine rote Narbe lief längs über seine Stirn. »Wie geht es deinem Onkel«, fragte er schließlich leise.

»Er hat die von dir durchgeführte Beschießung der Stadt überlebt«, entgegnete sie kühl. »Er betrachtet sich sogar nach wie vor als dein Freund. Der alte Pfeifenkopf spricht gerne von dem Wunder von Olmütz und sagt, dieses Wunder trage den Namen Gregorius. Er hat dich mit dem Fernglas zwischen den Artilleristen entdeckt.«

»Und was würdest du sagen? Immer noch: Verrecke, verfluchter Verräter?«

»Ich würde mir gerne anhören, was du zu diesem Wunder zu sagen hast.«

Gregorius schüttelte den Kopf und lächelte matt. »Ich gehöre nicht zu den Männern, die sich gerne mit ihren Taten brüsten.«

»Ich erinnere mich! Dass du ein Hauptmann in Friedrichs Armee bist, hast du auch nicht jedem auf die Nase gebunden.«

»Was das angeht, solltest du dich nicht beschweren. Vor dir habe ich keine Geheimnisse gehabt! Wollen wir uns jetzt auf den Weg zu deinen Stabsoffizieren machen? Es wird dir doch sicher eine Freude sein mit anzusehen, wie ich verhört werde!«

»Du dummer Idiot!«, fauchte Gabriela. »Liefere mir den geringsten Beweis dafür, dass du Olmütz verschont hast, und ich werde dich laufen lassen, du dickköpfiger Narr!«

»Ich kann nur bestätigen, dass ich dem Obersten Balby, der für die Positionierung der Belagerungsartillerie zuständig war, vollständige Pläne der Stadt übergeben habe …«

Gabriela seufzte und griff nach dem Sattel, um wieder aufzusteigen. »Na schön, du hast es nicht anders gewollt.«

» … nur eine Zahl stimmte nicht. Die Entfernung zwischen dem Tafelberg und den gegenüberliegenden Schanzen war um zweihundert Schritt zu kurz angegeben. Als ich die Strecke abgeschritten bin, muss ich wohl ein klein wenig durcheinander gewesen sein.«

»Durcheinander?«

»Das war am Tag nach dem Treffen auf dem Floß. Ich hatte dir gesagt, dass es schlecht für deinen Ruf sein könnte, wenn der Mönch, der uns nachspionierte, mit ansähe, wie du mit mir zu den inneren Kammern des Floßes hinabsteigst und dort eine Zeit lang verschwunden bleibst. Dennoch bist du ohne zu zögern mit mir gekommen. Darüber habe ich oft nachgedacht ... Ich meine ...« Er wich ihrem Blick aus.

Gabriela ließ die Stute los, packte ihn am Kragen, zog ihn zu sich heran und küsste ihn. Seine Lippen schmeckten nach Pulver. Im ersten Augenblick schien Gregorius überrascht. Dann erwiderte er den Kuss. Erst als Gabriela ganz in der Nähe das Hufgetrappel einer Streife hörte, ließ sie von ihm ab. Sie schluckte. Sie hatte das nicht vorgehabt. Sie... Der Nürnberger grinste breit.

»Was?«, fragte sie scharf. Der Mistkerl wirkte nicht im Mindestens überrascht. Er tat ganz so, als sei dieser Kuss etwas ganz Selbstverständliches gewesen.

»Ich dachte nur daran, was deine Leute wohl sagen würden, wenn sie mitbekommen, wie du einen preußischen Artilleriehauptmann verführst.«

»Ich dich verführen! Wovon träumst du nachts? Das war ein Dankeschön für Olmütz. Sonst nichts!«

»Dann sollte ich wohl mit dem König reden, ob wir nicht wieder in Mähren einmarschieren wollen.«

Gabriela sah ihn fragend an.

»Naja, wenn dies deine Art ist, dich zu bedanken, würde es sich lohnen, Olmütz noch ein zweites Mal zu belagern und ...«

Sie lächelte, und dann küsste sie ihn noch einmal, damit der verrückte Feuerwerker endlich den Mund hielt. Als er sie in seine Arme schloss und seine Rechte sanft in ihren Nacken legte, hätte sie laut aufschreien mögen vor Glück. Endlich hatte sie das Richtige getan!

Als sie voneinander ließen, lächelte er sie selig an. »Olmütz war das Geschenk für deinen Onkel. Ich habe auch eins für dich. Dein Mann wird dir nie wieder gefährlich werden. Wusstest du, dass er dich verfolgt hat? Als er von einer Patrouille gefangen genommen worden ist, war er nur noch ein paar Meilen vom österreichischen Hauptquartier entfernt. Er wollte bei deinem General vorsprechen, um deine wahre Identität zu verraten.«

»Und was ist aus Janosch geworden? Hast du ihn etwa ...«

»Nein, nein! Er sitzt in einem Kerker in Dresden, und ich habe es so eingerichtet, dass er dort bleiben wird, bis er verrottet ist. Und ... Was würdest du davon halten, mich zu heiraten, meine Husarin?«

Gabriela starrte ihn verwundert an. »Algebra und Liebeserklärungen sind wohl nicht gerade deine starke Seite.«

»Ich, ähm ... Wieso?«

»Frauen hören ganz gerne, dass man sie liebt, bevor es ans Heiraten geht.«

»Ach ... so!« Er starrte sie einen Moment lang mit weit offenem Mund an, dann räusperte er sich nervös. »Also, was ich dir schon lange sagen wollte ... Ich meine ... Ich liebe dich, Gabriela von Bretton. Würdest du mir die Ehre erweisen, meine Frau zu werden?«

»Nein.«

»Was ... Was habe ich denn diesmal falsch gemacht? Ich meine ... Teufel auch, willst du mich denn nicht zum Manne.«

»Ich heirate keinen Mann, der mich schlägt.«

»Jetzt reicht es aber, zum Teufel! Wann hätte ich jemals Hand an dich gelegt?«

Gabriela sah zum Waldrand. Der Nebel wurde immer lichter. »Ich denke, das wirst du schon innerhalb der nächsten fünf Minuten tun.«

Gregorius verschränkte die Arme vor der Brust. »Ich wüsste nicht, wie du mich dazu bringen könntest.«

Sie drehte sich um und zog beide Pistolen aus den Satteholstern. »Wenn dir so sehr an mir gelegen ist, dann hast du doch sicherlich kein Interesse daran, dass ich vor einem Kriegsgericht lande.«

»Warum solltest du?«

»Weil ich einen preußischen Hauptmann laufen gelassen habe, der meiner Obhut anvertraut war. Es sollte wenigstens so aussehen, als hättest du mich überwältigt.« Sie warf ihm eine der Pistolen zu und zielte mit der zweiten Waffe auf seine Brust.

Augenscheinlich verwirrt fing der Feuerwerker die Pistole auf. »Ich soll dich niederschlagen? Warum bedrohst du mich dann?«

»Du hältst jetzt eine geladene Pistole in Händen. Ich möchte nur, dass dir klar ist, dass ich dich niederschießen werde, wenn du nun deinerseits versuchen solltest, mich gefangen zu nehmen. Vielleicht könnte es dir ja einfallen, mich abzuführen und bei den Preußen meine Identität aufzudecken. Man würde mich daraufhin sicher nicht lange gefangen halten, und der Weg wäre frei, mich zu heiraten. Denk so etwas lieber erst gar nicht!«

»Ich verstehe dich nicht?«

»Das musst du auch nicht. Ich genieße zu sein, was ich bin. Ich habe dich geküsst, weil ich Lust daran hatte, und nun trennen sich unsere Wege wieder.«

»Liebst du mich denn gar nicht?«

Gabriela schnaubte verächtlich. »Diese Alles-oder-nichts-Fragen sind dumm. Über eins kannst du dir allerdings gewiss sein. Nach meiner Ehe mit Janosch werde ich mich nie wieder einem Mann ganz anvertrauen … Wenn kein Krieg wäre und wir nicht auf verfeindeten Seiten stehen würden, dann könnten wir vielleicht eine Affäre haben, doch so, fürchte ich, reicht es nur für einen flüchtigen Kuss zwischen den Fronten. … Und jetzt tu endlich, worum ich dich gebeten habe!« Sie biss die Zähne zusammen und erwartete den Schlag.

Gregorius drehte die Pistole um und hielt sie unschlüssig in Händen. Ganz in der Nähe ertönte ein Schuss, gefolgt von einem Schrei. Gabriela sah, wie sich die Finger des Hauptmanns fester um den Lauf schlossen. Erst jetzt bemerkte sie, dass ihm der Daumen an der rechten Hand fehlte. Sie wollte etwas fragen, da riss er die Pistole hoch und schlug zu. Der Knauf der Waffe streifte ihre Stirn.

»Lebe wohl, meine verrückte Amazone.«

Gabriela taumelte. Gregorius half ihr, sich an einen Baum zu lehnen. Einen letzten, langen Augenblick sahen sie einander in die Augen, dann wandte der Hauptmann sich ab und verschwand im Wald.

»Nazli«, flüsterte Gabriela benommen.

Die Stute schnaubte leise und kam zu ihr hinüber. Halb ohnmächtig zog Gabriela sich in den Sattel. »Bring mich zurück.« Sie sank nach vorne. Ihre Finger verkrallten sich in der Mähne des Pferdes.

Gabriela war für den Abend in das Zelt von Graffensteins bestellt worden. Als sie eintrat, war der Freiherr bester Laune. Das konnte nichts Gutes heißen! Ob er etwa wusste …?

»Na, von Bretton! Sie schauen ja aus, als hätte Ihnen ein Pferd vor die Stirn getreten!«

Gabriela antwortete nicht.

»Ganz recht, wenn Sie eine Leichenbittermiene ziehen. Mir ist zu Ohren gekommen, dass Sie einen feindlichen Hauptmann haben entkommen lassen.«

»Der Kerl hat mich niedergeschlagen, und ich …«

»Versuchen Sie nicht, mir Ihr Versagen zu erklären!

Daran habe ich nicht das mindeste Interesse. Wenn Ihnen das nicht passiert wäre, dann hätte meine Eskadron in unserem Regiment die meisten Offiziere gefangen genommen! Jetzt liegt der Andrássy mit seiner zweiten Eskadron gleichauf! Männer wie Sie versauen mir den Ruf meiner Truppe, von Bretton! Lässt sich von einem gefangenen und entwaffneten Hauptmann niederschlagen ...« Von Graffenstein schüttelte den Kopf. »Was soll ich nur mit einem Kerl wie Ihnen anfangen?«

»Lassen Sie mich doch versetzen, dann sind Sie Ihre Sorgen los.«

Der Rittmeister lächelte böse. »Oh, nein, mein Freund. So haben wir nicht gewettet. Ich habe den Ehrgeiz, sogar aus einem Kerl wie Ihnen einen guten Soldaten zu machen. Sie bleiben unter meinem Kommando! Was Ihr Urlaubsgesuch für den Winter angeht, muss ich Ihnen leider mitteilen, dass ich eine Reise nach Wien nicht billigen kann. Wollen Sie sich dort wohl wieder mit Ihren türkischen Freunden treffen?«

Gabriela versteifte sich. »Was wollen Sie damit andeuten, Herr Rittmeister?« Hätte sie den Bastard nur bei dem Duell in Temeswar niedergeschossen! Wie es schien, würde sie für diesen Fehler den Rest ihres Lebens büßen.

Offenbar hatte von Graffenstein bemerkt, dass sie ganz in der Stimmung war, sich erneut mit ihm zu duellieren. Sein Tonfall war jedenfalls etwas freundlicher, als er fortfuhr. »Ich will damit nur sagen, dass Sie der Kaiserin gewiss am besten dienen, wenn Sie im Winter das Kommando über die Eskadron übernehmen und die neuen Rekruten ausbilden. Wissen Sie, wen wir heute bei Nacht und Nebel in Stücke gehauen haben? Wir haben Friedrichs Garderegiment mit dem ersten Angriff zersprengt und sogar noch deren Standarte erbeutet. Laudon will mich dafür zum Major befördern lassen. Er will mich auch im Winter mit nach Wien nehmen ... Und da nicht alle Führungsoffiziere einer Eskadron in Urlaub gehen können, werden Sie wohl hierbleiben, von Bretton.«

»Wie Sie meinen, Herr Rittmeister. Darf ich wegtreten?«

»Nur zu, von Bretton. Und machen Sie mir nicht noch einmal solche Schande wie heute Morgen, oder ich muss den Regimentskommandanten über Ihre Fehlleistungen ins Bild setzen!«

Wütend verließ Gabriela das Zelt. Dieser Mistkerl! Während des ersten Angriffs hatte sie ihn nirgends gesehen. Gut, es war sehr dunkel gewesen, aber sie glaubte nicht, dass er in vorderster Front mitgeritten war. Und jetzt wurde er auch noch befördert! Bastard! Wenigstens hätte sie den Winter über ihre Ruhe vor ihm. Und bei seinem Talent, sich Ärger zu machen, würde von Graffenstein bestimmt nicht lange Freude an seinem Posten haben. Dafür hatte er zu viele Feinde im Regiment.

21. KAPITEL

Das Scharren an der Tür beunruhigte Janosch. Jetzt konnte doch noch nicht die Zeit sein, ihm wieder Essen zu bringen. Er strich der Maus in seiner Hand über den Rücken und schob sie dann in die Tasche seines zerschlissenen Gehrocks. »Vielleicht kommen sie, um uns zu schlagen, Kamerad?«, flüsterte er leise. »Keine Angst, Janosch können sie wehtun, aber dich werde ich beschützen, Kamerad.«

Die Tür wurde aufgezogen. Ein gleißender Lichtstreifen fiel in die Zelle. Der Oberstzollmeister kreischte und kroch bis in den hintersten Winkel der Pulverkammer. Unbarmherzig folgte ihm der Lichtschein. Schritte eilten durch den Kerker. Er wurde grob bei den Schultern gepackt und herumgedreht. Das Licht fiel jetzt genau auf sein Gesicht. Janosch hatte das Gefühl, als würden ihm die Augen herausgebrannt. Er schrie vor Schmerzen.

»Tu mir nichts, Kamerad, bitte ich … bitte!

»Was fällt ihm ein, sich in dieser Weise anzubiedern? Ich werde ihn …«, ertönte eine dunkle Stimme.

»Der hat sie nicht mehr alle beieinander, Herr Hauptmann. Der nennt alles und jeden Kamerad, sogar die Flöhe auf seinem Kopf.«

»Ja, tut mir nichts, Kamerad … Janosch ist lieb … Bitte mach das Licht weg, Kamerad. Es verbrennt mich …«

»Nehme Er die Laterne zur Seite«, befahl die dunkle Stimme.

Das Licht wurde schwächer. »Danke, Kamerad … Danke. Ihr müsst Janosch nicht schlagen. Janosch hat keine Schwierigkeiten gemacht und nichts verraten.«

»Der Kerl sieht ja kaum noch aus wie ein Mensch!«

Etwas raschelte leise. Das Geräusch kam Janosch vertraut vor, er war sich sicher, es vor langer Zeit oft gehört zu haben, doch er konnte sich nicht mehr erinnern, was es gewesen war. Er hielt die Augen zugekniffen. Obwohl das Licht ihm nun nicht mehr direkt ins die Augen stach, war es ihm noch immer unangenehm.

»Der Kerl steht auf keiner Liste. Wer ist das, Wachtmeister?«

»Ich weiß nur, dass er Janosch heißt. Es heißt, er sei ein gefährlicher österreichischer Spitzel!«

»Ein gefährlicher Spitzel, über den es keine Papiere gibt? Machen Sie sich nicht lächerlich, Mann!«

Eine Stiefelspitze berührte Janoschs Bein. »Warum sitzt du hier in diesem Loch, Kerl?«

»Ein Befehl, Kamerad ... ich war immer brav, Kamerad. Bitte nicht schlagen!«

»Wer zum Henker hat diesen Befehl gegeben?«

»Kamerad!«

»Der steckt schon so lange in diesem Loch, wie ich auf diesem Mauerabschnitt Dienst habe, Herr Hauptmann.«

»Und seit wann ist das«, grollte die dunkle Stimme.

Janosch kroch ein wenig zurück. Die Männer hatten ihn losgelassen. Wenn sie miteinander stritten, würden sie ihn vielleicht vergessen. Vorsichtig streichelte er die Maus in seiner Tasche. Sie zitterte. »Wird alles gut, Kamerad. Der Oberstzollmeister wird dich retten ...«

»Ich habe im März 1758 meinen Dienst angetreten. Da war der Kerl schon hier und ...«

»Was hat der gerade gesagt? Heh, Irrer! Steh auf, wenn ich mit dir spreche, oder ich sorge dafür, dass du mit dem Rohr verdroschen wirst.«

»Bitte, Kamerad ...«, wimmerte Janosch. Er tastete nach den groben Mauersteinen. Ein stechender Schmerz pochte in seiner Hüfte, als er sich hochzog. »Nicht schlagen, Kamerad ...«

»Wie hat er sich gerade genannt?«

»Kamerad?«

»Er nennt sich manchmal Oberstzollmeister, Herr Hauptmann«, murmelte die andere Stimme.

»Ein Oberstzollmeister, der auf keiner Liste steht und der allein in einer Zelle steckt, die auf meinen Plänen als Pulverkammer ausgewiesen ist? Was ist das für eine gottverdammte Schlamperei!«

»Ihr Vorgänger, der Hauptmann Markward, hat sich nie für den Gefangenen interessiert. Er ist nie hier unten gewesen.«

»Was mein Vorgänger getrieben hat oder nicht, ist ohne Belang für mich. Ich wünsche, dass die Listen über die Gefangenen, die unter meiner Aufsicht stehen, stimmen. Ich werde in den Akten nachschlagen, ob es Aufzeichnungen über einen Oberstzollmeister gibt. Sehen Sie zu, dass der Kerl im Laufe des Tages gewaschen wird und man diesen Saustall hier unten ausmistet. Bis auf weiteres soll er zu den anderen Gefangenen verlegt werden. Und wenn ich nichts über unseren Kameraden finde, dann soll er mit den nächsten Offizieren, die freigelassen werden, zu den Österreichern abgeschoben werden. Unnütze Esser können wir hier nicht gebrauchen. Haben Sie mich verstanden?«

»Jawohl, Herr Hauptmann!«

Schritte entfernten sich, die Tür fiel ins Schloss, und endlich war es wieder dunkel in der Zelle. Janosch ließ sich an der Wand niedersinken. Er spürte, wie die Maus aus seiner Tasche kroch und über seinen Rock bis zu seinem Hals hochkrabbelte.

»Ich habe die bösen Männer und das Licht vertrieben, Kamerad. Es wird alles wieder gut.« Er griff in seine Hosentasche, wo er stets ein paar Krumen trockenen Brots aufbewahrte. »Komm, Kamerad. Hier hab ich ein Leckerchen für dich ... Sie werden nicht mehr wiederkommen. Wir sind in Sicherheit!«

Sie hatten sie beide aus der Finsternis geholt, und von da an waren sie nur noch herumgetrieben worden. Wasser hatte man über ihnen ausgegossen und sie mit Kameraden zusammengesteckt. Das alles war Janosch unheimlich. So lange hatte er seinen Frieden gehabt, doch jetzt quälten ihn schreckliche Erinnerungen. Er war mit anderen zusammen eingesperrt. Er kannte diesen Kerker! Die anderen hatten ihn hier geschlagen, immer wieder, bis er fast gestorben war. Als er danach erwachte, hatte er in kühler Finsternis gelegen, und Kamerad krabbelte auf seiner Brust herum.

Kamerad war auch jetzt bei ihm! Er hatte ihn vor allen verbergen können. Sie waren gemeinsam mit anderen Männern in eine Kutsche gesetzt worden, die über schlammige Wege nach Süden rollte. Immerzu schien die Sonne durch die Fenster herein. Janosch hatte sich ganz in die Ecke der Kutsche gedrängt. Er wagte es nicht, die Männer anzusprechen, und sie redeten auch nicht von sich aus mit ihm. Die ganze Zeit über hielt er die rechte Hand in der Hosentasche, wo Kamerad verborgen war. Er spürte die Wärme seines Freundes und wie sich ab und an seine spitze Nase in seine Hand drückte. Dann seufzte Janosch vor Erleichterung.

Einer der Männer in der Kutsche machte ihm Angst. Er trug eine Uniform mit vielen goldenen Schnüren über der Brust. Auf den Knien hielt er einen hohen Pelzhut. Da war etwas ... Janosch konnte sich nicht mehr genau erinnern ... Aber Männer mit Pelzmützen hatten ihm Unglück gebracht. Sie waren ...

»Glotz mich nicht immerzu so an, du verdammter Idiot! Hast du denn noch nie in deinem Leben einen Husaren gesehen?«

Janosch zuckte zusammen und versuchte, sich noch mehr in seiner Ecke der Kutsche zu verkriechen. »Verzeihung, Kamerad. Bitte nicht schlagen!«

»Lass ihn doch, Maximilian. Der arme Kerl ist nicht mehr recht beieinander!«, mischte sich ein anderer Mann mit weißem Uniformrock ein.

»Du hast leicht reden! Dich starrt er schließlich nicht die ganze Zeit über an, Gabriel!«

»Gabriel ...«, murmelte Janosch leise. »Gabriel.« Das Wort schmeckte nach Angst und Schmerzen. Es war ... »Husar ... Gabriel ... Gabriela!« Er sprang auf. »Muss fort!« Er war in Gefahr. Gabriela! Sie war sein Unglück! Ihretwegen war er geschlagen worden. Er hatte sie gesucht.

»Lass das, du Idiot!« Der Mann in der goldbetressten Uniform hielt ihn fest. »Du kannst nicht aus der fahrenden Kutsche springen. Du wirst dir alle Knochen dabei brechen, blöder Bauerntrampel.«

Janosch versuchte sich loszureißen. Schreckliche Bilder drängten sich in seine Erinnerung. Reiter, die eine Kutsche verfolgten ... Eine Frau, die auf ihn schoss ... »Gabriela!«

Der Mann in der Husarenuniform schlug ihm mit der flachen Hand ins Gesicht. »Wirst du wohl ruhig sein, Kerl!«

»Die Verräterin ... General Nádasdy ... die Kaiserin muss es wissen, Kameraden ... Verschwörung! Eine Mörderin ...«

Der Husar stieß ihn auf den Sitz zurück und wollte ihn erneut schlagen, als ein anderer Mann ihm in den Arm fiel. »Lass ihn! Hörst du nicht, was er sagt! Er weiß etwas über eine Verschwörung. Deshalb hatten die Preußen ihn eingesperrt.«

Der freundlichere Mann beugte sich vor und lächelte Janosch an. »Kamerad, erzähl mir, was für eine Verschwörung das ist. Du brauchst keine Angst mehr zu haben.«

»Nicht schlagen, Kamerad.«

»Keine Sorge, wir tun dir nichts. Haben die Preußen dich geschlagen?«

»Ja, Preußen viel schlagen.« Janosch blickte misstrauisch zu dem Husaren, der sich wieder gesetzt hatte. Die kleine Maus in seiner Tasche fiepte leise. Er strich ihr leicht mit dem Daumen über den Rücken. »Ich werde dich beschützen, Kamerad. Die Großen werden dir nichts tun.«

Der freundliche Mann runzelte die Stirn. »Die Großen? Was ist mit denen? Wissen sie etwas von der Verschwörung?«

»Ja, wissen sie.« Janosch lächelte. »Sie wird den General erschießen. Sie hält sich für einen Mann. Ist ihm schon ganz nahe …«

»Lass den Irren doch in Ruhe«, brummte der Husarenoffizier.

»Aber hörst du denn nicht, was er sagt? Er weiß etwas von einer Verschwörung. Deshalb haben die Preußen ihn gefangen gehalten, obwohl er kein Soldat ist. Er hat ihren Plan entdeckt.«

»Ja, ja.« Janosch nickte. »Plan entdeckt!«

Der Husar schüttelte den Kopf. »Alles Unsinn. Der weiß doch gar nicht mehr, was er redet!«

»Du hast doch selbst gehört, dass die Preußen ihn verprügelt haben. Sieh dir die Narben in seinem Gesicht an. Und erinnerst du dich, wie er hinkte, als er in die Kutsche gestiegen ist?«

»Warum sollten die Preußen ihn denn laufen lassen, wenn er um so ein bedeutendes Geheimnis weiß.«

»Vielleicht denken sie, er hat alles vergessen? Bis wir

zur Grenze gekommen sind und die Kutsche gewechselt haben, hat er kein einziges Wort gesagt. Vielleicht ist der gar nicht so dumm, wie es scheint. Dein Name hat ihn erst zum Sprechen gebracht.« Der Mann im weißen Uniformrock beugte sich vor. »Der Verschwörer, heißt der Gabriel?«

»Gabriela!«, murmelte Janosch leise.

»Gabriela … und wie weiter?«

»Gabriela … Husarin. Die Mörderin!«

Der Mann in Weiß seufzte und setzte sich wieder auf die Kutschbank. »Ich werd ihn mit nach Wien nehmen. Vielleicht finden die dort heraus, was es mit ihm auf sich hat. Womöglich gibt es auch jemanden, der ihn kennt. Er hat auch was von den Großen gesagt … Weiß Gott, wer in dieses Mordkomplott alles verwickelt ist!«

»Du siehst Gespenster, Maximilian! Der Kerl ist nur ein einfacher Irrer, sonst nichts.«

»Wir werden sehen!«

» … werden sehen«, murmelte Janosch leise. Bald musste er Kamerad füttern. Er wurde schon ganz unruhig.

Janosch fühlte sich unwohl. Das war kein guter Tag! Sie waren schon vor einer Weile in eine große Stadt gekommen. Man hatte ihn in viele verschiedene Häuser gebracht, immer hin und her. Er war jetzt erschöpft. Sein Bein schmerzte ihn vom vielen Laufen. So viele Männer hatten ihm Fragen gestellt … Manche waren unfreundlich gewesen. Der nette Mann im weißen Uniformrock war verschwunden.

Nachts quälten ihn schlimme Träume. Eine Frau wollte ihn erschießen. Er musste sie finden, sonst würde sie zu ihm kommen und ihn töten! Sie hatte eine Pistole.

Ängstlich blickte Janosch sich um. Man hatte ihn in eine dunkle Kammer gebracht. Die Wände waren aus

Holz. Er sollte hier auf jemanden warten, der ihm wieder Fragen stellen würde ... Das alles war nicht gut. Kamerad gefiel das auch nicht. Seit gestern Abend schlief er nur noch. Er hatte heute Morgen auch nicht essen mögen ... Janosch streichelte der kleinen Maus mit dem Daumen über den Rücken. Er würde Kamerad gut festhalten. Den ganzen Morgen schon hielt er ihn in der Hand. Über Nacht war der Kleine ganz kalt geworden. Sicher hatte er auch Angst ... Wenn er ihn nur noch einmal mit der Nase in die Hand stoßen würde! Janosch hatte das immer sehr gemocht.

Die Tür zu der dunklen Kammer öffnete sich. Der Oberstzollmeister erschrak. Es trat ein Mann ein, der zum Fürchten aussah. Groß und dürr, ganz in Schwarz gekleidet. Der Fremde musterte ihn einen Augenblick lang, dann nahm er hinter seinem Schreibtisch Platz.

»Du hast für einige Unruhe gesorgt, Kerl. Es gibt Leute, die halten dich für einen Irren, der nicht weiß, was er sagt. Andere hingegen sind der festen Überzeugung, dass du einem großen Komplott auf der Spur warst und dich deshalb die Preußen entführt haben. Man munkelt sogar von Verrätern in der Generalität und in der Nähe der Kaiserin. Ich halte das für Unsinn, aber es gibt immer ein paar Geisterseher, denen solches Gerede nur Wasser auf die Mühlen ist.«

»Ja, Mühlen ...«, sagte Janosch. Er wusste zwar nicht genau, was der Schwarze meinte, aber er spürte, dass es besser war, diesen Mann nicht zu verärgern. Er würde allem zustimmen, was der Mann sagte! Dann durfte er bestimmt bald gehen. Wenn sie endlich wieder alleine waren, würde auch Kamerad aufwachen!

»Die ganze Nacht habe ich über den Aufzeichnungen zu deinen Aussagen gebrütet und mir die Akten angesehen, die man hier in den letzten zwei Wochen über dich zusammengetragen hat. Du bist der Oberstzollmeister Janosch Plarenzi aus Orschowa, nicht wahr!«

»Ja, Kamerad!«

»Du warst verheiratet mit einem Weib namens Gabriela. Sie versuchte, dich zu ermorden, wurde zum Tode verurteilt und hat sich dem Galgen durch Flucht entzogen. Auch das ist so richtig?«

Janosch nickte. Der Fremde hatte eine sehr angenehme Stimme. Er hörte ihm gerne zu.

»Um sich für das Urteil zu rächen, fasste sie den Plan, den Landesherren zu töten, den Banus von Kroatien, Feldmarschall Graf Nádasdy!«

Der Zöllner konnte sich zwar keinen Reim auf das machen, was der Kerl sagte, aber er grunzte zustimmend. Wenn der Schwarze mit ihm fertig war, dann würde er gehen dürfen.

Der Mann kramte in seinen Aktenblättern. »Dein Weib ist eine geborene Bretton. Und sie heißt Gabriela ...« Er strich sich sacht über das Kinn. Der Schwarze starrte auf eine Art in die Papiere, als habe er alles um sich herum vergessen. Janosch fragte sich, ob er jetzt wohl gehen dürfte. »Kamerad ...«

Der Mann blickte auf. Eine tiefe Falte teilte seine Stirn. »Du hast Angst vor Husaren. In ihrer Gegenwart wirst du immer ganz unruhig, nicht wahr?«

»Husaren? Ja, die Männer mit dem Gold an den Jacken. Sie sind böse ...«

»Ich begreife nicht, was die Preußen von dir gewollt haben.«

Janosch nickte wieder. »Ja, Kamerad!«

»Anderthalb Jahre hast du bei ihnen im Kerker gesessen. Ich wüsste gerne, was sie dort mit dir angestellt haben. Die Welt hat dich in dieser Zeit vergessen, Janosch Plarenzi. Es gibt längst einen neuen Oberstzollmeister in

Orschowa. Niemand vermisst dich … Am allerwenigsten dein Weib, diese elende Betrügerin. Was sie getan hat, verstößt gegen Sitte und Moral. Sie befehligt Männer und entscheidet über deren Leben und Tod … Das ziemt sich nicht für eine Frau. Es ist ein Skandal! Ganz Europa wird über uns lachen, wenn ihre Geschichte herauskommt.«

»Ganz Europa …«, bestätigte Janosch nickend. Langsam würde er gerne gehen. Er machte sich immer größere Sorgen um Kamerad. Gerne hätte er ihn aus seiner Tasche geholt, aber der Mann in Schwarz würde ihm Kamerad wegnehmen, dessen war er sich sicher.

»Zum Glück weiß niemand um diese peinliche Geschichte. Nur du und ich … Im Moment kannst du sie zwar niemanden erzählen, aber wer weiß, ob du nicht doch noch einmal zu Verstand kommst. Das wäre nicht gut. Womöglich schlummert sogar noch ein zweites bösartiges Geheimnis in dir. Hier steht etwas von Großen, die in eine Intrige verwickelt sein sollen.«

»Ja, Kamerad.«

»Es wäre am besten für alle gewesen, wenn du niemals aus dem Kerker gekommen wärest. Vielleicht solltest du einfach wieder genauso ins Nichts verschwinden …«

Janosch nickte. Er hatte dem Mann nicht mehr zugehört. Dass Kamerad so lange schlief, war doch nicht normal. So etwas hatte es vorher noch nie gegeben!

Der Schwarze stand auf, öffnete die Türe und sprach mit jemandem. Janosch nutzte die Gelegenheit, um Kamerad kurz aus der Hosentasche zu ziehen und zu betrachten. Er hatte die Augen auf, regte sich aber nicht. Konnte man denn mit offenen Augen schlafen? Er strich der Maus sanft über den Rücken. »Bald kommen wir fort … Ich werde dir ein Stück Käse besorgen … schönen Käse …«

Der Schwarze drehte sich plötzlich um. Hastig ließ Janosch die Maus in der Hosentasche verschwinden. Noch ein zweiter Mann kam in die Kammer. Ein großer, vierschrötiger Kerl.

»Das ist Bärngärtner, Janosch. Er wird jetzt dafür sorgen, dass du etwas Anständiges zu essen bekommst.«

»Auch Käse …«

»Was immer du willst. Geh mit ihm, er wird sich um dich kümmern. Ich muss jetzt noch ein paar Papiere durchsehen. Wir werden uns heute Abend noch einmal sehen.«

»Ja, Kamerad!«

Janosch lehnte am Geländer und blickte auf den Fluss. Dünner Nebel stieg vom Wasser auf und kroch am Ufer entlang. Es war ein schöner Sommertag gewesen, doch jetzt wurde es recht kühl.

Er hatte Kamerad aus der Tasche geholt. Die Maus lag reglos auf seiner flachen Hand. Er müsste einen Heilkundigen aufsuchen. Sie hatte jetzt länger als einen Tag nicht mehr gegessen. Vorsichtig streichelte er mit dem Zeigefinger über ihr graues Fell.

»Was hast du denn da, Verrückter?« Der große Kerl kam zu ihm herübergeschlendert. Hastig schloss Janosch die Hand. Er mochte den Mann nicht sonderlich.

»Na, zeig schon, was du hast. Sei ein braver Junge!«

Janosch wollte die Hand in der Tasche verschwinden lassen, doch Bärngärtner packte ihn. Der Kerl war viel stärker! Er öffnete ihm mit Gewalt die Finger.

»Das ist ja eine tote Maus! Du bist wirklich völlig irre.«

»Bitte …«

Der Mann lächelte. »Danke!« Dann packte er Kamerad beim Schwanz und warf ihn über das Brückengeländer in den Fluss.

»Nein!« Der Zöllner versuchte sich loszureißen. »Nein! Du Mörder! Hilfe!«

»Halts Maul, du Spinner, oder ich stopf es dir!«

»Kamerad! Mörder!«

Der große Kerl schlug auf ihn ein. Janosch versuchte, sich zu wehren, aber er war viel zu schwach. Fast sofort hatte der andere ihn zu Boden gestoßen. »Bitte ... Bitte nicht schlagen, Kamerad!« Er schluchzte jetzt leise.

Schritte erklangen auf dem steinernen Pflaster der Brücke. Eine schlanke, große Gestalt tauchte aus dem Nebel auf. Der Schwarze!

»Was zum Teufel geht hier vor, Bärngärtner? Man hört sein Geschrei ja bis zum Ufer.«

»Kamerad ...« Janosch hob bittend die Hände. Dann zeigte er auf seinen Wächter. »Mörder, Kamerad.«

»Der Verrückte ist plötzlich durchgedreht. Ich weiß auch nicht, was er hatte. Hat 'ne tote Maus aus der Tasche gezogen. Den ganzen Tag über hat er schon mit dem Vieh geredet.«

Janosch war immer noch auf den Knien. Er kroch zu dem Schwarzen hinüber. Der Mann drehte einen schönen Gehstock mit einem dicken Messingknauf zwischen den Fingern. Plötzlich warf er den Stock dem anderen zu.

»Bring es zu Ende, Bärngärtner. Wir brauchen den Verrückten nicht mehr. Es ist besser, wenn er künftig niemandem die Geschichte mit seiner Frau erzählt. Die werden wir als Nächste aus der Welt schaffen.«

Janosch verstand nicht. Er sah sich nach dem anderen um. Der Kerl drehte am Knauf des Gehstocks. Plötzlich war da ein Messer.

»Kamerad ...?« Der Zöllner versuchte, sich am Brückengeländer hochzuziehen, als plötzlich der Mann mit dem Messer über ihm war. Die kalte Klinge fuhr in seinen Leib. Er spürte gar nichts. Doch als das Messer wieder hervorkam, war es rot von Blut. Janosch wollte schreien. Wieder und wieder stach der andere zu. Jetzt kamen die Schmerzen. Rasende, brennende Schmerzen. Er brach in die Knie. Plötzlich stand der Schwarze über ihm. Wie der Leibhaftige …

»Wirf ihn in den Fluss!«

Janosch wollte etwas sagen, doch seine Zunge gehorchte ihm nicht mehr. Er wurde hochgehoben und flog …

22. KAPITEL

Gabriela war zu Tode erschöpft, als sie abends ihr Quartier bei einem Gutshof erreichte. Ein Jahr war vergangen, seit sie die Armee Friedrichs bei Hochkirch überfallen hatten. Trotz ihres Sieges war es nicht gelungen, den Preußenkönig zu einer Kapitulation zu zwingen. Doch morgen würde die Entscheidung fallen! Laudon hatte sich nahe Frankfurt an der Oder mit dem russischen General Saltykow vereinigt. Ihre Armee war fast 80 000 Mann stark. Wenn sie den Preußenkönig jetzt besiegten, konnten sie geradewegs bis nach Berlin marschieren. Wenn!

Gabriela warf einen flüchtigen Blick zum Hauptgebäude des Gutshofs. Alle Fenster waren erleuchtet. Die Regimentsoffiziere feierten. Sollten sie nur! Sie würde sich einfach nur noch ins Bett fallen lassen. In den letzten zwei Tagen hatte sie kaum Schlaf gefunden. Von Graffenstein hatte sie unentwegt auf Streife geschickt, um die Stellungen der Preußen auszukundschaften und die Bewegungen ihrer Truppen zu beobachten. Müde stieß sie die Tür zu der einfachen Bauernkate auf, in die sie einquartiert worden war. Alle Bewohner des Gutshofs waren geflüchtet. Das Land war fast menschenleer. Man fürchtete die Russen. Schreckliche Geschichten über die Gräueltaten der Kosaken machten überall die Runde.

Ohne auch nur die staubigen Stiefel auszuziehen, ließ sich Gabriela auf das Lager neben dem gemauerten Ofen sinken. Sie hatte Branko Anweisung gegeben, sie bei Morgengrauen zu wecken und Nazli bereitzuhalten. Erleichtert streckte sie ihre Glieder. Die Matratze war mit

Heu und vielen getrockneten Blumen gefüllt. Es roch nach Sommer.

»Müde, von Bretton?«, erklang eine Stimme aus dem Dunkel.

Gabriela schreckte hoch. »Wer da?«

»Ein alter Wiener. Sie erinnern sich gewiss noch an mich, Gabriela Plarenzi!«

Schnitter! Woher in drei Teufels Namen wusste er, wer sie war und …

»Ich muss Ihnen gratulieren, meine Liebe. Es ist nicht vielen gelungen, mich zu täuschen. Ich ziehe meinen Hut. Doch nun hat die Maskerade ein Ende.«

»Was wollen Sie?«

»Das sagte ich doch bereits, meine Liebe. Das Ende!«

Gabriela richtete sich auf. Sie konnte eine schattenhafte Gestalt neben der Tür erkennen. Ihre Hand fuhr zum Säbelgriff.

»Machen Sie keine Dummheiten. Man weiß, dass ich hier auf Sie warte, von Bretton. Sollte mir etwas passieren, haben Sie sich selbst die Schlinge um den Hals gelegt.«

»Warum sind Sie gekommen, Schnitter? Was erwarten Sie nun von mir?«

»Ich bin hier, weil ich wichtige Angelegenheiten stets selbst zum Ende bringe. Wissen Sie, die Stimmung im Lande ist schlecht. Der Krieg nimmt den Leuten die Butter vom Brot. Mit Daun haben wir zwar einen Kommandanten, der uns keine so katastrophalen Niederlagen beschert wie der gute Prinz Karl, doch leider ist der Feldmarschall auch nicht in der Lage, Siege herbeizuführen! Man hat eine schlechte Meinung von der Armee und ihren Offizieren! Wenn jetzt noch herauskommt, dass sich ein Weib in die Truppe einschleichen konnte und über Jahre als Offizier eine eigene Einheit kommandierte, dann wird der Skandal unabsehbar. Ganz zu schweigen davon, dass dieses Weib auch noch eine steckbrieflich gesuchte Mörderin ist! Haben Sie jemals darüber nachgedacht, welchen Schaden Sie Österreich durch Ihr Tun zufügen?«

Gabriela schwieg. Sie überlegte fieberhaft, wie sie Schnitter entkommen konnte.

»Nun, offenbar behagt Ihnen meine Frage nicht. Reden wir also nicht über Moral … Ich habe Ihre Vorgesetzten über Sie befragt, Gabriela. Man hält Sie dort einhellig für einen guten Offizier. Mutig, stolz und ehrenhaft sollen Sie sein. Aus diesem Grund und weil ich eine gewisse Hochachtung vor Ihnen empfinde, lasse ich Ihnen die Wahl, Ihr Ende selbst zu bestimmen. Ich kann Sie verhaften lassen und dafür sorgen, dass das Todesurteil aus Orschowa in Anwesenheit Ihres ganzen Regimentes vollstreckt wird. Sie können Ihrem Leben auch selbst ein Ende setzen … Die liebste Variante wäre mir allerdings, wenn Sie es schafften, es so zu arrangieren, dass Sie in der Schlacht morgen den Heldentod fänden. Ich würde dann dafür sorgen, dass niemand erfährt, wer Sie wirklich waren. Gewiss würden Sie auch posthum noch eine Auszeichnung für Ihre Tapferkeit erhalten. Wäre das nicht für alle der beste Weg?«

Gabriela schluckte. Ihr Magen krampfte sich zusammen. »Einen anderen Weg … gibt es nicht?« Sie sah zu dem niedrigen Fenster der Hütte. Vielleicht würde ihr ja die Flucht gelingen?

Schnitter schien erraten zu haben, was sie dachte. »Versuchen Sie es nicht! Ich würde Ihren Offizieren den Steckbrief vorlegen und erklären, wer Sie wirklich sind, Gabriela Plarenzi. Man würde Sie finden, dessen können Sie sicher sein. Sie waren ein tapferer Soldat! Wollen Sie, dass Ihre Karriere bei der Armee so unrühmlich endet? Denken Sie auch an Ihren Onkel! Wenn herauskommt, wer Sie sind, würde man auch darüber reden, warum er Sie dem Banus von Kroatien empfohlen hat. Wie Sie sehen, ich bin über alles informiert! Die Konsequenz für den General wäre ein Prozess und die unehrenhafte Entlassung aus der Armee. Wollen Sie ihm das antun?«

»Sie wollen mich also unbedingt tot sehen?«

»Ja«, entgegnete der Geheime Rat kühl. »Seien Sie gewiss, dass ich höchstselbst morgen nach der Schlacht Ihre Leiche in Augenschein nehmen werde. Ich werde nicht ruhen, bevor ich Sie im Grab weiß!«

»Warum ...«

»Sie sind eine Gesetzesbrecherin und eine Betrügerin. Sie haben sogar mich getäuscht. Das heißt, Sie sind wirklich gefährlich ... So etwas wie Sie darf es nicht geben! Wo kämen wir hin, wenn Ihr Beispiel Schule machte? Sie haben durch Ihre Taten die gottgewollte Ordnung infrage gestellt. Wer weiß, wie viele Weiber Ihnen nacheifern würden, wenn bekannt würde, wie weit Sie gekommen sind! Soweit ich Ihren Weg überblicke, haben Sie nur einen wirklichen Fehler gemacht. Nachdem Sie die Hure Ihres Mannes erschlagen hatten, hätten Sie auch ihm die Kehle durchschneiden sollen. Wenn Sie dazu den Mut aufgebracht hätten, wäre ich Ihnen niemals auf die Schliche gekommen. Er war es, der Sie verraten hat!«

Gabriela ballte in hilfloser Wut die Fäuste. Sie spürte, wie ihr Tränen in die Augen stiegen. Sie musste sich beherrschen! Sie durfte Schnitter nicht auch noch den Triumph gönnen, dass sie vor ihm zusammenbrach! Sie wartete einen Augenblick, bis sie wieder mit fester Stimme sprechen konnte. »Ich wähle den dritten Weg. Den Tod auf dem Schlachtfeld!«

Der Geheime Rat lachte. »Bravo! Sie haben mich nicht enttäuscht! Sie haben wirklich Ehre, meine Liebe ... jedenfalls, wenn Sie nicht den Hintergedanken haben sollten, sich hier bei Nacht und Nebel davonzustehlen. Es ist dafür gesorgt, dass Ihre Hütte überwacht wird. Sie können mir nicht mehr entkommen. Besudeln Sie diese ...« Schnitter lachte leise. » ... diese mannhafte Entscheidung also nicht mit einem fruchtlosen Fluchtversuch!«

Gabriela schnaubte verächtlich. »Für wen halten Sie mich? Sie haben mein Wort als Offizier, dass ich mich ehrenhaft verhalten werde!«

Der Geheime Rat nickte. »Sehr schön, dann muss ich Sie ja nicht noch einmal daran erinnern, welche Konsequenzen ein Betrug von Ihnen für Ihren Onkel haben würde. Haben Sie noch einen letzten Wunsch? Eine Henkersmahlzeit ...«

»Gehen Sie mir aus den Augen, Schnitter! Ich möchte Sie bis zu meinem Tode nicht mehr sehen!«

»So erbost? Nun zeigen Sie zum Schluss also doch noch schlechten Stil. Aber wie Sie wollen. Ich werde mich bis morgen Abend unsichtbar machen.«

Wie ein Schatten huschte der Geheime Rat durch die niedrige Tür. Gabriela trat zu dem Mantelsack, der auf dem Tisch lag. Sie musste eine Weile suchen, bis sie es endlich gefunden hatte ... Es war lange her, dass sie es das letzte Mal hervorgeholt und in Händen gehalten hatte. Das Kreuz ihrer Mutter. Sie lehnte es gegen den Mantelsack, entzündete eine Kerze und kniete nieder.

»Heilige Maria, Mutter Gottes, erhöre mein Gebet«, murmelte sie leise.

Der 12. August war ein drückend heißer Tag. Die preußische Armee hatte erst gegen Mittag begonnen, die russischen Stellungen vor Kunnersdorf zu berennen. Graffensteins Eskadron stand bei dem Korps Laudon auf dem äußersten linken Flügel. Kein Preuße ließ sich hier blicken. In der Ferne konnten sie die Schlacht um die sandigen Hügel toben sehen, auf denen die Russen Stellung bezogen hatten.

Gabriela hatte das Fernrohr herausgezogen, das ihr einst Prinz Karl geschenkt hatte. Aufmerksam verfolgte sie den Kampf in der Ferne. Schon hatten die Preußen den Hügel jenseits des Kuhgrundes genommen und begannen erneut mit dem Angriff. Wann würde endlich der Befehl zum Einsatz der Kavallerie kommen? Was, wenn sie den ganzen Tag nur in Reserve gehalten wurden? Bisher sah es ganz so aus, als wollten sich die Russen allein mit Friedrich messen.

Ungeduldig sah sie zu dem nahen Hügel, auf dem Laudon und sein Stab versammelt waren, um die Schlacht zu beobachten. Ein Reiter kam von dort herangeprescht. Er trug die Uniform der Nádasdy-Husaren. Es war Sir. Er hielt geradewegs auf ihre Eskadron zu.

»Die Preußen haben den Mühlberg besetzt und dringen weiter vor. Das Regiment soll in Stellung bleiben, bis neue Befehle kommen.«

Gabriela schob das Fernrohr zusammen und reichte es dem Schotten. »Ich möchte, dass du das an dich nimmst?«

»Lass den Unsinn! Man könnte ja meinen, dass du sterben willst!«

Sie nickte. »Ich habe heute Nacht von meinem Tod geträumt. Dies ist mein Tag. Wirst du dich um Branko kümmern, wenn mir etwas passiert?«

Sir schlug ein Kreuz. »Alles Unsinn! Was ist mit dir los, du bist doch sonst nicht so abergläubisch?«

»Ich habe zum allerersten Mal Angst vor der Schlacht.«

Ihr Freund grinste. »Mach dir keine Sorgen! Laudon meint, wenn die Preußen weiter so gegen die russischen Kanonen anrennen, dann werden für uns keine Feinde mehr übrig bleiben. Halt deinen Zug in Ordnung und denk nicht an den Tod. Das ist nicht gut am Tag einer Schlacht. Er könnte auf dich aufmerksam werden.«

Sie hielt ihm noch einmal das Fernrohr hin. »Nimm es! Ich möchte, dass du es hast.«

»Wenn du dann Ruhe gibst! Aber heute Abend gebe ich es dir zurück. Du wirst mich auf einen Schoppen Wein einladen und wir lachen über dieses dumme Gerede. Ich muss jetzt weiter!« Er winkte ihr noch einmal zu und preschte dann davon.

Gabriela sah ihm nach, bis sie ihn zwischen den Hunderten Reitern, die auf ihren Einsatz in der Schlacht warteten, nicht mehr sehen konnte. Wie gerne würde sie ihn beim Wort nehmen und ihn heute Abend auf einen Schoppen Wein einladen, dachte sie bitter. Hoffentlich kam bald der Befehl zum Angriff. Die Warterei machte sie noch wahnsinnig!

Schier endlos ging das Schießen auf den Hügeln am Horizont weiter. Bald schon tat es Gabriela leid, ihr Fernrohr fortgegeben zu haben, denn nun konnte sie den weiteren Verlauf der Kämpfe nicht mehr genau beobachten. Leise betete sie dafür, dass endlich ein Befehl zum Angriff kam. Die Sonne stand schon weit im Westen, als endlich von Graffenstein vor die Front seiner Eskadron ritt. »Die Preußen fliehen, Männer. Geben wir ihnen den Rest!«

Laudon selbst setzte sich an die Spitze seiner Reiterregimenter und führte sie durch eine weite Senke hinter der Hügelkette, auf der den ganzen Tag über gekämpft worden war. Von dort fielen sie den flüchtenden Preußen in die Flanke

Gabriela folgte mit ihrem Zug dem Baron Geißler, der gegen eine Höhe anritt, auf der die Preußen eine neue Schützenlinie errichtet hatten. Salve auf Salve feuerten die Füsiliere zu ihnen hinunter. Sie hatten in drei Linien hintereinander Stellung bezogen. Auf ihren Musketen schimmerten silbern die Bajonette. Rings um Gabriela stürzten ihre Kameraden.

Sie fluchte. Wann traf sie endlich eine Kugel? Schnaubend stampfte Nazli die Böschung hinauf. Die Steigung nahm ihrem Angriff die Wucht. Wieder krachte ihnen eine Salve entgegen. Eine leichte Brise trieb beißenden Pulverqualm den Hang hinab. Immer mehr Reiter rissen ihre Pferde herum und flohen.

Die Füsiliere hatten Mut! Keinen Fußbreit wichen sie zurück. Wie ein stählerner Wall erwarteten ihre Bajonette die Reiter, die bis auf den Hügelrücken gelangten. Keine Lücke zeigte sich in der lebenden Mauer.

Klirrend prallte eine Kugel an Gabrielas Säbel ab. Sie war so nah an den Preußen, dass sie das Weiße in den Augen der Feinde sehen konnte. Mit der Linken zog sie eine Pistole aus dem Sattelholster und feuerte auf einen Offizier.

»Schießt auf mich, ihr Schurken!«

Eine Kugel riss ihr den Kolpak vom Kopf.

Sie war jetzt unmittelbar vor der Mauer aus Menschenleibern. Mit kalter Disziplin hielten die Preußen ihre Formation. Den Husaren, die es bis auf den Hügelrücken geschafft hatten, blieb nichts, als vor der Front der Schützen auf und ab zu reiten oder zu fliehen. Gabriela feuerte ihre zweite Pistole auf einen jungen Füsilier in der ersten Reihe. Die Kugel riss ihn zu Boden, doch sofort trat ein Soldat aus der nächsten Reihe in die Lücke.

Eine neue Salve hüllte den Hügelkamm in Pulverdampf. Nazli wieherte und stieg. Die Stute war getroffen. Sie machte einen Satz nach vorn und strauchelte. Gabriela zog die Stiefel aus den Steigbügeln und stieß sich vom Sattel ab. Mit weit ausgebreiteten Armen fiel sie der Mauer von Bajonetten entgegen!

Sir rollte sich über die Schulter ab und war mit einem Satz wieder auf den Beinen. Sein Brauner war gestürzt und schlug wild mit den Hufen um sich. Blut sprudelte aus seinem Hals. Er würde nicht mehr hoch kommen. Der Schotte fluchte, dann zog er sich sein Barett tiefer in die Stirn und griff nach der Pistole eines toten Husaren. Er hatte Gabriela für einen Moment aus den Augen verloren. Sie hatte zu den Ersten gehört, die diesen gottverdammten Hügel hinaufgeprescht waren. Er sollte an ihrer Seite sein und auf sie aufpassen! Diese Todesvisionen vom Nachmittag ... So hatte er sie noch nie erlebt. Sie würde ihn brauchen. Keuchend rannte er zwischen den Reitern weiter die Böschung hinauf. Diese verfluchten Preußen. Sie hatten die Schlacht verloren! Warum konnten sie nicht endlich die Waffen strecken! Wie auf dem Exerzierplatz hielten sie die Schützenlinie. Rauch quoll aus ihren Musketen. Sir warf sich zu Boden. Kugeln zogen pfeifend über ihm hinweg.

Als er sich erhob, sah er einen Reiter, dessen Pferd geradewegs einen Satz in die Reihe der Bajonette machte. Der Kerl warf sich mit ausgebreiteten Armen den Klingen entgegen! Teufel! Das war kein Kerl!

»Gabriela!« Sein Schrei ging im Lärm einer neuen Salve unter. Dort wo sie gestürzt war, klaffte eine Lücke in der Formation. Reiter stießen nach.

Er rannte, so schnell ihn die Beine trugen. Das durfte nicht wahr sein! Tränen rannen ihm über die Wangen. Gabriela! Sie durfte nicht tot sein.

Als er endlich den Hügelrücken erreichte, war die Reihe der Preußen zerbrochen. Doch noch immer leisteten die Füsiliere verbissenen Widerstand. Ein Wachtmeister wollte ihm mit dem Gewehrkolben den Schädel einschlagen. Sir wich zurück und stieß dem Kerl seinen Säbel durch die Brust, bevor der Preuße erneut zuschlagen konnte.

Rings herum waren Pferde. Wo war Gabriela gestürzt? Verzweifelt versuchte er, sich zu orientieren. Eine Kugel streifte seinen Arm. Er ließ die Pistole aus der Linken fallen und rannte weiter. Der Boden lag voller Toter und Verwundeter.

»Gabriel!«, schrie er aus vollem Halse. »Gabriel!« Im Lärm der Schlacht gingen seine Rufe unter.

Langsam wichen die Preußen zurück. Immer mehr Reiter kamen den Hügel hinauf. Hier war das Gefecht entschieden! Ein Stück weiter links sah er ein verwundetes Pferd, das versuchte, wieder auf die Beine zu kommen, und strauchelte. Nazli! Dort musste Gabriela sein.

Fluchend bahnte er sich seinen Weg durch die Reiter. Endlich erreichte er die Stute. Sie wieherte jämmerlich. Eine Musketenkugel hatte ihr den rechten Vorderlauf zerschmettert. Man würde sie erschießen müssen!

Ängstlich blickte sich der Schotte nach Gabriela um. Sie lag ein kleines Stück weiter. Ein abgebrochenes Bajonett ragte aus ihrer Brust.

»Nein!« Sir warf sich neben ihr auf die Knie. Ihre Uniform war von Blut durchtränkt. Mit zitternden Fingern öffnete er ihren Dolman und zerriss das Hemd darunter. Sie stöhnte.

Unter dem Hemd kam ein handgroßes, geschnitztes Holzkreuz zum Vorschein. Es war etwas mehr als einen Finger dick. Schwach konnte man eine fast verblichene Jesusgestalt darauf erkennen. Und dort, wo man dem Heiland den Speer in die Seite gestoßen hatte, steckte das abgebrochene Bajonett. Nur die Spitze war durch das Holz hindurchgedrungen. Die Wunde, die Gabriela erlitten hatte, war kaum der Rede wert. Das Blut auf ihrer Uniform musste von den anderen Gefallenen rings herum sein.

»Beim Heiligen Patrick«, murmelte Sir leise. »Das ist ein Wunder!«

Gabriela schlug die Augenlider auf. Verwirrt blickte sie ihn an. Er schloss sie in die Arme. »Du lebst! Bei allen Heiligen, du lebst!«

»Das … das kann nicht sein«, murmelte sie benommen. »Du irrst dich …«

Sir hob sie auf. »Bei den Hörnern des Teufels, nein! Du bist voller Schrammen und wenn ich mir deine rechte Wange ansehe, hat wohl mal wieder jemand versucht, dir deinen Dickschädel einzuschlagen … Aber es gibt keinen Zweifel! Du lebst und hast nichts abbekommen, was nicht binnen einer Woche verheilt wäre!«

Sie starrte ihn mit weit aufgerissenen Augen an. Tränen rannen ihr über die Wangen. »Warum darf ich nicht in Ehren sterben?«

Sir drückte sie fest an seine Brust. »Was sagst du da? Dich scheinen Sie wohl doch ernsthaft am Kopf getroffen zu haben.« Er lachte leise.

Gabriela war noch ganz benommen von dem Jubel, mit dem man sie gefeiert hatte. Selbst der Feldmarschall hatte ihr gratuliert. Jetzt war sie froh, sich ein wenig abseits niederzulassen. Sie brauchte Ruhe, um nachzudenken.

Kaum hatte sie sich gesetzt, da erschien Schnitter und nahm neben ihr Platz. »Ich gratuliere, Herr von Bretton. Ihr Name ist in aller Munde. Man nennt Sie gar einen zweiten Winkelried, nach dem Schweizer, der sich vor vierhundert Jahren in der Schlacht bei Sempach in die Lanzenphalanx der Söldlinge des Herzogs Leopold von Österreich warf und so eine Bresche schlug. Schade, dass Sie ihm nicht in allem nacheiferten! Er hat seine Heldentat mit dem Leben bezahlt.«

»Ich habe mir alle Mühe gegeben …« Sie starrte den Geheimen Rat verbittert an.

»Und dabei sind Sie zum Helden geworden. Der Feldmarschall selbst will Sie zur Nominierung für das Ritterkreuz des Maria-Theresien-Ordens vorschlagen. Wissen Sie schon, dass der russische Oberbefehlshaber Saltykow

Sie für morgen an seine Tafel geladen hat? Durch Ihre Heldentat sind Sie unberührbar geworden, Frau Plarenzi. Gestern noch waren Sie nur ein Oberlieutenant, wie es ein paar Hundert gibt … Heute sind Sie der Held von Kunnersdorf. Vielleicht will sogar die Kaiserin Sie sehen.« Der Geheime Rat lächelte sie böse an. »Für dieses Mal haben Sie Ihren Kopf aus der Schlinge gezogen. Aber nichts ist vergänglicher als Ruhm, von Bretton. Seien Sie sich gewiss: Meine Stunde wird noch kommen!«

23. KAPITEL

Nach der Schlacht bei Kunnersdorf erzählte man sich, der Preußenkönig habe, nachdem seine Armee schon geschlagen war, ganz allein auf einem der sandigen Hügel gestanden und darauf gewartet, dass auch ihn eine Kugel fand. Zwei Pferde waren unter ihm erschossen worden. Eine Kugel, die ihn tatsächlich traf, war durch die Tabaksdose in seiner Tasche aufgehalten worden. Schließlich rettete ihn der Husarenrittmeister Joachim Bernhard von Prittwitz vom Schlachtfeld. Die Armee des Königs war zerschlagen. Die Feinde standen nur wenige Meilen von Berlin, doch der russische General Saltykow überschritt mit seiner ausgebluteten Armee nicht die Oder. An seine Zarin schrieb er: »Der König von Preußen pflegt seine Niederlagen teuer zu verkaufen; noch einen solchen Sieg, und ich werde die Nachricht davon, mit dem Stabe in der Hand, allein zu überbringen haben.«

Trotz einer weiteren Niederlage im November wollte Preußen nicht kapitulieren und über den Winter vollbrachte Friedrich noch einmal das Wunder, eine neue Armee aufzustellen. Wegen der schrecklichen Verluste der vergangenen Jahre mieden alle Seiten nun große Entscheidungsschlachten. Der Krieg wurde zu einer endlosen Reihe zermürbender Märsche, um den Feind in eine ungünstige Position zu manövrieren. Die leichte Reiterei, Husaren und Kosaken, trugen die Hauptlast der Kämpfe. Sie überfielen Wagenkolonnen, beobachteten das gegnerische Heer oder besetzten im Handstreich kleine Städte, um von den Bürgern Kontributionen zu erpressen. Wer dieses schändliche Lösegeld nicht zahlte, dem setzten sie den roten Hahn aufs Dach. Mit der Zeit begannen die Nationen kriegsmüde zu werden. Die Staatskassen waren leer und der Enthusiasmus der ersten Kriegsjahre verflogen.

Als zweieinhalb Jahre nach der Schlacht bei Kunnersdorf die Zarin Elisabeth starb, zerbrach das Bündnis gegen Preußen. Die Russen schlossen nicht nur Frieden mit Friedrich, sondern stellten sich sogar auf seine Seite. Auch die Schweden stellten die Kämpfe ein. Frankreich und England begannen über Frieden zu verhandeln. Nur Österreich und die Truppen des Kaiserreichs standen jetzt noch im Kampf gegen Preußen. Jedem war klar, dass bald ein allgemeiner Frieden geschlossen werden würde. Es ging nun nur noch darum, möglichst weite Gebiete des gegnerischen Staates zu besetzen, um die Friedensgespräche in einer starken Position zu beginnen.

Als der Krieg in seinem sechsten Jahr fast schon zum Erliegen gekommen war, erwuchs den Österreichern ein neuer Feind. Von der Türkengrenze kamen beunruhigende Nachrichten nach Wien. Ein Tatarenkhan in Diensten des Sultans von Konstantinopel versammelte eine riesige Reiterarmee und zog zur Grenze des Banats. Allem Anschein nach wollten die Türken die Gelegenheit nutzen, auch für sich noch ein Stück Beute aus dem großen Krieg der Europäer herauszuschlagen.

Im Oktober 1762 stand Gabriela mit einer kleinen Abteilung Husaren in der Festung Schweidnitz. Viermal hatte das Bollwerk im Laufe des Krieges seinen Besitzer gewechselt. Erneut war es eng von einem preußischen Belagerungsring umschlossen und nach der verlorenen Schlacht von Burkersdorf bestand keine Hoffnung mehr darauf, dass eine Entsatzarmee nach Schweidnitz durchbrechen würde.

Die letzten drei Kriegsjahre hatten Gabriela verbittert. Sie war zwar nach der Schlacht von Kunnersdorf mit dem Ritterkreuz des Maria-Theresia-Ordens ausgezeichnet worden, doch eine Beförderung, wie es bei einer solchen Ehrung eigentlich üblich war, hatte sie nicht erhalten.

Egal wie tapfer sie in den Schlachten der folgenden Jahre auch kämpfte, befördert wurden immer nur die anderen. Branko war zum Mann geworden und zum Lieutenant aufgestiegen, Sir, noch immer Adjutant Laudons, bekleidete den Rang eines Rittmeisters und ihr Widersacher, von Graffenstein, war als Oberstlieutenant inzwischen der stellvertretende Kommandant des Regiments.

Immer deutlicher spürte Gabriela den Schatten Schnitters auf sich lasten. Manchmal erwachte sie nachts und sah sich ängstlich in ihrer Kammer nach ihm um. In den letzten drei Jahren hatte sie nichts mehr von dem Geheimen Rat gehört, doch zweifelte sie keine Sekunde daran, dass Schnitter sie noch immer beobachten ließ.

Immer wieder gingen ihr seine letzten Worte durch den Kopf. »Nichts ist vergänglicher als Ruhm, von Bretton. Seien Sie sich gewiss: Meine Stunde wird noch kommen!«

Kein Tag verging, an dem sie nicht darüber nachdachte, wie sie dem Geheimen Rat entkommen konnte. Was würde er tun, wenn Frieden geschlossen wurde und die Regimenter aus dem Feld gezogen wurden? War das der Zeitpunkt, auf den er wartete? Solange ihr Onkel noch lebte, konnte sie an Flucht nicht denken. Schnitter würde dann statt ihrer ihn vernichten.

Manchmal wünschte Gabriela, sie wäre in der Schlacht bei Kunnersdorf gefallen. Egal, was sie im Gefecht auch wagte, sie kam immer unverletzt davon. Was andere als Segen gepriesen hätten, war ihr Fluch. Branko und vor allem Sir hatte sie sich nicht anvertraut. Sie befürchtete, der

Junge und der Schotte könnten etwas Unbedachtes tun, wenn sie die ganze Wahrheit wüssten.

Wütend rammte sie den stählernen Ladestock in die Mündung der Muskete. Dann richtete sie sich auf und spähte über die Brüstung des vorgelagerten Forts hinweg zu den Gräben der Preußen, die mit jedem Tag näher an die Mauern rückten. Drüben wurde eine Batterie von Zwanzigpfündern abgefeuert. Summend kamen die Kugeln heran. Gelassen verfolgte Gabriela ihren Flug. Sie würden am anderen Ende der Bastion einschlagen. Kanonenkugeln machten ihr keine Angst. Sie sah man kommen … Tückischer war das Feuer der Scharfschützen, die sich hinter den Schanzkörben in den vordersten Laufgräben verbargen.

Erst gestern Nacht hatte sie miterlebt, wie einem unvorsichtigen Wachtposten die Glut seiner Pfeife zum Verhängnis wurde. Ein Scharfschütze hatte ihn in der Finsternis ausgemacht und in die Stirn geschossen.

Mit lautem Getöse trafen die schweren Kugeln auf die dicken Ziegelsteinmauern des Forts. Gabriela spürte den Boden unter den Füßen erbeben. Sie hob die Muskete und visierte die Mütze eines Schanzarbeiters an, die über den Rand eines der Gräben lugte. Eine Musketenkugel klatschte dicht neben ihre gegen die Mauer. Feine Ziegelsplitter spritzten ihr ins Gesicht. Fluchend warf sie sich in Deckung. Irgendein Scharfschütze hatte sie aufs Korn genommen!

Wieder brüllten die schweren Belagerungsgeschütze der Preußen auf. Dieser Stellungskrieg war ohne Ehre! Heimtückisch wurde man auf weite Distanz niedergeschossen, ohne dass man seinen Mörder auch nur zu Gesicht bekommen hätte. Säße sie nur nicht in dieser verfluchten Festung gefangen! Klinge an Klinge mit einem anderen Reiter seine Kunst zu messen, das war ein ehrlicher Kampf!

Ihre Gedanken wanderten zu Gregorius. Ob er wohl wieder bei den Geschützen stand. Sir hatte ihr Fernrohr behalten, das sie ihm leichtfertig bei Kunnersdorf geschenkt hatte. Ohne ein Glas war es unmöglich, die Gesichter der Offiziere zu erkennen, die bei den Kanonen standen. Vier Jahre lang hatte sie nichts mehr von dem Nürnberger gehört. Ob er überhaupt noch lebte? Manchmal hatte sie sich vorgestellt, was wohl aus ihr geworden wäre, wenn sie einen Mann wie ihn anstelle von Janosch geheiratet hätte. Aber alles Grübeln war müßig! Sie war hier in Schweidnitz, und irgendwo in den Gräben lauerte ein Schütze darauf, ihr bei der nächstbesten Gelegenheit den Kopf wegzuschießen. Oder hatte er sich inzwischen vielleicht ein anderes Ziel gesucht?

Gabriela nahm ihre Fellmütze ab, steckte sie auf die Muskete und hielt sie hoch. Kaum einen Atemzug später heulte ein Querschläger über die Zinnen. Der Mistkerl dort unten wartete also immer noch auf sie!

Wieder donnerten die Kanonen der Preußen. Mit der letzten Salve waren die Einschläge etwas näher zu ihr herübergerückt. Hoffentlich hatten die Kanoniere jetzt nicht diese Ecke des Forts als Ziel gewählt. Sie presste sich eng gegen die Mauer. Steinsplitter fegten über sie hinweg. Ein Teil der Salve schien fehlgegangen zu sein. Es waren weniger Einschläge …

Ein ohrenbetäubender Knall rollte über die Wälle. Wie Hagel schlugen Steinbrocken auf sie nieder. Sie riss die Arme hoch, um sich zu schützen. Die Erde schwankte unter ihren Füßen. Die Mauer gab nach. Sie stürzte nach vorne. Roter Ziegelstaub wehte ihr ins Gesicht. Sie schlug hart auf den Boden. Etwas fiel auf sie herab. Ihr rechter Arm wurde gequetscht. Überall schrien Verwundete und Sterbende.

Die Preußen mussten die Pulverkammer getroffen haben! Gabriela versuchte sich zu bewegen. Kleinere Steine rutschten von ihren Beinen. Jeder Knochen in ihrem Körper schien zerschmettert. Erst jetzt, als sich der rote Staub langsam setzte, kamen die Schmerzen. Sie drehte den Kopf zur Seite. Ein Mauerstück, groß wie ein Fass hatte ihr den Arm eingequetscht. Sie stöhnte. Der Schmerz wurde immer schlimmer! Ihr Arm! Sie spürte ihn nicht mehr! Sie durfte jetzt nicht ohnmächtig werden! Wenn sie ins Lazarett geschafft wurde, würden ihr die Feldscher den Arm sicher abnehmen! Nicht schwach werden …

Klackernd fielen neben ihr weitere Steine zu Boden. Sie verdrehte den Kopf und sah nach oben. Fast fünf Schritt tief war sie gestürzt. Noch mehr Steine fielen von oben herab … Über ihr ragte ein halb zusammengestürzter Mauerbogen auf. Immer wieder fielen einzelne Ziegelsteine von dort herunter. Würde sich das große Stück nur lösen! Dann hätten alle Schmerzen und Grübeleien ein Ende!

Zwei Tage waren seit der Kapitulation von Schweidnitz vergangen, als Gregorius das Gerücht zu Ohren kam, unter den Verwundeten aus dem explodierten Fort hätte sich eine Frau in einer Husarenuniform befunden. Sofort machte er sich auf die Suche, doch noch ein weiterer Tag verstrich, bevor er sie entdeckte. Die Österreicher bemühten sich, die Sache zu vertuschen, und so hatte er von Lazarett zu Lazarett gehen müssen, bis er Gabriela endlich fand. Sie lag ganz am Ende einer langen Kasematte, direkt neben der Kammer, in der man die Toten aufbahrte. Ihr Lager war mit schmutzigen Laken verhängt worden, um sie vor den Blicken Neugieriger zu schützen. Sie glühte vor Fieber. Ihr Gesicht war von Prellungen unförmig verquollen. Ihr rechter Arm in groteskem Winkel verdreht. Offenbar war sie nicht einmal behandelt worden! Es schien, als wolle man sie einfach vergessen und dem Tod überlassen.

Wütend drehte sich Gregorius nach dem Regimentschirurgen um, der ihn begleitet hatte. »Warum wird der Oberlieutenant nicht behandelt?«

»Der Oberlieutenant ist eine Frau«, flüsterte der Arzt. Es war ein kleiner, dürrer Mann mit tiefliegenden Augen und ausgezehrtem Gesicht.

»Wer hat den Befehl gegeben, sie sterben zu lassen?« Gregorius sprach leise, doch voller kalter Wut.

»Niemand. Es ist keine Zeit, sich um alle zu kümmern. Sie haben doch gesehen, wie viele Verwundete hier unten liegen, Herr Oberstückhauptmann.«

»Mach Er mir nichts vor! Sie ist Offizier und müsste demzufolge bevorzugt behandelt werden.«

Der Chirurg schüttelte den Kopf. »Eine Frau kann kein Offizier sein. Sie muss die Uniform gestohlen haben.«

»Wie viele wissen von ihr?«

»Außer mir? Zwei Chirurgen und eine Gruppe von Offizieren, die ich über den Fall unterrichtet habe.«

»Sie werden mir alle Namen auf eine Liste schreiben! Aber zuerst behandeln Sie die Frau.«

Der Chirurg trat an das Bett und schlug die Decke zurück. Gabriela trug nur noch ein zerfetztes, blutbesudeltes Hemd. Ihre Uniform hatte man verschwinden lassen. Nur die nach Husarenart geflochtenen Zöpfe erinnerten noch daran, was sie einmal gewesen war. Gregorius stiegen vor Wut und Trauer Tränen in die Augen. Was hatte man ihr nur angetan!

Inzwischen betastete der Arzt den Arm und schnupperte an den Wunden. Dann schüttelte er den Kopf. »Ihr Fleisch hat sich entzündet. Daher das Fieber. Der Arm ist mehrfach gebrochen. Wir werden ihn amputieren müssen!«

»Das lasse ich nicht zu!«

»Dann wird sie sterben, Herr Oberstückhauptmann.« Der Chirurg sagte das so gleichgültig, als spräche er über etwas völlig Belangloses und nicht über ein Menschenleben.

Wütend packte Gregorius den Kerl beim Kragen und drückte ihn gegen die Mauer. »Jetzt hören Sie mir mal gut zu! Ich bin als einer der Offiziere eingeteilt, die in der Festung bleiben werden, um sie wieder in einen verteidigungsfähigen Zustand zu versetzen. Meiner Aufsicht untersteht dabei auch ein Teil der Gefangenen. Ich schwöre Ihnen bei Gott, wenn diese Frau stirbt, dann werden auch Sie die Gefangenschaft nicht überleben! Wenn Sie klug sind, nehmen Sie das lieber nicht als leeres Gerede!«

Der Regimentschirurg schluckte, hielt aber Gregorius' Blick stand. »Ich bin nur ein Mensch ... Wir müssen amputieren, wenn sie überleben soll ... Wenn Sie Wunder erwarten, Herr Oberstückhauptmann, dann schicken Sie besser nach einem Priester.«

»Das werde ich nicht tun! Ein Pfaffe kommt mir nicht an ihr Bett. Vielleicht sollten Sie es einmal mit Beten versuchen ... Denken Sie an das, was ich Ihnen gesagt habe. Ich werde nun gehen, aber wann immer es mein Dienst erlaubt, werde ich hierher hinabsteigen, um nach ihr zu sehen.«

Als Gabriela erwachte, saß neben ihr in einem Lehnstuhl eine zusammengesunkene Gestalt. Sein Kopf war in der Armbeuge vergraben, sodass sie sein Gesicht nicht sehen konnte. Der Mann trug eine dunkelblaue Uniform. Mehr konnte sie im Licht der flackernden Kerze, die neben ihrem Bett brannte, nicht erkennen. Offenbar war der Mann ein Preuße. Sie hatten die Schlacht um Schweidnitz also verloren.

Vorsichtig versuchte sie, sich zu bewegen. Sie hatte

Durst. Ihr Mund war völlig ausgetrocknet, die Lippen rissig und aufgesprungen. Sosehr sie sich bemühte, vermochte sie es nicht, sich aufzurichten. All ihre Kräfte waren aufgezehrt, die leichteste Bewegung eine Qual.

Sie wollte etwas sagen, doch sie brachte nur ein leises Röcheln hervor. Eine Ewigkeit hatte sie Zeit, dem Schlafenden zuzusehen, zu beobachten, wie sich seine Schultern bei jedem Atemzug hoben und senkten. Als sich ihre Augen an das Zwielicht gewöhnt hatten, erkannte sie, dass die Knöpfe des Uniformrocks vergoldet waren. Ein Offizier! Er trug auch eine gut gemachte Perücke mit jeweils einer Lockenrolle über den Schläfen. Wer der Mann wohl war?

Plötzlich wurde Gabriela sich bewusst, dass sie keine Uniform mehr trug. Ihr Geheimnis war entdeckt! Hatte man deshalb einen Offizier zur Wache für sie abgestellt? Eisige Schauer jagten ihr über den Rücken. Was würde man als Nächstes mit ihr tun? Noch einmal versuchte sie sich aufzurichten. Doch ihre Kräfte reichten nicht einmal, um ihre Arme zu bewegen, ja, den rechten Arm spürte sie gar nicht mehr. Sie erinnerte sich wieder an die Explosion und ihren Sturz. Sollte man den Arm etwa ... Nein, er war noch da. Dick bandagiert ruhte er auf einem Polster. Aber warum spürte sie ihn nicht? Sie versuchte, die Finger zu krümmen. Sie bewegten sich nicht ... Was war das!

»Du bist also endlich aufgewacht«, erklang eine freundliche Stimme an ihrer Seite.

Sie blickte zu dem Mann auf dem Stuhl. Gregorius! Sie war in Sicherheit. Er würde ihr kein Leid zufügen. Gregorius! Am liebsten hätte sie ihn in die Arme geschlossen!

Er trat an ihr Bett und legte ihr die Hand auf die Stirn. »Das Fieber ist zurückgegangen. Du wirst wieder gesund werden!«

Sie rollte mit den Augen und blickte zu dem bandagierten Arm. Gregorius begriff.

»Keine Sorge. Er ist nur gebrochen … Nichts Ernstes.«

Er war ein schlechter Lügner. Sie versuchte noch einmal, etwas zu sagen, doch wieder kam nur ein klägliches Röcheln über ihre Lippen.

»Die halbe Festung ist über dir zusammengebrochen, doch wie es scheint, bist du einfach nicht tot zu kriegen.« Plötzlich verfinsterte sich sein Gesicht. »Man hat dich bestohlen, als du ohnmächtig zwischen den Trümmern gelegen hast, aber das Wichtigste habe ich zurückbekommen.« Er griff nach einer ledernen Tasche, die neben dem Stuhl gelehnt hatte, und zog eine ihrer beiden Duellpistolen heraus. »Sie sind gerettet und ebenso das hier …« Er legte die breite, rot-weiße Ordensschärpe neben ihr aufs Bett. »Leider ist deine Uniform zum Teufel, aber ich werde eine neue für dich anfertigen lassen. Gut, dass du endlich aufgewacht bist! Langsam hatte ich angefangen, mir Sorgen zu machen. Du warst fast sieben Tage nicht bei Bewusstsein.«

Sie schaute zu ihm auf. Sein Gesicht war aschgrau, die Augen rot entzündet. Ob er wohl die ganze Zeit an ihrem Bett Wache gehalten hatte?

»Du siehst aus, als könntest du was zu trinken gebrauchen. Etwas essen darfst du zwar noch nicht … Fürs Erste muss Wasser reichen.« Der Feuerwerker hob einen Krug vom Boden auf und schenkte in einen Zinnbecher ein. Dann trat er neben sie und stützte ihr den Rücken, damit sie trinken konnte.

Niemals zuvor war etwas so Köstliches über ihre Lippen gekommen!

»Du musst langsam trinken. Ich darf dir zunächst nur ein bisschen geben. Jetzt, wo du bei Bewusstsein bist, werde ich dich in meine Kammer hinauftragen lassen.

Dort ist es ruhiger ... Ich werde natürlich ...« Er errötete. »Du musst dir keine Gedanken machen, dass ... Also, ich hab eine Decke und werde in der Schreibstube schlafen und ...« Er hatte sich über sie gebeugt, ihr zärtlich das Haar aus der Stirn gestrichen und flüsterte leise, damit die anderen Kranken jenseits der Lakenabspannung sie nicht hören konnten.

Sie lächelte matt. Sogar das Trinken hatte sie erschöpft. Einen Moment lang kämpfte sie gegen den Schlaf und versuchte zu verstehen, was der Feuerwerker noch sagte.

»... wegen des Kusses im Walde. Ähm ... Ich habe ...«

Gregorius war ihr Ritter. Solange sie in seiner Obhut war, musste sie sich nicht sorgen, dachte Gabriela und schlief ein.

»... weißt du ... Es ist nicht leicht für mich, das zu sagen, aber ... ich ... Ich liebe dich.«

Gabriela brauchte sehr lange, bis sie wieder zu Kräften kam. Ihr Geheimnis war nicht gewahrt geblieben. Die Gerüchte über sie hatten sich vom Lazarett über die ganze Festung ausgebreitet. Sie wagte kaum, das Zimmer von Gregorius zu verlassen. Die Verwundung hatte sie verändert. Sie konnte die Blicke, die ihr überall folgten, sobald sie die Kammer verließ, nicht ertragen. Von der Armee, für die sie sechs Jahre lang gekämpft hatte, fühlte sie sich ausgeschlossen. Natürlich redete man noch mit ihr, ja, man war sogar geradezu begierig danach, sie kennenzulernen, doch fühlte sie sich dabei wie ein seltsames Tier, das eine Gauklertruppe in einem Käfig ausstellte. Kameradschaft gab es keine mehr ...

Ihre Wunden heilten nur langsam und ihren rechten Arm konnte sie noch immer nicht richtig gebrauchen. Ihr Handgelenk war steif geworden und drei Finger der Hand waren taub, so als gäbe es sie gar nicht. Sie würde nie mehr mit dem Säbel fechten können. Auch das Pistolenschießen würde ihr viel schwerer fallen. Sie müsste ihren Abschied einreichen. Immer wieder kreisten ihre Gedanken um das, was danach geschehen würde. Ob Schnitter schon wusste, dass ihr Geheimnis aufgedeckt war? Wie würde er sich verhalten? Würde er nach all den Jahren immer noch dafür sorgen, dass die vermeintliche Mörderin, Gabriela Plarenzi, gehängt würde?

Unsicherheit und Angst lähmten sie. All ihr Mut schien unter den Trümmern des eingestürzten Forts begraben worden zu sein. Stundenlang stand sie in Gregorius' Kammer am Fenster und starrte auf den Exerzierplatz vor der Kommandantur. Oft dachte sie dabei an ihren Onkel in Olmütz. Wie es ihm wohl ergangen war?

Der Feuerwerker hatte ihr eine neue Husarenuniform schneidern lassen, doch zum ersten Mal fühlte sie sich in den engen Hosen unwohl. Ein einfaches Kleid, mit dem sie, ohne Aufsehen zu erregen, das Zimmer hätte verlassen können, wäre ihr lieber gewesen. Ach, Gregorius ... Unablässig bemühte er sich um sie. Jede freie Stunde verbrachte er mit ihr. Sie fühlte sich zu ihm hingezogen, doch konnte sie sich nicht vorstellen, sein Weib zu werden. Vor Gott war sie noch immer die Frau von Janosch Plarenzi. Aus einer Affäre mit einem anderen Mann hätte sie sich kein Gewissen gemacht ... Aber heiraten ... Das wäre eine Sünde, die ihr nicht vergeben werden würde!

Manchmal gab sie sich seinen Zärtlichkeiten hin. Es tat gut, in seinen Armen zu liegen ... Aber war das Liebe?

Die Monate verstrichen. Im Februar 1763 wurde in Hubertusburg ein Friedensvertrag geschlossen. Der große Krieg war damit beendet. Tausende waren dafür gestorben, dass sich am Grenzverlauf zwischen Preußen und Österreich nichts änderte. Friedrich durfte Schlesien behalten!

Die Regimenter wurden in ihre Stammquartiere zurückgeführt. Mit dem Frieden kehrten geordnete Verhältnisse ein. Gabriela aber wagte noch immer nicht, die Kammer in Schweidnitz zu verlassen. Geordnete Verhältnisse, das bedeutete für sie, dass man sich in Österreich nun auf jeden Fall mit dem Oberlieutenant aus den 9. Husarenregiment befassen würde. In den Wirren des Krieges hätte sie vielleicht noch entkommen können …

Es war an einem Morgen im Mai, als sie von ihrem Platz am Fenster zwei Offiziere in der grünblauen Uniform der Nádasdy-Husaren auf den Exerzierplatz vor der Kommandantur reiten sah. Nun waren sie also gekommen, sie zu holen!

Sie trat in die Kammer zurück und stellte sich neben den Tisch, auf dem der aufgeschlagene Simplicissimus lag. Sie hatte noch einmal begonnen in dem Buch zu lesen … Hier würde sie ihre Gefangeneneskorte erwarten. In stummer Würde, so wie es sich für einen Offizier geziemte!

Es dauerte lange, bis sie Schritte auf dem Flur vor dem Zimmer hörte und das wohlvertraute Klirren von Sporen. Sie nahm Haltung an. Die Tür flog auf. Gregorius war der Erste, der eintrat. Ihm folgten Sir und Branko! Gabriela schluckte. Warum hatte man ausgerechnet diese beiden ausgewählt, um sie in Gefangenschaft zu führen!

»Bei Sankt Patrick!« Der Schotte stürmte quer durch die Kammer und schloss sie in seine Arme. »Es tut gut, dich wiederzusehen …« Er drückte sie so fest, dass sie kaum noch atmen konnte.

»Sollt ihr mich holen?«, fragte sie leise.

»Dich holen?« Sir trat einen Schritt zurück. »Naja, vielleicht … Es gibt Gerüchte, die Preußen hätten einen Husarenoffizier gefangen, der sich als Frau entpuppte. Aber niemand weiß, aus welchem Regiment der Offizier war. Und es gibt verdammt viele gefangene Husarenoffiziere …«

»Du meinst, … ich könnte zurückkehren?«

»Deshalb sind wir hier! Falls du allerdings lieber bleiben möchtest …« Er sah zum Fenster. »Wir haben ein Packpferd mitgebracht und alles eingesammelt, was von dir beim Regiment zurückgeblieben ist. Vor allem dieses kleine Kistchen mit den Elfenbeinschnitzereien auf dem Deckel.« Er lächelte verschwörerisch. »Bei der Aussteuer würde ich dich sofort heiraten …«

Gabriela errötete. Sie hatte in dem Kistchen die Geschenke Halimes verwahrt. Allein von der Rose mit den Rubinen könnte man sich schon einen kleinen Gutshof kaufen. Sir und seine Späße! Sie lächelte den Schotten an. »Du meinst also, du könntest sesshaft werden?«

Gregorius räusperte sich. »Also bevor ihr heiratet, muss ich erst noch die Entlassungspapiere aufsetzen und einen Passierschein ausstellen.«

Der Feuerwerker wirkte seltsam bedrückt. Hatte er den Spaß seines Freundes etwa ernst genommen? Sie dachte an den Gregorius, den sie vor acht Jahren kennengelernt hatte. Den ausgelassenen jungen Feuerwerker, dem es ein höllisches Vergnügen war, sich mit jedem Pfaffen anzulegen. Der Krieg hatte ihn sehr verändert. Er war still und traurig geworden. Statt bunter, abgewetzter Kleider trug er eine makellose Offiziersuniform aus feinem Tuch. Sein zerzaustes, braunes Haar war gebändigt und unter einer gepuderten Perücke verschwunden. Nie zuvor waren ihr diese Veränderungen so deutlich vor Augen getreten wie jetzt, wo sie Sir und Gregorius nebeneinanderstehen sah.

Gregorius hatte sich gefreut, Sir endlich wiederzusehen. Die ganze Nacht hindurch hatten sie zu viert gezecht und gelacht. Wenn er jedoch daran dachte, dass die beiden Husaren schon in ein paar Tagen mit Gabriela aufbrechen würden, um zurück nach Österreich zu ihrem Regiment zu reiten, dann war ihm alle Freude vergällt. Schon lange hatte er sich nicht mehr so gut gefühlt wie in diesem Winter mit Gabriela. Sie hatten keine stürmische Liebesaffäre, doch wenn er zusammen mit ihr in seiner Kammer war, dann schienen die Kerzen ein wenig heller zu brennen und der Wein süßer zu schmecken. Sie musste nur einfach da sein, und die Mühsal und Bitterkeit der letzten Jahre waren fast vergessen ... Doch was half es, Trübsal zu blasen. Sie würde mit Sir reiten ... Gregorius straffte die Schultern und trat in die große Amtsstube des Festungskommandanten. Der General hatte ihn zu einer dringenden Unterredung befohlen. Le Fevre erwartete ihn hinter seinem Schreibtisch thronend. Er war allein.

»Mein lieber Freund, ich mache mir Sorgen um Sie. Gestern wurden Sie in einer Schenke mit zwei österreichischen Husaren beobachtet. Es gibt viele Offiziere, die solchen Umgang nicht verstehen können. Man redet bereits über Sie.«

»Wenn ich richtig informiert bin, haben wir nun Frieden mit den Österreichern, und es ist Ordre ergangen, alle Gefangenen auf freien Fuß zu setzen. Was habe ich also Ehrenrühriges getan?«

Der General schüttelte den Kopf. »Staaten schließen Frieden, aber Menschen vergessen nicht so schnell. Und dann noch Ihr Umgang mit diesem Mannweib! Dass Sie sie auch noch in Ihre Kammer nehmen mussten! Es gibt etliche Offiziere, die eifersüchtig auf Ihren Aufstieg zum Oberstückhauptmann sind. Wie Sie mit dieser ... dieser Husarin ein Quartier teilen, das schadet Ihrer Ehre. Gewiss werden Ihre Neider versuchen, diese Geschichte dem König zu Gehör zu bringen.«

»Meinen Sie solche Offiziere, die Nacht für Nacht mit Huren buhlen oder sich eine kleine verliebte Schankmaid halten, die sie doch niemals heiraten werden. Diese Ehrenmänner wollen gegen mich Klage erheben?«

»Bei Gott, Sie wissen doch, wie das ist als Soldat! Solche Affären sind alltäglich. Aber was Sie mit dieser Amazone treiben ...« Der Kommandant räusperte sich. »Diese Frau kann man nicht mit irgendeiner Dirne vergleichen. Sie ist schlimmer! Denken Sie doch einmal an Ihre Zukunft, Gregorius. Wir haben sieben Jahre gekämpft, nun ist nach all den Mühen und Entsagungen die Zeit der Ernte gekommen. Das Land wird neu aufgebaut. Verdiente Offiziere werden befördert und mit neuen Aufgaben betraut. Sie sind schon Oberstückhauptmann und befehligen mehr als vierhundert Soldaten. Ich kann mir gut vorstellen, dass der König Sie zum Festungskommandanten machen wird. Er hat Ihnen nicht vergessen, dass Sie vor dem Kriege Pläne von den Festungen halb Europas zusammengetragen haben.«

Gregorius zog seinen Degen und legte ihn vor dem verblüfften General auf den Tisch. »Festungskommandant? Nein, das ist nicht mein Leben. Bis ans Ende meiner Tage der Gebieter über einen Haufen Steine zu sein.«

Le Fevre lief rot an und sprang wütend aus seinem Sessel auf. »Was! Sie verbohrter Dickkopf! Wie meinen Sie das? Halten Sie mich etwa ...«

»Ich meine, dass ich lieber der Herr über vier Planwagen voller fluchender und versoffener Feuerwerker bin und frei von einer Stadt zur anderen ziehe, als dass ich über vier Kompanien Artillerie gebiete. Ich quittiere hiermit meinen Dienst, Herr General!«

»Das wird Ihnen noch leidtun, Sie ...« Die Stimme des Kommandanten überschlug sich vor Wut. »Glauben Sie nur nicht, dass Sie noch einmal zu mir zurückkommen können, Sie gewissenloser Vagabund!«

Als Gregorius die Tür hinter sich schloss, atmete er tief

durch. Zum ersten Mal seit Jahren fühlte er sich wieder frei! Er würde seine Freunde nach Österreich begleiten und dann … Jetzt, wo der Krieg vorbei war, gab es reichlich entlassene Artilleristen. Es würde nicht schwer sein, wieder eine Truppe aus Feuerwerkern zusammenzustellen.

24. KAPITEL

Baron von Richter blickte zu der kleinen Schenke bei der Talbrücke und zog genüsslich an seiner Pfeife. Gerade war in dem Haus das letzte Licht verloschen.

In dieser Nacht würde er endlich seinen Namen reinwaschen! Er könnte mit dieser Tat zwar nirgends prahlen, aber er würde wenigstens seinen Frieden wiederhaben. Gott war ihm gnädig und hatte ihm Schnitter geschickt. Als er vor drei Monaten, unmittelbar nach dem Friedensschluss, in eine Kanzlei in Wien bestellt worden war, hatte er sich größte Sorgen gemacht. Acht Jahre lang war er bei allen Beförderungen übergangen worden und immer noch nur Lieutenant bei den Palffy-Kürassieren. Und das, obwohl er von Stand war! Hätte er sich nur niemals auf dieses verfluchte Wettschießen mit dem Weibsbild in Olmütz eingelassen! Sein Leben wäre anders verlaufen. Niemals hätte er geglaubt, dass diese Geschichte sich so schnell herumsprechen würde. Ein Palffy-Kürassier, der nicht richtig schießen konnte! Der Baron knirschte mit den Zähnen. Sein Kommandant hatte ihn damals zu sich bestellt und ihn wegen der Blamage gemaßregelt. Er habe die Ehre des Regiments besudelt, hatte man ihm vorgeworfen. Deshalb war er nicht mehr befördert worden. Er hatte versucht, sich zu einem der anderen Kürassierregimenter versetzen zu lassen, doch niemand wollte den Lieutenant, der schlechter schoss als ein Weibsbild, in seiner Truppe haben.

Er hätte auch seinen Abschied nehmen können, doch in seiner Familie war es seit über hundertfünfzig Jahren Tradition, bei den gepanzerten Reitern unter der Fahne Habsburgs zu dienen. Entweder wurde man in Ehren entlassen oder man blieb auf dem Felde. Einfach seinen Hut zu nehmen und zu gehen, das war unmöglich!

Schnitter hatte all dies gewusst und ihn damit beauftragt, ihm den Kopf der Mörderin Gabriela Plarenzi zu bringen. Wenn es gelang, so wollte der Geheime Rat dafür sorgen, dass man ihn als Rittmeister in die Regimentsrolle der Erzherzog Leopold-Kürassiere aufnahm. Wie oft hatte er sich den Tod dieser Amazone gewünscht! Und jetzt durfte er sie sogar im Auftrag eines kaiserlichen Beamten richten. Er hatte ihren Steckbrief gesehen. Sie war eine gesuchte Mörderin! Er wäre also ein Henker und kein Bandit, wenn er sie und das Gesindel an ihrer Seite richtete!

Der Baron blickte zu den zwölf Männern, die unter seinem Kommando standen. Es waren Deserteure, Halsabschneider und Banditen. Sie alle hatten von Schnitter eine Gelegenheit bekommen, sich zu rehabilitieren. Von Richter hatte sie in den letzten Wochen zu einer disziplinierten Truppe gemacht. Sie trugen zerfetzte Uniformen der Carlstädter Grenzer. So sahen sie aus wie kroatische Deserteure. Soldaten, die fortgelaufen waren, um nun auf eigene Rechnung als Banditen in den Wäldern zu hausen. Es gab mehr als genug Marodeure dieser Art, und niemand würde sich wundern, wenn ein solches Trüppchen bei Nacht ein einsames Gasthaus in den böhmischen Bergen überfiel.

Der Geheime Rat wusste von Offizieren, die aus Kriegsgefangenschaft heimkehrten, dass bei Schweidnitz ein Weibsbild in Husarenuniform in preußische Gefangenschaft geraten war. So hatte er sie hierhergeschickt, um die Mörderin aufzulauern, sobald sie die Festung verließ.

Überraschenderweise war sie in Begleitung von drei Männern abgereist. Deshalb hatte von Richter abgewartet, bis die kleine Gruppe weitab von bewohnten Gegenden ein Quartier bezog. Zwei der Männer waren Husaren. Sie würden der Mörderin wahrscheinlich zur Seite stehen. Doch das würde dieser Gabriela Plarenzi nichts mehr nutzen. Bis zum Oberlieutenant hatte die Betrügerin es gebracht, dachte der Baron verbittert. Weiter als er!

Er schleuderte die Pfeife zu Boden und gab seinen Männern das Zeichen zum Angriff. Endlich war die Stunde der Rache gekommen!

Fluchend tastete Branko unter dem Bett herum. Er hätte nicht so viel von dem guten böhmischen Bier trinken sollen, oder wenigstens beim Schlafengehen darauf achten müssen, ob es ein Nachtgeschirr in dieser gottverdammten Kammer gab.

Wütend kroch er unter dem Bett hervor. Für einen Augenblick sah er unschlüssig zum Fenster. Wenn er den Laden öffnete und sich auf einen Stuhl stellte ... Nein, das kam nicht infrage. Er war Unterlieutenant! Ein Offizier würde sich keine solche Blöße geben! Kurz dachte er an Sir. Nein, den konnte man sich nicht zum Vorbild nehmen. Er war Offizier und Schotte. Das war etwas anderes.

Tänzelnd von einem Fuß auf den anderen hüpfend, machte er sich auf den Weg. Er musste die Stiege hinab, quer durch den Schankraum und dann noch über den Hof. Das letzte Stück legte er im Laufschritt zurück. In hohem Bogen erleichterte er sich in den Graben auf der Rückseite der Ställe. Die Pferde schnaubten unruhig. Offenbar hatte er sie in ihrer Ruhe gestört. Er schlug die letzten Tropfen ab und schlich um den langen, gemauerten Stall. Er würde seiner Stute noch ein wenig Hafer geben.

War das hohe Tor zum Stall nicht eben noch geschlossen gewesen? Die Tiere stampften und schnaubten. Es gab hier in den Wäldern noch Wölfe und Wildkatzen. Er sollte besser nachsehen, ob sich nicht irgendein Vieh eingeschlichen hatte. Welcher Trottel nur die Stalltür offen gelassen haben mochte!

Der warme Duft von Heu schlug ihm entgegen. Draußen hatte der Mond die Nacht erhellt, hier jedoch war es stockfinster.

»Ruhig, meine Lieben«, flüsterte er. Vorsichtig tastete er sich durch das Dunkel. Hatte sich da etwas bewegt? Er machte einen Schritt zurück. Pfeifend schnitt etwas vor ihm durch die Luft. Ein Mann mit einem Säbel sprang hinter einem der Verschläge hervor.

»Alarm ...«, schrie Branko aus Leibeskräften.

»Halts Maul und ich lass dich leben«, zischte der Kerl. Im selben Augenblick schlug er wieder zu.

Branko duckte sich und machte einen Satz nach vorne. »Räuber«, brüllte er. »Mordbrenner!« Der junge Husar rammte der Schattengestalt seine Schulter gegen die Brust. Der Mann geriet ins Taumeln und machte einen Satz nach hinten.

Ein Rückhandschlag streifte Brankos Ärmel. Er fluchte. Jetzt hatte der Angreifer wieder alle Vorteile auf seiner Seite. Mit dem Sprung nach hinten stand wieder die Klinge des Säbels zwischen ihnen. Branko riss ein Pferdegeschirr von einem Hacken und schleuderte es dem Räuber entgegen. Dann bekam er eine Heugabel zu packen.

»Glaub nicht, dass du mir davonkommst, du Wicht!«

Die Schattengestalt machte einen Ausfall und trieb den Husaren mit einer ganzen Serie von wuchtigen Schlägen bis zum Stalltor. Branko hörte hinter sich Geschrei. Offenbar war der Schurke nicht allein!

Klirrend schlug die Klinge zwischen die Zacken der

Heugabel. Branko drehte den Schaft, sodass sich der Säbel verkantete. Mit einem Ruck riss er dem Angreifer die Waffe aus der Hand und nutzte die Drehung, um dem Mann den Stiel der Heugabel in den Bauch zu rammen. Keuchend ging sein Gegner in die Knie und versuchte, nach dem Säbel zu greifen. Noch einmal wirbelte die Heugabel herum. Die eisernen Zacken durchbohrten die Brust des Plünderers. Er gab einen pfeifenden Laut von sich und sackte nach hinten.

Branko hob den Säbel auf. Mit der blanken Klinge war er gewohnt zu kämpfen. Jetzt sollten die Schurken nur kommen. Er würde es ihnen schon zeigen!

»Alarm!« Wütend brüllend stürmte er zum Tor des Stalls hinaus. »Alarm!«

Dunkle Gestalten huschten über den Hof. Ein Mann sprang zur Seite, um einem Säbelhieb auszuweichen. Branko hielt sich nicht mit ihm auf. Er musste zum Wirtshaus hinüber! Fast hatte er schon die Tür erreicht, als ihm ein Eimer zwischen die Beine geschleudert wurde. Er strauchelte und schlug der Länge nach hin. Ein schwerer Stiefel trat auf die Hand, mit der er den Säbelgriff umklammerte. Über ihm erhob sich der Schatten eines riesigen, vierschrötigen Kerls. Silbern brach sich das Mondlicht auf einem polierten Pistolenlauf.

»Fahr zur Hölle, Bürschchen!«

Sir streckte sich zufrieden in sein Bett. Pflaumenschnaps war zwar nicht mit schottischem Whisky zu vergleichen, aber wie sagte man so schön? In der Not frisst der Teufel Fliegen. Das Zeug brannte in der Kehle und machte einem das Herz leicht.

Von der Scheune her hörte er die Pferde schnauben. Ein Ruf gellte durch die Nacht. Alarm? Verflucht! Er war doch hier nicht im Heerlager! Was zum Henker sollte das?

Etwas benommen schwang er die Beine aus dem Bett. Er hatte sich noch nicht ausgezogen.

»Räuber! Mordbrenner!«, hallte es über den Hof.

Schlaftrunken taumelte Sir zum Fenster. Branko lief, nur mit einem Nachthemd bekleidet, über den Hof. Um ihn herum finstere Gestalten… Plötzlich strauchelte der Junge, ein Schuss fiel. Sir war schlagartig nüchtern. Sie hatten … Mit einem Satz war er bei dem Tisch, auf dem seine Pistolen aus den Sattelholstern lagen, dann stürmte er zur Tür und riss den Säbel an sich, der an der Wand lehnte.

Als er vor sein Zimmer trat, sah er Gregorius. Der Feuerwerker lehnte sich über das Geländer der Galerie, um in die Schankstube hinabzusehen. Unten wurde eine Türe aufgestoßen.

»Zurück!«, rief er dem Nürnberger zu.

Mündungsfeuer blitzte im dunklen Schankraum. Jemand schrie.

Der Schotte drückte sich mit dem Rücken gegen die Wand und gab seinem Freund einen Wink, in sein Zimmer zurückzugehen. Schritte trampelten die Stiege hinauf. Sir riss eine Pistole hoch und wartete, bis ein Schatten über dem Treppenabsatz auftauchte. Dann feuerte er. Im Lichtblitz des Mündungsfeuers konnte er für einen Augenblick das Antlitz seines Gegners sehen, dann wurde der Mann nach hinten gerissen und stürzte die Treppe hinab. Flüche und Schreie ertönten.

Es war an der Zeit zu verschwinden. Sir trat die Tür zu Gabrielas Zimmer ein und wäre um ein Haar von einem Säbelhieb niedergestreckt worden. »Ich bin's, Amazone. Heb dir das für die anderen auf.«

Sie ließ ihn hinein und bezog sofort wieder Posten hinter der Tür. »Wie viele?«, fragte sie knapp.

»Viele! Zehn, vielleicht noch mehr. In der Finsternis kann man das nicht sagen.«

»Gebt uns Gabriela Plarenzi heraus, dann werden wir alle anderen verschonen«, hallte eine dunkle Stimme aus dem Schankraum herauf.

»Na, denen haben wir's aber gegeben, wenn die jetzt schon verhandeln wollen«, flüsterte Sir, dann rief er lauter: »Wenn ihr sofort abhaut, werden wir darauf verzichten, euch zu verfolgen!« In aller Ruhe öffnete der Schotte seine Patronentasche und begann die Pistole nachzuladen.

Von unten kam keine Antwort. Man hörte leise Schritte. Irgendwo quietschte eine Tür. Plötzlich krachten Schüsse. Holz splitterte.

»Teufel auch!« Gabriela drückte sich gegen die Wand. »Die schießen durch den Fußboden!«

Wieder war alles ruhig. »Wir müssen hier heraus«, flüsterte der Schotte. »Auf diese Art werden sie uns früher oder später erwischen.«

»Und Gregorius?«

Sir rammte den Ladestock in die Pistole und schob ihn dann in die Führung unter dem Lauf zurück. »Den nehmen wir natürlich mit! Bist du bereit?«

Gabriela brummte etwas Unverständliches.

»Ich hoffe, du vergisst die kleine Schmuckkiste nicht! Dein Gold werden wir vielleicht noch brauchen.«

Wortlos nahm sie ihren Mantelsack vom Bettpfosten.

»Ich gehe zuerst. In dieser Art zu kämpfen habe ich einige Übung. Nach Culloden hatte ich reichlich Gelegenheit, meine Künste auf diesem Gebiet zu vervollkommnen.« Seine Stimme klang nicht halb so zuversichtlich, wie er es gewollt hatte. Bevor Gabriela antworten konnte, war er durch die Tür. Schüsse krachten. Eine Kugel riss neben ihm ein faustgroßes Loch in den Lehmverputz der Wand.

Geduckt hechtete Sir zum Zimmer des Nürnbergers. Dicht hinter ihm folgte Gabriela. »Was tun wir? Durchbrechen?«

Der Schotte schnaubte. »Wenn du unbedingt sterben willst? Sobald wir versuchen, über die Treppe zu kommen, knallen die uns ab wie die Hasen.«

»Wo ist Branko?«, fragte Gregorius. »Wir können nicht ohne ihn gehen!«

»Der liegt tot im Hof. Ich weiß nicht, was er dort unten gemacht hat, aber er hat sich, verdammt nochmal, den schlechtesten Zeitpunkt für einen Spaziergang im Mondenschein ausgesucht!«

Einen Moment lang herrschte Schweigen. Aus dem Schankraum war unterdrücktes Stöhnen zu hören.

»Für Branko sollen sie bluten«, murmelte Gabriela schließlich gepresst.

»Wenn wir jetzt hinuntergehen, tun wir genau das, was sie von uns erwarten«, entgegnete Sir gereizt.

»Und was schlägst du vor?«

Der Schotte blickte zum Fenster. »Dort hinaus und zu den Pferdeställen.« Er stand auf und sah auf den Hof. Die Scheibe zersplitterte und eine Kugel schlug in die Decke.

»Hervorragende Idee!« Gabriela lachte leise. »Alles in Ordnung?«

Sir war in die Hocke gegangen. »Ja, ja. Jetzt haben wir Frieden und schon wieder wird auf mich geschossen ... Aber wenigstens haben sie im Gegensatz zu den Preußen keine Kanonen.«

Unter ihnen krachten Schüsse. Kugeln schlugen durch den Zimmerboden. Gregorius stöhnte. Ein langer Holzsplitter war durch seine Hose gedrungen.

»Jetzt reicht es.« Gabriela trat an die Tür. »Los, gehen wir runter, solange sie nachladen!« Ohne auf eine Antwort zu warten, stürmte sie los.

Fluchend folgte ihr Sir. Dieses Weib brachte sie noch alle um. Aber Mut hatte sie! Sie war mit jedem Zoll ein Husar.

Draußen wurden sie von Schüssen empfangen. Statt die

Treppe zu nehmen, sprang er über das Geländer der Galerie und landete auf einem Tisch im Schankraum, der unter ihm zerbarst. Er rollte sich zur Seite ab und stieß dabei mit der Stirn gegen ein Stuhlbein. Ein Säbelhieb verfehlte ihn nur um Haaresbreite. Er trat dem Mann ins Gemächt und kam taumelnd auf die Beine. Wieder wurde geschossen. Beißender Pulverrauch füllte den Schankraum.

»Zur Tür!«, rief der Feuerwerker.

Sir sah sich verzweifelt im Dunkeln um. Der hatte gut reden! Wo war die Tür? Ein Schatten bewegte sich vor ihm. Der Schotte riss die Pistole hoch.

»Nicht! Ich bin's!«

Gabriela! Fast hätte er sie niedergeschossen. Sie packte ihn am Arm. »Hier entlang. Bist du verletzt?«

»Nein«, brummte er mürrisch. »Aber ich glaube, ich werde langsam zu alt für so etwas.«

Sie erreichten die Tür und stürmten über den Hof. Gregorius folgte ihnen hinkend. Wieder bellten Schüsse. Der Feuerwerker stürzte.

»Mach die Pferde bereit! Ich hole ihn!« Noch bevor Gabriela etwas erwidern konnte, rannte er zurück.

Eine Kugel hatte dem Nürnberger den Arm durchschlagen. Er blutete stark. Für einen Augenblick war es ruhig. Offenbar mussten die Banditen wieder nachladen. Nur zwei Schritt neben Gregorius lag Branko. Ein Schuss aus nächster Nähe hatte dem Jungen das halbe Gesicht weggerissen. Sir packte seinen Freund unter den Achseln und zerrte ihn zu den Ställen. Keuchend schloss er das hohe Tor hinter sich. Noch immer war draußen alles ruhig.

»Ich schlage einen taktischen Rückzug vor«, stöhnte Gregorius.

»Angenommen!« Sir blickte zu Gabriela. Sie zuckte mit den Schultern. Etwas fiel polternd auf das Dach der Ställe.

Der Schotte und Gabriela sattelten die Pferde, während Gregorius mit zwei Pistolen beim Stalltor blieb. Die Tiere wurden immer unruhiger. Wieder fiel etwas aufs Dach.

»Riechst du das?«, fragte Gabriela besorgt.

Sir hielt einen Moment lang inne. Rauch! Die Schurken versuchten, den Stall abzubrennen. Hastig zog er den Sattelgurt fest. »Wir müssen hier raus!«

»Ich hol die anderen Pferde aus den Verschlägen.«

Bevor Sir etwas antworten konnte, war Gabriela im Finstern verschwunden. Es war müßig, ihr nachzulaufen. Er hatte alle Hände voll mit seinem Rappen zu tun, der auskeilte und versuchte sich loszureißen.

Lange Flammenzungen leckten durch die Dachbalken, bis endlich drei Pferde gesattelt waren. Die übrigen Tiere drängten sich vor der Stalltür. Sir riss den Sperrriegel zurück und in wilder Jagd preschten sie auf den Hof. Er legte sich flach über den Hals seiner Stute, um ein möglichst kleines Ziel zu bieten. Die Räuber empfingen sie mit Schüssen. Gabrielas Pferd stieg. Sie hieb einen der Schurken mit dem Säbel nieder. Einen Herzschlag lang sah sie aus wie ein Reiterstandbild.

Ohne sich auf weitere Kämpfe einzulassen, galoppierten sie nach Süden, um tiefer in die Berge zu kommen. Sie hatten den Gasthof schon ein Stück weit hinter sich gelassen, als Sir sich noch einmal umsah. Der brennende Stall erleuchtete das Tal unter ihnen. Einer der Räuber führte Pferde vom Waldrand herbei. Es war also noch nicht zu Ende.

Sie waren eine Stunde oder länger in halsbrecherischem Tempo über steile Bergpfade geritten, als Sirs Pferd zu lahmen begann. Schließlich blieb ihm nichts anderes übrig, als abzusteigen und die Stute am Zügel zu nehmen. Dicht neben dem Weg ging ein Steilhang senkrecht in die

Tiefe. Irgendwo in der Finsternis erklang das Plätschern eines Wasserfalls. Dies wäre ein guter Platz, die anderen aufzuhalten. Er konnte nicht länger bei Gabriela und Gregorius bleiben. Er hielt die beiden nur auf. Wenn er sich hier ihren Verfolgern stellte, würde er sie eine Weile aufhalten. Sie könnten ihn nur von vorne angreifen. Er zog die Pistolen aus den Sattelholstern und schob sie sich in den Gürtel. Als er gesehen hatte, wie diese Mordbrenner ihre Pferde holten, statt den Gasthof zu plündern, hatte er begriffen, dass es sich hier nicht einfach um Marodeure handelte. Sie waren wegen Gabriela hier.

Gabriela zügelte ihr Pferd und blickte zu ihm zurück. »Was ist los? Warum bleibst du stehen?«

Sie sah gut aus, mit zerzaustem Haar und wildem Blick. Was für eine Frau! Sir war stolz darauf, ihr Freund gewesen zu sein. Mit einem Achselzucken wies er zu seiner Stute. »Sie hat eine Stauchung. Ihr müsst ohne mich weiter!«

Gabriela schüttelte entschieden den Kopf. »Auf gar keinen Fall! Sie wollen mich, ich werde nicht zulassen, dass auch du noch dein Leben für mich gibst.«

»Gestattest du mir die Freiheit, dass ich darüber selbst entscheide? Wenn wir alle hierbleiben, haben die anderen gewonnen! Ich schlage dir vor, wir lassen das Schicksal entscheiden.«

»Wie meinst du das?«, fragte sie misstrauisch.

»Ganz einfach. Wir haben keine Zeit, um uns zu streiten, also lassen wir eine Münze entscheiden. Kopf, ich bleibe alleine zurück, Adler, ihr leistet mir Gesellschaft.«

Gabriela stutzte einen Augenblick, dann nickte sie schließlich. »Gut, machen wir es so.«

Der Schotte holte eine schwere Silbermünze aus einer Tasche, die im Futter seiner Husarenweste verborgen war.

»Ich werfe!«, forderte Gabriela nachdrücklich.

»Wie kann man nur so misstrauisch sein«, brummte Sir und reichte ihr die Münze.

Sie ließ das Silberstück in hohem Bogen durch die Luft segeln und schnappte es gekonnt wieder auf. Ganz langsam öffnete sie die Hand. »Verflucht, es ist zu dunkel, man kann nichts erkennen.«

»Steig ab und leg die Münze dort auf den Stein. Ich werde Licht machen.«

Gabriela gehorchte. Sir schüttete ein klein wenig Pulver direkt neben das Silberstück auf den flachen Stein. Dann schlug er einen Funken mit einem Feuerstein und in einer hellen Stichflamme verging das Pulver. Für einen Atemzug lang war ganz deutlich der Kopf des Königs von Frankreich auf der Münze zu sehen.

Inzwischen war auch Gregorius zurückgekommen. Er hatte ganz offensichtlich Mühe, sich im Sattel zu halten. »Was macht ihr hier? Signalfeuer abbrennen, damit die Halsabschneider unsere Spur nicht verlieren?«

»Wir werden uns trennen«, entgegnete Gabriela knapp. »Sir bleibt zurück, um sie aufzuhalten.« Sie trat an die Seite des Schotten. »Warum werde ich den Verdacht nicht los, dass du schon wieder eine Betrügerei ausgeheckt hast.«

Sir grinste. »Wie kommt es nur, dass du so ein schlechtes Bild von mir hast?«

Einen Moment lang sahen sie einander schweigend an. Dann drückte sie ihm ihre beiden Pistolen in die Hände. »Hier, die wirst du brauchen! Wo werden wir uns wiedersehen, wenn du das hier hinter dich gebracht hast?«

»Erinnerst du dich an das Gasthaus ›Zur goldenen Sonne‹ an der Straße nach Kolin? Das liegt ein gutes Stück abseits von der Straße nach Wien. Dort wird man uns nicht vermuten. Ich erwarte dich wie damals in der Dachstube!«

Gabriela schloss ihn in die Arme. »Mach's gut, alter Halunke. Und pass auf dich auf!«

»Hab keine Sorge um mich! Im Vergleich zu Culloden wird das hier ein Kinderspiel. Ein Schotte zählt so viel wie ein ganzes Dutzend Halunken. So gesehen bin ich in der Übermacht!«

Gabriela schüttelte noch einmal den Kopf, dann stieg sie auf ihr Pferd und verschwand mit Gregorius in der Finsternis. Weiter unten auf dem Weg erklang gedämpfter Hufschlag. Mondlicht brach zwischen den Wolken hervor. Sir ging zu seinem Sattel und holte die kleine silberne Flasche hervor, die ihn so viele Jahre begleitet hatte. Er zog den Korken. Einen allerletzten Schluck hatte er sich für einen Tag wie diesen aufgehoben. Er behielt den Whisky einen Moment im Mund, um sein Aroma ganz auszukosten. Dann bückte er sich nach der Münze und sah sich die Königsköpfe auf den beiden Seiten an. Hunderte Male hatte er mit der falschen Münze gewonnen. Heute würde er die Zeche dafür zahlen. Er schnippte sie in den Abgrund, zog die beiden Pistolen aus seinem Gürtel und stellte sich breitbeinig mitten auf den engen Weg.

Zwei Wochen warteten sie im Gasthaus »Zur goldenen Sonne«, doch Sir kehrte nicht mehr zu ihnen zurück. Gregorius hatte die Zeit gebraucht, um sich von seiner Verwundung zu erholen. Um weniger aufzufallen, stimmte Gabriela zu, von nun an in Frauenkleidern zu reisen. Wer wusste schon, wo Schnitters Bluthunde sie noch überall suchen würden. Sie reisten zunächst nach Prag, verkauften dort ihre Pferde, nahmen eine Postkutsche nach Linz und fuhren von dort aus schließlich nach Wien.

Es war ein regnerischer Sommertag, als Gabriela und der Feuerwerker mit ihren Reisetaschen auf den Hof eines prächtigen Palais traten. Mit bangem Herzen benutzte sie den Messingklopfer am Hauptportal. Die Schläge hallten über den Hof. Lange Zeit verstrich, und die beiden wollten sich schon abwenden, als schließlich doch noch die Tür von einer dunkelhäutigen Gestalt in seidenen Gewändern geöffnet wurde.

Gabriela zog die rubinbesetzte Rose hervor und drückte sie dem Sklaven in die Hand. »Sag deiner Herrin, eine alte Freundin sei zurückgekehrt!«

EPILOG

Halime verschaffte Gabriela eine Audienz am kaiserlichen Hof und erreichte, dass das Todesurteil gegen Gabriela wegen ihrer Tapferkeit im Felde aufgehoben wurde. Darüber hinaus billigte die Kaiserin die Taten der Husarin jedoch nicht. Der Name Gabriel von Bretton wurde aus den Regimentslisten der Nádasdy-Husaren gestrichen.

Erst Jahre später, als Kronprinz Josef neben seiner Mutter den Kaiserthron bestieg, wurde Gabriela rehabilitiert. Der junge Herrscher beförderte sie zum Rittmeister und gewährte ihr die Pension, die einem Armeeoffizier zustand. Sie erhielt außerdem das Privilegium, zum Amazonenkleide die kaiserliche Uniform, Hut und Offiziersehrenabzeichen zu tragen.

Am Morgen des 3. September 1763 standen Gabriela und Gregorius auf der Donaubrücke vor Wien. Melancholisch blickte sie zu den grauen Wellen hinab. »Denkst du auch noch oft an Sir?«

Der Feuerwerker nickte.

»Was aus ihm geworden sein mag? Ob er …«

»Das kann ich mir nicht vorstellen!« Gregorius gab sich Mühe, zuversichtlich zu klingen. »Vielleicht ist er jetzt, in diesem Augenblick, in Venedig und versucht noch einmal, mit einem Feuerwerk die halbe Stadt abzubrennen …«

Gabriela lächelte traurig. »Ja, vielleicht …«

Schweigend standen sie für eine Weile nebeneinander, bis der Nürnberger ihre Hand ergriff. »Ich muss jetzt gehen, sie warten auf mich.«

Am anderen Ufer standen drei Wagen. Der vorderste hatte ein riesiges Bild auf die Plane gemalt. Es zeigte die Hure Babylon in all ihrer verwerflichen Herrlichkeit.

Der Feuerwerker drückte ihre Hand fester. »Lebe wohl, meine liebe Freundin.«

Gabriela hatte plötzlich einen Kloß im Hals. Sie brachte kein Wort hervor und nickte ihm nur stumm zu. Dann ging Gregorius. Mit festem Schritt überquerte er die Brücke. Sein braunes Haar war vom Wind zerzaust. Er trug jetzt wieder die abgewetzte alte Pelzmütze. Sie passte besser zu ihm als die Perücke und der Dreispitz eines Offiziers.

Gabriela wandte sich ab und sah zum Stephansdom, der sich schwarz über die Stadt erhob. Für den Abend war sie ins Winterpalais der Esterházys eingeladen. In der feinen Gesellschaft brannte man darauf, die Amazone kennenzulernen, die unter dem Banner Österreichs gekämpft hatte. In den nächsten beiden Wochen gab es keinen Abend, für den sie keine Einladung gehabt hätte.

Sie sah zu den Planwagen am anderen Ufer. Gregorius wollte nach Paris fahren. Er war frei!

Mit einem Achselzucken wandte sie der Stadt den Rücken. Wahrscheinlich würde man heute Abend im Palais Esterházy nicht gut von ihr reden.

Anmerkungen des Verfassers

Studiert man die historischen Quellen zur Geschichte der österreichischen Kavallerie, so mögen viele Autoren nicht darauf verzichten, mehr oder weniger breit auf jene Nichte des Festungskommandanten General Bretton einzugehen, die es im Siebenjährigen Krieg zum Rittmeister bei den Nádasdy-Husaren brachte. Eilfertig schreiben sie einhellig zuletzt, dass es sich wahrscheinlich nur um eine Anekdote handle, so als vermöge der Name einer Frau noch nach Jahrhunderten den Waffenruhm ihrer männlichen Gefährten zu schmälern.

Ein Hauptargument, die Husarin ins Reich der Fabel zu verweisen, besteht darin, dass in den ziemlich vollständig vorhandenen Monatsstandesausweisen des Regiments für diese Zeit weder der Name Bretton noch der Name Plarenzi fallen. Nur wenige Seiten zuvor erwähnt derselbe Autor, dass am 22. Juli 1760 während eines Überfalls nordöstlich von Glatz das Regimentsarchiv verlorenging, was seine Aussage in meinen Augen doch sehr relativiert.

Untersucht man die Namenslisten der Offiziere, die während des Siebenjährigen Krieges im 9. Husarenregiment gedient haben, so stößt man auch dort auf erstaunliche Widersprüche. So wird z.B. der Baron von Graffenstein laut Regimentsgeschichte schon 1758 für seine tollkühne Attacke bei Hochkirch zum Major befördert. In der erhaltenen Offiziersliste bekleidet er diesen Rang allerdings erst 1761. So viel zu den unzweifelhaften Quellen aus dieser Zeit …

Geht es um den Werdegang der Frau Rittmeister, so

sind die Militärhistoriker über diese Person, die es ja angeblich nie gegeben hat, erstaunlich gut informiert. Hierzu ein Auszug aus von Kordas Regimentsgeschichte von 1903:

»Nach Angabe von L. S. 1834 und M. Ernst 1862 verließ um diese Zeit Kapitän-Lieutenant Plarenzi das Regiment und bekannte sich bei dieser Gelegenheit – als Dame. Sie war die Tochter eines kaiserlichen Offiziers und früher an einen Zollbeamten in Ungarn verheiratet. Zerwürfnisse in der Ehe vermochten (sic) sie zu ihrem Onkel, dem General Baron Breton (!), Festungskommandanten in Olmütz, zu flüchten, welcher, nachdem er vergeblich alles aufgewendet hatte, um sie von dem Vorsatze, fortan als Mann aufzutreten, abzubringen, endlich ihren Bitten nachgab und sie als seinen »Neffen« dem Grafen Nádasdy empfahl. Anfangs als Volontär dienend, verrichtete sie Galopindienste, erhielt später eine Unterlieutenantsstelle im Regimente und avancierte während des Siebenjährigen Krieges zum Oberlieutenant. Sie hat sich bei verschiedenen Gelegenheiten durch Tapferkeit und Entschlossenheit ausgezeichnet. Durch schwere Verwundung am Gebrauche des rechten Arms verhindert, musste sie ihren Abschied nehmen. Kaiser Josef verlieh ihr Rittmeistercharakter und Pension, sowie das Privilegium, zum Amazonenkleide die kaiserliche Uniform, Hut und Offiziersehrenzeichen zu tragen.«

Welche unheimliche Faszination muss von dieser Frau im Amazonengewande ausgegangen sein, dass die Militärhistoriker auf der einen Seite weitschweifig von ihrer Lebensgeschichte erzählen, um dann aber zu dem Schluss zu kommen, ihre Existenz kategorisch abzulehnen.

So unvorstellbar es auch erscheinen mag, dass Frauen sich über Jahre unerkannt in einer reinen Männerdomäne wie den Armeen des 18. und 19. Jahrhunderts bewegen konnten, so berichten historische Quellen doch immer wieder das Gegenteil. Fast eine Zeitgenossin Gabrielas war zum Beispiel Johanna Sophie Köttner. Sie diente 1738 bis 1752 im Hachenbachschen Regiment und stieg während dieser Zeit vom Gemeinen zum Feldwebel auf. Wie bei der Husarin wurde auch ihre Identität erst nach einer Verwundung enthüllt.

Der berühmteste Fall einer Offizierin ist jedoch die Geschichte der Nadeshda Durowa, die 1806 als Alexander W. Durow in die russische Armee eintrat. Für ihre Heldentaten in den Schlachten gegen Napoleon wurde sie mit dem höchsten russischen Kriegsorden, dem Georgs-Kreuz, ausgezeichnet. Als ihre wahre Identität aufgedeckt wurde, erwirkte sie vom Zaren die Erlaubnis, erneut als Mann verkleidet in einem anderen Regiment zu dienen. Im Gegensatz zu ihren österreichischen Kameradinnen verstand sie es, sich ein für alle mal dagegen zu wehren, zur Anekdote verklärt zu werden. 1836 publizierte sie, unterstützt durch Puschkin, die Autobiografie: »Eine Frauensperson als Kavallerist, ein Geschehnis in Rußland«.

Wohl bezeichnend ist, dass man Puschkin, als er einen Vorabdruck von Auszügen aus diesem Roman herausgab, zunächst allgemein für den Verfasser hielt, obwohl Nadeshda Durowa ausdrücklich als Autorin genannt war. Jeder Zweifel wurde allerdings nachdrücklich zerstreut, als die Autorin im Winter 1836 selbst in Moskau erschien. Ein Jahr lang war sie die gefeierte Heldin in den Salons der feinen Gesellschaft von St. Petersburg, bis man sich dort neuen Sensationen zuwandte.

Dass Frauen, die sich in vorgeblich männlichen Tugenden hervortun, den Männern oft wie Fabelwesen vorkommen, klingt auch in jenen Worten noch an, mit denen Puschkin seine Zeitgenossin würdigte:

»Mit unbeschreiblicher Anteilnahme lasen wir die Bekenntnisse dieser so ungewöhnlichen Frau; mit Erstaunen sahen wir, dass die zarten Finger, die einst den blutbespritzten Knauf eines Ulanensäbels umschlossen, auch eine flinke, ausdrucksvolle und leidenschaftliche Feder zu führen wissen.«

Einen Verfechter wie Puschkin fanden Gabriela Plarenzi, Johanna Sophie Köttner und all die anderen nicht, deren Leben längst das Dunkel der Vergangenheit verschlungen hat.

Danksagung

Fast ein Jahr ist seit jenem Sommernachmittag in einem Straßencafé verstrichen, an dem mich mein Lektor Reinhard Rohn ermutigte, einen wirklich dicken historischen Roman zu schreiben, und an dem zum ersten Mal über das vorliegende Buch gesprochen wurde. Nun, wo die letzte Zeile geschrieben ist, ist es an der Zeit, all jenen zu danken, die mir in diesem Jahr auf meinem Weg geholfen haben.

Menekse, Karl-Heinz, Anita, Nikola, Heike, James und Eymard erwiesen sich als geduldige Testleser, die mir halfen, manch holprige Stelle im Text zu tilgen.

Eine große Hilfe bei den historischen Recherchen waren Major Heinrich Kadlec, Oberst Friedrich Nachazel, der Generalsekretär des E. U. R.S, Frau Listmayer aus der Bibliothek der Theresianischen Militärakademie in Wiener Neustadt sowie Frau Dr. Claudia Ham, die Leiterin im HRef. Publikumswesen im Heeresgeschichtlichen Museum und Militärhistorischen Institut zu Wien.

Den Weg zu den Geheimnissen barocker Feuerwerkskunst wies mir Gregor Mathar.

Ein besonderer Dank auch an Herrn Müller von der Firma Historia, der mich mit reichlich englischer Fachliteratur versorgte, und an Catrinel Fäder, die ein letztes Detail zum Roman hinzufügte.

Bernhard Hennen
Köln, 1998

Glossar

Büchsenmeister	Titel eines ausgebildeten Artilleristen in der österreichischen Armee. Später wird der Begriff Büchsenmeister durch Kanonier ersetzt.
Dirk	Ein langer Dolch, der Begriff entstammt dem schottischen Sprachgebrauch.
Dolman	Name der mit bunten Schnüren verzierten Jacke der Husaren.
Fähnrich	Niedrigster Offiziersrang in der Infanterie.
Feldscher	Begriff für einen den Truppen angegliederten Heilkundigen, der nicht zwingend ein medizinisches Studium absolviert haben musste, sondern häufig als Scherer oder Barbier ausgebildet war. Dabei wurden sie durchaus häufig als chirurgischer Operateur tätig, zogen Kugeln aus Wunden, brannten sie aus, führten Amputationen durch und bekämpften allerlei Krankheiten durch Aderlass und Schröpfen.
Feldzeugmeister	Zweithöchster Rang in der österreichischen Artillerie. Über dem Feldzeugmeister steht allein der Feldmarschall.
Fouragieren	Ursprünglich der Begriff für die Futterbeschaffung für Pferde, wird er zur Zeit des Siebenjährigen Krieges auch zur Beschaffung von Lebensmitteln für die Truppen verwendet und ist gelegentlich ein Synonym für Plündern.
Füsilier	Begriff für die Masse der mit einer Steinschlossmuskete (französisch *fusil*) bewaffneten Fußsoldaten.

Gallopindienst — Der Dienst eines Meldereiters, der Depeschen transportiert.

Kartätsche — Ein Zinkbehälter oder ein Beutel voller Metallkugeln, der beim Abfeuern einer Kanone zerreißt und einen tödlichen Kugelhagel freisetzt. In der Wirkung ähnlich einem Schrotgewehr, nur im Kanonenformat. Kartätschen haben ihre größte Wirkung auf kurze Distanz und galten als letztes Mittel der Artilleristen, um bei einem Infanterie- oder Reiterangriff zurückzuschlagen.

Kartuschbeutel — Ein aus Leinen, Papier oder Rohseide gefertigter zylinderförmiger, mit Pulver gefüllter Beutel, der in seinem Durchmesser dem Kaliber der Kanonen entsprach, für den die Kartusche gefertigt war. Die Kartusche wurde durch das Zündloch des Geschützes angestochen und konnte dann zum Beispiel über einen mit Pulver gefüllten Gänsekiel gezündet werden.

Kontributionen — Die Eintreibung von Geldbeträgen in einem von feindlichem Militär besetzten Gebiet. Oft verbunden mit der Androhung von Plünderungen, wenn die festgesetzten Summen nicht gezahlt werden.

Kornett — Der niedrigste Offiziersrang bei der Reiterei. Häufig führt der Kornett die Standarte seines Regiments.

Muskete — Vorderlader mit glattem Lauf. Die Hauptwaffe der Infanterie des Siebenjährigen Krieges. Ein gut gedrillter Füsilier konnte mit einer solchen Waffe bis zu drei Schuss in der Minute abgeben. Obwohl die Reichweite bei zirka 300 Metern lag, erreichte die Muskete ihre größte Schadenswirkung bei 75 Metern oder weniger.

Oberstückhauptmann	Titel eines Majors in der Artillerie der österreichischen Armee.
Pallasch	Ein langes Reiterschwert mit gerader Klinge und einem Korb, der die Hand schützt. Zur Zeit des Siebenjährigen Krieges die Hauptwaffe der schweren Reiterei (Kürassiere und Dragoner).
Panduren	Eine von Franz Freiherr von Trenk aufgestellte irreguläre Truppe der österreichischen Armee. Die Panduren dienten unter Trenk im österreichischen Erbfolgekrieg (1740–1745) als Vorhut der regulären Armee und waren bald sowohl für ihre Verwegenheit als auch für die Gräueltaten gegenüber der Zivilbevölkerung berüchtigt. Mit ihren exotischen »Uniformen« in osmanischem Stil unterschieden sie sich erheblich von der übrigen Armee.
Pelz	Name der mit Pelzsäumen und bunten Verschnürungen geschmückten Jacke, die Husaren über dem Dolman tragen.
Räumnadel	Eine lange Nadel, die dazu diente, das Zündloch eines Vorderladergeschützes von Pulverresten zu befreien und den pulvergefüllten Leinensack der eingeführten Kartusche zu durchstoßen.
Seitengewehr	Bezeichnung für an der Hüfte getragene Blankwaffen. Häufig für den kurzen Säbel verwendet, den viele Fußtruppen im Siebenjährigen Krieg als Zweitwaffe neben der Muskete mit sich führten.
Stück oder auch *Feldstück*	Ist ein Synonym für Kanone.
Stückhauptmann	Titel eines Hauptmanns in der Artillerie in der österreichischen Armee.
Tambour	Begriff für die Trommler, die ein Regiment begleiten.